mtb

Zum Buch:

Nach einem traumatischen Erlebnis ist Ex-Scharfschütze Jake Sharp aus der Bahn geraten. Verzweifelt versucht er, seine Dämonen mit belanglosen One-Night-Stands, Arbeit und Alkohol zu betäuben. Doch der Auftrag, das Society-Girl Camille Logan zu beschützen, wird für ihn zur Zerreißprobe. Jake, der sich in seinem Job nie eine Schwäche erlauben darf, fühlt sich von Camille unwiderstehlich angezogen. Sie scheint die erste Frau zu sein, die hinter seine Fassade blicken kann. Bald sieht sich Jake in einem Strudel der Leidenschaft gefangen, der fatale Konsequenzen haben könnte …

„Von der ersten Seite an werden Sie dieses Buch lieben. Die Figuren sind so lebensecht und voll liebenswerter Schwächen, dass sie den Lesern ans Herz wachsen. Malpas' Schreibstil ist einfach gefühlvoll."

Romantic Times Book Reviews

Zur Autorin:

Jodi Ellen Malpas' Romane wurden in über 20 Sprachen übersetzt und erobern die Bestsellerlisten weltweit. Ein Erfolg, den die bekennende Tagträumerin nicht für möglich gehalten hätte. Seitdem ist das Schreiben von ebenso spannenden wie leidenschaftlichen Geschichten zu ihrer Passion geworden.

Jodi Ellen Malpas

Mit allem, was ich habe

Roman

Aus dem Englischen von
Christian Trautmann

mtb

MIRA® TASCHENBUCH
Band 26048

FSC
MIX
Papier
FSC® C014496

2. Auflage: Dezember 2017

Deutsche Erstveröffentlichung

Titel der englischsprachigen Originalausgabe:
The Protector

erschienen bei: Forever, New York

Umschlaggestaltung: büropecher, Köln
Umschlagabbildung: George Kerrigan Photography
Redaktion: Mareike Müller
Satz: GGP Media GmbH, Pößneck
Printed in Germany
Dieses Buch wurde auf FSC®-zertifiziertem Papier gedruckt.
ISBN 978-3-95649-704-9

www.mira-taschenbuch.de

Werden Sie Fan von MIRA Taschenbuch auf Facebook!

Danksagung

Es gibt einfach so viele Leute, denen ich danken muss, und ich frage mich immer, ob ihr es nicht langsam leid seid, das zu hören. Aber für den Fall, dass dem nicht so ist, bedanke ich mich bei meinen Teams hier im Vereinigten Königreich und auf der anderen Seite des Großen Teiches, in Amerika, für die dauerhafte Unterstützung. Ich kann mich glücklich schätzen, euch alle hinter mir zu wissen.

Es gibt einen Menschen, den ich hervorheben muss – jemand, der mir sehr viel bedeutet, nicht nur in beruflicher Hinsicht. Und das ist meine Agentin Andrea Barzvi. Es ist über drei Jahre her, dass wir uns kennengelernt haben – als ich vom Verlagswesen noch überhaupt keine Ahnung hatte und vom Wirbel um „Lost in You – Verlockendes Geheimnis" völlig überrascht wurde. Viel Ahnung habe ich immer noch nicht, aber Andrea an meiner Seite zu wissen macht diese Achterbahnfahrt eher spannend als beängstigend. Sie ist ein echtes Juwel, und ich danke meinem Glücksstern jeden Abend dafür, dass sie mich gefunden hat. Danke, Andy, für alles, was du tust, beruflich *und* darüber hinaus.

Zuletzt geht mein Dank an euch erstaunliche Blogger und Leser überall auf der Welt. Danke, dass ihr mich in eurer Online-Welt willkommen geheißen habt und drangeblieben seid, um herauszufinden, wohin meine Schreibreise mich führt. Ich hoffe, ihr habt Freude an meinem neuen Mann Jake.

Für meinen Vater,
mein ewiger Beschützer

1. Kapitel

Jake

Er starrt mich an, seine Augen weit aufgerissen und voller Angst, sein Körper angespannt unter meinem. Die Hitze, der Staub, die Schreie um mich herum – das alles macht es beinah unmöglich, sich zu konzentrieren. Aber ich muss mich konzentrieren. Ich blinzle mehrmals rasch hintereinander, verlagere mein Gewicht, um ihn fest im Griff zu haben, und drücke ihn in den Schotter und den Sand. Ich sollte nicht hier sein. Ich sollte irgendwo in den umliegenden Hügeln versteckt hocken, unsichtbar zwischen den Felsen und der Vegetation. Die unbekannte, unsichtbare Bedrohung.

Der Mann, den ich in Schach halte, ist mager und unterernährt, das Weiß seiner Augen hat einen Stich ins Gelbe. Dieser verblendete Scheißkerl hat zwei meiner Kameraden ausgeschaltet. Der heftige Schmerz in meiner Schulter erinnert mich daran, dass er auch mich fast getötet hätte. Ich hätte auf meinem Posten bleiben sollen. Ich hab's vermasselt. Das unbändige egoistische Verlangen, diesen verdammten Bastarden die Hölle heißzumachen, hat zum Tod zweier Soldaten geführt. Ich sollte derjenige sein, der ein paar Meter weiter leblos im Dreck liegt. Ich verdiene es.

Sein Herz klopft wie wild unter seinem dünnen dreckigen T-Shirt. Ich fühle es gegen meine Brust pochen, trotz der Kleiderschichten und meiner schusssicheren Weste. Doch dieses

Funkeln in seinen Augen ist nach wie vor da, während er Worte in einer fremden Sprache murmelt.

Er betet.

Sollte er auch.

„Wir sehen uns in der Hölle." Ich drücke ab und schieße ihm eine Kugel in den Kopf.

Ich schrecke im Bett hoch, schwitzend, schwer atmend, das dünne Laken klebt an mir.

„Scheißkerl", flüstere ich und warte, bis meine Augen sich an die frühe Morgendämmerung gewöhnt haben und ich die schwarze Skyline Londons hinter dem Panoramafenster meines Schafzimmers sehe. Es ist sechs Uhr. Das weiß ich, ohne auf den Wecker auf meinem Nachtschrank zu schauen, und es ist nicht nur die langsam aufgehende Sonne, die mir das verrät. Der Alarm, der sich jeden Morgen um dieselbe Zeit in meinem Kopf abspielt, ist sowohl Segen als auch Fluch.

Ich schwinge die Beine aus dem Bett, schnappe mir mein Handy und bin nicht überrascht, dass ich weder Nachrichten noch verpasste Anrufe vorfinde.

„Guten Morgen, Welt", murmele ich und werfe das Telefon zurück auf den Nachtschrank, dann hebe ich die Arme zur Decke und dehne meine Oberschenkelmuskeln. Ich rolle mit den Schultern, atmete tief ein und durch die Nase langsam wieder aus. Ich beuge mich vor, lege die Unterarme auf die Knie und blicke auf die Stadt. Den Albtraum verbanne ich in den hintersten Winkel meiner Gedanken, während ich bewusst ein- und ausatme. Ein und aus. Ein und aus. Ich schließe die Augen und danke der falschen Gelassenheit. Darin bin ich ein Meister.

Meine Muskeln spannen sich jedoch wieder an, sowie ich die Bewegung im Bett registriere. Ich schiebe eine Hand unter die Matratze, um die VP9 hervorzuziehen, noch ehe mein Verstand den Befehl dazu gegeben hat.

Impuls.

Die Waffe ist auf mein erwachendes Ziel gerichtet, bevor meine Augen es richtig wahrgenommen haben.

Instinkt.

Ich stehe auf dem Boden, nackt wie am Tag meiner Geburt, die Arme von mir gestreckt. Die Neunmillimeter-Waffe schmiegt sich viel zu gut in meine Hände.

„Hmmm."

Das sanfte Gurren dringt zu mir durch, und ich erkenne das Durcheinander langer entblößter Gliedmaßen zwischen den Laken. Ich erinnere mich an die Bar, in der ich gestern Abend gelandet bin, und stecke die Pistole schnell wieder weg, genau in dem Moment, in dem die Frau die Augen öffnet. Sie lächelt verschlafen und rekelt sich, eine berechnende Bewegung, dazu gedacht, mir das Wasser im Mund zusammenlaufen und meinen Schwanz zucken zu lassen.

Pech für sie. Ich habe nur eines im Kopf. Und sie ist es nicht.

„Komm wieder ins Bett", flüstert sic und lässt ihren Blick lustvoll über meine eins neunzig gleiten, während sie sich auf einen ihrer Ellbogen stützt. Das Kinn ruht auf der Hand, ihre schmalen Finger trommeln sacht auf ihrer glatten Wange.

Ich schenke ihr nicht die Aufmerksamkeit, die sie will, und erwarte eine sehr enttäuschte Frau. Selbe Szene, anderer Tag.

Ich marschiere davon und spüre ihre zornigen Blicke im Rücken. „Sorry, ich habe zu tun", sage ich über die Schulter, ohne sie dabei richtig anzuschauen. Ich habe keine Zeit für so etwas. „Nimm dir gern eine Banane, bevor du gehst." Dann bin ich ins Bad verschwunden.

Die von der Decke bis zum Boden reichenden Fenster auf zwei Seiten gestatten mir eine Hundertachtzig-Grad-Aussicht auf die Stadt, doch alles, was ich betrachte, ist mein hageres Gesicht im Spiegel. Seufzend mustere ich mein trauriges Äußeres, während ich mich mit einer Hand auf das Waschbecken stütze und mit der anderen den Wasserhahn aufdrehe. Ich sehe genauso mies aus, wie ich mich fühle. Verdammter Jack Daniel's. Ich streiche mit der Handfläche über meine Bartstoppeln und höre ein „Du blödes Arschloch!", als die nackte Frau ins Badezimmer stürmt. Ich kann ihr nicht widersprechen. Ja, ich bin ein Arschloch. Ein gemeines, nachtragendes Arschloch. Ich wünschte, ich könnte Ruhe und Frieden empfinden, aber in meinem Leben gibt es keinen Frieden. Jedes Mal, wenn ich die Augen zumache, sehe ich ihre Augen. Danny. Mike. Sie waren für mich wie Brüder, und selbst vier Jahre später ist mir noch klar, dass sie nur meinetwegen gestorben sind. Wegen meines Egoismus, meiner Selbstsucht. Es gibt kein Entrinnen. Nur Ablenkung. Arbeiten. Trinken und Sex sind alles, was ich habe. Und ohne Auftrag bleiben mir im Moment nur Letztere.

Ich richte meine müden Augen im Spiegel auf die Frau hinter mir. Sie wirkt aufgebracht, aber ich habe nichts anderes erwartet. Aber ich erkenne auch Verlangen. Die Brustwarzen sind hart, trotz ihres wütenden Ausdrucks betrachtet sie mich ausgiebig. Ich drehe den Kopf zur Seite und warte darauf, dass ihr begieriger Blick meinem begegnet. Ihre Lippen teilen sich. Nichts regt sich. Nicht mal eine Morgenlatte.

„Mach die Tür zu, wenn du gehst." Ich verziehe dabei keine Miene. Und dann sehe ich es. Erkenne, was sie vorhat. „Schon wieder", sage ich leise zu mir selbst, stoße mich vom Waschbecken ab und richte mich auf.

Sie stürzt sich auf mich und ohrfeigt mich. „Du Mistkerl!"

Ich lasse es geschehen, beiße die Zähne zusammen und warte, bis das Brennen nachlässt. Dann dehne ich den Nacken, bis er knackt, und werfe ihr einen Blick zu. „Die Tür ist dahinten.“ Ich zeige in die entsprechende Richtung.

Einen Moment lang starren wir uns an. Sie sieht perplex aus, wahrscheinlich denkt sie an den heißen Sex, den sie letzte Nacht von mir bekommen hat. Gleichgültig schaue ich sie an und hoffe nur, dass sie endlich verschwindet.

„Danke für die Gastfreundschaft“, erwidert sie schnippisch, macht auf den nackten Füßen kehrt und stampft davon.

Kurz darauf wird die Tür mit solcher Wucht zugeknallt, dass die Wände vibrieren. Ich wende mich erneut dem Spiegel zu und nehme meine Zahnbürste in die Hand. Ich putze mir die Zähne, danach ziehe ich mir Shorts und Laufschuhe an und gehe hinaus.

Die Morgenluft tut gut. Ich schlage den Weg zu den Parks ein und höre die beruhigenden Geräusche Londons am frühen Morgen, den spärlichen Verkehr, die Vögel, Schritte auf dem Gehsteig. Das alles hat genau die Wirkung auf mich, die ich für einen guten Start in den Tag brauche. Das Gras ist noch nass vom Tau, und feuchter Nebel klebt an meinem nackten Oberkörper, während ich den Pfad entlangrenne. Meine Beine fühlen sich allmählich taub an. So mag ich es.

Mein Blick bleibt geradeaus gerichtet, und ich laufe, als hätte ich die Strecke schon eine Million Mal absolviert. Was wahrscheinlich der Fall ist. Täglich dieselben Gesichter, hauptsächlich Frauen, und alle lächeln hoffnungsvoll, wenn sie mir entgegenkommen. Sie strecken den Rücken durch und atmen plötzlich nahezu gleichmäßig. Heute könnte ja der Tag sein, an dem ich tatsächlich stehen bleibe und Hallo sage. Oder ich werfe ihnen im Vorbeirennen ein kurzes Lächeln zu. Aber ich muss sie enttäuschen. Jede ist immer nur ein weiteres Gesicht im Meer bedeutungsloser Gesichter.

Ich renne an ihnen vorbei, weiche ihnen aus, um eine Kollision zu vermeiden.

Nach einer halben Stunde werden meine Gedanken klarer, der Alkohol ist aus meinem Blutkreislauf gespült. Der Rest verschwindet auf der letzten Meile meines Laufs aus meinem Körper, auf der ich laufe, bis mir die Lunge brennt.

Geschafft.

Ich verlangsame mein Tempo, komme vor Nero's Café zum Stehen und schaue zum Himmel. Zufrieden nicke ich. Exakt 7:20 Uhr. Ich stoße die Tür auf, schnappe mir eine Serviette und wische mir die Stirn ab, während ich zum Tresen gehe. Unterwegs schnappe ich mir eine Flasche Wasser aus dem Kühlschrank, schraube sie auf und trinke sie schon aus, bevor ich die Servicekraft erreiche. Sie hat sie eingetippt, noch ehe ich einen Schein aus der Tasche geholt habe.

„Ihr schwarzer Kaffee ist in Arbeit." Sie schaut kurz nach hinten.

„Danke." Ich werfe die leere Wasserflasche quer durch das Café. Sie landet sicher im Mülleimer. Als ich mich wieder zum Tresen umdrehe, steht mein Kaffee schon da.

Jeden Tag das Gleiche. Ich nehme den Becher und verlasse den Laden.

Der Verkehr nimmt zu, während ich die Berkeley Street entlanggehe und mir von meinem üblichen Verkäufer eine Zeitung kaufe. Er hält sie mir lächelnd hin, als ich mich ihm nähere.

„Sie sind früh heute Morgen, Mister."

Ich nicke, greife nach der Zeitung und lege ihm das Geld hin, ehe ich die Titelseite überfliege. Zorn erfasst mich beim Anblick der Schlagzeile.

19 TOTE NACH SCHIESSEREI IN TÜRKISCHEM URLAUBSORT

„Bastarde.“ Ich schlucke die Wut hinunter, genau wie die Hilflosigkeit, und lese weiter. Wegen der Evakuierungen gibt es Warnungen an Touristen, nicht dorthin zu reisen. Die Türkei ist auf der Liste der Gefahrenzonen gelandet. Die ganze verdammte Welt ist heutzutage eine Gefahrenzone. Ich falte die Zeitung zusammen und schmeiße sie im Vorbeigehen in den Mülleimer. Ich weiß nicht, warum ich mir das antue. Es gibt nichts, was ich ausrichten kann. Nicht im Augenblick. Ich werde nicht gebraucht. Oder gewünscht. Daran ist mein Amoklauf in Afghanistan schuld. Die Gesichter meiner Kameraden, meiner Freunde dringen hinter den Schutzwall, den ich um diese Gedanken gezogen habe. Glückliche Gesichter. Tote Gesichter. Ich verdränge die Erinnerung, bevor sie mich überwältigen kann. Ich brauche einen weiteren Scheiß-zehn-Meilen-Lauf.

Ich drehe die Dusche an und lasse die Temperatur so eingestellt, wie sie ist. Eisig. Kaltes Wasser prasselt aus vier Richtungen auf mich ein und sorgt dafür, dass mein Körper seine Bestrafung erhält. Es fühlt sich gut an. Ehrlich. Ich lege den Kopf in den Nacken und lasse den Wasserstrahl über mein Gesicht rinnen, während ich über das Arbeitspensum dieses Tages nachdenke. Meine Waffe reinigen … zum vierten Mal in dieser Woche. Meine E-Mails checken. Vielleicht Abbie anrufen.

Der letzte Punkt stand in den vergangenen vier Jahren jeden Tag auf meiner Liste. Er bleibt unerledigt. Sie einfach anrufen. Damit sie weiß, dass ich am Leben bin. Das ist alles, was sie wissen muss. Alles, was ich ihr geben kann. Und doch schaffe ich es nicht, in die Vergangenheit zurückzukehren. Meine Atmung verlangsamt sich, ich lasse den Kopf sinken. Gewehrfeuer, Explosionen, Schreie.

E-Mails!

Ich reibe mir die Wangen kurz vorm Einsetzen der Angstattacke und greife zum Duschgel. Ich muss mit meinem Tag weitermachen.

Nachdem ich geduscht und mir ein Handtuch um die Hüften gewickelt habe, nehme ich meine Pillen und werfe eine ein, wobei ich zu den Panoramafenstern laufe, vor denen mein Schreibtisch steht. Ich setze mich in den riesigen Bürosessel aus schwarzem Leder, schalte den Laptop ein und schaue über die Stadt, während der Computer hochfährt. Nachdenklich lehne ich mich zurück.

Schreib ihr wenigstens eine Nachricht. Lass sie wissen, dass du lebst. Ich lache leise und bitter über mein erbärmliches Leben. Abbie ist vermutlich der einzige Mensch, dem es nicht egal ist, ob ich tot oder lebendig bin. Vielleicht hat sich das aber auch inzwischen geändert. Es gibt nur noch mich. Keine Familie. Keine Freunde. Keine Eltern.

Seit dem Moment, als meine Eltern beim Pan-Am-Flug 103 starben, hatte ich nur ein Ziel. Krieg. Da war ich sieben Jahre alt. Ich verstand nicht einmal richtig, was passiert war, doch ich wusste, dass es böse Menschen gibt, die man aufhalten musste. Der brennende Wunsch, gegen das Böse zu kämpfen, nahm mit dem Älterwerden zu. Meine Großmutter kümmerte sich um mich, bis sie starb. Danach gab es niemanden mehr, der sich um mich Sorgen gemacht hätte. Ich konnte zur Armee gehen und meinen Beitrag leisten, um zu helfen.

Schon bald wurden meine Fähigkeiten als Scharfschütze bemerkt, man entließ mich aus der Grundausbildung und gab mir ein Gewehr. Ich schaute nie zurück. Ich zielte, feuerte, traf. Wieder und wieder. Und jedes Mal verspürte ich dieses Gefühl, etwas geleistet zu haben. Keine Schuld. Nur Erfolg.

Denn es gab einen gefährlichen Bastard weniger, um den man sich Gedanken machen musste.

Ding!

Der E-Mail-Signalton reißt mich aus meinen Erinnerungen. „Hallo, Schöne", sage ich, als ich ihren Namen auf dem Bildschirm lese. Plötzlich bin ich voller Hoffnung. Seit zwei Wochen habe ich keinen Auftrag, und allmählich verliere ich den Verstand. Zwei Wochen, in denen es nichts zu tun gab – außer trinken, vögeln und gegen die Bilder der Vergangenheit ankämpfen.

Wie immer, typisch Lucinda, ist ihre Nachricht knapp und auf dem Punkt ... zweifellos der Grund dafür, weshalb sie die einzige Frau ist, die ich mag.

Mein zufriedenes Grinsen gefriert jedoch, je weiter ich lese.

KLIENT: Trevor Logan – Tycoon und Immobilienbesitzer
ZIELPERSON: Camille Logan – jüngstes Kind und einzige Tochter des Klienten
MISSION: Personenschutz
DAUER: unbestimmt
HONORAR: £100.000/Woche

Ich lehne mich im Sessel zurück und forme mit den Fingern ein Dreieck vor meinem Mund. Hunderttausend pro Woche? Da muss es irgendeinen Haken geben. Personenschutz? Das habe ich schon lange nicht mehr gemacht, und ich bin mir nicht sicher, ob das momentan eine gute Idee ist, und zwar deshalb, weil es sich bei der zu bewachenden Person um Trevor Logans Tochter handelt. Logan ist ein rücksichtsloser Geschäftsmann, der auf seinem Weg an die Spitze über Leichen gegangen ist. Ich habe in letzter Zeit häufiger wegen eines Rechtsstreites in der Zeitung über ihn gelesen. Ihm wurde vorgeworfen, einen Minderheitenaktionär aus einem Unternehmen gedrängt zu haben, in das Logan sich eingekauft hat. Natürlich gewann er. Er gewinnt immer, die Presse steht hinter diesem Arsch. Der Mann ist unerträglich scheinheilig, und ich kann mir nicht vorstellen, dass seine kostbare Tochter anders ist. Lucinda musste das doch bedacht haben.

Sie sollte es eigentlich besser wissen. Sie kennt meine Vergangenheit. Den ganzen Horror und jedes schmutzige kleine Detail. Ein solcher Auftrag erfordert Überwachung rund um die Uhr. Für so eine Frau? Auf keinen Fall. Am Ende erwürge ich sie noch … oder schlimmer: Die ständige Erinnerung an eine andere Frau mit den gleichen Charaktereigenschaften könnte meine Schreckensvisionen aus der Vergangenheit verstärken.

Rasch konzentriere ich mich wieder, ehe meine Gedanken mit mir durchgehen können.

Nein, ich kann das nicht tun, nicht einmal für diese Summe.

„Dabei fing ich langsam an, dich zu mögen, Lucinda“, sage ich leise und tippe eine Antwort.

Sie weiß, dass ich nur schwer damit klarkomme, keinen Auftrag zu haben. Zu trinken und zu vögeln bringt es nach Wochen ohne Arbeit nicht mehr, aber mir ein derartiges Angebot zu schicken ist dumm. Will sie mich fertigmachen? Ich will schon auf „Senden“ klicken, doch das Suchen-Symbol in der Leiste ist zu verlockend.

„Verdammt“, flüstere ich und tippe ein paar Worte auf die leere Fläche, die darum bettelt, gefüllt zu werden.

Sofort hasse ich, was ich sehe. Eine Frau, Mitte zwanzig vielleicht, mit schlanken Beinen und einem gefährlich verführerischen Lächeln. Ihr langes blondes Haar ist zerzaust und nachlässig zu einem Zopf geflochten, der ihr vorn über die Schulter hängt, während sie auf einer Gartenparty umringt von Männern Champagner trinkt.

Ich lag genau richtig. Dies ist diese Sorte Frau, und ich sollte unter gar keinen Umständen mehr Zeit mit ihr verbringen, als nötig wäre, um es ihr zu besorgen. Doch statt Lucinda endlich eine Antwort zu schicken, schaue ich mir weitere Fotos an. Es sind Dutzende. Manche zeigen Camille Logan beim Verlassen eines Clubs, einige auf Partys, auf einigen ist sie beladen mit Einkaufstüten beim Shoppen in London. Dann sind da noch die professionellen Fotos, überwiegend für Modelabels und Designer. Ich stutze, als ich einen Wikipedia-Eintrag finde. Ich seufze zwar, klicke den Link dennoch an.

Camille Logan, jüngstes Kind des Tycoons Trevor Logan und als Partygirl bekannt. Geboren am 29. Juni 1991. Camille studierte kurz Mode am London College, bevor sie von Elite Models *angeworben wurde. Sie lebt in London und ist ein häufig gesehenes Gesicht in Prominentenkreisen. Beziehungen unter anderem mit Sebastian Peters, Erbe von Peters Communications. Camille hat typische Modelmaße: 1,75 m groß, 86 cm Schrittlänge, Körbchengröße 70 A sowie 63 cm Taillenumfang. Nach dem unschönen Ende der Beziehung mit Peters im vergangenen Jahr begab Camille sich in die Priory Clinic, um ihre Kokainabhängigkeit zu überwinden. Seitdem modelt sie und repräsentiert Marken wie Karl Lagerfeld, Gucci und Boss.*

Ich bin fassungslos. „Die hat einen Eintrag bekommen?" Rasch tippe ich ein PS zu meiner E-Mail: *Nicht mal für eine Million! Mein letztes Wort.*

Ich füge nicht „Danke!“ hinzu. Lucinda muss ihren verdammten Verstand verloren haben. Ich klappe den Laptop zu.

Ich schwenke die bernsteinfarbene Flüssigkeit und beobachte, wie sie an der Innenseite des Glases hochschwappt. Der wievielte Drink ist das heute Abend? Der zehnte? Elfte? Ich atme aus, kippe ihn herunter und knalle das leere Glas auf den Tresen. Der Barkeeper schenkt sofort nach, ich nicke zum Dank und stütze die Ellbogen auf. Ich bin mir der Blicke der Frauen in meine Richtung bewusst, sie alle warten darauf, dass ich sie erwidere. Doch wenn ich einer auch nur einen Hauch Aufmerksamkeit schenke, endet der Abend wie die meisten in letzter Zeit. Eine heiße Nummer, ein Abschied, eine Ohrfeige. Wie gehabt. Nur trinken heute Abend. Nur trinken.

Ich reibe mir mit den Fingerknöcheln die Augen. Ohne Ablenkung, sei es durch einen Auftrag oder eine Frau, ist der Kampf gegen die Visionen aus der Vergangenheit ein anderer. Gesichter tauchen vor meinem geistigen Auge auf, Gesichter, die mich täglich verfolgen. Explosionen erschüttern mein Gehirn, mein Herz fängt an zu rasen.

„Verdammt“, flüstere ich keuchend, schaue auf und entdecke eine Frau, die mir vom Ende des Tresens zuzwinkert. Sie stellt nur einen Aufschub dar von den Qualen, die mich erwarten. Doch als ich aufstehe, um zu ihr zu gehen, ist das ohrenbetäubende Geräusch zersplitternden Glases zu hören, und ich halte mich unwillkürlich an der Theke fest. Mir schlägt das Herz bis zum Hals, während die vertrauten Bilder auftauchen. Zerberstende Fenster, Explosionen, feindlicher Beschuss, schreiende Menschen. Ich versuche mich zu beruhigen, sehe mich in der Bar um, damit ich begreife, wo ich bin. Der Barkeeper flucht über das zerbrochene Glas zu seinen Füßen.

„Hey, Süßer."

Ich entdecke die Frau vom Ende des Tresens neben mir. Sie lächelt verführerisch. Die Vorstellung, dass ich sie mit zu mir nehmen und sie vögeln kann, bis mein Herz aus einem anderen Grund hämmert, beruhigt mich nicht so, wie sie es sollte.

Ich sehe ihr Gesicht nicht. Ich sehe nur meine Vergangenheit. Es wird nicht funktionieren.

Ich ziehe die Pillen aus der Innentasche meiner Jacke und schraube die Dose beim Hinausgehen auf. Ich brauche etwas, worauf ich mich konzentrieren kann, und zwar schnell. Die Flashbacks kommen häufiger, die Wirkung der Pillen lässt nach.

Wenn das in diesem Tempo weitergeht, beziehe ich bald Camille Logans Zimmer in der Priory Clinic. Ich werde wieder dort sein, wo ich vor vier Jahren war: am Boden, ohne etwas zu tun – außer mich selbst zu quälen und meine Albträume stets von Neuem zu durchleben. Die werde ich nie los, aber ich kann sie in Schach halten. Ich muss nur meinen persönlichen Mist verdrängen und Camille Logan als das betrachten, was sie ist.

Ein Auftrag. Ich muss mich auf den Auftrag konzentrieren, das ist alles. Das ist alles, was ich habe.

Ich ziehe mein Handy aus der Tasche und wähle die Nummer meiner Rettungsleine.

„Ich wollte dich gerade anrufen", sagt Lucinda zur Begrüßung.

„Der Logan-Job, ich nehme ihn an." Ist mir doch egal, wer der Klient ist. Eine Frau, ein Kind, ein verdammter Affe. Ich muss arbeiten. Nichts könnte schlimmer sein als die momentane Situation.

„Gut", erwidert sie nur, ohne eine große Sache daraus zu

machen. „Freut mich, dass ich dir nicht erst kräftig in den Hintern treten muss."

Mein Herzschlag beruhigt sich ein wenig. „Jemand sollte aber."

„Wo bist du?"

„Chelsea."

„In einer Bar?"

„Bin gerade raus."

„Mit?"

„Niemandem."

Sie lacht, als glaube sie mir nicht, was zweifellos der Fall ist.

„Schlaf dich mal aus, Jake. Und sei morgen um drei im *Logan Tower*. Morgen früh werden hunderttausend auf dein Konto überwiesen."

Sie legt auf und ich gehe nach Hause, in Gedanken ganz bei dem vor mir liegenden Auftrag. Und nur dort. Ich bin der Beste in dem Sicherheitsunternehmen, für das ich arbeite. Das ist kein Eigenlob, sondern eine Tatsache.

Wenn Sie für die Sicherheit von jemandem garantieren wollen, engagieren Sie mich. Ich habe eine saubere Weste. Und ich beabsichtige, dass das so bleibt.

Mein Kopf ist bei der Sache.

2. Kapitel

Cami

„Camille!“

Ich drehe mich so schnell um, dass meine Einkaufstaschen um mich herumwirbeln, ein Bild, das an ein großes Papier-Tutu erinnert, da bin ich mir sicher. Ich lächle, als ich Heather auf mich zukommen sehe, aufgeregt und mit leuchtenden Augen. Ich nehme die Sonnenbrille ab, wodurch die Tüten gegen meine Seite baumeln und meinen Arm mit ihrem Gewicht herunterziehen.

„Hey!“, rufe ich fröhlich. „Keine Arbeit heute?“

Heathers glückliches Gesicht nimmt kurz einen Ausdruck von Abscheu an, ehe sie die Arme um mich schlingt. Wegen der vielen Einkaufstüten kann ich die Umarmung nicht erwidern, und es tut mir auch kein bisschen leid. Sie wird begeistert sein von dem, was ich ihr zeigen werde.

„Die haben mich gefeuert“, stößt sie wütend hervor und drückt mich fester an sich.

„Oh Shit! Was ist passiert?“, frage ich, als sie mich loslässt, ihr kastanienrotes Haar zurückwirft und sich ihre Chanel-Handtasche auf die Schulter schiebt.

„Dienstagnacht. Das ist passiert.“ Sie hakt sich bei mir unter und geht mit mir die Bond Street entlang.

„Ohhh.“ Mir fällt Dienstagnacht wieder ein, zumindest das, woran ich mich erinnern kann. Champagner. Jede Menge.

Außerdem fragwürdige Tanzbewegungen in unserer Lieblingsbar.

„Allerdings *oh.*“ Sie wirft mir ein Lächeln von der Seite zu. „Ich kam gestern pünktlich zur Arbeit, konnte aber den Teleprompter nicht lesen. Es war alles verschwommen.“

Ich lache, denn ich stelle mir vor, wie sie auf die Monitore hinter den Kameras späht. „Wenn man live im Fernsehen auftritt, sollte man schon in Form sein.“

Wir überqueren die Straße und steuern ein Café an wie heimfliegende Brieftauben. Ich brauche dringend einen Zitroneneistee. „Und jetzt?“ Ich lasse alle Tüten plumpsen, sobald wir an einem Tisch angekommen sind.

Heather pflanzt ihren hübschen Hintern auf einen Stuhl. „Jetzt werde ich mich auf unseren Traum konzentrieren, Camille!“ Sie wirkt schon wieder ganz aufgekratzt. „Gibt es da neue Entwicklungen?“

„Wir haben einen weiteren interessierten Investor.“ Ich versuche, beiläufig zu klingen. Ich gestatte mir keine Aufgeregtheit wegen der Möglichkeit, dass es mit unserer Kleiderkollektion endlich aufwärtsgeht. Nicht, ehe wir einen Vertrag in der Tasche haben. Den Fehler haben wir schon einmal gemacht. Die Feder berührte buchstäblich bereits fast die gepunktete Linie, als mir eine Klausel ins Auge sprang, die bei den Verhandlungen gar nicht zur Sprache gekommen war. Etwas über die Produktion von Kleidung bis zu einer bestimmten Größe, was bedeutete, dass jede Frau, die auch nur die Andeutung eines Hinterns hatte, unsere Kollektion nicht tragen konnte. Das war das K.-o.-Kriterium, denn das lag Heather und mir sehr am Herzen. Wir stellten klar, dass jede Frau, egal welche Größe und Figur sie hatte, unsere Kollektion tragen können sollte. Die Investoren beharrten auf ihrem Standpunkt, wir auf unserem. „Die hörten sich sehr interessiert an.“

„Wirklich?“ Sie strahlt und zeigt dabei ihre Zähne.

„Ja, wirklich.“ Ich muss auch grinsen, obwohl ich nervös bin. Im Augenblick sind wir bloß zwei hübsche Gesichter mit Körpern, die in Klamotten gut aussehen. Ich liebe meinen Job als Model, verspüre jedoch den enormen Drang, allen, einschließlich meines Vaters, zu beweisen, dass ich mehr kann und nicht nur ein Mannequin bin. Ich weiß, dass Heather genauso denkt. Keine von uns ist bereit, bei unserem Traum Kompromisse einzugehen. Ebenso wenig sind wir bereit, irgendeine Finanzierung von unseren Vätern anzunehmen. Heathers Dad ist ebenfalls stinkreich. Natürlich nicht so reich wie meiner, das sind ohnehin nicht viele, wenn überhaupt jemand in London. Aber er ist trotzdem unglaublich vermögend. „Wir haben morgen ein Treffen mit meiner Agentin. Sie will ein paar neue Aufträge mit uns durchgehen.“

„Ich werde da sein!“ Grinsend zeigt sie auf meine Taschen. „Was hast du gekauft? Camille Logans und Heather Porters Kollektion ist ja noch nicht zu haben. Dir ist hoffentlich klar, dass wir dann nur unsere eigenen Kreationen tragen können.“

Diese Vorstellung begeistert mich. Stoffe aussuchen, Schnitte entwerfen, qualitativ hochwertige und bezahlbare Kleidung herstellen. Die Mode wandelt sich zu schnell, als dass Frauen für den jeweils neuesten Trend ein Vermögen ausgeben sollten. „Nur ein Kleid für Saffrons Party zum fünfundzwanzigsten Geburtstag.“ Ich nehme mein Portemonnaie aus der Handtasche. „Und Stoff, den ich in Camden entdeckt habe und den du dir ansehen solltest. Aus dem wird ein tolles Kleid entstehen.“ Ich habe die Form bereits im Kopf und weiß genau, dass Heather es mit ihren Fähigkeiten als Näherin Wirklichkeit werden lassen kann. „Eistee?“

„Bitte.“

Sie wühlt schon in meinen Taschen, noch bevor ich das Café betreten habe. Da ich die Nachwirkungen von Dienstagnacht spüre, meine Haut weniger glänzend und weich ist, hole ich mir eine Flasche Wasser zu meinem Eistee und leere sie, ehe ich an der Kasse bin. Ich brauche Flüssigkeit und vielleicht eine Gesichtsbehandlung. Du meine Güte, ich bin fünfundzwanzig und fühle mich bereits zu alt für das Londoner Partyleben. „Einen normalen Eistee und einen Eistee mit Zitrone bitte", sage ich zu dem Mädchen hinter dem Tresen und ziehe einen Zehner aus dem Portemonnaie. „Ach ja. Und das Wasser."

„Oh wow!", ruft sie und bringt mich damit kurz aus der Fassung. „Sie sind Camille Logan, richtig?"

Ich merke, wie ich erröte. Sie sieht ganz aufgeregt aus. Das ist zugleich schmeichelhaft und peinlich. „Ja", bestätige ich und hoffe, dass sie keine große Sache daraus macht.

„In echt sehen Sie noch besser aus!"

„Danke."

„Ich bin so neidisch! Ihr Leben ist perfekt! Ich liebe Sie!"

Mein Lächeln ist nun gezwungen. *Perfekt.* Natürlich ist es das. Sie muss ungefähr siebzehn sein, wenn überhaupt. Sie hat keine Ahnung. Niemand macht sich eine Vorstellung vom ständigen Kampf, den ich mit mir ausfechte, um mich auf die Zukunft zu konzentrieren, statt auf meine Vergangenheit. Oder von meinem dominanten Vater, der mein Leben zu lenken versucht. Oder von den Herausforderungen, mit denen ich mich beinah täglich in der von Kokain und Champagner beherrschten Partyszene Londons konfrontiert sehe. Es sind private Kämpfe, die auch privat bleiben werden. Es wurden bereits zu viele solcher Schlachten in die Welt hinausposaunt … und an meinen Vater. „Das ist sehr … lieb von Ihnen." Das ist schon nicht mehr ganz aufrichtig, obwohl sie ja nun wirklich süß ist. Naiv, aber süß. „Meine Freundin wartet draußen. Würde es Ihnen also etwas ausmachen?“ Ich deute auf die Maschine hinter ihr und hoffe, sie damit aus ihrer Ehrfurchtsstarre zu reißen.

„Ach du Schande, ja!“ Sofort beeilt sie sich und hat meine Bestellung tatsächlich in Rekordzeit fertig. Stolz reicht sie mir die Getränke und meint in vertraulichem Ton: „Ich werde die Getränke bezahlen. Dann kann ich behaupten, dass ich Camille Logan einen Drink spendiert habe!“

„Oh nein, das sollten Sie nicht.“ Ich schüttele den Kopf und lehne diese nette Geste rundheraus ab. „Ich bezahle. Trotzdem vielen Dank.“

„Nein!“ Sie stellt sie hin und weicht zurück, sodass mein Zehner zwischen uns auf dem Tresen landet. Sie verschränkt unnachgiebig die Arme, ein freches Funkeln in den Augen.

Mit überzeugenden Worten komme ich hier nicht weiter, also wähle ich die einzige andere Option. Ich nehme einen weiteren Zehner aus meinem Portemonnaie und lege ihn zum ersten. Dann schnappe ich mir die Getränke und mache mich auf den Weg hinaus. „Jetzt können Sie sagen, Camille Logan hat *Ihnen* einen Drink spendiert!“ Ich höre ihren Begeisterungsschrei, als ich auf meinen hohen Keilabsätzen balancierend nach draußen trete. Heather hat den fabelhaft samtigen Stoff, den ich gefunden habe, in den Händen. Sie streicht darüber und hält inne, als ich mich setze.

„Alles in Ordnung?“, fragt sie und faltet ihn wieder zusammen.

„Sie ist nur lebhaft.“ Ich stellte ihr den Eistee hin, während sie lacht und ins Café zu spähen versucht.

„Toll.“ Heather trinkt einen großen Schluck von ihrem Tee. „Ich liebe den Stoff.“

„Gut, oder?“ Ich tauche die Eiswürfel mit meinem Strohhalm unter und lehne mich auf dem Metallstuhl zurück. Meine Haut saugt die Sonnenstrahlen förmlich auf. „Ich denke da an eine geschnürte Taille …“

„Und unten ausgestellt“, beendet Heather den Satz für mich.

„Genau!“ Das ist der Grund, weshalb ich sie liebe und wir perfekte Geschäftspartner sind. Unsere Gedanken und Ideen sind stets im Einklang. „Ende der Woche habe ich einen Entwurf für dich fertig.“

„Ich werde mich sofort an die Arbeit machen.“

„Ausgezeichnet. Und wir müssen diesen Stofflieferanten aufsuchen, von dem du mir erzählt hast.“ Ich blättere in meinem Terminkalender. „Nächste Woche?“

„Passt gut, schließlich habe ich keinen Job mehr.“

Ich lache. Sie klingt am Boden zerstört. „Dann überlasse ich es dir, den Termin zu machen.“ Ich schaue auf meinen Tee, in dem das Eis rasch schmilzt. Ich nehme einen langen Zug durch den Strohhalm, dann setze ich meine Sonnenbrille wieder auf. „Was ziehst du zu Saffrons Party an?“

Sie beugt sich zu mir herüber und macht mir ein Zeichen, näher zu kommen. Jeder Beobachter würde glauben, dass sie mir irgendwas Schlüpfriges anvertrauen will.

„Ich dachte an ein rotes Kleid und goldene High Heels.“

„Guter Plan“, versichere ich ihr.

„Und du?“

„Dann hast du also noch nicht in diese Tüte da geschaut?“ Ich bücke mich, um meine neue Errungenschaft herauszuziehen.

„Das wäre doch unhöflich.“ Sie ist pikiert und macht gleich darauf große Augen, als sie das tolle schwarze Kleid sieht. „Wow, ich bin begeistert.“

„Ich auch.“

„Es ist kurz."

Sie wackelt mit den Brauen, und ich weiß, was sie meint.

Dad.

Da uns meistens auf unseren Streifzügen Fotografen folgen, sind wir uns bewusst, welchen Schaden ein falsches Foto in irgendeiner Zeitschrift anrichten kann. Wie beispielsweise eins, auf dem zu sehen ist, wie dein Kleid hochrutscht und du dadurch zu viel Bein zeigst, oder, um Himmels willen, ein bisschen Cellulite. Das ist nur ein harmloses Beispiel dafür, wie dieses ärgerliche Spiel läuft. Die Presse hat noch grässlichere, zerstörerische Seiten, wie ich während der hässlichen Trennung von Seb im vergangenen Jahr leider selbst erfahren habe. Ich weiß, dass Dad vielen Zeitungen Geld gegeben oder Versprechungen gemacht hat, damit sie aufhören, Fotos von mir zu veröffentlichen. Nur reicht sein Einfluss nicht bis in alle Hochglanzmagazine. Und es waren einfach zu viele Fotos von mir im Umlauf.

Mich überläuft es kalt bei der Erinnerung daran, wie hoffnungslos ich mich fühlte, wie schwarz meine Welt aussah und wie enttäuscht ich von mir selbst war. Sebastian hat mir das angetan. Hat mich in seinen Drogennebel hineingezogen und mich beinah zerstört. Er nahm mein Geld, nachdem er sein eigenes verprasst hatte und seine Eltern sich von ihm abgewandt hatten. Mehr als einmal wurde er wegen Gewaltausbrüchen unter der Einwirkung von Alkohol und Drogen verhaftet, und als es niemanden mehr gab, an dem er seine Wut auslassen konnte, war ich ja noch da. Ich hoffe, er kommt nie mehr zurück nach London. Ich hoffe, er verlässt die Entzugsklinik nicht so bald. Ich will ihn jedenfalls nie wiedersehen.

„Camille?"

Heathers sanfte Stimme erschreckt mich. Ich versuche, mich wieder auf meine beste Freundin zu konzentrieren.

„Wo bist du mit deinen Gedanken?“

„Nirgendwo.“ Ich betrachte mein Glas und stelle fest, dass ich es ausgetrunken habe, während ich im Land des Bedauerns verweilte. Ich merke, dass Heather mich beobachtet, wahrscheinlich traurig lächelnd, da sie zweifellos die richtigen Schlüsse zieht.

Ich schaue auf, zwinge mich zu lächeln, und sie lächelt prompt zurück und nimmt meine Hand.

„Er ist weg“, flüstert sie und drückt sie.

Ich nicke, atme langsam aus und reiße mich zusammen. Heather hat in der schweren Zeit treu zu mir gehalten. Dank der Medien weiß die Welt von meiner Kokain-Verstrickung. Aber sie weiß nichts von Sebs Gewohnheit, seinen Zorn an mir abzureagieren. Das geschah hinter verschlossenen Türen. Heather kam irgendwann darauf, und ich flehte sie an, es niemandem zu verraten. Die Presseberichte hatten meinen Vater längst durchdrehen lassen und nahmen mir die Unabhängigkeit, für die ich so hart gekämpft hatte. Heather brachte mich auf den richtigen Weg zurück. Wir sind verwandte Seelen. Beste Freundinnen seit der Kindheit. Wir haben jeden Schritt in unserem Leben Seite an Seite gemacht. Ich hoffe, dass sich das nie ändert. Heather ist der einzige Mensch auf Erden, der die Details meiner Beziehung mit Sebastian kennt. Und so soll es bleiben.

„Wie dem auch sei.“ Sie lässt mich los und klatscht in die Hände. „Lust auf einen Abstecher zu Harvey Nic's?“

Ich lasse mutlos die Schultern hängen, denn ich täte nichts lieber als das. Nur kann ich nicht und bin sauer deswegen, weil das, was ich zu tun habe, deutlich weniger lustig ist. Viel weniger. „Mein Vater hat mich vorgeladen.“ Ich zeige Heather meine Elvis-Schnute, allgemein bekannter als gekräuselte Lippe. „Genau genommen wurde ich von seiner Sekretärin vorgeladen, aber wen interessiert's, von wem der Befehl kommt! Er kam, also gehe ich hin."

Sie verzieht das Gesicht. „Wird er wieder versuchen, dich zu einem Date mit einem seiner langweiligen Geschäftspartner zu zwingen?"

Ich mache das gleiche Gesicht wie Heather bei dem Gedanken an Dads Vorstellung von meinem Traumpartner. Reich. Sie sind immer reich. Und todlangweilig.

Ich stehe auf, sammle meine Tüten ein und beuge mich hinunter, um Heather einen Kuss auf die Wange zu geben. „Lieber steche ich mir ein glühendes Eisen in die Augen. Soll ich dich irgendwohin mitnehmen?"

Sie drückt ihre Wange gegen meine Lippen. „Nein, ich treffe mich mit Saffron. Sie braucht noch ein Outfit für ihren Geburtstag."

Ich grummle mürrisch, weil ich gern dabei wäre, dann mache ich mich auf den Weg zum Parkhaus ein Stück die Straße hinunter, um meinen C 63 zu holen. Die ganze Fahrt zum *Logan Tower* sammle ich innere Kraft für das Treffen mit meinem Vater.

Was letztlich bedeutet, dass ich bereits auf stur schalte.

3. Kapitel

Jake

Als ich die Glasdoppeltür des *Logan Tower* passiere, bin ich nicht überrascht, in der Lobby ein Durchleuchtungsgerät und einen Gepäckscanner zu sehen. Wenn die glauben, das würde mich davon abhalten, eine Waffe in das Gebäude zu schmuggeln, sind sie dumm.

Ich passe mich den Schritten einer attraktiven Latina an und halte den Blick fest auf den Security-Mann vor mir gerichtet. Ernsthaft? Ein Haufen Hightech-Durchsuchungsausrüstung – und sie haben diesen alten Knaben dafür eingestellt, um sie zu überwachen? Ich schüttele bestürzt den Kopf. Der muss kurz vor der Rente stehen, und er gafft die Frau neben mir an, statt auf mich zu achten – den eins dreiundneunzig großen Typen mit der gut verborgenen Heckler VP9.

Na gut, der arme Security-Mann weiß nichts von meiner Waffe, aber ich bin definitiv eine größere Gefahr als diese zierliche Schöne neben mir, die gerade meinen Arm streift und die lüsternen Blicke des Wachmanns gar nicht bemerkt. Und zwar deshalb nicht, weil sie verträumt zu mir aufschaut.

Ich drücke meinen Arm ein wenig fester gegen ihren und gewinne sie dadurch. Ich höre sie leise nach Luft schnappen. Dann bleibe ich unvermittelt stehen und drehe mich um, als hätte ich etwas vergessen. Durch den kleinen Zusammenstoß sorge ich dafür, dass ihr die Handtasche von der Schulter rutscht.

Es funktioniert reibungslos.

Sie stößt einen kleinen Schrei aus, lässt die Tasche fallen und stolpert rückwärts. Ich halte sie am Arm fest und helfe ihr, das Gleichgewicht wiederzufinden. Der Inhalt ihrer Handtasche verteilt sich vor ihren Füßen, und ich gebe mich als der Gentleman, für den sie mich schon bald halten wird.

„Verzeihung", sage ich automatisch und sammle ein paar von ihren Sachen ein. Sie geht wie geplant ebenfalls in die Hocke, wobei sie mehr Zeit dafür aufwendet, ihren engen Rock zurechtzuzupfen, als ihr Eigentum einzusammeln. Nebenbei registriere ich den dünnen Stoff, der sich über ihren ansprechenden Brüsten spannt.

„Schon gut", sprudelt es aus ihr heraus, während der Security-Mann zu uns tritt und sich mit knackenden Gelenken auf den Boden begibt, um Dankbarkeit von der dunkelhaarigen Schönheit einzuheimsen.

Verdammt, besser hätte ich es nicht einfädeln können. Ich ziehe meine Waffe hinter dem Rücken, schaue mich rasch um und lasse sie mit genau dem richtigen Schwung und der nötigen Präzision über den Marmorfußboden am Durchleuchtungsgerät vorbeischlittern. Sie bleibt auf der anderen Seite direkt unter dem Gepäckscanner liegen.

„Hier." Ich gebe der Lady ihre Tasche und helfe dem alten Mann auf die Beine, bevor der sich noch was bricht. „Alles klar?"

„Alles bestens!" Er lacht schwer atmend, während er meine Hand abschüttelt.

Ich grinse innerlich. Dann lächle ich wirklich. Der Kerl sieht mich als Konkurrenz. Dieser übergewichtige alte Mann, mindestens Mitte siebzig, betrachtet mich, den fünfunddreißigjährigen, durchtrainierten und renommierten Bodyguard, als Konkurrenz. Sein Stolz ist rührend.

„Nach Ihnen.“ Mit einer ausladenden Armbewegung bedeute ich der Frau voranzugehen, nachdem der Security-Mann wieder seinen Posten bezogen hat.

Ihr Lächeln. Ich schwöre, wenn ich ein charmanterer Typ und es früher am Tag wäre, hätte ich ihr unverblümtes Angebot angenommen. Stattdessen schiebe ich die Hände in die Hosentaschen, während sie zum Gepäckscanner geht, wobei sie verführerisch und frech mit ihrem üppigen Hintern wackelt.

Ich lache leise und genieße die Show, solange sie dauert. Beim Durchleuchtungsgerät nehme ich Handy, Schlüssel und Brieftasche aus meinen Taschen und lege alles ordentlich auf ein Tablett auf dem Gepäckscanner. Dann gehe ich ganz entspannt nach ihr durch den Körperscanner. Der alte Knabe sieht mich kaum an. Wahrscheinlich hätte der nicht einmal den Warnton mitbekommen, wenn ich Alarm ausgelöst hätte. Er ist viel zu gebannt von diesem wohlgerundeten Hintern, der sich jetzt auf den Fahrstuhl zubewegt.

„Alles klar“, murmelt er nur und sieht mich kurz an, ehe er zu seinem Stuhl zurückkehrt und sich grunzend darauf niederlässt.

Alles klar? Er hat keine Ahnung. Ich sammle meine Sachen wieder ein und bücke mich, um mir den Schuh zuzubinden. Dabei hebe ich die Waffe auf und stecke sie ein. Dann gehe ich zum Fahrstuhl und geselle mich zu der Schönen. Ich verschränke die Hände hinter dem Rücken und schaue hoch zur Stockwerkanzeige.

„Hübsche Krawatte“, bemerkt die Frau und streicht über die Seide, die vor meinem Oberkörper baumelt.

Ich schaffe es nicht, mir ein Lächeln über ihre Dreistigkeit zu verkneifen, und senke den Blick auf ihre Finger, die meine Krawatte liebkosen. „Eine Lady, die weiß, was sie will“, sage ich leise und sehe ihr in die Augen. „Manche Männer finden das attraktiv.“

Sie beißt sich auf die Unterlippe und streckt diskret die Brust heraus, wobei sie meine Krawatte loslässt. „Tatsächlich?“

Ihre gespielte Unschuld amüsiert mich. „Offensichtlich.“ Die Türen des Fahrstuhls zur Linken öffnen sich, und ich betrete vor ihr die Kabine. Es gibt keinen Grund mehr, den Gentleman zu spielen. Sie hat ihren Zweck erfüllt. Ich drehe mich um und drücke den Knopf für das fünfzigste Stockwerk. „Schade, dass ich nicht zu denen gehöre. War mir aber ein Vergnügen.“ Ich zwinkere ihr zu und sehe noch ihr verblüfftes Gesicht, ehe die Türen sich schließen. Jetzt bin ich in den Augen einer weiteren Frau, die mir begegnet ist, ein verdammter Mistkerl. Das zieht sich durch mein ganzes Leben. Zumindest durch die vergangenen vier Jahre.

Ich werde zügig in die oberste Etage des *Logan Tower* gebracht und betrete einen kleinen, völlig in Weiß gehaltenen Raum, in dem mir sofort kalt wird. Weißer Marmorfußboden, weiße Wände, an denen ebenso kalte abstrakte Gemälde hängen. Ein riesiger weißer Empfangstresen.

„Sir.“

Eine hohe entzückte Stimme lenkt meine Aufmerksamkeit auf die Frau hinter diesem Tresen.

„Wie kann ich Ihnen helfen?“

„Ich habe einen Termin um drei bei Mr. Logan.“ Ich schaue mich um und entdecke mehrere Kameras. Jede Wette, dass er mich in diesem Moment beobachtet. Ich straffe die Schultern und lege die Hände hinter dem Rücken zusammen, während ich den Blick auf die Rezeptionistin richte.

Sie nimmt Haltung an und hebt den Telefonhörer ans Ohr. „Mr. Logan, hier bei mir steht ein Mr. …“ Ihre Worte laufen ins Leere, denn sie erkennt ihren Fehler. Sie wirkt gedemütigt, es wird noch schlimmer, als eine donnernde Stimme aus dem Telefonhörer zu vernehmen ist. Sie krümmt sich sichtlich und hält den Lautsprecher zu. „Ich habe Ihren Namen nicht verstanden.“

„Das liegt daran, dass ich ihn nicht genannt habe.“ Dabei belasse ich es und beobachte, wie sie auf der Stelle stirbt.

„Ihr Name?“

Ich zeige auf ihren Computer. „Hat das Ding da Ihnen den nicht verraten?“

„Sie sind nicht im System.“

Allmählich verliert sie die Geduld. Ich dagegen bin schon wieder amüsiert, zum – wievielten? – zweiten Mal heute.

„Jake Sharp.“ Ich erlöse sie, und sie nimmt rasch die Hand von der Sprechmuschel. Ihr ist die Erleichterung deutlich anzusehen.

„Mr. Sharp, Sir. Jake Sharp.“ Sie zuckt zusammen und lässt prompt den Hörer fallen.

Logans Ruf eilt ihm voraus, wie es scheint. Ich hätte ja Mitleid mit ihr … wenn ich der mitfühlende Typ wäre. Bin ich aber nicht.

Sie erwischt den Hörer wieder. „Ja, Sir!“ Sie knallt ihn auf die Gabel, setzt sich in ihren Bürosessel und schließt die Augen. „Letzte Tür links.“ Sie zeigt in den Flur.

Ich werfe im Vorbeigehen einen Blick auf die vereinzelt an den Wänden hängenden Leinwände und kann nur die Nase rümpfen über den schlechten Geschmack des berüchtigten Geschäftsmannes. Die Bilder wirken alle, als wären sie völlig planlos mit verschiedenen Farben traktiert und besprenkelt worden. Kunstliebhaber wären sicher entsetzt von meiner

Meinung, aber ich spreche nun mal aus, was ich sehe. Und ich sehe ein Durcheinander.

Ich hebe die Faust, um an die solide Mahagonitür zu klopfen, und höre ein knappes „Herein!“ Ich lasse die Hand wieder sinken, werfe einen Blick über die Schulter und registriere die Kamera an der Wand gegenüber der Bürotür.

„Wie Big fucking Brother“, murmele ich und trete ein. Ich weiß nicht, ob ich beleidigt oder beeindruckt davon sein soll, ihn von zwei Gorillas flankiert vorzufinden.

„Tag auch“, sage ich freundlich und mustere die riesigen Kerle, die mich wachsam im Auge behalten.

Logan deutet auf einen Sessel vor seinem Schreibtisch. „Setzen Sie sich, Sharp.“

Ich schließe absichtlich leise die Tür und gehe lässig zum Sessel, damit seine Gorillas annehmen, alles sei in Ordnung. Ich bin auf Mr. Logan konzentriert, präge mir jedoch gleichzeitig jedes Detail seines Büros ein.

Ich öffne mein Jackett, ziehe die Hosenbeine ein wenig hoch und nehme ruhig Platz. Die Gorillas würdige ich keines Blickes, sonst würden sie glauben, ich fühlte mich durch sie bedroht. Tue ich nicht. Das sind nur Muskelpakete ohne Verstand. Bestimmt kann keiner von denen einen Sprint länger als fünf Sekunden durchhalten.

„Sehr erfreut“, lüge ich und lehne mich zurück. Ich spüre die Feindseligkeit der beiden Schläger körperlich. Die mögen mich nicht. Gut. Ich bin auch nicht hier, um gemocht zu werden.

„Ihr Ruf ist beeindruckend.“ Logan nimmt eine Mappe und blättert darin.

Er will mich glauben machen, dass er da einen ganzen Haufen Informationen über mich hat. Es ist mir peinlich für ihn. In der Mappe steht nichts über mich, doch es wäre dumm, diesen Idioten darauf hinzuweisen, dass ich das weiß. Dafür bezahlt er mich zu gut.

Spiel sein Spiel, Jake.

„Ich versage nie." Es hat wenig Sinn, bescheiden zu sein. Mein Ruf ist tatsächlich ziemlich beeindruckend, jeder, der in der Securitybranche sein Geld wert ist, weiß das. Aber das ist nur eins von den wenigen Dingen, die über mich bekannt sind. Alles andere ist geheim.

Er legt die nutzlose Akte beiseite und erhebt sich aus seinem Sessel. Die Fotos von ihm werden ihm nicht gerecht. In Wirklichkeit ist er noch hässlicher. Camille Logan hat ihr Aussehen von ihrer Mutter, Logans zweiter Frau, von der er inzwischen getrennt lebt. Das habe ich bei meiner Recherche schnell erkannt. Camilles Mutter sieht fantastisch aus und ist wahrscheinlich zwanzig Jahre jünger als Logan. Ehefrau Nummer eins, lediglich zehn Jahre jünger als er und die Mutter seines Sohnes – Camilles Halbbruder TJ –, hat er für Camilles Mutter fallen lassen. Sie ist in ihre Heimat Russland zurückgekehrt, nachdem sie bei einem hässlichen Streit vor Gericht das Sorgerecht für TJ verloren hat. Ihren Sohn ließ sie bei seinem skrupellosen Vater zurück.

Über TJ habe ich natürlich auch recherchiert. Im Gegensatz zu Camille hatte er das Pech, das Aussehen seines Vaters zu erben, statt das seiner schönen russischen Mutter.

Trevor Logan, der in diesem Monat sechzig wird, ist bei Ehefrau Nummer drei angelangt, der Frau, für die er Camilles Mutter verlassen hat. Die ist jünger als Camille und TJ.

„Sie haben die Anzahlung erhalten?", erkundigt Logan sich, geht ans Fenster und kehrt mir den Rücken zu.

„Ja", antworte ich einfach und verzichte darauf, mich bei ihm zu bedanken. Wir müssen eine ausgeglichene Arbeitsbasis schaffen, eine Dankbarkeitsbekundung meinerseits passt nicht dazu. „Wann soll ich anfangen?"

„Sofort." Er dreht sich um und gibt einem seiner Männer ein Zeichen, der daraufhin eine Akte von Logans Schreibtisch nimmt und sie mir reicht. „Alles, was Sie über Camille wissen müssen, steht da drin."

Drohend über mir aufragend, hält Gorilla Nummer eins mir die Mappe hin. Jeder normale Mann wäre aufgestanden, sodass der andere nicht auf diese Weise auf ihn herabblicken kann. Ich bin kein normaler Mann. Ich greife nach der Akte und erwarte, dass er sie loslässt. Aber das scheint er nicht zu wollen. Er will, dass ich daran ziehe, damit ich seinen Widerwillen spüre. Ich sehe ihm in die Augen, tue ihm jedoch nicht den Gefallen, sondern halte die Akte und warte einfach. Ich gebe nicht nach, und es sieht nicht danach aus, als würde er nachgeben. Das könnte eine ganze Weile dauern.

„Grant!", bellt Logan, dem die Feindseligkeit offenbar nicht entgeht. „Gib ihm die verdammte Akte!"

Grant lässt wie eine verängstigte Katze sofort los und überlässt mir die Mappe. Ich koste den Triumph nicht aus, denn damit würde ich mich auf das Niveau dieser beiden Idioten herabbegeben. Ich lege die Akte auf meinen Schoß und blätterte sie kurz durch.

„Meine Tochter ist mir sehr kostbar", sagt Logan.

Ich sehe ihn nicht an – nicht weil ich die Informationen vor mir verarbeite, sondern weil Logan eine Menge Fotos seiner Tochter beigefügt hat, von ihr als Baby bis heute. Keines dieser Bilder war im Internet zu sehen gewesen. Sie sah schon immer toll aus. Ich bleibe bei einem Foto hängen, auf dem sie einen Club verlässt. Es datiert vom Oktober 2015, und sie sieht völlig erledigt aus. Der Ex. Dies ist ein Paparazzo-Foto. Wie viel hat Logan bezahlt, um es aus der Presse herauszuhalten? Es war jedenfalls verschwendetes Geld. Es gibt reichlich von diesen Bildern im Internet, alle zeigen seine kaputt aussehende Tochter in der Gesellschaft ihres süchtigen Exfreundes. Ich verziehe das Gesicht, klappe die Akte zu und schenke Logan meine Aufmerksamkeit.

„Wofür genau engagieren Sie mich?“ Ich weiß, wieso ich hier bin, aber der Grund wurde nur grob angedeutet. Ich muss mehr erfahren.

„Um meine Tochter zu beschützen.“

„Wovor muss sie beschützt werden, Mr. Logan? Gab es eine Bedrohung?“

„Ihre Dienste sind eine Vorsichtsmaßnahme.“

Vorsichtsmaßnahme? Ich glaube ihm nicht. Ich bin eine sehr teure Vorsichtsmaßnahme. „Sie müssen mir schon ein bisschen mehr verraten als das.“ Ich werfe die Akte zurück auf seinen Schreibtisch, wobei ich seinen geschockten Gesichtsausdruck ignoriere. Ich vermute, nicht viele Leute sagen diesem Mann, wie etwas zu laufen hat.

„Ich habe Sie als privaten Bewacher engagiert. Ihr Job ist es, meine Tochter zu beschützen.“

„Wovor, Mr. Logan?“ Ich bin genervt und Frustration meldet sich, was nicht oft passiert. Der Kerl ist ein Arsch. „Je mehr Informationen ich habe, umso besser kann ich meinen Job machen.“

Er stößt hörbar die Luft aus und gibt einem der Riesen neben seinem Schreibtisch ein Zeichen. „Zeig es ihm.“

Ich beobachte, wie einer der Männer einen weißen Umschlag vom Schreibtisch nimmt und ihn mir gibt, diesmal ohne Widerstand. Der Bursche lernt schnell. Ich nehme den Umschlag, ziehe das gefaltete Blatt Papier heraus und finde ein Foto von Camille. Unter ihrem Gesicht stehen folgende Großbuchstaben: T. O. T.

Knapp und prägnant.

„Das kam gestern per Kurier“, erklärt Logan. „Wahrscheinlich handelt es sich bloß um irgendeinen Idioten, der geschäftlich den Kürzeren gezogen hat. Drohungen gehören zu meinem Beruf. Ich bringe viele Leute gegen mich auf.“ Er zeigt auf seinen Security-Mann. „Nur gab es bisher noch nie eine Drohung gegen meine Tochter. Wie ich bereits erwähnte, sind Sie nur eine Vorsichtsmaßnahme. Sie sind der Beste.“

Ich nicke skeptisch und streiche nachdenklich mit dem Daumen über das Papier. „Gestern, sagen Sie?“, frage ich beiläufig und lege das Blatt zur Akte auf den Schreibtisch. Es ist frisch und sauber, es kann nicht durch viele Hände gegangen sein. Es weist keine Falten, Eselsohren oder Knicke auf. Es ist wie neu. Man sollte meinen, wenigstens an irgendeiner Stelle müsste etwas sein, vielleicht nur eine leicht umgebogene Ecke, schließlich steckte es in einem Umschlag, wurde zugestellt und herausgenommen. Wie viele Leute mussten es berührt haben auf seiner Reise in den fünfzigsten Stock? Und keine Spuren?

„Ja, gestern.“

Ich bleibe cool. „Der Name des Kuriers?“

Er winkt ab. „Wir haben etliche Kuriere, die hier ein und aus gehen. Darüber führen wir nicht Protokoll. Die kommen, irgendwer unterschreibt, dann wird die Sendung in das richtige Stockwerk geschickt.“

Ich nehme seine Antwort hin. Zumindest gebe ich mir den Anschein. „Keine Geldforderung?“

„Nein.“

„Keine sonstigen Forderungen?“

„Nichts.“

„Dann will man Ihnen nur Angst einjagen?“

„Die meisten Leute wollen mir Angst machen, Mr. Sharp.“

„Ich würde lieber Ihr Geld nehmen." Ich zucke mit den Schultern und werde immer skeptischer. Irgendwas stimmt hier ganz und gar nicht.

„Jeder hat seine eigene Motivation."

Er sieht mich auf eine Weise an, die mir gar nicht gefällt.

„Ihre dürfte vorläufig das hübsche Honorar sein, das ich Ihnen zahle."

Ich zwinge mich, nicht die Augen zusammenzukneifen, und lächle stattdessen. Logan muss meine Motivation nicht kennen. „Ich werde der Sache nachgehen. Sie wollen sicher wissen, wer für diese Drohungen gegen Ihre Tochter verantwortlich ist." Ich bringe das Gespräch zurück zum Grund für meinen Besuch hier.

„Selbstverständlich."

Logans Gesicht verrät seinen Kummer, was mich ein wenig aus dem Konzept bringt. Er sieht ehrlich beunruhigt aus. Allerdings könnte er ebenso gut gerade dabei sein, den Tod desjenigen zu planen, der seine Tochter bedroht.

„Ich habe Ihrer Kollegin Zugang zu meinen E-Mails und Unterlagen gewährt."

„Gut." Ich nehme mir vor, Lucinda bei der nächsten Gelegenheit anzurufen, und schnappe mir Camilles Akte vom Schreibtisch, um erneut darin zu blättern. „Da steht nichts von einer Beziehung. Hat sie eine?"

„Im Augenblick nicht." Er scheint froh darüber zu sein. „Camille hat kein glückliches Händchen, was die Wahl ihrer Männer angeht. Aber ich beabsichtige, das zu ändern."

„Ach ja?"

„Mein Freund hat einen Sohn. Es ist an der Zeit, dass Camille heiratet und eine Familie gründet. Und sie wird die richtige Entscheidung treffen. Die Verbindung der beiden Familien wird für uns alle von Vorteil sein."

„Mit Ausnahme von Camille“, sage ich. Was wird das? Eine arrangierte Ehe aus dem neunzehnten Jahrhundert?

„Mr. Sharp, Sie sind nicht hier, um meine geschäftlichen Entscheidungen zu hinterfragen.“

Er schaut auf seine Uhr, und ich muss mich beherrschen. Seine Tochter nennt er eine „geschäftliche Entscheidung“? Verdammter Dreckskerl!

„Sie müsste übrigens jeden Moment eintreffen. Es wäre besser, Sie sind nicht dabei, wenn ich ihr erzähle, was passiert ist. Sie kann sehr aufbrausend sein.“ Jetzt sieht er mich beinah liebevoll an. „Hat ihren eigenen Kopf. Sie kennen ja die jungen Frauen.“

Nein, genau genommen kenne ich keine jungen Frauen. „Sie haben ihr von alldem noch gar nichts erzählt?“ Ich bin entsetzt und mache kein Geheimnis daraus. „Sie ist irgendwo dort draußen ohne Schutz unterwegs?“

„Ich wollte vorher alles klären.“

Ich bin nicht oft überrascht. Es braucht schon einiges, um mich zu erschüttern, nach allem, was ich erlebt habe. Jetzt bin ich erschüttert. „Das Leben des Mädchens könnte gefährdet sein, und sie weiß das nicht einmal? Sie fährt in diesem auffallenden Mercedes-Cabrio durch die Straßen Londons und Sie gestatten ihr das?“

„Sie ist sehr starrsinnig“, murmelt Logan fast reuevoll. „Ich habe versucht, sie dazu zu bewegen, bei ihrer Mutter zu bleiben, aber davon wollte sie nichts hören. Und ich kann Ihnen schon mal versichern, dass sie ganz und gar nicht glücklich darüber sein wird, Sie als Bewacher zu haben.“

Ich stoße die Luft aus. „Verstecken kann ich mich schlecht“, erwidere ich, während ich mich erhebe. Man kann jemanden nur beschützen, wenn derjenige auch beschützt werden will. Ich dachte, sie *wollte* beschützt werden.

Nach wie vor verblüfft entferne ich mich von den drei Männern. Ich spüre die Waffe hinter meinem Rücken, und es juckt mich, sie zu ziehen, um Trevor Logan eine Kugel in die Stirn zu jagen – als Strafe dafür, dass er ein narzisstisches Arschloch ist und eine solche Rotzgöre in die Welt gesetzt hat. „Sie haben eine halbe Stunde, dann bin ich weg", sage ich über die Schulter, als ich die Tür öffne. Den Vorschuss werde ich als Aufwandsentschädigung behalten und dafür, dass ich in die Irre geführt wurde. Ich muss Lucinda veranlassen, mir rasch einen neuen Auftrag zu suchen. Irgendwo auf der Welt. Ist mir egal. Hauptsache, ich habe etwas zu tun.

Während ich über den Flur gehe, ziehe ich mein Handy aus der Tasche und stelle die Stoppuhr ein. „Die Zeit läuft, Logan", murmele ich.

4. Kapitel

Cami

Logan Tower. Vor diesem Gebäude graut mir, denn wenn ich in Dads Büro zitiert werde, bedeutet das für gewöhnlich, dass mir nicht gefallen wird, was er mir mitzuteilen hat. Was auch immer es sein mag, ich werde es als Einmischung empfinden. Dad hingegen wird es als geschäftliche Angelegenheit betrachten. Deshalb bin ich in seinem Hauptquartier. An seinem Arbeitsplatz. Dem Ort, an dem er seine Geschäfte tätigt. Wäre es in dem Anruf heute Morgen darum gegangen, dass Vater und Tochter Zeit miteinander verbringen, befände ich mich jetzt auf seinem weitläufigen Anwesen vor der Stadt. Dort würde ich die Zähne zusammenbeißen, um seine herrische aktuelle Ehefrau Chloe zu ertragen und mir anzuhören, welche Männer seiner Ansicht nach am besten zu mir passen und gleichzeitig seinen Ansprüchen genügen. Seinen, nicht meinen. Was bedeutet, sie sind reich, aber leider auch unendlich langweilig, weil ihnen außerhalb des Berufs jede Persönlichkeit fehlt.

Ich hasse es, dass ich jedes Mal aufs Neue Mut aufbringen muss, wenn ich hier bin. Ich werde mich nie seinen unzumutbaren Forderungen beugen, egal, wie sie lauten mögen. Zum Beispiel sein Versuch, mich dazu zu zwingen, Jura zu studieren statt Mode. Oder als ich mich an der University of London einschreiben sollte, aber das London College wählte.

Oder sein Versuch, mich mit einem Geschäftspartner zu verkuppeln, als ich anfing, mit Sebastian auszugehen. Alle seine Ehefrauen passten sich ihm an und stellten keine Fragen, meine Mutter eingeschlossen. Ich werde das nicht tun, und er kann sich dafür nicht von mir scheiden lassen. Er ist mein Dad, und ich liebe ihn, doch er ist auch ein Tyrann.

Ich betrete widerstrebend sein Büro, wo Pete und Grant sich zu beiden Seiten seines Schreibtisches aufgebaut haben. Die sind nicht bloß zum Spaß hier. Mein Vater ist ein rücksichtsloser Geschäftsmann, der auf seinem Weg an die Spitze viele Leute gegen sich aufgebracht hat. Wie damals, als er den neunzigjährigen Vorstandsvorsitzenden einer Seniorenheimkette nach einer feindlichen Übernahme aus dem Unternehmen drängte. Der Mann starb eine Woche später, eine Woche danach wurde eins von Dads Gebäuden in Brand gesteckt. Oder als Dads Rivale und Mitbieter im Kampf um eine Hotelkette wegen sexueller Belästigung einer Mitarbeiterin verhaftet wurde. Das führte dazu, dass der Mann sein Gebot zurückziehen musste. Es hieß, Dad habe die Frau für ihre Anschuldigungen bezahlt. Der Verdacht blieb unbewiesen, ich glaube bis heute, dass mein Vater etwas damit zu tun hatte. Ich trage keine rosarote Brille. Er ist kaltschnäuzig und rücksichtslos.

Ich schenke den beiden Security-Leuten ein gezwungenes Lächeln, was sie gewohnheitsmäßig erwidern, dann richte ich meine Aufmerksamkeit auf meinen Vater, der hinter seinem Schreibtisch sitzend Hof hält.

„Mein Augenstern!“

Für einen Mann mit seinem Umfang ist er erstaunlich schnell auf den Beinen, noch ehe ich den Besuchersessel erreicht habe.

„Lass dich in den Arm nehmen!“

Ich gebe nach, bin jedoch misstrauisch wegen seiner Überschwänglichkeit. Meine Besorgnis nimmt mit jeder Minute zu. „Was ist los?“ Ich mustere Pete und Grant. Beide meiden meinen Blick. Das verheißt nichts Gutes.

„Nichts, Liebes.“

Er hält mich nach der Umarmung an den Oberarmen fest und lächelt liebevoll. Er hat sich wieder die Haare schwarz gefärbt. Ich wünschte, er würde endlich kapitulieren und sich mit dem Silbergrau abfinden. Damit würde er viel vornehmer aussehen und weniger, als versuche er verzweifelt, mit seiner neuen Ehefrau mitzuhalten. Denn das ist ohnehin unmöglich, da er diesmal eine geheiratet hat, die sogar ein Jahr jünger ist als ich.

Ich erschauere bei dem Gedanken an Chloe, Gattin Nummer drei, wegen der er meine Mutter fallen gelassen hat. Sie ist sehr schön, aber leider nicht die Hellste. Die Gute will nur meine Freundin sein. Da steche ich mir lieber Nägel in die Augen.

„Setz dich.“

Er drückt mich buchstäblich in den Sessel hinunter. Meine Besorgnis nimmt zu, weil er nicht seinen üblichen Platz hinter seinem übertrieben großen Schreibtisch einnimmt, wo er thront wie der König im Schloss. Stattdessen zieht er sich einen Sessel heran und setzt sich neben mich, wobei er an seiner goldenen Krawattennadel herumspielt.

„Du siehst heute besonders schön aus.“ Er berührt eine Strähne meines Haars und legt den Kopf nachdenklich schief. „Ich bin so stolz auf dich, Liebes.“

„Ja?“, frage ich vorsichtig. Was läuft hier? Erneut riskiere ich einen Blick auf Grant und Pete. Ihre Mienen verraten nichts.

„Und ich würde alles tun, um deine Sicherheit zu gewährleisten.“

Oh Shit. Hat mich schon wieder ein verdammter Fotograf erwischt, wie ich torkelnd eine Bar verlasse? Konnte man sehr undamenhaft meinen Slip sehen, als ich in ein Taxi stieg? Es spielt keine Rolle, ob es unschuldig und harmlos war. Tausende junge Frauen feiern jeden Abend. Dummerweise lassen die Paparazzi es in meinem Fall ordinär aussehen. Seit ich in der Entzugsklinik war, brauche ich bloß an einer Flasche Wodka zu schnuppern oder beim Blinzeln erwischt zu werden, und sofort heißt es in der Presse, ich sei erneut auf dem besten Wege, mich selbst zu zerstören. Dabei liegt diese Zeit hinter mir, obwohl ich manchmal noch zu kämpfen habe. Aber das braucht Dad ja nicht zu wissen. Der ist auch so schon unerträglich genug.

„Dad." Ich lehne mich nach vorn, bereit, meine Unschuld zu beteuern und ihm zu versichern, dass ich nicht vorhabe, mich jemals wieder an diese dunklen Orte zu begeben. „Ich habe nicht ..."

„Hör mir einfach für einen Moment zu."

Zu meiner Überraschung und zweifellos auch zum Erstaunen meines Vaters tue ich das wirklich. Ich halte den Mund und lasse ihn sagen, was er auf dem Herzen hat, denn meine empfindlichen Sensoren signalisieren mir, dass es ernst ist.

„Ich habe gestern etwas erhalten", beginnt er.

„Was?"

Er seufzt und nimmt meine Hände in seine, als wolle er mir beistehen. Das gefällt mir nicht. Kein bisschen. Ich habe meinen Vater schon in vielen Verfassungen gesehen, aber in dieser hier noch nicht. Er ist besorgt.

„Eine Nachricht."

„Eine Nachricht?", wiederhole ich. „Was für eine Nachricht?"

„Eine bedrohliche."

Ich könnte lachen. Mein Dad wird täglich bedroht, deshalb hat er Pete und Grant ständig um sich. Warum jetzt auf einmal diese Besorgnis? „Und?“, frage ich unbekümmert.

„Die Drohung gilt dir.“

Perplex starre ich ihn an. Mehr muss ich nicht wissen. Seine Worte, seine Angespanntheit, während er meine Hand hält, und die Art, wie er mich entschuldigend ansieht, sagt mir, dass er diese Drohung ernst nimmt.

Ich werde ärgerlich, und das weiß er. Ich versuche, mich weitgehend vom Unternehmen meines Vaters fernzuhalten. Ich arbeite hart, verdiene mein eigenes Geld und bemühe mich, meinen eigenen Weg zu gehen. Der einzige Einfluss, den ich ihm gestatte – und natürlich ist es kein geringer –, ist mein Apartment. Besser gesagt sein Apartment. Es gehört ihm, aber ich bestehe darauf, Miete zu zahlen. Die Tatsache, dass die Miete von meinem Konto abgebucht und auf einem anderen meiner Konten gutgeschrieben wird, zusammen mit den Fünfzigtausend monatlich, die er mir überweist, ist bedeutungslos. Ich habe keinen Penny davon je angerührt und beabsichtige es auch nicht.

Mein Halbbruder TJ dagegen arbeitet für unseren Vater. Er ist in sämtliche Geschäfte involviert und tritt als knallharter Geschäftsmann in Dads Fußstapfen. Allerdings ist er weitaus sympathischer als mein Vater. Das sagt jeder. Ich liebe ihn innig, nur lebt er recht gut davon, der Sohn eines der reichsten und mächtigsten Männer Londons zu sein. Er *will* ein Teil von alldem sein. Er ist ganz der Sohn unseres Vaters, so viel ist sicher. Warum wird er nicht bedroht? Nicht dass ich ihm das wünsche, niemals, aber es ergäbe mehr Sinn.

„Jetzt hör mir zu, Liebes.“

Mein Vater macht vorsichtig weiter, wahrscheinlich rechnet er jeden Moment mit einem Schwall Kraftausdrücke aus meinem Mund. Könnte ich einen Satz formulieren, würde ich es tun, doch ich kann nicht. Ich bin zu durcheinander. Was hat das alles zu bedeuten?

„Es ist bloß eine leere Drohung, davon bin ich überzeugt“, fährt er fort. „Dennoch habe ich Vorsichtsmaßnahmen getroffen.“ Er berührt meine Wange und streichelt mich beruhigend mit seinem dicklichen Daumen. „Ich kann nicht vorsichtig genug sein mit meinem kleinen Augenstern, nicht wahr?“

Ich sehe ihn nur an. Durch den Nebel aus Verwirrung und Schock gelingt es mir, eine Sache zu begreifen. Er glaubt absolut nicht daran, dass es sich nur um eine leere Drohung handelt. „Okay.“

Er kann sein Erstaunen nicht verbergen. Seine Tochter, die er offen als „trotziges Energiebündel“ bezeichnet, hat sich ihm und seinen Vorsichtsmaßnahmen gerade gefügt. Neben dem Erstaunen erkenne ich seine Erleichterung, das unterstreicht nur, für wie ernst er die Lage hält.

„Braves Mädchen.“ Er beugt sich vor und gibt mir einen zärtlichen Kuss auf die Stirn, dann steht er auf und schnippt mit den Fingern befehlend Pete zu. „Bring ihn herein.“

Ich werfe Pete einen fragenden Blick zu. Er neigt beflissen seinen großen Kopf auf dem dicken Hals und verlässt den Raum.

Ihn? Bring *ihn* herein? „Was ist los?“ Ich richte mich im Sessel auf, während mein Vater sich in seinen plumpsen lässt.

Er geht nicht darauf ein, sondern fängt stattdessen an, auf seinem iMac herumzutippen und konzentriert auf den Bildschirm zu schauen. „Grant, sorg dafür, dass mein Wagen in einer halben Stunde bereitsteht.“

„Jawohl, Sir.“

Grant verlässt uns, ohne ein Wort oder auch nur einen Blick an mich zu richten. Dad und ich sind allein in seinem Büro.

Ich kann mich nicht daran erinnern, wann ich das letzte Mal mit meinem Vater allein war. Er hat entweder ständig seine Aufpasser um sich oder seine blöde neue Frau an seiner Seite.

Ich lehne mich zurück und betrachte den Mann hinter dem Schreibtisch, meinen Vater, und versuche, aus ihm schlau zu werden. Das gelingt mir nicht. Besorgnis und Stress scheinen verschwunden zu sein. „Dad, wirst du …?"

Die Tür geht auf, und ich drehe den Kopf in die Richtung. Pete füllt praktisch den Türrahmen aus und blickt ziemlich finster drein. Was ist dem denn über die Leber gelaufen?

Er tritt ein. „Sir", murmelt er und macht Platz für …

… einen Mann.

Ich bekomme sofort einen trockenen Mund und kein Wort heraus.

Wer zur Hölle ist das?

Er?

Meine Augen brennen vor Entzücken und Neugier. Wow, sieht der gut aus – groß und muskulös unter dem grauen Anzug, aber ein Muskelprotz ist er nicht. Er steht mit leicht gespreizten Beinen da und wirkt stark und machtvoll. Und er ist verdammt sexy.

Ich mache den Mund auf, sammle Spucke und schlucke unablässig, während mein Blick auf dieses gut aussehende Gesicht geheftet ist. An seinen Wangen sprießen gleichmäßig dunkle Stoppeln, was zu seinem kurzen unfrisierten Haar passt, das an den Schläfen angegraute Strähnen aufweist. Und dann diese Augen. Dunkles, sehr dunkles Braun. Er sieht mich mit der gleichen Intensität an wie ich vermutlich ihn. Ich rutsche nervös hin und her, mein Verstand schreit, ich soll endlich etwas sagen. Aber da kommt nichts. Ich schaffe es lediglich, diesen absurd tollen Mann, der da gerade das Büro meines Vaters betreten hat, anzusehen.

Mit ein paar Schritten auf langen Beinen ist er bei mir. Ich kann den Blick immer noch nicht von ihm abwenden und muss aufsehen, als er nah bei mir ist. Er verzieht keine Miene, wirkt jedoch ernst. Er reicht mir eine große Hand, und ich sehe sie an.

„Jake Sharp", sagt er.

Bei diesen zwei Worten läuft mir ein Schauer den Rücken hinunter, sodass ich mich unwillkürlich gerade aufsetze. Es ist wahnsinnig heiß hier drin.

Ich begrüße ihn, beobachte, wie meine schmalen Finger von seinen starken umschlossen werden, und ein seltsames Gefühl überkommt mich. Meine Hand. Sie fühlt sich so geborgen in seiner – natürlich eine dumme Überlegung.

Lange liegt sie auch nicht in seiner. Er lässt sie los und zieht den Arm schnell wieder zurück. Ich sehe ihm ins Gesicht, bemerke sein Erstaunen, sein verwirrtes Kopfschütteln, ehe er sich an meinen Vater wendet.

„Können wir?", fragt er nur.

Die Präsenz dieses fremden Mannes ist spürbar. Gegen ihn wirken Pete und Grant wie zwei lächerliche Muskelpakete.

„Passen Sie gut auf sie auf", sagt mein Vater.

„Sie ist in sicheren Händen."

Sharp schaut seltsam auf seine Finger hinunter und dreht sie um.

Ich verspüre den Wunsch, sie zu nehmen und jede der vielen Linien auf seinen Handflächen zärtlich nachzuzeichnen. *In sicheren Händen.* Meine Hand in seiner hat sich schon sehr sicher angefühlt, also kann ich erahnen, wie sicher ich mich in seinen Armen fühlen würde.

Wer ist Jake Sharp? Ich entspanne mich ein wenig, mein Körper schmiegt sich in den Sessel. Stünde dieser Mann auf der Gehaltsliste meines Vaters, würde ich möglicherweise öfter in seinem Büro vorbeischauen.

Vielleicht ersetzt Dad Pete oder Grant durch ihn. Vielleicht hat er erkannt, dass er Geschwindigkeit und Wendigkeit statt plumper Muskelpakete braucht. Oder …

Meine Gedanken laufen ins Leere, als mir die Worte meines Dads ins Bewusstsein dringen. *Passen Sie gut auf sie auf.*

Ich stehe, ehe mir klar ist, dass ich aufstehe, nur scheinen meine Beine noch nicht bereit zu sein, mein Gewicht zu tragen. Ich stolpere Sharp praktisch in die starken Arme. Er weicht keinen Millimeter, sondern bleibt hoch aufragend und solide. Die einzige Bewegung ist die seiner Arme, mit denen er mich hält.

„Vorsicht“, ermahnt er mich sanft und wartet, bis ich wieder sicher stehe. „Alles in Ordnung?“

Er sieht mich an, doch seine Miene verrät nichts.

Sofort vermisse ich die Wärme seiner breiten Brust. Er ist so ziemlich der perfekteste Mann, den ich je gesehen habe, und das heißt schon was, da ich mit unzähligen schönen Männern Fotoshootings absolviert habe. Er ist ein echter Mann – groß, stark, reif. Der steife Hemdkragen und die tadellos gebundene Krawatte können die urwüchsige Energie, die er ausstrahlt, kaum verbergen.

Du liebe Zeit!

Ich ringe um Fassung und wende mich an meinen Vater. „Was meinst du damit, er solle gut auf mich aufpassen?“, will ich wissen.

„Ich habe Sharp engagiert, damit er auf dich achtgibt“, erklärt er. Sharp hüstelt, worauf Dad das rasch umformuliert: „Er ist in nächster Zukunft dein Bodyguard. Der beste Schutz, der für Geld zu haben ist.“

„Wie bitte?“, stammele ich. „Er …“ Ich zeige in die grobe

Richtung, in der sich Sharp befindet, und prompt stoße ich mit der Hand gegen seinen festen Bizeps, sodass ich erschrocken zurückzucke. Verflucht, der ist wie Action Man. „Er ist mein Bodyguard?"

„Ja." Mein Vater nickt mit Bestimmtheit.

„Nein." Ich lache und sehe zu Sharp. „Nichts für ungut."

„Kein Problem", erwidert er völlig unbeeindruckt, als habe er erwartet, Gegenstand dieses kleinen Familiendramas zu werden.

Ich wende mich ab, weil ich Angst habe, in lüsternen Flammen aufzugehen, wenn ich diesen Mann zu lange anschaue. Dad wirkt jetzt angespannt vor Frustration.

„Camille Logan, darüber diskutiere ich nicht. Ich habe Sharp engagiert, um dich zu beschützen, und du wirst deswegen keine Schwierigkeiten machen!"

„Ich bin eine erwachsene Frau", sage ich ruhig, obwohl es in mir brodelt. „Ich habe einen vollen Terminkalender – Modelverträge, die erfüllt werden müssen, Meetings, zu denen ich erscheinen muss."

Das herablassende Schnaufen meines Vaters hat die gleiche Wirkung wie immer, wenn er seine Missbilligung für meinen Beruf zeigt.

„Du meinst, du musst hübsch aussehen für die Kamera?"

„Und einen Deal für meine neue Modekollektion aushandeln", füge ich beherrscht hinzu. „Und sie anschieben, um mir einen Namen über meine Modelkarriere hinaus zu machen."

„Camille, wie oft muss ich es dir noch sagen?" Mein Vater seufzt. „Du und deine verrückte Freundin, ihr vergeudet nur eure Zeit. Es gibt schon unzählige Modemarken."

Ich beiße die Zähne zusammen. Er begreift es einfach nicht. „Dann kann eine mehr auch nicht schaden, oder?" Ich werfe einen Blick zu dem starken Mann neben mir. „Ich bezweifle, dass Mr. Sharp Freude daran haben wird, der Oberflächlichkeit meines nutzlosen Berufes ausgeliefert zu sein."

Sharp mustert mich aus dem Augenwinkel. „Ich ertrage, was sein muss."

„Wie kommen Sie auf dem Laufsteg klar?" Die Frage meine ich ernst. Mal sehen, ob ihm bewusst ist, worauf er sich einlässt. „Vielleicht kann ich Sie in einer Kampagne gebrauchen." Das leichte Zucken einer seiner Augenbrauen verrät, was er davon hält. Gut.

„Machen Sie mir da ein Angebot? Sie könnten mir Unterricht geben. Sie sind schließlich die Expertin."

Er scheint es so ernst zu meinen wie ich.

„Soll ich?" Ich muss aufpassen, dass ich ihn nicht blöd angaffe. Er macht sich über mich lustig, doch dieses Spiel beherrsche ich ebenfalls. „Nehmen Sie mal eine Pose ein."

„Wenn Sie Glück haben." Er strafft die Schultern.

Ich versuche, mir eine passende Erwiderung einfallen zu lassen. „Ich glaube, Sie würden in einem Rock toll aussehen."

„Man hat mir schon gesagt, ich hätte großartige Beine."

Unwillkürlich schaue ich auf seine Beine. Lang und muskulös. Sofort richte ich den Blick zu Boden. Wie ist das passiert? Wieso lasse ich mich auf ihn ein?

Wütend sehe ich meinen Vater an. „Ich brauche und will keinen Bodyguard, der mir tagsüber folgt."

Sharp räuspert sich. „Nicht nur tagsüber", stellt er klar. „Rund um die Uhr."

Wüsste ich es nicht besser, würde ich glatt glauben, dass ihm das Spaß macht. „Rund um die Uhr?"

„Vierundzwanzig Stunden am Tag, sieben Tage die Woche."

Da ist ein boshaftes Funkeln in Sharps dunklen Augen, das ich am liebsten abgestellt hätte.

„Ich werde jeden Ihrer Schritte bewachen."

Ich gebe mich gelassen und wende mich wieder an meinen Vater, wobei ich das in mir erwachende prickelnde Verlangen ignoriere, das mich beinah aus dem Konzept bringt. „Sie dringen nicht in meine Privatsphäre ein", stelle ich ruhig klar und hebe meine Tasche vom Fußboden auf. „Und Sie sagen mir nicht, was ich zu tun habe."

„Ich werde das nicht hinnehmen!", ruft Dad.

Ich zucke nicht mal zusammen. Mit seiner Geduld geht es zu Ende. Mit meiner auch.

Ich habe keine Ahnung, was ich erwartet habe, als mein Vater mir erklärte, er habe angesichts der Drohung gegen mich Vorsichtsmaßnahmen getroffen. Doch mit diesem Wesen habe ich nicht gerechnet. Eher mit einem Chauffeur oder einer Ausgangssperre. Alle Männer, mit denen ich je zusammengearbeitet habe, mussten sich anstrengen, um auf einem Foto Charisma zu erzeugen. Sharp dagegen versprüht diese enorme natürliche Aura, die über eine rein männliche Ausstrahlung hinausgeht. Sie ist fast unerträglich … und unglaublich sexy.

„Ich weigere mich schlicht, mich von einem deiner Lakaien beschatten zu lassen." Ich wende mich zum Gehen, höre das Handy in meiner Handtasche und ein frustriertes Stöhnen meines Vaters. Während ich den Weg fortsetze, krame ich in meiner riesigen Tasche, finde das Telefon und lese auf dem Display eine Nachricht von Heather.

Sebastian ist wieder in der Stadt.

Mir stockt das Herz, und ich verharre unvermittelt kurz vor der Tür. Ich starre auf die Nachricht, in der Hoffnung, sie würde sich vielleicht verändern und einen völlig anderen Text ergeben. Doch nachdem ich sie zum fünften Mal gelesen habe, stehen da immer noch dieselben schrecklichen Worte. Das kann nicht wahr sein.

Mein Ex ist zurück? Das ist übel. Richtig übel.

Endlich bin ich auf die Beine gekommen. Es hat unendlich viel Kraft gekostet, wieder zu mir selbst zu finden. Und nun ist er zurück in London. Mein inneres Gleichgewicht, um das ich jeden Tag aufs Neue ringe, ist plötzlich brüchig. Ich verfluche die verräterischen Tränen, die in meinen Augen brennen, und atme tief ein und aus. Doch noch während ich mir einrede, dass ich inzwischen stärker bin als je zuvor, wird mir langsam etwas klar.

Ich drehe mich zu meinem Vater um. Er weiß längst, dass Sebastian Peters wieder in der Stadt ist. Natürlich weiß er das. Diese Bodyguard-Geschichte ist Teil eines ausgeklügelten Plans, um mich von Sebastian fernzuhalten.

Im Stillen bewundere ich seine Kreativität, seine Heimlichtuerei ist keine wirkliche Überraschung. Mich durch einen Bodyguard beschatten zu lassen hat für ihn den Vorteil, dass er über mein Leben auf dem Laufenden bleibt. Schließlich wird Sharp ihm täglich Bericht erstatten müssen.

Ich knirsche mit den Zähnen und verziehe wütend das Gesicht. Er vertraut mir nicht? Glaubt er etwa, ich werfe mich gleich wieder in Sebs Arme und lasse mir Koks von ihm unter die Nase halten?

„Du kennst mich kein bisschen, oder?“, schleudere ich ihm entgegen und gehe.

5. Kapitel

Jake

Ich reibe mir das Kinn, während ich ihr hinterherschaue, wie sie aus dem Büro ihres Vaters verschwindet. Überraschenderweise betrachte ich sie nicht als verzogene Göre. Da sind keinerlei Anzeichen zu erkennen, dass sie eine zügellose, selbstsüchtige Zicke ist. Was ich in Wahrheit sehe, ist eine unabhängige, aufgeweckte junge Frau.

Das ist nicht das, was ich erwartet habe. Eigentlich müsste ich erleichtert sein darüber, doch mein pochendes Herz, das Durcheinander meiner Gedanken … und mein sich ärgerlich sehnender Schwanz warnen mich, nicht zu voreilig zu sein. Meine Füße scheinen auf einmal einen eigenen Willen zu haben, denn sie tragen mich aus Logans Büro und nehmen die Verfolgung seiner Tochter auf.

Sie beschützen. Das ist simpel und wird mich eine Weile beschäftigen.

Ich bewege mich wie auf Autopilot, meine Schritte sind lang und schnell, während ich über den Flur zu den Fahrstühlen gehe. Aber dann erhasche ich einen Blick auf Camille, die gerade um die Ecke verschwindet, allerdings nicht in die Richtung, in der sich die Fahrstühle befinden.

„Dieses verdammte kleine …“ Ich renne schon, bevor der Impuls sich meldet und befiehlt … *Los, schnapp sie dir!*

Ich stoße die Tür zum Treppenhaus auf, die schwere Holztür kracht gegen die Backsteinwand, was ein lautes Echo auslöst. Ich bleibe stehen und widerstehe dem Wunsch, die Waffe zu ziehen.

Camille türmt bloß, das ist alles. Auf keinen Fall sollte ich ihr mit meiner Heckler Todesangst einjagen. Ich zwinge mich, normaler zu atmen, und lausche dem Klappern ihrer Absätze.

„Ob es dir passt oder nicht, hier komme ich", murmele ich und sprinte die Treppe hinunter. Da ich schnell bin, vergehen nur wenige Sekunden, bis ich aufgeholt habe und ihre zierliche Hand auf dem Geländer entdecke. Unwillkürlich denke ich an die absurd hochhackigen Schuhe an ihren Füßen. Sie wird sich das Genick brechen.

Und noch nie wurde eine Person verletzt, die ich bewacht habe, ob durch einen Unfall oder sonst wie. *Verdammt sei sie!*

Ich beschleunige mein Tempo und bin erleichtert, als sie endlich vollständig in Sicht kommt. Das ist eine verrückte Reaktion auf eine verrückte Situation, allerdings hat auch noch nie eine zu bewachende Person versucht, vor mir zu fliehen. Oder eine Frau. Ich fliege an ihr vorbei, lande auf dem Treppenabsatz unter ihr und wirbele herum, um sie anzusehen. Mist, ich schwitze. Nur ein paar Treppen – und mir läuft der Schweiß herunter. Was ist los mit mir?

Sie bekommt nicht die Zeit herauszufinden, was da gerade an ihr vorbeigesaust ist. Sie schafft es nicht zu stoppen, sondern prallt gegen meine Brust und schreit auf. Ich schließe die Arme um sie und halte sie fest.

Ich schnappe ebenfalls nach Luft, ohne zu wissen, warum. Die Berührung ihres zierlichen Körpers an meinem erzeugt einen heißen Blitz, der mich durchzuckt, direkt bis hinunter … zu meinem Schritt.

Shit!

Ich lasse sie los, noch bevor ich sicher bin, dass sie die

Fassung wiedergewonnen hat, und mache zur Sicherheit ein paar Schritte zurück. Ich bin angespannt. Mein Herz spielt verrückt. Was soll das?

Ich presse mir einen Handballen an die Stirn und schließe für einen Moment die Augen.

Verschwinde, Jake. Verschwinde einfach.

Ich habe keine Ahnung, wie lange ich dort stehe und dieses Mantra in Gedanken aufsage, doch als ich sie endlich wieder ansehe, ist sie immer noch da, direkt vor mir. Sie sieht ziemlich ruhig und gefasst aus. Das kann ich von mir wohl nicht behaupten, ihre Selbstbeherrschung zwingt mich jedoch, meine Gedanken unter Kontrolle zu bringen.

Sie hebt ihr süßes kleines Kinn und macht ein entschlossenes Gesicht. Für einen kurzen Moment genieße ich die Betrachtung ihrer Haltung, die äußerst sexy ist. Dann aber spricht sie, und das erinnert mich an meine Aufgabe.

„Ich bin nicht damit einverstanden, dass Sie mich beschatten. Ich möchte mein Leben ungestört weiterführen."

„Ob es Ihnen passt oder nicht, wir zwei werden einander sehr nah sein." Sofort bereue ich meine Wortwahl, denn ihr klappt die Kinnlade herunter … und das hat zur Folge, dass ich ihre pinkfarbene Zungenspitze sehe, was den heftigen Wunsch in mir weckt, sie zu küssen. Leidenschaftlich.

Erneut weiche ich zurück, um ein wenig Abstand zwischen uns zu bringen. Sie tut das Gleiche. Ich nutze ihr Bedürfnis, Distanz zu mir herzustellen, ungeachtet der Tatsache, dass ich selbst zurückgewichen bin. „Keine Sorge, ich beiße nicht." Das ist eine glatte Lüge. Nur zu gern würde ich an ihr knabbern …

„Vielleicht ich aber."

Ich schaue sie verblüfft an, ehe ich es verhindern kann. Sie ist schlagfertig, das muss ich ihr lassen. „Tja", erwidere ich trocken, „man hat mir schon gesagt, ich sei lecker."

Ihre Miene verfinstert sich. „Sie sehen ein bisschen zu hart aus für meinen Geschmack."

„Natürlich, Sie bevorzugen den hübschen Typ, was?" Ich stehe gerade vor ihr und räuspere mich, um die Tatsache zu unterstreichen, dass ich das Gegenteil der herausgeputzten braven Männer bin, an deren Seite sie fotografiert wird.

Sie macht einen Schritt auf mich zu, selbstbewusst, doch ihre Augen verraten, dass sie versucht, mich nicht allzu genau zu mustern.

„Und was für ein Typ sind Sie?" Sie legt den Kopf schief, während sie auf meine Antwort wartet.

Diese Frage bringt mich fast aus dem Konzept. „Das wollen Sie gar nicht wissen", sage ich ehrlich. Dass ihre Augen sich vor Erstaunen leicht weiten, lässt mich kalt. Ich rufe mir ins Gedächtnis, weshalb ich hier bin – und zwar nicht, um sie aufzustacheln.

Camille hat sich rasch wieder im Griff und hängt sich ihre Tasche um. „Es gibt gar keine Drohung, oder? Mein Exfreund ist in der Stadt, und das ist der einzige Grund, aus dem mein lieber Vater Sie engagiert hat, stimmt's?"

Mein erster Gedanke ist: Dieser drogensüchtige Exfreund ist zurück – warum weiß ich das nicht? Mein zweiter lautet: Falls er ihr zu nahe kommt, jage ich ihm eine Kugel in den Schädel.

Der letzte Gedanke ist rein beruflich, weil es meine Pflicht ist, sie zu beschützen. „Die Drohung ist real, Miss Logan." Ich schalte wieder auf professionell um – der Modus, in dem ich mich ohnehin stets befinde. Weshalb der momentan gestört ist, muss ich dringend herausfinden, um es abstellen zu können. „Ich wurde nicht engagiert, um Sie von Ihrem Exfreund fernzuhalten", erkläre ich mechanisch, obwohl ich natürlich genau das tun werde. Ich habe Fotos von Camille während dieser kurzen Liaison gesehen. Da war sie ein Schatten der Frau, die jetzt vor mir steht – dieser schönen, intelligenten, verführerischen Frau.

Verführerisch?

Mir entgeht die Ironie der Situation nicht. Täglich begegnen mir Frauen, die sich mächtig ins Zeug legen, um meine Aufmerksamkeit zu bekommen. Und diese Frau kriegt sie, ohne sich darum zu bemühen. Verdammt, sie ist wirklich die attraktivste, *verführerischste* Frau der Welt. Ich schüttele den Kopf über mich und verdränge diese unprofessionellen Gedanken. Erneut.

„Na klar", spottet sie und schiebt sich unerwartet an mir vorbei.

Im nächsten Moment habe ich sie gegen die Wand gedrückt. Und frage mich prompt, was jetzt schon wieder geschehen ist.

„Du lieber Himmel", haucht sie erschrocken, ihr Atem streift meinen Hals.

Vermutlich habe ich ihr Angst gemacht, doch diese Einschätzung ändert sich, als ich trotz Jackett ihre harten Brustwarzen an meiner Brust spüre. Ich atme tief ein und aus. Langsam beuge ich die Knie, damit mein Gesicht auf gleicher Höhe mit ihrem ist.

Was tue ich da? Das ist dumm. Lass sie los. Tritt zurück!

Mit großen Augen sieht sie mich an, ich erkenne Unsicherheit in ihrem Blick und … Begierde flackert darin auf. Normalerweise wäre das keine Überraschung für mich, nur vermute ich, dass in meinen Augen beängstigenderweise das Gleiche zu sehen sein dürfte.

Sie schluckt, blinzelt, schaut woandershin. „Ich bin mir sicher, dass zu Ihren Pflichten nicht gehört, mich mit Gewalt festzuhalten."

„Machen Sie keine plötzlichen Bewegungen", warne ich sie und verbanne alle sündigen Bilder, die ihre Worte in meinem Kopf auslösen, in den hintersten Winkel meines Bewusstseins. „Ich dachte, Sie wollten wieder weglaufen." Ich lasse sie los, und sie streckt sich, wobei sie mich aus schimmernden bernsteinfarbenen Augen ansieht.

„Da ich Sie anscheinend nicht loswerde, sollten wir ein paar Regeln festlegen."

Ich nicke, denn das ist eine gute Idee. Grundregeln aufstellen. Grenzen definieren. „Nur zu", ermutige ich sie.

„Reden Sie nicht mit mir", sagt sie, den Blick abwendend. „Und fassen Sie mich nicht an."

Erneut nicke ich sofort zustimmend. Das ist wahrscheinlich das Beste.

Camille macht eine Pause. Was denkt sie?

„Na schön." Sie tritt zögernd einen Schritt auf mich zu. „Ich gehe jetzt an Ihnen vorbei. Ich sage das nur, damit Sie mich nicht wieder attackieren, als wären wir beim Rugby."

Ich halte den Mund und mache ihr ein Zeichen voranzugehen. Rasch marschiert sie los, und ich folge ihr. Reiße mich zusammen.

Sehr.

Andernfalls würde ich etwas äußerst Törichtes tun.

6. Kapitel

Cami

Ich zittere immer noch, als ich hinaus in die frische Luft trete, ohne mich auch nur an einen einzigen Schritt zu erinnern, der mich hierher gebracht hat. Meine Atmung ist völlig außer Kontrolle. Er ist hinter mir, hält Abstand, was ich jedoch nach wie vor viel zu nah finde … für mein inneres Gleichgewicht.

Ich stoppe, werfe einen Blick über die Schulter und sehe ihn unbeweglich dastehen, die Hände auf dem Rücken. Er sieht aus wie der typische Bodyguard, und ich schäme mich dafür, dass er auf mich aufpasst. Heather kriegt einen Zusammenbruch. Oder sie wird neidisch sein, da bin ich mir nicht sicher.

Mit finsterer Miene mache ich zwei Schritte vorwärts, dann bleibe ich stehen und schaue erneut über die Schulter. Sharp macht ebenfalls zwei Schritte, sodass der Abstand zwischen uns der bleibt, den er offenbar für angenehm hält. Hundert Meilen weit weg von diesem Mann würde ich noch nicht als angenehm bezeichnen. Solange dieser Typ auf demselben Planeten lebt wie ich, werde ich mich nicht mehr entspannen können. Ich fühle mich bedrängt. Meine Freiheit, mein Leben, mein Glück … meine Sinne. All das wird angegriffen.

Ich mache zwei weitere Schritte und beobachte, wie Sharp es mir gleichtut. „Das ist doch albern!“, beschwere ich mich und marschiere endgültig los, wobei ich Heathers Nummer wähle.

„Ich dachte mir, dass du gleich anrufen würdest", meldet sie sich, sie klingt besorgt. „Was war los bei deinem Dad?"

Oh, sie sollte auf jeden Fall besorgt sein, denn wenn Jake Sharp mich bewacht, wird er zwangsläufig auch meine beste Freundin bewachen. Wir sind praktisch beide von dieser Situation betroffen. Sebastian ist zurück. Der Drohbrief. Mein Bodyguard. Innerhalb der letzten halben Stunde habe ich mehr Schocks erlebt, als fair ist.

„Er hat einen Bodyguard für mich engagiert. Anscheinend gab es eine Drohung gegen mich."

Sie hustet und stammelt: „Im Ernst?"

„Leider ja." Tiefer Groll steigt in mir auf. „Das wurde mir zumindest gesagt. Und nachdem du mir geschrieben hast, Seb sei aus der Entzugsklinik entlassen, bin ich natürlich misstrauisch."

„Hm."

Ich öffne meinen Wagen und werfe die Handtasche auf den Beifahrersitz, dann steige ich ein. Ich schiebe den Schlüssel ins Zündschloss, starte den Motor und warte, bis das Bluetooth läuft. Mein Handy landet neben meiner Tasche. Ungeduldig lausche ich auf weitere Kommentare von meiner Freundin. „Hallo?", drängele ich.

„Ich bin noch da."

„Dann sag was!"

„Tja, beides ist möglich, nehme ich an. Seb *oder* die Drohung. Und wie soll das nun mit deinem Bodyguard laufen?"

„Er beschattet mich im Prinzip die ganze Zeit."

„Na, dann geht's mit deinem Sexleben den Bach runter."

Sie lacht, und ich starre finster durch die Frontscheibe. Daran habe ich noch gar nicht gedacht. Ich habe mir mehr Sorgen um meine Freiheit gemacht. Nicht dass ich wild in der Gegend herumvögele, aber wenn sich die Gelegenheit ergibt, will ich garantiert nicht, dass Sharp am Fußende des Bettes steht und zuschaut. Ich schüttele mich.

„*Pustige Lussy*“, murmele ich beleidigt.

„Lass es einfach raus, und zwar so richtig.“

Sie verhöhnt mich jedes Mal, wenn ich auf meine verdrehte Art fluche.

„Ich muss dich sehen.“

„Ich sitze draußen vor Picasso’s. Auf ein Glas Champagner?“

„Ja.“ Ich seufze und verkneife mir gerade noch, ihr zu sagen, sie soll lieber eine ganze Flasche bestellen, obwohl es nicht viel zu feiern gibt. „Ich bin eben aus dem *Logan Tower* raus.“

„Dann bis gleich.“

Sie legt auf, ich lege den Gang ein, nur kann ich nicht losbrausen, weil die Tür aufgerissen wird und Sharp den Kopf hereinsteckt.

„Die sollte verriegelt sein“, erklärt er zur Beifahrertür deutend.

Ich hatte ihn schon fast vergessen. Aber nur fast.

Nein, gar nicht wahr.

„Sie werden nicht in meinen Wagen steigen.“ Ich wende rasch den Blick ab, ehe ich die Gelegenheit bekomme, seine aufregende männliche Erscheinung genauer zu betrachten. In meinem Wagen? Da wär er mir viel zu nah.

„Nein, heute nicht. Doch sobald wir die Abläufe geklärt haben, fahren Sie in meinem Wagen mit.“

Ich behalte meine Gedanken dazu für mich. „Wir werden sehen“, sage ich zu mir selbst, obwohl ich weiß, dass er es hört. Wenn ich richtig schwierig bin, gibt er vielleicht auf. Einen Versuch ist es wert.

„Ja, das werden wir.“ Er zeigt zum Range Rover, der vor

meinem Wagen parkt. „Das bin ich. Ich folge Ihnen nach Hause."

„Ich fahre aber gar nicht nach …" Ich beende den Satz nicht, denn mir kommt eine Idee. „Na schön."

Er wirft die Tür zu, und ich beobachte, wie er auf seinen langen Beinen die kurze Strecke bis zu seinem riesigen Wagen zurücklegt. Unterwegs zieht er sein Jackett aus. Ich atme zischend aus und schließe schnell die Augen, um seinen knackigen Hintern in der Anzughose nicht ansehen zu müssen. Von seinen fantastischen breiten Schultern in dem weißen Hemd ganz zu schweigen. „Mistkerl", murmele ich und mache die Augen vorsichtig wieder auf. Er streckt den Arm aus dem Fenster und winkt mir, ich solle vorbeifahren. Verdammt, ich dachte, er fährt vor und lässt mich hinterherfahren.

Ich seufze und schaue in den Rückspiegel, ehe ich blinke und vom Parkplatz fahre. Ich bleibe bei vernünftigen 50 km/h auf der Straße, die wuchtige Motorhaube seines Range Rovers klebt praktisch am Hintern meines Wagens. So verlockend es auch ist, ich trete nicht plötzlich auf die Bremse, damit er mir hinten drauffährt und ich ihn verklagen kann.

Von hinten …

Mein Fuß wird schwer, und mein teurer Mercedes schießt davon. Sharp bleibt trotzdem dicht dran. Ich biege rechts ab, dann links, dann wieder rechts – und überhole sogar einige Fahrzeuge, um Abstand zu ihm zu gewinnen. Nichts hilft, ich werde ihn nicht los, je schneller ich fahre, umso größer wird meine Frustration. „Leck mich, Sharp."

Ich biege plötzlich hart links ab, schneide ein schwarzes Taxi und werde angehupt und beschimpft. Im Rückspiegel sehe ich, wie das Taxi mitten auf der Kreuzung stehen bleibt und die Straße blockiert. Ich muss lachen.

„Da, nimm das!", meine ich zufrieden. Der beste Bodyguard, den mein Vater für Geld kaufen kann? Von wegen! Ich schalte Musik ein und wackle auf dem Sitz hin und her. Voller Genugtuung steuere ich mein Treffen mit Heather an.

Ich halte in einer Seitenstraße und steige aus. Heather sitzt vor Picasso's unter einem Sonnenschirm, vor sich hat sie zwei Gläser Champagner. Ihr Hals wird lang wie der einer Meerkatze, als sie mich sieht, und sie winkt mich eilig zu sich. Ich wette, sie kann es nicht erwarten, die Fakten zu erfahren. Vielleicht lasse ich den Wagen einfach stehen und bestelle tatsächlich die Flasche Champagner, die ich dringend brauche.

Ich laufe auf sie zu, stoppe jedoch wie angewurzelt, als ich Reifen quietschen höre.

„Oh …" Meine Zufriedenheit versickert im Gully.

Sein Range Rover rast auf mich zu, der Motor dröhnt, als wäre er wütend. Oder kommt das Geräusch vom Fahrer drinnen? Schlitternd hält der Wagen, und ich werfe einen Blick auf Heather. Sie ist gebannt.

Das Zuschlagen einer Autotür lässt mich zusammenzucken, und ich schwöre, ich fühle die Erde unter meinen Keilpumps vibrieren, als er auf mich zumarschiert. Ich setze eine harte Miene auf, um mich der Konfrontation zu stellen.

Jetzt erhebt er den Zeigefinger. Er sieht wütend aus.

„Wenn Sie noch einmal etwas Derartiges versuchen, dann werde ich … dann …"

„Was denn?" Ich ziehe wieder meine Elvis-Schnute. Was glaubt er eigentlich, mit wem er redet?

Wir stehen uns fast Nase an Nase gegenüber. Der Sicherheitsabstand scheint aufgehoben zu sein. Obwohl ich seinem

Blick standhalte, bemerke ich das Pulsieren seiner Halsschlagader.

„Dann werde ich Sie übers Knie legen", flüstert er drohend. „Und Ihnen den Hintern versohlen."

Meine Muskeln spannen sich an, und schon wieder ringe ich diesen bizarren Cocktail aus Abscheu und Lust nieder. „Wie bitte?" Ich weiche einen Schritt zurück, um seiner Nähe zu entfliehen.

Er richtet sich zu seiner vollen Größe auf und rollt mit den Schultern, als versuche er, auf diese Weise ein Gewicht loszuwerden, das dort lastet.

„Hauen Sie einfach nicht wieder ab."

„Sonst versohlen Sie mir den Hintern?"

„Das ist doch nur eine Redensart."

„Eine unpassende, finden Sie nicht?" *Bitte sag Nein. Bitte sag Nein. Bitte sag Nein.* Ich weiß nicht, was ich denke.

„Ja", murmelt er und schaut sich um, dabei wird seine Miene finster. „Warum sind Sie hier?"

Ich schaue zu Heather, sie lässt die Mundwinkel hängen, das Champagnerglas an den Lippen. „Ich treffe mich mit einer Freundin."

Sharp folgt meinem Blick und seufzt. „Heather Porter."

„Woher wissen Sie …?" Natürlich weiß er. Ich greife nach hinten und lege mir meinen Zopf nach vorn über die Schulter. Dann sehe ich Sharp noch einmal verächtlich an. Ich drehe mich um und gehe zur perplex wirkenden Heather.

„Gib mir das Glas", fordere ich sie auf und lasse mich auf einen Stuhl plumpsen. Entweder hört sie mich nicht oder ignoriert mich, deshalb greife ich selbst zum zweiten Glas. Trinke. „Hallo!"

Sie starrt mich völlig konfus an.

„Nicht", warne ich sie und nehme noch einen ordentlichen Schluck.

„Ist er das?", fragt sie leise, wobei sie mit dem Glas auf Sharp deutet. „Der Bodyguard?"

„Ja!" Nächster Schluck.

„Ach du Scheiße."

„Ich weiß." Schluck.

„Wo ist die Reklametafel?"

Ich stutze. „Was?"

„Die Reklametafel." Sie sieht sich tatsächlich suchend um.

„Welche Reklametafel?"

„Der er entstiegen ist."

Ich schnaube verächtlich und trinke den nächsten Schluck. „Er ist ein Arschloch."

„Aber ein attraktives."

„Heather, dies ist keine angemessene Unterhaltung über meinen Bodyguard."

„Ach komm schon!", ruft sie amüsiert. „Erzähl mir nicht, du hättest ihn dir nicht bereits im Bett vorgestellt. Er ist groß, stark, sexy."

Ich werfe einen Blick über die Schulter, da Heather hingerissen in seine Richtung schaut. Er sollte lieber nicht herkommen! Macht er auch nicht. Er setzt sich ein paar Tische weiter, auf dem kleinen Stuhl wirkt er riesig. Nach außen ist er entspannt, aber ich erkenne, wie sich jeder Muskel unter seinem Hemd und seiner Hose anspannt. Er ist wie ein Tiger, der angriffbereit lauert. „Stimmt überhaupt nicht", sage ich, jedoch eher zu mir selbst. „Er kriegt schon graue Schläfen."

„Oh!" Heather lacht.

Ich richte meine Aufmerksamkeit wieder auf sie und trinke noch mehr Champagner.

„Jetzt sucht sie verzweifelt nach Gründen, ihn nicht attraktiv zu finden."

„Da muss ich nicht lange suchen. Es gibt reichlich davon."

„Als da wären?"

„Zum Beispiel ist er ein Tyrann, ohne jedes Feingefühl und roh." Ich weiß, dass er mich im Grunde weder erschrecken noch mir wehtun will, und das hat er ja auch nicht. Ehrlich gesagt macht mir nur jedes Mal meine Reaktion Angst, wenn er mir zu nahe kommt oder mit mir spricht oder mich berührt. Es strengt mich inzwischen an, mir nichts anmerken zu lassen.

Dabei ist er noch keine Stunde bei mir.

Rund um die Uhr – und für wie lange?

Ich drehe mich um und trinke einen Schluck von meinem Champagner. „Themenwechsel", flehe ich und bereue es sofort, als ich Heathers Miene bemerke. Es gibt nur ein anderes Thema, das jetzt besprochen werden sollte. Ich bin mir nicht sicher, ob es ein größeres Problem darstellt als der Mann, der hinter mir sitzt, oder als der Grund dafür, dass er da ist.

„Saffron hat ihn gesehen. Meint, er sieht gut aus", beginnt Heather zögernd.

Vielleicht hätte sie das lieber nicht sagen sollen. Ich muss das nicht hören. Saffron kennt die hässlichen Details nicht.

Soweit es sie und alle anderen betrifft, hat Sebastian mich von Kokain abhängig gemacht. Das ist schlimm genug, und mehr müssen sie auch gar nicht erfahren. Sebastian ist ebenfalls Model, markantes Gesicht, durchtrainierter Körper. Frauen stehen auf ihn … nur hat er Probleme. Schreckliche Probleme, und in die hat er mich hineingezogen. Er ist ein Suchttyp und ein hoffnungsloser Fall. Sogar seine Eltern haben ihn inzwischen aufgegeben.

„Ist er clean?"

Heather zuckt die Schultern. „Saffron meint, seine Augen seien klar gewesen, und sein Körper sei nicht so hager wie sonst gewesen. Aber wer weiß?"

„Hm." Mein Blick schweift in die Ferne, während ich mich an diese dunklen Zeiten erinnere.

„Wo schläft er denn eigentlich?"

Heathers Frage holt mich aus meinen Gedanken, bevor sie sich festsetzen können, und dafür bin ich ihr dankbar. Allerdings bin ich irritiert, bis sie mit dem Kopf in die Richtung hinter mir deutet.

Ich ertappe mich dabei, dass ich mich kurz umdrehe. Sharp beobachtet mich wie ein Falke. Ich stoße zitternd die Luft aus, kaum merklich eigentlich, doch mein Instinkt sagt mir, dass er es trotzdem registriert hat. Dann treffen sich unsere Blicke, und er verlagert sein Gewicht. Ich setze eine fiese Miene auf, ein dummer Verteidigungsmechanismus, ziele und feuere.

„Gute Frage", erwidere ich und sehe, wie sein Blick auf meinen Mund fällt. Ich will es wirklich nicht, ehrlich, aber meine verräterische Zunge kommt heraus und fährt über meine Unterlippe. Erneut verlagert Sharp sein Gewicht. Seine Nasenflügel beben, als er sich abwendet.

„Das solltest du mal lieber klären, denn falls Mr. Prachtkerl bei dir übernachtet, mache ich das vielleicht auch."

„Tut er nicht", stelle ich klar und wende mich meiner Freundin zu, die mir keine große Hilfe ist. Kein bisschen. „Erzähl mir, wie der Plan für Saffrons Geburtstagsparty aussieht", fordere ich sie auf und frage mich, wie wir bloß wieder auf Sharp gekommen sind.

„Also, die findet im Picturedrome statt." Sie grinst. „Die schrille Kuh hat den ganzen Laden gemietet. Ich wette, ihr Daddy bezahlt dafür."

Ich verdrehe die Augen. Im Gegensatz zu Heather und mir

hat unsere Freundin keinerlei Skrupel, das Geld ihres Vaters für derlei Luxus zu verschleudern. „Und die behauptet, unabhängig zu sein?“ Ich könnte lachen.

„Ich weiß“, pflichtet Heather mir bei. „Aber du bist jetzt auch nicht mehr ganz so unabhängig, oder?“ Sie deutet erneut in Sharps Richtung, nur dass ich diesmal nicht hinsehe. Ich muss einfach nur so tun, als wäre er nicht da.

Er ist gar nicht da. Er ist gar nicht da.

Ich unterdrücke den Impuls, mich doch umzudrehen, um sein attraktives Gesicht zu sehen. Wie sind wir denn jetzt schon wieder auf ihn gekommen?

Alberne Frage.

Es ist schließlich nicht so, als könnte man ihn ignorieren.

7. Kapitel

Jake

Man kann niemanden beschützen, der nicht beschützt werden will. Man ist auf das Einverständnis und die Zusammenarbeit angewiesen. Von ihr bekomme ich weder das eine noch das andere. Deshalb würde ich am liebsten meine Hände um ihren wunderschönen Hals legen.

Nachdem sie ihre Freundin zum Abschied umarmt hat und zu ihrem Auto stolziert ist, folge ich ihr auf einer weiteren lustigen Fahrt durch London zu ihrem Apartment in Mayfair.

Ich fahre in die Tiefgarage, wo kein Platz mehr frei ist. Ich sehe den schadenfrohen Ausdruck in ihren Augen, während sie ihre Einkaufstüten aus dem Kofferraum ihres Mercedes holt. Kurzerhand parke ich den Range Rover hinter ihrem Wagen, so kann sie wenigstens nirgendwohin.

Sie hat ihre Tüten eingesammelt, dreht sich um, und ihr Grinsen erstirbt. Ich steige mit meiner Reisetasche aus dem Auto. Ich bin vorbereitet und beantworte ihre Frage, noch ehe sie sie stellen kann: „Ich werde hier schlafen, falls Sie sich wundern sollten. Es ist Teil des Vertrages. Ihr Vater hat darauf bestanden."

Sie presst die entzückenden Lippen zusammen.

„Das ist eine Verletzung meiner Menschenrechte."

„Klären Sie das mit Ihrem Vater. Ich habe meine Anweisungen."

„Nun, dann erhalten Sie von mir die Anweisung, mich in Ruhe zu lassen."

„Sie bezahlen mich nicht, Miss Logan.

„Wie viel?"

Ich schaue skeptisch. „Das ist vertraulich."

„Sie tun also buchstäblich alles, was mein Vater von Ihnen verlangt?"

„Innerhalb gewisser Grenzen", antworte ich.

„Liegt es innerhalb dieser Grenzen, mir ein Bad einlaufen zu lassen?"

Sie lächelt sarkastisch, während ich die Bilder zu verdrängen versuche, die diese witzige Bemerkung in meinem Kopf entstehen lässt.

„Das hängt davon ab, ob Sie das Bad mit mir zusammen nehmen wollen." Ich sehe sie an, als erwarte ich eine ernsthafte Antwort.

Sie schnaubt verächtlich. Das ist so süß, dass ich fast grinse. Dann wirft sie mir einen tödlichen Blick zu, macht arrogant auf dem Absatz kehrt und stöckelt davon.

„Sie würden nicht reinpassen."

Das war nicht nett.

Ich kann mich gerade noch beherrschen, die Augen zu verdrehen, und folge ihr durch eine solide Stahltür in eine Lobby, in der an jeder Ecke kunstvolle goldene Spiegel hängen. Ich sehe mich gründlich um und finde bestätigt, was ich wegen meiner Recherche schon weiß. Nur mit Codekarte zu öffnende Eingangstür, drei Kameras, zwei Fahrstühle, ein Concierge. Das Gebäude gehört Daddy, und ich wette mein letztes Pfund darauf, dass Camille Logan keine Miete zahlt. Ich nicke dem neugierig dreinblickenden Portier zu, der die Geste erwidert. Dann warte ich darauf, dass der Fahrstuhl kommt, halte jedoch ein paar Schritte Sicherheitsabstand zu Camille.

Die Türen sind verspiegelt, deshalb ist es schwer, nicht ihr Spiegelbild zu betrachten. Ich schaue mich lieber weiter im Gebäude um. Drehtüren, nicht sehr sicher, trotz des Kartenschlosses. Der Portier sieht aus wie der Zwilling des Alten, der den *Logan Tower* bewacht.

Leises Klingeln signalisiert die Ankunft eines Fahrstuhls, und ich lasse Camille, ganz Gentleman, den Vortritt, als sich die Türen öffnen. Als ich selbst die Liftkabine betreten will, gehen die Glastüren direkt vor meiner Nase wieder zu.

Ich fluche, stoße mir fast den Kopf und sehe noch Camilles hämisches Grinsen, bevor ich sie aus den Augen verliere. „Verdammt", murmele ich und balle die Hände zu Fäusten. Ich lasse den Nacken knacken und schließe die Augen, während ich um Geduld ringe, indem ich in Gedanken ein beruhigendes Mantra wiederhole. *Nicht erwürgen. Nicht erwürgen. Erwürg sie verdammt noch mal bloß nicht.*

Ich habe größte Lust, mir eine Kugel in die Schläfe zu jagen und mich selbst von diesem Elend zu erlösen. Worauf habe ich mich da eingelassen? Der andere Fahrstuhl kommt. In der Kabine drücke ich den Knopf für das oberste Stockwerk, in dem ich genau auf das stoße, was ich erwartet habe – die Tür von Apartment 30 ist fest verschlossen. Garantiert ist sie zusätzlich mit Ketten und Riegeln gesichert. In zwei Minuten könnte ich drin sein, aber ich verzichte darauf, meine Fähigkeiten anzuwenden, und klopfe stattdessen brav an. Natürlich überrascht es mich nicht, dass ich keine Antwort bekomme. Ich klopfe noch mal und bleibe ganz ruhig, zumindest äußerlich. Das ist gar nicht so leicht, wenn man am liebsten die Tür eintreten und die Hände um den schmalen reizenden Hals der Dame legen will.

Auf der anderen Seite der Tür bleibt alles still. „Mist, verdammter!" Ich ziehe meine Waffe und ziele auf das

Schloss, denn vermutlich geht es auf diese Weise bedeutend schneller als mit dem Versuch, diese merkwürdige Frau zur Vernunft zu bringen. Doch dann siegt der Verstand gegen die Frustration.

Seufzend stecke ich die Waffe wieder hinten in meinen Hosenbund. „Camille, diese Tür ist wirklich chic", sage ich leise, denn ich weiß, dass sie auf der anderen Seite ist, wahrscheinlich sogar mit dem Ohr am Holz. „Es wäre schade, wenn sie beschädigt würde." Erst da bemerke ich den Spion und muss lächeln. Langsam beuge ich mich vor, bis mein Auge dicht vor dem kleinen Zylinder mit dem Vergrößerungsglas ist. Tumultgeräusche sind hinter der Tür zu hören. Ich lache verhalten. Dieses Mädchen ist unmöglich. „Wir können das auf die harte oder auf die sanfte Tour machen."

„Hauen Sie ab!"

Ich lege den Kopf nach hinten und wäge meine Möglichkeiten ab. Ich kann die Tür entweder aufbrechen und mich auf Camilles kindisches Niveau begeben. Oder ich zeige ihr, dass diese Situation zu nichts führt. Damit meine ich die anonyme Drohung, nicht die merkwürdige und heftige Anziehung zwischen uns, die mich ganz kirre macht. Frauen haben mir stets nur zu einem einzigen Zweck gedient, und zwar nicht, um mich zu ärgern oder mich wütend zu machen. Diese beiden Emotionen sind der Grund, weshalb ich mit dem anderen Geschlecht immer nur eine begrenzte Zeitspanne verbringe. Camille Logan überspannt den Bogen eindeutig.

Ich senke den Blick auf den Teppich, entscheide mich gegen weitere Spannungen heute Abend und setze mich müde hin. Eine lange Nacht liegt vor mir. Mit dem Rücken an die Tür gelehnt, ziehe ich mein Handy aus der Tasche und schicke Logan ein kurzes Update, wobei ich mir die Bemerkung am Ende verkneife, dass seine Tochter eine störrische junge Dame ist. Allerdings berichte ich ihm, dass ihr Exfreund in der Stadt ist.

Danach rufe ich die Liste meiner Verbindungen auf, und mein Herz macht einen Hüpfer. Abbies Name starrt mich an, mein Finger schwebt sofort über dem Wählzeichen, senkt sich, hebt sich wieder. Kontakt dient nur einem Zweck und wird Erinnerungen heraufbeschwören. Die brauche ich nicht. Ich lache bitter. Die Erinnerungen sind ständig da, verfolgen mich täglich, aber ich muss sie ja nicht zusätzlich befeuern. Ich muss die Qual nicht unnötig verlängern und den Hass auf eine Frau schüren, die mein Leben zerstört hat.

Ich werfe mein Handy beiseite, lege den Kopf an das Holz hinter mir und schaue zur Decke, während ich versuche, meinen Verstand wieder klarzubekommen. Mein Telefon klingelt, eine willkommene Abwechslung zu den inneren Kämpfen. Auf dem Display erscheint Logans Name. Das überrascht mich nicht. Bevor ich den Anruf entgegennehme, horche ich an der Tür und höre Bewegungen weiter weg. Sie lauscht nicht.

„Dachte mir, dass Sie sich gleich melden würden", sage ich zur Begrüßung.

„Sebastian Peters."

In Logans Ton schwingt pures Gift mit, das kann ich gut nachvollziehen. Ich habe den ganzen Mist im Internet gesehen.

„Er hat sie fast ruiniert."

„Haben Sie mich deshalb engagiert?", frage ich rundheraus. Vielleicht hatte Camille ja den richtigen Riecher.

„Nein, Sie wissen, wieso ich Sie engagiert habe. Sie haben die Botschaft gelesen. Trotzdem kann es nicht schaden, wenn Sie die Augen wegen Sebastian Peters offen halten." Jetzt klingt er angewidert.

Ja, ich habe die Drohung *gesehen*, aber warum habe ich das Gefühl, nicht alles *gehört* zu haben?

„Er hat eine Schwäche für Kokain. Ich will dieses Zeug nicht in der Nähe meiner Tochter haben."

„Ist klar", erwidere ich, denke jedoch, dass der Schutz vor Exfreunden nicht zu meinem Auftrag gehört.

Ich bin Bodyguard, kein Ehe- oder Suchtberater. Es ist nicht meine Aufgabe, Camille Logan davon abzuhalten, sich Kokain durch die Nase zu ziehen. Aber ich werde es natürlich doch tun.

„Ich melde mich, sobald es etwas zu berichten gibt. Diese Gefälligkeit sollten Sie mir auch erweisen." Ich beende das Gespräch, bevor er mir das versprechen kann. Anschließend drehe ich mich nach links und rechts und strecke die Beine aus, um eine halbwegs bequeme Position zu finden.

Nach zehn Minuten in dieser Haltung winkle ich die Knie an und lege die Ellbogen darauf. Weitere zehn Minuten später drückt mich die Waffe am Rücken, und mein Hintern wird taub. Du kriegst Geld dafür, sage ich mir. Viel Geld. Also kann ich diesen Mist hier auch aushalten. Ich war schon an schlimmeren Orten und in einem schlimmeren Zustand.

Ich schließe die Augen und denke an Dornen, die meine Wange streifen, während ich mit den Ellbogen durchs Gelände robbe. Bevor ich es verhindern kann, sehe ich wieder meine Kameraden Danny und Mike tot auf der Erde liegen. Ich spüre den Schmerz, den die Kugel in meiner Schulter verursacht. Der Geruch des Todes steigt mir in die Nase, und die Schreie unschuldiger Zivilisten dringen mir ins Ohr. Dann erinnert mich *ihr* Bild vor meinem geistigen Auge daran, wie ich in dieses Chaos geraten bin. Das Chaos, das ich selbst angerichtet habe.

Schwer atmend wische ich mir den Schweiß von der Stirn.

„Shit." So viel zur Ablenkung durch einen neuen Auftrag. Ich verfluche Camille Logan, weil sie mich meine Arbeit nicht tun lässt, ziehe die Waffe aus dem Hosenbund und lege sie neben mich. Ich lehne den Kopf wieder an die Tür und versuche mich abzulenken, indem ich alle bisher verfügbaren Informationen durchgehe. Viele sind es nicht.

Es gibt eine Menge Geschäftsleute, denen durch Logan Unrecht widerfahren ist. Jeder von ihnen könnte auf Rache sinnen. Trevor Logan hat viele Feinde. Lauter Möglichkeiten, jedoch keine Spur. So sieht's aus. Kommt noch mein Verdacht hinzu, dass Logan mir irgendetwas verschweigt, was die Sache verzwickter macht. Außerdem ist da dieser Exfreund. Technisch gesehen kein Verdächtiger, aber eine Bedrohung. Bedrohung? Ja, allerdings. Er ist eine Bedrohung für Camilles Gesundheit, womöglich für ihr Leben, falls sie ihm wieder in die Hände fällt. Deshalb werde ich ihn wie eine Bedrohung behandeln. Die Nachricht, die Logan mir gezeigt hat. Das Papier war zu makellos. Bei diesem Gedanken nehme ich erneut mein Telefon und schicke Lucinda eine Nachricht:

Ich glaube nicht, dass Logan mir alle relevanten Informationen gibt. Der Drohbrief war auf Papier gedruckt, das wie frisch aus dem Ries aussah. Er behauptete, es sei gestern per Kurier eingetroffen. Überprüf mal die Überwachungskameras im Logan Tower.

Ich drücke auf „Senden" und erhalte wie erwartet innerhalb kürzester Zeit eine Rückmeldung.

Interessant, ich bin dran. Habe außerdem Logans E-Mails durchkämmt. Nichts und niemand Verdächtiges. Alles sauber. Wie läuft es?

Ich lache mein Telefon an.

Frag bloß nicht. Ihr Frauen seid schwierig. Wenn du schon dabei bist, besorg mir doch auch alles über Sebastian Peters.

Prompt kommt ihre Antwort:

Der Ex? Darf ich fragen, warum?

Meine Entgegnung fällt kurz und bündig aus:

Nein.

Ich lege mein Telefon hin und nehme meine vorherige Position ein, Arme auf den angewinkelten Knien, Kopf zurückgelehnt. Und wieder fange ich an zu grübeln, nichts Angenehmes …

Mein stilles Ausblenden des unbequemen Fußbodens wird unterbrochen, als ich das Klicken eines Schlosses höre. Anspannung erfasst mich.

Plötzlich kippe ich nach hinten, meine Bauchmuskeln schaffen es nicht rechtzeitig, mich in aufrechter Position zu halten. Ich liege auf dem Rücken und starre die tollsten Beine hinauf, die ich je gesehen habe. Sie sind endlos lang, mit süßen pink lackierten Zehennägeln und schmalen Fesseln, die in wohlgeformte Waden übergehen. Und dann die Schenkel! Es juckt mich in den Fingern, sie zu berühren. Ein pinkfarbener Spitzenslip blitzt unter dem weiten weißen T-Shirt hervor. Der Slogan auf der Vorderseite amüsiert mich.

ICH BIN NICHT ZU IGNORIEREN

Hat sie das absichtlich angezogen? *Oh ja, Miss Logan, da haben Sie recht.* Besonders jetzt. Was versucht sie mir anzutun?

Ich muss mich zusammenreißen, damit ich uns nicht beide umbringe. Ablenkung. Das ist immer noch die beste Taktik, um ein Ziel zu erwischen. Wer Camille möglicherweise zu erwischen versuchen sollte, hat momentan einen drastischen Vorteil, denn ich bin dummerweise abgelenkt. Ihr blondes Haar fällt ihr vorn über die Schultern und reicht bis hinunter auf ihre perfekten Brüste, die sich unter ihrem T-Shirt verbergen. Als mein Blick ihr Gesicht erreicht, stelle ich fest, dass sie sich abgeschminkt hat. Mein Schwanz zuckt in meiner Hose. Verdammt, sie ist ein Meisterwerk! Am liebsten würde ich ihr sagen, dass sie sich den ganzen Aufwand mit dem Make-up sparen kann. Sie hat es nicht nötig.

Ihr von mir aus gesehen auf dem Kopf stehendes Gesicht nähert sich meinem, bleibt über mir. Sie verschränkt die Arme, wodurch ihr T-Shirt an ihre Rundungen gepresst wird. Ich werde hart.

„Warum haben Sie eine Waffe?"

Sie deutet mit dem Kinn auf meine Heckler, was mich daran erinnert, wo die sich befindet. Ihre Frage erinnert mich außerdem daran, weshalb ich hier bin.

Ich schieße in die Höhe, schnappe mir dabei meine Pistole und schiebe sie hinten in den Hosenbund. „Um Sie zu erschießen, wenn Sie mir noch mal auf die Nerven fallen."

Sie rümpft angewidert die Nase. *Gut. Hass mich ruhig. Das wird die Situation viel einfacher machen.*

„Sie sind ja ein echter Charmeur", meint sie pikiert, macht auf den Fersen kehrt und straft mich mit der Rückansicht ihrer nackten Beine. „Kommen Sie lieber rein."

Ich bin verblüfft. Was hat sich geändert? Ich habe keine

Ahnung, aber ich werde nicht widersprechen. Mein Hintern ist immer noch taub. Also nehme ich meine Tasche und betrete … die Hölle.

Alarmiert schaue ich mich um, lasse mir jedoch nichts anmerken. Für eine Frau mit einem solch makellosen Äußeren scheint sie ziemlich chaotisch zu sein. Schuhe, Handtaschen, Kleider, Make-up, jedes nur denkbare Mädchen-Zeug ist über die Sessel und das Sofa verstreut. Außerdem sind da noch Zeichnungen, Stoffreste und Papierstapel, auch auf dem Fußboden. Wie kann sie in dieser Unordnung wohnen? Sie hat doch sicher eine Putzfrau? Ein Einrichtungsstil ist beim besten Willen nicht zu erkennen, nur ein Durcheinander, aber den kahlen Wänden nach zu urteilen – die einzigen Flächen, die frei von Modezeug sind –, könnte es ein minimalistischer sein. Minimalistisch? Sehr witzig. Das hat Camille Logan schnell geändert. Mein militärischer Ordnungssinn meldet sich. Ich bahne mir einen Weg durch ein Meer aus Kleidungsstücken und stelle meine Tasche auf einem Tisch ab, auf dem jede nur erdenkliche Nagellackfarbe in kleinen Fläschchen steht. Tatsächlich entdecke ich sofort die Farbe, die sie gerade auf den Zehennägeln trägt. Softpink. Dezent und mädchenhaft.

„Sie können hier schlafen."

Ich schaue auf und sehe, wie sie sich über die Couch beugt und Sachen herunterfegt. Prompt fange ich fast an zu schielen. Verdammter Mist, die bringt mich noch um den Verstand! „Ich räume das weg", biete ich an, nur damit sie sich nicht weiterhin bückt. „Lassen Sie mich das machen." Ich drängle mich an ihr vorbei, schubse sie mit der Hüfte beiseite, um bloß nicht mehr Kontakt zu riskieren.

„Na schön." Sie klingt beleidigt und begibt sich in ihr Schlafzimmer. „Was für ein Scheiß-Gentleman."

Ich ignoriere ihre Frechheit, ziehe meine Waffe aus dem Hosenbund und lege sie auf die Sofalehne. Dann streife ich meine Schuhe ab und öffne die Hose, dabei bemerke ich, dass Camille ihre Tür nicht ganz zugemacht hat. Diese unschuldige Geste, eine kleine Lücke zu lassen, hilft mir, darüber hinwegzusehen, dass ich in einem anderen Raum bin.

Ich lockere meine Krawatte, knöpfe mein Hemd auf und verbringe fünf Minuten damit, nach einer freien Fläche zu suchen, auf der ich die Sachen hinlegen kann. Schließlich gebe ich es auf und packe meine ordentlich zusammengefalteten Kleidungsstücke auf einige von ihren, die sie auf einen Sessel geworfen hat. Dann gehe ich zurück zum Sofa, lasse mich drauffallen und reibe mir seufzend das Gesicht. Es wird immer noch eine lange Nacht.

„Die Frau leidet an Todessehnsucht", murmele ich.

Ich sehe sie durch den Türspalt, als sie im Zimmer umhergeht. Ich muss wegschauen. Ich muss meine Augen zumachen und so tun, als wäre sie nicht da. Blöderweise macht sie diesen Plan zunichte, indem sie direkt an der Tür stehen bleibt, mit dem Rücken zu mir. Langsam, viel zu langsam, als dass es nicht beabsichtigt sein könnte, zieht sie ihr T-Shirt aus und wirft es zur Seite.

Ich halte den Atem an. Den Anblick all dieser zarten hellen Haut werde ich nie mehr los. Herr im Himmel, ich bewege mich erneut, die Hand auf meinem Schwanz. Ich habe diese Frau unterschätzt. Es ist ganz und gar nichts Unschuldiges daran, dass sie die Tür offen gelassen hat. Überhaupt nichts Unschuldiges.

Sie spielt mit mir wie auf einer verdammten Fidel. Ich bin derjenige mit dem Todeswunsch.

Sie verschwindet aus meinem Blickfeld, und ich atme die lange angehaltene Luft aus. Mein Herz hämmert in meiner

Brust. Ich krame meine Pillen aus meiner Reisetasche, schlucke ein paar und hoffe, dass sie nicht nur die Albträume verhindern, sondern mir auch Widerstandskraft gegen meine neue Klientin verschaffen.

8. Kapitel

Cami

Es ist dunkel, aber ich kann schon das Morgengezwitscher der Vögel hören. Ich habe kein bisschen geschlafen. Ich konnte nicht abschalten, weil ich wusste, dass er nebenan ist. Mit einer Pistole. Ich habe noch nie eine gesehen, jedenfalls nicht in echt. Er sieht gut aus mit einer Waffe. Steht ihm viel zu gut. Nein, er sieht gut aus, Punkt.

Meine Augen fühlen sich verquollen an und sind vermutlich rot. Nicht gut, wo ich doch heute ein Meeting mit meiner Agentin habe. Den Großteil der Nacht habe ich mit meinem iPhone mit der Recherche über Jake Sharp verbracht. Ich hatte das Gefühl, so viel wie möglich über ihn herausfinden zu müssen, da er ja auch sehr genau über mein Leben Bescheid weiß. Ich habe jedoch nichts gefunden, nur ein paar Fotos von verschiedenen Prominenten mit ihm irgendwo im Hintergrund, cool und mit unbeweglicher Miene. Aber ansonsten nichts. Das frustriert mich mehr, als ich zugeben will.

Was ist seine Geschichte?

Es wäre leichter, ihn zu hassen, wenn ich mich nicht so zu ihm hingezogen fühlen würde. Er muss – was? Mitte dreißig sein? Es gibt keine Anhaltspunkte für sein Alter, nur die ergrauenden Schläfen und die offenkundige Berufserfahrung.

Ich drehe mich auf die Seite und spähe zum Türspalt. Ich weiß, dass er mich gestern Abend gesehen hat, als ich mich schamlos vor dem Zubettgehen ausgezogen habe. Ich habe noch immer keine Ahnung, warum ich das getan habe. Selbstzufriedenheit? Ich weiß es nicht. Möglicherweise hat der unvernünftige Wunsch, die Bestätigung dafür zu bekommen, dass er sich zu mir hingezogen fühlt, die Oberhand gewonnen.

Ich recke den Hals und spähe in den Flur, bis ich etwas sehe. Eins seiner Beine. Ein nacktes Bein reglos und lang ausgestreckt auf der Couch. Ich atme ein, die Augen fest darauf gerichtet. Ich kann die dunklen Härchen erkennen, die sich vom Knöchel bis oberhalb des Knies hinaufziehen. Um auch einen Blick auf seinen Oberschenkel werfen zu können, stütze ich mich auf der Matratze ab und lehne mich ein Stück aus dem Bett. Ich bin genervt von der Tür und strecke mich noch ein bisschen weiter hinaus, bis ich seinen Fuß wieder sehe.

„Mist!“ Meine Hände rutschten von der Matratze ab, und mein Körper folgt ihnen.

Rums!

„Autsch!“, zische ich, als meine Wange auf die Teppichfasern gepresst wird, während meine Beine noch auf dem Bett sind und mein Oberkörper in der Luft hängt. Ich verziehe das Gesicht und warte gespannt, ob er gleich in mein Zimmer gestürmt kommt, um die vermeintliche Bedrohung zu lokalisieren. Aber die einzige Gefahr sind meine gierigen Augen.

„Idiot“, murmele ich und schiebe mich zurück aufs Bett. Angeblich ist er doch der beste Bodyguard, den man sich wünschen kann. Was für ein Bullshit! Kommt nicht mal rein, um nach mir zu schauen. Ich könnte auch hier liegen und den Lauf einer Waffe an meiner Schläfe haben.

„Idiot“, wiederhole ich. Diesmal gilt das dem sündhaft aufregenden Mann, der auf meiner Couch liegt, möglicherweise nackt.

Lang ausgestreckt auf meiner Couch.

Möglicherweise nackt.

„Oh wow." Plötzlich befinde ich mich nicht mehr im Bett, sondern bin auf dem Weg zur Tür, wie von einer unsichtbaren Macht angezogen. Der weiche Teppichflor schmiegt sich zwischen meine Zehen, während ich mein T-Shirt überziehe und mich der Tür nähere, bis ich einen guten Blick auf seinen Körper habe. Himmel, steh mir bei. Er liegt auf dem Rücken, die Arme über dem Kopf, das Gesicht auf den rechten Bizeps geneigt. Er schläft.

Hart.

Das ist das erste Wort, das mir in den Sinn kommt, gefolgt von „gefährlich". Dem wiederum rasch „ein Meisterwerk" folgt. Inzwischen zittere ich, und das Blut rauscht mir in den Ohren, sodass ich die Stimme in meinem Kopf gar nicht höre, die mich auffordert, die Tür schnellstens wieder zuzumachen, statt sie weiter zu öffnen, um leise hinauszutreten.

Mit lautlosen, zögernden Schritten bewege ich mich durch das Wohnzimmer meines Apartments, begierig auf einen besseren näheren Blick auf seinen vollkommenen Körper. Ich schaffe es bis an seine Seite, ohne dass er sich regt. Er sieht ernst aus und noch attraktiver ohne diesen harten Ausdruck in den Augen, der im Wachzustand stets da ist. Allein sein Gesicht könnte meine Aufmerksamkeit bis in alle Ewigkeiten fesseln. Sein dunkles zerwühltes Haar steht in alle Richtungen ab, seine Wangen sind unrasiert, die Züge markant. Absolut hinreißend. Männlich, ursprünglich, unverfälscht.

Von der friedlichen Schönheit seiner Gesichtszüge lasse ich den Blick weiter über seinen Körper gleiten. Seine Bauchmuskeln, obwohl entspannt, bilden kleine Wölbungen unter dunklen Härchen. Ich bin nur halbwegs dankbar dafür, dass er Boxershorts trägt. Die sitzen eng auf den Hüften und schmiegen sich fest an seine muskulösen Oberschenkel. An diesem Mann gibt es kein Gramm Fett, er ist ein Wunder an physischer Vollkommenheit und der ausdrucksstarke Beweis dafür, dass weniger oft mehr ist.

Ich bin nah genug, um diesen Anblick bewundern zu können, trotzdem beuge ich mich hinunter, wobei ich den Atem anhalte, damit der nicht seine nackte Haut streift und ihn weckt. Ich muss mich zwingen, meine Hände bei mir zu behalten und ihn nicht anzufassen. Mir fällt eine kleine Narbe in der straffen Schulterhaut auf. Sie ist kaum zu sehen, ein silbriges Mal auf seiner vollkommenen Haut. Neugierig beuge ich mich noch ein wenig weiter hinunter.

Er bewegt sich.

Es geht so schnell, dass ich vor Schreck nicht einmal einen Laut von mir geben kann. Erst, als ich mit dem Rücken auf dem Boden liege, begreife ich, wo ich bin.

Unter ihm.

Ich spüre seine Nacktheit durch mein T-Shirt hindurch.

Mein Verstand will, dass ich protestiere und mich befreie, aber seine Berührung, hart, fest, stark und warm, fühlt sich so gut an.

Er schaut mit ausdrucksloser Miene auf mich herunter, doch seine dunklen Augen versengen mir die Haut, bis ich fühle, wie mir die Röte vom Hals aufwärts in die Wangen steigt. Ich atme schwer und spüre ihn praktisch überall … Wow, seine Erektion drückt sich an meinen Schenkel, während meine harten Brustwarzen an seine Brust gepresst werden und womöglich kleine elektrische Stöße bei ihm auslösen. Er hält meine Handgelenke über meinem Kopf auf dem Boden fest. Ich bin eine Gefangene und warte darauf, was er als Nächstes tun wird. Was wird es sein?

Küss mich!

Du lieber Himmel, habe ich das wirklich gerade gedacht? Die Worte hallen mir immer wieder durch den Kopf. Ich will, dass er mich küsst, mich nimmt. Spontane Anziehung habe ich noch nie erlebt, zumindest nicht auf diesem Level. Dies ist neu, etwas Wildes und Gefährliches, und es macht mich verzweifelt und angespannt. Offenbar sieht er das, und dem beeindruckenden harten Körperteil nach zu urteilen, der sich an meinen Oberschenkel drückt, empfindet er anscheinend ebenso.

Er schluckt und stößt die Luft aus, dann verlagert er sein Gewicht, zuckt jedoch zusammen, als sein Glied sich an meinem Bein reibt. Anscheinend verfügt er über deutlich größere Willensstärke als ich, denn er lässt mich los und zieht sich zurück. Ich bleibe liegen und komme mir idiotischerweise verlassen vor.

„Haben Sie sich alles gut angesehen?“, fragt er.

Er hätte mich auch gleich ohrfeigen können. Lust und Begierde verschwinden schlagartig angesichts dieser Bemerkung. Ich flüchte mich in Verteidigungen: „Schlafen Sie immer halb nackt auf dem Sofa Ihrer Klienten?“, entgegne ich, während ich aufstehe und die Arme um meinen Oberkörper schlinge. Ich komme mir saublöd vor und bewege mich rückwärts auf mein Schlafzimmer zu. Was habe ich mir nur dabei gedacht?

„Und fallen Sie dauernd aus dem Bett?“

Wie peinlich, er war die ganze Zeit wach! Wäre er es nicht gewesen und hätte mich für einen Eindringling gehalten, wäre die Waffe auf mich gerichtet gewesen. Und zwar schon in dem Moment, als ich aus dem Bett gefallen war, spätestens aber hier im Wohnzimmer, als er mich zu Boden warf. Doch er griff nicht mal nach seiner Waffe. Stattdessen hat er mich gepackt. Er war benommen … und dann war er wütend. Auf mich. Das wurmt mich aus Gründen, die ich nicht ganz verstehe. Ich schließe die Schlafzimmertür, lehne mich mit dem Rücken dagegen und richte den Blick verzweifelt zur Decke. Ich fühle mich wie eine Idiotin. „Dumme Kuh!" Schließlich setze ich mich ans Fußende des Bettes und verbringe eine halbe Stunde damit, wieder zur Vernunft zu kommen. Die Bewachung durch Jake Sharp wird zu einem größeren Problem, als ich mir je hätte vorstellen können.

Nachdem ich geduscht und mich fertig gemacht habe, trete ich zögernd aus dem Badezimmer. Ich trage Jeansshorts, dazu ein lässiges weites Top, an den Füßen meine Flipflops. Während ich durch das Wohnzimmer gehe, flechte ich meine grob getrockneten Haare zu einem Zopf. Auf dem Weg in die Küche halte ich vorsichtig nach Sharp Ausschau.

Ich finde ihn an die Arbeitsfläche gelehnt, geduscht und unverschämt frisch und gut aussehend in verwaschener Jeans und schwarzem T-Shirt. Er hat also das ans andere Schlafzimmer grenzende Bad gefunden. Er sieht mich an, als ich hereinkomme, das Handy am Ohr. Rasch wende ich den Blick ab und gehe zum Kühlschrank, aus dem ich eine Flasche Grapefruitsaft nehme, die ich auf einen Zug zur Hälfte leere.

„Gern", meint er, doch es klingt nicht echt. „Auf Wiederhören."

Ich kehre ihm weiter den Rücken zu, weil es mir nach wie vor schrecklich peinlich ist, dass ich mich ihm praktisch auf dem Silbertablett angeboten habe, er mich aber nicht wollte. Wenn er mich nicht schon vorher für ein dummes Weib gehalten hat, dann spätestens jetzt.

Ich höre eine Bewegung hinter mir, gefolgt von einem leisen Hüsteln. Ich schraube den Deckel der Flasche zu und gehe in Gedanken alle Dinge durch, die ich brauche, bevor ich hier verschwinde.

„Sie haben nicht erwähnt, dass es ein Gästezimmer mit Bad gibt", sagt er ohne Vorwurf, aber ich spüre, dass in seinen Worten einer mitschwingt. „Und da drin ist es sogar aufgeräumt."

Das ist ein Seitenhieb. Der einzige Grund für das Chaos in meinem Apartment ist, dass Heather und ich an unseren Entwürfen gearbeitet, Stoffe geprüft und Marketingstrategien entworfen haben. Nicht dass ich ihm eine Erklärung schulde. Deshalb sage ich auch nichts und mache mich auf die Suche nach meiner Tasche. Ich finde sie und hänge sie mir auf dem Weg zur Tür über die Schulter. Ich fasse nach der Klinke, öffne die Tür, doch er drückt sie plötzlich mit der flachen Hand über meinem Kopf zu. Ich ärgere mich über mich selbst, weil ich mich erschrecke.

„Da ich Ihre Grundregeln akzeptiert habe, könnten Sie wenigstens so viel Anstand besitzen, sich an meine zu halten."

Er steht hinter mir und hält über meine Schulter hinweg die Tür zu. Ich starre finster das Holz vor meiner Nase an, presse die Lippen fest zusammen und drehe mich nicht um zu ihm.

„Schleichen Sie sich nie wieder an mich heran." Er nimmt die Hand weg.

Im nächsten Moment bin ich draußen, wo ich erst einmal versuche, das Prickeln abzuschütteln, das seine Nähe bei mir ausgelöst hat. „Haben Sie vergessen, wer hier für wen arbeitet?", kontere ich, während ich am Fahrstuhl vorbei zum Treppenhaus gehe. Ich will jetzt nicht auf den Lift warten. Ich muss mich bewegen. Fort von ihm.

Er beantwortet meine Frage nicht, er nimmt sie höchstens zur Kenntnis und folgt mir stumm. Gut. Er respektiert meine Grenzen. Keine Diskussion.

Ich gelange in die Tiefgarage, richte den Schlüssel auf meinen Mercedes und rufe über die Schulter: „Können Sie bitte Ihr Auto da wegfahren?“

„Wir nehmen meinen Wagen“, erwidert er knapp.

„Ich kann selbst fahren.“ Ich mache die Tür auf und schleudere meine Tasche hinein, bevor ich einsteige. Ich starte den Motor, schnalle mich genervt an und werfe einen Blick in den Rückspiegel. Sharp steigt in seinen Range Rover, und ich summe zufrieden vor mich hin. Vielleicht hat er beschlossen, dass er es auch nicht gut aushält, mir so nah zu sein, und sieht von der Regel ab, dass ich mit ihm zusammen in einem Wagen fahren muss. Sehr gut.

Ich habe die Hände auf dem Lenkrad und warte, dass er sein riesiges Auto wegbewegt, aber zwei Minuten später steht er immer noch da, meine Geduld schwindet. Ich fange an, mit den Zähnen zu knirschen, und drücke auf die Hupe. Das zeigt keine Wirkung. Sharp sitzt hinterm Steuer, ist mit seinem Handy beschäftigt und die Ruhe selbst.

„Arsch“, murmele ich, steige aus und marschiere zu ihm. Ich klopfe an sein Fenster, und er lässt es herunter, wobei er weiter auf sein Handy schaut. „Fahren Sie weg“, befehle ich.

„Nein“, lautet seine knappe Antwort.

Das Fenster schließt sich, und ich starre ihn entgeistert an. Was ihn nicht sonderlich interessiert.

Ich hämmere mit der Faust gegen die Scheibe, und sie gleitet erneut herunter. Seine Aufmerksamkeit gilt immer noch dem Telefon. „Ich habe um elf einen Termin mit meiner Agentin“, informiere ich ihn so ruhig wie möglich. „Ich habe keine Zeit für so etwas.“

„Dann schlage ich vor, dass Sie aufhören, schwierig zu sein, und einfach einsteigen.“

Die Scheibe geht wieder hoch, sodass ich nicht mal durchs Fenster greifen und den Mistkerl erwürgen kann.

Ich stoße frustriert einen Schrei aus, stampfe wütend zu meinem Wagen, schnappe mir meine Handtasche und knalle die Tür zu. Einen derartig ärgerlichen Kerl habe ich noch nie getroffen!

Vor Wut kochend werfe ich mich auf den Beifahrersitz seines Rovers und krame das Handy aus meiner Tasche. Ohne ein Wort fährt Sharp los, und ich rufe meinen Vater an. Ich halte das nicht aus, es ist nicht fair.

„Camille."

Dads Stimme beruhigt mich nicht, sondern erinnert mich nur daran, wer er ist und dass ich mit meinem Protest nichts ausrichten werde. Ich versuche es trotzdem.

„Dad." Ich setze auf Freundlichkeit und halte die Frechheit im Zaum, mit der er bestimmt rechnet. „Sosehr ich deine Besorgnis auch zu schätzen weiß, aber ich ertrage es nicht, von diesem Kerl beschattet zu werden. Ich muss arbeiten. Meetings besuchen. Er ist mir ständig im Weg."

„Camille, ich habe dir bereits erklärt, dass wir darüber nicht diskutieren können."

„Geht es um Sebastian?", will ich wissen. „Denn ich kann dir versichern, dass ich den nie wiedersehen werde."

„Es geht nicht um Sebastian. Es geht um eine Drohung, die mich sehr beunruhigt. Sharp bleibt, bis wir herausgefunden haben, wer diese Drohung geschickt hat."

„Aber ..."

„Camille, ich habe keine Zeit", unterbricht er mich, und ich ziehe meine Elvis-Schnute. „Ich befinde mich mitten in einem wichtigen Meeting. Sharp bleibt, und ich will nichts mehr davon hören."

Er legt auf, und ich schleudere mein Handy in die Tasche, so verdammt sauer!

Ich habe meinem Vater, diesem Kontrollfreak, stets die Stirn geboten. Immer das getan, was ich wollte, nicht, was er wollte. Dies ist das erste Mal, wo mir keine andere Wahl bleibt. Denn wenn ich Sharp nicht kille, werde ich ihn nicht los. Ich bin machtlos. Und das hasse ich.

Diskret beobachte ich ihn aus dem Augenwinkel, sehe sein Profil. Er schaute fest auf die Straße und reagierte überhaupt nicht darauf, als ich über ihn sprach, als wäre er nicht anwesend. Das sollte ich auch machen. So tun, als wäre er gar nicht da. Schluss mit dieser ärgerlichen Bewunderung. Keine verstohlenen Blicke mehr auf seine breite Brust oder seine starken Muskeln. Kein Nachdenken mehr über ihn, in *gar keiner* Hinsicht.

Er sieht zu mir, und ich schaue schnell woandershin, verlegen, weil ich genau das alles gerade getan habe und er mich dabei ertappt hat. Tatsächlich höre ich ihn in sich hineinlachen, deshalb sehe ich ihn finster an. Dabei fällt mir erneut das leichte Grau seiner Schläfen auf. „Wie alt sind Sie eigentlich?" Die Frage kommt mir über die Lippen, ehe ich es verhindern kann. Schon wieder peinlich.

„Fünfunddreißig." Er sieht mich lächelnd an. „Und Sie?"

Ich schaue noch finsterer drein. Allerdings, denn das müsste er längst wissen, da er sicher Nachforschungen über mich angestellt hat. Ich wende mich ab und beachte ihn nicht mehr.

„Wo liegt das Büro Ihrer Agentin?", erkundigt er sich, als er aus meiner Straße in die richtige Richtung abbiegt. Er weiß also, wohin wir müssen, und will bloß, dass ich rede. Aber den Gefallen tue ich ihm nicht, sondern halte ab jetzt den Mund. Er macht mir das Leben schwer, dafür werde ich mich rächen. Am Ende dieses Tages wird er den Job hinschmeißen.

Wir halten vor dem Büro meiner Agentin Kerry in Hatton Garden, und ich springe raus und werfe die Tür ohne ein Wort hinter mir zu. Heather erwartet mich draußen, ich laufe zu ihr, ihr Lächeln ignorierend, als sie Sharp entdeckt.

Sie umarmt mich. „Und? Wie geht es …?"

„Frag nicht", warne ich sie, löse mich von ihr und mache die Tür auf. Ich weiß, er ist ein paar Schritte hinter mir auf der Treppe, die in den ersten Stock führt. Als wir das Büro meiner Agentin betreten und sie große Augen macht, wird mir klar, dass ich etwas erklären muss. Wie gesagt, es ist nicht so, als könnte man ihn leicht übersehen. „Vorübergehendes Arrangement", sage ich, gehe zum Schreibtisch meiner Agentin und setze mich.

Heather nimmt im Sessel neben meinem Platz. „Daddy macht mal wieder alle Leute wild", fügt sie hinzu.

Meine Agentin lacht, sie ist nicht im Geringsten überrascht. „Der gute alte Daddy."

„Was hast du für uns?", frage ich und gebe mir Mühe, mich auf die Arbeit zu konzentrieren – die ich liebe und die mich deshalb von Sharp ablenken wird, der sich irgendwo hinter mir befindet.

Kerry nimmt hinter ihrem Schreibtisch Platz und schiebt mir einen Ordner zu. „Du hast doch nichts dagegen, wenn ich mit Camille noch ein paar andere Punkte durchgehe?", fragt sie Heather.

„Lasst euch nicht stören." Meine Freundin winkt entspannt ab und wirft einen Blick über die Schulter. „Ich finde schon was, um mir die Zeit zu vertreiben."

Ich gebe ihr einen Klaps aufs Knie, und sie zuckt die Achseln und richtet ihre Aufmerksamkeit voller Missgunst auf Kerry, die fasziniert an uns vorbeischaut. Ich schnippe mit den Fingern vor ihrem Gesicht.

„Also." Kerry reißt sich zusammen. „Levi's gibt eine neue Kollektion heraus und will *deine* Beine in ihren Jeans."

„Ohhh", mache ich nachdenklich, schlage die Mappe auf und überfliege den Inhalt, wobei ich Heather ignoriere, die sich schon wieder umdreht, um meinen Bodyguard anzugaffen.

„Und Dior wirft eine neue Gesichtscreme auf den Markt. Du stehst bei ihnen für die Kampagne ganz oben auf der Liste." Kerry zeigt augenzwinkernd auf mich. „Das makelloseste Gesicht der Branche."

Heather dreht sich lachend zu uns um. „Spielt das eine Rolle? Die retuschieren trotzdem wie verrückt."

Kerry fährt sich durchs kurze Haar und beachtet den Kommentar meiner Freundin nicht. „Bist du interessiert?"

„Selbstverständlich", versichere ich. „Was sind die Themen?" Ich lege die Mappe auf den Schreibtisch und registriere, wie Kellys Blick ständig an mir vorbeigeht, sodass ich mich frage, was Jake dahinten eigentlich treibt. Errötet Kerry? Meine abgebrühte Agentin, die nie auch nur die leiseste Gefühlsregung zeigt? Skeptisch drehe ich mich um. Er steht an der Tür, die Hände vor sich gefaltet … und sieht einfach sündhaft gut aus. Rasch wende ich mich wieder Kerry zu, bevor ich ihn mit meinen Augen verschlingen kann. „Themen?", helfe ich ihr auf die Sprünge.

Kerry sieht mich perplex an. „Ach ja, die Themen!"

Verwirrt wühlt sie in den Papieren auf ihrem Schreibtisch, während Heather neben mir lacht. Das passiert zum ersten Mal. Kerry ist nie durcheinander oder nervös. Eigentlich müsste mich das trösten, weil ich nicht die Einzige bin, die diesen Mistkerl attraktiv findet.

„Hier." Sie nimmt ein Schriftstück und rattert den Inhalt herunter: „Levi's kehrt zurück zu seinen Wurzeln. Ranch-

Motive, Cowboy, Hüte und Stiefel, solche Sachen. Dior braucht nur ein Porträt, wenig Make-up, ausdrucksloses Gesicht, du weißt schon."

„Klingt gut!" Meine Laune wird besser. Ein paar neue Projekte, die mir den nötigen Anstoß geben.

„Großartig. Ich verhandle mit denen. Irgendwelche Wünsche?"

„Ja", meldet Heather sich zu Wort. „Sie will eine Schale voller orangefarbener Smarties und die Zimmertemperatur auf neunzehn Grad und kein bisschen darüber."

Sie trägt das mit todernster Miene vor, sodass ich losprusten muss.

Kerry blickt auf, während sie irgendetwas schreibt, jedenfalls nicht das, was Heather gerade gesagt hat. „Du weißt hoffentlich, dass ich das für dich arrangieren würde, oder?"

Amüsiert erwidere ich: „Ich weiß, aber ich mag keine Smarties, und es wird Bademäntel geben, die mich warm halten."

„Mann, ich liebe es, wie leicht du zufriedenzustellen bist." Kerry kritzelt weiter. „Ich rufe dich an wegen der Einzelheiten."

„Ausgezeichnet. Und jetzt erzähl uns von diesem potenziellen neuen Investor", bitte ich sie. Mir gefällt ihr vorsichtiger Blick in meine Richtung gar nicht. „Was?"

„Ja, was?" Heather lehnt sich nach vorn.

„Nun."

Kerry räuspert sich. Offensichtlich will sie Zeit gewinnen.

„Kerry, raus damit."

„Die wollen mit dir zusammenarbeiten, Camille. Wollen Sie wirklich. Sie sind begeistert von der Idee einer Kampagne mit dir und finden es klasse, die Kollektion in allen Größen herauszubringen."

„Aber?", fragen Heather und ich im Chor.

„Aber du kannst bei den Entwürfen nicht mitreden." Kerry beißt sich auf die Unterlippe. „Auch nicht bei den Stoffen. Oder den Accessoires."

Ich sacke im Sessel zusammen. „Die wollen also im Grunde nur mein Gesicht und meinen Körper, um eine neue Kollektion zu verkaufen, die unseren Namen trägt. Und wir haben keinen Einfluss?"

„Wo komme ich in diesem Arrangement vor?", will Heather empört wissen.

„Gar nicht", räumt Kerry ein, worauf ein gekränkter Ausdruck auf dem hübschen Gesicht meiner Freundin erscheint. „Sorry, aber das ist trotzdem eine tolle Gelegenheit, Camille. Und sie bieten viel Geld." Sie schiebt mir eine andere Mappe zu.

Ich reibe Heather den Arm und sehe meine Agentin müde an. Glaubt sie im Ernst, ich lasse mich darauf ein? „Kerry, das wäre doch nichts anderes als das Modeln, das ich ohnehin ständig mache. Und meine beste Freundin und Partnerin wollen die nicht dabeihaben? Wir haben Hunderte Zeichnungen und ein paar fabelhafte Entwürfe!"

Sie scheint zumindest ein wenig mitzufühlen, sagt jedoch: „Sieh dir ihr Angebot wenigstens an. Die sind scharf darauf."

Sie tippt auf die Mappe, und ich verdrehe die Augen und nehme sie. Ich stehe auf, nehme meine Handtasche, stopfe die Mappe achtlos hinein und stoße meine Freundin an, um sie aus ihrer gekränkten Trance aufzuwecken. Langsam erhebt sie sich. „Ruf mich an, sobald du die Details wegen Levi's und Dior hast." Ich wende mich ab, und meine Verzweiflung nimmt zu, da ich gezwungen bin, Sharp gegenüberzutreten. Unsere Blicke treffen sich, doch er unterbricht den Kontakt als Erster und hält mir die Tür auf. Ich murmele ein „Danke", während ich Heather an ihm vorbeischiebe.

„Die wollen mich nicht", jammert sie leise vor sich hin und tappst schwerfällig die Treppe hinunter. „Die wollen dich, aber mich wollen sie nicht."

„Wir sind nur im Doppelpack zu haben", erinnere ich sie. „Da wird gar nichts zustande kommen, es sei denn, wir sind beide dabei. Ich mache das nicht ohne dich."

Sie sieht mich mit glasigen Augen an. „Meinst du das ernst?"

„Ja! Heather, du bist eine geniale Damenschneiderin und dein Auge für Details, für Stoffe und Kontraste ist enorm! Ich würde mit niemand anderem zusammenarbeiten wollen."

Ganz zu schweigen davon, dass dieses Mädchen mit mir durch dick und dünn gegangen ist. Sie war in meinen dunkelsten Tagen für mich da und hat meine Hand gehalten. Sie hat mich nie aufgegeben. Ich verdanke ihr alles. Nur weil sie mich nicht aufgegeben hat, stehe ich überhaupt heute hier. Das werde ich ihr nie vergessen. Wir sind ein Team, daran wird niemand etwas ändern, egal wie viel Geld die bieten.

Ich registriere, wie die Zweifel von ihr abfallen, und sie wirft sich mir in die Arme.

„Danke."

Ich lasse mich von ihr drücken. „Was machst du jetzt?"

„Mittagessen mit meiner Mum. Möchtest du mit?" Sie lässt mich los und richtet sich auf.

Ich überdenke ihr Angebot und frage mich, ob das reichen würde, damit Sharp aufgibt. „Nein, aber danke." Ich brauche etwas Herausfordernderes. Nicht für mich. Für Jake. Ich grinse in mich hinein. „Heute Abend schon was vor?"

„Willst du ausgehen?"

„Ich dachte an einen Mädelsabend? Wein, vielleicht eine Maniküre, während wir irgendwas Ungesundes essen und uns mädchenhaften Trash im TV ansehen?" Sharp wird das hassen, dafür sorge ich. „Wir könnten noch ein paar Entwürfe entwickeln."

„Bin dabei!"

„Um sechs bei mir?"

„Klasse!" Sie springt auf die Straße und hält ein Taxi an. „Bis dann!"

Ich winke zum Abschied und drehe mich zu Sharp um. Er sieht finster drein, allerdings nicht in meine Richtung, sondern zur anderen Straßenseite. Neugierig, was seine Aufmerksamkeit erregt hat, folge ich seinem Blick, kann aber bloß eine Reihe von geparkten Autos dort drüben sehen.

„Warten Sie hier", befiehlt er und marschiert hinüber. Er wirkt angespannt und fokussiert.

„Jake, was ist denn …?" Ich verstumme mitten im Satz, da er losläuft. Verblüfft beobachte ich, wie ein weißer Lieferwagen losfährt, und zwar mit hoher Geschwindigkeit.

Jake wird langsamer und bleibt schließlich stehen, denn der Van verschwindet um die Ecke. Er greift in seine Tasche und kommt zu mir zurück.

„Weißer Lieferwagen", sagt er ins Telefon. „Hab weder Gesicht noch Nummernschild erkennen können. Bedeutet vielleicht nichts." Er beendet das Gespräch, und ich sehe ihn irritiert an. „Was?", fragt er und steckt sein Handy ein. „Fuhr ziemlich schnell davon."

„Würde ich auch, wenn ich Sie auf mich zustürmen sähe." Kopfschüttelnd gehe ich an ihm vorbei. Er ist paranoid.

Ich spüre, dass er mir folgt, als ich die Straße überquere und zu seinem Range Rover gehe. Bevor ich einen erträglichen Abstand zwischen uns herstellen kann, entdecke ich ein vertrautes Gesicht und bleibe abrupt stehen. Prompt stößt Sharp gegen mich, sodass ich vorwärtsstolpere. „Passen Sie doch auf!", rufe ich genervt über die Schulter, das elektrisierende

Knistern ignorierend, das dieser Kontakt schon wieder ausgelöst hat.

Er weicht zurück, schaut mir aber in die Augen. „Sorry."

Ich wende den Blick ab und dem Grund meines Stopps zu. „TJ!", rufe ich und renne auf meinen Bruder zu.

„Hey, kleiner Star!"

Er lacht, als ich mich in seine Arme werfe. Komisch, der Spitzname nervt mich gar nicht so sehr, wenn TJ ihn benutzt. Es ist schön, ihn zu sehen. Wir treffen uns nur noch selten, hauptsächlich deshalb, weil Dad ihn unentwegt schuften lässt. TJ stört das nicht. Er genießt das Vertrauen, das unser Vater in ihn setzt, ebenso wie die Verantwortung. Er ist von unserem Vater dazu erzogen worden, ihm in allen beruflichen Dingen nachzueifern, nur ist TJ nicht annähernd so rücksichtslos.

„Was machst du hier?"

Er hält mich auf Armeslänge von sich und kneift mich sanft in die Wange. „Ich habe nur meinen Anzug von der Reinigung abgeholt." Er hält den Kleidersack hoch. „Und jetzt bin ich auf dem Weg, um mich mit Dad in der Kanzlei seines Anwalts zu treffen."

Das überrascht mich nicht, da es ein wöchentlich stattfindendes Meeting für meinen Bruder und meinen Dad ist. „Wer verklagt ihn denn gerade?"

„Die ganze verdammte Welt!" Er lacht. „Wie geht's, wie steht's bei dir?"

„Gut", antworte ich rasch. TJ wird wissen, was los ist, weil Dad ihm alles anvertraut. „Hat er dir auch eine Killermaschine an die Fersen geheftet?"

Er klopft mir leicht auf die Schulter, nimmt mich in den Schwitzkasten und verstrubbelt mir die Haare. „Du Scherzkeks."

„Hey!“ Ich befreie mich, doch als ich mir die Haare aus dem Gesicht gestrichen habe, kann ich meinen Bruder nicht mehr sehen.

Sharp hat sich zwischen uns aufgebaut.

Er steht so dicht vor mir, dass ich tatsächlich zu ihm hochschauen muss. Ich starre auf seinen Hinterkopf und die Muskeln, die sich unter seinem schwarzen T-Shirt abzeichnen.

„Sie sind …?“, fragt er misstrauisch und feindselig.

Im Ernst? Kann dieser Mann sich mal irgendwem gegenüber nett und freundlich verhalten? Außerdem sollte er eigentlich wissen, wer TJ ist. Er muss doch Fotos von ihm gesehen haben bei seiner gründlichen Recherche, die er sicher durchgeführt hat. Hinzu kommt, dass TJ meinem Vater wie aus dem Gesicht geschnitten ähnlich sieht. Sharp ist zum Verzweifeln. Er ist immer noch aufgebracht. Wegen dieses Lieferwagens?

Ich lege ihm eine Hand auf den Arm und schiebe den Mann zur Seite. Zumindest versuche ich es. Er bewegt sich kein Stück. Weicht keinen Millimeter durch meine Bemühung. „Das ist mein *Bruder*.“ Ich seufze und spähe an Sharp vorbei zu TJ.

Wie erwartet starrt TJ mich erschrocken an.

„Das ist also die Killermaschine?“ Er reicht meinem Beschützer die Hand. „Freut mich auch, Sie kennenzulernen, Mr. Sharp.“

Ich bin mir ziemlich sicher, ein Knurren von meinem Bodyguard zu hören. Er sieht meinen Bruder durchdringend an, der, weil er ein bisschen kleiner ist als ich, entweder einen Schritt zurücktreten oder sich das Genick brechen muss, um in Sharps düsteres Gesicht zu schauen.

„Gleichfalls“, erwidert Sharp knapp und ohne jede Aufrichtigkeit die Begrüßung.

TJ entreißt seine Hand buchstäblich Sharps hartem Griff und sieht mich fragend an. Ich gehe zu ihm und nehme ihn beim Arm. Meinen Bruder kann ich wenigstens bewegen. TJ lacht nervös.

„Dad hat keine Witze gemacht, als er sagte, er habe den Kerl nicht engagiert, weil er ihn mag. Was für ein Armleuchter!"

Als wir uns ein Stück entfernt haben, bleiben wir stehen, und ich werfe einen Blick über die Schulter. Jake hält überall Ausschau. Allmählich macht mich das hibbelig.

„Wie dem auch sei", fährt TJ fort, seine ernste Miene lässt mich ahnen, was gleich kommt. „Ich habe gehört, dass ein gewisser Jemand aus der Entzugsklinik entlassen wurde."

„Lustig, das habe ich auch gehört."

„Camille", sagt er in warnendem, aber müdem Ton. „Wir haben eben ..."

Ich hebe eine Hand, damit er aufhört. „Ich bin fertig mit ihm." Ich habe Mühe, diese Worte zu formulieren. Nicht weil es hart ist, sondern weil es mich ärgert, dass ich mich zum x-ten Mal wiederholen muss. Meine anfängliche Besorgnis, als Heather mir erzählte, Sebastian sei in der Stadt, hat sich in große Entschlossenheit gewandelt. Ich habe nicht die geringste Absicht, ihm über den Weg zu laufen. Außerdem wird er, nach allem, was mir bisher zu Ohren gekommen ist, schnell wieder im Entzug sein.

„Komisch auch, dass am Tag von Sebastians Entlassung dieser Sharp engagiert wurde, um mich zu beschützen." Ich hebe vorwurfsvoll eine Braue.

TJ macht es mir nach, nur dass es bei ihm als Warnung gedacht ist.

„Ich habe den Drohbrief gesehen, Mädchen. Wir können bei unserem kleinen Star doch gar nicht vorsichtig genug sein."

„Was steht denn eigentlich drin? Und wer hat ihn geschickt?“

„Was drinsteht, spielt keine Rolle. Und wenn wir wüssten, wer die Botschaft geschickt hat, hätten wir ja wohl längst etwas unternommen, oder?“

Ich gebe seufzend klein bei. Ich weiß, dass ich da nichts mitzureden habe, obwohl es um mich geht. „Möchtest du Kaffee?“ Ich deute zu dem Café auf der anderen Straßenseite.

„Ein andermal vielleicht. Ich muss zu diesem Meeting.“

Wie aufs Stichwort fängt sein Handy an zu klingeln. Er hält es grinsend hoch. Ich sehe das Wort „Dad“ auf dem Display erscheinen.

„Ich bin bereits dreißig Sekunden zu spät.“ TJ gibt mir einen Kuss auf die Stirn und geht zu seinem Wagen, wobei er einen großen Bogen um den muskulösen Bodyguard macht. „Passen Sie gut auf die Frau auf“, sagt er zu Sharp, ganz mein Bruder.

Das finde ich süß ... bis ich bemerke, dass Sharp nach wie vor angespannt ist. Der Mann muss sich mal lockern, aber echt!

TJ springt in seinen Maserati und fährt mit aufheulendem Motor davon. Ich mache mich auf den Weg zu Sharps Wagen, in der Gewissheit, dass er nicht weit hinter mir sein wird. Es ist, als würde ein unsichtbares Seil ihn jedes Mal wieder heranholen, sobald ich mich von ihm entferne.

Um sechs hämmert Heather an die Wohnungstür. Ich laufe schnell hin, doch Jake ist vor mir da und späht durch den Spion, eine Hand auf dem Rücken, wo er seine Waffe hat. Der ist wirklich paranoid.

„Das ist nur Heather“, informiere ich ihn, und prompt macht er kehrt, ohne wenigstens die Tür zu öffnen.

Meine Lippen kräuseln sich, als er vorbeigeht. Heather hält zwei Flaschen Wein hoch, als ich sie hereinlasse, und grinst. Ich grinse auch.

„Ich bin da!“, ruft sie in einem Singsang. Dann entdeckt sie Sharp, bleibt stehen und wird still. Ich schließe die Tür und schiebe Heather in die Küche. „Er ist göttlich“, flüstert sie und stellt die Flaschen geräuschvoll auf den Tisch, während ich Gläser hole.

„Wenn man auf den mürrischen Typ steht“, spotte ich.

„Oh, ich schon.“ Heather schenkt ein.

Ich schaue in die Schränke, auf der Suche nach Snacks. Nachdem ich ein Tablett damit beladen habe, gehe ich mit meiner Freundin im Schlepptau ins Wohnzimmer. Sharp sitzt auf der Couch, den Laptop auf den muskulösen Schenkeln. Ich bleibe vor ihm stehen und warte darauf, dass er sich vom Bildschirm losreißt und zu mir aufschaut.

„Entschuldigung“, sage ich höflich und lächle freundlich.

Er schaut zum Sessel, dann zu Heather. Seine Miene ist ausdruckslos, und gerade, als ich denke, er wird sich weigern und Zicken machen, erhebt er sich von seinem Platz. Dabei kann ich das Spiel seiner Muskeln genau beobachten, was mich dazu veranlasst, mich rasch abzuwenden, sonst würde ich noch anfangen zu sabbern. Aus dem Augenwinkel sehe ich, dass Heather keinerlei Hemmungen hat und ihn ausgiebig betrachtet. Völlig hingerissen sieht sie ihm hinterher auf seinem Weg zum Sessel, in dem er es sich bequem macht und sich erneut dem Laptop widmet.

Ich lasse mich auf die Couch fallen und huste, um die Aufmerksamkeit meiner Freundin zu bekommen, die noch immer wie gebannt dasteht. Sie schüttelt verwundert den Kopf und setzt sich zu mir. Es ist offensichtlich, dass sie mir alles Mögliche sagen will, Jakes Gegenwart sie jedoch davon abhält. Das ist vermutlich auch ganz gut so. Ich stelle die Schüssel mit den Chips zwischen uns und stoße mit meinem Glas gegen ihres.

„Worauf trinken wir?"

Damit überrumpelt sie mich, und da ich keine Antwort habe, gebe ich ihr keine. Stattdessen stelle ich selbst eine Frage: „Welche Farbe?" Ich nehme den Karton mit Nagellack und halte ihn Heather unter die Nase. *Lass uns endlich mit dem Mädchen-Zeug anfangen.*

„Rot!" Sie nimmt die entsprechende Flasche heraus. „Du kannst mir die Fußnägel lackieren." Sie kickt ihre Schuhe fort, setzt sich bequem hin und legt mir ihre Füße auf den Schoß.

Ich mache mich daran, ihre Zehen mit Wattebäuschchen zu spreizen, und fange an, ihre Nägel zu lackieren. „Ich habe eine Skizze von dem Kleid für dich."

„Ich weiß doch schon, wie es aussieht", erwidert sie. „Ich habe ein Meeting mit dem Stofflieferanten arrangiert. Mir kam da eine Idee für eine Unterwäschekollektion. Mensch, du würdest toll darin aussehen!"

Plötzliches Husten lässt mich zusammenfahren. Ich sehe zu Sharp, der mich anstarrt. Sofort richtet er den Blick wieder auf seinen Laptop. Kopfschüttelnd wende ich mich meiner Freundin zu, die ebenfalls zu meinem Bodyguard schaut. Ich stoße ihren Fuß an, um ihre Aufmerksamkeit zurückzugewinnen.

Sie lächelt mich an. Ich ignoriere es.

Als ich Heathers letzten Zeh lackiert habe, plaudern wir eine Weile, lachen, denken uns neue Entwürfe aus und werden ein bisschen beschwipst. Nachdem wir uns *Dirty Dancing* angeschaut haben, springe ich auf und zerre Heather hinter mir her, damit sie Patrick Swayze spielt, während ich mich drehe und um sie herumstolziere. Sie singt. Schlecht. Und ich lache, als sie sich dafür bereit macht, dass ich mich in ihre Arme werfe. „Im Ernst?"

„Ich bin stärker, als ich aussehe." Sie wedelt ungeduldig mit den Händen.

Noch amüsierter bin ich, als ich sehe, dass Sharp unser Herumgealbere beobachtet. Jedenfalls beobachtet er mich. Grinst er? Ich kneife neugierig die Augen zusammen. Anscheinend fühlt er sich ertappt, denn rasch wendet er den Blick ab.

„Komm schon, Baby!", feuert Heather mich an.

Ich schaue zu ihr, dann laufe ich auf sie zu. Sie stellt sich breitbeinig hin, um guten Halt zu haben. Schreiend treffen wir aufeinander, fallen rückwärts auf die Couch und kriegen uns vor Lachen nicht mehr ein.

„So stark nun auch wieder nicht." Ich lache und fühle mich beim Herumblödeln mit meiner Freundin in meinem Apartment total entspannt. Ich muss nicht auf der Hut sein und damit rechnen, dass irgendwo ein Kamerablitzlicht zuckt. Ich muss auch keinen Vater auf Abstand halten, der mich ständig zu kontrollieren versucht. Es sind nur ich und meine beste Freundin.

„Ich wette, *er* würde dich hochheben wie eine Feder."

Heather deutet grinsend zu Sharp, das erinnert mich daran, dass es doch nicht nur sie und ich sind. Aber der Stress, den Jake mir bisher verursacht hat, meldet sich mit der Erinnerung an seine Gegenwart zum Glück nicht zurück.

Meine Hände ruhen auf meinem sich hebenden und senkenden Bauch, als ich zu ihm hinübersehe. Er verlagert gerade sein Gewicht in dem Sessel, und ich beobachte seinen fantastischen Körper ein bisschen zu lange. Ich betrachte auch sein unrasiertes Gesicht und die dunklen Augen, mit denen er mich ansieht. In seinem Blick liegt ein Lächeln.

Ich lege den Kopf schief, genau in dem Moment, in dem er das Gleiche macht. Es scheint ihn überhaupt nicht zu wurmen, dass Heather und ich uns wie Mädchen benehmen. Warum nicht? Nachdenklich schürze ich die Lippen.

Dann schaut Sharp schnell weg, als wäre ihm erst jetzt klar geworden, dass er mich ansieht. Ich beiße mir auf die Unterlippe und betrachte den Karton mit dem Nagellack neben mir. Ich grinse, wähle das grellste Pink aus, das ich finden kann, und schlendere langsam zu ihm hinüber, wobei ich darauf achten muss, nach zu viel Wein nicht zu torkeln. Ich stehe ein paar Sekunden vor ihm, bevor er sich dazu entschließt, mich anzusehen. Ich halte den Nagellack hoch. „Soll ich Ihnen die Fußnägel lackieren?"

Seine Augen weiten sich definitiv ein bisschen.

„Nein", lautet seine Antwort, dann richtet er seine Aufmerksamkeit wieder auf den Bildschirm.

Mein Grinsen wird breiter, als ich mich vor ihn hocke. Seine Füße sind nackt. Er hat schöne Füße. Ich nehme einen Fuß, um ihn auf meinen Schoß zu legen. „Ich glaube, diese Farbe wird Ihnen stehen."

Er wehrt sich, zieht den Fuß zurück. „Camille", sagt er in warnendem Ton.

Ich ignoriere ihn und halte seinen Fuß fest.

„Camille, was zum Henker machen Sie denn da?"

„Lassen Sie mich doch!", fordere ich lachend und muss noch mehr lachen, als Heather sich zu mir auf den Boden gesellt, um mir dabei zu helfen, seinen Fuß dorthin zu bekommen, wohin ich ihn haben will. Aber selbst zu zweit sind wir chancenlos gegen ihn. Er schüttelt uns einfach ab und steht auf, sodass wir auf dem Hintern landen.

Ich schaue amüsiert zu ihm auf und sehe, dass er um Geduld ringt und tief einatmet. Jetzt ist er verärgert, ich kann mir nicht helfen, es freut mich. Ich rechne damit, dass er davonmarschiert, um mir und meiner nervigen Freundin zu entfliehen. Doch er überrascht mich, indem er leise den Atem ausstößt, die Augen verdreht und sich bückt, um mir aufzuhelfen. Mein Lachen erstirbt, als er mich an den Oberarmen hochzieht, als wöge ich nichts. Und er lässt mich nicht gleich wieder los. Das ist vermutlich auch ganz gut so, denn ich spüre meine Füße gar nicht. Oder meine Muskeln. Mein Herz dagegen schon. Das spielt verrückt in meiner Brust, und es wird noch schlimmer, denn Jake beugt sich herunter, bis sein Mund fast eins meiner Ohren berührt. Ich erstarre in seinem Griff …

„Ich habe es Ihnen bereits gesagt", flüstert er. „Ich ertrage, was ich ertragen muss."

Er geht davon und lässt mich zitternd zurück.

„Ich bin unter der Dusche."

„Oh … wow." Heather ist im Nu bei mir und legt eine Hand auf meinen Arm. „Hast du bemerkt, dass er *mir* nicht aufgeholfen hat? Und das mit der Dusche? War das eine Einladung?"

Ich reiße mich zusammen. „Sei nicht albern." Ich gehe in die Küche, um noch mehr Wein zu holen.

„Mag ja sein, aber kannst du ihn dir nackt vorstellen? Nass?"

Ich flehe meine beste Freundin im Stillen an, den Mund zu halten und meine ohnehin schon unpassende Fantasie nicht weiter anzuheizen. Mein Plan, Sharp zu vergraulen, ist nach hinten losgegangen. Jetzt bin ich vergrault. Von mir selbst.

Nachdem Heather gegangen ist, lehne ich mich mit dem Rücken an die Wohnungstür und kaue auf meiner Unterlippe. Jake ist nach dem Duschen nicht wieder aufgetaucht. Er hat uns allein gelassen, wahrscheinlich war es dann doch genug Mädchen-Kram für ihn. Eigentlich sollte mich das freuen, tut es aber nicht. Ich muss ständig daran denken, wie oft ich ihn dabei ertappt habe, dass er mich ansah. Gequält wirkte er nicht, sondern zufrieden. Das Gegenteil von dem, was ich erwartet oder gewollt habe.

Ich muss gähnen. Ich brauche dringend Schlaf, aber vor allem muss ich meinen Verstand langsam wieder beruhigen. Ich sammle ein paar der Entwürfe vom Tisch und gehe in mein Zimmer, wo ich mir einige Notizen zu meinen Skizzen machen möchte. Doch gerade, als ich die Tür hinter mir schließen will, höre ich ihn. Unwillkürlich spähe ich hinaus und erschrecke, denn er steht direkt vor mir. Mein Kopf befindet sich in Höhe seiner Brust, und ich stelle mir die Haut unter dem grauen T-Shirt vor, während ich mit den Skizzen in meiner Hand herumspiele.

„Camille?"

Ich sehe ihm in die Augen. „Ja?"

Er schweigt für einen Moment und denkt nach, bevor er redet. Dann nimmt er mir eine der Skizzen ab. Ich bleibe still und beobachte belustigt, wie er die Zeichnung betrachtet. Bestimmt hat er nicht mal eine Ahnung, was er da sieht.

„Das ist gut", meint er und legt den Kopf schief. „Was ist das?"

„Ein Gürtel. Gehört zur Accessoire-Kollektion, die ich entworfen habe." Ich nehme ihm die Skizze wieder ab. Wieso ist er plötzlich so freundlich? „Wollen Sie für mich modeln?"

Er kneift die Augen leicht zusammen. „Ich trage keine Gürtel." Er zieht sein T-Shirt hoch.

Ich erwarte, dass er mir die leeren Gürtelschlaufen seiner Jeans zeigt, nur nehme ich leider nichts außer seinen festen Bauchmuskeln wahr. Prompt bekomme ich einen trockenen Mund und muss mich am Türrahmen festhalten. Verdammter Mist. Ich könnte diese sich sanft wölbenden Muskeln mit dem Finger berühren.

„Das einzige Accessoire, das ich trage, ist eine Waffe." Er dreht sich auf seinen nackten Füßen um und geht. „Mit einem verfluchten Gürtel kann ich Sie nicht erschießen."

Mein Verlangen erlischt augenblicklich, an seine Stelle tritt Wut. Da mir die Worte fehlen, begnüge ich mich damit, die Tür zuzuknallen.

9. Kapitel

Jake

Sie macht das absichtlich. Ich schwöre, dieser ganze Mädchen-Mist verfärbt mein Hirn pink. Ich fühle mich schon wie ein verdammtes Weichei.

Ich stehe bei Camille Logan in der Kosmetikabteilung bei Harvey Nichols und sehe dabei zu, wie die Lady hinter dem Tresen ein Produkt nach dem anderen vorzeigt, damit meine Klientin es ausprobieren kann. Dazu kommentiert sie überschwänglich lobend jede neue Lippenstiftfarbe, die sie bei Camille aufträgt. Ich persönlich finde ja ihre Lippen ganz natürlich am verlockendsten, aber ich schätze, meine Meinung ist hier eher nicht gefragt. Ich schaue weg, als Camille sich vor mir bückt, um im Spiegel das aktuelle Ergebnis besser begutachten zu können. Auch das macht sie absichtlich. Ich zwinge mich zu neutralen Gedanken und lösche das Bild ihres Hinterns. Erst als ich sicher bin, dass ich mich im Griff habe, mache ich die Augen wieder auf.

Ich hätte sie lieber zulassen sollen. Sie beobachtet mich im Spiegel und presst dabei prüfend die Lippen mehrmals aufeinander, ehe sie einen Kussmund macht und dann eine Schnute zieht. Mein Schwanz zuckt, und ich sehe schnell woandershin. Ich nutze die Gelegenheit, mich in dem Laden umzuschauen. *Das* hat sie definitiv absichtlich gemacht.

Ich spiele ihre albernen Spiele nicht mehr mit. Ich habe keine Ahnung, was sie sich gestern Morgen dabei gedacht hat, sich an mich heranzuschleichen. Hätte ich die Situation falsch eingeschätzt, hätte sie leicht tot in meinen Armen enden können. Als ich sie auf den Fußboden drückte, sah ich bei ihr allerdings nichts von der Angst, die eigentlich hätte da sein müssen. Stattdessen war da etwas anderes, und das gefiel mir überhaupt nicht. Was ich sah, war verlockend. Ärgerlich verlockend. Um ein Haar hätte ich sie geküsst. Ich konnte mich gerade noch zurückhalten.

Und dann, gestern Abend, musste ich sie und ihre alberne Freundin aushalten. Mann, das war hart, bloß hatte das nichts mit dem Mädchen-Quatsch zu tun, dem sie mich da aussetzte. Meine Augen wollten einfach nicht auf den Laptop gerichtet bleiben. Die hatten ihren eigenen Willen und suchten ständig sie. Ihr ohnehin schon schönes Gesicht ist umwerfend, wenn sie lächelt. Auf den Fotos, die von ihr geschossen werden, lächelt sie nie. Da ist ihr Gesicht entweder mürrisch oder ausdruckslos. Was für eine Verschwendung.

Ich sehe Camille an, und mein Herzschlag verlangsamt sich. Ihre Gegenwart ist zwar eine Herausforderung, wirkt jedoch irgendwie auch beruhigend auf mich. Ich verstehe es beim besten Willen nicht.

Das ist ein verdammtes Problem, denn ich sollte sie nicht so ansehen, wie ich es tue. Und diese dummen Gedanken sollte ich ebenfalls nicht haben. Es ist mir allerdings nicht entgangen, dass ich gestern keinen einzigen schwarzen Gedanken hatte. Und in der Nacht davor, als ich es mir auf der Couch bequem zu machen versuchte, dachte ich nur an Camille. Das ist gleichermaßen erleichternd und besorgniserregend.

Ich schaue mich um, damit ich nicht Camille und den Spiegel ansehen muss. Mein Handy klingelt zum perfekten Zeitpunkt. Nachdem ich ihren Halbbruder TJ kennengelernt hatte, schickte ich Lucinda eine Nachricht mit der Aufforderung, mal genauer über den Kerl nachzuforschen. Ich mochte ihn nicht. Er wirkt verschlagen und hat eine kriecherische Visage, die nach Prügeln schreit ... ein bisschen wie die seines Vaters. Es fiel mir schwer, ihm keine reinzuhauen. Camilles Bruder, dieser Vollidiot, hatte doch tatsächlich den Nerv, mich zu ermahnen, gut auf sie aufzupassen. Wenn ich etwas Verfängliches über ihn in die Finger bekomme, liefert es mir den Vorwand, mir den Burschen richtig vorzuknöpfen.

Ich öffne Lucindas SMS. Darin steht, dass ihre Nachforschungen nichts ergeben haben. Der Typ ist sauber. Natürlich, was denn sonst! Seufzend tippe ich eine Antwort:

Der Kurier? Wer hat die Nachricht überbracht?

Es gab keine Kurierlieferung. Jedenfalls nicht an diesem Tag.

Stirnrunzelnd schaue ich auf das Display, ohne zu wissen, was es bedeutet, dass sich mein Verdacht bestätigt hat. Statt noch einen Text zu schicken, rufe ich an, wobei ich mich ein paar Schritte von Camille entferne, ohne sie aus den Augen zu lassen. „Kein Kurier?“, sage ich, als Lucinda sich meldet.

„Nein, nichts.“

„Er verschweigt etwas“, vermute ich und überlege.

„Fragen wir ihn doch einfach.“

„Nein, ich werde ihm keinen Grund geben, zu glauben, dass wir ihm auf die Schliche gekommen sind.“

„Und was jetzt?“

Ich sehe zu Camille. Sie beugt sich immer noch über diesen verdammten Spiegel. „Er würde mich nicht grundlos engagieren.“ Logan muss ernsthaft besorgt sein um die Sicherheit seiner Tochter. Ich bin keine Vorsichtsmaßnahme. „Such weiter.“ Ich beende das Gespräch und stecke das Telefon wieder in die Tasche. Ich bin frustriert. Nichts als Sackgassen, und dieser weiße Lieferwagen vor dem Büro von Camilles Agentin war ganz sicher verdächtig. Ich bin lange genug in dem Job, um zu merken, wenn etwas nicht stimmt.

Erneut lasse ich den Blick schweifen. Hier herrscht unglaublich viel Betrieb. Frauen bestürmen den Tresen, Kreditkarten werden gezückt. Die reinste Hölle.

Nachdem Camille mich gezwungen hat, eine Stunde in der grauenhaften Kosmetikabteilung zu verbringen, geht sie. Ich muss ihr folgen. Dieser Mix aus einer Million verschiedener Düfte fängt an, meine Nase zu reizen. Ich muss sie reiben, um keinen Niesanfall zu bekommen.

Als wir um die Ecke kommen, entdecke ich einen Security-Mann, der auf uns zugeeilt kommt. Und dann erkenne ich auch, warum. Camille ist mit ihrem Handy beschäftigt und sieht ihn nicht.

„He!“ Ich greife nach ihr und ziehe sie zurück, ohne mich von ihrem kleinen Aufschrei ablenken zu lassen. Ich zerre sie vom Gehsteig, genau in dem Moment, als ein junger Typ vorbeirennt, gefolgt von diesem Security-Mann. Ich schaue ihnen nach und bezweifle, dass der Security-Mann eine Chance hat. Der kleine Dieb ist schnell, trotz der Waren, die er anscheinend unter sein Kapuzensweatshirt gestopft hat.

Ich wende mich Camille zu und merke, dass ich nach wie vor einen Arm um ihre Taille gelegt habe. Mir wird heiß. Ziemlich. Ich lasse sie los und weiche zurück. Ihre topasblauen Augen sehen mich erschrocken an … Ach, Mist, es erscheint schon wieder dieser Ausdruck in ihnen, den sie jedes Mal bekommt, wenn ich sie berühre.

Ich räuspere mich und reiße mich von ihrem Anblick los. Sie ist benommen. „Ihr Handy", sage ich, denn es liegt zu ihren Füßen auf dem Boden. Ich hebe es auf und gebe es ihr. Es dauert einige unbehagliche Sekunden, bis sie aus ihrer Trance erwacht und ihr iPhone nimmt.

„Danke", murmelt sie und sieht dabei so durcheinander aus, wie mein Herzschlag sich anfühlt.

Verdammt, ihre Nicht-anfassen-Regel ist wahrscheinlich die beste Idee, die sie je hatte. Nur funktioniert sie nicht, wenn ich sie anfassen *muss*. Und jedes Mal, wenn ich in die Augen dieser Frau schaue, sehe ich Verlangen, Begierde, Sehnsucht. Doch was noch viel beängstigender ist – ich empfinde das alles selbst.

Ich brauche einen Drink. Und eine harte Nummer. Irgendwas, um den Kopf frei zu bekommen von diesen bescheuerten Gedanken. Es gibt nur eine Frau, die eine ähnliche Wirkung auf mich gehabt hat, und die ist der Grund dafür, dass ich im Arsch bin, eine Ex-SAS-Scharfschützin. Ex ist das Schlüsselwort. *Komm drüber weg, Sharp!*

Ich laufe Camille hinterher, hole sie ein und frage mich, was als Nächstes kommt. Nichts kann schlimmer sein als eine Stunde in der Kosmetikabteilung.

Aber da irre ich mich.

Da wäre noch die Unterwäscheabteilung.

Will sie mich verarschen? Ich blicke stur geradeaus, während ich ihr durch ein Labyrinth aus sexy Unterwäsche folge, wobei sie verschiedene Stücke mitnimmt. Ich schaue einfach nicht hin, sondern richte den Blick auf etwas Unverfängliches. Leider ist das momentan nur Camilles Hinterkopf, und diese Option endet, als sie sich umdreht. Ihre blauen Augen funkeln übermütig. Sie hält eine Hand voller Spitzen-BHs und Slips zwischen uns hoch, und ich stehe vor dem Dilemma, wohin ich jetzt am besten sehen soll: auf Camille oder den Stapel Unterwäsche.

Dieses kleine …

Mit der Andeutung eines Lächelns zeigt sie zur anderen Seite. „Ich muss das anprobieren."

Ich stelle die Beine ein wenig auseinander, falte die Hände vor mir und nicke. „Lassen Sie sich Zeit", sage ich ruhig, doch meine Augen verraten mich, denn ich blicke unwillkürlich hinunter auf die Unterwäsche in ihrer Hand. Ich schlucke und reiße mich zusammen. Wenn ich einen Typen beschatten würde, stünde ich jetzt vermutlich am Ende irgendeines Tresens oder, noch besser, sähe mir irgendeinen Sport live an. Verfluchtes Shopping! Und dann ausgerechnet Unterwäsche? Lucinda muss mich hassen.

„Hier entlang", fordert Camille mich mit Singsangstimme auf und geht auf die Umkleidekabinen zu.

Ich folge gehorsam und überhole sie, um den Bereich rasch zu überprüfen, ehe ich wieder hinausgehe und mich vor dem Eingang postiere. „Nehmen Sie die nächste Kabine, dann ist alles in Ordnung." Die liegt etwa drei Meter entfernt. Damit kann ich leben.

Skeptisch mustert sie mich. „Sie bleiben hier stehen?"

„Mehr Abstand kann ich nicht lassen", erkläre ich ihr.

Sie späht um die Ecke in den Gang mit den Kabinen. „Die erste Kabine?", fragt sie.

„Ja."

„Ich bevorzuge die hinteren", meint sie leichthin und geht.

Ich versuche, mir einen müden Seufzer zu verkneifen. „Camille, glauben Sie bloß nicht, dass ich da nicht hineinkommen werde." Sie unterschätzt mich.

„Glauben Sie nicht, dass ich etwas dagegen hätte", kontert sie.

Ich hebe erstaunt die Brauen. Will sie damit etwa andeuten …? Ich lache, aber nicht amüsiert. „Camille, nehmen Sie doch einfach diese Kabine."

Ich betrete den Gang und klopfe an, um sicherzugehen, dass die Kabine nicht besetzt ist, bevor ich die Tür aufschiebe. Camille hat inzwischen das Ende des Ganges erreicht und wirft mir ein durchtriebenes Grinsen zu, ehe sie in der Kabine ihrer Wahl verschwindet. Für einen Moment stehe ich wie ein Idiot da und starre ins Nichts. Offenbar habe ich *sie* unterschätzt. Ich werfe einen Blick über die Schulter, sehe die beschäftigten Angestellten und akzeptiere widerstrebend mein Schicksal.

Am liebsten würde ich sie umbringen. Langsam.

Sobald ich vor ihrer Tür ankomme, höre ich Geraschel dahinter. Camille Logan zieht sich aus. Ich schaue um Beistand flehend zum Himmel. Die Tür geht einen Spaltbreit auf, ihr Arm erscheint. Von ihrem Zeigefinger baumelt der winzigste rote Spitzenslip, den ich je gesehen habe.

„Das ist ein Ja", sagt sie selbstzufrieden.

Ich atme tief ein, schließe die Augen und ringe um Geduld. Ohne hinzuschauen, nehme ich das Ding von ihrem Finger. Zwei weitere Minuten Geraschel vergehen, dann geht die Tür wieder auf, und der zum Slip passende BH taucht auf.

„Noch ein Ja."

Ich lasse sie ihre Hand hinhalten und überlege, was für einen guten Knebel dieser BH abgeben würde. Ich überrasche mich selbst, denn das ist gar kein sexueller Gedanke. Ich würde ihr diese sexy Unterwäsche am liebsten in den Mund stopfen, damit sie nicht mehr reden kann. Sie macht die Tür ein Stückchen weiter auf und späht hinaus. Unsere Blicke treffen sich, und diese Vorstellung von eben verwandelt sich in eine erotische Fantasie. Eine Vorstellung von

Camille Logan auf allen vieren, der BH unter ihren Titten, während ich in sie stoße.

„Sharp!"

Erschrocken schnappe ich ihr das Wäschestück aus der Hand. Mann, ich muss mich wirklich wieder einkriegen.

„Ich warte draußen." Mir wird's zu eng hier drin, also marschiere ich nach vorn. Am Eingang zu den Kabinen lehne ich mich an die Wand, hole mehrmals tief Luft und hoffe darauf, dass die Bilder verschwinden.

„Sir?" Eine Angestellte taucht vor mir auf und zeigt auf das Unterwäscheensemble in meiner Hand. Ich schaue hinunter und bereue es sofort, denn die erotischen Fantasien tauchen erneut in meinem Kopf auf.

„Die sind ein Ja!" Ich übergebe ihr die Wäsche und klopfe mir die Hände ab, als könnte ich damit auch meine Gedanken reinigen. Das hier ist die reinste Qual. Ich nehme mir vor, Lucinda eine Mail zu schicken, dass ich nie wieder eine Klientin will.

Die Angestellte nimmt die Dessous unsicher lächelnd entgegen. „Ich lasse es einpacken."

„Danke."

Sie geht, und ich kann meine verspannten Muskeln ein wenig lockern. Leider taucht Camille auf, und schon kehrt die Anspannung zurück.

„Fertig?" Im Stillen bete ich, die Antwort möge ein Ja sein. Ich wünschte, ich könnte dieses wissende Grinsen von ihrem Gesicht wischen. Vielleicht mit meinem Mund?

Sie hält mir mit beiden Händen noch mehr sexy Unterwäsche unter die Nase. „Die gefallen mir auch." Dann stolziert sie zum Tresen, legt die Sachen ab und wirft mir einen Blick über die Schulter zu. Ich schaue weg. Ich hasse sie. Und wie!

Zehn Minuten später kann ich die Freiheit riechen, denn der Ausgang kommt in Sicht. Ich muss es nur ein weiteres Mal durch die Kosmetikabteilung schaffen und darauf hoffen, dass Camille nicht von irgendetwas Glänzendem abgelenkt wird. Ich brauche dringend frische Luft. Mein trainiertes Auge behält einerseits Camille im Visier, während es gleichzeitig auf die Tür vor uns gerichtet ist, die aus diesem grauenhaften Ort hinausführt. Meine Hand zuckt, denn am liebsten würde ich Camille vorwärtsschubsen, damit sie schneller geht. Keine Berührung, ermahne ich mich. *Fass sie bloß nicht an!*

Vor uns entdecke ich eine Frau mit einer Parfümflasche, die Papierstreifen besprüht und diese vorbeigehenden Kunden reicht. Wegen des einfallenden Sonnenlichts sehe ich den feinen Sprühnebel aus winzigen tanzenden Duftpartikeln vor ihr.

„Poison, Ma'am?", fragt sie Camille, als wir an ihr vorbeikommen, und besprüht einen Papierstreifen, den sie schon bereithält. Nur verfehlt sie diesmal den Streifen und trifft stattdessen Camilles Arm.

Camille erschrickt und reibt sich die Stelle. „Nein danke", wendet sie sich an die Angestellte. „Das ist nicht mein Duft."

„Das tut mir schrecklich leid!" Die Frau reibt ebenfalls peinlich berührt an Camilles Arm. „Die Zerstäuberdüse muss sich verdreht haben."

„Es ist schon gut, wirklich", beruhigt Camille die Angestellte. „Das Parfüm ist ein bisschen zu intensiv für meinen Geschmack."

Ich vergesse mich kurz und bugsiere Camille durch die Parfümluft. Die Partikel steigen mir in die Nase, und ich verziehe das Gesicht. Dann huste ich, der Duft überwältigt mich. Ich lasse Camille los, meine Schritte werden schleifend.

Dieser Geruch.

Mein Herzschlag verlangsamt sich, meine Haut wird kalt.

Dieser Geruch.

Ich schlucke und blinzle, sehe die schwebenden Folterteilchen auf mich zukommen.

Dieser Geruch.

Ein Flashback packt mich, ich verkrampfe und schaffe es nicht, weiterzugehen. Ich kann mich nicht bewegen. Kann nicht entkommen. Ich muss atmen, doch wenn ich Luft hole, ist da dieser überwältigende schwere Duft, der direkt in mein Hirn dringt. Poison. Das habe ich seit vier Jahren nicht mehr gerochen.

Sie hat Poison benutzt. Um mich herum wird alles dunkel, nur ein einziges Bild bleibt. Ihr Gesicht. Ihr Gesicht und das Blutbad in Afghanistan. Schreie, Gewehrfeuer, meine völlig außer Kontrolle geratene Wut. Ich bücke mich, stütze die Hände auf die Knie, fange an zu hyperventilieren. Ich muss hier raus.

„Jake?" Camilles Stimme ist ein fernes Summen. „Jake, ist alles in Ordnung?"

Ich sauge Luft durch die Nase, unfähig zu kontrollieren, woher ich Sauerstoff bekomme. Ich erwische eine weitere Parfümdosis und keuche. „Ich muss raus", presse ich mühsam hervor.

Dann stürme ich einfach vorwärts, stoße dabei jeden zur Seite, der mir im Weg ist. Die Türen sind ganz nah und doch so weit weg. Ich stolpere nach Luft ringend aus dem Kaufhaus, als hätte ich einen Marathon absolviert, und lasse mich vor Beklemmung verkrampft gegen eine Wand sinken.

Zitternd greife ich in meine Innentasche, während ich die reine Luft einatme, und taste nach den Pillen. Es ist dumm, denn Wunder wird es nicht bewirken, wenn ich jetzt eine von den Dingern schlucke. Doch das psychische Verlangen ist da.

Ich kriege sie aus der Tasche, fummle am kleinen Deckel herum, und die Flasche fällt mir aus der Hand und zu Boden.

„Scheiße“, fluche ich und bücke mich. Ich kann überhaupt nicht klar sehen, alles erscheint mehrfach. Außerdem atme ich zehnmal so schnell, wie ich sollte. Auf der Suche nach der Pillenflasche taste ich auf dem Boden herum.

„Hier.“ Eine verschwommene Hand taucht in meinem Blickfeld auf und hält mir die Flasche hin. Sofort wird meine Sicht klarer, und ich erkenne topasfarbene Augen, die mich besorgt ansehen.

Ich nehme die Pillen und versuche, den Deckel abzuschrauben, während ich mich aufrichte und gegen die Wand sinke. Camille befreit mich aus meinem Elend, indem sie mir die Flasche abnimmt, sie mit Leichtigkeit aufschraubt und eine Pille in ihre Handfläche schüttelt. Sie hält sie mir hin, und ich starre die kleine Pille ein paar Sekunden an, bevor ich sie nehme und schlucke.

Ich schließe die Augen und zwinge mich, mehrmals tief einzuatmen. Es ist mir zuwider, vor meiner Schutzperson Schwäche zu zeigen. Das ist noch nie passiert. Zumindest nicht in diesem Ausmaß, vielleicht nur in meinen Träumen. Aber dieses Parfüm. Das war der Auslöser.

„Betablocker“, vermutet Camille. „Die halten das Adrenalin in Schach und stoppen Angstattacken.“

Sie dreht den Deckel zu und kaut auf ihrer Unterlippe. Ich kann sie nicht anlügen, aber was zum Geier soll ich ihr sagen?

Ich nehme ihr die Flasche ab und lasse sie wieder in meiner Tasche verschwinden. Dann teste ich die Standfestigkeit meiner Beine. Ein kurzes Anspannen meiner Oberschenkelmuskeln bestätigt, dass sie gut genug funktionieren. Ich stoße mich von der Wand ab und spüre, dass Camille jede meiner Bewegungen genau beobachtet.

„Wohin als Nächstes?“, frage ich und meide ihren Blick.

„Ich muss heute Abend Papierkram erledigen“, erklärt sie. „Zu Hause.“

„Na, dann nach Hause.“ Ich gebe ihr ein Zeichen voranzugehen.

Doch nach einigen unbehaglichen Sekunden hat sie sich immer noch nicht von der Stelle gerührt. Also bin ich gezwungen, sie anzuschauen, am besten erwartungsvoll. Aber das klappt nicht, denn sie sieht mich an – nicht mit Interesse und auch nicht neugierig. Stattdessen liegt Mitgefühl in ihrem Blick, und das ist tröstlich, auch wenn es das besser nicht sein sollte.

„Sparen Sie sich Ihr Mitleid“, fordere ich sie auf. Keiner von uns beiden bricht den Blickkontakt ab.

„Warum?“

„Weil ich es nicht verdiene.“ Ich verfalle ihren wunderschönen Augen, die mir den Trost versüßen, der mir nicht zusteht.

„Was ist Ihnen passiert?“, flüstert sie.

„Krieg“, antworte ich schlicht und bin selbst überrascht, wie leicht mir das über die Lippen kommt, auch wenn ich auf weitere Details verzichte. Ich erkenne Verständnis in ihrem makellosen Gesicht und reiße mich endlich von ihrem Anblick los, ehe ich noch mehr Mist bei ihr ablade.

„Nach Hause.“ Ich strecke den Arm aus und hoffe, dass sie mir diesmal folgt. Das tut sie. Still und voller Anspannung geht sie an mir vorbei.

Camille Logan hat ihre Aufmüpfigkeit für heute aufgebraucht. Sie wird nie erfahren, wie dankbar ich dafür bin.

Während ich Camille in die Lobby des Apartmentgebäudes folge, kreisen meine Gedanken nach wie vor, und ich habe immer noch den Duft in der Nase. Ich drücke den Fahrstuhlknopf und drehe mich um, als ich Schritte näher kommen höre. Der Concierge hält lächelnd einen Umschlag hoch. „Miss Logan, Ihre Post."

Camille nimmt den Umschlag, als der Fahrstuhl klingelt und die Türen aufgleiten. „Danke", sagt sie und reißt ihn beim Betreten der Kabine auf. Ihre Schritte werden zögerlich.

„Was ist los?", erkundige ich mich beunruhigt, denn ich kann die Gänsehaut auf ihren nackten Armen sehen. Sie sieht zu mir auf, ein wenig abwesend, und ich nehme ihr den Umschlag aus der schlaffen Hand.

Das Bild springt mir ins Auge. „Shit", fluche ich und starre auf das Foto, das Camille auf dem Gehsteig zeigt. Sie ist mit Einkaufstaschen behängt. Ich blättere zum nächsten Foto, darauf steigt sie in ihren roten Mercedes. Unter diesem Bild steht ein Text, und jedes einzelne Wort macht mich nervöser.

IHR VATER HAT NOCH 3 TAGE, UM DIE FORDERUNGEN ZU ERFÜLLEN

Die Fahrstuhltüren gleiten zu, und ich strecke schnell die Hand aus, um das zu verhindern. „Hey!", rufe ich dem Concierge hinterher. Er dreht sich um, nach wie vor lächelnd. „Wer hat den gebracht?" Ich halte den Umschlag hoch.

„Die Post", antwortet er, was mich veranlasst, den Umschlag umzudrehen und auf den Poststempel zu schauen. Da ist keiner, nur Camilles Name und ihre Anschrift auf einem getippten Aufkleber. Diesmal lasse ich die Türen zugleiten und nehme mein Handy aus der Tasche. Logan meldet sich nach dem ersten Klingelton.

„Camille wurden Fotos zugeschickt." Ich komme gleich zur Sache. „Wer immer das ist, er ist ihr gefolgt. Vor dem

Büro ihrer Agentin ist mir gestern Morgen ein weißer Lieferwagen aufgefallen. Als ich mich ihm näherte, ist er schnell weggefahren."

Logan stößt hörbar die Luft aus. „Was ist auf den Bildern zu sehen?"

„Camille." Was glaubt er denn, was darauf zu sehen ist? „Auf einem steht eine Nachricht. Sie lautet, dass Ihnen noch drei Tage bleiben, um die Forderungen zu erfüllen. Was für Forderungen?"

„Ich habe keine Ahnung! Wie kann ich Forderungen erfüllen, wenn ich nicht mal weiß, was die überhaupt wollen?"

Ich widerstehe dem Impuls, gegen die Wand der Fahrstuhlkabine zu schlagen. Camille wirkt immer noch abwesend. „Gab es keine anderen Drohungen?", frage ich Logan.

„Nein, verdammt! Lassen Sie sie bloß nicht aus den Augen, Sharp!"

„Das habe ich nicht vor." Ich beende das Gespräch und rufe gleich darauf Lucinda an. Sie meldet sich mit Schweigen. „Ich schicke dir innerhalb der nächsten Stunde etwas per Kurier. Lass es auf Fingerabdrücke untersuchen." Die Fahrstuhltüren öffnen sich, und ich führe Camille eilig hinaus.

„Verstanden."

Ich schiebe mein Handy in die Tasche zurück und sage vor Camilles Wohnungstür: „Schlüssel?" Das reißt sie aus ihrer Benommenheit.

Sie sieht mich an, macht aber keine Anstalten, mir den Schlüssel zu geben. „Wie ernst ist das?", will sie mit leiser Stimme wissen.

Allerdings erkenne ich keine Angst bei ihr, mit der ich eigentlich gerechnet habe. Stattdessen sieht sie immer noch mitfühlend aus.

„Solche Drohungen sollen in erster Linie einschüchtern, doch solange ich in Ihrer Nähe bin, kann Ihnen nichts passieren. Und jetzt schließen Sie die Tür auf." Ich wende den Blick ab, was gar nicht leicht ist, wenn sie mich so fragend ansieht. Aber ich weiß, dass es keine Fragen über die Drohung – und was sie bedeutet – sind, die sie beschäftigen. Es sind Fragen über mich.

10. Kapitel

Cami

Ich liege wach in dieser Nacht, doch sind nicht die Fotos in dem Umschlag der Grund für meine Schlaflosigkeit. Es ist meine Neugier, was Sharp angeht. Nachdem wir mein Apartment betreten hatten, sprach er nur noch mit mir, wenn es absolut nötig war, und gab ansonsten einsilbige Antworten. Die Atmosphäre war gespannt. Schrecklich. Und ich weiß, es hatte nichts mit den Fotos zu tun. Ich wusste, was ich bei Harvey Nic's tat, als ich ihn lockte und ihn leiden ließ, ihm die Hölle des Mannes bereitete. Und ich genoss jede Minute, ihn schwitzen zu sehen.

Doch sobald unsere Blicke sich trafen, war ich nicht mehr so belustigt, sondern empfand etwas, was mir weniger gefiel. Nur kann ich trotzdem nicht leugnen, dass es da war. Ich habe alles versucht, um es nicht zu beachten, aber es ging nicht. Dieses Knistern zwischen uns war keine Einbildung. Nicht dass es jetzt noch eine Rolle spielt.

Seit Sharp diese erschreckende Episode in dem Kaufhaus durchlebt hat, ist er verschlossen. Sieht mich kaum an. Eigentlich sollte ich dankbar sein dafür. Es hat die Befangenheit beseitigt, die wegen unserer ständigen Blickkontakte entstand, und sie durch etwas anderes ersetzt. Anspannung. Neugier. Zumindest bei mir. Er ist hier und doch nicht ganz da. Wie ein Roboter. Ich frage mich, ob es daran liegt, dass er vor mir

Schwäche hat erkennen lassen. Mich tiefer in sein Inneres hat blicken lassen. Natürlich nicht absichtlich. Ihm blieb keine Wahl, er hatte in dem Augenblick keine Kontrolle darüber. Es war ziemlich quälend, diesen großen kräftigen Mann als Häuflein Elend zu erleben. Ich kann nachvollziehen, wie er sich fühlt. Einerseits stark, andererseits verletzlich. Das erinnert mich an jemand anderen. An mich. Viel bei mir ist Fassade. Insgeheim aber habe ich das Gefühl, ständig gegen meine Dämonen ankämpfen zu müssen. Sharp und ich sind uns ähnlicher, als mir lieb ist. Denn wie auch immer sein innerer Kampf aussehen mag, ich verstehe es. Es macht ihn ein wenig menschlicher, führt dazu, dass ich ihn mit anderen Augen sehe.

Ich betrete das Wohnzimmer und binde mir dabei die Haare hoch. Es ist leer, Sharp sitzt nicht auf seinem üblichen Platz auf dem Sofa. Das sieht seltsam verlassen aus ohne seine große Gestalt darauf. Ich höre Geräusche aus der Küche und folge ihnen. Er steht an der Spüle und trinkt ein Glas Wasser. Sofort überlege ich, ob er eine weitere Pille schlucken musste. Betablocker. Eins der Dinge, die ich über Jake Sharp herausgefunden habe, ist, dass er definitiv an einer posttraumatischen Belastungsstörung leidet. Das weiß ich, weil er mir indirekt verraten hat, dass er ein Kriegsveteran ist. Außerdem hat er offenbar eine Schusswunde gehabt.

Nachzubohren steht mir jedoch nicht zu, was ich nach dem Zustand, in dem er sich bei Harvey Nic's befand, auch gar nicht wage. Es war schmerzlich genug, das mitzuerleben. Dem möchte ich ihn kein weiteres Mal ausliefern.

Ich gehe zum Kühlschrank und nehme mir einen Entgiftungssaft heraus. „Ich treffe mich mit Heather zum Kaffee", sage ich und schraube die Flasche auf, während ich mich umdrehe.

Sharp hat sich nicht bewegt und scheint mich nicht gehört zu haben. Er ist gefangen in einem Tagtraum.

Ich betrachte ihn im Weggehen, trinke dabei von meinem Saft. Dann bemerke ich eine Tasche zu seinen Füßen. „Wollen Sie irgendwohin?"

Er sieht mich an, ist aber immer noch nicht ganz da.

„Ich habe einen anderen Auftrag bekommen", antwortet er mechanisch.

Mein Mut sinkt, was dämlich ist. Dass er geht, ist zweifellos das Beste, was passieren konnte.

„Jemand anders ist unterwegs, um diesen Job hier zu übernehmen", fügt er hinzu. „Sie werden weiterhin in Sicherheit sein."

Ich spüre einen heftigen Stich ins Herz, der mich völlig aus dem Konzept bringt. Trotzdem gehe ich weiter, halte die Flasche fest umklammert, bis das Plastik geräuschvoll zusammengepresst wird. Richtig bescheuert ist, dass ich enttäuscht bin, weil er geht, statt mir wegen der Fotos in dem Umschlag Sorgen zu machen. Das ist verrückt.

„Na schön." Ich presse das mit zusammengebissenen Zähnen heraus und sehe beim Betreten des Wohnzimmers meine Handtasche.

Nimm sie einfach – und geh. Sieh dich nicht nach ihm um.

Ich werfe mein Handy in die Tasche, drehe mich um und entdecke Jake im Türrahmen zur Küche. Er beobachtet mich. Seine tiefen Augen, wenn sie mich aus der Nähe ansehen, machen mich jedes Mal bewegungsunfähig.

„Was?", frage ich harsch und unwirsch.

Er hebt seine Reisetasche vom Boden auf und schüttelt den Kopf. „Sie warten hier, bis die Ablösung eintrifft."

„Ich habe Dinge zu erledigen!", protestiere ich, während er sich die Tasche über die Schulter wirft und zur Tür geht.

„Fünf Minuten, Camille. Fünf Minuten können Sie warten. Danach werden Sie nie wieder etwas tun müssen, was ich Ihnen vorschreibe."

Seine Hand liegt schon auf dem Türgriff, doch er sieht zu mir zurück, meine Antwort erwartend. Beinah lächelt er. Genau deshalb gebe ich ihm keine.

Ich muss niemandem etwas beweisen, nur mir selbst. Ich habe meine Integrität und meine Unabhängigkeit. Ich verspüre dennoch unerträglichen Schmerz in meinem Herzen, als ich ihn die Tür öffnen sehe. Ich versuche, vernünftig zu sein, und sage mir, dass ich töricht bin, weil ich seine Gegenwart als tröstlich empfinde, obwohl ich sie doch gar nicht will. Er kann mich beschützen, aber das ist es nicht allein.

Jake wirft mir einen langen harten Blick zu, dann geht er. Allerdings kommt er nur zwei Schritte weit, bevor er abrupt stehen bleibt. Die Muskeln unter seinem T-Shirt spannen sich an, er hebt die Schultern, Konzentration erfasst ihn. Seine Tasche fällt zu Boden, seine Rechte erscheint blitzschnell auf dem Rücken, ruht auf irgendetwas. Seiner Waffe?

Ich weiche zurück, vorsichtig … denn ich höre jemanden reden.

„Ist Camille zu Hause?"

Mein Magen zieht sich zusammen.

Sebastian.

Ängstlich ziehe ich mich weiter zurück, doch dann gerate ich aus einem anderen Grund in Panik. Sharp wird ihn erschießen!

Ich stürze zur Tür, packe Sharps Hand, die seine Waffe schon halb aus dem Hosenbund der Jeans gezogen hat. Geschickt befreit er sich, wirbelt mit einem gefährlichen Funkeln in den Augen zu mir herum. Schweiß glänzt auf seiner Stirn.

Als er mich erkennt, wird seine Miene sofort sanfter. „Das ist mein Exfreund", erkläre ich hastig.

Er hält inne, und als ich sicher bin, dass diese Information in sein Robotergehirn eingesickert ist, schiebe ich mich an ihm vorbei, langsam und vorsichtig. Sharp sieht wirklich gefährlich aus. Unberechenbar. Du liebe Zeit, geradezu mordlustig!

„Mann!"

Sebastians erschrockener Ausruf lenkt meine Aufmerksamkeit auf ihn. Mein Ex steht auf der anderen Seite des Flurs an die Wand gelehnt. Seine blauen Augen sind weit aufgerissen und wachsam, aber auch sehr klar.

Es ist neun Monate her, seit ich ihn zuletzt gesehen habe. Neun Monate, in denen ich wieder zu mir selbst gefunden habe. Er weiß, dass es vorbei ist mit uns und dass es für mich kein Zurück mehr gibt. „Warum bist du hier?", frage ich und werfe einen Blick über die Schulter. Was ich sehe, gefällt mir gar nicht. Sharp wirkt, als wäre er bereit zu töten, seine Rechte hält er immer noch hinter dem Rücken, um jederzeit die Waffe ziehen zu können.

„Wie geht es dir, Cam?", erkundigt Sebastian sich.

Die superkurze Version meines Namens, die einzige, die *er* je benutzt hat, weckt unvermittelt Erinnerungen. Meine Rettung ist, dass es Erinnerungen aus dunklen Zeiten sind. Das ist die beste Abschreckung.

„Mir geht's gut." Zu dieser Antwort setze ich eine ausgeglichene Miene auf. *Es geht mir gut ohne dich!* Während ich in der Entzugsklinik war, schrieb er mir lange E-Mails. Ich antwortete nicht, und nach zwei Wochen las ich sie auch nicht mehr. Die verhinderten nur meine Genesung. Er war voller Reue. War er schon immer. Aber ich werde nicht wieder schwach. Er hat keine Macht mehr über mich.

Sebastian mustert den Berg schlanker, trainierter Muskeln, der weiter hinter mir lauert.

Ich entscheide mich, auf seine unausgesprochene Frage zu antworten, damit wir hier vorankommen. Das ist alles peinlich.

„Er arbeitet für meinen Dad", erkläre ich ihm. „Er fährt mich heute." Das ist keine Lüge, aber die Wahrheit ist es auch nicht. Es spielt gar keine Rolle, wer Jake Sharp wirklich ist, da er anscheinend in allernächster Zeit verschwunden sein wird.

Erneut empfinde ich tiefes Bedauern darüber, das erstaunlicherweise sogar die Furcht vor Seb überlagert. Mir wird in diesem Moment klar, wie dankbar ich dafür bin, dass Sharp da ist. Besonders jetzt.

Sebastian macht lächelnd einen Schritt auf mich zu. „Kaffee?", erkundigt er sich.

„Ich glaube nicht", antworte ich.

„Nein?"

Er wirkt geschockt über meine Absage, das erstaunt mich wirklich. Was hat er denn erwartet? Dass ich mich ihm in die Arme werfe und ihm sage, wie sehr ich ihn vermisst habe? Ich nicke bestätigend und bemerke das vertraute Aufflackern von Zorn bei ihm. Er versucht es zu verbergen, vermutlich würde ihm das bei anderen Leuten gelingen. Doch ich habe diese erzwungene Ruhe bereits erlebt, deshalb kann er mir nichts vormachen.

„Ach komm", meint er in sanftem Ton und macht einen weiteren Schritt auf mich zu. „Hast du mich denn gar nicht vermisst?"

Diesmal bekomme ich keine Gelegenheit zu antworten. Ich stoße einen kleinen Schrei aus, als ich hochgehoben und zur Seite gestellt werde. Sharp legt eine Hand auf den Türknauf und geht ein Stück auf Sebastian zu, der klugerweise zurückweicht.

„Ihr Kontakt zu Miss Logan endet hier." Er wirft die Wohnungstür zu und marschiert Richtung Küche. Dabei nimmt er das Handy aus der Tasche.

Ich betrachte die geschlossene Tür, dann schaue ich Sharp nach und sehe nur noch seinen Rücken.

Was zur Hölle ist gerade passiert?

Ich folge ihm und finde ihn an der Spüle, wo er sich Wasser ins Gesicht spritzt.

„Ich dachte, Sie gehen", sage ich.

„Es gab eine Planänderung."

11. Kapitel

Jake

Ich sitze ein paar Tische von Camille und Heather entfernt vor einem kleinen italienischen Lokal abseits der Kensington High Street. Langsam rühre ich meinen Kaffee um, wohingegen die beiden Eistee schlürfen und wie Mädchen plappern. Ich muss mir ein Stöhnen verkneifen, als Heather die Party heute Abend erwähnt. Saffrons Feier zum fünfundzwanzigsten Geburtstag. Großartig. Weitere Folter in Gestalt von Camille Logan in irgendeinem heißen Outfit, in dem sie durch eine Bar stolziert, während zahllose Männer ihretwegen zu sabbern anfangen. Klasse. Kann's kaum erwarten.

Seit meinem Zusammenbruch gestern bei Harvey Nichols ist sie empfänglicher für meinen Schutz. Diese neue Einstellung ist eine Überraschung, nur bin ich mir nicht sicher, ob das angenehm ist.

Die Art, wie sie mich angesehen hat, nachdem sie mir die Pillenflasche aus der Hand genommen und mir gegeben hatte, was ich brauchte, löste etwas bei mir aus, was ich immer noch nicht ganz verstehe. Sie schien mich nicht zu verurteilen, sondern nur Mitgefühl zu haben. Ich frage mich, ob es die psychologische Wirkung der Tablette war, die mich beruhigte, oder die Friedlichkeit, die von Camille ausging. Je mehr ich darüber nachdenke, desto mehr verunsichert mich der Trost, den sie mir spendete. Ich kann nicht aufhören, sie anzusehen.

Ich kann versuchen, mir einzureden, es sei mein Job, sie im Auge zu behalten, aber das wäre gelogen. Ich behalte sie nicht einfach nur im Auge. Ich bewundere sie – ihre Arbeitsmoral, wie sie sich aus dem Teufelskreis der Selbstzerstörung befreit hat, und ihre Entschlossenheit, ihren Traum zu verwirklichen, statt den leichten Weg zu nehmen. Wie zum Beispiel das Geld ihres Vaters oder das der Investoren, die jedoch völlig andere Vorstellungen haben als sie. Ich habe gehört, wie sie darüber geredet hat. Sie ist verdammt stark. Allein ihre Nähe gibt mir innere Ruhe, die ich ablehnen sollte. Sie stellt keine Ablenkung dar. Sie ist Trost, doch ich verdiene keinen Trost.

Letzte Nacht lag ich auf der Couch und gelangte zu der Einsicht, dass mein Verstand nicht mehr richtig bei der Sache ist. Also rief ich heute Morgen Lucinda an und bat sie, mir einen anderen Auftrag zu besorgen. Ich war bereit, Camille Logan zusammen mit den verwirrenden Gefühlen, die sie bei mir auslöst, hinter mir zu lassen und mir eine andere Ablenkung zu suchen.

Das änderte sich allerdings in dem Moment, als ich ihrem Exfreund die Tür aufmachte. Ich wusste sofort, wer er war. Um ein Haar hätte ich ihm eine Kugel in seinen schicken Schädel gejagt. Mein Beschützerinstinkt war instinktiv, nicht berufsbedingt. Konnte ihn nicht ignorieren. Und plötzlich war es mir nicht mehr möglich, einfach zu verschwinden. Ich habe Fotos von Sebastian Peters nach seiner Entlassung aus der Entzugsklinik gesehen, wie er mit glasigen Augen aus Nachtclubs torkelt – ein untrügliches Zeichen dafür, dass er wieder Drogen konsumiert. Es scheint, die Lektüre von Klatschmagazinen ist ein Teil meines Jobs geworden. Wäre ich weniger selbstbewusst, käme ich mir wie ein Weichei vor.

Sebastians unerwarteter Besuch bei Camille hat mich innerhalb eines Augenblicks bewogen, meinen Entschluss zu ändern, es einem Ersatz zu überlassen, für ihre Sicherheit zu sorgen. Ich sah etwas Bedrohliches in seinen Augen aufblitzen, als Camille sich weigerte, mit ihm einen Kaffee trinken zu gehen. Er kommt mir gefährlicher vor als irgendwelche Drohbriefe. Ich werde sie vor beidem beschützen.

Es ist absolut notwendig, dass ich mich konzentriere und jede Situation vermeide, die mich davon abhalten könnte, professionell zu handeln. Ich behaupte nicht, dass das leicht wird. Camille Logan ist eine wunderschöne, verführerische junge Frau, die außerdem auf faszinierende Weise Entschlossenheit und Unabhängigkeit ausstrahlt. Das macht sie umso attraktiver. Meine anfängliche Einschätzung war falsch. Sie ist kein verwöhntes Gör, sondern eine Frau, die für ihre Unabhängigkeit kämpft. Sie widersteht dem Beharren ihres Vaters, sein Geld zu nehmen, und empfindet es als bedrückende Last, seine Tochter zu sein.

Ich bin darüber hinaus zu der Erkenntnis gelangt, dass sie verbittert ist. Sie steht unter ständiger Beobachtung, nicht nur durch Paparazzi, sondern nun auch noch durch mich. Allerdings ist ihr inzwischen klar, dass sich die momentane Situation leichter bewältigen lässt, wenn sie mitspielt. Es besteht kein Zweifel daran, dass sie sich zu mir hingezogen fühlt, aber zum ersten Mal löst das keine Selbstzufriedenheit bei mir aus. Und ich nutze es nicht aus wie sonst normalerweise.

Ich beobachte hingerissen, wie sie lacht, unbeschwert, mit rosa Wangen und leuchtenden Augen. Verdammt. Ich wende mich rasch ab und will gerade dem Kellner winken, um ein Eiswasser zu bestellen, als ich auf der anderen Straßenseite eine Bewegung registriere. Mein Verstand wird sofort klar, meine Muskeln spannen sich an. Ich bin in einem Zustand äußerster Wachsamkeit. Mit zusammengekniffenen Augen spähe ich zur Einmündung der Seitenstraße. Jetzt ist da nichts, aber zuvor war da definitiv etwas.

Ich höre das Geplapper von Camille und ihrer Freundin ein paar Schritte von mir entfernt. Ich verlagere mein Gewicht und spüre meine Waffe am Rücken. Im Geiste speichere ich Bilder von der Umgebung ab und spanne die Beinmuskeln an. Sie sind bereit, falls nötig. Ich warte geduldig und richte meine Aufmerksamkeit auf die beiden Frauen und auf die Seitenstraße, in der wir uns befinden.

Dann registriere ich erneut eine Bewegung. Der Kopf eines Mannes taucht auf, der Kerl beobachtet die Szene vor dem Café und verschwindet wieder. Es geschieht nur ganz kurz, doch nehme ich zahlreiche Informationen dabei auf. Sein Gesicht, seine schmale Statur, die wachsamen Augen. Er spioniert uns nach. Wie ein Blitz springe ich auf und renne auf die andere Straßenseite. Es tut gut, die Beinmuskeln nach langer Zeit derart zu fordern. Ich erreiche das dem Café gegenüberliegende Gebäude und warte. Es dauert nur einige Sekunden, bis der Kopf des Mannes wieder auftaucht.

Ich packe ihn beim Hemdkragen, zerre ihn aus dem Dunkel des Durchgangs und schleudere ihn gegen die Mauer. Ich drücke seine Arme nach oben und ignoriere sein Gejammer.

„Was zur Hölle wollen Sie?“, zische ich ihm ins Ohr und lasse ein bisschen locker, nur um ihn gleich darauf erneut an die Wand zu pressen.

Er zittert und stammelt.

„Raus damit!“, brülle ich ihn an und höre das näher kommende Geklapper von Absätzen hinter mir.

Camille.

Mein Puls beschleunigt sich. Ich drehe mich um und sehe sie auf mich zukommen. „Bleiben Sie zurück!“, rufe ich, was sie veranlasst, verängstigt zu stoppen. „Bleiben Sie, wo Sie sind!"

Der Mann, den ich festhalte, jammert weiter. Verdammtes Weichei.

„Es tut mir leid", stößt er hervor.

„Das wird es noch." Ich schaue kurz, ob Camille meiner Aufforderung nachkommt, und wirbele herum, wobei ich darauf achte, dass seine Arme hinter seinem Rücken gesichert sind und gegen die Mauer gedrückt werden. Die Augen scheinen ihm gleich aus dem Kopf zu springen. Gut. „Verraten Sie mir, für wen Sie arbeiten, dann werde ich denen erklären, weshalb Sie sich nicht mehr melden."

„Jake!" Camille klingt besorgt und aufgebracht.

„Bleiben Sie einfach, wo Sie sind!", rufe ich, ohne den Blick von dem Kerl abzuwenden.

„Das ist ein Paparazzo!", ruft sie beim Näherkommen.

Ich stutze. Paparazzo? Ich halte ihn weiterhin fest, bin nicht überzeugt. Allerdings sehe ich eine zerschmetterte Kamera auf dem Boden.

„Er will doch nur ein Foto."

Camille redet besänftigend auf mich ein und legt mir eine Hand auf den Bizeps. Ich schaue auf ihre schmalen manikürten Finger auf meinem nackten Arm.

„Paparazzo?", sage ich zu ihrer Hand und spüre herrliche Wärme in meine Haut einsickern.

„Ja", versichert Camille mir und lächelt dazu, um mich weiter zu beruhigen. „Der tut mir nichts." Sie sieht den verängstigten Mann an, den ich nach wie vor gegen die Mauer presse. „Hi, Stan."

„Hey, Camille." Seine Stimme zittert wie sein magerer Leib. „Könnten Sie diesen netten Gentleman vielleicht bitten, mich loszulassen?"

Sie lacht in sich hinein. Was für ein süßer Laut!

„Na klar." Sie wendet sich wieder an mich: „Würde es Ihnen etwas ausmachen, ihn loszulassen?"

„Ja, würde es", fahre ich sie an, denn ich denke an die Fotos, die sie gestern erhalten hat. Aber dann merke ich, dass sie meine Gedanken offensichtlich erahnt.

„Ich kenne Stan seit Jahren", sagt sie. „Er ist einer von den Guten."

Ich mustere erneut sein erschrockenes, verängstigtes Gesicht. „Für wen arbeiten Sie?", wiederhole ich meine Frage.

„Freiberuflich. Mein Ausweis ist … ist … ist in meiner Brusttasche."

Ich nehme seine Brieftasche heraus, klappe sie auf und schaue nach, wobei ich ihn weiter festhalte. „Stan Walters?"

Er lächelt nervös. „Das bin ich."

Ich ziehe mich zurück, zufrieden darüber, dass er keine Bedrohung ist. Er sinkt ein wenig in sich zusammen und nimmt die Brieftasche, als ich sie ihm gebe. Ich wende mich ungläubig an Camille: „Sie reden diesen dämlichen Paparazzo mit seinem Vornamen an?"

„Klar doch."

Sie zuckt die Schultern und fängt an, die zahllosen Teile der zerbrochenen Kamera auf dem Boden einzusammeln. Stan bringt den Mut auf, sich hinzuknien und ihr dabei zu helfen, schaut jedoch ständig nervös zu mir hoch.

„Stan und ich haben ein Arrangement, nicht wahr, Stan?"

„Ja, haben wir!" Er lacht sarkastisch. „Ich glaube, wir müssen die Bedingungen neu aushandeln."

Was soll das, verdammt noch mal? „Tut mir leid." Ich streiche mir durchs Haar. „Und wie lauten die?"

Camille richtet sich auf, Stan ebenfalls, sie übergibt ihm die Einzelteile.

„Er bekommt seine Fotos, aber nur eine bestimmte Anzahl pro Monat."

„Wieso lungert er dann hier herum und beobachtet Sie?"

„Weil er sein Soll für diesen Monat schon ausgeschöpft hat. Stimmt's, Stan?" Camille sieht ihn vorwurfsvoll und zugleich verzeihend an.

„Stimmt", gesteht er zerknirscht. „Sorry. War nicht viel Aufregendes los diesen Monat."

„Ich trinke Tee!" Sie lacht und wirft den Kopf in den Nacken.

Dieser Hals. Ich blinzle und atme tief ein.

Stan übergeht ihre Bemerkung und schaut mich an. Ich ahne, was ihm vorschwebt.

„Denken Sie nicht mal daran", warne ich ihn.

„Aber Sie sehen so gut aus!", jammert er.

Er schmollt mich an, verdammt noch mal.

„Nein." Ich hebe den Zeigefinger vor seinen Schmollmund. „Sollte mein Gesicht in irgendeiner Zeitschrift auftauchen, bringe ich Sie um. Verstanden?"

„Der attraktive Bodyguard ist momentan das wertvollste Accessoire! Und, Mann, Sie übertreffen die anderen Typen lässig."

„Verpiss dich", zische ich. *Accessoire?* Der macht meinen Job zum Gespött. „Verschwinden Sie von hier." Ich gebe ihm einen Stoß, damit er es begreift.

Schlauerweise kippt er die Teile seiner kaputten Kamera in seine Tasche und geht, wobei er entrüstet über die Schulter winkt.

„Ich werde dir die Kamera ersetzen, Stan!", ruft Camille ihm schuldbewusst hinterher.

„Nein, das werden Sie nicht", erwidere ich.

Es gibt keinen Grund für sie, sich schuldig zu fühlen. Das Gleiche gilt für mich, auch wenn ich den kleinen Blödmann ein bisschen aufgemischt habe.

„Sind Sie fertig?“, frage ich sie.

Inzwischen hat Heather sich zu ihr gesellt und grinst, während Camille eingeschnappt ist.

„Was?“ Ihr Gesichtsausdruck verwirrt mich.

„Sie hätten beinah mein Verhältnis zur Presse zerstört!“

Sie geht an mir vorbei und auf das Café zu. Dabei nimmt sie ihre Handtasche von Heather. Ich knirsche mit den Zähnen. Wütend oder nicht, die Wirkung ihrer Berührung lässt allmählich nach.

Heather grinst nach wie vor, und ich sehe sie direkt an, bereit für das, was sie mir an den Kopf werfen will.

„Ich finde es toll, wie beschützend Sie ihr gegenüber sind.“

Mit so etwas habe ich nicht gerechnet. „Natürlich bin ich das. Ich werde dafür bezahlt, sie zu beschützen.“

Im Weggehen gibt sie einen spöttischen Laut von sich. „Mann, machen Sie mal Ihre Augen auf.“

Was zum Geier meint sie damit? Ich würde sie ja fragen, aber sie ist zu schnell außer Hörweite. Ich folge den beiden und sehe, dass sie offenbar ein paar ernste Worte miteinander wechseln. Sie verstummen, als ich näher komme, und Camille drückt Heather rasch einen Kuss auf die Wange.

„Bis später“, sagt sie zu ihrer Freundin und legt einen Geldschein für die Rechnung auf den Tisch. Gleichzeitig wirft sie mir einen finsteren Blick zu.

Ich seufze. Was erwartet sie von mir? Dass ich warte, bis jemand sie schnappt und in einen Lieferwagen zerrt, ehe ich handle?

Camille stolziert davon, Heather geht in die andere Richtung, und ich bleibe belämmert zurück. Ich lege den Kopf in den Nacken und stöhne. Nur bin ich mir gar nicht sicher, ob ich von mir selbst genervt bin, weil ich vorschnell war, oder wegen der Folgen. Jetzt ist Camille sauer auf mich, und ich ärgere mich darüber, dass es mir etwas ausmacht.

Ich folge Camille zu meinem Wagen, steige ein und finde sie auf dem Beifahrersitz, den Blick fest nach vorn gerichtet. Ich starte den Range Rover und fahre los, wobei ich sie aus dem Augenwinkel beobachte. Das Schweigen ist unbehaglich, die Spannung greifbar.

„Nach Hause?“, frage ich und biege am Ende der Straße links ab.

Sie redet nicht mit mir und sieht weiter geradeaus.

„Nach Hause?“, wiederhole ich, diesmal klarer und lauter. Wieder nichts. Fabelhaft. Werde ich jetzt mit Schweigen gestraft? Ich hasse es, dass mich das stört. „Camille.“ Ich lege Autorität in meine Stimme, als wir an einer Ampel halten. „Möchten Sie, dass ich Sie nach Hause bringe?“

Die Ampel springt auf Grün um, aber ich fahre nicht los. Ich bleibe stehen, bis sie mir antwortet. Ich könnte sie auf direktem Weg nach Hause bringen, egal, wohin sie möchte, doch idiotischerweise will ich unbedingt ihre Beachtung. *Sprich mit mir.* Ist das dumm? Ja. Stolz? Ganz bestimmt. Ihr Verhalten färbt auf mich ab.

Hinter uns ertönen Hupen, Fahrer fluchen durch geöffnete Wagenfenster und gestikulieren. Ich ignoriere sie alle. Das macht mir nichts aus. Ich werde den ganzen Tag hier stehen bleiben, wenn es sein muss. Camille hingegen scheint das laute Spektakel extrem peinlich zu sein.

„Es ist grün“, murmelt sie, sieht mich aber weiterhin nicht an, obwohl sie sicher gemerkt hat, dass ich mich ihr zugewandt habe.

„Sehr gut bemerkt.“ Ich sollte nicht sarkastisch sein. Dadurch wird es schließlich nicht besser. Ich hätte wissen sollen, dass ihr kooperatives Verhalten nicht lange anhält.

Sie verzieht das Gesicht, als sie mich endlich ansieht. „Warum sind Sie so anstrengend?“, fragt sie mich ernsthaft, während um uns herum ununterbrochen gehupt wird.

Ich starre sie verblüfft an. Ich? Anstrengend? Ich muss lachen. „Ich habe Ihnen eine ganz einfache Frage gestellt.“

„Ja“, sagt sie genervt. „Ich möchte nach Hause.“

„Sehen Sie, das war doch gar nicht schwer.“ Ich gebe Gas und lasse den Lärm rasch hinter mir.

„Seien Sie nicht so herablassend“, fährt sie mich an.

Ich grinse innerlich und rechne jeden Moment mit einem *Leck mich.*

Eigenartigerweise will ich nicht, dass sie mich hasst. Das ist eine Entdeckung. Die meisten Frauen hassen mich bereits nach wenigen Stunden, die sie in meiner Gegenwart verbracht haben, für gewöhnlich, nachdem ich sie aus meinem Bett geworfen habe. Nie habe ich einen Gedanken daran verschwendet. Über Camille jedoch denke ich sehr viel nach. Ich habe unpassende Gedanken, was sie angeht. Schmerzliche Gedanken. Ärgerliche Gedanken. Ich stöhne innerlich. Was gäbe ich nicht für einen Drink! Hatte seit Tagen keinen Tropfen. Trinken hilft mir dabei, mich zu entspannen. Außerdem bin ich schon seit einer Weile nicht mehr gejoggt. Joggen beruhigt mich.

Und ich habe seit einer gefühlten Ewigkeit nicht mehr gevögelt.

Vögeln hilft mir … na ja, Sex ist Sex, ein Mittel zum Zweck. Ich setze mich gerade, denn mein Schwanz wird hart, egal, wie sehr ich ihn zu beschwichtigen versuche. Es hat sich eben ziemlich was angestaut. All das war bei keinem meiner früheren Aufträge ein Problem. Aber da musste ich auch nicht Camille Logan begleiten. Die waren kein täglicher Kampf um Selbstbeherrschung …

Wütend schüttele ich den Kopf, werfe ihr einen Blick zu, um mich zu vergewissern, dass sie nicht mitbekommt, wie ich unbehaglich meine Sitzposition verändere. Sie sieht jedoch tief in Gedanken versunken aus dem Fenster auf der Beifahrerseite. Einerseits würde ich sie gern in Ruhe und einfach schweigen lassen, andererseits will meine egoistische Ader – ein deplatzierter Instinkt – ganz genau wissen, was in ihrem schlauen Kopf herumgeistert.

Ich muss erfahren, ob ihre Gedanken meinen ähneln. Gedanken, die falsch sind. Gedanken, die ich nicht haben sollte. Dann hätte ich vielleicht nicht mehr das Gefühl, langsam verrückt zu werden.

12. Kapitel

Cami

Nachdem Jake mich nach Hause gefahren hat, verbringe ich den restlichen Nachmittag in meinem Zimmer und studiere das Angebot des Investors, in der Hoffnung, eine Rückkauf-Option zu entdecken, die es noch attraktiver machen würde. Mir ist allerdings längst klar, dass es Zeitverschwendung ist, doch auf diese Weise kann ich Sharp meiden. Ich fühle mich schuldig, als würde ich Heather allein schon dadurch hintergehen, dass ich das Angebot nur anrühre. Als wir uns vor dem Café getrennt haben, nachdem Jake den armen Stan beinah ins Krankenhaus gebracht hatte, machte sie eine Bemerkung dazu, wie Jake mich ansieht. Ich tat es ab, musste jedoch deswegen die ganze Heimfahrt grübeln. Ja, mir ist auch aufgefallen, wie er mich ansieht. Ich versuche, nicht darüber nachzudenken. Schaffe es aber nicht.

Ich lege das Angebot beiseite und rufe meine Agentin an, um ihr meine Ablehnung zu bestätigen. Anschließend beschäftige ich mich eine Weile damit, mein Portfolio zu aktualisieren. Alles, um Jake weiter aus dem Weg zu gehen.

Irgendwann habe ich nichts mehr zu tun. Außerdem bin ich durstig. Es dauert ewig, bis ich den Mut aufbringe, mein Zimmer zu verlassen. Doch dann husche ich durchs Wohnzimmer in die Küche. Die ganze Zeit spüre ich seine Blicke.

Nachdem ich mir ein Glas Wasser eingeschenkt habe, laufe ich schnell zu meinem Zimmer zurück, ohne mich darum zu kümmern, wo genau er eigentlich steckt. Ich habe es fast geschafft, als meine verräterischen Augen zum Sofa schauen. Prompt treffen sich unsere Blicke. Mein Herz macht einen Hüpfer. Die Hand schon auf dem Griff meiner Zimmertür halte ich inne. Das Wasser im Glas plätschert leise, denn ich zittere.

Alles nur wegen eines kurzen Blickkontakts. Sofort richtet er seine Aufmerksamkeit wieder auf den Laptop. Die Atmosphäre ist aufgeladen. Schrecklich. Er weiß, dass ich mich ärgere, nur kennt er den Grund dafür nicht. Er glaubt, ihn zu wissen, aber er irrt sich. Ich bin nicht wütend, weil er beinah mein gutes Verhältnis zu den Medien ruiniert hätte, sondern weil ich ihn gern um mich habe. Ich habe mich schnell an ihn gewöhnt. Er ist stets da und folgt mir. Dadurch fühle ich mich sicher. Sicher vor Sebastian, vor den Paparazzi, vor den dämlichen Drohungen im Zusammenhang mit meinem Vater.

Ich betrete mein Zimmer, in dem ich auf und ab gehe und ständig zur Tür schaue. Ich komme mir wie eine Gefangene in meinem eigenen Zuhause vor. Ich wage es nicht mehr, mich frei darin zu bewegen, aus Furcht, seinen Blick auf mich zu ziehen oder, noch schlimmer, ihm über den Weg zu laufen. Seufzend fasse ich den Mut, ihm gegenüberzutreten und meinem vermeintlichen Missmut Luft zu machen, um die Dinge zwischen uns zu klären.

Entschlossen verlasse ich erneut mein Zimmer, finde ihn jedoch nirgends. Ich sehe in der Küche nach, aber dort ist niemand, und komme zu dem Schluss, dass er im Gästezimmer sein muss, wo er seine Sachen aufbewahrt. Trotzdem besteht er darauf, weiterhin auf der Couch zu schlafen. Ich schaue den Flur entlang und zwinge meine Füße, sich zu bewegen. Als ich vor der Tür stehe, klopfe ich leise an. Ich warte auf irgendeine Aufforderung, hereinzukommen, doch ich höre nichts, keinen Mucks hinter der Tür. Also klopfe ich noch einmal, diesmal etwas lauter. Nichts.

„Jake?", rufe ich und lege ein Ohr an die Tür. „Sind Sie da drin?"

Ich bekomme keine Antwort.

Ich umfasse den Türknauf, drehe ihn und öffne die Tür einen Spaltbreit, durch den ich hineinspähe. Im Zimmer erkenne ich keinerlei Lebenszeichen. Ich schaue hinüber zum angrenzenden Bad. Die Dusche ist nicht zu hören, auch sonst sind keine Geräusche zu hören.

„Wo steckt er?", frage ich mich selbst und trete ein. Das Bett ist tadellos gemacht, am Fußende liegen einige seiner Sachen sorgfältig gestapelt. Seine Tasche steht daneben, der Reißverschluss ist offen. Etwas Silbernes liegt obendrauf, es glänzt im einfallenden Sonnenlicht.

Was ist das? Während ich zögernd weitergehe, werfe ich vorsichtshalber einen Blick über die Schulter. Ich sollte lieber verschwinden. Ich dringe in seine Privatsphäre ein. Doch die Gewissheit, dass dies die mysteriöse Aura, die meinen Beschatter umgibt, ein wenig erhellen könnte, ist einfach zu verlockend. Außerdem weiß er so viel über mich, da erscheint es mir nur fair, wenn ich gleichzuziehen versuche.

Als ich mich der Tasche auf dem Bett nähere, erkenne ich, dass es sich bei dem glänzenden Silber um einen Bilderrahmen handelt. Ein Bilderrahmen? Ich halte den Atem an. Ein Foto?

Ein erneuter rascher Blick zur Tür verrät mir, dass ich nach wie vor allein bin. Ich stehe vor der Tasche, allerdings noch gut drei Meter entfernt, und bin seltsam ängstlich, weiterzugehen. Mein Verstand rät mir, zu verschwinden, doch der Drang, mir das Foto anzusehen, ist größer.

Ich recke den Hals, so weit ich kann, und sehe tatsächlich einen Teil des Fotos. Ein strahlendes Gesicht. Jakes Gesicht. Ich beiße mir auf die Unterlippe, um keinen überraschten Laut von mir zu geben. Er strahlt auf dem Bild, seine Augen leuchten, und man sieht seine vollkommenen Zähne. So habe ich ihn noch nie erlebt. Ich kenne ihn nur düster und ernst. Auf der Aufnahme sieht er so glücklich aus, dass ich mich frage, wer neben ihm steht und der Grund dieses Glücks ist. Ich mache einen weiteren Schritt darauf zu, um es ganz sehen zu können. Eine wunderschöne Frau mit langen glänzenden schwarzen Haaren schmiegt sich lachend an ihn. Mein Herz zieht sich zusammen, als ich das Foto in die Hand nehme. Jake trägt Kampfhose und ein kakifarbenes T-Shirt. Hinter dem glücklichen Lächeln wirkt er tödlich. Das T-Shirt spannt über seinem Bizeps.

„Was zur Hölle!"

Jakes donnernde Stimme erschreckt mich so sehr, dass ich fast den Bilderrahmen fallen lasse. Ich wirbele herum, die Hände an meinem Hals, die Augen weit aufgerissen.

Er steht im Türrahmen, verärgert, seine Brust hebt und senkt sich.

„Es tut mir leid", stammele ich und erröte angesichts seines durchdringenden Blicks. „Ich dachte ..."

„Sie dachten, Sie könnten ruhig mal ein bisschen in meinen Sachen herumschnüffeln?" Er kommt auf mich zu, reißt mir das Bild aus der Hand, stopft es in die Tasche und zieht den Reißverschluss zu.

„Wer ist sie?" Die Frage, die zu stellen ich gar kein Recht habe, rutscht mir einfach heraus, was mich selbst erstaunt.

„Das geht Sie nichts an", schnauzt er und marschiert ins Bad. „Verschwinden Sie."

Ich zucke zusammen angesichts seiner Grobheit und schlucke den Stich, den ich unsinnigerweise empfinde, herunter.

Eigentlich müsste ich mich schämen für meine Neugier, doch das tue ich nicht. Die Frau hat ihn glücklich gemacht, und sie ist offensichtlich aus seinem Leben verschwunden. Wer ist sie? Noch interessanter zu erfahren wäre jedoch, weshalb er dermaßen heftig auf meine Frage nach ihr reagierte. Mein Gedankenstrom reißt ab, da er nun im Türrahmen zum Badezimmer erscheint. Ich kann ihm nicht ins Gesicht sehen. Das hat zur Folge, dass mein Blick auf seine schönen Füße fällt. Seine nackten schönen Füße.

„Sie sind ja immer noch da", sagt er, schroff zwar, aber ruhiger, während diese Füße ihn näher zu mir bringen.

„Ich gehe schon." Endlich schaffe ich es, meinen Körper davon zu überzeugen, sich zu bewegen, und schaue Jake dabei ins Gesicht. Darin ist nicht die Wut, die ich erwartet habe. Stattdessen sehe ich Bedauern. Nur weiß ich nicht, ob es dieser Frau gilt oder mir, weil er mich angeschrien hat.

Sharp schließt die Augen und schluckt, und ich denke, dass es eine Mischung aus allem ist.

„Es tut mir leid", sagt er leise.

„Muss es nicht. Ich hätte nicht herumschnüffeln sollen." Das meine ich ganz aufrichtig, doch meine Reue betrifft nicht nur meine Missachtung seiner Privatsphäre. Viel mehr bedaure ich, Fragen über meinen Bodyguard heraufbeschworen zu haben, die vermutlich niemals beantwortet werden. Seine Vergangenheit hat mit mir nichts zu tun; dennoch ist da diese brennende Neugier, gegen die ich einfach nichts machen kann.

„Sie ist eine Ex."

Er spricht die Worte schnell aus und überrumpelt mich völlig.

„Sie …" Er verstummt.

Jetzt ist anscheinend er derjenige, der perplex ist, weil er mir etwas über seine Vergangenheit verraten hat. Für einen Moment wirkt er ein bisschen verloren.

„Sie ist nichts." Er wendet sich ab.

Sie ist nichts, und trotzdem trägt er ihr Bild mit sich herum? Ich lächle gezwungen und will gehen. Doch er legt mir eine Hand auf den Arm und hält mich fest. Ungewollt zucke ich zusammen. Es ist auch schwer, nicht zu reagieren, wenn eine simple Berührung ein solch wärmendes Empfinden im Herzen auslöst.

Er sieht hinunter auf seine Hand, mit der er mich festhält, und wirkt wie in Trance, dann spannt er die Finger um meinen Arm etwas an. Meine Nerven sirren. Meine Atmung wird flacher. Sofort erinnere ich mich daran, wie er mich im Büro meines Vaters festgehalten hat, wie erstaunlich und beruhigend sich das anfühlte. Prompt möchte ich wissen, wie es sich wohl anfühlen würde, von seinem Körper umfangen zu sein. Eine Ahnung davon habe ich neulich bekommen, als er mich morgens auf den Teppich warf. Und als er mich bei Harvey Nic's packte, damit der Sicherheitsmann mich nicht umrennt. Und als er mir aufhalf, als ich ihm die Fußnägel lackieren wollte. Ich will aber mehr als nur eine Ahnung.

Wir schauen beide zur selben Zeit auf und einander in die Augen. Dann nähert sich sein Gesicht langsam meinem, sein Blick fällt auf meine Lippen. Gespannt halte ich den Atem an. Er wird mich küssen.

Ich will mich ihm gerade ebenfalls nähern, da macht das Klingeln meines Handys den Augenblick zunichte. Anspannung erfasst mich, und Sharp weicht schnell zurück.

„Sie sollten sich melden", rät er mir, die Befangenheit ist mit voller Intensität wieder da.

Ich eile davon, um dieser Verlegenheit zu entfliehen, und

verfluche mich im Stillen. Wie blöd! Was war das nur? Was habe ich getan? Am liebsten würde ich mich ohrfeigen.

Ich finde mein Handy und lese Mums Namen auf dem Display. Ich krümme mich in Gedanken ein bisschen, denn ich habe sie die ganze Woche über gemieden. Sie wird nichts davon wissen, dass Dad mich von einem Bodyguard bewachen lässt. Sie hält nicht mehr viel von meinem Dad, da er sie für eine Jüngere verlassen hat. Es würde sie mitnehmen, zu erfahren, dass hier etwas nicht stimmt, besonders, da es mich angeht. Ich will mir kein Gejammer darüber anhören und keine Klagen über meinen Vater und seine fragwürdigen Geschäftspraktiken. In den zweiundzwanzig Jahren, die sie zusammen waren und sie ihren gewohnten Lebensstil pflegte, hat es sie nicht gestört. Diesen Lebensstil kann sie beibehalten dank einer ausgezeichneten Investition ihrer weniger zufriedenstellenden Scheidungsabfindung. Nur führt sie dieses Leben jetzt schwer verbittert.

„Mum." Ich versuche, so vergnügt wie möglich zu klingen, und warte auf die Schmähung, die ich mir für meine Funkstille in dieser Woche verdient habe.

„Da ist mein Mädchen."

Wegen ihres sanften, eloquenten englischen Akzents fühle ich mich gleich ein wenig besser.

„Ich dachte schon, du hättest mich für deinen Vater verlassen."

Ich lächle, gerade in dem Moment, als Sharp das Wohnzimmer betritt. Er wirkt noch genauso abgeklärt wie vorhin, obwohl seine Miene jetzt eine gewisse Neugier verrät. Er würde gern wissen, mit wem ich telefoniere. „Niemals, Mum", sage ich, damit er Bescheid weiß.

„Wie geht's dir denn, mein Herzchen?"

„Hast du schon in die Zeitschriften geschaut?" Ich weiß,

dass sie Klatsch liebt, auch wenn der von den Medien aufgebauscht wird. Sie erkundigt sich nach mir, weil sie irgendwo gesehen hat, wie Sebastian aus einer Bar torkelt.

„Ich weiß, du wirst vernünftig handeln."

In ihren Worten schwingt echte Überzeugung mit. Das hilft tatsächlich. Im Gegensatz zu meinem Vater hat sie Vertrauen in mich.

„Ich habe einen freien Abend", fährt sie fort.

Das amüsiert mich, denn das kommt selten vor. Normalerweise ist sie ständig unterwegs und verbringt ihre Zeit im Frauenverein, im Tennisverein, im Bowlingverein oder bei endlosen Lady-Lunches. Ich war mal bei einem solchen Lunch und habe mir hinterher geschworen, nie wieder. Ein ganzer Tisch voller verbitterter und verdrehter Frauen, die zu Sandwiches und Champagner über ihre Ehemänner herziehen, entspricht nicht meiner Vorstellung davon, Zeit sinnvoll zu nutzen.

„Triff dich zum Abendessen mit mir."

„Ich muss zu Saffrons Geburtstagsparty." Mir kommt die Entschuldigung leicht über die Lippen, denn es ist die Wahrheit. Leider hege ich keinerlei Hoffnung, dass das einen Unterschied macht.

„Dann treffen wir uns vorher. Kleiden deinen Magen aus."

Ich verziehe das Gesicht und sehe, dass Jake sich auf die Couch gesetzt hat, den Laptop auf den Knien. Ich versuche herauszufinden, wer leichter abzuwimmeln sein wird. Ich weiß, dass meine Mutter nicht eher auflegt, bis ich zugestimmt habe. Außerdem habe ich sie seit über einer Woche nicht mehr gesehen. Nur kann ich Sharp schlecht mitnehmen. Das würde lauter Fragen aufwerfen, die ich nicht beantworten möchte. Er ist nicht gerade unauffällig mit seiner Statur und Größe.

Wie soll ich ihn davon überzeugen, dass er mich bei einem Abendessen mit meiner Mutter nicht zu bewachen braucht? Ich werde mir dringend etwas überlegen müssen, zumal ich nicht leugnen kann, dass ich momentan ein wenig Abstand zu ihm brauche. Die ständige Befangenheit macht mich fertig. Es kommt mir schon so vor, als könnte ich einfach nichts Richtiges mehr sagen oder tun.

„TJ ist auch da", erklärt meine Mutter und besiegelt es damit für mich. Ich freue mich, dass sie ihn wie ihren eigenen Sohn behandelt, obwohl er ihrem verhassten Exmann wie aus dem Gesicht geschnitten ähnlich sieht. Aber sie weiß genau wie ich um seine liebenswerten Eigenschaften, vermutlich weil sie bei ihm von klein auf hart daran gearbeitet hat, ihm diese anzuerziehen.

„Wann und wo?" Ich kann förmlich sehen, wie Sharp bei meinen Worten aufhorcht.

„Wundervoll! Ich lasse dich um sieben von meinem Fahrer abholen. Mach dich hübsch, Herzchen!" Sie legt auf, und ich fange an, auf meiner Unterlippe zu kauen, während ich überlege, wie ich die Sache am besten angehe.

„Das war meine Mutter", sage ich beiläufig und gehe in die Küche, um mir ein Glas Wasser zu holen. Wie erwartet bekomme ich keine Antwort darauf, nicht nur, weil ich ihm nichts gesagt habe, was er nicht schon wüsste. „Sie möchte heute Abend mit mir essen", rufe ich und nehme mir ein Glas aus dem Schrank. „Ihr Chauffeur holt mich um sieben ab."

Noch immer keine gemurmelte Bestätigung.

Ich starre düster den Wasserhahn an, während ich das Glas fülle. Dann kehre ich ins Wohnzimmer zurück. Jake ist nicht da. Sein Laptop ist zugeklappt und liegt dort, wo sein Hintern eben noch bequem ruhte. Ich trinke einen

Schluck Wasser, nehme meinen Mut zusammen und gehe ihn suchen, um ihm mitzuteilen, wie das laufen wird. Mit jedem Schritt nimmt mein Selbstbewusstsein zu. Ich ignoriere nicht die Tatsache, dass ich mir weniger Sorgen wegen Mum und ihrer Fragen bezüglich Jake mache, sondern entschlossen bin, mir etwas Abstand zu ihm zu verschaffen. Ich fühle mich erstickt von … Ich weiß nicht, von was, aber ich weiß, dass es nicht gut ist.

Ich bin dermaßen in Gedanken, dass ich anzuklopfen vergesse und einfach ins Gästezimmer gehe. Prompt fällt mir das Glas aus der Hand. Es landet mit einem dumpfen Aufprall auf dem Teppich, Wasser spritzt mir gegen die Beine. „Oh Shit!" Sharp steht nackt vor mir und hält ein Handtuch in der Hand. Er rührt sich nicht von der Stelle. Ich auch nicht. Wir starren einander nur an. Geschockt. Perplex. Sinnlos.

Bedecke dich!

Ich schreie diesen Befehl in meinem Kopf und versuche, ihn von meinem Hirn auf meine Lippen zu bekommen, um ihn laut auszusprechen. Dummerweise spielt mein Mund nicht mit. Etwas anderes funktioniert jedoch, und das lässt sich nicht ignorieren. Ich klemme die Beine zusammen, damit das leichte Pulsieren dazwischen nicht zu einem heftigen Pochen wird, während mein Blick seine muskulöse Brust hinabgleitet. Die in meiner Lunge angestaute Luft entweicht in Form eines lüsternen Seufzers. Scin Schwanz. Er ist lang und hart und zuckt.

„Camille."

Ich nehme seine leise Stimme, mit der er meinen Namen ausspricht, kaum wahr. Zu gefangen bin ich von dem, was ich sehe. Jemand muss mich retten, bevor ich einfach auf die Knie sinke und anfange, ihn anzubeten.

„Camille!"

Ich erschrecke dermaßen, dass ich mit dem Rücken gegen die Tür stoße, was Schmerz durch meine Schultern jagt. „Scheiße!“ Verwirrt und benommen halte ich mir den Oberarm.

„Ist alles in Ordnung mit Ihnen?“

Ich reiße mich einigermaßen zusammen, denn ich sehe Jake auf mich zukommen. Zum Glück hat er sich das Handtuch jetzt tief um die Hüften geschlungen. Beim Anblick seiner sich abzeichnenden Bauchmuskeln wird mir schon wieder flau. „Ja!“ Ich bewege mich rückwärts, fliehe, stoße erneut gegen die verdammte Tür. „Mist!“ Ich reibe mir die Schulter. „Mir geht's gut“, versichere ich ihm und taumele hinaus auf den Flur. Jake bleibt mit besorgter Miene an der Tür stehen. „Ich esse mit meiner Mum zu Abend“, platze ich heraus und weiche weiter zurück.

„Ich weiß.“

Er mustert mich kurz von oben bis unten, wahrscheinlich, um sich zu vergewissern, dass wirklich alles in Ordnung ist. Was nicht der Fall ist. Meine Schulter tut zwar weh, aber etwas anderes macht mir viel mehr zu schaffen. Deshalb muss ich dringend weg.

„Ihr Chauffeur holt mich ab. TJ wird auch kommen. Es ist nicht nötig, dass Sie mich begleiten.“ Seine plötzlich empörte Miene verrät, dass er da anderer Meinung ist.

„Denken Sie nicht mal daran.“

Er dreht sich um und geht weg, wobei er ohne die geringste Scheu das Handtuch fallen lässt und mir alles zeigt. Hastig schließe ich die Augen vor dieser unverschämten Makellosigkeit.

„Ich werde mit meiner Mutter und meinem Bruder zusammen sein“, protestiere ich und kneife die Augen weiterhin zu. „Ich komme schon klar.“

„Darüber diskutiere ich nicht mit Ihnen, Camille."

Ich will ihm einen vernichtenden Blick zuwerfen, aber das wäre dumm. „Sind Sie jetzt angezogen?", frage ich und kann meine Gereiztheit nicht verbergen.

„Ja."

Ich mache die Augen auf. Er trägt immerhin eine Hose, obwohl die noch offen steht. Seine göttliche Brust hingegen ist nackt. Ich schnappe wütend nach Luft. „Jake!"

„Dann drehen Sie sich doch um." Er hält beim Anziehen des Hemds inne.

Es ist mir unangenehm, wie schwer es mir fällt, mich von ihm abzuwenden. Ich tue es trotzdem, wenn auch widerstrebend, und kann dabei kaum den Blick von seinen gewölbten Bauchmuskeln lösen. „Es ist wirklich nicht nötig, dass Sie mitkommen."

„Ihr Vater will, dass ich jede Ihrer Bewegungen überwache. Sie haben die Fotos gesehen. Sie können von Glück sagen, dass es Ihnen überhaupt gestattet ist, diese Wohnung zu verlassen. Der einzige Grund dafür bin ich, das sollten Sie allmählich anerkennen. Und ich werde mich nicht scheuen, Sie zu diesem Schutz zu zwingen."

Er spuckt die letzten Worte buchstäblich aus. Offenbar nimmt seine Frustration zu.

„Mich zwingen? Wie das?" Meine Ohren fangen an zu kribbeln, als ich mir ausmale, wie er mich zu Boden drückt. Wie in dem Moment, als ich ihn heimlich betrachtete und er sich schlafend stellte. Mein Körper ist hellwach.

„Lassen Sie's darauf ankommen", erwidert er nur.

Verlangen gemischt mit Neugier erwacht in mir. Unwillkürlich drücke ich den Rücken durch. Ja, ich will es darauf ankommen lassen und wissen, was er tun würde, damit ich mich füge. Ich will, dass er mich an sich fesselt, sodass wir verbunden sind und ich diese wundervolle Wärme genießen kann. Ich will …

„Ich komme mit."

Er raunt mir diese Worte zu. Sein Atem an meinem Ohr lässt mich zusammenzucken und beendet jäh meine unpassenden Fantasien.

„Rufen Sie Ihre Mutter an und sagen Sie ihr, dass sie ihren Chauffeur nicht zu schicken braucht." Im Weggehen bindet er seine Krawatte.

Ich finde eine Wand und lehne die Stirn mit etwas Wucht dagegen. In der Hoffnung, dass der Aufprall mein Verlangen nach einem Mann vertreibt, den ich nicht begehren sollte, und der ganz offenkundig nicht begehrt werden will.

13. Kapitel

Jake

Ich kann immer noch das dumpfe Pochen in meinem Schwanz spüren, eine Nachwirkung der Erektion, die länger anhielt, als mir lieb war.

Ich weiß nicht, was ich mir gedacht habe, aber Camilles Gesicht, als ich sie anblaffte, hat mich umgehauen. Ich hasste mich in diesem Moment selbst. Vielen Frauen gegenüber habe ich mich wie ein Arschloch benommen und nie Schuldgefühle empfunden. Hielt sie auf Distanz. Völlig problemlos.

Bei Camille ist das anders. Ich sehne mich nach ihrer Nähe und fühlte mich richtig mies, weil ich sie so angefahren habe. Außerdem hasse ich mich dafür, dass ich sie aufhielt, nachdem ich sie aufgefordert hatte zu gehen. Ich sah die Verwirrung in ihren Augen und wie durcheinander sie war. Ich ahnte ihre Gedanken. Fast hätte ich nachgegeben, als ich sie festhielt. Hätte sie um ein Haar geküsst. Ich konnte mich verdammt noch mal nicht mehr beherrschen.

Zum Glück rief in dem Moment ihre Mutter an.

Du musst dich konzentrieren, Jake, und zwar nicht auf diese Göttin mit ihrem anbetungswürdigen Körper.

Ich stöhne und versuche, das Pochen in meinem Schritt nicht zu beachten. Das ist nicht der einzige Grund für meinen Frust. Camilles lächerliche Idee, ohne mich auszugehen, macht mich ebenfalls wütend und frustriert mich. Logan hat noch immer nichts herausbekommen, und Lucinda überwacht weiterhin seine E-Mails. Was wollen die mit den Fotos und Drohungen erreichen? Es muss um Geld gehen, denn Logan besitzt Unsummen. Trotzdem gibt es keine Geldforderung. Irgendetwas verbirgt er vor mir, davon bin ich überzeugt.

Ich parke in einer Seitenstraße, nachdem Camille mir erklärt hat, wohin wir fahren. Sie springt aus dem Wagen und ist schon auf dem Weg zur Hauptstraße, noch ehe ich den Motor ausgestellt habe. Gleich darauf bin ich ein paar Schritte hinter ihr und folge ihr still. Sie sieht hinreißend aus in ihrem knappen Kleid, aber die Dinger mit roten Sohlen an ihren Füßen sehen aus wie Todesfallen. In dem kurzen Moment, in dem unsere Blicke sich trafen, bevor wir das Apartment verließen, hob der schwarze Stoff ihres Kleids ihre topasfarbenen Augen hervor. Seitdem hat sie mich nicht mehr angesehen.

Als wir den Eingang des eleganten Hotels erreichen, in dem sie sich mit ihrer Mutter und ihrem Bruder treffen will, ist der Portier gerade dabei, glamouröses Gepäck auf einen Trolley zu laden. Also öffnet Camille die Tür selbst. Ich beobachte, wie sie damit kämpft, indem sie sich mit ihrem zierlichen Körper gegen den Metallgriff stemmt.

Ich umfasse den Griff und streife aus Versehen ihre Finger. Ich erstarre genau wie sie. Schließlich legt sie erschrocken die Hand auf ihre Brust. Wir bewegen uns beide nicht. Ich halte weiter den Metalllauf der Tür. Ein Kribbeln läuft mir die Wirbelsäule hinauf. Verdammt, das wird immer schlimmer – das Knistern zwischen uns, die unschuldigen Berührungen … und meine Reaktion darauf.

Ich sehe Camille an, die meinen Blick mit weit aufgerissenen Augen erwidert. Rasch öffne ich die Tür für sie und weiche zurück, um ja keine Berührung mehr zu riskieren. Sie rauscht ohne Dank oder sonstige Bemerkung an mir vorbei, hinein in die Lobby, als wäre ich überhaupt nicht da.

Ich atme tief durch und folge ihr, stocke jedoch, als Camille einige Schritte vor mir stehen bleibt. Sie dreht sich zu mir um, ohne mich anzusehen.

„Behalten Sie mich im Auge, wenn es sein muss. Aber geht das nicht aus der Entfernung, damit mir ein Verhör durch meine Mutter erspart bleibt?"

„Sie weiß nichts davon?", frage ich.

„Nein, und ich will auch nicht, dass sie es erfährt. Sie wäre nur besorgt und würde meinem Vater die Hölle heißmachen. Das macht sie ohnehin schon ständig."

Ich schaue mich prüfend um, nehme jede Ecke und jeden Winkel genau in Augenschein, jede Person, und speichere alles ab. „Wo werden Sie sitzen?"

„Sie hat immer denselben Tisch im hinteren Bereich des Restaurants."

Sie sieht mich nach wie vor nicht an, sondern deutet nur mit dem Kopf zum Eingang des Restaurants.

„Tja, dann werde ich wohl allein essen." Ich bedeute ihr vorzugehen, was sie meinen Zynismus ignorierend auch tut.

Ich lasse ihr einen Vorsprung, ehe ich ihr folge. Ich halte mich im Hintergrund, während der Oberkellner sie begrüßt und zu ihrem Tisch führt. Camilles Mutter sieht exakt so aus wie auf den Fotos, die ich von ihr gesehen habe. Eine Frau Mitte vierzig, die sich gut gehalten hat, mit blonden Haaren wie Camille und blauen Augen, die nur etwas weniger hell sind als die ihrer Tochter. Abgesehen von der frappierenden äußeren Ähnlichkeit entdecke ich keine Gemeinsamkeiten. Die Mutter wirkt dominant und selbstherrlich. Eine Diva. Stets derselbe Tisch? Ein Chauffeur? Fehlt bloß noch der Chihuahua im hübschen pinkfarbenen Pulli mit Diamanthalsband.

Die zwei begrüßen einander mit Umarmung und Küsschen links und rechts, während ich zu dem freien Tisch ein paar Meter von ihnen entfernt gehe. Viel weiter weg hätte es auch nicht sein dürfen. Ich sitze so, dass ich den gesamten Raum im Blick habe, ohne verdächtig zu wirken. Gerade richtig, um Camille im Auge behalten zu können.

„Sir?“

Ein Kellner steht mit fragendem Gesichtsausdruck vor meinem Tisch für zwei. „Ich hätte gern ein Wasser.“ Ich widerstehe der Versuchung, mir einen Jack Daniel's zu bestellen, den ich dringend bräuchte.

„Ich bedaure.“

Jetzt wirkt er nervös. Dabei habe ich doch kaum den Mund aufgemacht und höflich war ich auch. Was also ist sein Problem?

„Haben Sie reserviert?“

Aha, das ist sein Problem. Dieses Restaurant sieht tatsächlich nicht danach aus, als könnte man einfach hereingerauscht kommen und etwas zu essen bestellen. „Ja“, antworte ich gelassen und nehme ihm die Speisekarte mit einem Lächeln ab, das ihm signalisiert, er sollte meine Antwort lieber akzeptieren und sich schleunigst aus dem Staub machen.

„Ihr Name, Sir?“

Ich seufze. „Schauen Sie doch in Ihr kleines Buch vorn am Pult.“ Ich zeige zum Eingang des Restaurants. „Welcher Name auch darin stehen mag für diesen Tisch, es ist meiner.“

„Ich bedaure, Sir. Dieser Tisch ist reserviert.“

Ich spüre, dass Camille mich misstrauisch beobachtet und sich des möglichen Aufruhrs, den ich verursachen könnte, durchaus bewusst ist. Das ist der einzige Grund, weshalb ich zähneknirschend nachgebe. „Haben Sie einen anderen Tisch für mich?“, erkundige ich mich freundlich.

„Ja, Sir.“ Er weist lächelnd in die entsprechende Richtung. „Wenn Sie mir bitte folgen wollen.“

Ich entdecke den freien Tisch, den er offenbar meint, doch der ist zu weit weg. „Ich werde hierbleiben, danke.“

„Aber Sir, ich …“

Er verstummt augenblicklich, als ich ihn ansehe. Ich kann nur ahnen, wie bedrohlich der Ausdruck in meinen Augen wirkt. *Mach mich nicht wütend.*

„Sir.“ Er nickt und zieht sich zurück. „Ich bringe Ihnen Ihr Wasser.“

„Tun Sie das.“ Ich werfe einen Blick zu Camille hinüber und stelle fest, dass sie mich beobachtet, wohingegen ihre Mutter unablässig plappert. Ihren Lippenbewegungen entnehme ich, dass sie hier und da eine zustimmende Bemerkung macht. Weich und einladend sehen diese sich langsam bewegenden Lippen aus.

Als unsere Blicke sich treffen, schaut sie schnell weg und trinkt einen Schluck Champagner. Statt auf mich konzentriert sie sich wieder ganz auf ihre Mutter. Das löst Empfindungen bei mir aus, die jenseits meines Verständnisses liegen. In Gedanken ohrfeige ich mich, während ein Glas Wasser mit Limonen- und Zitronenscheiben vor mich gestellt wird.

„Sir, haben Sie schon etwas von der Karte gewählt?“

„Ich nehme, was Sie mir empfehlen“, sage ich und ziehe mein Handy aus der Tasche. Ich habe weder Anrufe noch Nachrichten erhalten.

„Der Hummer Thermidor ist ausgezeichnet, Sir.“

„Dann nehme ich den.“ Ich rufe meine Kontaktliste auf, und Abbies Name springt mir entgegen. Ich warte darauf, dass sich mir wie gewohnt der Magen zusammenzieht. Diesmal bleibt das Gefühl aus, und ich schaue zu Camille. Ich überlege, was ich sagen werde, falls ich Abbie anrufe. *Hi, hast du mich vermisst?* Ich lache.

Ich lasse das Handy auf den Tisch fallen, reibe mir das Gesicht, ziehe mein Jackett aus und hänge es über die Stuhllehne. Ich weiß nicht, warum ich mich tagein, tagaus mit demselben Dilemma quäle. Abbie wird glücklicher dran sein, wenn ich mich von ihr fernhalte. Wahrscheinlich hat sie mich inzwischen vergessen. Besser, wenn es so bleibt. Es käme ohnehin nichts Gutes dabei heraus.

Ein Kichern erreicht mich und reißt mich aus meinen Überlegungen. Ich sehe, wie Camille lachend den Kopf zurückwirft. Ihre Mutter lacht ebenfalls. Meine Vergangenheit ist plötzlich unwichtig, da mich die Gegenwart zum Lächeln bringt. Keine Frau hat mich zum Lächeln gebracht seit …

Ich nehme mein Handy und rufe Logan an. Wie jedes Mal meldet er sich prompt.

„Sharp“, sagt er, während ich mich zurücklehne und kurz zu Camille hinübersehe. Sie ist in ihre Unterhaltung vertieft.

„Neuigkeiten?“, erkundige ich mich.

„Nichts.“

Frustriert beiße ich die Zähne zusammen. „Wir haben die Kurierlieferungen überprüft, die an dem Tag eintrafen, an dem laut Ihrer Aussage auch die Drohung kam.“ Ich mache eine Pause, um ihm die Gelegenheit zu geben, etwas zu sagen, und damit ich eventuell eine unausgesprochene Reaktion heraushören kann. Einen Atemstoß vielleicht, irgendetwas, was mir verrät, dass ich auf der richtigen Spur bin. Doch da kommt nichts, also mache ich weiter. „An dem Nachmittag, als die Drohung auftauchte, kamen keine Kuriere.“

„Es muss aber einer da gewesen sein“, behauptet er. „Haben Sie die Überwachungskameras überprüft?“

„Ja.“

„Die Unterlagen?"

„Ja."

„Möglicherweise wurde der Drohbrief von jemand anderem abgegeben, nicht von einem Kurier."

Ich stutze. „Sie haben unmissverständlich erklärt, der Brief sei von einem Kurier gebracht worden", erinnere ich ihn.

„Ich … habe es angenommen. Vielleicht habe ich mich auch geirrt."

Er verheddert sich ein bisschen, was mich nur noch misstrauischer macht.

„Ich verstehe." Ich lasse das Thema fallen, als hätte seine Bemerkung keine Bedeutung. In Wahrheit brenne ich vor Neugier. Allmählich habe ich den Eindruck, dass meine Dienste nicht länger gefragt sein werden, wenn ich diese Sache weiterverfolge. Er wird sich jemand anderen nehmen, der seine Tochter beschützt. Jemanden, der keine Fragen stellt. Nur traue ich niemand anderem diesen Job zu. Außerdem hält er mich auf Trab und lenkt mich von meinen Albträumen ab. „Ich melde mich, sobald ich etwas Neues erfahre." Ich lege auf und denke nach, bis Camilles liebliches Lachen an mein Ohr dringt. Sie sieht glücklich und entspannt aus.

TJ trifft einige Minuten später ein und begrüßt beide Frauen liebevoll. Camilles Mutter, seine Stiefmutter, umarmt ihn, als wäre er ihr eigener Sohn. Die rührende Szene zeigt mir eine Seite dieser Frau, mit der ich nicht gerechnet hätte. Ja, sie ist versnobt, aber die Zuneigung zu ihrem Stiefkind ist echt. Bevor TJ sich setzt, schaut er zu mir und nickt diskret. Ich erwidere den kurzen Gruß und richte meinc Aufmerksamkeit wieder auf Camille.

Camille stochert in ihrem schlaffen Salat herum, isst jedoch kaum davon. Von ihrem Tisch kommt konstant Gelächter. Es ist tatsächlich eine Freude, sie in Gesellschaft ihrer Mutter und ihres Bruders so glücklich zu sehen. Ansonsten verlaufen die Stunden, die wir hier verbringen, ereignislos. Keine verdächtigen Aktivitäten und keine Paparazzi.

Ich begleiche meine Rechnung, denn ich nehme an, dass Camille gleich aufbrechen wird. Ich beobachte sie genau und suche nach Anzeichen von Betrunkenheit. Ich kann keine entdecken, dafür steht ihre Mutter ein bisschen wackelig auf ihren goldenen Absätzen, als sie sich vom Tisch erhebt und dabei die letzten Tropfen Champagner kippt. TJ umfasst ihren Ellbogen, um sie zu stützen, und Camille hakt sich bei ihr unter, als sie das Restaurant verlassen. Ich bleibe dicht hinter ihnen.

Draußen auf dem Gehsteig halte ich mich im Hintergrund bei ihrem Abschied. Der Abstand gefällt mir nicht, aber ich versuche, diskret zu sein. Allerdings ist es nicht leicht, völlig unauffällig und locker zu wirken, wenn man so groß ist wie ich.

Ein Bentley fährt vor und ein Chauffeur steigt aus, er umrundet den Wagen und öffnet die hintere Tür für Camilles Mutter.

„Herzchen, es war schön, dich zu sehen." Sie umarmt ihre Tochter, dann wendet sie sich an TJ. „Pass auf dich auf, und lass nicht so viel Zeit verstreichen bis zum nächsten Mal."

TJ lacht. „Du bist doch diejenige mit dem hektischen Sozialleben!"

„Ich bin eben gern nah dran am Geschehen." Sie zwinkert und küsst ihn auf die Wange. „Bye, bye, ihr Schätzchen." Sie lässt sich anmutig auf den Rücksitz sinken, und der Fahrer wirft die Autotür zu.

TJs Luxuswagen taucht dahinter auf, und ein Hotelangestellter übergibt ihm den Schlüssel. „Danke", sagt er und steckt dem Mann einen Zwanziger zu. „Sei brav heute Abend“, wendet er sich an Camille.

Sie verdreht die Augen. „Ich bin immer brav. Warum kommst du nicht?“

Amüsiert lacht er. „Das Feiern überlasse ich dir.“ Er gibt ihr einen Kuss auf die Wange und sieht zu mir. „Anscheinend bist du in guten Händen. Pass trotzdem auf dich auf, ja?“

Mir ist klar, dass er mit dieser Bemerkung nicht meine Fähigkeiten als Bodyguard infrage stellt, sondern an die üblen Probleme erinnert, in denen sie vor noch nicht allzu langer Zeit steckte. Dem sanften, beinah flehenden Ausdruck in TJs Augen nach zu urteilen, will er mich ebenfalls daran erinnern. Er braucht sich keine Sorgen zu machen. Sie ist in Sicherheit bei mir. Vor allen Gefahren.

Camille wirft mir einen flüchtigen Blick über die Schulter zu und beißt sich auf die Lippe. „Ja“, sagt sie.

Ich warte darauf, dass die Wagen losfahren, ehe ich zu ihr an den Straßenrand trete. Was mich vor allem beschäftigt, ist, wie erleichtert ich darüber bin, dass Camille keine der Eigenschaften ihrer Eltern geerbt hat. Sie hat sich selbst zu der Person geformt, die sie sein will, und sie sollte, trotz einiger Probleme, die sie hat, stolz auf sich sein.

„Interessante Frau, Ihre Mutter“, bemerke ich.

„Sie meinen extrovertiert, oder?“ Sie sieht mich an. „Sie müssen nicht höflich sein. In kleinen Dosen ist sie ganz in Ordnung.“ Sie zieht ihr Handy aus der Tasche, tippt einen Text und versendet ihn. „Der Picturedrome ist nur ein paar Straßen von hier entfernt. Gehen wir.“

Entschlossen geht sie auf meinen Wagen zu. Ich folge ihr resigniert und erinnere mich wieder, dass der Abend noch lange nicht vorbei ist.

Die Lautstärke ist unerträglich. Die Lautsprecher wummern mit harten, pulsierenden Beats, und Hunderte Kids irgendwo zwischen zwanzig und dreißig füllen diesen Ort. Alle trinken Champagner. Das Zwielicht beunruhigt mich, und ich lasse den Blick schweifen. Einige junge Frauen tauchen von allen Seiten mit begeisterten Schreien auf, als Camille eintritt.

Im Nu wird ihr ein Glas Champagner in die Hand gedrückt, dafür ist Heather verantwortlich. Ich knurre, als auch Männer sie umarmen. Ein paar werfen Blicke in meine Richtung – die Frauen interessiert, die Männer misstrauisch –, während ich Camille aus einigen Schritten Entfernung von der Theke aus im Auge behalte. Sie wirkt entspannt und glücklich, das entspannt mich auch ein wenig. Ich bereite mich innerlich auf eine lange Nacht vor.

Eine Stunde später bin ich fertig mit den Nerven. Ich habe in meinem fünfunddreißigjährigen Leben schon einige qualvolle Situationen durchlebt, aber ich kann wahrlich behaupten, dass diese zu den schlimmsten gehört. Camille auf der Tanzfläche zu beobachten verursacht mir körperliche Schmerzen. Hin und wieder frage ich mich, ob sie es absichtlich so schwer wie möglich für mich macht. Egal, ich bin Profi und kann es aushalten. Nur bin ich eben auch ein Mann, der bereits zu lange enthaltsam lebt.

Ich versuche, nicht mehr zu ihr hinzusehen. Was schwierig wird, wo sie doch meine Schutzperson ist. Ein Job. Aber verdammt, sie ist vollkommen, hinreißend und von betont schlichter Schönheit. Kein Mann in dieser Bar ist immun dagegen; sie bekommt alle Aufmerksamkeit, ohne sie einzufordern. Die anderen Frauen, so schön sie auch sind, verblassen neben ihr bis zur Bedeutungslosigkeit. Ich muss lächeln, merkwürdiger Stolz erfüllt mich.

Dann schalte ich diese Gedanken ab und schaue zum obersten Regal hinter dem Tresen. Ich brauche einen Drink.

„Hey!“ Camille taucht an meiner Seite auf, übersprudelnd und strahlend. „Ich muss mal Pipi“, verkündet sie und tritt von einem Fuß auf den anderen. „Wollen Sie zusehen?“

Sie ist betrunken. Ihr freches Angebot bringt mich nicht aus der Fassung. Ich bin eher froh, dass sie mir Bescheid sagt, statt einfach zu verschwinden, sodass ich ihr hinterhermuss.

„Kommen Sie.“ Ich lege ihr eine Hand auf den Rücken und leugne vehement vor mir selbst, wie gut sich das anfühlt.

Sie bewegt sich mit Anmut, doch ich gerate kurz aus dem Rhythmus, da sie meine Hand von ihrem Rücken nimmt. Bevor ich das bedauern oder deswegen mürrisch werden kann, merke ich, dass sie sie halten will. Prompt schwindet meine Fähigkeit zu denken komplett. Meine Beine funktionieren noch, aber alles andere funktioniert nicht mehr. Ihre zarte Hand in meiner fühlt sich einfach zu gut an. Mein Herz pocht, während ich zur Vernunft zu kommen versuche. Ihr blondes Haar schwingt auf ihrem anmutigen Rücken, als sie hüftschwingend vor mir hergeht und die Torturen, die ich schon die ganze Nacht durchleide, in neue Höhen schraubt. Ich kann mich so professionell benehmen, wie ich will, doch mein Schwanz und alle anderen Organe spielen nicht mit. Widerstehen ist jetzt entscheidend, Vernunft von höchster Bedeutung.

Ich befinde mich in einem inneren Konflikt und begreife nicht, wie diese Frau es schafft, all diese Gefühle bei mir zu wecken – Gefühle, die seit Jahren tot waren. Seit ich diesen Auftrag angenommen habe, versuche ich, stark zu sein und vernünftig, trotz der verwirrenden Empfindungen, damit meine Einstellung zu den Dingen nicht leidet. Nun aber, fürchte ich, werden die Gefühle mächtiger als meine Fähigkeit, gegen sie anzukämpfen.

Camille wirbelt herum, als wir den langen Gang erreichen. Ihr Haar weht dabei wie in Zeitlupe. Sie lächelt nach wie vor. In meinem ganzen Erwachsenenleben habe ich noch keine Träne vergossen. Mir wurde Härte antrainiert, Emotionen waren etwas, was ich schon lange vergessen hatte. Damit war ich zufrieden. Dieses Mädchen wirft das alles über den Haufen. Sie ist gefährlich für mich. Ich könnte heulen vor Frustration.

„Kommen Sie mit rein?", neckt sie mich und spreizt die Finger, um mich loszulassen.

Ich schaue hinunter und denke, wie perfekt unsere Hände zusammen aussehen. Ich drücke ihre Hand und runzle darüber die Stirn. Was zur Hölle geschieht mit mir? Hastig lasse ich sie los und weiche zurück, genau in dem Moment, als Saffron sich zu uns gesellt. Sie mustert mich, ehe sie spricht.

„Vielleicht lege ich mir auch so einen zu."

„Saffron!", meint Camille spöttisch und gibt ihrer kichernden Freundin einen kleinen Schubser.

„Tut mir nicht leid." Sie zwinkert mir zu, ehe sie Camille an die Hand nimmt. „Gehst du zur Toilette?"

„Wenn man es mir erlaubt."

Camille sieht mich ernst an, doch ich finde die Kraft, mein Pokergesicht aufzusetzen. „Ich komme mit." Ich bin kein Perverser, nur ist es mir lieber, wenn ich sie im Auge behalten kann.

„Das geht nicht!", ruft sie empört und entsetzt. „Man wird Sie verhaften!"

„Camille, sehe ich aus wie ein Mann, dem es einen Kick verschafft, wenn ein paar Frauen hinter Klokabinentüren pinkeln?"

„Nein, aber die anderen Frauen sind da möglicherweise anderer Ansicht!" Sie wendet sich an Saffron, erneut von einem Fuß auf den anderen tretend. „Komm."

Ich mache einen Schritt auf sie zu. „Ca…“

Sie legt mir einen Finger an die Lippen, und ich erstarre. Ihre Augen werden glasig. Was ist das? Begierde? Schnell weicht sie zurück, und ihr Blick wird klar.

„Da drin gibt es keine Gefahr“, murmelt sie.

Ich zwinge meinen Herzschlag, sich wieder zu normalisieren. Ich halte das nicht aus. „Dann werden Sie ja sicher auch nichts dagegen haben, wenn ich nachschaue, oder?“ Sie nickt. Kein Protest? Und vor allem – keine freche Bemerkung?

Das ist zu viel. Ich bin ein sexuell frustriertes Häuflein Elend. Ich gehe an ihr vorbei, stoße die Tür zur Damentoilette auf und will hineingehen … sofort ertönt ein Schrei. Es braucht einiges, um mich zu erschrecken, anscheinend ist ein Haufen entsetzter Frauen dazu imstande.

„Shit!“ Ich lasse die Tür los, als ich die Gesichter der Frauen im Spiegel sehe. Verständlicherweise sind sie nicht begeistert. „Gehen Sie schon“, fahre ich Camille ungeduldig und genervt an. „Aber beeilen Sie sich.“

Die beiden Frauen verschwinden eilig auf die Toilette, und ich lehne mich an die der Tür gegenüberliegende Wand. Der heutige Abend hat mir alles abverlangt. Ich bin völlig erschöpft. Psychisch und körperlich. Wenn dieser Auftrag vorbei ist, werde ich eine ganze Kiste Jack Daniel's trinken, ein Jahr lang schlafen und zwei Jahre lang vögeln.

Die Tür geht auf, und zwei Frauen kommen heraus, die mich mit einer Mischung aus Interesse und Ekel ansehen. Das ist nichts, was ich nicht gewohnt wäre.

„Ladies“, sage ich der Höflichkeit halber, als sie vorbeistolzieren.

Ich halte Ausschau und sehe Camilles Gesicht im Spiegel. Sie reibt sich die Wangen, dann geht die Tür wieder zu. Camille sieht so nervös aus, wie ich mich fühle. Ich verschränke die Arme vor der Brust und tappe ungeduldig mit dem Fuß. Kurz darauf kommen zwei weitere junge Frauen heraus. Camille ist noch immer da drin und macht an ihren Haaren herum. Ich verdrehe die Augen und gewähre ihr eine weitere Minute, dann werde ich hineingehen und sie herausholen.

Das ist die längste Minute meines Lebens. Mir ist schon klar, dass sie es nicht mit Begeisterung aufnehmen wird, wenn ich hineinplatze, aber langsam wird mein Herzklopfen unangenehm. Was soll's, sie wird drüber hinwegkommen! Ich stoße die Tür mit beiden Händen auf. Sie knallt gegen die Kacheln, doch ich bin mir nicht sicher, ob der folgende Lärm dadurch erzeugt wird oder durch die Explosion in meinem Kopf.

Mir wird flau im Magen. Wie um alles in der Welt ist Sebastian Peters unbemerkt von mir dort hineingelangt?

Seine Hand landet einen harten Schlag auf Camilles Wange. „Du blöde Schlampe!“, brüllt er und drückt sie hinunter. Dabei schlägt sie mit dem Kopf auf den Waschbeckenrand. „Glaubst du vielleicht, ich bin nicht mehr gut genug für dich? Du gehörst mir!“

In der nächsten Sekunde packe ich seine Kehle und zerre ihn aus der Damentoilette. Die Wucht, mit der er rückwärts gegen die Mauer kracht, schickt Vibrationen meinen Arm hinauf bis in meine Brust. Noch bevor ich das richtig mitbekomme, habe ich ihm zwei harte Links-rechts-Haken verpasst. Mann, das tut gut. Ich nehme meine Waffe, ziehe den Schlitten nach hinten und ramme ihm den Lauf an die Schläfe. Er hat keine Ahnung, wie ihm geschieht. Er schnappt nach Luft und versucht irgendwie, meine Finger von seinem Hals zu kriegen.

„Pass gut auf“, zische ich und presse den Waffenlauf fest an seinen Kopf. „Im Augenblick ist eine VP9 auf deine hübsche

Rübe gerichtet. Die wird eine ziemliche Sauerei anrichten, wenn sie dir dein verdammtes Gehirn rauspustet. Ich werde vermutlich für den Rest meines Lebens hinter Gittern landen, aber das nehme ich gern in Kauf für die tröstliche Tatsache, dass du dann tot bist." Ich ramme ihm mein Knie in die Eier, und er gibt einen gequälten Aufschrei von sich. „Tut das weh, Sebastian?" Ich verpasse ihm noch einen Tritt und genieße seinen Schmerz.

„Bitte."

Er schluchzt, und Sabber rinnt ihm übers Kinn. Er zieht ständig die Nase hoch, die gerötet ist wie seine Augen. Ich weiß, was los ist. Ich wette, er fühlt sich unverwundbar, wenn er bis unter die Haarwurzeln voller Kokain ist. Aber so unverwundbar ist er gar nicht, wie er gerade feststellt.

Ich blinzle. Das hätte ich nicht tun sollen, denn selbst in diesem kurzen Moment sehe ich wieder, wie seine Hand auf Camilles Wange trifft. Zorn packt mich. Ich habe viele Männer getötet. Ich habe getan, was getan werden musste. Ich war auf mich allein gestellt und gefürchtet. Ich war der Scharfschütze. Ich war der Unbekannte. Ich war ruhig und gefasst. Gefährlich aus den richtigen Motiven.

Das alles änderte sich, als *sie* mich fertigmachte.

Von da an sorgte ich dafür, dass jeder, der mir über den Weg lief, meinen Hass sah. Es spielte keine Rolle, dass meine Rache fehlgeleitet war. Über dem Feind die Hölle hereinbrechen zu lassen schien der einzige Ausweg zu sein. Ich brauchte irgendein Ventil für meinen Schmerz und meine Wut. Den Schmerz, den sie mir zugefügt hatte.

Also verließ ich den Schutz der Deckung am Rand der Gefahrenzone und begab mich hinaus aufs Schlachtfeld. An jenem Tag schaute ich einem Mann in die Augen und sah die Angst darin, ehe ich ihn tötete. Es machte mir nichts aus. Ich wurde skrupellos. Dumm. Ich war so dumm. Mein selbstsüchtiges Verlangen, auszuteilen, führte zum Tod von zwei meiner eigenen Männer. Zwei Gesichter, die mich auf ewig verfolgen werden. Zwei Männer, die Frauen und Kinder hinterließen. Zwei gute Männer. Ich war kein guter Mann. Es hätte mich treffen sollen. Seither plagen mich Selbstverachtung und Schuld.

Aber heute wird das nicht zu einem Problem. Mein Zusammenbruch damals kam zustande, weil eine Frau mir den Verstand geraubt hatte. Ich fühle jetzt ähnlichen Zorn, nur dass ich völlig klar im Kopf bin. Ich weiß genau, was ich tue.

Ich stecke meine Waffe ein und lasse Sebastians Hals los. Als ich ihm einen Schlag in die Nieren verpasse, geht er jammernd und wimmernd zu Boden wie ein nasser Sack.

„Du wirst eine ganze Weile nicht mehr arbeiten, hübscher Junge." Mein Tritt landet gezielt in seinen Rippen.

Den Drecksack nicht zu töten ist eine der schwersten Herausforderungen seit Langem.

14. Kapitel

Cami

Noch nie habe ich derart rohe Gewalt miterlebt. Zugleich ahne ich auf sehr beängstigende Weise, dass er sich zurückhält. Er könnte das innerhalb einer Sekunde beenden. Stattdessen lässt er Sebastian leiden. Das Krachen zeugt von der Wucht seiner Fausthiebe.

Die Zeit scheint stehen zu bleiben, die Geräusche verebben. Wäre da nicht das Brennen meiner Wange und das Hämmern in meinem Kopf, würde ich mich für tot halten. Jedenfalls fühle ich mich tot. Besiegt. Geschockt und matt.

Wie aus dem Nichts tauchte Sebastian aus einer der Kabinen auf. Weil ich seinem Flehen nach einer zweiten Chance nicht nachgeben wollte, drehte er völlig durch. Wut flackerte in seinen Augen auf, als ich versuchte, an ihm vorbeizukommen. Ich kannte diesen Ausdruck von früher, wenn er high war. Doch seine Gewalt verblasst vor dem, was ich nun sehe.

Ich glaube wirklich, dass Jake einen Mann mit bloßen Händen töten könnte. Die Präzision jedes Treffers, die strafenden Schläge.

„Jake." Mit belegter Zunge spreche ich seinen Namen aus. Er lässt von Sebastian ab, der zusammensinkt, und schaut mich an, als erinnere er sich erst jetzt, dass ich da bin. Er richtet sich zur vollen Größe auf und wirkt dabei noch größer als je zuvor. In seinem Gesicht lese ich Entschlossenheit.

Dann kommt er auf mich zu, beugt sich ein wenig herunter und hebt mich stumm auf seine Arme. Er drückt mich an seine Brust und sieht mir in die Augen; in seinem Blick liegt ein gequälter Ausdruck.

Mein Hals ist wie zugeschnürt, denn trotz des Schocks begreife ich, dass Jake gerade eben nicht nur seinen Job gemacht hat.

Seine Nasenflügel beben, als er mich aus dem Club trägt. Die Musik ist immer noch laut, aber ich kann sehen, wie die Leute sich etwas zuflüstern, während ich durch die Menge getragen werde. Jakes Griff wird mit jedem Schritt fester. Meine Augenlider werden schwer, mein Herz ist voller Hoffnung.

Hoffnung darauf, dass ich Sebastian Peters nie mehr begegnen werde. Und Hoffnung darauf, dass Jake Sharp für immer bei mir bleibt, um genau dafür zu sorgen. Um mich vor Seb zu beschützen. Vor allem.

Im hellen Licht im Flur meiner Wohnung blinzle ich, es ist zu grell für meine müden Augen. Mein Körper hebt und senkt sich im Rhythmus der langen Schritte, die Jake macht, meine Arme liegen um seinen Nacken. Viele Dinge gehen mir gleichzeitig durch den Kopf, der deutlichste Gedanke ist jedoch der, mich noch stärker an ihm festzuhalten. Ihn nie mehr loszulassen. Ich habe viel getrunken. Doch das Brennen nach der Ohrfeige und die Platzwunde infolge des Sturzes haben mich schlagartig nüchtern gemacht. Jetzt bin ich zwar müde, aber klar im Kopf.

Jake trägt mich auf direktem Weg ins Schlafzimmer und setzt mich auf das Fußende des Bettes. Dann dreht er sich um und will gehen.

„Wie haben Sie diese Schusswunde bekommen?“, platze ich heraus. Ich will unbedingt erfahren, was genau in dieser

Toilette im Club vor sich gegangen ist. Er war da und irgendwie auch nicht.

Er bleibt stehen, kehrt mir aber weiter den Rücken zu. „Ich wurde im Gefecht getroffen."

Krieg. „Sie waren in der Armee." Ich stelle es fest wie eine Tatsache, denn es ist eine. Außerdem habe ich das Gefühl, es ist ein guter Einstieg, um vielleicht mehr aus ihm herauszubekommen.

Er nickt und dreht sich zu mir um. „SAS."

Ich spüre, wie meine Augen sich weiten. „Spionage oder so was?"

„Ich war Scharfschütze."

Meine Gedanken wirbeln durcheinander. „Sind Sie deshalb nicht mehr beim Militär? Weil Sie verwundet wurden?"

„Ja, so ähnlich", murmelt er und sieht an mir vorbei, als kämen zu viele quälende Erinnerungen in ihm hoch.

„Wie ist es passiert?" Ich hungere nach weiteren Informationen.

„Schlechtes Urteilsvermögen."

Ich beiße mir auf die Lippe und überlege fieberhaft. Ich spüre sein Unbehagen und schließe daraus, dass ihn die Umstände, wie es zu dieser Schusswunde kam, bis heute verfolgen. Ich sehe, wie ihm Schweiß auf die Stirn tritt, er wirkt ein wenig wie in Trance. Allein die Erwähnung der Wunde hat eine heftige Wirkung auf ihn. Schließlich zuckt er die Achseln, als schüttele er die Erinnerung ab. Das bestätigt meine Vermutung – er hat Flashbacks. Ich habe davon gehört. Männer kommen mit posttraumatischem Stresssyndrom aus dem Krieg heim. Ich habe davon gehört, dass sie mit ihren Dämonen kämpfen und Albträume haben und nicht mehr schlafen können. Jake hat diese Momente, ich habe gesehen, wie er Pillen schluckte.

Das Schweigen zwischen uns wird unbehaglich, doch bevor mir etwas einfällt, wie ich es beenden kann, dreht Jake sich um und geht davon.

„Es ist nur ein paar Mal passiert, wenn wir zusammen waren." Ich sage das einfach so, ohne weitere Erklärung.

Die braucht er auch nicht. Die angespannten Schultern, als er stehen bleibt, und der spürbare Zorn, der in ihm brodelt, sprechen Bände. Ich habe keine Ahnung, was über mich gekommen ist. Ich habe mir geschworen, es niemandem zu erzählen, doch ein tiefes Bedürfnis veranlasst mich, es Jake anzuvertrauen.

„Es hätte nicht mal eine Rolle gespielt, wenn es nur einmal passiert wäre und er hinterher zur Entschuldigung sein Leben geopfert hätte." Er stößt die Worte aus wie ein Knurren. „Dann hätte ich trotzdem einen Weg gefunden, ihn ins Leben zurückzuholen, um ihn noch mal zu töten. Einmal ist einmal zu viel. Versuchen Sie nicht, ihn zu verteidigen."

„Ich erzähle Ihnen das nicht, um ihn zu verteidigen, sondern damit Sie mich nicht für ein bemitleidenswertes Opfer halten."

„Das tue ich nicht!", fährt er mich an, schon auf dem Weg zur Tür.

„Was denken Sie dann von mir? Was für ein Bild haben Sie von mir, Jake? Das einer kleinen schwachen Frau, die beschützt werden muss? Oder sehen Sie mich als verwöhntes Gör? Als materialistische, ichbezogene Frau, die von Verzicht nicht das Geringste hält?"

Er wirbelt herum, wirkt aufgebracht von meinen Vorwürfen.

„Nein! Ganz im Gegenteil, um genau zu sein."

Ich springe vom Bett auf und straffe die Schultern, um irgendwie imposanter zu wirken, was lächerlich ist angesichts seiner Statur. „Was ist auf dieser Damentoilette passiert?", frage ich und ziele direkt auf den wunden Punkt. Ist mir egal, ich will es wissen.

„Was passiert ist?", wiederholt er und sieht mich an, als wäre ich schwer von Begriff.

Dafür würde ich ihn am liebsten boxen.

„Ich habe jemanden, der sie angegriffen hat, verprügelt! Was haben Sie denn gedacht, was ich tun würde? Sie festhalten, damit er besser trifft?"

„Das ist nicht der einzige Grund!", schreie ich. „Sie waren ganz woanders! Was ist Ihnen zugestoßen?"

„Das geht Sie nichts an!", brüllt er mich an und sieht aus, als könnte er gleich einen weiteren Zusammenbruch erleiden. „Sie sind meine Schutzperson! Ich bin Ihr Bodyguard! Das ist alles! Hören Sie auf, nach was anderem zu bohren! Hören Sie auf, aus mir schlau werden zu wollen!"

Vor Wut und Gekränktheit zittere ich. Irgendwas ist in seiner Vergangenheit geschehen, und es geht mich nichts an. Natürlich hat er recht, doch angesichts der Tatsache, dass ich ihm meine Geheimnisse bereitwillig anvertraut habe, schmerzt seine Zurückweisung umso mehr. Ich bin nicht die Einzige, die die Grenze überschritten hat. Ich habe gesehen, wie ihm die Anziehung zwischen uns zu schaffen macht. Verdammt, ich weiß es einfach!

Ohne Vorwarnung hebe ich die Hand und hole aus. Selbstverständlich sieht er es kommen und greift mich am Handgelenk.

Wir stehen voreinander und starren uns an … und dann verwandelt unsere Wut sich in etwas anderes. Ich atme bebend aus und bekomme eine Gänsehaut, als sein Blick für einen Moment auf meinen Mund fällt, ehe er mir schnell wieder in die Augen sieht. Zwischen uns knistert es.

Ich versuche, einen klaren Gedanken zu fassen, nur habe ich nicht die Gelegenheit dazu, alles zu analysieren. Im Nu fasst Jake nach mir und drückt seine Lippen auf meine. Es ist, als würde sämtlicher Druck von mir abfallen, all der Stress und die Verwirrung. Der Kuss ist wild und unnachgiebig, sein harter Körper presst sich an meinen. Ich stöhne, ergebe mich seiner Kraft und umklammere seine Schulter, während er hungrig und verzweifelt meinen Mund erforscht und ich seinen. Meine Hände bewegen sich hinauf zu seinen Haaren, Lust überwältigt mich und beschert mir weiche Knie, sodass ich mich an ihm festhalten muss, um nicht aus seinen starken Armen zu gleiten.

Oh wow! Das habe ich mir schon so lange vorgestellt. Im Stillen habe ich gebetet, es möge geschehen. Und jetzt passiert es wirklich, und es ist verrückt und außer Kontrolle, wegen all der angestauten Frustration und Verzweiflung.

„Shit!“ Jake lässt mich unvermittelt los und weicht erschrocken zurück.

Ich stehe atemlos da, meine Lippen sind heiß und geschwollen.

Er streicht sich durchs Haar, zerrt ein wenig daran, wendet sich ab und geht im Zimmer auf und ab. „Wir können das nicht tun“, sagt er harsch.

Die Bestimmtheit seiner Aussage trifft mich wie ein Messer ins Herz.

„Es ist falsch. Ich bin dein Bodyguard.“

Er dreht sich zu mir um und sieht mich an. Seine Miene offenbart Entschlossenheit.

„Dein Vater wird dafür sorgen, dass ich nie mehr arbeiten kann.“ Er murmelt diese Worte, schließt die Augen. „Und ich brauche ein Ziel, Camille. Ich brauche meine Arbeit.“

Tränen brennen mir in den Augen, und nicht zum ersten Mal in meinem Leben verfluche ich meinen Vater. Jake braucht ein Ziel. Er muss im Spiel bleiben, damit die Vergangenheit ihn nicht einholt. Der Krieg. Diese Frau.

Es bringt mich um, dennoch sage ich, was gesagt werden muss. Nicht nur, weil Jake es von mir hören muss, sondern auch, weil ich weiß, dass er recht hat. Mein Dad würde ihn zerstören, wenn er herausfände, dass Jake die Grenzen der Professionalität überschritten hat. Er ist schließlich mein Bodyguard.

„Ich verstehe." Mein Herz krampft sich zusammen, als ich ebenfalls zurückweiche, ehe ich mich umdrehe, um schnell zu verschwinden. Ich muss fort von ihm. Auf unsicheren Beinen schaffe ich es bis zur Tür und öffne sie, aber weiter komme ich nicht.

Er umfasst eine meiner Schultern und stößt die Tür zu. Mir schlägt das Herz bis zum Hals, und ich schlucke, starre auf seine Hand, spüre Jake dicht hinter mir.

„Ich will nicht, dass du verstehst", flüstert er mir ins Ohr.

Ich schließe die Augen, als er mich langsam zu sich umdreht. Meine Beine zittern.

„Sieh mich an", befiehlt er.

Ich tue es.

Meine Lider öffnen sich und offenbaren ihm das Durcheinander in meinem Kopf und die Tränen, die sich in meinen Augen sammeln, während ich meine Verwirrung in den Griff zu bekommen versuche. „Ich weiß, dass es falsch ist", murmele ich und halte die Tränen zurück. „Ich weiß, dass ich mich nicht zu dir hingezogen fühlen sollte."

Er nickt sanft. „Ist mir klar. Glaub mir, das ist mir verdammt klar. Aber ich kann im Augenblick an nichts anderes denken als an dich."

Er sieht mir tief in die Augen, bevor er den Blick über meinen Körper gleiten lässt, als dürfe er sich endlich alle Zeit der Welt nehmen, um mich zu betrachten. Und das tut er. Es gibt nichts an mir, was er nicht ausgiebig mustert, kein Haar auf meinem Kopf, das er nicht berührt oder streichelt.

Zärtlich, viel zärtlicher, als ich es ihm je zugetraut hätte, streicht er mir das Haar aus der Stirn und sieht zu, wie es wieder hineinfällt. Ich stehe so regungslos, dass er mir wahrscheinlich einen Apfel vom Kopf schießen könnte. Seine Hände fühlen sich gut an, wo auch immer sie mich berühren, seine konzentrierte Miene verrät Ehrfurcht.

„So verdammt schön", flüstert er und legt mir einen Arm um die Taille, um mich an sich zu ziehen.

Ich gebe erschrocken einen leisen Laut von mir und halte mich an seinen Schultern fest. Seine Stirn berührt meine, dafür muss er leicht in die Knie gehen. Seine freie Hand umfasst meinen Nacken, und er schließt die Augen. Ich fühle mich klein in seiner Umarmung. Und sicher. Doch all die Ruhe und Vollkommenheit bändigt meinen Herzschlag nicht. Das Blut rauscht in meinen Ohren, denn in meinen Adern brodelt Begierde, die mich benommen macht.

Zum Glück kann ich nicht fallen, er hält mich fest in den Armen. Seine Taktik hat sich geändert. Die wilde, ungestüme Begegnung unserer Lippen vor einem Moment ist beinah vergessen; er atmet tief und gleichmäßig ein und aus, während ich ihn betrachte, so nah, dass ich ihn küssen könnte. Doch ich halte mich zurück – nicht, weil ich seine Lippen nicht erneut auf meinen spüren will, sondern weil seine raue Schönheit so wundervoll ist. Sein Schweigen und die plötzliche Sanftheit faszinieren mich. Ich habe ihn noch nie so friedlich erlebt. Absolut passiv. Als hätte er sich einem elementaren inneren Bedürfnis ergeben.

„Geht es dir gut?", fragt er und öffnet die Augen.

Das Licht, das ich darin erkenne, ist hell und klar. Voller Hoffnung. Es spiegelt all das wider, was ich selbst empfinde.

Ich schlucke, nicke und lasse die Hände an seinen Jackettärmeln hinuntergleiten bis zu den Ellbogen. Ich stelle mir vor, wie wunderbar seine Haut darunter sich anfühlen würde. Er sieht mich an, und ich betrachte die frischen Bartstoppeln um seinen Mund herum.

Langsam teilen sich seine Lippen, und seine Zunge streicht über die Unterlippe.

Ich schaue ihm in die Augen, damit er die Gewissheit und Verzweiflung in meinen erkennt. Nie zuvor in meinem Leben war ich mir so sicher und so sehnsüchtig. Ich will ihn, diesen geheimnisvollen, abgründigen Mann. Ich will ihn mit jeder Faser meines Seins.

Erneut nähert sein Mund sich meinem. Jake lässt sich Zeit dabei, als bereite er sich innerlich auf den Ansturm der Lust vor, den dieser Kuss ohne Zweifel auslösen wird. Ich mache das Gleiche. Näher, näher, näher, wir sehen uns tief in die Augen, bis seine Lippen auf meine treffen. Ich zucke regelrecht zusammen und kriege kaum Luft, weil meine Atmung ganz flach ist. Die Empfindungen, die diese kleine Berührung auslöst, hauen mich um, mehr noch als der animalische Kuss vor einigen Momenten, was mich ungeduldig alles Weitere erwarten lässt.

Er stöhnt rau und öffnet den Mund für mich. Meine Zunge schnellt vor und trifft auf seine. Sofort bin ich hin und weg, lege die Arme um seinen Nacken und ziehe ihn an mich, während unsere Zungen sich zart, aber zielstrebig umspielen.

„Verdammt, Camille", flüstert er und zwingt unsere Körper auseinander, nimmt sogar meine Hände von seinem Nacken, setzt jedoch gleich darauf den erotischen Tanz seiner Zunge mit meiner fort.

Seine Finger streifen meine Oberschenkel, sowie er den Saum meines Kleids anhebt, bis ich den Kuss unterbrechen muss, damit ich es mir über den Kopf ausziehen kann. Es ist rasch verschwunden, noch bevor er seine Krawatte gelockert hat. Er zerrt daran, und ich habe es plötzlich genauso eilig wie er. Entschlossen greife ich nach seinem Jackett und schiebe es ihm von den Schultern. Er schüttelt die Ärmel ab, während sein Mund von Neuem meinen findet. Ein weiterer wilder, stürmischer Kuss folgt.

„Hemd", murmelt er und sucht den Verschluss an meinem BH, den er gekonnt aufhakt.

Ich spüre, wie der Stoff, der meine Brüste umschließt, lockerer wird, und kämpfe hastig und unbeholfen mit seinen Hemdknöpfen. Er merkt es und nimmt mir die Aufgabe ab, indem er sein Hemd einfach aufreißt, sodass die Knöpfe in sämtliche Richtungen davonfliegen. Dann streift er mir den BH ab, wobei ich die Arme ausstrecken muss, damit er sie mir nicht abreißt.

Ich schnappe nach Luft und erhasche einen Blick auf seine nackte Brust, die aus dem weißen Hemd hervorblitzt. Zu gern würde ich sie eine Weile bewundern, aber Jake hat andere Vorstellungen. Er fasst hinter sich und zieht seine Waffe, die er neben sein Jackett auf den Boden fallen lässt. Geschickt öffnet er den Reißverschluss, kickt Schuhe und Socken fort, entledigt sich seiner Hose. Alles geht so schnell. Er ist zielstrebig und fummelt nicht groß an seinen Sachen herum. Zuletzt kommen die Boxershorts an die Reihe, aus denen steigt er langsam und vorsichtig, wobei er mich genau beobachtet.

Nun ist er nackt.

Und wieder einmal bin ich vollkommen überwältigt von seinem Anblick. Diesmal steht er noch näher. Diesmal ist es kein Versehen, deshalb gibt es auch keine Verlegenheit … nur Akzeptanz und Verständnis.

„Nimm das alles“, befiehlt er mir heiser und deutet an sich herunter. „Bitte, verdammt, nimm alles.“

Ich schlucke und zittere wie nie zuvor in meinem Leben. Ich will es. Alles. Alles von *ihm.*

Aber auf einmal bin ich unfähig, mir zu nehmen, wonach ich mich im Stillen heftig gesehnt habe. Er ist so groß und stark. Er sieht aus, als könnte er mich mit zwei Fingern zerbrechen. Was wahrscheinlich auch stimmt. Seine Erektion ragt stolz auf, die Spitze glänzt vor Erregung. Meine Brustwarzen sehnen sich nach seiner Berührung, und mir fällt wieder die silbrige Narbe an seiner Schulter auf. Er schaut hinunter und weiß offenbar, worauf meine Aufmerksamkeit gerichtet ist. Er hebt eine Hand und umkreist die Narbe nachdenklich einige Male sacht mit den Fingerspitzen. Dann nimmt er mich auf die Arme, als wäre ich leicht wie eine Feder, und trägt mich zum Bett.

Dort werde ich sanft abgelegt und spüre, wie mir behutsam der Slip heruntergeschoben wird, wobei Jake auf der Bettkante kniet. Er zieht scharf die Luft ein und schüttelt den Kopf. Ich fühle mich wie eine auf einem Altar dargebotene Gabe, die darauf wartet, angebetet zu werden. Mein Kopf liegt zur Seite geneigt an meiner Schulter. Jake fasst vorsichtig nach meinen Handgelenken und führt sie nach oben auf das Kissen über mir. Dann streicht er meine Arme hinunter bis zu meinen Brüsten. Ich stöhne, denn ich kann nicht verbergen, wie sehr ich das alles genieße. Er lächelt. Ich liege ausgestreckt da, nackt und ihm ausgeliefert, und meine Atmung beschleunigt sich wegen seiner Zärtlichkeiten, für die er sich Zeit nimmt. Als er meine Brustwarze erreicht, biege ich in stummem Flehen nach mehr den Rücken durch.

Unsere Blicke treffen sich, während er sanft darum herumstreicht.

„Möchtest du meinen Mund dort spüren?“, fragt er und hält mit dieser wundervollen Liebkosung inne.

Erneut nicke ich, bitte ihn still, weiterzumachen. Doch seine Finger verharren reglos auf den sinnlich kribbelnden Stellen.

„Sprich mit mir, Camille“, fordert er mich auf und beobachtet mich genau. „Sag mir, was du von mir brauchst.“

„Bitte“, flüstere ich. Ich bin nicht abgeneigt, um seine Aufmerksamkeit und Berührung zu betteln. Ich würde alles tun. Er bewegt eine Hand, lässt sie jetzt allerdings nach unten abdriften, folgt einem geraden Pfad über meinen Bauch und von dort bis zu meiner Mitte. Ein tiefer gebrochener Schrei entringt sich mir, und meine Muskeln spannen sich in sinnlicher Vorfreude an.

„Und hier?“ Er lässt die Finger zwischen meine Beine gleiten und streift meine pochenden Schamlippen.

Ich verliere die Kontrolle, schließe die Augen und biege den Rücken mit einem verzweifelten Aufschrei durch. „Ja, bitte!“ Meine Arme zucken über meinem Kopf, denn ich will nach ihm greifen und ihn an mich drücken.

„Es ist gleich so weit.“ Er dringt mit zwei Fingern in mich ein und stillt damit das schlimmste Verlangen. „Ich fühle es.“ Seine Stimme zittert, während er mich mit kreisenden Bewegungen streichelt und erkundet. „So bereit und voller Verlangen.“

„Oh wow.“ Ich seufze und gewöhne mich ein wenig daran, zu spüren, wie er mich tief in mir reizt. Sämtliche Muskeln ziehen sich zusammen, was die Lust verdoppelt. Tatsächlich steuere ich schon auf den nächsten Orgasmus zu.

„Komm noch nicht“, befiehlt er, was mich veranlasst, die Augen zu öffnen.

Ich sehe sein Gesicht; er betrachtet mich nach wie vor genau und bereitet mir mit seinen Fingern süße Qualen.

„Noch nicht“, fügt er hinzu, fängt jedoch gleichzeitig an, mit dem Daumen meinen Kitzler zu reiben, was es fast unmöglich macht, seinem Befehl zu gehorchen.

Ich kann meine Arme nicht mehr länger dortbehalten, wo sie sind, deshalb nehme ich sie herunter, lege sie auf meinen Bauch und genieße meine eigene Berührung. Dieser berauschende Gefühlscocktail ist neu für mich. Ich könnte süchtig werden danach. Nach Jake bin ich es schon. Nach dem, was er mit mir machen kann, nach den Empfindungen, die er bei mir zu wecken imstande ist. Er widmet mir seine ganze Aufmerksamkeit, und ich balanciere am Rand ewiger Begierde. Ewiger Sicherheit.

„Fühlst du dich gut, Camille?“, fragt er mit tiefer rauer Stimme und beobachtet, wie meine Hände über meinen Bauch wandern, während er rhythmisch seine Finger in mir bewegt.

„Ja!“ Ich verliere den Verstand, und er genießt es.

„Ich bin eifersüchtig.“

Er hält meine Handgelenke fest und nimmt meine Hände weg, was mich fertigmacht. Dann legt er sie zurück über meinen Kopf und fixiert mich mit einem vielsagenden Blick. Ich darf sie nicht mehr bewegen, und erst, als er überzeugt ist, dass ich gehorche, richtet er sich auf.

„Verhütest du?“

Ich nicke.

„Bist du gesund?“

Erneut nicke ich, bin nicht beleidigt. Es gibt inmitten dieses Aufruhrs lustvoller Empfindungen und Sehnsüchte keinen Platz dafür, beleidigt zu sein oder nachzudenken, weshalb ich die Frage gar nicht an ihn stelle. Was ich auch nicht muss.

„Bei mir ist ebenfalls alles in Ordnung.“ Er beugt sich zu mir herunter und stützt sich zu beiden Seiten meines Kopfes mit den Fäusten auf die Matratze.

„Meine Arme?", flüstere ich, weil ich wissen will, was ich tun soll.

„Lass sie einfach da, wo sie sind."

Seine Brust berührt jetzt meine, schwer und fest, und er knickt in den Ellbogen ein, was sein Gesicht näher an meins heranbringt. Dann spüre ich sein Becken an meinem und seine Penisspitze an meiner Mitte. Mein Herz schlägt noch schneller. Jake gibt einen Zischlaut von sich und schließt die Augen. Offenbar ringt er um Selbstbeherrschung. Er zieht es in die Länge, bis mir schwindelig wird vor Ungeduld. Trotzdem lasse ich ihn langsam machen.

„Ich habe versucht, mir nicht vorzustellen, wie gut sich das anfühlen würde." Er atmet aus, öffnet die Augen und sieht tief in meine. „Ich hab's echt versucht."

Wieder streift seine Erektion mich, löst einen lustvollen Schauer bei mir aus. Dann halte ich den Atem an, denn fast fürchte ich mich vor der Intensität, die ich gleich empfinden werde. Und zwar deshalb, weil ich mehr wollen werde.

Jake hebt mich an, bringt mich in die richtige Position und dringt behutsam und ohne Eile in mich ein. Nach und nach füllt er mich aus und dehnt mich. Ich stöhne und seufze, schlinge die Beine um ihn, presse ihn an mich, umklammere seine Schultern.

„Oh verdammt", flüstert er schwer atmend und zitternd. „Ich wusste es", stößt er heiser hervor. „Ich wusste, wie gut es sich anfühlen würde, in dir zu sein."

Er hat recht. Er ist lang und groß, doch meine Muskeln umfangen ihn perfekt. „Beweg dich", bettle ich und hebe mein Becken ein wenig, um ihn zu ermutigen.

„Gib mir eine Sekunde." Er sinkt auf die Unterarme, sodass unsere Nasenspitzen sich berühren. „Ich brauche eine Sekunde."

Ich will ihn antreiben, verzichte jedoch darauf, weil er überwältigt zu sein scheint. Auch ich empfinde unsere Vereinigung als sehr tief. Also begnüge ich mich mit seinem zärtlichen Blick und warte, bis er seine Selbstbeherrschung zurückgewonnen hat. Ich nutze die Zeit und streichle sacht seinen Rücken, was ihn erschauern lässt.

„Du machst es mir nicht gerade leicht, Camille", tadelt er mich milde, reibt seine Nase an meiner und zieht sich aus mir zurück, bis seine Erektion erneut meine Mitte kitzelt.

Heftig atme ich aus. Er auch. Dann taucht er tiefer in mich, und wir stoßen beide die Luft wieder aus, sodass unser Atem sich mischt. Als er ganz in mir ist, bewegt er sich hart, aber langsam, kreisend, was alle möglichen berauschenden Empfindungen weckt.

Ich kapituliere, werfe den Kopf in den Nacken und halte mich an Jakes breiten Schultern fest, während er seinen Rhythmus findet, Stoß um Stoß, jeder einzelne mit Präzision. Ich genieße die stürmische Hingabe meines starken Beschützers und hoffe, dass es nie endet. In der Stille sind unsere lustvollen Laute zu hören, unsere Haut ist schweißnass, unsere Körper bewegen sich im Einklang. Alles ist vollkommen – die Geräusche, die Gefühle, der Moment.

Jake behält seinen Rhythmus bei und lässt das berauschende Vergnügen nicht enden. Doch ich spüre, wie er immer härter in mir wird, was mir verrät, dass er es nicht mehr lange aushalten wird. Ich fühle, dass sich auch mein Orgasmus ankündigt.

„Nimm deine Beine herunter", fordert er mich auf und löst sie von seinen Hüften. „Streck sie aus."

Etwas perplex komme ich seiner Aufforderung nach.

Das Resultat dieser Forderung überwältigt mich. „Oh!" Jake erstickt diesen kurzen Aufschrei, indem er seine Lippen stürmisch auf meine presst. Mein Lustempfinden erreicht neue Höhen, und zwar wegen meiner veränderten Position.

„Spürst du das?“, flüstert er, ohne dass der Kontakt unserer Lippen nachlässt oder er seinen Rhythmus unterbricht. Während er mich wieder und wieder vollständig ausfüllt, erzeugt er an genau der richtigen Stelle Reibung.

Ich stöhne und kralle die Finger in seinen Rücken, denn die Erlösung nähert sich rasant.

„Komm, Camille“, ermutigt Jake mich und beißt in meine Unterlippe, ehe er mich erneut stürmisch küsst.

Ich habe das Gefühl, als drehe sich die Welt unter mir.

15. Kapitel

Jake

Nie zuvor habe ich eine derart intensive Verbindung gespürt. Es ist nicht einfach nur ein Zeitvertreib, kein Mittel zum Zweck. Es ist physisch spürbar, greifbar. Ich fühle es in jedem einzelnen Muskel und auf jedem Zentimeter meiner nackten Haut. Noch nie habe ich mich von einer Frau so angenommen gefühlt, dass ich für sie bereit gewesen wäre, meine Seele zu opfern.

Ich habe etwas Derartiges bisher nie empfunden. Nie.

Viele Worte wollen sich in meinen verdrehten Verstand schleichen, aber nur eins kommt durch.

Mein.

Ihren gertenschlanken Körper in den Armen zu halten erzeugt Empfindungen, die jenseits reiner Lust liegen. Ich kann dieses neue Gefühl zudem ganz leicht annehmen. Nur verstehen kann ich es nicht. Überhaupt nichts von alldem. Normalerweise bin ich nicht zärtlich zu Frauen. Ich achte weder darauf, ihr Vergnügen in die Länge zu ziehen, noch wünsche ich mir, es möge niemals enden.

Diese Frau hat das alles geändert. Ich will, dass es nie endet.

Ihr Atem streicht über mein Kinn. Sie hat Mühe, die Augen offen zu halten, doch sie ist fast da, und ich muss bei ihr sein, wenn sie zum Höhepunkt gelangt. Ich stütze mich auf die Fäuste, um eine wirkungsvollere Position einzunehmen.

„Warte auf mich“, befehle ich und bemerke den Anflug von Panik auf ihrem Gesicht. „Ich bin gleich bei dir.“ Ich bewege mich schneller, gewinne für einen Augenblick die Kontrolle zurück. Das war’s, ich komme. „Oh Shit!“ Ich steigere das Tempo, sie ist eng und heiß, und ich genieße den berauschenden Wechsel von Empfindungen, wenn ich in sie stoße und mich wieder zurückziehe. Mit jedem Vorstoß nimmt mein Verlangen noch zu.

„Jake!“

Bei ihrem Aufschrei kann ich mich nicht länger zurückhalten. Camille erschauert heftig unter mir, und ich brülle meine Lust hinaus. Ihre Muskeln spannen sich im perfekten Rhythmus an, während ich mit lang anhaltenden Stößen Erlösung finde. Mein Orgasmus schafft mich völlig, sodass ich auf die Unterarme sinke und sie gefangen ist. Es dauert ewig, bis ich allmählich wieder zu mir komme. Dabei habe ich ihr verschlafenes Stöhnen im Ohr, gedämpft vom Rauschen des Blutes in meinem Kopf. Körperlich fühle ich mich erleichtert und zufrieden, doch mein Verstand und mein Herz sind mehr durcheinander denn je. Ich bin ruhig und beunruhigt zugleich.

Camille seufzt lange und behaglich. Besorgnis überlagert mit einem Mal alles andere, auch das Gefühl, dass das, was geschehen ist, richtig war.

Verdammt, jetzt komme ich mir vor wie bei einem Feindangriff. Blitzschnell wäge ich meine Möglichkeiten ab und suche in Gedanken den sichersten und schnellsten Weg aus der Gefahrenzone. Nur dass es diesmal keinen Ausweg zu geben scheint.

Ich empfinde eigenartige Ruhe und zugleich Entsetzen. Sie ist eine junge kluge Frau mit vielversprechender Zukunft. Und ich? Ich bin ein gestörtes, verdrehtes Arschloch mit einer schwarzen Seele und hartem Herzen. Ich sollte sie nicht dem

Risiko ausliefern, sich mit meinen Dämonen zu infizieren. Gleichzeitig bin ich voller Hoffnung, sie könnte die Heilung für mich sein, nach der ich gar nicht gesucht habe. Bisher war ich allein gewesen mit meiner Bitterkeit und meinen Erinnerungen. Das war mir ganz recht so. Doch seit ich Camille kennengelernt habe, wurde die Last leichter. Denn auf einmal ist da ein Verlangen, derart mächtig, dass es schwer ist, sich auf irgendetwas anderes zu konzentrieren. Die Ironie meiner Situation ist beschissen brutal. Es ist meine Pflicht, Camille vor einer potenziellen Bedrohung zu schützen. Vor einer unbekannten Gefahr.

Dabei bin ausgerechnet ich die größte und sehr reale Bedrohung für diese Frau. Man muss sie vor mir beschützen.

Es ist unausweichlich, dass ich ihr wehtun werde. Ich stelle eine Gefahr dar für sie. Ihr Vater wird nicht glücklich sein über das hier, und Lucinda dreht mir womöglich den Hals um. *Lass dich niemals mit deiner Schutzperson ein.* Das ist Regel Nummer eins. Es verstellt deinen Blick und beeinträchtigt dich bei der Ausübung deiner Pflichten. Es sorgt außerdem dafür, dass man schnell aus der Agentur fliegt. Dummerweise spielen meine Emotionen verrückt, und ich kann nichts daran ändern. Ich komme nicht gut klar damit, mich machtlos zu fühlen. Ich brauche meinen Job, darum dreht sich alles. Aber was ich gerade getan habe, kann dazu führen, dass ich ihn verliere. Dann würde ich wieder in diese schwarze Leere abrutschen. Kein Ziel mehr, nur noch Albträume.

Ich schließe die Augen, hebe das Becken und ziehe mich von Camilles Wärme zurück. Ich ignoriere das Gefühl des Verlusts, das mit jedem Zentimeter, den ich mich von ihr entferne, stärker wird. Ihr schläfrig gemurmelter Protest wäre süße Musik in meinen Ohren, gäbe es da nicht den Aufruhr meiner Gedanken.

Was zur Hölle habe ich getan?

Ich rolle mich auf den Rücken und starre an die Decke. Meine Hände liegen auf meiner Brust, die sich mit jedem Atemzug hebt und senkt. Die Möglichkeit, meine Waffe zu nehmen und mir damit eine Kugel in den Schädel zu jagen, erscheint mir verlockend. Andererseits verspüre ich das Bedürfnis, mich anzuziehen, mir meine Tasche zu schnappen und zu verschwinden.

Aber dann ist sie ungeschützt.

Und wer wird sie vor mir beschützen? Wer wird sie warnen und ihr sagen, dass ich nicht gut für sie bin? Ich weiß genau, wer. Ich. Ich sollte derjenige sein.

Ich drehe mich auf die Seite, als sie sich neben mir bewegt, und ich sehe sie ausgestreckt auf dem Rücken liegen, ihr blondes Haar auf dem Kissen aufgefächert, einen Arm schlaff über dem Kopf angewinkelt. Sie döst, das Gesicht in die Armbeuge geschmiegt. Sie sieht aus wie ein verdammter Engel. Süß, unschuldig und verletzlich.

Mein.

„Scheiße", flüstere ich und stemme mich hoch, ehe ich doch noch meinem Instinkt nachgebe und sie an mich ziehe. Ich sitze auf der Bettkante, meine Ellbogen ruhen auf den Knien, und lasse meinen Kopf in die Handflächen sinken.

„Jake."

Camilles liebliche Stimme klingt verschlafen, aber bei ihrem samtigen Ton erschauere ich nach wie vor. Ich schaue über die Schulter. Diese wundervollen Augen sind halb geöffnet und beobachten mich.

„Schlaf, Cami." Meine Reaktion kommt automatisch, mein Verlangen, sie zu berühren, ebenfalls. Ich drehe mich zu ihr und streiche ein paar goldene Strähnen von ihren zarten Wangen. Sie summt leise und schmiegt das Gesicht an meine Hand. Ihre Augen gehen wieder zu.

Mein Herz zerspringt. Frustriert und gequält widerstehe ich dem heftigen Impuls, mich zu ihr zu legen und sie die ganze Nacht in den Armen zu halten, und stehe auf.

Abstand.

Ich brauche Abstand. So viel, wie überhaupt möglich ist, wenn ich jemanden beschütze. Ich sitze im Sessel am Fenster. Es ist ein kleiner Sessel, eher als Dekoration gedacht, nicht dafür, dass ein großer muskulöser Kerl wie ich es sich darin bequem zu machen versucht. Das ist ohnehin unmöglich. Ich drehe mich hierhin und dorthin, bis ich eine halbwegs bequeme Position gefunden habe. Dazu muss ich allerdings mit dem Hintern auf die Kante rutschen, um mich zurücklehnen zu können. Ich strecke die Beine aus und lege die Füße übereinander. So wird es gehen. Ich habe schon Schlimmeres überstanden.

Ich stütze einen Ellbogen auf die Lehne, bette meinen Kopf auf die Hand und beobachte Camille.

Die ganze Nacht lang.

Und mit jeder Minute, die vergeht, wird mein Bedauern größer.

Ich bin schon immer mit wenig Schlaf ausgekommen, Erschöpfung kannte ich nicht. Deshalb ist das, was ich momentan empfinde, neu für mich. Ich fühle mich ausgelaugt. Komplett erledigt. Außerdem habe ich ziemliche Kopfschmerzen. Alles in allem geht es mir beschissen. Nicht mal mein guter Freund Jack Daniel's schafft mich dermaßen.

Seit sechs Stunden sitze ich hier und beobachte Camille im Schlaf. Es war die erfreulichste und verwirrendste Zeit meines Lebens. Ich habe im Stillen geflucht, öfter, als ich zugeben will. Ach was, ich werde es zugeben! Das macht die Angelegenheit nicht schlimmer, als sie bereits ist.

Und die Angelegenheit ist übel. Ziemlich übel, um genau zu sein. Mein Gewissen rät mir zu verschwinden, bevor sie aufwacht, und darauf zu hoffen, dass sie glaubt, alles sei nur ein Traum gewesen. Ein tief verwurzelter, bisher nicht gekannter besitzergreifender Drang will jedoch, dass ich sie ganz behutsam einhülle und sie für immer behalte.

Dieser innere Konflikt zerrt an mir und macht es mir unmöglich, klar zu urteilen. Ich bin die Namen derer durchgegangen, die mich ersetzen könnten, auf der Suche nach jemandem, dem ich zutraue, den Auftrag zu übernehmen und sie so zu beschützen, wie ich das kann. Tatsächlich kämen wohl einige infrage – alles erfahrene und angesehene Bodyguards. Aber keiner, der so gut ist wie ich, obwohl ich fürchte, dass mein Urteilsvermögen getrübt ist. Ich denke zurück an die vergangenen Tage, vor allem an das Blutbad, das ich gestern auf der Damentoilette angerichtet habe.

Ich bereue nichts. Nein, das stimmt so nicht. Eins bedaure ich schon.

Camilles Gesichtsausdruck, als ich aus meiner blinden Wut wieder auftauchte. Sie hat die Dunkelheit in mir gesehen. Eine Dunkelheit, die ich verbergen muss, ganz besonders vor ihr. Ihr Blick war voller Fragen. Noch immer verspüre ich den Wunsch, meine Last mit ihr zu teilen. Diese Frau lässt mich Dinge wollen, die ich gleichermaßen verachte und liebe. Ich habe mich über sie informiert. Jetzt gehöre ich zu den Idioten, die glauben, sie durchschaut zu haben. Bei solchen Eltern und den Medien, die selbst aus den harmlosesten Begebenheiten Klatsch machen, dazu der Einfluss eines drogensüchtigen Freundes, da glaubt natürlich jeder in London, er wisse über sie Bescheid. Ich hingegen wusste bereits nach wenigen Minuten in ihrer Gesellschaft, dass das, was ich gelesen habe, grob falsch ist. Diejenigen, die sie gut genug kennen, werden wissen, dass das alles ein Haufen Blödsinn ist. Allerdings ist diese Welt voller Zyniker. Sie ist voller Leute, die sich am Unglück anderer weiden.

Sanftes Gemurmel und eine Bewegung lösen sofort Herzklopfen bei mir aus, und ich setze mich gerade auf. Ich vergesse meine sorgenvollen Gedanken und beobachte still, wie Camille ihren nackten Körper auf der Bettdecke streckt.

Mein Schwanz erwacht ebenfalls.

Stöhnend lege ich eine Hand auf meinen Schritt, um ihn irgendwie zu beruhigen. Vergeblich. Die pinkfarbenen Spitzen ihrer vollkommenen Brüste locken mich, und meine Füße zucken auf dem Teppich. Ich sitze steif im Sessel und versuche, mich zusammenzureißen. Das ist schwer. Alles in mir zieht mich zu ihr hin, sagt mir, mein Platz sei neben ihr in diesem Bett, sie in meinen Armen, um sie zu beschützen. Ich werde meinen Intellekt nicht beleidigen und mir einreden, da melde sich nur der professionelle Beschützer. Es ist mehr als das. Ich war tief in ihr und habe sie mit einer Hingabe genommen, von der ich selbst überrascht war.

Mein Bedürfnis, diese Frau zu beschützen, hat nichts mit Pflicht zu tun, sondern mit Instinkt.

Sie öffnet die Augen, und ich betrachte sie, während sie sich zu orientieren versucht. Ich erkenne, dass sie sich mit den Ereignissen des vergangenen Abends befasst. Ich weiß, wann sie an das Abendessen mit ihrer dominanten Mutter denkt. Es bringt mich zum Lächeln, an ihr Lachen zu denken. Ich sehe, wann sie sich an die Szene in der Toilette der Bar erinnert; ihre Augen weiten sich, und sie berührt ihre zarte Wange. Und ich sehe, wann sie sich in Gedanken hier bei mir befindet; sie hält dabei inne, als versuche sie dahinterzukommen, ob es nur ein Traum war oder nicht. Auch ich halte inne, sogar mein Herzschlag verlangsamt sich. Das leise Nach-Luft-Schnappen, das ich als Nächstes von ihr höre, überträgt sich ebenfalls auf mich. Sie setzt sich kerzengerade auf im Bett und sucht hastig den Raum ab.

Hier drüben, Engel.

Ich kann es mir knapp verkneifen, das laut auszusprechen, aber es spielt keine Rolle. Ich muss sie gar nicht rufen.

Sie entdeckt mich sofort, ihre funkelnden blauen Augen richten sich auf mich, ehe sie den Blick senkt und ihren Schoß betrachtet. Sie schüttelt den Kopf, als debattiere sie mit sich selbst. Dann schaut sie mich wieder an. Das Feuer in mir lodert auf.

„Komm zurück ins Bett", flüstert sie, als wäre sie unschlüssig, ob das eine gute Idee ist.

Ich sollte ihr widerstehen – ich habe diese Worte tausendmal gesagt, schon zu vielen Frauen.

Aber diesmal wollen die Worte sich nicht formen.

Ich kann sie nicht aussprechen.

Dabei suche ich wirklich angestrengt.

Ich beobachte, wie Camille auf dem Bett sitzt, ihr Haar ein hinreißendes Durcheinander, das ihr schönes Gesicht umrahmt, die langen Gliedmaßen zitternde Unsicherheit. Ich gebe den Versuch auf, die richtigen Worte für eine Zurückweisung zu finden. Ich will sie nicht mehr finden.

Stattdessen nehme ich die Hand von meinem Schwanz und lasse ihn tun, was ihm verdammt noch mal gefällt. Und er will sich aufrichten, sprunghaft, als weise er mir den Weg. Es entgeht Camille nicht, und ich erkenne sowohl Hoffnung als auch Nervosität in ihrem Blick, der auf meinen Schritt gerichtet ist. Ihre Lippen teilen sich, und ihre glänzende Zunge erscheint. Langsam erhebe ich mich aus dem Sessel und nutze jede Sekunde, die ich brauche, bis ich mich zur vollen Größe aufgerichtet habe, um mein Schicksal zu akzeptieren.

Ich gehe nirgendwohin. Sie ist mein Schicksal.

Ich bin nicht darauf vorbereitet, dagegen anzukämpfen. All meine Zweifel und mein Selbsthass werden gedämpft, als sie mich mit diesen großen Augen ansieht. Ihrem unsicheren, ein wenig ängstlichen und zugleich hoffnungsvollen Blick nach zu urteilen, begehrt sie mich so heftig wie ich sie.

Ich verstehe es vielleicht nicht, doch ignorieren kann ich es auch nicht. Meine Vergangenheit ist nicht die einzige Herausforderung, der ich mich stellen muss, um mit Camille zusammen zu sein. Da ist außerdem ihr Vater, dann die Agentur, ihr Ex. Vor mir türmt sich ein ganzer Haufen Probleme auf, und mit jedem einzelnen muss ich mich befassen. Ich mache mir gar nicht erst vor, dass das einfach werden wird. Aber für sie …

Ich gebe ihrem stillen Bitten nach und gehe mit sicheren, entschlossenen Schritten zu ihr.

Dabei liebkose ich sie mit den Augen und präge mir auf dem Weg zu ihr jeden Zentimeter ihrer makellosen Haut ein. Ich will nicht wahrhaben, dass mein Unterbewusstsein den Grund dafür kennt, dass es das Unausweichliche kommen sieht. Unterbewusst ist mir längst klar, dass ich nicht mehr lange das Privileg genießen werde, Camille leibhaftig zu sehen.

Als ich vor dem Bett stehe, schaut sie zu mir hoch. Unsere Blicke treffen sich, und ich bete im Stillen, dass sie nicht merkt, wie ich zittere. Ich bin insgeheim in Panik wegen des Schadens, den ich ihr zufügen kann, wegen des Hasses, mit dem ich sie anstecken könnte. Wegen der Dunkelheit in mir, die ihr Licht schlucken könnte.

„Ich bin nicht gut für dich, Camille“, warne ich sie. Die Details spielen keine Rolle. Mit denen belaste ich sie jedenfalls nicht mehr, als ich es bereits getan habe. Ich tue das aus

Pflichtbewusstsein – ich warne sie, weil ich das Gefühl habe, ich sollte es tun. Galant vielleicht, allerdings weiß ich nicht, was ich tun werde, falls sie diese Warnung tatsächlich beherzigt.

Statt sich gekränkt zurückzuziehen, wie ich es halbwegs erwartet habe, kommt sie näher, indem sie ihren Po Richtung Bettkante schiebt. Sie greift nach meiner Hand und zieht mich herunter, bis ich vor ihr knie. Ich lasse mich bereitwillig darauf ein. Sie legt die Beine um meine Taille, und beim Druck ihrer Schenkel vergesse ich jede Vernunft. Camille streicht von meinem Bauch bis zu meinen Schultern hinauf, dann drückt sie mich eng an sich, schmiegt ihre Brüste an meine Brust, während sie das Gesicht in meine Halsbeuge bettet. Das Gefühl von Zusammengehörigkeit überlagert meine Panik, und ich werde augenblicklich ruhig, überlasse ihr die Führung. Ich lege die Arme um sie und staune erneut über ihre Kraft und Entschlossenheit. Sie ist so verdammt stark. Ich stehe auf und hebe sie hoch, ihr Gewicht fühlt sich gut an. Ich laufe mit ihr ins Badezimmer und stelle die Dusche an. Ich halte sie fest an meine Brust gedrückt, umfange sie mit meinem Körper und lasse zu, dass Ruhe mich überkommt. Meine Bemühungen, Camille abzuschrecken, sind kläglich. Denn ich will nicht, dass sie geht.

Ich genieße es, wie sie mich umklammert, während das Wasser warm wird, und versuche, alles aus meinem Kopf zu verbannen, bis nur das Gefühl von Erfüllung bleibt, das ich in diesem zärtlichen Moment empfinde. Zärtlichkeit. Noch etwas, was für mich neu und ungewohnt ist. Nachdem ich gestern Abend diesen Dreckskerl fertiggemacht habe, drehte es sich vor allem um Camilles Sicherheit. Natürlich wollte ich sie, aber in erster Linie ging es mir um Hingabe. Ich wollte nicht nur bloß Sex mit ihr haben. Also beendete ich diesen irrsinnigen Kuss und gab meinem Bedürfnis nach Befriedigung nicht einfach nach. Ich wollte es auskosten, wie sie sich durch meine zärtliche Aufmerksamkeit öffnet. Und das tat ich, wobei ich jede Sekunde mehr genoss, als ich es mir hätte gestatten dürfen.

Sobald wir in Dampf gehüllt sind, trage ich Camille in die Dusche und lasse sie hinunter. Sie sinkt auf die Knie, was mich überrascht, und sieht mit sinnlichem Blick zu mir auf. Ich erkenne ihre Absicht, lege den Kopf in den Nacken und mache mich auf das gefasst, was folgen wird.

Sie fasst mich an den Hüften und führt mich zu sich heran. Meine Erektion findet ihren Mund, als verfüge sie über ein Radar.

„Oh Mann!" Ich umfasse ihren Hinterkopf, während meine Beinmuskeln zittern.

Ihre warmen Lippen an meinem pochenden Glied sind mit nichts zu vergleichen, was ich je erlebt habe. Ich lasse den Kopf nach vorn sinken, greife in den blonden Wasserfall ihres Haars. Ich will sie sehen. Ich will sehen, wie sie mich mit ihrem sinnlichen Mund in Ekstase versetzt, also streiche ich ihr die Haare aus dem Gesicht.

Diesen Anblick werde ich nie vergessen. Exquisit. Camille bewegt ihre Lippen in gleichmäßigem Rhythmus auf und ab, langsam und behutsam, die Lider genießerisch geschlossen. Allmählich lässt meine Anspannung nach, sodass ich die Lust, die sie bei mir entfacht, annehmen kann. Mein Plan, sie zurückzuweisen, war ohnehin zum Scheitern verurteilt, ob sie nun die Initiative ergriffen hätte oder nicht. Camille stellt eine einzige große Versuchung für mich dar.

Ich berühre ihre Wangen, und sie stöhnt leise, meine Erektion zwischen ihren Lippen. Neckend drückt sie ihre Zähne in mein Fleisch. Meine Hoden ziehen sich zusammen, und ich kriege weiche Knie. Ich halte ihren Kopf fest und beginne, das Becken im Rhythmus ihrer Bewegungen vor- und zurückzuschieben. „Oh wow." Ich keuche.

Sie seufzt erneut, tiefer diesmal, und ich spüre die Vibrationen an meiner Spitze, die den hinteren Teil ihres Rachens berührt. Dann zieht sie sich zurück, umfasst die Wurzel mit einer Hand, während sie mit ihrer Zunge am Schaft entlangfährt. Fasziniert beobachte ich, wie sie den schimmernden Tropfen an der Eichelspitze ableckt, als wäre es das Herrlichste, was sie je gekostet hat. Sie stöhnt sogar lustvoll dabei.

Obwohl ich diese gekonnten erotischen Spielereien genieße, verspüre ich das Bedürfnis, mehr von ihr zu bekommen. Ich fasse in ihr Haar und schiebe sie sanft zurück. Ich lächle über ihren Schmollmund, als sie mich anschaut. Sie bekommt nicht die Gelegenheit, mich zu fragen, was los ist. Ich könnte es ohnehin nicht erklären. Beinah grob zerre ich sie hoch und dränge sie an die nassen Kacheln. Sie macht ein erschrockenes Gesicht.

„Danke", sage ich, denn ich bin wirklich dankbar für ihre Aufmerksamkeit. Es ist meine Aufgabe, sie auf verschwenderische Weise zu verwöhnen, wie sie es verdient. Ich lege mir einen ihrer Oberschenkel an meine Taille. „Du bist gut, doch nichts kommt dem Gefühl deiner engen Pussy um mich herum gleich."

Ich erkenne Zufriedenheit in ihren Augen, ein Lächeln breitet sich auf ihrem Gesicht aus. Dann hebt sie auch noch das andere Bein und umfängt mich, drückt fest zu und lässt wieder locker, damit ich sie finde. Ich kann mich auf ihrer Haut riechen, ein berauschender Mix aus meinem sauberen Schweiß und ihrer Blumennote, eine aufregende Mischung.

Ich dringe ein klein wenig in sie ein, weite die anfängliche Enge. Es raubt mir den Atem. Ihre Lippen, feucht und einladend, ziehen mich magisch an, und ich küsse sie, während ich tief in sie stoße. Ihre Wärme und Weichheit umfangen mich. Es fühlt sich gut und richtig an. Diese Erfüllung. Dieser Trost. Diese innere Ruhe. Ich erkenne, dass ich zu viele Stunden damit zugebracht habe, mich wegen etwas zu quälen, was sich so unfassbar natürlich anfühlt. Es kann unmöglich falsch sein. Ich vergeude nicht länger Zeit damit, aus dem Ganzen schlau zu werden, geschweige denn mit dem Versuch, es zu beenden.

Mein. Nicht einmal *ich* werde mir das vorenthalten.

16. Kapitel

Cami

Er ist behutsam und sanft mit mir, genau wie zuvor, obwohl er mich jetzt gegen die Wand drückt. Meine Erleichterung verdoppelt meine Lust. Er mag sich selbst vielleicht etwas vormachen können, aber nicht mir. Jedes einzelne Wort, das er letzte Nacht an mich gerichtet hat, ist in mein Gedächtnis eingebrannt. Das lässt sich durch vorgespielte Entschlossenheit oder Professionalität nicht mehr löschen. Er kann mich ja nicht einmal halbherzig vor sich warnen. Ich bin nicht dumm, und das weiß er. Er kennt mich. Mich, nicht die Person, wie sie in den Medien dargestellt wird.

Er sieht mich, wie ich wirklich bin.

Ich habe nicht die Absicht, ihn das vergessen zu lassen.

Sein Rücken ist nass und fühlt sich wundervoll an unter meinen Handflächen. Meine Lippen bewegen sich in vollkommenem Einklang mit seinen, unsere Zungen umkreisen einander, unser Stöhnen vermischt sich. Seine Stöße kommen präzise und schieben mich jedes Mal ein wenig an der gekachelten Wand hoch. Ich lasse meine Hände über seine nasse Haut gleiten, in sein feuchtes Haar und greife fest zu, um seine Lippen härter auf meinen zu spüren.

Seine Erektion fühlt sich an wie weicher Samt, während er in mich taucht und wieder hinausgleitet. Jedes tiefe Eindringen bringt mich dem Orgasmus näher. Bei jedem Rückzug keuche ich verzweifelt auf. Diese Zärtlichkeit ist für einen so großen, bedrohlich wirkenden Mann so faszinierend, dass ich ihn noch mehr begehre.

Ich bin völlig überwältigt von ihm.

Er beißt mir sacht in die Unterlippe und weicht zurück, zieht meine Lippe durch die Zähne, wobei er mich ansieht, in seinen Augen ein Ausdruck von Erstaunen.

„Du fühlst dich unglaublich an." Er legt seine Hände unter meine Oberschenkel und hebt mich ruckartig an, sodass unsere Verbindung noch tiefer wird.

Ich stöhne laut, denn er füllt mich aus wie kein Mann je zuvor.

Er lächelt, offenbar gefällt ihm seine Wirkung auf mich.

„Hast du das gespürt?" Seine Stimme klingt rau.

Ich nicke und atme schwer, bin benommen von Lust und Schmerz.

„Gut."

Er krallt die Finger in meine Schenkel und trifft mich mit einem neuen wohldosierten Stoß seines mächtigen Körpers.

Diesmal schreie ich.

„Du bist mein, Camille Logan!"

Er nimmt seine Hände fort und stemmt sie gegen die Wand zu beiden Seiten meiner Oberarme. *Bang*.

„Kannst du das akzeptieren?"

Ich gebe erneut einen Schrei von mir. Will er wirklich, dass ich darauf antworte? Wie soll ich denn denken, wenn er mir solch dekadente Lust bereitet? Das ist nicht fair! „Jake!" Ich werfe den Kopf hin und her, während er mich weiter mit kraftvollen Stößen straft.

Er ist jetzt längst nicht mehr so sanft. Im Gegenteil, aber als ich ihn anschaue, erkenne ich Zärtlichkeit in seinen dunklen Augen. Sein Instinkt, mich hart zu nehmen, entspringt einer verzweifelten Hoffnung. Er steigert sich hinein, und mir wird klar, dass es leicht ist, ihm zu bestätigen, was er hören möchte. „Ja, das kann ich akzeptieren“, bringe ich keuchend hervor, umfasse seine Wangen und bin glücklich über den erleichterten Ausdruck auf seinem stoppelbärtigen Gesicht.

Sofort verringert er das Tempo, was mir verrät, dass diese kurze Rücksichtslosigkeit aus Furcht entstanden ist, die er nicht kontrollieren konnte. Die Furcht, ich könnte Nein sagen. Ich beherrsche einen Teil seiner komplizierten Gedanken und will auch den Rest beherrschen. Ich will ihn in- und auswendig kennen. So, wie ich weiß, dass er mich kennt. Er weiß nun alles, sogar von der Misshandlung durch Sebastian. Es gibt einen ganz simplen Grund dafür, weshalb ich das stets für mich behalten habe. Manche Menschen betrachten es als Schwäche, wenn eine Frau das offen bekennt. Andere wären unerträglich mitfühlend. Ich brauche beides nicht. Jake weiß das. Er kennt mich.

Wir bewegen uns inzwischen in einem gleichmäßigen Rhythmus, und jetzt, nachdem wir geklärt haben, wo wir stehen, nähern wir uns unaufhaltsam einem Orgasmus, von dem ich weiß, dass er uns umhauen wird.

Jake schmiegt sein Gesicht an meinen Hals, während ich den Kopf in den Nacken werfe und mich meinem Höhepunkt überlasse. Er dringt wieder und wieder lustvoll in mich ein und lässt dabei sein Becken kreisen.

„Oh Gott!“ Die Gefühlsexplosion kommt schnell und heftig und verwandelt meine Welt mit ihrer Intensität in einen Nebel aus Glückseligkeit. „Oh! Oh! Oh mein Gott!“ Ich bohre Jake meine Fingernägel in die Schultern, und er stöhnt heiser, das Gesicht an meinen Hals gepresst, wobei er sich rhythmisch aufbäumt.

Ich spüre den genauen Moment, in dem auch er zum Höhepunkt gelangt, und nicht nur, weil er sich in mir verströmt.

Seine Knie geben nach, sodass wir auf den Boden der Dusche sinken, wo Jake sich auf den Rücken rollt und mich dabei auf sich zieht. Seine Atmung ist gepresst und laut.

„Wow, verdammt." Er lässt mich los, wirft die Hände über den Kopf und ballt sie zu Fäusten, während ich mich dem Auf und Ab seines Körpers hingebe.

Ja, ich bin geneigt, ihm zuzustimmen.

Die Welt ist aus ihrer Umdrehungsachse geflogen und driftet ins Unbekannte.

Ich erwache in Stille und Dunkelheit in meinem Bett. Jake hält mich in den Armen, ich liege auf seiner Brust. Es muss schon mitten am Tag sein, doch die zugezogenen Vorhänge halten das Licht fern. Ich fühle mich so zufrieden. So friedvoll. Als wäre ein unsichtbares Gewicht von meinen Schultern genommen worden. Ich sehe in sein ruhiges Gesicht und lächle. Dann löse ich mich langsam von ihm und lächle noch breiter, als er die Augen öffnet und die Stirn runzelt.

„Ich muss einen Anruf machen", erkläre ich ihm. „Meine Agentin hat Details für mich wegen einer neuen Kampagne, die ich repräsentiere, außerdem wegen eines Fotoshootings morgen."

„Beeil dich", murmelt er, lässt mich los und dreht sich auf den Bauch.

Ich beabsichtige auch, schnell zu sein. Rasch ziehe ich ein T-Shirt an, finde mein Telefon, bemerke ein paar entgangene Anrufe von Heather und rufe meine Agentin an. Ich lausche den Einzelheiten, die sie mir schildert, und einigen Änderungen für mein Portfolio, die sie auflistet. Ich höre mir das alles an, bin in Gedanken jedoch im Schlafzimmer bei Jake und durchlebe erneut jede einzelne Sekunde der vergangenen Nacht und dieses Morgens. Ich kann es kaum erwarten, zu ihm zurückzukommen.

Nachdem ich aufgelegt habe, will ich zu ihm gehen, aber das Telefon in meiner Hand vibriert, und für einen Moment befürchte ich, mein Vater könnte das über mich und Jake schon irgendwie herausgefunden haben. Ich muss lachen, denn wie sollte er das wohl wissen?

Ich lese Heathers Namen auf dem Display und melde mich. „Hey."

„Ach du Schande, Camille!"

Ich ziehe mich in die Küche zurück und hieve meinen Hintern auf die Arbeitsfläche. „Was ist denn?", erkundige ich mich gelassen. Nennen Sie mich eine schreckliche Freundin, doch ich kann ihr nicht erzählen, was passiert ist. Ich will nicht, dass jemand davon erfährt. Natürlich vertraue ich ihr, aber … die Sache ist eben kompliziert.

„Ist das dein Ernst? Ich habe dein Gesicht gestern Abend gesehen, als er dich rausgeschleppt hat. Und ich habe seins gesehen!"

„Er hat nur seinen Job gemacht, Heather."

„Ach, Unsinn." Sie klingt ehrlich verärgert.

Ich kann es ihr nicht verübeln, nur treibt mein Schuldgefühl mich nicht dazu, zu bestätigen, was sie zu wissen glaubt.

„Wo ist Jake?"

„An seinem Laptop." Ich lüge, um die Tatsache nicht zu erwähnen, dass er im Bett liegt. In meinem Bett. In dem ich ebenfalls wieder zu liegen vorhabe, sobald Heather ihr Verhör beendet und aufgelegt hat.

„Na klar." Sie seufzt. „Ich merke schon, hier komme ich nicht weiter."

„Da ist auch gar nichts."

„Sebas…"

„Bitte nicht. Ich will nicht wieder über den sprechen."

Sie schweigt für ein paar Sekunden, ehe sie müde ausatmet. „Ich wollte dir nur sagen, dass ich froh bin, dass Jake da war.“

„Ich auch“, versichere ich ihr.

„Was hast du vor?“

„An meinem Portfolio arbeiten.“

„Willst du Hilfe?“

Mein schlechtes Gewissen nimmt zu, und ich schaue unwillkürlich zur Schlafzimmertür. „Ich komme zurecht, danke. Ich rufe dich morgen an, ja?“

„Okay.“ Heather gibt mit einem demonstrativen Seufzer nach, dann legt sie auf.

Ich verschwende keine Zeit mit Selbstvorwürfen wegen meiner Lügen, sondern eile zurück in mein Zimmer. Ich steige ins Bett und lächle, als Jake nach mir greift und mich an sich zieht. Er schmiegt sich von hinten wundervoll an mich.

„Wir bleiben bis morgen hier“, flüstert er mir verschlafen ins Ohr.

Meine Antwort ist ein Seufzen, und ich schmiege mich eng an seine warme Brust.

Der nächste Tag kommt zu schnell. Der Regisseur des Fotoshootings ist nicht begeistert davon, dass ich mit einer Prellung im Gesicht im Studio auftauche. In Jakes Augen liegt jedes Mal ein gefährliches Flackern, sobald er zu mir sieht. Am liebsten hätte ich diese Erinnerung an den schrecklichen Vorfall bedeckt. Aber immer, wenn ich die Hand auf meine Wange legte, hat er sie weggenommen und die Stelle geküsst.

Heather rief gestern Abend noch mal an, um zu hören, wie es mir geht. Jake lag nach wie vor in meinem Bett. Sie flocht in die Unterhaltung ein, dass Seb sich weigerte, ins Krankenhaus gebracht zu werden, und ich weiß auch, warum. Sollten seine Eltern oder Kollegen von seiner Gewohnheit erfahren, wird er schneller wieder in die Entzugsklinik verfrachtet, als Jake seine Waffe ziehen kann. Und das ist verdammt schnell. Ich habe es selbst einmal gesehen, und das möchte ich nicht noch mal. Er sieht klasse genug aus, auch ohne geladene Waffe in der Hand.

Ich grinse bei der Erinnerung daran, wie Jake gestern für den Rest des Tages die Hände nicht mehr von mir lassen konnte. Er meinte es ernst mit dem, was er gesagt hat. Wir verließen das Bett den ganzen Tag nicht. Als wir heute Morgen aus meiner Wohnung gingen, verhielt er sich jedoch emotionslos und professionell. Beinah hart und kalt. Seine Gereiztheit war spürbar, seine Blicke waren wachsam und nahmen jedes Detail unserer Umgebung auf. Ich hege keinerlei Zweifel daran, dass es damit zu tun hat, dass inzwischen drei Tage seit dem Auftauchen des Drohbriefs vergangen sind. Er ist superwachsam.

Ich lasse meine Tasche auf den Boden fallen und halte still, während Lawrence, der Regisseur, sich meiner geprellten Wange widmet, wobei er eine abfällige Miene macht und leise vor sich hin murmelt. Er erkundigt sich nicht, woher ich das Ding habe oder ob ich okay bin. Seine einzige Sorge besteht darin, wie er das Licht arrangiert und wie ich diese Seite meines Gesichts am besten von der Kamera wegdrehe. Ich nehme mal an, das Schminken wird heute Morgen deutlich länger dauern.

„Wenn es nicht anders geht, wird es hinterher eben herausretuschiert", verkündet er und schnippt mit den Fingern.

Eine junge Brünette eilt mit einer Palette Grundierungen und einem Pinsel herbei.

„Ehrlich, Camille", sagt er tadelnd und macht der Maskenbildnerin Platz. „Dieses Shooting steht seit Wochen fest, und du lässt dich so ramponieren."

Ich verdrehe die Augen und sehe zu Jake, der Lawrence von der Tür aus finstere Blicke zuwirft. Er sieht nicht glücklich aus, und als er herüberkommt, befürchte ich schon das Schlimmste. Lawrence mustert Jake misstrauisch, Jake nimmt es hin und bleibt bei uns stehen. Ich sehe ihn an, während die Maskenbildnerin mit einem Pinsel Concealer aufträgt.

„Alles in Ordnung?", erkundige ich mich, denn ich spüre seine steigende Anspannung.

Jake brummt nur und starrt den Regisseur feindselig an, bis der zurückweicht und seiner Crew Befehle zuruft.

„Arsch", stößt Jake hervor und wendet sich wieder an mich. Sofort wird seine Miene sanfter, und er beobachtet, wie ich mit dem Pinsel bearbeitet werde.

„So schlimm ist es gar nicht", meint die Maskenbildnerin und begutachtet ihr Werk. „Komm mit in die Maske, damit ich ein bisschen zaubern kann."

„Danke." Ich lächle. „Ich bin gleich da."

Sie geht, und ich berühre erneut meine Wange, wobei Jakes Augen sich verdunkeln. Er macht das, was er jedes Mal gemacht hat, sobald ich versucht habe, die Prellung zu verbergen. Er nimmt meine Hand, hält dann jedoch inne, da er sich anscheinend darauf besinnt, dass wir uns in der Öffentlichkeit befinden, und weicht zurück.

„Wofür ist das Shooting?", fragt er.

„Parfümwerbung." Ich zeige in die Ecke, wo lauter weiße Leinwände aufgestellt sind. „Dezenter Duft einer neuen Designerin, der ihre Kollektion ergänzen soll. Die Motive spiegeln das wider. Minimal und schlicht. Silber auf Weiß." Ich registriere, dass er mir aufmerksam zuhört.

„Minimal? Was bedeutet das?"

Ich lache und hebe meine Tasche auf. „Das bedeutet, ich werde nicht viel anhaben."

Seine Miene verhärtet sich. „Wie viel ist nicht viel?"

„Ein Slip."

Besorgt deutet er auf meine Brust. „Und da?"

„Nichts." Sein offenkundiges Entsetzen bereitet mir enormes Vergnügen. Es spielt gar keine Rolle, dass die Kameraeinstellungen lediglich die Illusion erzeugen, ich sei nackt, ohne wirklich etwas von mir zu zeigen. Jake weiß das jedoch nicht, und ich genieße es, ihn ein bisschen aufzuziehen.

„Nichts?", wiederholt er und schaut sich schnell um, ob jemand in der Nähe ist, doch alle sind mit Vorbereitungen beschäftigt. „Cami." Er senkt den Kopf ein wenig, um zu flüstern: „Du hast nie nackt gemodelt, und ich bin mir nicht sicher, ob das ein Schritt ist, der sich für deine Karriere auszahlt. Das Designerzeug, das ist dein Ding. Gib das nicht auf."

Ich lasse mir nicht anmerken, wie sehr mich das amüsiert, es ist allerdings schwierig. Er versucht, diplomatisch zu sein, obwohl er mir eigentlich deutlich zu verstehen geben will, dass er nichts davon hält, wenn ich der Welt meine Brüste zeige. Dass er so besitzergreifend ist, gefällt mir. „Ich werde mich auch weiterhin auf das *Designerzeug* konzentrieren", versichere ich ihm. „Aber dies ist eine große Kampagne mit massiver Unterstützung durch Investoren. Glaub mir, es wird sich für meine Karriere auszahlen."

Er blickt finster, das sieht hinreißend aus. Dann richtet er sich zur vollen Größe auf und überlegt anscheinend, was er darauf erwidern soll.

„Ich kann nicht tatenlos hier herumsitzen und zusehen, wie du nackt bist. Das macht mich wahnsinnig."

Er geht an mir vorbei, und ich muss grinsen, als er sich diskret in den Schritt greift, wobei er irgendetwas vor sich hin murmelt.

„Camille!"

Die vertraute Stimme lenkt meine Aufmerksamkeit von meinem grübelnden Bodyguard zum Eingang der Garderobe auf der anderen Seite des Studios.

„Shaun!“ Ich renne zu ihm und umarme ihn. Er und ich sind dieselbe Anzahl an Jahren in diesem Geschäft und wurden beide etwa zur selben Zeit von derselben Agentur unter Vertrag genommen. Er ist eine Augenweide – groß, dunkelhaarig und attraktiv, sein Gesicht ziert ein einzelnes Wangengrübchen, das sein Markenzeichen ist. Die Frauen liegen ihm zu Füßen, aber er ist glücklich verlobt mit Cynthia, der TV-Moderatorin einer Morgenshow. Ihm ist tatsächlich gar nicht bewusst, wie viel Aufmerksamkeit er auf sich zieht. Er ist bescheiden und nett, und ich liebe ihn.

„Wie geht es dir?“ Ich lege die Arme um ihn, völlig unbeeindruckt davon, dass er bloß eine knappe silberne Badehose trägt.

Er lacht und drückt mich. „Großartig.“ Er lässt mich los, hält mich auf Armeslänge von sich und macht ein besorgtes Gesicht, als er die Prellung auf meiner Wange entdeckt.

„Was ist denn da passiert?“

„Ach nichts.“ Ich tue seine Frage ab und ignoriere seine neugierige Miene. „Hübsche Badehose!“ Ich betrachte den langweiligen silbernen Fetzen, der seine Männlichkeit bedeckt.

Er lacht. „Werd mal bloß nicht zu frech. Deine ist knapper.“

Ich kichere und boxe ihn gegen die Oberarme. Dabei bemerke ich, wie er interessiert an mir vorbeischaut.

„Ich habe gehört, du hast dir einen Bodyguard zugelegt“, sagt er. „Und was für einen!“

Ich werfe ihm einen müden Blick zu, ehe ich über die Schulter schaue. Jake hat das Studio nicht verlassen, sondern behält mich von der anderen Seite aus genau im Auge. Er wirkt professionell und äußerst wachsam. „Da stimme ich dir voll zu.“

„Ich bin zwar total hetero, Camille, aber bei dem könnte ich schwach werden."

„Shaun!" Entsetzt boxe ich ihn erneut. „Hör auf damit, und erzähl mir lieber, wie es Cynthia geht."

„Toll, wie immer. Sie war sauer, dass sie arbeiten muss und dir nicht Hallo sagen kann."

„Wir müssen uns bald treffen." Ich bemerke, dass die Maskenbildnerin auf der Suche nach mir den Kopf zur Tür hereinsteckt. „Hey, ich werde verlangt." Ich küsse Shaun auf die Wange. „Wir sehen uns am Set."

„Ja, bis gleich."

Ich gehe zur Garderobe. Allerdings komme ich nur drei Schritte weit, ehe mir der Weg blockiert wird. Jake steht mit besorgter Miene vor mir. „Ist alles gut?", erkundige ich mich, denn mir gefällt die Anspannung nicht, die er ausstrahlt. Er sieht nervös aus.

„Wer war das?"

Ich runzle die Stirn. „Shaun?"

„Ist das sein Name? Die Tunte im glitzernden Slip?"

„Du meinst die silberne Badehose?"

Er winkt gleichgültig ab. „Was auch immer. Wer ist das?"

„Er ist Model. Wir machen das Shooting zusammen." Ich sehe meine Maskenbildnerin erneut auftauchen und auf ihre Armbanduhr tippen. „Ich muss mich fertig machen." Ich will an ihm vorbei, doch er versperrt mir den Weg.

„Camille."

Jake kommt näher, um unauffällig mit mir zu flüstern. Aber er ist ein knapp zwei Meter großer finster dreinblickender Bodyguard. Unauffällig geht bei ihm nicht.

„Du hast mir gerade erzählt, dass du bei diesem Shooting kaum etwas anhaben wirst, und jetzt sagst du mir, dass Mr. Glitzerhöschen sich dabei an dich ranwirft?"

Ich presse die Lippen zusammen und überlege, wie ich seine Besorgnis zerstreuen kann. Nur befürchte ich, dass es da nichts gibt, und falls doch, dass ihn das nicht lange beruhigen wird. Höchstens, bis wir mit dem Shooting begonnen haben und Lawrence mir und Shaun Anweisungen für einige interessante Posen gibt. „Es ist Arbeit“, erkläre ich ruhig.

„Es wird eine verdammte Tortur werden für mich.“

Er zieht scharf die Luft ein, als wappne er sich bereits.

Ich betrachte ihn einen Moment. Mir ist klar, dass Shauns Anwesenheit am Set nicht der einzige Grund für Jakes Anspannung ist. Er ist schon den ganzen Morgen gereizt. „Du bist unruhig heute.“

„Ist das ein Wunder?“ Er deutet mit dem Kopf zu Shauns Garderobe.

Jake versucht, das eigentliche Problem nicht anzusprechen, das weit mehr Aufmerksamkeit erfordert als mein halb nackter Kollege und Freund.

„Es ist Tag drei.“ Ich beiße mir nervös auf die Unterlippe, doch als Jake nicht auf diese Bemerkung eingeht, seufze ich. „Du solltest draußen auf mich warten.“

„Ich warte lieber hier drinnen“, sagt er brummig und tritt zur Seite, um mich vorbeizulassen. „Viel Spaß.“

In seinen Worten klingt keinerlei Aufrichtigkeit mit, und er schaut mit finsterer Miene zu Shauns Garderobe. Ich gehe vorsichtig und ein wenig besorgt an ihm vorbei.

Das wird schrecklich.

17. Kapitel

Jake

Jetzt ist es offiziell. Ich ticke nicht mehr ganz richtig. So muss es sein. Warum sonst würde ich mir das hier antun? Ich sitze auf einer schwarzen Ledercouch in diesem Studio und rühre mich nicht von der Stelle. Für nichts und niemanden. Nicht mal zur Toilette gehe ich. Wenn es sein müsste, würde ich mir in die Hose pinkeln. Apropos Hose, ich habe noch nie etwas so Affiges gesehen. Eine silberne Badehose? Der Typ hat vielleicht deutlicher ausgebildete Muskeln als ich, aber in diesem glitzernden Slip? Was für ein Idiot! Ich versuche wirklich, mich zu entspannen. Ich bin nicht nur wegen Mr. Glitzerhöschen gereizt, obwohl der natürlich nicht unerheblich zu meiner schlechten Laune beiträgt. Es ist Tag drei. Die sprichwörtliche tickende Zeitbombe kann jeden Moment hochgehen, diese nach wie vor unbekannte Gefahr macht mich nervös. Alles und jeder weckt mein Misstrauen. Ich hätte Camille den ganzen Tag im Bett behalten sollen.

Sie kommt gerade aus der Garderobe, in einen locker zugebundenen dünnen weißen Bademantel gehüllt, gefolgt von einer Frau, die ihr die Haare mit irgendetwas aus einer Dose einsprüht. Ich setze mich auf, und meine Erektion erwacht zum Leben.

Oh … Gott.

Ihr Haar ist nass und zurückgebürstet, sodass jedes Stückchen ihrer vollkommen makellosen Gesichtshaut sichtbar ist. Feuchte blonde Locken fallen ihr bis auf die Schultern, sie wirkt gar nicht stark geschminkt. Es muss jedoch reichlich Make-up verwendet worden sein, da sie sehr lange in der Garderobe war und von der Prellung an der Wange nichts mehr zu sehen ist. Ihre Wangenknochen wirken markanter, die Augen blauer, die Lippen voller. Sie sieht absolut göttlich aus.

Ich schlage die Beine aus taktischen Gründen übereinander und registriere, wie sie mir einen Blick zuwirft. Ihre Augen stechen unheimlich hervor, das Topasblau ist die einzige Farbe in ihrem Gesicht. Dies ist ein Riesenfehler, und das bestätigt sich, als jemand ihr den Bademantel von hinten auszieht, um ihren ganzen Körper mit irgendetwas einzusprühen. Ich huste und wende mich ab, denn mir bricht der Schweiß aus. Verdammt, es ist heiß hier drin. Nackt. Sie ist praktisch nackt, und obwohl ich wusste, dass sie es sein würde, und glaubte, darauf vorbereitet zu sein, sieht die Realität doch anders aus. Ich bin so wenig gewappnet wie an dem Tag, als ich Logans Büro betrat.

Sie haut mich immer wieder um.

Ich sehe sie nur ganz kurz nackt, ehe ich wegschaue, aber dieser Moment reicht, um das Bild in mein Gedächtnis einzubrennen und es vor meinem geistigen Auge herumtanzen zu lassen. Ihre Haut sieht glatt und glänzend aus, der winzige silberne Bikini-String bedeckt nur ihre intimste Region. Der Ort, an dem ich mich für ewig verlieren könnte. *Mein* spezieller Ort. Ich stöhne leise, während ich verzweifelt nach etwas suche, womit ich mich ablenken könnte. Es gibt keine von diesen ärgerlichen Frauenzeitschriften, nicht mal eine verfluchte Zeitung. Ich sollte verschwinden, bevor ich mich blamiere, aber gerade, als ich diese äußerst vernünftige Entscheidung treffe und mich schon von der Couch erhebe, taucht diese Schwuchtel in ihrer silbernen Badehose am Set auf. Ich erstarre in meiner halb aufgerichteten Position.

Ach du Scheiße!

Ich gehe nirgendwohin. Ich lockere meine angespannten Muskeln, lasse meinen Hintern wieder aufs Sofa fallen und schaue zu, wie sich alle zu einem Kreis versammeln. Der ignorante Idiot, der Camille bei unserer Ankunft begrüßte, sieht aus, als würde er hier ein Ballett aufführen. Er wedelt wild mit den Armen, während die anderen nicken. Dann legt jemand Camille einen Bademantel um die Schultern. Alle reden, und ich bin ein bisschen erleichtert. Ihr könnte kalt werden.

Mein Mädchen lauscht konzentriert, als sie vom Regisseur beiseitegenommen wird, nickend und lächelnd, und nachdem allen klar zu sein scheint, wie es läuft, gehen sie auseinander und verteilen sich im Raum. Ich beobachte das Ganze weiter, beunruhigt vom Durcheinander. Es kommt mir vor wie das organisierte Chaos. Dann betritt Camille das weiße Tuch, das den Boden und zwei Wände bedeckt, helle Scheinwerfer sind auf sie gerichtet, lassen sie geradezu leuchten. Sie steht völlig reglos da, während Leute an ihr herumzupfen und laut Anweisungen gebrüllt werden. Ich stelle mich innerlich darauf ein, ihren nackten Anblick gleich wieder aushalten zu müssen. Müssen? Das stimmt nicht ganz. Ich könnte einfach hinausgehen, nur hindert mich der Höhlenmensch in mir daran, denn der will sich am liebsten mit der Keule auf den Idioten in der Glitzerbadehose stürzen.

Ich schlucke, als ihr erneut der Bademantel abgenommen wird, und lege einen Arm auf die Sofalehne, stütze das Kinn in die Hand. Genieß es, sage ich mir. Genieße es, ihr dabei zuzusehen, wie sie etwas mit Leidenschaft tut, das sie liebt.

Diesen Ausdruck kenne ich aus eigener Erfahrung. Dieses Funkeln und diesen Glanz in ihren Augen konnte ich sehen, als ich tief in ihr war. Feuer und Leidenschaft. Verzehrend.

Ich schwelge in meinen Tagträumen, starr vor Staunen und Ehrfurcht.

Dann taucht *er* auf, glänzend wie ein verdammter Gott, und reißt mich aus meinen glücklichen Sekunden. Der Drang, zu ihm zu gehen und ihn von diesem Ort zu entfernen, überwältigt mich fast. Ich atme gepresst ein und bringe mich zur Vernunft. Sie arbeitet. Es ist nur ein Job. Ich halte das aus. Bin beherrscht und ruhig.

Mit zusammengekniffenen Augen beobachte ich, wie der Typ in der Glitzerbadehose um Camille herumgeht und sich hinter sie stellt. Nah. Zu nah, für meinen Geschmack. Er lacht, sie lacht. Das gesamte verdammte Studio lacht.

Bis auf mich. Hier ist nichts lustig. Mir wird schon wieder heiß.

Seine Hände; sie tauchen auf, und ich frage mich, wohin sie wohl unterwegs sind.

Bitte nicht. Wage es bloß nicht, sie anzufassen.

Sie umfassen ihre Brüste.

Oh Shit!

Ich springe vom Sofa auf und bleibe mit dem Fuß am Couchtisch hängen, sodass ich praktisch aus der Sitzecke hinausstolpere. „Bastard!“, rufe ich und finde mein Gleichgewicht gerade noch wieder, fast wäre ich gestürzt. Ich schwinge herum und erkenne, dass meine kleine Vorstellung nicht unbemerkt geblieben ist. Alle schauen mich an – Camille geschockt, während Mr. Glitzerhöschen nach wie vor die Hände auf *meinen* Brüsten hat.

Ich wende mich ab, sonst muss ich zu ihm gehen und seine dreckigen Pfoten wegreißen. „Verzeihung“, murmele ich zurückweichend und mit dem Handy wedelnd. „Anruf." Ich drehe mich um … und kollidiere erneut schmerzhaft mit dem Couchtisch. Ich fluche, beiße die Zähne zusammen und verschwinde nach draußen. Ich kann mich knapp beherrschen, nicht zu rennen.

Seine Hände auf ihren Titten! Ich knalle die Tür hinter mir zu und schlage meine Stirn auf die nächstbeste ebene Fläche, die ich finde. Das war absolut unangebracht, und damit meine ich nicht mein sonderbares Verhalten. Was zum Geier? Ich lasse mich gegen die Wand sinken und kämpfe mit den Bildern von einem anderen Mann, der Cami anfasst. So viel zu meinem Vorsatz, professionell zu bleiben.

Klasse gemacht, Jake. Mein Handy klingelt, und ich muss lachen. „Eine Minute zu spät, Lucinda", sage ich zur Begrüßung. „Was gibt es?"

„Nichts", antwortet sie rundheraus und sachlich wie immer. „Ehrlich, ich bin aufgeschmissen. Ich habe eben mit Logan gesprochen. Er wird dich wahrscheinlich abziehen."

„Was?" Die Dreitagewarnung ist alles, was ich sehe. Heute ist Tag drei. Er zieht mich an Tag drei ab? Das kann nicht sein Ernst sein! „Er verbirgt irgendetwas, Luce."

„Das wissen wir nicht. Wenn er dich entlassen will, können wir nichts dagegen tun."

Sie seufzt, und ich starre ungläubig mein Telefon an.

„Ich habe ohnehin einen anderen Auftrag für dich. Nicht so gut bezahlt, aber auch nicht schlecht."

Ich betrachte benommen die weiße Wand vor mir. Mich von diesem Job abziehen? Wir können nichts tun? Ein anderer Auftrag? „Wer ist es?"

„Ein griechischer Diplomat. Hat ein bisschen Ärger wegen Geldwäsche."

Griechisch. Griechenland. Ausland? Mein Mut sinkt endgültig. Keine Camille mehr.

„In Anbetracht des Zustands der griechischen Wirtschaft scheinen Todesdrohungen angemessen zu sein." Lucinda redet weiter, während ich nach wie vor die kahle Wand anstarre. „Ich glaube, ein Jahr in der Sonne wird dir guttun."

Ein Jahr? Ich sperre mich innerlich dagegen. Mir dreht sich der Kopf. Ich schaue mich zu der Tür um, durch die ich gerade hinausgestolpert bin. Meine Atmung beschleunigt sich, die Atemzüge kommen kurz und schnell, panisch.

„Jake?", fragt Lucinda. „Bist du noch dran?"

Camilles liebliches Lachen dringt an mein Ohr und verstärkt meine Panik. Sie zu verlassen kommt nicht infrage. Ich weigere mich. „Ich verzichte", sage ich und rechne mit einem Schwall an Kraftausdrücken.

Aber die kommen nicht. Stattdessen nur: „Darf ich fragen, warum?"

„Nein." Ich lege auf, denn ich bin weder darauf vorbereitet noch willens, irgendetwas zu erklären. Allerdings zwingt mich diese Nachricht, ernsthaft zu überlegen, wie es jetzt weitergeht.

Es ist absolut notwendig, Camille zu schützen. Ihr Exfreund ist eine sehr reale Bedrohung, und ich habe nach wie vor keine Ahnung, was mit ihrem Vater los ist. Ich kann nicht zulassen, dass sie ungeschützt ist. Ich darf auf keinen Fall zulassen, dass ihr bösartiger Exfreund sie erneut in die Klauen bekommt. Bei dieser Vorstellung bricht mir der Schweiß aus. Bei der Vorstellung, sie zu verlassen, auch. Hier geht es nicht allein darum, mich in Arbeit zu stürzen, damit meine Selbstverachtung nicht über mich hereinstürzt. Bei diesem Auftrag geht es nicht um eine Aufgabe oder darum, meinen Ruf als der Beste zu bestätigen.

Dieser Auftrag war vom ersten Tag an anders, und der Grund dafür steht nackt auf der anderen Seite der Tür, wo ein anderer Mann ihre Brüste umfasst. Und was meinen Ruf angeht, tja, der ging eben den Bach runter, als ich wie der letzte Tollpatsch aus dem Studio gewankt bin. Doch all das spielt keine Rolle. Was zählt, ist allein Camille. Sie und welche Gefühle sie bei mir weckt.

Zum ersten Mal seit Jahren habe ich ein persönliches Ziel. Ich will hier sein und sei es nur, um sie jeden Tag ansehen zu können.

Ich lasse mich in einen in der Nähe stehenden Sessel fallen und starre zur Tür. Hier geht es auch nicht allein darum, dass sie mich braucht. Vielmehr ist es umgekehrt, ich brauche sie. Sie ist jung, willensstark, entschlossen und mutig.

Ich bin verrückt nach ihr. Ich muss sie behalten. Ich muss sie beschützen.

Es sind die längsten Stunden meines verfluchten Lebens, in denen ich auf das Ende des Shootings warte. Doch eigenartigerweise hat meine Qual nichts mit dem zu tun, weshalb ich ursprünglich vor dieser Tür gelandet bin. Inzwischen denke ich fieberhaft darüber nach, wie ich die momentane Situation angehe.

Camille taucht auf, ihre Haare sind noch nass, jetzt aber oben auf ihrem Kopf zu einem nachlässigen Knoten zusammengebunden. Geschminkt ist sie auch, und zum Glück trägt sie wieder ihre weite Hose und das zu weite T-Shirt. Die Tatsache, dass sie unbedingt Kleidung tragen will, die ihr viel zu groß ist, steigert meine Bewunderung für sie. Sie hat einen nahezu vollkommenen Körper, stellt ihn jedoch nicht zur Schau. Sie zieht die Tür hinter sich zu und wirkt angespannt. Ich brauche einen Moment, um mich zu sammeln. Das letzte Mal, als sie mich sah, stolperte ich gerade über meine eigenen Füße.

„Lief es gut?“, erkundige ich mich und nehme ihr die Tasche ab.

Sie sieht mich vorwurfsvoll an. „Was war das?“

„Was?“

„Dein merkwürdiger kleiner Auftritt da drinnen?“ Sie deutet über ihre Schulter.

„Ein Anruf, wie ich schon sagte.“ Ich weiche ihrem Blick aus, denn sie würde mich glatt durchschauen.

„Dein Telefon hat nicht geklingelt“, erklärt sie und erschüttert damit meine Coolness.

„Es war stumm geschaltet.“ Im Geiste applaudiere ich mir zu dieser Ausrede.

„Und wer war es?“ Sie lässt nicht locker, ist anscheinend immer noch misstrauisch.

Die Antwort ist leicht, denn ich wurde ja wirklich angerufen, nur nicht, als sie glaubte, ich würde einen Anruf entgegennehmen. „Ein Kollege.“

Dies wäre der perfekte Zeitpunkt, um Camille darüber in Kenntnis zu setzen, was möglicherweise auf sie zukommt. Kein Bewacher mehr. Aber ich unterlasse es und habe keine Ahnung, wieso. Weil ich es nicht wahrhaben will? Weil ich sie nicht aufregen will? Würde es sie überhaupt aufregen? „Der wollte mich nur wegen einiger Dinge sprechen.

„Irgendwelche Neuigkeiten?“, erkundigt sie sich, nachdem ich ihr bedeute, sie solle vorangehen.

Sie klingt gefasst, doch ich höre ihre Unsicherheit. Hat auch sie darüber nachgedacht, wie es weitergeht?“

„Nichts“, antworte ich und lasse damit eine weitere Gelegenheit verstreichen, ihr die Information zu übermitteln.

„Das ist ja seltsam, denn Dad hat gerade angerufen, um mir mitzuteilen, dass er der Drohung auf den Grund gegangen ist. Er meint, bis zum Ende des Tages müsste sich die Sache geklärt haben." Sie sagt das sehr ruhig und behält mich dabei im Auge.

Ich lasse mir nichts anmerken. „Nichts ist sicher", erwidere ich automatisch, ehe ich vorsichtig einen Themenwechsel ansteuere. „Bist du hungrig?" Sie muss Hunger haben. Ich habe sie am Morgen nicht frühstücken sehen, und jetzt ist es bereits weit nach Mittag. Ich finde ihre Ernährungsgewohnheiten schon grundsätzlich fragwürdig, doch vor einem Shooting vierundzwanzig Stunden zu fasten ist eindeutig nicht gesund.

„Nein, ich brauche nichts", antwortet sie nachdenklich und geht durch die nächste Tür hinaus in den Empfangsbereich. „Dad hat mich außerdem daran erinnert, dass heute Abend Chloes Gartenparty anlässlich ihres Geburtstags stattfindet." Sie klingt nicht begeistert. „Ich muss um sieben bei seinem Haus auf dem Land sein."

„Eine Gartenparty?", wiederhole ich. Hört sich ja grauenhaft an. „Wie aufregend."

Sie wirft mir einen müden Blick zu. „Sei nicht sarkastisch. Schließlich musst du mit, schon vergessen?"

Ich brumme etwas. Soll doch erst mal jemand versuchen, mich aufzuhalten.

Ihr Vater zum Beispiel. Sehr praktisch, dass Logan *wahrscheinlich* auf meine Dienste verzichten will, nachdem ich ihn darauf aufmerksam gemacht habe, dass an dem Tag, an dem die Drohung seiner Darstellung nach eintraf, kein Kurier da war.

„Komm, besorgen wir uns Eistee", schlägt Camille vor und geht weiter.

Ich schließe kurz die Augen und folge ihr. Ich versuche, meine Gereiztheit nicht zu zeigen. Am liebsten würde ich sie nach Hause bringen und sie einsperren, statt irgendwo Eistee mit ihr zu trinken.

„Setz dich", fordere ich sie auf, ziehe einen Stuhl für sie heraus und schaue mich gründlich um. Zum ersten Mal, seit ich sie bewache, setze ich mich zu Camille an denselben Tisch, und zwar ohne einen Gedanken daran zu verschwenden. Ich nehme die Speisekarte und winke den Kellner herbei. „Einen Eistee mit Zitrone, einen schwarzen Kaffee und einen Thunfischsalat." Der Kellner nickt und verschwindet. Ich lehne mich zurück. Camille sieht mich skeptisch an. „Was?"

„Ich dachte, du bist mein Bodyguard, nicht mein persönlicher Betreuer."

Ich stütze die Ellbogen auf. „Das hat sich geändert, seit wir miteinander geschlafen haben." Es macht mir Spaß, zu sehen, wie sie leicht errötet. „Sonst noch was?"

Sie schüttelt den Kopf und stürzt sich auf das Glas Wasser, das der Kellner gerade gebracht hat. „Warum isst du nichts?"

Ich verschweige ihr, dass mir nach dem Anruf von Lucinda der Appetit vergangen ist. Nicht dass ich vorher großen Appetit gehabt hätte. „Bin nicht hungrig." Ich nehme meinen Kaffee entgegen und gebe Zucker hinein.

„Ich habe nachgedacht." Sie spielt mit dem Strohhalm in ihrem Getränk.

Ich rühre langsamer und sehe sie an. „Worüber?" Ihr Zögern gefällt mir nicht.

„Darüber, wie wenig ich über dich weiß."

Sie beobachtet meine Reaktion. Ich enttäusche sie nicht, denn ich verkrampfe bei dem Gedanken daran, wie viel es für sie noch zu erfahren gäbe.

„Da ist nicht viel", erwidere ich instinktiv. Es sind keine schönen Dinge, und es wäre mir mehr als unangenehm, sie zu erzählen.

Sie wirkt gekränkt, und ich hasse mich dafür, doch ehe ich den Versuch einer Wiedergutmachung starten kann, wie auch immer der aussehen könnte, fährt sie fort: „Die Narbe von deiner Schusswunde."

Ich mahle mit den Zähnen. „Was ist damit?" Ich bin gemein, aber meine Laune ist an Tag drei nicht besonders, und nach Lucindas Anruf schon gar nicht. Die Vergangenheit hervorzukramen, die ich im Zaum zu halten versuche, wird meine Stimmung nicht verbessern. In den letzten Tagen haben meine Anfälle deutlich abgenommen, und es passt mir überhaupt nicht, dass Camille das aufs Spiel setzt.

„Ich habe mich nur gefragt …"

„Nein, Camille." Ich unterbreche sie harsch, und sie macht den Mund zu.

Wir schweigen, ich rühre automatisch in meinem Kaffee. Das Schweigen ist unangenehm, aber es wäre unangenehmer, wenn ich reden müsste. Stimmen in meinem Kopf schreien mich an, fordern mich auf, kein solcher Feigling zu sein. Doch ehe ich nicht sicher sein kann, dass sie nicht so angewidert sein wird von mir, wie ich es von mir bin, sollte ich über die Dinge, die mich und meine Geschichte betreffen, lieber den Mund halten. Ich muss aufhören, mich selbst und meine Vergangenheit zu hassen, erst dann kann ich wieder nach vorn schauen.

Ich muss lachen. Dieser Tag wird wohl nie kommen. Ich verachte mich heute noch genauso wie damals, und ich hatte jahrelang Zeit, das Geschehene zu verarbeiten. Man kann von Camille nicht erwarten, dass sie es versteht. Ich bin ein Mistkerl, schlicht und einfach. Sie wird mich hassen, das ist eine schmerzliche Erkenntnis.

„Thunfischsalat?"

Der Kellner steht vor dem Tisch. Camille ist ganz in Gedanken und blickt in die Ferne. Ich gebe ihm ein Zeichen, den Teller vor sie zu stellen, dann lege ich meine Hand auf ihre.

Sie erwacht aus ihrem Tagtraum und lächelt gezwungen, um mich davon zu überzeugen, dass meine Schroffheit sie nicht aufgewühlt hat. Dass sie versteht. Schön wär's. Ich ziehe meine Hand zurück, damit sie essen kann.

Sie fängt an, im Salat herumzustochern, nach wie vor halbwegs in Gedanken.

„Hast du Familie?", fragt sie.

Das überrascht mich. Ich dachte, wir seien mit dem Fragenstellen durch.

Ich bemühe mich, nicht zusammenzusinken. „Nein." Es ist gar nicht meine Absicht, so knapp und endgültig zu klingen. Allerdings merkt sie auch nicht, dass ich diese Unterhaltung am liebsten vermeiden würde.

„Was ist mit deinen Eltern?" Tatsächlich beißt sie sich nervös auf die Unterlippe.

Ich seufze und schließe für einen kurzen Moment die Augen. Aber dann lenke ich ein und stille ihre Neugier. Gebe ihr etwas. Nicht alles, nur ein paar Informationen, damit sie zufrieden ist. „Sie starben, als ich sieben war. Ich wuchs bei meiner Großmutter auf. Die starb, da war ich sechzehn. Als ich alt genug war, um mich bei der Armee zu verpflichten, tat ich es." Das alles kommt in einem Fluss heraus, und ich hoffe, sie bohrt nicht weiter.

Leider habe ich kein Glück.

„Wie sind deine Eltern gestorben?"

In ihrer Frage schwingt Mitgefühl mit, was ich nicht ertrage.

„Lockerbie-Katastrophe." Ich schlucke, wende mich ab und höre, wie sie leise nach Luft schnappt. 1988 war sie noch nicht einmal geboren, aber offenbar kennt sie die Geschichte dieses schrecklichen terroristischen Anschlags. Wer nicht?

„Das tut mir sehr leid.“

„Mir auch.“ Ich richte den Blick wieder auf sie und lese ihre Gedanken. Ich weiß, dass sie die richtigen Schlüsse zieht. Ich bin zur Armee gegangen wegen des Verlustes meiner Eltern. Um meinen Beitrag zu leisten. Das war meine ganz persönliche Friedensmission. Und dann vermasselte ich es gründlich mithilfe einer Frau.

„Und was war mit dieser Frau?“, erkundigt sie sich zögernd, als hätte sie meine Gedanken gehört.

Mein Unbehagen nimmt zu. „Die ist unwichtig.“

„Unwichtig genug, um ihr Foto ständig bei sich zu haben?“

Ich presse die Lippen aufeinander, denn der in mir schlummernde Groll droht an die Oberfläche zu gelangen. Ich war nie in der Lage, die Gründe dafür zu erklären, weshalb ich ihr Foto behalte. Das ist so rückwärts gerichtet, eine quälende Erinnerung, persönliche Folter.

„Iss deinen Salat“, fordere ich sie auf und deute auf ihre Gabel, damit sie endlich begreift, dass ich noch nicht bereit bin, über dieses Thema zu sprechen.

Doch das werde ich. Eines Tages stelle ich mich diesem Abschnitt meiner Vergangenheit. Die lahmen Ausreden, die ich mir ständig einrede – dass Abbie nichts von mir hören wollen wird –, werden täglich schwächer. Immer wenn ich mein Handy benutze, rufe ich ihren Namen auf und starre ihn an. Dann frage ich mich jedes Mal, ob ich heute endlich die Kraft aufbringe, das zu tun, was ich schon seit Jahren hätte tun sollen. Ich bin ein Feigling. Aber ich muss innerlich stark sein, um die Straße der Erlösung hinunterzugehen, und diese Stärke habe ich noch nicht erreicht.

Ich atme tief ein. „Wir müssen dich nach Hause bringen, du solltest dich für die Party umziehen.“

„Kann es kaum erwarten.“ Sie seufzt, schiebt sich eine Gabel Thunfisch in den Mund und kaut, wobei sie nachdenklich an mir vorbeischaut.

Ich seufze ebenfalls, fühle mich hoffnungslos und schaue ihr beim langsamen Kauen zu.

Plötzlich weiten sich ihre Augen.

„He, was ist …?" Ich verstumme, da sie anfängt zu zittern und verängstigt auf etwas hinter mir starrt. Ich drehe mich um und entdecke sofort, was ihre Panik ausgelöst hat. Mein Herz schlägt schneller, und ich greife nach der Waffe.

Ich springe auf.

„Jake!" Camilles Schrei dringt aus der Ferne zu mir – durch Nebel des Zorns.

Dieser Scheißkerl!

In einigen Metern Entfernung steht Sebastian, sein Gesicht ist grün und blau, er befindet sich in Begleitung einer kleinen Armee aus Muskelprotzen. Wow, auf geht's. Wie viel hat er denen bezahlt? Es sind fünf mit Steroiden aufgepumpte Idioten, die alle bedrohlich auszusehen versuchen. Die reinste Beleidigung. Der in mir aufsteigende Zorn könnte glatt außer Kontrolle geraten, nur bin ich absolut bei klarem Verstand.

„Noch immer auf den Beinen?" Ich schiebe den Stuhl aus dem Weg. „Lass mich Abhilfe schaffen." Ich gehe auf ihn zu und plane bereits meine Taktik, wen von den Gorillas ich zuerst ausschalte und wie.

„Jake, Stopp!"

Ich höre Camille durch meine kontrollierte Wut hindurch; sie schreit, ich solle stehen bleiben, doch in meinem Kopf existiert nur ein Befehl.

Feind eliminieren. Kill den Bastard, der es gewagt hat, Hand an sie zu legen.

Der erste Typ sackt nach einem Schlag ins Gesicht in die Knie wie ein nasser Sack, der zweite genauso schnell. Ich ducke mich und merke mir die Positionen der drei verbleibenden Lakaien Sebastians, fahre den Ellbogen aus und verpasse dem dritten einen sauberen Hieb auf den Unterkiefer. Eine Sekunde später liegt er stöhnend am Boden.

„Shit!"

Der Fluch signalisiert, dass einer die Flucht ergriffen hat, und ein Brüllen hinter mir verrät, dass der letzte mich angreift. Verdammte Amateure.

Ich sehe im Schaufenster vor mir, dass der Kerl auf mich zustürmt wie ein Nashorn. Mir bleibt reichlich Zeit, zu überlegen, was ich tun werde. Gut und gerne drei Sekunden. Ich komme sogar zum Luftholen.

Ich sehe ihn ausholen und ducke mich im Letzten Moment weg, sodass er über mich stolpert, direkt in die Scheibe. Überraschenderweise zersplittert sie nicht. Er erholt sich rasch, schüttelt die Benommenheit ab und geht erneut auf mich los.

Ich bleibe, wo ich bin, und warte. Er enttäuscht mich nicht. Nachdem er den ersten Schlag nicht anbringen konnte, versucht er es jetzt mit einer guten alten Angriffsmethode, indem er sich in Höhe meiner Taille auf mich stürzt, um mich zu Fall zu bringen. Ich lasse es zu und lande hart auf dem Zementgehsteig. Ich schnaube und schlinge ihm die Beine um die Mitte, werfe ihn auf den Rücken und setze mich rittlings auf ihn. Er braucht einen Moment, bis er merkt, was passiert ist und wo er sich befindet. Ich grinse boshaft und erlöse ihn mit einem Schlag ins Gesicht. Blut spritzt aus seiner gebrochenen Nase.

Job erledigt.

„Du bist ein beschissener Psycho, Mann!"

Ich stutze und balle die Faust. Doch noch nicht ganz erledigt.

Camilles Ex weicht vor mir zurück und schaut dabei immer wieder auf die Opfer des Massakers, das ich mit bloßen Händen angerichtet habe. Ich ziehe die Oberlippe hoch, als ich mich aufrichte. Dieser kleine Drecksack hat geglaubt, er könnte mich mit seinen aufgepumpten Schlägertypen überwältigen? Jetzt habe ich noch größere Lust, ihn umzubringen. Schmerzhaft und langsam. Bis er mich anbettelt, dass ich Schluss mache mit ihm. Mit langen Schritten gehe ich auf ihn zu, während er mit erhobenen Händen zurückweicht.

„Ich verschwinde."

„Nur dorthin, wo ich dich hinschicke."

Er stößt mit dem Rücken gegen den Wagen, dreht sich um, springt hinein und startet den Motor des schwarzen Porsche. Mit quietschenden Reifen rast er los, das Heck schleudert hin und her, das spiegelt die Panik des Fahrers ganz gut wider.

Mein Tunnelblick weitet sich. Ich betrachte den Schaden, den ich angerichtet habe – vier der fünf Männer wälzen sich stöhnend am Boden. Der fünfte Gorilla – der vernünftige – ist nirgends zu sehen. Wäre ich der mitfühlende Typ, täten sie mir ein bisschen leid. Tja, aber sie sollten sich vielleicht vorher besser darüber informieren, wer ihr vermeintliches Opfer ist.

Ich richte mein Jackett und drehe mich um, damit ich Camille schnell zum Wagen bringen kann, ehe die Polizei aufkreuzt.

Ich starre den Tisch an, an dem wir gesessen haben.

Meine Knie geben nach.

Sie ist weg.

Noch nie hatte ich solche Angst. Seit Jahren waren meine Gefühle abgestorben, doch jetzt bin ich dermaßen von Emotionen überwältigt, dass ich glatt Amok laufen könnte, bis Camille wieder sicher in meiner Obhut ist.

Was habe ich getan?

Ich wirbele herum und suche verzweifelt die Umgebung ab. „Camille!“, brülle ich.

Das ist meine Schuld. Ich habe sie allein gelassen.

„Camille!“ Ich laufe zu dem Platz, an dem sie gesessen hat, und finde ihr Handy auf dem Tisch sowie ihre Handtasche auf dem Stuhl, auf den ich sie gelegt habe. „Shit!“ Ich schnappe mir Handtasche und Handy, renne zu meinem Wagen und werfe beides auf den Beifahrersitz. Dann rase ich los wie ein Irrer.

Ich fahre die Straßen rauf und runter, sehe mir jede Person genau an, schaue in jede Seitenstraße, nehme jedes Auto unter die Lupe.

Nichts.

Ich rufe Lucinda an und belle meine Anweisungen, bevor sie Hallo sagen kann: „Camille ist verschwunden. Ruf Logan an, ruf die Polizei an. Ich habe ihr Telefon und ihre Handtasche. Es gibt eine Überwachungskamera an dem Gebäude gegenüber dem Café in der Stretton Street. Besorg mir das Filmmaterial der letzten Stunde.“

„Mach ich“, erwidert Lucinda ruhig und gefasst. „Wo bist du?“

„Auf der Suche nach ihr.“ Ich lege auf, schlage aufs Lenkrad, biege scharf rechts ab und rase die Hauptstraße entlang. Ich habe keine Ahnung, wohin ich fahre, ich grase einfach eine Straße nach der anderen ab. Sollte ihr etwas zugestoßen sein, reiße ich mir selbst den Kopf ab. Das ist ein Fehler, den ich mir nie verzeihen werde. Sollte ihr etwas passiert sein, wird das der letzte Nagel zu meinem Sarg.

Das kleine Licht, das ich in der Dunkelheit gefunden habe, schwindet.

Es könnte eine Stunde vergangen sein, vielleicht zwei oder drei oder der ganze beschissene Tag. Ich weiß es nicht. Seit ich sah, dass sie weg ist, habe ich jedes Zeitgefühl verloren. Ich biege in die Tiefgarage ihres Apartmentgebäudes ein und bremse mit quietschenden Reifen neben ihrem Wagen. Etwas springt mir sofort ins Auge. Auf der Windschutzscheibe von Camilles Mercedes klebt ein Umschlag. Im Nu stehe ich vor dem eleganten roten Cabriolet, eine Sekunde später starre ich auf Fotos von Camille. Auf eines der Bilder sind vier Worte gedruckt:

DIE ZEIT IST UM.

„Nein!" Meine Angst multipliziert sich millionenfach, das gilt auch für meine Wut. Unbewusst zerknülle ich die Fotos, weil ich die Faust balle. Mit zusammengebissenen Zähnen marschiere ich durch die Lobby zum Fahrstuhl. Auf dem Weg wähle ich Lucindas Nummer. „Ich habe eine Nachricht an Camilles Wagen gefunden. Sie lautet: Die Zeit ist um."

„Verdammt." Sie flucht. „Die Kamera am Gebäude, das dem Café gegenüberliegt, ist seit über einem Monat defekt."

„Scheiße!" Die Fahrstuhltüren öffnen sich. Benommen trete ich hinaus und gehe den Flur entlang. „Logan? Die Polizei?"

„Sind unterwegs zu ihrer Wohnung."

„Gut." Als ich um die Ecke biege und Camilles Tür in Sicht kommt, bleibe ich abrupt stehen.

Zusammengesunken an den Türrahmen gelehnt sitzt mein Engel.

Ich muss mich an der Wand abstützen, weil mir schwindelig wird vor Erleichterung.

Sie sieht auf, ihre Augen fließen von Tränen über, ihr Gesicht ist verweint. Trotzdem ist sie noch der schönste Anblick, den ich je gesehen habe.

„Ich konnte nicht hinein." Sie schluchzt. „Mein Schlüssel ist in meiner Handtasche. Mein Handy auch." Sie schnieft. „Ich wollte das Telefon meines Nachbarn benutzen." Sie zeigt zur gegenüberliegenden Tür. „Aber der ist nicht zu Hause. Und ich weiß deine Nummer nicht."

Ich stoße erleichtert die Luft aus, lehne mich mit dem Rücken an die Wand, lasse mich auf den Teppich sinken und höre vage Lucinda nach mir rufen. Mir fällt das Handy in meiner Hand wieder ein, und ich halte es ans Ohr. „Ich habe sie. Gib Entwarnung bei der Polizei. Und bei Logan auch."

„Was?"

„Tu es einfach, Luce. Sie ist in Sicherheit. Ich rufe dich bald an." Ich lege auf und lasse das Telefon auf den Teppich neben meinen Oberschenkel fallen, zusammen mit Camilles Handtasche und dem Umschlag. Ich kann meine Emotionen nicht länger verbergen, und ich will es auch nicht. Also lasse ich zu, dass mir eine Träne der Erleichterung die Wange hinunterläuft und auf mein Jackett tropft. Es ist zu viel. All diese Gefühle, das Verlangen und die verdammte Angst.

„Ich dachte, jemand hätte dich gekidnappt." Ich schlucke, denn ich habe einen Kloß im Hals. „Ich dachte, ich hätte dich verloren, Camille."

„Ich konnte es nicht mit ansehen." Sie schnieft erneut und hustet. „Ich mag es nicht, dich so zu erleben. Du machst mir Angst."

Ich schüttele bedauernd den Kopf, allerdings nur darüber, dass ich sie einer Gefahr ausgesetzt habe und dass sie so empfindet. Ich war derartig darauf fixiert, ihren Ex und seine Gorillas auszuschalten, dass ich meine eigentliche Aufgabe aus dem Blick verloren habe. Ich rappele mich wieder auf, gehe zu ihr und sinke auf die Knie. Ich nehme ihre Hand und hoffe, dass Camille mein tiefes Bedauern sieht. „Es tut mir schrecklich leid. Ich habe rotgesehen, Cami. Was er dir angetan hat, das kann ich …“ Ich schließe die Augen und ringe um Worte. „Das kann ich nicht ertragen.“

Sie zieht sich an meinen Händen zu mir heran, und ich drücke sie fest an mich, ihren warmen Körper an meine Brust, in der Hoffnung, uns zusammenzuschweißen. Dabei bitte ich sie flüsternd um Verzeihung und schwöre ihr, sie nie mehr aus den Augen zu lassen.

18. Kapitel

Cami

Ich wollte nicht, dass er meinetwegen die Hölle durchmacht. Und ich wollte ihm keinen solchen Schreck einjagen. Ich musste nur weg von diesem Kampf, in meiner Verzweiflung habe ich die Risiken nicht bedacht. Ich habe Jakes Besorgnis nicht bedacht.

Ich taumelte zum Gehsteig und sprang in ein Taxi. Dabei vergaß ich völlig, dass ich kein Geld hatte. Das fiel mir erst wieder ein, als der Wagen vor meinem Gebäude hielt. Zum Glück hatte der Fahrer Mitleid. Aus Dankbarkeit bestand ich darauf, dass er mir seine Daten gibt, damit ich ihm den Fahrpreis überweisen kann. Er weigerte sich, reichte mir ein Taschentuch und gab mir sanft zu verstehen, dass ich sein Taxi verlassen solle.

Die in Jake schlummernde Gewalt ist enorm. Sie ist stärker als die Beherrschtheit, die er für gewöhnlich ausstrahlt. Dennoch schien er jede Bewegung geplant zu haben, ohne darüber nachdenken zu müssen. Er war wie eine Maschine.

Ich bin nicht weggelaufen, weil Seb da war oder weil ich nicht erleben wollte, wie Jake möglicherweise verletzt wird. Immerhin waren es fünf gegen einen, Sebastian nicht eingeschlossen, und die Männer waren groß und bedrohlich. Ich wusste, was passieren würde – Jake würde sie einen nach dem anderen fertigmachen. Ich bin weggelaufen, weil ich es nicht mit ansehen konnte. Er ist ein Ex-SAS-Mann. Ein ausgebildeter Soldat. Ein trainierter Killer. Es ist verständlich, dass er zur Armee ging, angesichts dessen, was seinen Eltern passiert ist. Aber er ist auch von Natur aus ein Krieger, obwohl sein Kampf einen persönlichen Charakter hat.

Bis jetzt bin ich noch nicht dahintergekommen, warum er nicht mehr bei der Armee ist. Er ist erst fünfunddreißig, also bei Weitem nicht alt genug für den Ruhestand. Seine Schussverletzung hat seine Kampffähigkeit offensichtlich nicht beeinträchtigt, deshalb bezweifle ich, dass seine Zielsicherheit gelitten hat. Es muss etwas anderes dahinterstecken. Ich weiß es einfach. Ich weiß, dass er keine Familienangehörigen hat. Und Freunde? Ich habe nicht mal eine Ahnung, wo er lebt.

Ich muss herausfinden, was ihn bewegt. Die Frau auf diesem Foto. Die Angstattacken. Der tief sitzende Schmerz, den er nicht verbergen kann. Das Mysterium wird mit jedem Tag größer. Ich weiche ein wenig zurück, und er umfasst meine Wangen mit seinen Händen. Er sieht immer noch erleichtert aus.

„Komm“, sagt er, steht auf und zieht mich hoch.

„Was ist das?“, frage ich, als er einen zerknüllten Umschlag zusammen mit meiner Handtasche und meinem Telefon aufhebt.

„Nichts. Nur ein paar Unterlagen von der Agentur.“

Er hebt mich hoch und schließt die Tür zu meiner Wohnung auf. Dann trägt er mich ins Badezimmer, setzt mich auf den Wannenrand, nimmt einen Waschlappen und macht ihn unter dem Warmwasserhahn nass. Er kniet wieder vor mir und fängt an, mein verweintes Gesicht zärtlich abzutupfen.

„Wie lange bist du schon Bodyguard?“, frage ich leise, mich vorsichtig vortastend, bevor ich tiefer in ihn vorzudringen versuche. Jetzt, wo er mir ein bisschen verraten hat, will ich mehr. Ich will wissen, was auf ihm lastet.

Seine Antwort kommt schnell, während er mir die Tränen abwischt: „Vier Jahre."

Kurzes Nachrechnen im Stillen macht mich noch neugieriger, denn ich weiß genau, dass man die Armee normalerweise nicht schon mit einunddreißig verlässt. Da wird man befördert oder versetzt, aber man geht nicht in den Ruhestand. Es muss also einen Grund geben, doch eine Schusswunde, von der er sich völlig erholt hat, kann es nicht sein. „Warum machst du das?"

Diesmal ist er mit der Antwort nicht so schnell, er zögert, hält mit dem Waschlappen in der Hand kurz inne. Er scheint fieberhaft zu überlegen, wie er darauf am besten antwortet.

„Um mich nützlich zu fühlen."

Er wirkt ein bisschen perplex.

„Wie, als du deinem Land gedient hast?"

Der Anflug eines Lächelns erscheint auf seinem Gesicht, und sein Blick sucht meinen.

„Ich nehme es an."

Ich schürze die Lippen und versuche, mir die Neugier nicht anmerken zu lassen. Bis jetzt spielt er mit, aber mein Instinkt sagt mir, er macht das, weil es angenehmer ist, als von mir bedrängt zu werden.

Er hat mir einmal verraten, dass er ein Ziel braucht. Seine Bestimmung, sein Ziel war es, in den Krieg zu ziehen und gegen die Bösen dieser Welt zu kämpfen. Irgendetwas hat ihn davon abgehalten, das weiterhin zu tun, etwas Großes. Und nun findet er seine Bestimmung darin, jemandem Schutz zu geben. Das alles nährt bei mir den Verdacht, dass er noch bei der Armee wäre, wenn er könnte. Warum ist er es nicht?

Wie Jakes Dämonen auch aussehen mögen, er wird erst frei von ihnen sein, wenn er es will. Ansonsten wird er für immer ihr Gefangener sein, und es ist zum Verzweifeln, dass es für ihn in Ordnung zu sein scheint. Ich bin vor nicht allzu langer Zeit in tiefste Hoffnungslosigkeit gestürzt und glaubte, es gäbe keinen Weg hinaus. Es war hart, doch ich habe meinen Weg gefunden. Das kann Jake ebenfalls schaffen.

„Erzähl mir, warum du aus der Armee ausgeschieden bist."

Seine Bewegungen stocken schon wieder. Sein Zögern dauert nur den Bruchteil einer Sekunde, aber es entgeht mir nicht, ebenso wenig das Aufflackern von Schmerz in seinem Blick. Dann reißt er sich zusammen und säubert weiter mein Gesicht.

„Ich hatte meinem Land gedient. Es wurde Zeit, etwas anderes zu machen."

Ich glaube ihm nicht, und er wäre dumm, falls er das erwartet. Dieser Schmerz zeigt sich nach wie vor in den Tiefen seiner dunklen Augen, ganz gleich, wie sehr er das mit seiner harten Fassade zu kaschieren versucht. Es ärgert mich, dass er ausweicht, deshalb schiebe ich seine Hand von meiner Wange und ignoriere seine besorgte Miene.

„Ich muss mich fertig machen", erkläre ich und richte mich auf. Er bleibt in der Hocke und sieht zu mir auf. Ich gehe an ihm vorbei in mein Zimmer und hoffe, dass er mein Badezimmer räumt, sodass ich duschen kann.

„Camille?", ruft er, ich höre seine gedämpften Schritte auf dem Teppich. „Warum gehst du weg?"

„Du hast mir deutlich zu verstehen gegeben, dass diese Unterhaltung zu nichts führt. Ich bin nicht blöd, Jake. Es gibt Dinge, die du mir verschweigst. Ich muss mich jetzt für die Party umziehen."

Ich wähle ein geblümtes weites Shirtkleid und lege es aufs Bett. Jake lasse ich mitten im Zimmer stehen wie ein Ersatzteil. Ich schließe die Badezimmertür hinter mir, drehe das Wasser auf, ziehe mich aus und steige unter die Dusche. Der heiße Wasserstrahl fühlt sich himmlisch an, und in Gedanken versunken seife ich mich ein.

Er ist so kompliziert und dennoch einfach. Er verblüfft mich, aber noch mehr erstaunt mich mein Bedürfnis, hinter seine harte kalte Fassade zu gelangen, denn er hat mir seine weiche, verletzliche Seite bereits gezeigt. Er hat mir demonstriert, dass er nicht hartherzig und gefühllos ist, und ich habe ihn schon zusammenbrechen sehen. Bis jetzt hat er mir kleine Happen seiner Geschichte serviert. Winzige Häppchen. Doch das fühlt sich alles wertlos an ohne sein Vertrauen. Es ist ziemlich einseitig, wenn er entscheidet, was ich erfahren darf und was nicht.

Plötzlich stellt sich mir eine Frage, eine wichtige.

Warum muss ich mehr über ihn wissen?

Meine Hände liegen auf meinem Bauch, während ich den Blick auf den Boden der Duschkabine richte. Der Schluss, zu dem ich komme, behagt mir überhaupt nicht. Es hat nämlich gar nichts zu tun mit Neugier. Ich verspüre nicht das brennende Bedürfnis, das Puzzle namens Jacob Sharp zusammenzufügen. Ich will ihn besser kennen, weil ich ihm helfen will.

Weil ich ihn liebe.

Eine einzelne Träne fällt und mischt sich mit dem heißen Wasser, das auf mein Gesicht prasselt. Ich kann ihm nicht helfen, wenn er sich nicht helfen lassen will. Ich kann ihn nicht ins Licht führen, wenn er in der Dunkelheit bleiben will. Nur kann ich mich von ihm auch nicht in diese Dunkelheit hineinziehen lassen.

Ich kann ihn nicht heilen, wenn er nicht geheilt werden will.

Ich merke, wie ich unter dem selbst auferlegten Druck zusammenbreche. Mir ist nicht klar, wann diese ganze Geschichte eher emotional als körperlich wurde, aber ich weiß, dass ich mich davon lösen muss, bevor ich zu weit in die Dunkelheit hineindrifte, um wieder herauszufinden. Dort war ich schon, und ich habe nicht die Absicht, jemals dahin zurückzukehren. Sicher, die Umstände sind andere, doch am Ende würde es auf das Gleiche hinauslaufen.

Schmerz. Ich weiß, dass der Schmerz, den ich Jakes wegen erleiden würde, grausam wäre und dass ich mich nie mehr davon erholen könnte.

Die Fahrt zum weitläufigen Anwesen auf dem Land ist lang und qualvoll. Jake und ich schweigen und sind angespannt.

Das Tor zu Dads Villa öffnet sich langsam, und wir werden von einer Flotte Luxuswagen in der Auffahrt empfangen. Jake fährt ohne Eile auf das Haus zu. Je näher wir kommen, desto deutlicher sind Gelächter und Stimmen zu vernehmen. Es ist sonnig und warm, doch mir graut vor dem vor uns liegenden Abend. Dutzende irrsinnig reiche Männer werden da sein, die sich bei meinem Vater einschmeicheln, beruflich oder privat, alle ebenso materialistisch und rücksichtslos wie er. Und dann natürlich deren Ehefrauen – so oberflächlich wie glamourös, warten sie darauf, dass ein jüngeres Modell sie aus ihrem privilegierten Leben vertreibt und ihnen den Teppich unter den Füßen wegzieht.

Falls Dad mir wieder irgendeinen potenziellen Partner aufzudrängen versucht, fange ich an zu schreien. Meistens ist es schon schwer genug, ein Lächeln aufzusetzen. Aber wenn ich mich leer und hoffnungslos wie jetzt fühle, wären die Absichten meines Vaters eine Herausforderung, der ich möglicherweise nicht gewachsen bin.

Ich steige aus Jakes Range Rover und schlendere den Weg entlang, der in den Garten hinter dem Haus meines Vaters führt. Als ich durch den letzten Torbogen komme, sehe ich Hunderte von Leuten, die Pimm's oder Champagner trinken.

Unter den vielen Gesichtern entdecke ich TJ am Pool. Ich gehe zu ihm und lächle, als er mich bemerkt.

„Kleiner Star!“, ruft er, schnappt sich ein Glas von einem vorbeieilenden Kellner und drückt es mir in die Hand, bevor er mir einen Kuss auf die Wange gibt. „Die Letzte, die kommt, und wie üblich bestimmt die Erste, die geht.“

Ich widerspreche nicht. Er kennt mich zu gut. „Danke.“ Ich hebe mein Glas und warte, bis er mit mir angestoßen hat, ehe ich einen Schluck trinke. „Ist Heather schon da?“

„Ja, dort drüben.“ Er zeigt auf die andere Seite des Pools, wo meine beste Freundin bei ihren Eltern steht. TJ richtet seine Aufmerksamkeit wieder auf mich. „Wirst du immer noch bewacht?“, erkundigt er sich; offenbar hat er Jake entdeckt.

Ich schaue gar nicht erst nach, wo mein Schatten Position bezogen hat. „Dad meint, er wüsste, wer hinter der Drohung steckt. Kannst du mir was darüber sagen?“ TJ und mein Vater haben so eng miteinander zu tun, dass er am ehesten etwas wissen müsste.

TJ wirft mir einen warnenden Blick zu. „Dir ist doch klar, dass ich nicht über das spreche, was im Büro gesagt wird.“

„Nicht mal, wenn es um mich geht?“

„Gerade dann nicht.“ Er lacht und küsst mich erneut auf die Wange. „Bald wirst du wieder frei wie ein Vogel sein, Mädchen“, erklärt er und bekräftigt damit Dads Worte.

Er schlendert davon, schüttelt Hände und verteilt Wangenküsse. Ich sehe mich um und entdecke Jake in ein paar Metern Entfernung, den Blick fest auf mich gerichtet. Sofort ärgere ich mich darüber, dass ich mich zu ihm umgedreht habe. Seit unserer Unterhaltung habe ich jeden Blickkontakt vermieden, weil die Erinnerungen und die Anziehung zwischen uns ohnehin zu nichts führen. Er trägt einen dunkelgrauen Anzug, in dem er Respekt einflößend und sehr gut aussieht. Ich schaue mich um und sehe, dass er bereits die Aufmerksamkeit der Frauen in seiner Nähe auf sich gezogen hat. Ich senke den Blick auf mein Glas und verdränge den Wunsch, allen zu sagen, sie sollen ihn nicht angaffen.

„Cami!"

Heather winkt mir zu. Froh über jede Ablenkung, gehe ich um den Pool zu ihr und ihren Eltern. Auf dem Weg dorthin quatsche ich kurz mit einigen Leuten.

„Hallo." Ich begrüße alle mit einem Wangenkuss.

„Wie geht es dir, Camille?", erkundigt sich Heathers Vater und fügt, über meine Schulter deutend, hinzu: „Du kommst in Begleitung, wie ich sehe."

Ich hätte mich besser entschuldigen und dieser Party fernbleiben sollen. Bestimmt wissen alle längst von meinem Bodyguard, und falls nicht, sehen sie es jetzt, denn Jake lässt sich kaum verbergen. Er wird *das* Partygespräch sein, nicht nur wegen seiner offiziellen Funktion. Ich registriere, wie Heathers Mutter ihn diskret mustert, ein anerkennendes Lächeln auf dem Gesicht. Dann wendet sie sich Heather zu und nickt. Was war das? Ich schaue meine beste Freundin fragend an, die es jedoch mit einem Schulterzucken abtut.

„Mir geht's gut, danke", beantworte ich die Frage von Heathers Vater. „Und Ihnen?"

„Mir ginge es deutlich besser, wenn dein Vater aufhören würde, mit harten Bandagen zu kämpfen und mein Angebot für die Bootswerft in Belfast annähme."

„Sie wissen ja, dass er dieses Spiel mag", sage ich lachend und umfasse Heathers Ellbogen. „Entschuldigt uns für einen Moment." Ich ziehe sie beiseite und führe sie zu zwei freien Liegestühlen.

„Was ist los?", fragt sie und folgt meinem Beispiel, indem sie es sich bequem macht und die Sonnenbrille aufsetzt.

„Dieser Blick zwischen dir und deiner Mutter – was hatte das zu bedeuten?“ Ich komme gleich zur Sache. Was hat sie ihren Eltern erzählt?

„Was denn für ein Blick?“

Heather tut ganz unschuldig, das kenne ich schon von ihr.

„Bitte?“

„Na ja, möglicherweise habe ich erwähnt, was Jake sich auf Saffrons Party geleistet hat.“

„Du meinst, als er diesen Mistkerl, meinen Ex, vermöbelt hat, nachdem der auf mich losgegangen war?“

Verächtlich verzieht sie die Lippen. „Nein, du weißt genau, dass ich niemandem davon erzählen würde. Ich habe meiner Mutter geschildert, dass Jake dich wie ein Ritter in schimmernder Rüstung aus dieser Bar getragen hat.“

„Er hat nur seinen Job gemacht.“

Sie lacht. Es ist herablassend und sollte es wohl auch sein.

„Camille, behandle mich nicht, als wäre ich blöd. Du hast dich in ihn verliebt.“

Ihre Worte treffen mich wie ein Schlag ins Gesicht. Ist es derart offensichtlich? „Ich habe mich nicht in ihn verliebt“, widerspreche ich schwach und schaue zu Jake. Er sieht aus wie eine Marmorstatue, wie er da ein paar Schritte von uns entfernt steht. Ich mache mir keine Sorgen, dass er uns hört, dafür ist der Lärmpegel um uns herum zu hoch. Er behält mich fest im Blick. Es ist eigentlich wie bei den anderen Malen, doch heute gefällt es mir nicht. Es fühlt sich an, als könnte er meine Gedanken lesen und als durchschaue er mich. Sein attraktives unrasiertes Gesicht verrät eine Mischung aus Anspannung und Verärgerung.

Es ist lächerlich, dass er hier ist. Ich bin umgeben von Freunden und Familie, außerdem steht Entwarnung unmittelbar bevor. Hier kann sowieso nichts passieren.

„Ich habe mich nicht in ihn verliebt“, wiederhole ich leise und reiße mich von Jakes Anblick los.

Heather legt mir eine Hand auf den Oberschenkel. „Warum willst du es nicht zugeben?“

Ich hole tief Luft und beschließe, diese Unterhaltung zu beenden. „Da ist nichts, was ich zugeben müsste“, stelle ich klar, meine innere Stimme und das ungläubige Gesicht meiner besten Freundin ignorierend.

Sie seufzt, lehnt sich auf dem Liegestuhl zurück und legt die Beine hoch. „Weißt du noch, wie wir früher in den Sommerferien jeden Tag hier lagen, Fruchtpunsch tranken und uns bei deinem Bruder und seinen Kumpeln beschwerten, weil sie uns mit Wasser bespritzten?“

Ich erinnere mich gern an diese unbeschwerten Tage. Nur wir zwei mit großen Plänen, bevor die Wirklichkeit dazwischenkam. Damals gab es keine lähmende Hoffnungslosigkeit oder Furcht. Keine schlimmen Versuchungen und falschen Entscheidungen. Keinen Vater, der mir vorschreiben wollte, wer mein Prinz werden soll. Und Drohbriefe gab es auch keine. Ebenso wenig Jake Sharp. „Wenn es nur immer noch so einfach wäre!“

„Aber das könnte es sein.“ Heather nimmt die Sonnenbrille ab und sieht mich an. „Die meiste Zeit machen wir uns das Leben selbst schwer und kompliziert.“ Sie schwingt die Beine vom Liegestuhl und steht auf. „Ich weiß nicht, was dich aufhält, abgesehen von deinem Vater. Und was der denkt, kümmert dich eh nicht. Du bist für Jake jedenfalls nicht nur ein Auftrag.“ Sie beugt sich zu mir herunter und gibt mir einen Kuss auf die Wange. „Du solltest zu deinem Vater und deiner wundervollen Stiefmutter gehen. Sie will einen Geburtstagskuss von ihrem liebsten kleinen Mädchen. Wir sehen uns.“

Ich schaue Heather hinterher. Sie schüttelt den Kopf, als sie an Jake vorbeikommt. Er reagiert nicht darauf, verzieht keine Miene oder hebt auch nur eine Braue. Stattdessen richtet er den Blick wieder auf mich. Ich wende mich ab, stehe auf und suche meinen Vater, obwohl ich am liebsten bei mir zu Hause unter meine Bettdecke kriechen möchte.

Während ich durch den Garten gehe, sammle ich die innere Kraft, die ich für die Begegnung mit meinem Dad und meiner unerträglichen Stiefmutter brauche. Leider gelingt es mir nicht. Im Gegenteil, ich werde mit jeder Sekunde mutloser. Ich weiß, dass mein Vater in seiner tollen Bar in der Orangerie Hof hält, und ich weiß genau, dass irgendein langweiliger Geschäftspartner dabei ist, der meinem Dad so sehr gefallen will, wie er mir missfallen wird.

„Oh!“ Ich gebe einen kurzen Aufschrei von mir, als jemand mich knapp vor dem Eingang zur Orangerie in eine Nische zieht und mir den Mund zuhält. Ein harter Körper drückt mich gegen die Wand. Ich blinzle und starre in Jakes Augen. Seine Lippen befinden sich dicht vor dem Handrücken der Hand, die auf meinem Mund liegt.

„Als ich in der Armee diente, habe ich einmal zugelassen, dass mein Urteilsvermögen durch Emotionen getrübt wurde“, flüstert er. „Dadurch starben zwei meiner Freunde, und ich wurde angeschossen. Anschließend wurde ich als zu unberechenbar und labil eingestuft, um weiter Dienst zu tun.“

Ich rühre mich nicht, doch mein Herz schlägt schneller. Jake schließt die Augen, was mir den Trost nimmt, den sein Blick mir spendete, während er seine Geschichte hastig, aber klar und deutlich erzählt. Seine Nasenflügel beben. Es kostet ihn allergrößte Überwindung.

„Das Einzige, was mir wirklich etwas bedeutete, wurde mir genommen, weil ich eine falsche Entscheidung getroffen hatte. Und der Grund für diese falsche Entscheidung war, dass mein Privatleben meinen Job beeinträchtigt hat. Damals schwor ich mir, so etwas nie wieder zuzulassen, Camille. Und daran habe ich mich gehalten."

Ich höre den Schmerz in seinen Worten.

Er atmet tief ein und aus. „Bis du kamst", fügt er hinzu und sieht mich an.

Ich gebe einen erstickten Laut von mir, was ihn veranlasst, seinen Griff zu lockern. Sein Gesicht verschwimmt, weil mir Tränen in die Augen steigen. Seine Miene bleibt unbewegt, doch ich erkenne die Emotionen in seinem Blick.

Er muss schlucken, ehe er weiterspricht. „Ich kann mir keinen weiteren Fehler erlauben."

Diese Äußerung macht mir sofort Angst. Was bedeutet sie? Sein Gesicht ist nach wie vor ausdruckslos. Warum sagt er das jetzt, auf der Gartenparty meines Vaters?

Diese Frau. Die Frau auf dem Foto – sie war der Grund, weshalb er sein Urteilsvermögen infrage gestellt hat. Gilt das auch für mich? Bringe ich ihn dazu, sein Urteilsvermögen infrage zu stellen?

Er scheint noch etwas sagen zu wollen, zögert jedoch und sammelt sich, dann kneift er die Augen zu. Mein Herzschlag verlangsamt sich. Er sieht besiegt aus, bereit aufzugeben. Eine verräterische Träne rinnt mir die Wange hinunter und trifft auf seine Hand. Er öffnet die Augen wieder. Der innere Konflikt, den ich in ihnen lesen kann, macht mich fertig.

„Mein Bedürfnis, dich zu beschützen, geht weit über den verdammten Auftrag hinaus, Camille."

Seine sanft geflüsterten Worte sind ein rührender Kontrast zu seiner maskulinen Erscheinung.

Ich atme erleichtert auf und versuche, trotz der Tränen in meinen Augen etwas zu erkennen. Jake lässt die Hand sinken und tritt zurück, hinaus aus der Nische in die Öffentlichkeit. Er zuckt mit den Schultern, als wollte er sich entschuldigen, und mein Herz überspringt den normalen Rhythmus und fängt an zu rasen. Die Partygeräusche nehme ich nur als entferntes Summen wahr, die Gäste als träge Bewegung im Hintergrund. Irgendwie da und auch wieder nicht. Jake und ich nehmen die Welt um uns herum nicht mehr richtig wahr, wir befinden uns in einer Blase. Während ich ihm in die Augen schaue, begreife ich, dass er mich nicht in seine Dunkelheit hineinziehen wird. Er will, dass ich ihm dabei helfe, einen Weg hinaus zu finden. Er fühlt sich gefangen. Dieses Gefühl kenne ich. Ich weiß, wie es ist, keinen Ausweg zu sehen. Ich hatte Heather, die mir geholfen hat. Jake hat niemanden. Nur mich. Ich kann ihn nicht im Stich lassen. Ich muss ihm helfen.

Nur habe ich keine Ahnung, was ich tun soll. Mein Instinkt rät mir, zu ihm zu gehen. Doch mein nur eingeschränkt arbeitender Verstand erinnert mich daran, dass mein Vater sich ganz in der Nähe befindet. Er wird das mit mir und Jake nicht gutheißen. Im Gegenteil, er wird alles unternehmen, um es aufzuhalten. Das weiß ich und fürchte mich davor.

Ich trete aus der Nische heraus und schaue Jake an, während ich rückwärts gehend die Orangerie betrete. Zwischen uns herrscht ein stummes Verständnis. Ich bereite mich innerlich schon auf die Erklärungen für meinen Dad vor.

Jakes Bedürfnis, mich zu beschützen, geht über seinen gut bezahlten Auftrag hinaus?

Wie weit?

19. Kapitel

Jake

Ich folge Camille, die sich ihren Weg durch die Menge bahnt und dabei jeden ignoriert, der mit ihr zu plaudern versucht. Ihre Eile ist beruhigend. Mir ist nicht wohl dabei, dass sie überhaupt hier ist, ob es sich nun um das Haus ihres Vaters handelt oder nicht. Wir haben nach wie vor Tag drei. Ich bin immer noch nervös, und dass Logan meinen Schutz für sie nicht mehr will, macht die Sache nicht besser.

Es war gar nicht meine Absicht, sie festzuhalten und ihr Details meiner dunklen Vergangenheit anzuvertrauen, aber im Lauf des Abends merkte ich, wie sie sich von mir entfernte. Und ich kann den Gedanken nicht ertragen, sie gehen zu lassen. Ich werde alles tun, damit sie in meinem Leben bleibt. Selbst wenn das bedeutet, dass ich mich ihr offenbare. Selbst wenn es bedeutet, meinen Verstand zu verlieren. Es ist ohnehin zu spät, ich komme mir längst verrückt vor.

Ich habe nichts zu verlieren. Wider besseres Wissen habe ich mich praktisch vor ihr niedergeworfen. Mir ist es schon einmal passiert, dass eine Frau mir den Boden unter den Füßen weggezogen hat. Ich habe nie damit gerechnet, dass mir das erneut passieren könnte. Ich fühle mich verletzlich, und es macht mir Angst. Zugleich habe ich mehr Hoffnung denn je.

Camille Logan kann mich härter treffen als alles, was mir in den vergangenen Jahren widerfahren ist. Sie hat einen stärkeren Einfluss. Sie besitzt die Fähigkeit, mich zu zerstören. Andererseits verkörpert sie meine einzige Hoffnung darauf, wieder glücklich zu werden und mich aus den Klauen meiner Vergangenheit zu befreien.

Im Augenblick kann ich ihr nur einen winzigen Teil meiner Geschichte erzählen. Zu mehr bin ich nicht in der Lage. Zum Glück ist es leicht, mir einzureden, dass sie momentan genug anderes um die Ohren hat, auch ohne meinen Mist. Gute Ausrede. Ein bisschen fühle ich mich schuldig, weil ich sie ohne die leiseste Vorwarnung mit meiner dunklen Seite konfrontiert habe. Und ohne sämtliche Informationen, die sie bräuchte, um eine durchdachte Entscheidung treffen zu können. Aber ich will sie unbedingt behalten und nicht gefährden, was zwischen uns ist, noch bevor es richtig angefangen hat. Ich sah keinen Abscheu in ihren Augen, als ich ihr einen kleinen Happen meiner Geschichte anbot. Da war nur Kummer. Doch genau darin liegt das Problem. Was ich ihr erzählt habe, war nur ein Teil meiner Vergangenheit, ich muss jedoch erst die Kraft finden, um ihr auch den Rest anvertrauen zu können. Um mich diesem Teil meines alten Lebens zu stellen. Um das Richtige zu tun und die Vergangenheit endlich hinter mir zu lassen.

Camille sprengt ohne zu zögern die Runde ihres Vaters. Lächelnd unterbricht sie die Unterhaltung. Trevor Logan mustert erst mich, ehe er seine Aufmerksamkeit ganz auf seine Tochter richtet, genau wie sie es wünscht. Sein Blick verrät mir alles, was ich wissen muss. Ich gehöre nicht zu der Sorte Mann, die er für seine Tochter will. Mir sind seine Macht und sein Einfluss durchaus bewusst. Er könnte mich vernichten. Könnte veranlassen, dass ich aus der Agentur fliege. Ich muss mir gut überlegen, wie ich diese Sache am besten angehe.

Logans Lakaien behalten mich im Auge, während er sich mit seiner Tochter befasst. Seine aktuelle Frau Chloe hält sich in der Nähe auf, doch ist ihre Aufmerksamkeit auf etwas anderes gerichtet, sobald ihr Ehemann durch Camille abgelenkt ist. Sie unterhält sich mit einem Mann, und ich schaue genauer hin. Sie wirkt ein bisschen verschämt, immer wieder geht ihr Blick wachsam und misstrauisch zu Camille und Logan. Dann hebt der Mann die Hand und streift sacht ihren Arm, worauf sie erschrocken zurückzuckt und davongeht, nicht ohne ihm vorher einen warnenden Blick zuzuwerfen. Das veranlasst ihn, sich umzuschauen, ob irgendwer sie beobachtet. Er scheint sich zu entspannen, als er sieht, dass Logan und die Leute um ihn herum ganz auf Camille konzentriert sind. Pech für ihn, dass ich ihm nicht auffalle. Ich ziehe mein Telefon aus der Tasche, schreibe eine kurze Nachricht, mache diskret ein Foto und hänge es an die Mail.

Ich glaube, Logans Frau hat eine Affäre. Bild im Anhang. Wer ist er?

Ich drücke auf „Senden“ und erhalte umgehend eine Antwort.

Bin dran. Habe gerade herausgefunden, dass Logan den Aufenthalt in der Entzugsklinik für Sebastian Peters bezahlt hat. Ich habe mir das Konto des Jungen angeschaut. Am Tag seiner Einlieferung wurden hunderttausend überwiesen. Ganz angenehm.

Ich bewahre die Fassung. Aber nur gerade so.

Logan hat den kleinen Bastard bezahlt? Und was erreicht er damit? Ein oder zwei Jahre lang finanzierte er so die Drogensucht dieses Abschaums. Logan hätte einfach das tun sollen, was ich vorhabe: ihn umbringen. Logan hatte keine Ahnung, dass dieses Schwein seine Tochter schlug. Er wird alles tun, um Sebastian Peters von Camille fernzuhalten, das muss ich ihm zugutehalten, auch wenn sein Plan dämlich war. Es zeigt mir außerdem, womit ich zu rechnen habe, falls er von mir und seiner Tochter erfährt.

Ich stecke mein Handy ein und beobachte, wie Chloe zu ihrem Mann zurückkehrt. Falsch lächelnd legt sie Camille einen Arm um die Schultern und drückt sie. Ich kann sehen, wie Camille erstarrt. Ein weiterer Mann gesellt sich zu ihnen, und als der Camille auf die Wange küsst, erwacht der Neandertaler in mir und will sich am liebsten auf ihn stürzen. Logan lächelt zärtlich, während Camille das Gesicht verzieht und zurückweicht. Ein Verehrer? Der Sohn eines Freundes, den Logan mit Camille verheiraten will? Ein Knurren steigt aus meiner Kehle auf. Er ist Camille zuwider. Er ist *mir* zuwider. Camille löst sich aus der Gruppe, und ihr Vater macht ein enttäuschtes Gesicht. Sie gibt ihm jedoch nicht die Gelegenheit, sie aufzuhalten.

Rasch geht sie an mir vorbei. Sie scheint es genauso eilig zu haben wie ich, aus dieser riesigen Villa zu fliehen. Ich überhole sie, um ihr die Tür aufhalten zu können. Während ich das tue, schaue ich zurück. Logan beobachtet uns mit nachdenklicher Miene. Ich sehe ihm für einen Moment in die Augen – länger, als ich sollte, drohend, ich kann es nicht verhindern. Das ist ziemlich dumm, denn ich sollte ihn nicht noch misstrauischer machen. Nur macht es mich wahnsinnig, zu beobachten, wie er versucht, seine Tochter diesem Kerl in die Arme zu schubsen.

„Ich muss mich noch von Heather verabschieden", sagt Camille und geht Richtung Pool. Ich habe keine andere Wahl, als ihr zu folgen, obwohl ich sie mir am liebsten schnappen und mit ihr nach Hause fahren würde, um sie vor der würdelosen Welt ihres Vaters zu beschützen.

Sie findet Heather schnell und flüstert ihr etwas ins Ohr. Die Augen ihrer Freundin leuchten, doch ihr Mund bleibt unbewegt, als sie zustimmend nickt. Ich spüre, dass jemand mich beobachtet, und schaue zur Seite. Tatsächlich betrachtet eine ältere Frau mich mit wissender Miene. Heathers Mutter. Ich tue nichts, um ihre Vermutung zu bestätigen, wie immer die auch aussehen mag. Stattdessen halte ich meine professionelle Fassade aufrecht.

„Fertig?", fragt Camille, die auf mich zukommt.

„Geh einfach weiter", raune ich ihr zu, denn gerade sehe ich, wie Logans Sicherheitsleute aus der Orangerie kommen und die Poolgegend absuchen.

Cami geht wie befohlen an mir vorbei, und ich lasse den Blick unauffällig über die Menge schweifen, während ich ihr folge. Ich schaue mir alle Gesichter genau an und bin äußerst wachsam. Unwillkürlich taste ich nach meiner Waffe im Halfter und vergewissere mich, dass sie da ist, bereit, jedem, der versucht, uns aufzuhalten, das Hirn rauszupusten. Der Blick, mit dem ich Logan ansah – ich hätte ihn nicht auf diese Weise herausfordern dürfen.

Sobald wir den Garten verlassen haben und um das Haus gehen, schließe ich zu Camille auf und lege ihr eine Hand auf den Rücken, um sie zur Eile anzutreiben.

„Du bist nervös", stellt sie fest, während ich die Entfernung zu meinem Range Rover abzuschätzen versuche. „Warum?"

„Ich will dich einfach nur nach Hause bringen." Ich öffne die Beifahrertür und hebe Camille praktisch auf den Sitz, dann laufe ich um den Wagen und steige ein. Als ich den Motor starte, sehe ich Logans Gorillas um die Ecke kommen.

„Hey, was wollen Pete und Grant denn?" Camille wirft mir einen fragenden Blick zu.

Ich fahre die Auffahrt entlang, viel schneller, als ich vorhatte. Mir schwirrt der Kopf.

„Jake!"

„Ich weiß es nicht", meine ich und gebe noch mehr Gas.

„Sie könnten neue Informationen haben", vermutet sie ganz unschuldig. „Vielleicht hat Dad herausgefunden, wer die Drohungen geschickt hat."

„Ich bezweifle, dass sie über die Drohungen sprechen wollen." Das ist nur zur Hälfte gelogen, aber was kann ich ihr schon sagen? Dass ich annehme, ihr Vater verbirgt etwas? Ich fühle mich kein bisschen schuldig, weil ich die jüngsten Fotos vor ihr geheim gehalten habe – diejenigen, die ich an der Windschutzscheibe ihres Wagens befestigt fand. Sie hat auch so genug um die Ohren.

„Worüber dann?", will sie wissen.

„Was glaubst du, würde dein Vater machen, wenn er das mit uns herausfände?" Ich sehe sie an. Sie wirkt entsetzt.

„Er würde sagen, niemand sei gut genug für mich, höchstens der idiotische Sohn irgendeines Geschäftspartners."

„Das weiß ich, Engel. Doch du hast meine Frage nicht beantwortet."

„Er würde alles unternehmen, um dich von mir fernzuhalten." Gequält gesteht sie sich ein, was wir beide wissen. „Aber du bist gut genug", sagt sie leise.

„Ich bezweifle, dass dein Vater der gleichen Meinung sein wird." Ich nehme ihre Hand, drücke sie beruhigend und beschließe, die klitzekleine Information, dass Logan hunderttausend an Seb bezahlt hat, für mich zu behalten. Es ist ohnehin bedeutungslos, da es nicht funktioniert hat, und es würde Camille nur aufregen, weil ihr Vater sich wieder einmal in ihr Leben eingemischt hat. Dabei sind Logans Motive durchaus nachvollziehbar. Camilles Bedürfnis nach Unabhängigkeit ist nicht immer gut, besonders, wenn es um bestimmte Exfreunde geht. Störrisches kleines Ding.

„Es ist mir egal, was er denkt", verkündet sie. „Er ist besessen davon, alles kontrollieren zu wollen. Aber mich wird er nicht kontrollieren. Ich werde keinen Mann heiraten, nur damit Dad noch mehr Millionen verdient!"

„Du liegst ihm am Herzen. Er will dich nur beschützen." Ich sage das aus Gründen, die mir selbst nicht ganz klar sind.

Sie sieht mich an, in ihren hellen Augen lodert Leidenschaft.

„Jetzt habe ich ja dich, um auf mich aufzupassen."

Mir stockt der Atem. Nie zuvor hat etwas derart gut geklungen. So richtig. „Du hast jetzt mich", bestätige ich leise und konzentriere mich wieder auf die Straße.

Ich bringe Cami nicht zurück zu ihrer Wohnung, sondern zu meiner. Trevor Logan soll nicht wissen, wo wir sind, und seine Gorillas könnten uns nur dann aufspüren, wenn sie sich in die Computer der Agentur hacken. Das wird aber nicht passieren.

Ich biege in das offen stehende Tor der Fabrikhalle im Hafenviertel ein und amüsiere mich über Camilles spürbare Besorgnis.

„Wo sind wir?" Sie sieht sich mit halbherzig verborgenem Entsetzen um.

„Bei mir zu Hause." Ich steige aus und versuche, nicht über ihren Abscheu zu lachen. Sie ist wirklich entsetzt.

Sie nimmt meine Hand und lässt sich von mir aus dem Wagen helfen. „Hier wohnst du?"

„Ganz recht, Engel." Ich gehe voran und lausche auf das Klappern ihrer Absätze hinter mir auf dem Beton, doch als ich den alten Lastenaufzug erreiche, höre ich immer noch nichts. Ich tippe meinen Code ein und drehe mich um. Camille sieht sich staunend auf der riesigen offenen Fläche um, dann hoch zu den Stahlträgern und dem Wellblechdach darüber. Das sanfte Abendlicht scheint durch eine der kaputten Platten auf ihr Gesicht. Ich lächle, weil es hier wirklich etwas heruntergekommen ist und ihre Reaktion deshalb durchaus nachvollziehbar. „Kommst du, oder soll ich dir den Kaffee nach unten bringen?"

Sie wirft mir einen verächtlichen Blick zu. „Es ist nicht ganz das, was ich erwartet habe, das ist alles."

„Ein bisschen wie in meinem Fall? Mit mir hast du ja auch nicht gerechnet." Ich wackle mit einer Braue und amüsiere mich darüber, wie Camille sich krampfhaft bemüht, nicht die Nase zu rümpfen.

„Ja, ganz genau", gibt sie zu und kommt zu mir. „Warum hast du mich hierher gebracht?"

„Weil ich glaube, dass dein Daddy möglicherweise versucht hat, uns beschatten zu lassen."

„Von Pete und Grant?"

„Ja." Ich bugsiere sie in den Fahrstuhl und verursache ziemlichen Lärm, indem ich das rostige Gitter zuziehe. „Die sind nicht gerade unauffällig, was?"

„Du auch nicht." Sie lacht und wedelt mit dem Zeigefinger auf und ab, um meine Größe anzudeuten.

Ich zwinkere ihr frech zu und lege ihr einen Arm um die Schultern, als wir die Fabriketage erreichen. Ich drücke sie an mich und genieße ihre Nähe. „Bei meinem Job geht es darum, Präsenz zu zeigen, Camille, eine deutlich sichtbare Warnung zu sein."

„Die habe ich irgendwie übersehen."

Ihr Telefon klingelt, und sie schaut darauf, genau wie ich. Ihr Vater. Sie nimmt den Anruf nicht entgegen und schaltet das Handy aus. Wäre sie nicht schneller gewesen, hätte ich es getan. Dann schmiegt sie sich wieder glücklich an meine Seite und summt zufrieden. Der Fahrstuhl hält ruckelnd an und verkündet damit unsere Ankunft in meiner Wohnung. Camille gibt einen leisen Protestlaut von sich, als ich sie loslasse, um das Gitter zurückzuschieben, aber ihr Grummeln weicht einem ehrfürchtigen Ausruf, sobald sie mein Wohnzimmer sieht.

„Schon besser?“, frage ich und bleibe zurück, während sie zögernde Schritte vorwärts macht und sich staunend umschaut.

„Wow.“ Sie dreht sich schwungvoll zu mir um und sieht mich verblüfft an. „Einfach ... wow.“

Ich lächle, lege ihr die Hände auf die Schultern und führe sie durch den riesigen Raum zu meinem Schlafzimmer. Das Verlangen, sie auf das Bett zu werfen und ihr die Kleider vom Leib zu zerren, ist beinah übermächtig. Leider habe ich vorher noch ein paar Dinge zu erledigen. Also zwinge ich mich, sie weiterzuführen. Lächelnd registriere ich die erwachende Lust in ihrem Blick.

Das Panorama der Stadt kommt in Sicht, und ich weiß, dass sie es bemerkt hat, doch will sie den Blickkontakt zwischen uns nicht abreißen lassen. Das ist ein ziemliches Kompliment, denn die Aussicht ist schon toll.

„Geh duschen“, befehle ich ihr und löse ihr Haarband, sodass ihre Mähne ihr auf den Rücken herabfällt. Mein Verlangen überwältigt mich, ich drücke mein Gesicht in diese blonde Flut, die über ihren Nacken strömt, atme den Duft ein und freue mich auf das, was mich erwartet, nachdem ich alles Nötige erledigt habe.

„Ganz allein?“ Sie legt mir die Hände auf die Schultern und bohrt die Fingernägel hinein.

Ich stöhne, das Blut schießt mir in den Schritt.

„Warte in zehn Minuten in meinem Bett auf mich“, fordere ich sie auf und mache mich von ihr los. „Handtücher findest du im Regal.“ Ich gehe, und sie zieht einen Schmollmund. In ihren großen Augen liegt ein Ausdruck von Enttäuschung. „Zehn Minuten“, wiederhole ich. Das fällt mir nicht leicht, doch werde ich mich erst entspannen können, wenn ich ein paar Dinge geklärt habe.

Ich durchquere das Wohnzimmer, zerre mir die Krawatte vom Hals und ziehe mein Jackett aus. Beides werfe ich im Vorbeigehen auf die Couch. Ich lasse mich in einen Sessel fallen, nehme mein Handy aus der Tasche und wähle Lucindas Nummer, während ich den obersten Hemdknopf öffne.

„Ich wollte dich gerade anrufen“, begrüßt sie mich.

„Warum?“

„Wir haben Logans E-Mails gehackt.“

„Wir hatten doch Zugang zu seinen E-Mails“, erinnere ich sie.

„Aber nicht zu diesen. Er hat uns nicht zu allen Zugang gewährt. Hast du eine Ahnung, wieso?“

„Shit, ich wusste es.“ Ich verziehe den Mund. „Er verbirgt tatsächlich was.“

„Allerdings. Vor zwei Tagen erhielt er eine E-Mail. Unbekannte IP-Adresse, nicht zurückzuverfolgender Account. Die E-Mail wurde vom Server gelöscht, doch ich kann dir verraten, dass sie einen Anhang hatte.“

Ich richte mich ein wenig im Sessel auf. „Was war das für ein Anhang?“

„Das kann ich nicht genau sagen, aber bei der IP-Adresse schrillten sämtliche Alarmglocken. Verdächtig ist auch, dass die Mail so schnell vom Server gelöscht wurde. Logan rief an und bestätigte, dass dein Vertrag beendet sei. Ich wies ihn auf die Fotos hin, die per Post gekommen sind, sowie auf die, die du an Camilles Wagen entdeckt hast. Er meinte, seine eigenen Sicherheitsleute seien der Quelle dieser Drohungen auf der Spur. Ich glaube ihm nicht."

„Ich auch nicht." Ich hole tief Luft, lehne mich zurück und streiche mit einem Finger über mein stoppeliges Kinn. „Die Drohung besteht weiterhin, aber mich will er trotzdem nicht mehr?"

„Scheint so. Wieso, Jake?"

„Ich habe keine Ahnung." Ich würge ihren Versuch ab, das Gespräch in eine bestimmte Richtung zu lenken. „Hast du etwas über die aktuelle Ehefrau herausgefunden?"

„Warum hast du mich überhaupt gebeten, über seine Frau Nachforschungen anzustellen?"

„Die ist durchtrieben. Ich mag sie nicht."

„Du hältst jeden für durchtrieben!" Sie lacht. „Aber weshalb du glaubst, seine Frau könnte ihre Stieftochter bedrohen, verstehe ich nicht."

„Verrate mir einfach, was du herausgefunden hast." Ich stöhne, meine Frustration nimmt zu. Ständig diese Sackgassen, in die wir geraten. Irgendwo muss es doch einen Anhaltspunkt geben!

„Ich habe einen Namen zu dem Typen, dessen Foto du mir geschickt hast. Simon Sanders. Das ist Logans Anwalt. Sein Scheidungsanwalt."

„Logans Frau hat eine Affäre mit seinem Scheidungsanwalt?", frage ich verblüfft. Nicht zu fassen.

„Sieht ganz danach aus, und zwar wohl schon seit Monaten. Die zwei schreiben sich ständig E-Mails. Ich lese sie dir nicht vor, damit du nicht errötest."

Ich muss lachen. „Behalt die beiden weiter im Auge. Ich rufe dich morgen wieder an."

Ich beende das Gespräch und wähle eine andere Nummer. Logan meldet sich sofort, obwohl er zweifellos nach wie vor Gäste bewirtet auf der Geburtstagsparty seiner untreuen Ehefrau. Anscheinend hat er meinen Anruf erwartet. Ich komme gleich zur Sache: „Ihre Sicherheitsleute waren ja richtig scharf darauf, mich noch zu erwischen, als wir die Party verließen."

„Ja, ich wollte Sie sprechen, ungestört. Sie schienen es jedoch eilig zu haben."

In seinem Ton schwingt Misstrauen mit; wir wissen beide, worum es geht.

„Sie bezahlen mich, damit ich Ihre Tochter beschütze. Mir gefiel die Absicht nicht, die ich in den Gesichtern Ihrer Männer las."

„Deren Absicht bestand einzig darin, Sie zu bitten, für einen kurzen Moment zurückzukommen, damit wir uns unterhalten können. Camille hat von meinem Sicherheitsteam nichts zu befürchten."

Team? Seine Security ist ein Witz. Er könnte eine ganze Armee von diesen fetten Idioten haben. Jeder Mann mit ein bisschen Grips kann die überlisten. „Jeder stellt eine potenzielle Gefahr dar", sage ich knurrend. „Worüber wollten Sie sprechen?"

„Ihre Dienste sind nicht länger erforderlich."

Er sagt das, was ich erwartet habe, doch statt ihm um die Ohren zu hauen, dass ich von seinem geheimen E-Mail-Account weiß, schlage ich einen anderen Weg ein. Es gibt einen Grund dafür, dass er uns zu diesem Account keinen Zugang gewährt hat, und den will ich herausfinden. „Habe ich bereits gehört. Darf ich fragen, warum?"

„Wir kümmern uns selbst um die Sache", antwortet er sachlich, was mich wütend macht. Elender Lügner. „Wie ich schon vermutet habe, stecken hinter den Drohungen Konkurrenten, mit denen ich Ärger hatte. Große Klappe, nichts dahinter."

„Namen?"

„Es ist wahrscheinlich am besten, wenn ich mich selbst darum kümmere."

„Genügt es Ihnen, wenn Cami *wahrscheinlich* sicher ist?" Ich hoffe für ihn, dass er Nein sagt, andernfalls fahre ich zurück zu seinem verdammten Anwesen und erschieße ihn.

„Cami?" Er vergisst alles andere und stürzt sich auf meinen kleinen Fehler.

Mist!

„Seit wann genießen Sie das Privileg, meine Tochter bei ihrem Kosenamen zu nennen?"

Sein Ton sagt alles. Sein Eindruck von mir, seine Missbilligung. *Na los, raus damit, Logan.*

Mir ist durchaus bewusst, dass ich mit ihrem Vater spreche, doch alles, was ich weiß, weckt bei mir nicht gerade den Wunsch, ihn mit Respekt zu überhäufen. „Seit *sie* mich darum gebeten hat." Ich stoße diese Worte aus. „Solange die Wünsche meiner Schutzpersonen deren Leben nicht gefährden, erfülle ich sie gern, Mr. Logan." Ich kann mir nicht helfen, ich muss ihn zwischen den Zeilen lesen lassen. „Ich bezweifle, dass der schlichte Wunsch, sie beim Kurznamen zu nennen, eine Gefährdung ihres Lebens darstellt. Sie etwa?" Am liebsten würde ich noch hinzufügen, dass ihr Name besonders toll klingt, wenn er zusammen mit einem Lustseufzer ausgesprochen wird. Wenn ich in ihr bin, tief und hart. Aber das tue ich natürlich nicht, denn das wäre rachsüchtig und würde doch nur bestätigen, was er zu wissen glaubt.

Mir ist klar, wie wichtig es ist, ihn auf eine falsche Fährte zu locken. Das fällt mir schwer, da ich innerlich vor Wut koche, weil er, was das Schutzbedürfnis seiner Tochter angeht, mir gegenüber nicht ehrlich war. Aber ich muss mich zügeln.

Er ist bereit, Cami einem Risiko auszusetzen, nur um mich von ihr fernzuhalten? Ich fürchte, darauf läuft es hinaus. Hat er überhaupt eine Ahnung, mit wem er es zu tun hat? Ich bin kein erbärmliches Privatschuljüngelchen mit einem Drogenproblem. Und ich lasse mich auch nicht von ihm kaufen, nicht mal mit allem Geld dieser Welt. Ich werde dafür sorgen, dass Trevor Logan sich zum ersten Mal in seinem Leben schwach und machtlos fühlt. Und ich werde es verdammt noch mal genießen.

„Was immer meine Tochter will“, murmelt er, und ich verziehe das Gesicht.

„Was immer Camille will“, sage ich. „*Ich* werde mich zurückziehen, sobald ich konkrete Hinweise darauf habe, dass Cami nicht länger in Gefahr ist. Ich kann eine saubere Bilanz vorweisen. Deswegen haben Sie mich engagiert. Schon vergessen?“ Ich widerstehe der Versuchung, hinzuzufügen, dass ich seiner Tochter gleich geben werde, was sie *wirklich* braucht, und beende das Gespräch.

Mich.

Ich habe außerdem darauf verzichtet, diesem pompösen Arsch mitzuteilen, dass seine Frau von seinem Scheidungsanwalt bekommt, was *sie* braucht. Die Informationen kommen allmählich herein, doch ich beschließe, dass es sicherer ist, Cami nicht zu erzählen, was ich erfahren habe. Einerseits sträubt mein Instinkt sich dagegen, andererseits halten sich meine Schuldgefühle deswegen in Grenzen. Dass Logan Camis Ex bestochen hat, die Untreue seiner Frau sowie der geheime E-Mail-Account – das alles ist Munition, die ich in einem Kampf einsetzen kann, den ich nicht zu verlieren beabsichtige.

Ich werfe das Handy auf meinen Schreibtisch, lege die Füße hoch und lehne den Kopf zurück. Trotz all der Enthüllungen fühle ich mich zum ersten Mal heute entspannt. Denn sie ist hier. Bei mir. Es war ein langer, anstrengender Tag. Und ich kenne eine wundervolle Art, ihn mit einem Höhepunkt zu beenden.

Ich stehe auf und gehe zum Barschrank. Mir weht der Duft von Jack Daniel's in die Nase. Ich hatte lange keinen Drink, und während eines Auftrags trinke ich ohnehin nichts. Andererseits übe ich meinen Job für gewöhnlich auch nicht innerhalb der sicheren Mauern meines Apartments aus. Ich nehme ein Glas, schenke mir ein anständiges Quantum ein, hebe es an meine Lippen und atme tief ein. Oh, das riecht gut. Ich kippe das Zeug herunter und knalle das Glas auf den Tisch. Vom Alkohol erzeugte Wärme breitet sich in mir aus.

Dann gehe ich zum Badezimmer und knöpfe unterwegs mein Hemd auf. Hinter der Tür höre ich das Rauschen des Wassers, das auf Camilles nackten Körper prasselt. Ich streife mir das Hemd ab, lasse es fallen, ziehe Hose und Schuhe vor der Schlafzimmertür aus. Nackt laufe ich weiter. Das Wasserrauschen wird lauter, als ich auf der Türschwelle des mit Dampf gefüllten Raumes stehe. Leise bewege ich mich durch den Wasserdampf zur Dusche, bis ich nur noch einen Schritt von der Glastür der Duschkabine entfernt bin.

Cami hat mir den Rücken zugekehrt, ihr schlanker nasser Leib lockt mich. Ich könnte die ganze Nacht einfach nur dastehen und ihr dabei zuschauen, wie sie ihre Hände über ihre Haut gleiten lässt, den Kopf in den Nacken gelegt, während das Wasser auf ihr Gesicht prasselt. Ihr nasses blondes Haar klebt an ihrem Rücken und reicht bis auf ihren wundervollen kecken Po hinunter. Sie hebt die Hände und stützt sich an den Fliesen ab. Mein Schwanz zuckt und will sie.

Ich öffne die Tür und sehe, wie sie ein wenig zusammenschreckt. Sie weiß, dass ich da bin. Meine Lippen teilen sich, und ich bereite mich innerlich auf das Vergnügen vor, das mir zuteilwerden wird. Ich betrachte ihren Rücken, als sie die Hände von der Wand nimmt. Sie neigt den Kopf zur Seite. Ihre Augen allerdings nicht. Das braucht sie auch nicht. Ihr Körper spricht zu mir und fordert mich auf, sie zu nehmen. Meine Erektion sagt das Gleiche.

Ihre Zartheit müsste mich eigentlich hemmen, aber ich weiß, dass ich ihr nicht wehtun kann. Dafür ist sie viel zu stark, und wenn wir miteinander vereint sind, spüre ich aus unerklärlichen Gründen, wie diese Kraft noch wächst. Camille zehrt von mir, wie ich von ihr zehre. Sie will mich. Sie ist ahnungslos. Dennoch werde ich weiterhin Informationen zurückhalten, die sie veranlassen könnten, ihre Meinung zu ändern. Momentan existiert die sehr reale Bedrohung durch ihren korrupten Vater; sie vor ihm zu schützen hat für mich oberste Priorität. Diese Frau zu beschützen ist nicht nur mein Job. Es ist die Mission meines Lebens.

Ich greife in ihr Haar und streiche es zur Seite, sodass ich ihren vollkommenen Rücken betrachten kann. Sie zeigt mir weiterhin ihr Profil, nimmt mir die gebündelten Haare aus der Hand und lässt sie an ihrer Vorderseite herunterhängen. Sacht lege ich ihr die Finger in den Nacken, und diese leichte Berührung veranlasst sie, die Brüste herauszustrecken und den Rücken durchzubiegen.

Meine animalische Seite will, dass ich sie sofort nehme, doch das verbieten die zunehmenden zärtlichen Gefühle in meinem Herzen. Jede Frau, die in dieser Wohnung war, wurde gevögelt. Hart, schnell, ohne auch nur einen Gedanken an ihr Vergnügen zu verschwenden. Cami ist jedoch keine dieser gesichtslosen Bettgenossinnen.

Langsam und mir der Wirkung auf sie bewusst, ziehe ich eine perfekte gerade Linie ihren Rücken hinunter und lecke mir dabei über die Lippen. Ich höre, wie ihre Atmung sich beschleunigt. Es ist wie eine Droge. Eine süchtig machende Droge. Meine Fingerspitzen erreichen die kleinen Einbuchtungen über ihrem Po und vollführen dort kreisende Bewegungen, bevor ich besitzergreifend eine ihrer Backen packe. Camille zuckt zusammen und stützt sich erneut an der Wand ab. Ein kurzer Schrei durchdringt den Raum.

Ich steige in die Duschkabine, denn ich kann mich nicht länger zurückhalten. Meine nasse Brust schmiegt sich an ihren Rücken. Mein harter Penis streift aufreizend die zarte Haut an ihrem Rücken, und wir pressen uns aneinander. Ich lasse ihren Po los, was nicht so schlimm ist, da wir uns überall berühren. Sachte beiße ich in ihren feucht glänzenden Nacken, meine Hände finden ihre Brüste und umschließen sie.

„Was soll ich mit dir tun, Camille?", flüstere ich und drücke sie ein wenig gegen die Wand.

Sie dreht den Kopf nach hinten, schmiegt ihr Gesicht an meins, bis sie meine Lippen findet. Die Wildheit ihres Kusses löscht alle meine Gedanken aus.

„Tu, was du willst. Nimm dir, was du willst."

Ihre Worte gehen mir durch und durch, ich spüre sie bis tief in mein Herz, und sie erwecken einen weiteren kleinen Teil von mir zum Leben.

Ich stoße ein Knurren aus, das von den Wänden der Duschkabine widerhallt. Ich drehe Camille zu mir um, lege die Hände unter ihre Schenkel, hebe sie hoch und presse sie mit dem Rücken gegen die Fliesen. Sie schnappt nach Luft und windet sich, wobei sie sich an meine Schultern klammert. Die Berührung unserer nassen Haut steigert mein Verlangen noch, ich glaube, das ist ihr bewusst. Wenn ich in der Stimmung wäre, würde ich diese Neckerei in die Länge ziehen, bis Camille mich anfleht, nur um zu erfahren, wie sehr sie mich will.

Doch mein verzweifelter Wunsch, endlich die Belastungen dieses Tages hinter uns zu lassen, verhindert das. Also hebe ich sie an, bringe mich in Position und lasse sie auf meine harte Erektion herabsinken.

Sie feucht und warm zu spüren löst genau die Empfindungen aus, die ich erhofft habe. In meinem Kopf existiert nichts mehr außer Cami. Sie ist alles, was ich sehe und fühle. Sie gehört zu mir, ihr Geist, ihr Körper, ihr Herz. Ich werde das alles lieben und ehren, mit ganzer Kraft. Und Gott sei mein Zeuge – ich werde jeden vernichten, der sie mir wegzunehmen versucht, ob es nun ihr Exfreund ist, ihr Vater oder eine unbekannte Bedrohung. Blut wird vergossen werden, und es wird mir nicht leidtun.

Amen.

Ich ziehe mich zurück, genieße jede Sekunde und dringe erneut tief in sie ein, sodass sie aufschreit, als sie gegen die Fliesen gedrückt wird. Ich beabsichtige, dieses Vergnügen bis weit in die Nacht hinein auszudehnen, bis sie körperlich erschöpft ist und ich sie ins Bett tragen muss. Zu wissen, dass sie das auch will, macht es mir sehr leicht, mir Zeit mit ihr zu lassen. Ich finde ihre geschwollenen Lippen und küsse sie zärtlich, erkunde mit der Zunge ihren Mund. Ihr Stöhnen spornt mich an. Sie legt die Arme um meinen Nacken und erwidert den Kuss voller sinnlicher Hingabe. Ich lasse die Hüften kreisen, Reibung und Druck erzeugend. Mit jedem Eintauchen wird es schwerer, mich zu beherrschen. Bei jedem Rückzug pocht meine Erektion heftiger, zumal ich sehe, dass Camille genauso überwältigt ist wie ich.

Ich bin jedoch noch nicht bereit, das zu beenden.

Überraschend für mich selbst gleite ich aus ihr zurück, vor Lust zitternd und eigentlich erneut ihre sinnliche Wärme suchend. Doch statt in sie einzudringen, lasse ich sie herunter, gehe vor ihr auf die Knie und küsse die Innenseiten ihrer Schenkel.

„Oh!“ Sie krallt die Hände fester in mein Haar, während ich mich langsam zu ihrer Mitte hocharbeite, die sie mir darbietet.

„Hmm.“ Ich lecke ihren Kitzler, knabbere zärtlich daran. Wow, es ist göttlich.

„Jake!“ Ein Zittern durchläuft ihren Körper.

Ich könnte sie innerhalb von Sekunden zum Höhepunkt bringen, wenn ich weitermachte. Aber das würde mir nicht reichen. Also streiche ich mit der Zunge ihren Bauch hinauf bis zu ihren Brüsten und den harten dunklen Spitzen, die sich nach meiner Aufmerksamkeit sehnen. Ich widme mich den beiden ausgiebig, während das Wasser auf meinen Rücken prasselt und Cami ihren Griff in mein Haar verstärkt.

„Willst du mich wieder in dir spüren, Engel?“ Ich beiße sanft in eine der aufgerichteten Brustwarzen, ziehe mit den Zähnen daran und gebe sie wieder frei. „Sag es mir, Cami. Sag mir, wo du mich willst.“

Sie lässt keuchend den Kopf nach vorn sinken, die Begierde ist ihrem schönen Gesicht deutlich abzulesen.

„Ich will das.“

Sie umfasst mich. Ich schnappe nach Luft.

„Ich will das da in mir.“

Ich habe keine Ahnung, wie sie das schafft, aber sie drängt mich hinunter, bis ich auf meinem Hintern lande. Im Nu ist sie auf meinem Schoß, stützt sich auf meine Schultern und drückt mich tatsächlich weiter nach unten, bis ich auf dem Rücken liege. Ich spiele amüsiert mit, der harte Boden der Dusche stört mich nicht. Sie kniet sich über mich und beobachtet mich, während sie die Finger zwischen ihre Beine gleiten lässt und sich meine Erektion schnappt.

Verdammt, sie wird mich reiten. Das erfordert zwar Beherrschung meinerseits, der Anblick macht mich jedoch selig. Ich lege die Arme über den Kopf, da sie sich Zeit nimmt, mich zu führen. Ihr Mund wirkt entspannt, die Lider sind halb geschlossen. Dieses Bild hat gerade den Platz meines Lieblingsanblicks aller Zeiten eingenommen, ihre Brüste, ihr Gesicht … und wenn ich nach unten schaue, mein Schwanz, der in sie eindringt. Ich bin im Himmel!

Sie senkt sich herab, und ich atme schwer vor Beherrschung. Es drängt mich, das Becken nach oben schnellen zu lassen und tief in sie einzudringen. Aber sie soll ruhig das Kommando haben. Sie soll von meinem Körper Besitz ergreifen, wie sie es längst mit meiner Seele getan hat.

„Oh Shit!“, entfährt es mir angesichts dieser aufregenden Momente, ich halb in ihr, ihre zitternden Oberschenkel links und rechts von mir, wobei sie versucht, sich über mir zu halten. „Ganz, Engel“, flüstere ich. „Nimm mich ganz.“

Sie atmet scharf ein. „Gleich.“ Sie keucht und kneift die Augen zu, während sie die Muskeln entspannt und mich vollständig aufnimmt.

Ich bäume mich stöhnend auf, und Cami schreit. Sie übertönt das Prasseln des Wassers. Ich fasse sie an den Oberschenkeln, damit sie stillhält, dabei hat sie sich gar nicht bewegt. Und doch halte ich es kaum aus. Eine Bewegung – und ich könnte kommen. Aber ich bin noch gar nicht so weit!

„Sachte, Engel.“ Ich bin benommen von diesen wundervollen Empfindungen. „Lass dir Zeit.“

Sie stöhnt, klatscht ihre Hände auf meine Bauchmuskeln und lässt den Kopf nach vorn sinken. „Das kann ich“, sagt sie und bewegt die schlanken Hüften.

Ich zwinge mich, still zu liegen. Das kostet mich meine ganze Kraft. Dann vollführt sie eine weitere kreisende Bewegung, und ich gebe einen erstickten Laut von mir, bohre meine Finger in ihre Schenkel.

„Oh ja!“, schreit sie und bewegt das Becken.

Ich erlebe einen Moment, der seinesgleichen suchen wird. Irgendwie findet sie die Kraft, weiterzumachen. Sie wirft den Kopf in den Nacken und stößt kleine Schreie aus. Nie zuvor habe ich etwas Derartiges erlebt, und das werde ich wahrscheinlich auch nicht wieder, es sei denn mit diesem vom Himmel gesandten Engel, mit dem ich hier vereinigt bin.

Sie stemmt sich mit beiden Armen auf meine angespannten Bauchmuskeln, während ich mich aufbäume, ihr entgegen, mit wilden, unkontrollierten Stößen.

„Cami!“ Ich versuche sie zu warnen, ihr klarzumachen, dass ich nicht mehr zurückkann, aber dann gibt sie ein lustvolles Keuchen von sich und schaut mir in die Augen. Ich erkenne, dass auch sie so weit ist. „Oh ja“, presse ich hervor, mich ihrem Rhythmus anpassend, indem ich ihre Schenkel vor- und zurückschiebe. Damit treibe ich uns beide an und steigere die Empfindungen zusätzlich.

„Jake!“

Ich sehe, wie sie den Mund öffnet, und lese von ihren Lippen ab, dass sie meinen Namen ruft, aber ich höre nur das Blut durch meine Adern rauschen, während ich mich in ihr verströme. Es scheint nicht enden zu wollen, sodass ich ihren Orgasmus kaum wahrnehme.

Ich schließe die Augen und spüre, wie sie völlig erschöpft auf mich sinkt. Mit Mühe finde ich die Kraft, sie zu umarmen. Mein Herz hämmert an ihrer Brust.

Gleich werde ich sie zum Bett tragen, aber bis dahin bleibt sie fest in meinen Armen liegen. Und ich habe nicht vor, sie jemals wieder gehen zu lassen.

20. Kapitel

Cami

Das Letzte, woran ich mich erinnere, ist Jakes Brust an meiner Wange und an das auf meinen Rücken prasselnde Wasser. Irgendwann zwischen dem Zeitpunkt und jetzt hat er mich ins Bett getragen. Ich weiß nicht mehr, wann. Ich muss ohnmächtig gewesen sein, völlig erledigt vor Erschöpfung und purer Zufriedenheit. Sex mit Jake war bisher jedes einzelne Mal überwältigend, doch gestern Abend in der Dusche haben wir uns auf einem ganz neuen Level geliebt. Nie zuvor hat jemand mir solche Lust bereitet. Nie zuvor habe ich mich derart begehrt gefühlt. Es war alles verzehrend.

Ich schaue über Jakes Brustkorb hinweg, eng an ihn geschmiegt, die Beine mit seinen verschränkt, nur halb zugedeckt. Mit einem Arm hält er mich, sein Kopf ist leicht zur Seite geneigt. Sein Herz schlägt in einem gleichmäßigen, kräftigen Rhythmus an meinem Ohr. Er schläft tief und fest. Es ist das erste Mal, dass ich ihn so entspannt sehe.

Ich bewege meine Finger seine Brust hinauf, weil ich ihn einfach anfassen muss. Seine Wangen sind wie üblich mit Stoppeln bedeckt, die Lippen sind voll und geöffnet. Ich streiche darüber. Er zuckt nicht, seine Augen sind nach wie vor geschlossen. Ich betrachte ihn und frage mich, was der heutige Tag bringen mag.

Soll ich einen Besuch bei meinem Vater wagen und ihm von

mir und Jake erzählen? Oder soll ich ihn anrufen? Oder ich gestehe ihm gar nichts und brenne einfach mit Jake durch. Als ich gestern beschloss, die Party zu verlassen, wusste ich, dass es mein Leben für immer verändern würde.

Jake ist wahrscheinlich der einzige Mann auf Erden, der sich von meinem Vater nicht einschüchtern lässt. Das ist sowohl angenehm als auch besorgniserregend. Dad sieht meine Situation einfach als weitere geschäftliche Angelegenheit. Und Jake hat es gewagt, ihm in die Quere zu kommen. Wie auch immer die Folgen aussehen mögen, sie werden enorm sein.

Aber Jake an meiner Seite zu wissen ist tröstlich und gibt mir eine gewisse Sicherheit.

Seufzend schmiege ich mich an seine Brust.

„Das war ein müdes Seufzen."

Seine verschlafene Stimme dringt in meine Gedanken, seine Lider öffnen sich. Seine dunklen Augen blicken besorgt.

„Ich habe bloß über ein paar Dinge nachgedacht."

Er bewegt sich träge und dreht sich auf die Seite, sodass unsere Gesichter auf gleicher Höhe und dicht voreinander sind. Seine Hand liegt auf meiner Taille, er beugt sich vor, um mich auf die Nasenspitze zu küssen.

„Du siehst unfassbar gut aus heute Morgen", sagt er, und ich lächle. „Verrate mir, worüber du nachdenkst."

„Über meinen Vater. Glaubst du wirklich, er hat uns Pete und Grant hinterhergeschickt?"

Er betrachtet mich eine Weile, ein liebevolles Lächeln auf den Lippen. „Ja, das glaube ich."

Ich verziehe den Mund. Seit mein Dad mir eröffnet hat, er wisse, wer hinter den Drohungen steckt, kann es nur einen Grund dafür geben, dass er uns die beiden hinterherschickt. „Weil er denkt, wir …" Ich beende den Satz nicht, denn ich bin nicht sicher, wie ich das in Worte fassen soll. Ich kann Jake nicht sagen, dass ich mich in ihn verliebt habe. Vor allem aber habe ich keine Ahnung, wie er unser Verhältnis sieht. Was er fühlt. Was empfindet er für mich, abgesehen von seinem Pflichtgefühl, mich beschützen zu müssen? Wie ernst ist es für ihn?

Er umfasst meinen Arm, zieht mich hoch und setzt mich auf seinen Bauch. Ich lasse ihn ohne Protest gewähren, weil ich zu perplex bin. Er hebt meine Hände an seine Lippen und küsst die Fingerknöchel. Es ist eine zärtliche Geste, die mir das Denken weiter erschwert. Das letzte Mal, als seine Gefühle seinem Urteilsvermögen in die Quere kamen, endete es tödlich, hat er gesagt. Leider hatte ich zu viel Angst, um ihn zu fragen, was genau passiert ist. Oder wie all das mit der Frau auf dem Foto zusammenhängt. Offenbar handelt es sich um eine sehr schmerzliche Geschichte. Eines ist mir zumindest klar geworden – er muss sie geliebt haben. Ich fühle mich schrecklich, weil mir diese Vorstellung zuwider ist.

„Ob es dir gefällt oder nicht, Engel, dein Vater wird nicht glücklich sein. Ich bin darauf vorbereitet, und du solltest es ebenfalls sein."

„Bin ich", murmele ich, ein wenig erleichtert darüber, dass Jake anscheinend ähnlich denkt wie ich. „Aber was genau meinst du damit, wenn du sagst, du seist darauf vorbereitet?" Auch das macht mir Sorge. Ich kann ja schlecht zulassen oder akzeptieren, dass er auf meinen Vater losgeht. Mich schaudert's bei der Erinnerung daran, wie er eine ganze Truppe erwachsener Männer außer Gefecht gesetzt hat.

„Er wird versuchen, mich davon abzuhalten, dich weiterhin zu sehen. Und das werde ich verhindern."

Das ist mir ein bisschen zu vage. Ich brauche mehr Informationen, wenn ich mich auf diese Situation vorbereiten soll. „Wie?"

Seine Mundwinkel heben sich leicht, als wüsste er, was mir durch den Kopf geht.

„Ich werde deinem Vater nichts tun."

„Versprich es mir."

„Ich verspreche es."

„Danke." Erleichtert sinke ich auf ihn, sodass meine Brüste sich an seine Brust schmiegen. Ich spüre seine Bartstoppeln an meiner Schläfe.

Jake gibt einen langen sanften Seufzer von sich, alles ist sehr friedlich, bis ein Hämmern jenseits der Schlafzimmertür dazu führt, dass sein Körper unter mir sich blitzschnell anspannt. Er verharrt und scheint nicht einmal mehr zu atmen. Ich will mich vorsichtig aus seiner Umarmung lösen, doch er hält mich fest. Seine plötzliche Wachsamkeit macht es unmöglich, nicht ein wenig in Panik zu geraten.

„Jake, was ist denn?"

Weiteres Hämmern ist zu hören, diesmal lauter. Er schiebt mich von sich herunter und springt auf. „Bleib hier", befiehlt er.

Ich lehne mich an das Kopfteil des Bettes und ziehe die Decke hoch, als könnte das dünne Bettzeug mich vor dem schützen, was seine Alarmbereitschaft ausgelöst hat. Sein ganzer Körper strahlt Angespanntheit aus, seine Miene ist grimmig. Das habe ich bereits erlebt bei ihm. Wenn er eine Bedrohung sieht. Er greift unter die Matratze, den Blick auf die Schlafzimmertür gerichtet, und holt eine Waffe hervor.

„Verdammt!" Ich kauere mich noch mehr zusammen und starre auf die Waffe, die in seiner Hand immer so selbstverständlich aussieht, als handele es sich bloß um eine Verlängerung seines Armes. „Jake …"

„Still, Cami!", zischt er und zieht oben einen Hebel an der Pistole zurück.

Es klickt, während er sich der Tür nähert.

Selbst vollkommen nackt sieht er gefährlich aus, jeder Muskel wirkt kampfbereit. Er hält die Waffe neben seinem Oberschenkel, den Finger am Abzug. Rasch späht er am Türrahmen vorbei, dann verschwindet er aus meinem Blickfeld. Ich bleibe zitternd und um Atem ringend im Bett zurück.

Einerseits will ich ihm folgen. Andererseits weiß ich, dass ich bleiben sollte, wo ich bin. Eine andere Stimme in mir rät, schnellstmöglich zu verschwinden. Ich fühle mich klein und nutzlos, hier auf dem Bett kauernd, die Stille zermürbt mich, und ich warte … auf was eigentlich? Schüsse? Schreie?

„Verdammt!", brüllt Jake.

Mein Herz schlägt mir bis zum Hals. Ich bin vor Angst erstarrt und höre eine Reihe von Flüchen, dumpfe Schläge … dann nichts mehr.

„Jake!", rufe ich, werfe die Decke ab und springe aus dem Bett. Es kommt keine Antwort, und ich bin völlig verzweifelt, weil ich nicht weiß, was ich tun soll. „Jake!"

Die Tür fliegt auf, und ich weiche erschrocken zurück. Ich brauche einen Moment, um zu begreifen, dass die Gestalt im Türrahmen nicht Jake ist.

Es ist eine Frau.

„Oh, na klasse!", ruft sie aus und gestikuliert vorwurfsvoll mit der Hand.

Vorsichtig gehe ich rückwärts, hebe die Decke auf, damit ich nicht mehr nackt bin, und versuche einzuschätzen, womit ich es hier zu tun habe. Sie ist klein, sieht aber kräftig aus, ihr schwarzes Haar ist zu einem Pixie-Cut frisiert. Sie trägt ein graues Kostüm und unter dem Blazer eine weiße Bluse. Wer ist das?

Jake taucht hinter ihr auf. Er überragt sie, vor ihm wirkt sie zierlich. Er sieht immer noch angespannt aus. Das gefällt mir nicht.

„Um ein Haar hätte ich dir deinen verdammten Schädel weggepustet, Lucinda", stößt er hervor und wirft mir einen besorgten Blick zu.

Lucinda? Wer zur Hölle ist Lucinda?

„Ich wünschte, du hättest es getan!", fährt sie ihn an und wirbelt zu ihm herum, sodass ihr Gesicht sich in Höhe seiner Brust befindet.

Sie schnaubt verächtlich und schaut zu ihm auf. Jake erwidert ihren Blick genervt.

„Denn wenn ich das da sehe …", sie zeigt aufs Bett oder auf mich, das ist nicht ganz klar, „… würde ich mir am liebsten selbst eine Kugel in den Kopf jagen."

Ich starre sie gekränkt an, aber Jake verdreht die Augen.

„Lass dich von mir nicht aufhalten."

Er geht zu einem Sessel. Er ist nach wie vor komplett nackt, was ihn offenbar absolut nicht stört. Diese Lucinda, wer immer sie ist, scheint ebenfalls völlig unbeeindruckt von dieser Masse entblößter Muskeln zu sein. Jake zieht sich Boxershorts an und verlässt den Raum.

Die Frau marschiert ihm wütend hinterher. „Köpfe werden rollen, Jake! Die ganze Agentur wird leiden!"

Ooohh …

Allmählich beginne ich zu verstehen, was ihr Problem ist. Sie ist eine Kollegin und macht sich Sorgen wegen der Konsequenzen aus unserer Beziehung. Der Zorn meines Vaters würde für Jake und die Agentur, für die er arbeitet, tatsächlich Schwierigkeiten bedeuten.

„Und nur, weil du deinen Schwanz nicht in der Hose behalten konntest", motzt sie weiter. „Irgendeine Pussy! Solange es einen Puls hat und eine Pussy, reicht es vollkommen, ja?"

Ich bin angewidert von Lucindas Tirade, der ich auf dem Bett sitzend lausche, doch Jake widerspricht ihr nicht, er schweigt. Es bleibt still, und ich frage mich, berechtigterweise vermutlich, ob er sie erwürgt hat. Ich stehe auf, wickle mich in die Decke und schleiche zur Tür, wo ich vorsichtig auf Würgegeräusche horche. Als ich hinausspähe, entdecke ich die beiden über den Schreibtisch gebeugt und auf einen Computerbildschirm schauend. Lucinda ist noch sehr lebendig.

Ich hüstele, um meine Anwesenheit anzukündigen, und sie drehen sich um. Jake lächelt, Lucinda schüttelt verzweifelt den Kopf.

„Kennst du Lucinda schon, Cami?“, fragt Jake trocken und deutet auf die Frau neben ihm. „Sie ist mordsfreundlich.“

Ich lächle, unsicher, ob ich sie auch ein bisschen aufziehen soll, wie Jake es tut. „Hallo.“ Ich strecke ihr verlegen die Hand hin, und die Frau kommt seufzend auf mich zu.

„Freut mich“, sagt sie und schüttelt mir die Hand. Dann hält sie inne, lässt los und wischt sich die Finger an ihrem Rock ab.

Jake lacht laut, während ich verärgert bin. Unverschämte Kuh!

Lucinda ignoriert Jakes Belustigung und hält mir eine Zeitschrift vor die Nase, zu nah, als dass ich etwas erkennen könnte.

„Falls Daddy einen Verdacht hat, wird der sicher bald bestätigt werden.“

Ich weiche zurück und betrachte die linke obere Ecke des Titelblatts. Da ist ein Foto von mir auf Jakes Armen. Er trägt mich wie ein Held aus der Bar, mein Gesicht ist an seine breite Brust geschmiegt. Ich werfe ihm einen Blick zu, doch er scheint dort am Schreibtisch stehend in Gedanken versunken zu sein.

„Lassen Sie mich mal einen Absatz vorlesen, ja?“, schlägt Lucinda vor und blättert die Zeitschrift auf. „Das Londoner

Society-Girl Camille Logan, Tochter des Tycoons Trevor Logan, ist stets einen Schritt voraus. Die langbeinige Blonde, die für Labels wie Karl Lagerfeld und Christian Dior modelt, hat möglicherweise mit ihrem attraktiven Bodyguard berufliche Annehmlichkeiten ganz neu definiert." Sie sieht zu Jake. „Das bist übrigens du." Sie hustet und liest weiter: „Das Paar wurde gesichtet ..."

„Okay!", unterbreche ich sie wütend. „Ich habe es begriffen."

Lucinda lässt das Heft sinken und sieht mich an, als wäre sie mein Vater. Dafür könnte ich sie wiederum ohrfeigen.

„Haben Sie wirklich?"

Ich starre sie finster an. Ich weiß, was ihr durch den Kopf geht. Sie denkt das Gleiche, was alle denken, wenn sie etwas Gedrucktes über mich lesen. Sie haben eine vorgefasste Meinung über mich, die sich aus dem Mist zusammensetzt, den sie über mich gehört haben. Also glaubt diese Frau, ich sei ein dummes Mädchen, das sich in ihren Bodyguard verliebt hat. Daran ist jedoch nur eines wahr, und ich habe keine Lust, das andere klarzustellen. Wie der Rest der Welt, der glaubt, mich zu kennen, kann sie mich mal kreuzweise. Ich habe es satt, mich zu rechtfertigen. „Verzeihen Sie, aber ich muss meine Nägel feilen." Ich wende mich ab, innerlich koche ich vor Wut.

Ich werfe die Decke aufs Bett und gehe ins Badezimmer, wobei ich mich beherrschen muss, nicht gegen den Türrahmen zu boxen, so sauer bin ich.

Wie kann sie es wagen?

Ich stelle das Wasser in der Dusche an und schrubbe meine Haut, als könnte ich auf diese Weise Wut und Kummer abwaschen. Er kann seinen Schwanz nicht in der Hose behalten. Sie denkt, ich sei bloß eine weitere Bettgeschichte für ihn. Ich knirsche mit den Zähnen.

So sauber war ich vermutlich noch nie nach dem Duschen, aber besser fühle ich mich dadurch nicht. Ich schnappe mir ein Handtuch und rubbele mich noch ein bisschen mehr ab, bis ich knochentrocken bin und meine Haut gerötet ist. Dann starre ich aus dem Fenster auf das Werftgelände, und mit jeder Sekunde sinkt mein Mut. Verdammt sei mein Vater. Verdammt sei alles.

„Engel?"

Jakes sanfte Stimme dringt in meinen Kopf, aber ich drehe mich nicht zu ihm um. Stattdessen wickle ich mich fester in mein Handtuch, damit ich etwas zu tun habe.

„Ist Cruella weg?", erkundige ich mich.

„Ja." Er ist angespannt. „Warum bist du wütend?"

Ich gebe die Betrachtung dieses Stadtteils von London auf und drehe mich nun doch zu ihm um, nur kann ich mich an diesem neuen Anblick nicht erfreuen. „Ich will keine weitere schnelle Nummer für dich sein." Eigentlich wollte ich das nur denken, aber die Worte sind nun mal heraus und lassen sich nicht zurücknehmen. Seine sexuelle Vergangenheit geht mich nichts an, und selbst wenn ich anderer Ansicht wäre, würde ich es nicht wissen wollen.

Ich lese an seiner Miene ab, dass er versteht, und ich schließe voller Reue die Augen.

„Aha, da haben wir es ja", meint er, und ich höre, wie er barfuß auf mich zukommt.

Ich hasse mich für das, was ich gesagt habe. Hauptsächlich deshalb, weil ich dadurch schwach und unsicher klinge, und so will ich auf keinen Fall rüberkommen. Nicht mal bei Jake. Auch wenn ich wirklich das Gefühl habe, ihn zu brauchen.

Er legt mir die Fingerspitze unters Kinn und übt leichten Druck aus, damit ich den Kopf hebe. „Sieh mich an."

Widerstrebend gebe ich nach und blicke in seine dunklen, sanften Augen. Dadurch fühle ich mich noch schlechter, denn er versteht mich so gut.

Er lächelt. „Ich werde dir nicht sagen, dass es nicht wahr ist. Ich bin nicht stolz darauf. Ja, ich habe mit vielen Frauen geschlafen. Es ging um Sex, nicht mehr und nicht weniger."

„Stopp." Ich wende mich von ihm ab. Die Vorstellung, dass irgendwer die Lust empfangen hat, die er mir bereitet, ertrage ich nicht.

„Nein, ich werde nicht schweigen."

Er umfasst mein Kinn und signalisiert mir damit unmissverständlich, was er will. Es macht mich fertig, aber ich sehe ihn wieder an.

„Wenn ich mich mit der Arbeit nicht ablenken konnte, war das alles, was mir noch blieb. Es waren namen- und gesichtslose Frauen." Er neigt den Kopf, und ich fühle seine stoppelige Wange an meiner, als er mir ins Ohr flüstert: „Du hingegen hast ein Gesicht."

Ich erkenne seine Aufrichtigkeit an, ich spüre sie einfach, höre sie aus seiner Stimme. Doch was ist mit der Frau auf dem Foto? Sie hat ihm ganz offensichtlich etwas bedeutet. Und sie ist nicht gesichtslos, obwohl ich wünschte, sie würde es für mich bleiben. Als hätte sie nie existiert.

Müde und seufzend nicke ich und nehme mir fest vor, nie mehr darüber nachzudenken. Ich schlinge meine Arme um seine Taille und drücke ihn.

„Das ist schon besser."

Er hebt mich von den Füßen – mein Handtuch fällt herunter – und trägt mich ins Schlafzimmer. Dort legt er mich aufs Bett und küsst meinen Körper, bis er meine Lippen findet. Ich werde verwöhnt und angebetet, sein Kuss ist voller Leidenschaft, während seine Finger an der Innenseite meiner Schenkel hinaufgleiten. Sinnliche Vorfreude macht sich bei mir breit.

„Ich finde, wir sollten den ganzen Tag im Bett bleiben", flüstert er und küsst mich zärtlich aufs Ohr.

Seine gedämpfte Stimme und sein warmer Atem lassen meine Wut und die Besorgnis verschwinden. Sein Vorschlag passt mir gut. Je länger es dauert, bis ich meinen Vater wiedersehe, umso besser kann ich mich darauf vorbereiten. Bis dahin darf Jake mich gerne den ganzen Tag und die ganze Nacht nach allen Regeln der Kunst lieben ... sogar für immer.

„Hmmm ..." Mein Körper erwacht angesichts der erotischen Aufmerksamkeit, die er ihm zuteilwerden lässt. Es ist wundervoll, seine Lippen überall zu spüren, seinen Körper, seine Haut an meiner. Ich fühle seine Erektion an meinem Oberschenkel.

„Engel, ich kann einfach nicht genug von dir bekommen."

Bang!

„Jake!"

Lucindas Stimme, gefolgt von einem lauten Schlag, reißt uns beide aus unserer Euphorie, als wären wir in Eiswasser gefallen. Jake ist im Nu vom Bett herunter.

„Hattest du nicht gesagt, sie sei gegangen?", frage ich genervt.

„War sie auch."

„Jake!" Erneut ist Lucindas verdrießliche Stimme zu hören.

„Was ist denn los, zum Geier?", ruft Jake und geht.

Ich mag Lucinda noch weniger und drehe mich auf die Seite. Wenn sie eine weitere Zeitschrift voller Tratsch über uns angeschleppt hat, werde ich sie ihr mit dem allergrößten Vergnügen sonst wohin stecken. Falls Jake mir nicht zuvorkommt.

Frustriert begnüge ich mich erst mal damit, Jakes nackten Po zu bewundern, während er davongeht. Meine Begierde verwandelt sich jedoch rasch in Besorgnis, als er wie angewurzelt im Türrahmen stehen bleibt und sich jeder einzelne seiner Rückenmuskeln strafft.

Ich springe aus dem Bett, meine Beine sind schneller als mein Gehirn. Im nächsten Moment bin ich bei ihm, um zu erfahren, was los ist. Ich bin fast da, als er ohne Vorwarnung einen Schritt zurückweicht und ich deshalb gegen ihn pralle. Er streckt einen Arm aus, damit ich hinter ihm bleibe.

„Was ist denn los?“ Ich versuche, an seiner großen Gestalt vorbeizuspähen, ohne auch nur einen Gedanken daran zu verschwenden, dass ich nackt bin. „Jake!“ Mit einiger Mühe drängle ich mich an ihm vorbei, genug, um sehen zu können, aber gleichzeitig noch von seinem Körper verdeckt zu sein. „Ach du Schande!“ Mit Entsetzen erkenne ich, was hier los ist, ohne es so ganz zu begreifen.

Jake drückt mich an seine Seite. Seine Haut ist elektrisierend.

„Was zum Geier soll das?“ Diese Worte richtet er …

An meinen Vater.

Der steht mit besorgter und zugleich entschlossener Miene neben der Couch. Er mustert mich, aber nur oberhalb meines Halses. Mein Mut sinkt, und ich klammere mich an Jake, als rechne ich damit, dass mein Dad mich tatsächlich wegzerrt. Das wird er auch müssen, denn freiwillig gehe ich nicht.

„Sie unmoralisches Arschloch“, beschimpft er Jake voller Verachtung. „Ich habe Ihnen ihre Sicherheit anvertraut – und Sie nutzen ihre Situation schamlos aus?“

Ich schließe benommen kurz die Augen. „Er hat überhaupt keine Situation ausgenutzt.“ Ich fühle die Wut, die Jake doch gerade erst vertrieben hatte, von Neuem in mir aufsteigen. Ich bin eine erwachsene Frau. Ich habe meinen eigenen Kopf und mein eigenes Leben.

„Sei still, Cami“, flüstert Jake mir zu.

Er hält nach wie vor Dads Blick stand und sieht aus, als wäre er zum Angriff bereit. Ein Teil von mir wünscht sich, dass er es tut. Erst jetzt nehme ich die anderen Leute im Zimmer wahr. Lucinda scheint sich äußerst unbehaglich zu fühlen, sie wird flankiert von Grant und Pete.

„Wie haben Sie herausgefunden, wo ich wohne?“, fragt Jake und schaut Lucinda an.

Sie schüttelt den Kopf. „Du hast heute Morgen schon die Waffe auf mich gerichtet“, murmelt sie empört. „Es gefällt mir nicht, von diesen beiden Idioten bedrängt zu werden.“ Sie deutet grimmig auf Pete und Grant. „Die müssen mir gefolgt sein.“

„Glauben Sie ja nicht, dass Sie mich austricksen können“, schnappt mein Dad. „Cami, zieh dich an. Du kommst mit mir.“

„Nein.“ Meine Antwort folgt schnell und automatisch. Niemals.

„Übertreib es nicht, junge Dame!“

Junge Dame? Er behandelt mich wie ein Kind, dem man vorschreiben kann, was es zu tun hat? Ich gebe nicht nach. Damit hatte ich meinem Vater gegenüber noch nie ein Problem, nur sieht er jetzt wütender aus denn je. Egal, das macht mich nur trotziger. Ich trete hinter Jake und halte mich an ihm fest. „Du wirst mich mit Gewalt losreißen müssen.“

„Pete!“, befiehlt mein Dad und gibt dem Bodyguard ein Zeichen. Der kommt tatsächlich auf mich zu. Meint er das ernst?

Jake weicht mit mir zusammen zurück. „Rühr sie an, und ich bringe dich um“, sagt er sehr leise und ruhig, doch ich fühle, dass Zorn wie ein gefährliches Gift durch seine Adern rauscht.

Pete bleibt stehen, sein Zögern ist offensichtlich. Er ist klug. Ich habe erlebt, wozu Jake fähig ist. Ich habe gesehen, wie er, völlig außer sich, eine Gruppe von fünf Männern, alle Dads Security-Leuten vergleichbar, innerhalb kürzester Zeit kampfunfähig gemacht hat. Pete allein stellt für ihn kein großes Problem dar.

„Jake", meldet Lucinda sich warnend zu Wort.

„Hören Sie auf sie, Sharp", rät Dad ihm und macht einen Schritt vorwärts. „Ist ein bedeutungsloses kleines Abenteuer es wert, seinen Job zu verlieren? Seinen Ruf zu ruinieren? Geben Sie auf, noch ist es möglich. Meine Camille ist zu gut für Sie, das wissen Sie genau."

Ich starre meinen Dad entsetzt an. Dieser hinterhältige, gemeine Bastard!

„Und was ist mit der Sicherheit Ihrer Tochter?", fragt Jake nun. „Lohnt es sich, die zu gefährden für Ihren erbärmlichen Willen, die Kontrolle über sie zu haben?"

„Ich weiß, was das Beste für meine Tochter ist. Camille betrifft Sie nicht länger. Entfernen Sie sich von ihr, dann werde ich Ihre Existenz nicht zerstören." Dad hebt eine Braue und mustert Jake scharf.

„Warum tust du das?", frage ich und merke, dass meine Beherrschung langsam nachlässt, je mehr mein Vater auf seinen gemeinen Drohungen beharrt.

Er sieht mich an, und Mitleid zeichnet sich auf seinem runden mürrischen Gesicht ab.

„Weil ich dich liebe, Camille. Alles, was ich tue, tue ich aus Liebe zu dir und weil ich für dich nur das Beste will."

„Woher willst du denn wissen, was für mich das Beste ist?", schreie ich ihn vor Wut und Verzweiflung zitternd an. „Du bist mit deiner dritten Frau verheiratet! Du brauchst bloß eine zum Vorzeigen. Gute Titten, bis sie anfangen zu hängen und du dir Ersatz suchst! Eine, die dir nicht widerspricht und das Geld gern nimmt, mit dem du sie überhäufst! Du willst nicht, was das Beste für mich ist. Du willst, was das Beste für dein verdammtes Unternehmen ist!"

„Glaubst du vielleicht, du bist für ihn nicht nur was zum Vorzeigen? Eine Trophäe?", brüllt Dad und zeigt auf Jake. „Für einen Mann, der sich nur noch an sein Ego klammert, nachdem er bei der SAS rausgeflogen ist!"

Ich bin perplex, dass er mir Informationen, die er über Jake recherchiert hat, um die Ohren haut. „Du weißt nichts über ihn."

„Ich weiß genug!"

„Wie kannst du es wagen!", schreie ich. „Du hast kein Recht, mir vorzuschreiben, mit wem ich zusammen bin und was ich tue!"

Jake dreht sich um und schiebt mich zurück ins Zimmer. „Scht!" Er umfasst mein Gesicht und gibt mir einen Kuss auf die Stirn.

Diese zärtliche Geste sorgt dafür, dass ich zusammenbreche und hemmungslos weine, wobei ich mich an seine Unterarme klammere.

„Beruhige dich", flüstert er.

Ich bin erstaunt über seine Beherrschtheit. Ich weiß von den Qualen, die ihn drücken, von dem Abscheu vor sich selbst und der Reue. Seine Eltern starben durch die Hände von Terroristen. Unschuldige Menschen, die Opfer des Krieges wurden. Er musste einfach dazu beitragen, die Terroristen zu stoppen. Niemand kann Jake absprechen, welche Mühen und Gefahren er auf sich genommen hat, um sein Land zu schützen, ganz gleich, wie übel es am Ende für ihn ausging.

„Er weiß nicht, wovon er da redet", bringe ich schluchzend heraus und werde von ihm in die Arme geschlossen. „Hör nicht auf ihn. Er ist ein hasserfüllter Mistkerl."

„Ich möchte, dass du dich anziehst", sagt er und bedeckt mein Gesicht mit Küssen. „Ich rede mit ihm."

„Nein." Ich weigere mich. „Er wird nicht auf dich hören. Wirf ihn einfach raus." Ich schniefe, und die Luft bleibt mir immer im Hals stecken.

Jake legt die Hände an meine Wangen und sieht mich voller Liebe an. „Vertraust du mir, Engel?", fragt er und bringt mich damit aus der Fassung.

Meine Antwort fällt mir trotzdem leicht. „Mehr als irgendjemandem."

Er nickt, schluckt und lässt mich los. Danach geht er zu einem Stuhl in der Zimmerecke, nimmt eine Jeans und ein T-Shirt von der Lehne und zieht beides an, ehe er in ein Paar Lederstiefel steigt. Ohne ein weiteres Wort an mich verlässt er den Raum und schließt die Tür hinter sich. Ich stehe da und kämpfe gegen die Furcht an, Jake könnte nicht zurückkommen.

21. Kapitel

Jake

Ich erkenne den Ausdruck in Logans Augen. Dieser Blick soll mir signalisieren, dass er Bescheid weiß. Über meine Vergangenheit beim Militär, meine Akte beim Psychiater, die Aussagen – alles ist vertraulich und in einem sicheren System abgespeichert, irgendwo in einem Gebäude, in das niemand einzudringen vermag. Wenn er trotzdem Zugang bekommen hat, kann er alles Mögliche herausgefunden haben. Doch ich werde nicht zulassen, dass er das benutzt, um einen Keil zwischen mich und Cami zu treiben. Sie weiß schon manches, aber eben nicht alles. Noch nicht. Ich brauche Erlösung. Ich muss viele Dinge in Ordnung bringen und mich selbst akzeptieren, bevor ich hoffen darf, dass Cami mich akzeptiert, alles an mir, auch das Dunkle, Schmutzige, Sündige.

Ich lasse sie in meinem Schlafzimmer zurück, außer Hörweite, und schließe die Tür leise hinter mir ab. Falls die Angelegenheit hässlich wird, will ich sie nicht in der Schusslinie haben. Ich betrete mein Wohnzimmer, präge mir jeden Zentimeter ein – was wo steht, wer wo positioniert ist –, während ich mein Vorgehen plane.

Ich sehe zu Lucinda, die ihre unerschütterliche Fassung bewahrt. Aber ich kenne diese Frau seit vielen Jahren, daher erkenne ich, wann sie besorgt ist. Und jetzt ist sie es. Nicht, weil sie sich bedroht fühlt, sondern weil sie genau wie ich weiß, dass dieser Abschaum die Macht und den Einfluss besitzt, der Agentur verheerenden Schaden zuzufügen.

„Sie kann gehen." Ich deute mit einem Kopfnicken auf sie und achte darauf, dass es nicht wie eine Bitte klingt. Ich sehe auf Lucindas Gesicht ein Zögern, aber keins auf Logans. Er nickt. Sie schüttelt den Kopf, geht jedoch wortlos hinaus.

Sobald sich die Tür hinter ihr geschlossen hat, spreche ich: „Meine Gefühle für Ihre Tochter sind nicht oberflächlich." Ich beginne mit Plan A und werde ihm nur wehtun, wenn es absolut sein muss. Ich hoffe, es kommt nicht dazu. Logan ist vieles, allerdings nicht dumm. Und auf mich loszugehen wäre ziemlich dämlich. Aber vielleicht überrascht er mich ja. Mich mit dem zu konfrontieren, was immer er über mich herausgefunden hat, wäre sehr unklug, denn in dem Fall könnte ich mich nicht mehr beherrschen. Das wäre schade, habe ich die gefährliche Bestie in mir bisher doch ganz gut unter Kontrolle gehabt. „Je eher Sie begreifen, dass Ihre Tochter keine Jungfrau in Nöten ist, desto schneller können wir das hier klären."

Wie aufs Stichwort fängt Cami an, gegen die Tür zu hämmern. „He! Warum ist die Tür abgeschlossen?"

Nein, da drin ist keine Jungfrau in Nöten.

Logan behält mich im Auge und zieht die Nase hoch, ein kleiner Hinweis darauf, wie einfach und sauber das hier über die Bühne gehen wird. Nämlich gar nicht.

„Verschwinden Sie, dann lasse ich Cami weiter in dem Glauben, Sie seien ein Held. Ich werde außerdem darauf verzichten, den Skandal, dass der Top-Bodyguard der Agentur mit einer jungen Schutzperson schläft, der Öffentlichkeit bekannt zu machen."

Ich lege den Kopf schief. „Sie glauben, Sie könnten mich mit diesen Drohungen von ihr fernhalten? Die Agentur ist mir scheißegal. Meine Absichten gehen weit darüber hinaus."

„Wie viel?“, fragt Logan, während Cami gegen die Tür hämmert.

„Soll das ein Witz sein? Sie denken, Sie könnten mich auszahlen wie diesen kleinen Drogensüchtigen?“ Ich bin angewidert.

Logan stutzt. Er wusste nicht, dass ich von der Zahlung an Sebastian weiß. Er mag schmutzige Informationen über mich haben, aber ich habe auch welche über ihn.

Ich ignoriere die zwei Schläger, die sich mir von beiden Seiten nähern, und gehe auf ihn zu. Die schicke ich ruck, zuck auf die Bretter. „Verschwinden Sie aus meiner Wohnung.“

„Nicht ohne meine Tochter.“ Logan weicht zurück und schaut über seine Schulter zur Tür.

Ich bleibe stehen, denn ich merke, dass er nicht die Entfernung abschätzt, die er für eine Flucht benötigt. Außerdem ist aus dem Fahrstuhlschacht ein Geräusch zu hören.

„Ah, die Polizei“, bemerkt er beiläufig. „Es war wirklich ziemlich brutal, was Sie mit dem armen Sebastian Peters gemacht haben.“

Meine Miene verfinstert sich, ich kann nichts dagegen tun. Langsam begreife ich.

Er grinst selbstzufrieden. „Sie können sie nicht mehr treffen, wenn Sie im Gefängnis sitzen.“

Scheißkerl!

Pete und Grant sind schnell bei mir, jeder packt einen meiner Arme. Ich vergeude keine Energie mit dem Versuch, sie abzuschütteln. Stattdessen lasse ich sie in dem Glauben, sie hätten gewonnen.

„Wie viel haben Sie Sebastian Peters gezahlt, damit er mich anzeigt, Sie Dreckskerl?“ Ich verziehe das Gesicht. „Er hat Cami körperlich wehgetan.“ Mein Zorn ist kaum noch zu bändigen. „Er hat sie geschlagen!“

Logan runzelt die Stirn, und mir fällt ein, dass er das ja gar nicht weiß. Für ihn ist Sebastian bloß ein Süchtiger, der seine Tochter vorübergehend in den Abgrund gezogen hat. Er hat keine Ahnung davon, dass Camilles Ex sie mehrfach verprügelt hat – und sie wollte auch nicht, dass er es erfährt. Logans Miene glättet sich, was vermutlich bedeutet, dass diese Neuigkeit für ihn nicht den geringsten Unterschied macht.

„Leben Sie wohl, Sharp." Seine Stimme trieft vor Siegesgewissheit.

Pete und Grant halten mich fester, als rechneten sie damit, dass ich mich wehre. Es ist aber gar nicht nötig, dass ich das tue.

Camille droht mit ihrem Gehämmer die Schlafzimmertür aus den Angeln zu heben.

„Lass mich raus!"

Ich bleibe für einige Sekunden still, gerade genug, um Logans Leute in Sicherheit zu wiegen. Dann verpasse ich Pete blitzschnell einen sauberen Kopfstoß auf die Nase. Er schreit auf, lässt aber los; der Schmerz erreicht sein verwirrtes Gehirn erst nach einer Schrecksekunde.

Er taumelt zur Seite, und ehe Grant reagieren kann, packe ich sein Handgelenk und setze einen Judowurf bei dem Kerl an. Während er durch die Luft fliegt, lasse ich nicht los, sodass lautes Krachen seiner Schulter zu hören ist, als er auf dem Boden landet.

„He!" Logan stolpert rückwärts, die Hände zur Verteidigung erhoben.

Als ich mich ihm nähere, erinnert mich das Geräusch des Fahrstuhls an eine andere unmittelbare Bedrohung. Die Polizei.

Verdammt!

„Sollte ihr auch nur ein Haar gekrümmt werden, bevor ich zurück bin, bringe ich Sie mit meinen bloßen Händen um", warne ich Logan.

„Sie ist mein kleines Mädchen. Glauben Sie etwa, ich würde zulassen, dass irgendwer ihr wehtut?"

Seine Worte sind dummes Zeug, aber mir bleibt keine Zeit, um mich damit zu befassen. „Ihre Tochter ist nach wie vor in Gefahr, das wissen Sie. Sie haben mir nicht alles erzählt, doch ich finde den Grund dafür heraus."

Das Fahrstuhlgitter rattert.

„Sie werden sich noch wünschen, mir nie begegnet zu sein, Logan." Ich renne los, auf das einzige Fenster in meiner Wohnung zu, das sich öffnen lässt.

Jetzt bin ich also ein gesuchter Mann auf der Flucht vor der verdammten Polizei.

Schlimmer jedoch ist, dass ich keine Ahnung habe, wo Camille sich aufhält. Ihr Handy ist ausgeschaltet, oder man hat es ihr abgenommen. Wenn ihr Vater denkt, dass ich mich einfach zurückziehe, hat er sich getäuscht. Ich werde nicht eher ruhen, bis ich herausgefunden habe, was hier vor sich geht.

Ich begebe mich an den einzigen Ort, zu dem ich gehen kann, und sie sollte es mir lieber nicht noch schwerer machen. Lucinda reißt die Tür auf. Ihre zierliche Gestalt steckt in einem zu großen Kleid, auf ihrem Gesicht liegt ein verächtlicher Ausdruck. Ich ignoriere das und drängle mich an ihr vorbei.

„Komm doch rein", meint sie spöttisch.

Ich marschiere zu ihrem Barschrank und gieße mir einen ordentlichen Schluck Jack Daniel's ein. „Du hast sie zu mir geführt. Hör auf zu jammern." Ich kippe den Drink und bete um etwas Ruhe in meiner wankenden Welt.

„Du hast sie ihm überlassen?“ Sie knallt die Tür zu, kommt zu mir an den Barschrank und stellt ein Glas vor mich, damit ich ihr einschenke.

„Ich habe sie nicht einfach ihm überlassen“, fahre ich sie an. „Dieser Scheißkerl hat ihren Drecksack von Ex dafür bezahlt, Anzeige gegen mich zu erstatten.“ Ohne ihr einzuschenken, gieße ich mir einen weiteren Whiskey ein. Nur noch einen. „Die Polizei tauchte auf. Ich bin geflohen.“ Ich trete zurück, diesmal trinke ich nur einen kleinen Schluck, statt den Drink runterzukippen. Vor dem Fenster bleibe ich stehen.

„Das tut mir leid“, sagt Lucinda verblüfft. „Ich komme nicht ganz mit. Logan hat Camilles Ex bezahlt, damit der Anzeige erstattet? Warum hat er das getan?“

„Wegen des Fotos in der Zeitschrift“, antworte ich leise. „Ich habe sie von ihrem Ex weggebracht. Ihn vorher zusammengeschlagen. Und ihm dabei wahrscheinlich die Nase gebrochen. Möglicherweise hab ich ihn auch zeugungsunfähig gemacht.“ Damit habe ich der Welt einen Gefallen getan. Ich sollte eine Auszeichnung dafür erhalten, keine Strafe.

„Du hast *was*?“, brüllt sie geschockt.

„Lass es.“ Ich drehe mich zu ihr um und hebe mahnend den Zeigefinger. „Er hat ihr auf der Damentoilette aufgelauert, sie geschlagen und sie wie Müll zu Boden geworfen.“

Lucinda weicht klugerweise zurück und schenkt sich kurzerhand selbst etwas von dem harten Stoff ein. „Nichts von alldem wäre passiert, wenn du dich nicht emotional auf sie eingelassen hättest. Das ist Regel Nummer eins. Und ausgerechnet du! Die Frauen lieben dich genauso lange, wie es dauert, bis du kommst. Danach vergraulst du sie, und sie hassen dich. Was zur Hölle ist los?“

„Camille Logan.“ Ich lege den Kopf in den Nacken und schaue in den Himmel auf der Suche nach Gott, an den ich nicht glaube. Irgendwer muss mir helfen. Lucinda hat recht. Gefühle haben für mich schon lange keine Rolle mehr gespielt. Ich kann ihr Entsetzen deshalb gut verstehen. Schließlich bin ich Jake Sharp, ein außergewöhnliches Arschloch. Ich mache nicht Liebe, ich vögele.

Meine Gedanken reißen plötzlich ab, und ich zucke zusammen. Lucinda runzelt angesichts dieser scheinbar grundlosen Reaktion die Stirn, während ich zurückspule. Liebe? Camille Logan hat die Eigenschaft, mich in ein verdammtes Weichei zu verwandeln, und sie hat es schon wieder getan.

Liebe.

Wie jetzt, Liebe?

Woher zum Geier kommt das denn auf einmal? Ich fange an zu lachen und suche verzweifelt nach einem logischen Grund dafür, dass mir ein so dummes Wort in den Sinn kommt. Ich liebe ihr Haar. Ich liebe ihre Augen. Ich liebe es, wie sie aussieht, wenn sie in Gedanken versunken ist. Ich liebe es, wie stark, entschlossen und leidenschaftlich sie ist. Ich liebe …

Meine Belustigung weicht einer erschreckenden Erkenntnis, und ich atme schwer.

Ich liebe Camille.

„Jake?"

Lucinda legt mir eine Hand auf die Schulter, was wie ein elektrischer Schlag wirkt. Ich richte mich auf und zucke vor ihr zurück. Sie sieht alarmiert aus und behält die Hand einen Moment in der Luft.

„Ist alles in Ordnung mit dir?"

„Shit." Ich knalle mit den Handflächen seitlich gegen den Barschrank, lasse den Kopf hängen und ringe mit meinem chaotischen Verstand.

Du liebst sie.

Ich fühle mich so unfassbar dumm. Und so, als würde ich verrückt werden. Ich liebe sie so sehr – einen anderen Grund für mein Herzklopfen in diesem Augenblick kann es nicht geben. Ich gerate in Panik, ich habe Angst, dass ich sie verliere.

„Jake, um Himmels willen!"

Lucindas ungeduldiger Ausruf holt mich aus meinem mentalen Zusammenbruch zurück. Ich sehe sie an, damit sie in meinen Augen lesen kann, wie ernst und ehrlich es für mich ist. „Ich liebe sie, Luce."

Sie starrt mich einige Sekunden lang an, ehe sie ihre Stimme wiederfindet. „Ach du Schande", flüstert sie und kippt ihren Drink. „Oh Jake."

Ihre Worte beinhalten schon alles. Sie gehört zu den wenigen Menschen auf diesem Planeten, die meine private Geschichte ebenso gut kennen wie meine professionelle. Daher weiß sie genau um die Tragweite dieser Situation, in der ich stecke. Sie begreift, was Camille mir bedeuten muss, dass ich mich ihretwegen in diese Lage gebracht habe. „Ja", bestätige ich. „Ach du Schande."

„Weiß sie es?"

Sie meint nicht die Tatsache, dass ich Camille liebe, obwohl ich es ihr gestehen werde, sobald ich sie gefunden habe. Nein, Lucinda redet von der Sache, die Camille möglicherweise davon abhalten wird, meine Gefühle zu erwidern. Diese Vorstellung macht mich fertig.

„Sie weiß, dass ich bei der SAS war; sie weiß auch, dass es eine Frau gab und Emotionen, die zu meiner Entlassung aus der Armee geführt haben." Ich steuere einen Sessel an und lasse mich hineinfallen.

„Aber sie weiß nichts von …" Sie verstummt, da sie weiß, dass ich es nicht ertrage, die Worte zu hören.

Ich schüttele den Kopf. Wie kann ich erwarten, dass irgendwer das versteht, was ich selbst nicht begreife, auch nach vier Jahren nicht?

„Camilles Vater hat Nachforschungen über mich angestellt."

„Das sind keine geheimen Informationen, Jake. Wenn er will, wird er es herausfinden. Falls er nicht längst alles weiß."

„Camille ist nach wie vor in Gefahr. Drei Tage sind um, und in der letzten Drohung hieß es, die Zeit sei abgelaufen. Ich habe keine Ahnung, was da läuft, aber ich muss es herausbekommen." Vor allem muss ich ruhig bleiben.

Sie nickt und atmet tief ein. „Das werden wir", versichert sie mir und geht in ihr Arbeitszimmer. „Beweg deinen Arsch hierher, du liebeskranker Arsch."

Grinsend stehe ich auf und folge ihr. „Hast du noch was in Erfahrung gebracht?"

„Ja, und das ist interessant", verkündet sie und beugt sich zum Bildschirm ihres Laptops hinunter.

„Was denn?" Ich bin bei ihr, ehe sie mir die Antwort gibt.

„Logans Frau ist schwanger."

„Was?"

„Ja. Sie war vor vier Wochen beim Arzt. Ich wette, es ist nicht von Logan."

„Oh Shit."

„Allerdings. Sie hat außerdem auf dem Heimweg vom Arzt bei Selfridges reingeschaut und sich ein Paar Louboutins gekauft."

„Wie hast du denn das herausgefunden?", frage ich amüsiert.

Sie zuckt die Achseln. „Welche Frau trägt Louboutins, wenn sie schwanger ist?"

Es fällt mir schwer, mich zu konzentrieren, weil ich ständig darüber nachdenke, wohin Logan wohl Cami gebracht hat und was er ihr erzählt hat. Ich wage es kaum, mir das auszumalen. Er ist ein manipulativer Bastard. Mein Engel hat zwar ihren eigenen Kopf, trotzdem wird sie inzwischen vermutlich ziemlich verwirrt sein. „Ist irgendetwas davon von Bedeutung?“

„Das weiß ich nicht! Ich schaue mir alles an!“

„Meine Beziehung mit Cami ist nicht der einzige Grund, weshalb er mich loswerden wollte. Was verbirgt er? Welcher Anhang befand sich an der gelöschten E-Mail?“ Ich ziehe mein Handy aus der Tasche und wähle erneut Camis Nummer.

Ich werde gleich auf die Voicemail umgeleitet und fluche vor mich hin. „Was ist da los?“, brülle ich und bin mit jeder Sekunde frustrierter. Ich mache ein paar Schritte und rede mir ein, dass dieser ganze Mist mir egal ist. Jetzt geht es nur darum, dass ich Cami zurückbekomme und sie vor ihrem Vater beschütze. Den Rest kann er selbst klären, solange ich Cami habe und sie in Sicherheit ist. Sobald ich daran denke, dass er mich als Risiko für seine Tochter betrachtet, male ich mir seinen Tod brutaler aus. „Behalte diesen E-Mail-Account im Auge.“

„Jake, wohin willst du?“

Lucinda kommt mir hinterher, aber ich drehe mich nicht um. Scheiß auf die Agentur. Scheiß auf meinen Job. Scheiß auf die verdammte Polizei.

„Tu nichts Unüberlegtes, Jake!“

Ich lache. Nichts Unüberlegtes? Ich habe mich verliebt. Etwas Unüberlegteres ist wohl kaum möglich.

22. Kapitel

Cami

Wie betäubt lausche ich den Worten meines Vaters, der mir schildert, was geschehen ist. Jake ist fort. Das ergibt keinen Sinn. Ich war für eine halbe Stunde in diesem Zimmer eingesperrt und habe gegen die Tür gehämmert. Und als Dad mich endlich herausließ, sahen Pete und Grant ziemlich ramponiert aus. Von Jake keine Spur. Was zur Hölle ist passiert?

„Ich bringe dich nach Hause, mein kleiner Star."

Dad legt einen Arm um mich, und obwohl mir danach ist, schüttle ich ihn nicht ab. Ehrlich gesagt weiß ich gar nicht, was ich tun soll.

„Bei mir bist du sicher."

Er will mich aus Jakes Apartment hinausführen und macht Pete und Grant ein Zeichen, voranzugehen.

Ich sehe meinen Vater verwirrt an und erkenne echte Besorgnis in seinem Gesicht. Meinetwegen? Er ist mein Dad. Er ist mein Dad, bei niemandem sollte ich mich so sicher fühlen wie bei ihm. Dennoch lässt meine Angst nicht nach. „Wovor musst du mich beschützen, Dad? Vor Männern, die du ruiniert hast? Sebastian? Jake?"

„Vor alldem, Liebes." Er zieht mich an sich und drückt mir einen Kuss auf den Kopf. „Ich beschütze dich vor alldem. Er war nicht gut für dich. Zu alt, ein Feigling und ein Versager. Das ist ihm inzwischen klar."

Wir betreten den Fahrstuhl, und Grant hievt mit seinem gesunden Arm das Gitter zu, bevor er sich zu meinem Vater umdreht und ihm etwas gibt. Ein Telefon. *Mein* Telefon.

„Niemand ist gut genug für mich“, murmele ich vor mich hin und schaue auf die breiten Rücken vor mir. Wäre Jake hier, lägen die zwei schon am Boden. Er würde nicht zulassen, dass sie mich mitnehmen.

Wo also ist er?

„Gib mir mein Telefon“, fordere ich meinen Dad auf, der es jedoch in seine Jackentasche steckt. Er ignoriert meine Bitte und würdigt mich keines Blickes. Ich starre ihn finster an, während das ohrenbetäubende Quietschen des zugleitenden Fahrstuhlgitters durch die ehemalige Fabriketage hallt. Als das Schwanken der Kabine mich gegen meinen rundlichen Vater drückt und er mich stützt, nutze ich die Gelegenheit, um ihm das Handy aus der Tasche zu ziehen.

In der einen Sekunde werde ich zum Wagen meines Vaters eskortiert, in der nächsten renne ich los, auf das Tageslicht am anderen Ende der Fabrikhalle zu, das Telefon in meiner Hand fest umklammernd.

„Camille!“, brüllt mein Vater.

Ich achte nicht auf ihn. Mein Instinkt sagt mir, dass ich so weit wie möglich wegmuss von ihm – dem Mann, bei dem ich mich eigentlich sicher fühlen sollte.

Ich gelange hinaus, schaue mich hastig um, entdecke aber bloß andere alte Fabrikgebäude, Industriebrachen und Wasser. Während ich weiterrenne, starre ich über die Themse und stelle fest, dass die Stadt viel zu weit entfernt ist, obwohl ich nur über den Fluss muss. Es ist trotzdem zu weit.

„Mist!“ Ich werfe einen Blick über die Schulter, höre jedoch schon die hämmernden Schritte von Pete und Grant. Die beiden haben nicht die nötige Figur für einen Sprint, und nun sind sie auch noch verletzt. Vorsichtshalber werde ich dennoch nicht langsamer. Ich renne weiter, weil ich das Gefühl habe, dass mein Leben davon abhängt.

Meine Lunge brennt, als ich ein Flusstaxi im Hafen erreiche. Die Fahrt über das Wasser kommt mir ewig lang vor, allerdings bekomme ich so die Gelegenheit, meine Gedanken einigermaßen zu ordnen. Oder ein noch größeres Durcheinander in meinem Kopf zu erzeugen. Ich schalte mein Handy ein und scrolle durch meine Kontakte, finde aber nicht, wonach ich suche und was ich dringend brauche. Jakes Nummer ist aus meinem Telefon verschwunden. Weg. Ich fluche und bemühe mich, ruhig zu bleiben. Ein paar Mal versucht mein Vater mich anzurufen. Nie fiel es mir leichter, einen Anrufer abzuweisen.

Das Boot legt an, und ich begreife, dass es nur einen Ort gibt, an den ich gehen kann. Zum ersten Mal, seit ich mich erinnere, brauche ich meine Mum.

Ich wähle ihre Nummer und warte angespannt, während ich aus dem Flusstaxi steige. Meine Handtasche baumelt von meiner Hand.

„Camille?“

„Mum“, sage ich erleichtert und höre die Besorgnis in ihrer Stimme.

„Was ist los? Warum ruft dein Vater mich an?“

Er muss mich ziemlich verzweifelt suchen, wenn er meine Mutter anruft. „Mum, kannst du mich abholen?“ Ich verzichte darauf, ihre Neugier zu stillen. Dies ist weder der richtige Zeitpunkt noch der geeignete Ort. Außerdem fürchte ich, Pete und Grant könnten jeden Moment auftauchen und mich in Dads Auto zerren.

„Wo steckst du?“

„Canary Wharf Pier."

„Was um alles in der Welt machst du denn da?"

„Das ist eine lange Geschichte, Mum. Ich erzähle sie dir, aber komm – und hol mich erst mal."

„Ich schicke sofort einen Fahrer los", verspricht sie zu meiner grenzenlosen Erleichterung. Ich habe noch nie erlebt, dass sie derart leicht nachgibt. „Warte draußen vor dem Hilton, Schätzchen."

„Danke." Ich unterbreche die Verbindung und sehe mich ständig um, ob die Luft rein ist. Wahrscheinlich wirke ich wie ein schreckhaftes, ängstliches Wesen, zerzaust und mit gehetztem Blick. Die Paparazzi hätten ihre helle Freude.

Da ich mich mit dem Wissen, dass Mums Fahrer zu mir unterwegs ist, schon ein bisschen besser fühle, begebe ich mich in ein nahe gelegenes Café, um mir einen Kaffee zu holen. Das Koffein ist ein willkommener Kick für mein müdes Hirn, während ich, immer auf der Hut, über die Pier zum Hilton eile.

Mir gehen alle möglichen Szenarien durch den Kopf – was ich tun werde, wenn ich Dad oder seine zwei Lakaien entdecke, was sie tun werden, was möglicherweise irgendwelche Passanten tun werden, sollte ich schreien, falls sie mich in Dads Wagen zerren. Auf das alles war ich nicht gefasst. Sicher, er hat stets versucht, mich zu kontrollieren, und ich habe es geschafft, mich seinem starken Willen zu widersetzen, aber diesmal ist es anders. So weit ist er noch nie gegangen. Er verfolgt mich? Er stellt Nachforschungen an über denjenigen, mit dem ich zusammen bin? Es macht mich wütend, wie sehr er in meine Privatsphäre eindringt, doch das ist nichts im Vergleich zur Verzweiflung darüber, dass er Jake vielleicht erfolgreich vertrieben hat. Ich kenne Jakes innere Kämpfe, weiß von seinen Flashbacks und Angstattacken. Wenn mein Dad sein

Wissen um Jakes Probleme gegen ihn verwendet, wird es verheerende Folgen für Jakes Psyche haben. Es wird dazu führen, dass er sich selbst infrage stellt. Und letztlich, dass er *uns* infrage stellt.

Nach einer halben Stunde unauffälligen Wartens fährt der Bentley vor, und Mums üblicher Fahrer steigt aus, um mir die hintere Tür aufzuhalten.

„Miss“, begrüßt er mich, und ich steige schnell ein.

Es überrascht mich nicht, dass meine Mutter nicht mitgekommen ist. Sie braucht ewig, um sich zurechtzumachen, bevor sie auch nur einen Gedanken daran verschwendet, sich in der Öffentlichkeit zu zeigen. Meine Bitte kam zu plötzlich, außerdem ist ihre aufgeregte Tochter noch lange kein ausreichender Grund, sich der Welt ohne Lippenstift und gestylte Haare zu stellen. Tja, und ich trage die Sachen von gestern Abend, kein Make-up und einen nachlässig geflochtenen Zopf. Meine Mutter wird entsetzt sein.

Ich lächle dem Fahrer dankbar zu, als er die Tür zuwirft, dann schaue ich auf mein Telefon. Warum hat Jake mich nicht angerufen? Ich habe das Gefühl, als klammere ich mich an Strohhalme, an etwas, was mir rasch entgleitet.

Nicht viele Menschen auf der Welt würden es mit meinem Vater aufnehmen, aber ich dachte wirklich, Jake wäre einer von ihnen, unbeeindruckt von Dads Macht und furchtlos. Ich lege den Kopf an die Fensterscheibe, sehe London draußen vorbeiziehen und frage mich, was ich nun tun soll.

Meine Mutter kommt natürlich nicht an die Tür gestürmt, um mich mit Trost zu empfangen. Ich habe es nicht anders erwartet. Ich gehe durch die Eingangshalle ihres schamlos luxuriösen Apartments in Kensington – das Einzige, was ihr von meinem Vater geblieben ist. Es hängt voller Ölgemälde von englischen Landschaften in opulenten vergoldeten Bilderrahmen. Völlig übertriebener Luxus. Typisch meine Mutter. Ich betrete das noch luxuriösere Wohnzimmer und seufze. Ein gigantischer Teppich dominiert das Zentrum des Raumes, zusammen mit zwei Sofas, die einander exakt gegenüberstehen, beide mit kunstvoll geschnitzten und vergoldeten Füßen sowie zwei ordentlich darauf liegenden, mit Fransen besetzten Samtkissen. Von den intensiven Farben dieses Zimmers – Königsblau, Grün und Rot – habe ich immer Kopfschmerzen bekommen. Das ist heute nicht anders.

„Sie hält sich für die Queen", murmele ich und höre Porzellangeklirre aus der Küche. An die darf ich gar nicht denken – ein Durcheinander aus Designer-Geräten, Utensilien und gedrechseltem Holz. Dabei kocht meine Mum nicht einmal.

„Hier entlang, Maria", ruft meine Mutter und tritt, gefolgt von ihrer Haushälterin, die ein Tee-Tablett trägt, ein. „Camille!"

„Mum." Ein seltsames Gefühl überkommt mich. Plötzlich ist mir zum Heulen zumute, doch das schreibe ich der Vertrautheit ihres Gesichts zu. Sie wirkt perfekt wie immer in ihrem hellblauen Rock und der cremefarbenen Bluse.

„Nun schau dir an, wie du aussiehst!" Sie betrachtet mich alarmiert. „Wie eine obdachlose Herumtreiberin!" Sie gibt Maria ein Zeichen, dass sie das Tablett auf den Couchtisch mit der vergoldeten Tischplatte stellen soll, dann scheucht sie sie weg.

Ich breche in Tränen aus, da mir der Ernst meiner Lage plötzlich mit voller Wucht bewusst wird. Er ist fort, einfach fort. Und ich habe nicht mal irgendeine Erklärung dafür, die es mir leichter machen würde, mich damit abzufinden. Ich sinke auf die harte Couch und schlage die Hände vors Gesicht.

„Camille!“, ruft meine Mutter und stöckelt auf ihren Pumps über den Teppich zu mir. Sie setzt sich neben mich, legt den Arm um mich und tätschelt mir die Schulter. „Na, na, Schätzchen. Hat das vielleicht etwas mit diesem strammen Kerl zu tun, der dabei fotografiert wurde, wie er dich aus dem Picturedrome trägt?“

Ich lehne mich in ihre halbe Umarmung und gebe es zu, wobei ich die ganze Zeit schniefe. „Dad hat ihn engagiert.“ Ich schluchze, es gibt jetzt kein Halten mehr. Soll meine Mum meinen Vater ruhig in der Luft zerreißen mit Worten. Ich hasse ihn.

„Er hat ihn engagiert?“

„Als Bodyguard. Dad hat eine Drohung erhalten.“

Spöttisch erwidert sie: „Die bekommt dein Vater jede Woche, Liebes.“

„Diesmal war sie gegen mich gerichtet. Er meinte, Jake sei nur eine Vorsichtsmaßnahme, aber ich wollte nicht, dass mir die ganze Zeit ein Mann folgt. Sebastian ist wieder in der Stadt. Ich fand Dad hinterhältig, also habe ich ein paar Mal versucht, Jake loszuwerden.“

Mum lächelt wissend. „Meine aufsässige kleine Cami.“

Ich lächle zurück. „Dann wurden mir Fotos zugeschickt – Fotos, auf denen ich abgebildet bin.“

Sie stutzt, ich berichte weiter: „Als Beweis dafür, dass ich beobachtet werde. Das machte alles sehr real.“ Ich zucke mit den Schultern und sehe ihr an, dass sie einen Fluch unterdrückt, den mein Vater zweifellos am anderen Ende der Stadt noch vernommen hätte. „Jake und ich … wir kamen uns näher“, füge ich leise hinzu.

Sofort wird die Miene meiner Mutter sanfter, und sie legt mir eine Hand aufs Knie.

„Er ist ein sehr gut aussehender, starker Mann, Camille.“

Ich sehe sie an, weil ich weiß, da kommt noch mehr.

„Und ein bisschen älter."

„Er ist fünfunddreißig. Nur zehn Jahre älter als ich. Dad ist zwanzig Jahre älter als du."

Mum ignoriert meinen Einwand. „Dein herzallerliebster Daddy hat seine Forderungen gestellt, nehme ich an."

Sie kann von meinem Vater nie ohne Gehässigkeit in der Stimme sprechen.

„Er meint, Jake sei nichts für mich. Er findet, Jake sei ein Versager, weil er aus der SAS entlassen wurde."

Mum faucht: „Oh, dein Vater ist vor Versagen gefeit." In jedem Wort schwingt Sarkasmus mit. „Wo ist Jake jetzt?"

Ich will nicht zugeben, dass ich es nicht weiß, daher schildere ich stattdessen erst einmal, was in Jakes Wohnung passiert ist. Ihr mitfühlender Gesichtsausdruck ist zu viel für mich. Meine Augen füllen sich mit Tränen. „Warum tut Dad das?", flüstere ich mutlos.

Sie seufzt und schenkt uns beiden Tee in ihre vornehmen Porzellantassen ein. „Weil er ein narzisstischer Kontrollfreak ist. Deshalb, Schätzchen."

„Wieso hast du ihn geheiratet, Mum?" Diese Frage stelle ich ihr zum ersten Mal. Es ist die verzweifelte Suche nach etwas, was ihn irgendwie rehabilitiert. Nach etwas, was ihn mir weniger gemein erscheinen lässt. Doch ich weiß, dass ich vergeblich suche.

„Ich war jung."

Sie sagt das wehmütig, aber ich erkenne echtes Bedauern unter der Maske, die sie trägt. Nicht Bedauern darüber, dass sie ein Arschloch geheiratet hat, sondern weil ihr Leben an ihr vorbeigezogen ist und sie, abgesehen von mir, nichts weiter vorzuweisen hat als ein Luxusapartment in Kensington. Eine neue Liebe hat sie nicht gefunden. Sie ist genauso verbittert wie die anderen geschiedenen Frauen, mit denen sie sich umgibt.

„Außerdem war TJ noch klein, seine Mutter fort, nachdem dein Vater sie gezwungen hatte, nach Russland zurückzukehren. Irgendwer musste dem Kind ein wenig Menschlichkeit beibringen, bevor er sich ganz in seinen Vater verwandelte."

Ich lächle über diese seltene mütterliche Anwandlung meiner Mum.

„Und sieh dir an, welchen Dank ich ernte." Sie lacht. „Ausgetauscht gegen diese Kindfrau, die er nun hat! Und sollte ich je wieder heiraten, wird dein Vater alle Unterhaltszahlungen an mich sofort einstellen. Ich komme jetzt schon kaum über die Runden mit dem bisschen, was er mir überweist."

Das ist lächerlich. Das „bisschen", wie sie das nennt, reicht vermutlich, um lebenslang eine Kleinstadt zu ernähren. „Du musst doch nicht heiraten", erinnere ich sie. „Du kannst auch so mit jemandem zusammen sein."

„Es gibt keinen Mann auf dieser Welt, der mich aushalten könnte." Sie stupst mich an, steht auf und streicht sich den Rock glatt. „So, und jetzt wollen wir dich mal auffrischen. Du lässt es hier ja richtig unordentlich aussehen."

Ich muss grinsen, nicht wegen ihrer Bemerkung, sondern weil sie meine Mum ist und ich sie von Herzen liebe, obwohl sie ein totaler Snob und anmaßend ist. „Was soll ich machen?", frage ich, stelle die Teetasse ab und stehe ebenfalls auf.

„Nun, bevor du irgendetwas unternimmst, wirst du erst einmal duschen." Sie mustert mich und gibt einen missbilligenden Laut von sich. „Keine Frau kann die Welt erobern, wenn sie nicht so toll wie möglich aussieht." Sie streicht mir das Haar aus dem Gesicht. „Ich schicke meinen Fahrer zu deiner Wohnung, damit er ein paar von deinen Sachen holt."

„Nein! Dad könnte dort sein. Sobald dein Fahrer aufkreuzt, wird er wissen, dass ich bei dir bin."

„Was soll ich dann mit dir machen?" Sie zeigt auf meinen schäbigen Aufzug. „So kann ich dich ja schlecht weiter herumlaufen lassen."

„Ich weiß es nicht", gestehe ich und bin nicht mal gekränkt.

Verstimmt geht sie in die Eingangshalle. „Ich werde bei Harvey Nic's anrufen und ein paar Sachen für dich aussuchen lassen. Mein Fahrer wird sie abholen. Nimm das pink Gästezimmer, Schätzchen. An der Tür hängt ein Bademantel."

Sie verschwindet, und ich sacke erschöpft zusammen nach dieser besonders starken Dosis Mum. Wow, ich fühle mich nun noch ausgelaugter.

Dann raffe ich mich auf und gehe ins pink gestaltete Gästezimmer. Es schaudert mich angesichts der kitschigen Einrichtung, als ich es durchquere. Im Badezimmer muss ich meine Augen schützen, so geblendet bin ich. Hier sieht es aus, als wäre König Midas von der Leine gelassen worden. Überall Gold – die Badewanne, die Armaturen, die Duschkabine, der Toilettensitz. Und das ist nur das Gästebad. Lächerlich pompös und typisch meine Mutter.

Nachdem ich geduscht und mir ein Handtuch um das nasse Haar gewickelt habe, gehe ich zurück in das pink Zimmer, in dem bereits eine Harvey-Nic's-Tüte auf mich wartet. Ein wenig nervös werfe ich einen Blick hinein. Meine Mutter hat diese Sachen bestellt, was mich erwartet, könnte also katastrophal sein. Als Erstes entdecke ich einen Spitzenslip mit dazu passendem BH. Angenehm überrascht angle ich beides aus der Tüte und lächle, als ich die Marke lese. Ich habe für dieses Label gemodelt. Mum weiß das.

„Perfekt." Jetzt habe ich keine Angst mehr, erneut in die Tüte zu greifen. Es freut mich, zu wissen, dass Mum meine

Karriere verfolgt. Als Nächstes ziehe ich ein schwarzes Shirtdress heraus, das meinem Stil entspricht, dann ein hübsches Paar Dune-Ballerinas. Ich nehme die Sachen, drehe mich um und …

… stehe plötzlich jemandem gegenüber. Prompt fällt mir alles aus den Händen. Ich schnappe nach Luft, um einen Angstschrei auszustoßen.

23. Kapitel

Jake

Ich kann ihr gerade noch die Hand auf den Mund legen, damit sie keinen Schrei ausstößt, den man vermutlich bis nach Manchester hören könnte. Ihre Augen sind weit aufgerissen, als ich sie hochhebe und ins Badezimmer trage, wo ich von dem vielen Gold geblendet bin.

Ich stoße die Tür mit einem Fuß zu und stelle Cami wieder auf den Boden. Ich achte darauf, dass sie mein Gesicht sieht. Sie braucht ein paar Sekunden, bis sie begreift, dass ich es bin. Sofort entspannt sie sich, und Leben kehrt in ihren Blick zurück. Wow, sie zu fühlen und ansehen zu können. Die vergangenen Stunden waren die reinste Hölle.

Vorsichtig nehme ich die Hand von ihrem Mund. „Ich werde dich immer finden, Engel."

„Oh Gott!" Sie schlingt mir die Arme um den Nacken und schmiegt ihr Gesicht an meinen Hals. „Ich dachte schon, du hättest mich verlassen!" Sic klingt verängstigt.

„Sei nicht albern." Ich drücke sie fest an mich. „Weiß dein Vater, dass du hier bist?"

„Nein. Ich bin weggelaufen. Ich wusste nicht, was ich tun soll."

Ich lächle über ihren gesunden Instinkt. „Mir blieb keine andere Wahl als zu fliehen." Die Vorstellung, dass sie denkt, ich hätte sie verlassen, macht mich ganz fertig.

„Warum?“

Sie küsst mich auf den Hals – schnelle, gleichmäßige Berührungen ihrer Lippen auf meiner Haut.

„Dein Vater hat deinen Ex bezahlt, damit er Anzeige gegen mich erstattet. Die Polizei tauchte auf.“

Sie hält inne und sieht mich an. „Was?“

Sie hat mich ganz gut verstanden. Sie fragt nur deshalb nach, weil sie geschockt ist. Anscheinend hat sie keine Ahnung. „Du musst doch die Polizei in meiner Wohnung gesehen haben.“

„Nein! Ich war eine gefühlte Ewigkeit in deinem Zimmer eingesperrt!“

Ich schüttele ungläubig den Kopf, obwohl mich Logans Rücksichtslosigkeit nicht überraschen sollte. Auf keinen Fall würde ein Haufen Polizisten die Schreie einer Frau aus meinem Schlafzimmer ignorieren. Also hat Logan mehr als nur einen korrupten Cop auf der Gehaltsliste. Dieser Bastard!

Ich umfasse ihr Gesicht mit beiden Händen. „Er will absolut nicht, dass ich mit dir zusammen bin, Engel.“ Ich sage das beinah belustigt, doch ihre Miene wird noch angespannter.

„Wie hast du mich gefunden?“

„Dein Telefon“, erkläre ich. „Du hast es vor einer Stunde eingeschaltet, und ich habe es per GPS aufgespürt.“ Sie sieht perplex aus. Es handelt sich um simple Lokalisierungstechnik, aber ich ziehe ernsthaft in Erwägung, sie zu chippen, damit ich nicht jedes Mal die Hölle durchlebe, sobald ihr Handy ausgeschaltet und sie außer Sichtweite ist.

Sie weicht zurück und boxt mich mit erstaunlicher Kraft gegen die Schulter. Von einer Sekunde zur anderen wechselt ihr Gesichtsausdruck von verblüfft zu verärgert.

„Warum hast du mich dann nicht angerufen und mir gesagt, wo du bist? Ich bin fast verrückt geworden!“

„Ich wusste doch nicht, wer bei dir ist“, erkläre ich und denke unangemessenerweise, dass sie keine Ahnung hat, wie es ist, vor Sorge verrückt zu werden. Mann, jede meiner Arterien ist noch verstopft vom Stress. Ich habe das Gefühl, als könnte ich jeden Moment einen Herzinfarkt erleiden. „Dein Vater hätte dir dein Handy weggenommen haben können. Woher sollte ich das wissen?“

„Er hat es mir tatsächlich weggenommen, aber ich habe es mir zurückgeholt. Er hat deine Nummer gelöscht, deshalb konnte ich dich nicht anrufen. Selbst wenn du es nicht riskieren wolltest, mich anzurufen, hättest du trotzdem irgendwie Kontakt zu mir aufnehmen sollen!“, argumentiert sie.

„Wie denn?“ Ich bin ehrlich verwirrt.

„Weiß ich doch nicht! Du bist schließlich hier der unsichtbare Ninja-Kämpfer!“

Sie ist frustriert, aber ich merke ihr auch die Erleichterung an.

„Ja klar.“ Ich lache. „Wenn ich dich das nächste Mal verliere, lasse ich ein Satellitensignal an deinen Lippenstift senden.“

Sie holt erneut aus, diesmal fange ich den Schlag jedoch mit Leichtigkeit ab, sodass sie nach vorn stolpert und verärgert einen Laut von sich gibt. Rasch hat sie die Fassung wiedergefunden, nur ihre süßen Nasenflügel beben noch leicht. Ich verziehe keine Miene, allerdings kann ich nichts dagegen tun, dass sich mein Schwanz regt. Wie einfach es jetzt wäre, sie über den Rand dieser vergoldeten Badewanne zu beugen und Camille von hinten zu nehmen. Ich könnte es dringend gebrauchen, ein wenig Dampf abzulassen.

Ich beobachte, wie jeder ihrer Muskeln sich entspannt, obwohl ihre Augen weiter zornig funkeln. Sie gibt sich cool. Ihr gertenschlanker Körper, fest in dieses Handtuch gewickelt, gehört zu den erfreulichsten Dingen, die ich je gesehen habe.

Aber dann nehme ich eine vage Bewegung ihres rechten Armes wahr und erkenne sofort ihre Absicht. Rasch hebe ich die Hände und fange ihr Handgelenk ab. Sie stöhnt wütend und probiert es mit der anderen Hand, die ich ebenfalls erwische. Ich kann mir ein triumphierendes Grinsen nicht verkneifen. Sie versucht, sich aus meinem Griff zu befreien.

„Jake!“ Sie windet sich, und ihr Handtuch fällt zu Boden.

Sie erstarrt. Ich lächle. Dann ziehe ich sie an mich, drehe sie um und lege ihre Hände auf den Rand der vergoldeten Badewanne. „Bleib so, Engel.“

„Jake …“

In ihrer Stimme schwingt Lust mit, denn ich drücke ihren Oberkörper nach vorn und hinunter, betrachte ausgiebig, was sich mir offenbart, und streiche über ihren wundervollen Rücken. Mein Verlangen ist kaum auszuhalten. Ich öffne meine Hose und schiebe sie ein Stückchen herunter, bis meine Erektion frei ist.

Breitbeinig stelle ich mich hinter sie, fasse sie an den Hüften und bewege mich nach vorn. Ich brauche meinen Schwanz nicht zu halten, um ihn einzuführen. Er weiß, wo er sein will. Ich stupse sie an und necke sie ein wenig, weil ich will, dass sie bettelt.

„Bitte, Jake.“ Sie sagt das leise, verzweifelt. „Bitte.“

Lächelnd tauche ich in sie und atme scharf ein, als sie ihre Muskeln anspannt. „Oh Shit“, flüstere ich und kneife die Augen zu. „Cami, heute muss ich dich hart nehmen.“

„Ist mir egal!“ Sie presst ihren Po an mich, und ich reiße die Augen schnell wieder auf, um nichts zu verpassen.

„Verdammt!“ Ich kralle die Finger in ihre Haut und ziehe mich zurück. Meine glänzende Erektion gleitet aus ihr heraus.

„Oh Engel, ich kann dir nicht sagen, wie verdammt gut du aussiehst." Ich betrachte ihren geschmeidigen Rücken und ihren festen knackigen Po. „Einfach unglaublich."

Sie stöhnt, ihr nasses Haar reicht bis in die Wanne herab, auf deren Rand sie sich abstützt. Ich kann mich nicht länger beherrschen, zu groß ist meine Erleichterung darüber, dass ich Cami wiederhabe. Ich verstärke meinen Griff und stoße hart zu. Ich will sie besitzen und gebe dem Verlangen meines Körpers nach. Sie soll spüren, dass ich hier bin und nicht mehr weggehe.

Ich werfe den Kopf in den Nacken und gebe ein gedämpftes Stöhnen von mir. Ein Zittern durchläuft mich. Nein, ich kann mich nicht länger zurückhalten.

„Cami." Ihr Name klingt wie ein erstickter Laut aus meinem Mund, als ich ihr zu sagen versuche, dass ich gleich so weit bin.

„Los", ruft sie und drückt ihren Po mit solcher Wucht gegen mein Becken, dass ich fast zurücktaumele.

„Shit!" Ich schaffe es nicht mal, mich zu vergewissern, dass sie so weit ist wie ich. Ein Prickeln überläuft meine Haut und durchdringt mich vollständig.

„Ich komme!", bringt sie keuchend hervor.

Ich beiße die Zähne zusammen, zwinge mich zu ein paar weiteren Stößen und spüre genau den Moment, in dem sie zum Orgasmus gelangt. Sie hämmert mit der Faust auf den Badewannenrand, und ich presse sie fest an mich, während ich ebenfalls komme, wobei sich jeder Muskel bei mir zusammenkrampft.

„Ohhhh …", haucht Cami, und ihre Arme geben nach. „Das war der Hammer."

Irgendwo mobilisiere ich ein wenig Kraft und ziehe sie hoch, drücke ihren nackten Körper an meinen. Mein Herz schlägt, zum ersten Mal, wie mir scheint, seit ich aus meinem Apartment geflohen bin. Ich bin wieder lebendig.

Erschöpft murmelt sie etwas Unverständliches.

„Was, Engel?“

Sie holt tief Luft, und ich beuge mich zu ihr hinunter, nah an ihren Mund. „Moooh …“, macht sie.

Ich gleite aus ihr heraus, halte sie jedoch weiter fest, weil ich den Eindruck habe, dass sie andernfalls zusammensackt. „Cami, ich verstehe dich nicht.“

„Mum.“

„Schätzchen!“

Erschrocken schaue ich zur Tür und höre nun Schritte davor.

„Camille, Schätzchen, ich muss schnell noch was besorgen.“

„Oh Shit!“ Mit einer Hand ziehe ich meine Hose hoch, während ich mit der anderen Cami stütze. „Cami, um Himmels willen.“ Ich schnappe mir das Handtuch und wickle es um sie. Sie hilft kein bisschen mit.

Die Tür fliegt auf, und ich stehe ihrer herrischen, herausgeputzten, perfekt frisierten Mutter gegenüber. Sie erstarrt angesichts der Szene, die manikürten Finger auf dem Türknauf.

„Hallo“, bringe ich hüstelnd heraus und stopfe Camis Handtuch um sie fest. Ich wünschte wirklich, sie würde einen klaren Kopf bekommen.

„Oh. Hallo.“ Ihre Mum sieht mit skeptischer Miene zu Cami, dann wieder zu mir.

Ich bin bloß froh, dass mein Verlangen so heftig war, weshalb ich mich nicht komplett ausgezogen habe.

Cami scheint sich zu sammeln und hält endlich selbst ihr Handtuch fest. „Mum, das ist Jake“, platzt sie heraus und bringt mich damit aus dem Konzept.

Ich fühle mich wie ein Delinquent. Wie peinlich, es meiner Freundin im Badezimmer ihrer Mutter zu besorgen und dabei auch noch erwischt zu werden.

Den vorwurfsvollen Blick vergesse ich jedenfalls bestimmt nicht so leicht. Zum ersten Mal in meinem Leben ist es mir nicht egal, was jemand von mir denkt. Ich bin echt ein Weichei. Ich mache einen Schritt auf die Dame zu und strecke die Hand aus, ganz Kavalier. „Freut mich, Sie kennenzulernen, Miss Logan."

Sie mustert mich misstrauisch. „Miss Bell, bitte."

Sie rümpft die Nase, und ich möchte am liebsten im Boden versinken. Ich wusste es. Ich wusste, dass sie ihren Mädchennamen wieder angenommen hatte, nachdem Logan sie für ein junges Model fallen ließ. Was ist in mich gefahren? Ich bin total nervös.

„Natürlich." In Gedanken puste ich mir das Hirn raus, lächle jedoch aufrichtig. Camille Logan veranlasst mich ständig zu ritterlichem Benehmen. „Freut mich."

Endlich erlöst sie mich und nimmt meine Hand. „Sie sind also der Mann, der all diesen Ärger verursacht?" Sie betrachtet mich von oben bis unten.

Von wegen, denke ich. Ja, es gibt einen Mann, der für Ärger sorgt, doch das bin nicht ich. Ich reiße mich zusammen und lasse ihre Hand los. Irgendwie fühle ich mich vor dieser Frau klein, obwohl ich sie körperlich deutlich überrage. „Ich versuche es zu vermeiden", winde ich mich aus Ratlosigkeit heraus. Sie gehört zu den Guten. Für gewöhnlich beuge ich mich niemandem, aber bei dieser Frau verspüre ich sogar das Bedürfnis, es zu tun. Sie verkörpert alles, was ich an einer Frau hasse, nur ist sie eben Camilles Mum. „Mir ist klar, dass Camis Vater nicht begeistert ist ..."

Sie unterbricht mich mit einem verächtlichen Schnauben. „Sie könnten Prinz Harry sein, und er würde trotzdem nichts von Ihnen halten, wenn er das Date nicht persönlich arrangiert hätte oder es ihm keinen finanziellen Vorteil einbrächte." Sie sieht zu ihrer Tochter, ihre Augen funkeln schwach. „Willst du dich nicht anziehen, Schätzchen? Ich bringe Jake ins Wohnzimmer. Wir werden Tee trinken."

Cami zieht ihr Handtuch fest, als wäre ihr gar nicht klar gewesen, dass sie halb nackt war.

„Ich dachte, du wolltest los."

Miss Bell schürzt die Lippen und wirft mir einen Blick zu. „Das kann warten."

Sie dreht sich auf ihren polierten Schuhen um und stolziert hinaus. Kaum ist sie nicht mehr zu sehen, sinke ich unter dem Druck gegen die Wand. Die Ironie der Situation entgeht mir nicht. Anerkennung ist mir nicht wichtig. Camis Mutter hat das möglicherweise geändert.

„Alles in Ordnung?", fragt Cami und runzelt die Stirn.

Ich muss mich zusammenreißen. „Ja, alles bestens." Ich stoße mich von der Wand ab, gehe zu ihr und lege einen Arm um sie. Dann ziehe ich sie an mich und mache ernst. Sie muss wissen, wie ich empfinde. All ihre Ängste, die Furcht, ich hätte sie im Stich gelassen, schmerzen mich. Ich muss es aussprechen. Laut und deutlich.

Doch als ich den Mund aufmache, kommt nichts heraus. Die Worte sind da, überall sogar. „Ich ..." Es schnürt mir die Kehle zu, und ich zittere unter der Last meines beabsichtigten Geständnisses.

„Jake?"

„Ich ..."

„Was ist denn los?"

„Ach, Mist, Camille." Ich lege die Hände an ihre Wangen und bringe mein Gesicht vor ihres. Ihre Augen sind geweitet, sie ist besorgt. „Ich liebe dich", sage ich und schaue sie fest an. „Ich liebe dich so verdammt, und ich wollte, dass du das weißt."

Sie weicht zurück, und ich lasse die Hände sinken. Sie ist geschockt, ihr Blick verschleiert sich. Ich weiß nicht, was ich erwartet habe, aber das jedenfalls nicht. Genau genommen sieht sie aus, als würde sie gleich die Flucht ergreifen.

Nach einer gefühlten Ewigkeit – einer qualvollen, schmerzlichen Ewigkeit – spricht sie endlich.

„Ich liebe dich auch", stößt sie mit bebender Stimme hervor und schlägt sich die Hände vors Gesicht.

Ihre Worte brennen sich in mein Herz und erwecken einen weiteren Teil von mir zum Leben. Ich atme aus, mir war bis zu diesem Moment gar nicht bewusst, dass ich die Luft angehalten hatte. Ich ziehe Camille an mich, hebe sie hoch und drücke sie fest. Sie liebt mich, und ich kann nur hoffen, dass das ausreicht, um uns durch die vor uns liegenden dunklen Tage zu bringen.

Ich halte sie nicht annähernd lange genug in den Armen, um meine Worte zu unterstreichen. Als ich sie wieder loslasse, sehe ich den Hoffnungsschimmer in ihren Augen, das macht mich ganz fertig. Ich bin der Grund dafür, und es freut mich, es löst allerdings auch Schuldgefühle aus. Sie kennt mich ja gar nicht richtig. Aber sie wird mich kennenlernen. Sobald sich dieser Mist geklärt hat, werde ich das tun, wovor ich mich lange gedrückt habe. Doch allein der Gedanke daran ist lähmend.

Ich drücke ihr einen Kuss auf den Kopf, bringe sie zur Dusche und stelle das Wasser an. „Wasch dich", fordere ich sie sanft auf. Dann zwinge ich mich, das Badezimmer zu verlassen.

Nachdem ich Camilles Telefon gefunden und es ausgeschaltet habe, gehe ich durch das palastartige Apartment und schaue mich um. Ein bisschen grell alles, denke ich und versuche gleichzeitig abzuschätzen, wie weit ich mich von Camille entferne. Ich werfe einen Blick in die Zimmer und überprüfe die Fenster. Als ich sicher bin, dass niemand hereinkommt oder an mir vorbei, ohne entdeckt zu werden, begebe ich mich ins Wohnzimmer.

Miss Bell sitzt auf einem der Sofas, die eher als Dekoration zu dienen scheinen und nicht der Bequemlichkeit. Sie sieht zu mir auf, als ich mich ihr gegenübersetze. Ich bemühe mich gar nicht erst, es mir bequem zu machen. Es wäre unmöglich. Sie reicht mir eine winzige Porzellantasse, die ich ein paarmal von einer Hand in die andere wechsle. Das Ding fühlt sich in meinen Pranken an wie ein Fingerhut. Schließlich gebe ich den Versuch auf, sie elegant zu halten, und stelle sie auf den glänzenden vergoldeten Tisch vor mir. „Danke", sage ich und merke, wie sie mich eingehend betrachtet.

Mein Hauptanliegen der vergangenen Stunden war es, Cami zu finden. Was danach geschehen soll, darüber habe ich mir wenig Gedanken gemacht. Jetzt ist es an der Zeit, das zu klären.

„Wie sind Sie in mein Haus gelangt?", will ihre Mum wissen und mustert mich weiterhin misstrauisch.

Sie hat auch allen Grund zum Misstrauen. Es ist wohl cleverer, wenn ich die Details überspringe, wie ich die Türschlösser überwunden und in ihr Apartment eingedrungen bin, um ihre Tochter aufzuspüren wie ein Bluthund den Fuchs. „Cami hat mich hereingelassen", antworte ich stattdessen. Schwer zu sagen, ob sie mir glaubt oder nicht, deshalb beschließe ich, dass es besser ist, schnellstmöglich das Thema zu wechseln. „Wussten Sie, dass Ihr Exmann Camis Exfreund dafür bezahlt hat, dass er sie in Ruhe lässt? Außerdem finanzierte er dessen Aufenthalt in einer Entzugsklinik."

Sie lacht leise und rührt in ihrem Tee. „Das überrascht mich nicht. Weiß Camille es?"

„Ich habe es ihr bisher nicht erzählt. Es gibt noch vieles, was ich klären muss."

„Was denn?"

„Zum Beispiel, wer wirklich hinter den Drohungen gegen Ihre Tochter steckt. Da stimmte von Anfang an etwas nicht, seit dem Tag, an dem Logan mich engagiert hat. Er hat mir Informationen vorenthalten, und als ich ihn deshalb zur Rede stellte, wollte er mich loswerden. Ich bezweifle, dass die Missbilligung meiner Beziehung zu Cami der einzige Grund ist, weshalb er meine Dienste nicht länger in Anspruch nehmen will. Er verheimlicht was, und ich habe die Absicht, herauszufinden, was das ist."

Sie wirkt überrascht, dann lacht sie. „Er scheint Sie wirklich nicht leiden zu können, Jake."

Ich blase die Wangen auf. Ja, das dürfte inzwischen klar sein. Er hat Camis Ex bezahlt, damit der Anzeige gegen mich erstattet. Den Mann, der sie mehrmals geschlagen hat. Da ich mich von Logan nicht kaufen lasse, versucht er auf andere Weise, mich loszuwerden.

Aber hier geht es um mehr als um reine Abneigung. Er hat Angst, ich könnte etwas herausfinden, was er unbedingt verheimlichen will.

„Das beruht auf Gegenseitigkeit", erwidere ich. „Ich werde dahinterkommen, was los ist. Bis dahin ist Cami bei mir in Sicherheit."

Ihr Lächeln verrät mir alles, was ich wissen muss. Sie ist ganz dafür, und das ist eine Erleichterung. Dabei interessiert es mich nicht, ob es ihr gefällt, dass ihr Ex endlich seinen Meister gefunden hat, oder ob sie sich aufrichtig darüber freut, dass ich so viel für ihre Tochter empfinde. Irgendetwas sagt mir, es ist beides.

„Daran hege ich keinerlei Zweifel."

In diesem Moment tritt Cami ein.

„Hey." Sie kommt herüber, leuchtend schön in ihrem schlichten schwarzen Kleid. Die Haare fallen ihr über die Schultern, und sie fährt mit den Fingern hindurch. Ihr Gesicht ist ungeschminkt.

„Schätzchen", ruft ihre Mutter in einem Singsang und erhebt sich zusammen mit mir.

Ihr Kosename ist ein bisschen übertrieben und unangenehm, und ich kann sehen, dass Camille genauso darüber denkt.

„Möchtest du Tee?"

Cami schüttelt den Kopf und kommt an meine Seite. „Danke für die Sachen."

Sie deutet auf ihr Kleid, was mich veranlasst, sie erneut anerkennend zu betrachten.

„Gern geschehen. Tja, ich sollte jetzt besser gehen", verkündet Miss Bell. „Ich bin wirklich spät dran." Sie drückt ihre Tochter. „Du bist herzlich willkommen, hier zu wohnen."

„Das ist gar nicht nötig", sage ich, ohne nachzudenken und ohne Rücksicht auf die Gefühle ihrer Mutter.

Cami sieht mich fragend an, während ihre Mutter sie loslässt. „Nein?", fragt sie beunruhigt.

„Nein", bestätige ich. Ich weiß auf einmal genau, wohin ich sie bringe, bis dieser ganze Mist sich geklärt hat. Ich ignoriere Camis Neugier und wende mich an ihre Mutter: „Es war mir ein Vergnügen."

Sie lacht und überrascht mich, indem sie mich umarmt. Ich hebe die Arme nicht, Anspannung erfasst mich.

„Unterschätzen Sie meinen Exmann nicht", flüstert sie mir ins Ohr. „Und wagen Sie es ja nicht, meiner Tochter das Herz zu brechen."

Ich halte meinen Mund fest geschlossen. Ich mache mir nichts vor – mir ist klar, dass ich Camille mehr wehtun könnte als ihr Ex oder ihr Vater. Sie stellt mich auf ein Podest, und das verdiene ich nicht. Ich verdiene sie nicht. Wenn ich ihr Vater wäre, würde ich auch versuchen, mich zu vertreiben.

Doch jetzt ist es zu spät. Meine Gefühle für diese wundervolle Frau sind zu tief. Meine Verzweiflung in den vergangenen Stunden, als man sie mir genommen hatte, hat es mir deutlich vor Augen geführt. Nicht dass das nötig gewesen wäre. Ich liebe sie viel zu sehr, um sie aufzugeben. So sehr, dass es wehtut. Ich hoffe nur, sie liebt mich genug, um über den Schock hinwegzukommen, sobald sie erfährt, dass ich nicht der Mann bin, für den sie mich hält.

24. Kapitel

Cami

Jake ist aufgewühlt und angespannt, als er mich zu seinem Range Rover führt, der in einer nahe gelegenen Seitenstraße parkt. Er wird auch nicht ruhiger, als ich sicher in seinem Wagen sitze. Er ist wachsam und hält auf der Fahrt über Nebenstraßen Richtung Stadtrand dauernd Ausschau.

Diese Unruhe überträgt sich auf mich, sodass ich anfange, die Augen nach Polizeiwagen offen zu halten. Mein Vater ist in meinem Ansehen so tief gesunken wie noch nie. Zu wissen, dass er Sebastian bezahlt hat, damit der Anzeige gegen Jake erstattet, macht mich ganz krank. Es wirft allerdings auch die Frage auf, wozu er außerdem imstande ist, um Jake von mir fernzuhalten. Ich versuche seine Motive nachzuvollziehen und irgendwie Mitgefühl für meinen Dad aufzubringen, um ihn nicht hassen zu müssen. Aber das schaffe ich nicht. Es wird ihm nicht gelingen, mich und Jake auseinanderzubringen. Und wenn er mit diesem Irrsinn nicht aufhört, werde ich nie wieder mit ihm reden. Dann ist er für mich gestorben.

Ich sehe Jake an. „Was wirst du mit meinem Vater machen?"

„Lass das mal meine Sorge sein", erwidert er kühl und ganz fokussiert.

Wieso ist er nicht so besorgt wie ich?

„Jake, er versucht, dich hinter Gitter zu bringen, um dich von mir fernzuhalten!"

„Das wird aber nicht passieren."

Ich schaue ihn ungläubig an. Hat er vergessen, wozu mein Vater fähig ist? „Wie kannst du dir da so sicher sein?"

„Vertrau mir", sagt er und legt eine Hand zärtlich auf mein Knie. „Er wird nicht gewinnen."

Ich richte den Blick auf Jakes kräftige Finger. Seine Berührung ist warm und tröstlich, aber sie kann meine Besorgnis nicht vertreiben. „Du bist ein ehemaliger Soldat. Du wolltest die Welt retten, während es ihm immer nur darum ging, sie zu beherrschen." Ich streichle sein stoppeliges Kinn, und er schließt kurz die Augen. Er lässt mein Knie los und legt die Hand auf meine Wange. Auf einmal sieht er niedergeschlagen aus und gedankenverloren.

„Ich liebe dich, Engel", sagt er leise, hebt meine Finger an seine Lippen und küsst sie sanft. „Über alles."

Ich lächle und wünschte, ich könnte ihm erklären, wie viel er mir bedeutet. Aber dafür gibt es keine Worte. „Wow." Ich erwidere seine Geste, indem ich seine Fingerknöchel küsse. „Wohin fahren wir?"

„Ich habe ein kleines Häuschen auf dem Land. Niemand weiß davon."

„Du willst mich also verstecken. Wie lange?"

„Bis dein Vater zur Vernunft kommt."

Ich könnte lachen. „Das wird nie passieren."

„Dann behalte ich dich dort eben für ewig."

Ich zucke mit den Schultern. „Von mir aus gern."

Nach zwei Stunden Fahrt biegen wir in eine schmale, von Hecken gesäumte Landstraße ab. Zwanzig Minuten später sind wir auf dieser nicht endenden kurvigen Straße immer noch unterwegs. Sie ist gerade breit genug für einen Wagen, aber bisher sind wir auch keinem anderen Auto begegnet. Das ist gut, denn niemand käme an uns vorbei, nicht einmal auf einem Fahrrad.

So weit das Auge reicht nur Felder. Leere Felder – keine Kühe, keine Schafe, kein Leben. Ich bin still, während Jake den Range Rover mit Leichtigkeit über die schmale Straße steuert. Er scheint hier jede Grassode, jede Bodenwelle und jedes Schlagloch zu kennen. Jetzt geht es einen steilen Hügel hinauf. Die Wolken darüber scheinen näher und näher zu kommen, bis wir den Gipfel erreichen und es langsam wieder bergab geht. Aus dem Augenwinkel sehe ich zu Jake, der inzwischen lockerer wirkt. Dann lächelt er vor sich hin, und ich schaue in dieselbe Richtung, weil ich wissen will, was diese Freude ausgelöst hat. Ich staune nicht schlecht.

Ein Häuschen auf dem Land? Das Haus ragt stolz auf in der Ferne, umgeben von einigen kleineren Gebäuden – einer Garage, einem Plumpsklo, Ställen und Scheunen. Es ist ein großes cremefarbenes Gebäude mit dunklen Holzfensterrahmen und einer massiven Eingangstür.

„Klein?", bemerke ich und frage mich, was ich erwartet habe. Eine Hütte vielleicht?

„Es hat nur vier Schlafzimmer und sieht imposanter aus, als es ist."

Er fährt eine scharfe Linkskurve, sodass ich den Hals recken muss, um das Haus im Auge zu behalten.

„Der nächste Nachbar wohnt fünfzehn Meilen weit entfernt."

„Gesellig", murmele ich. Wir befinden uns buchstäblich am Arsch der Welt. „Du kommst mir gar nicht wie der Typ Farmer vor."

„Bin ich auch nicht." Er nimmt wieder eine Kurve.

„Wozu dann die Scheune, die Felder und die Schweineställe?"

„Es war halt das am freisten stehende und einsamste Haus, das ich finden konnte."

„Warum musste es frei stehend und einsam sein?", frage ich beiläufig, obwohl ich insgeheim vor Neugier sterbe.

„Weil ich wusste, dass ich eines Tages eine wunderschöne Prinzessin kennenlernen würde, die vor ihrem bösartigen Vater beschützt werden muss."

Ich kneife die Augen zusammen. „Das ist nicht witzig."

„Du magst es nicht, wie ich unsere Situation aufzulockern versuche?"

Unsere Situation? Ich hasse es, dass wir uns in einer Situation befinden. Ich hasse meinen Vater. „Ich hasse es, dass wir fliehen mussten."

Jake steigt aus, geht um den Wagen herum und öffnet mir die Tür. Er nimmt meine Hand und hilft mir hinaus. „Dein Vater hat mir die Polizei auf den Hals gehetzt. Ich werde ganz bestimmt nicht in London darauf warten, dass sie mich schnappen. Wir bleiben erst einmal hier, bis ich herausgefunden habe, wie es weitergeht."

„Und wie willst du das herausfinden?", frage ich und lasse mich widerwillig zur Haustür bugsieren.

„Ich arbeite daran."

Er schließt die Tür auf, die sich in einen gediegenen rechteckigen Flur öffnet. Türen führen davon in verschiedene Zimmer und eine Treppe in den ersten Stock.

Plötzlich wird mir meine Lage bewusst. Möglicherweise belastet mich die Tatsache gar nicht so sehr, dass wir fliehen mussten. Ich und Jake. Allein. Hinein ins Nirgendwo. Vielleicht sollten wir gar nicht daran arbeiten, alles wieder in Ordnung zu bringen, denn für die nächste Zeit hier festzusitzen scheint mir auf einmal verlockend zu sein.

„Was kann man hier so machen?“, frage ich und schaue mich um.

„Oh, da fallen mir einige Dinge ein.“ Er schmiegt sich von hinten an mich. „Nur du und ich, ganz ungestört.“

Er küsst meinen Nacken, was prompt ein Kribbeln zwischen meinen Oberschenkeln auslöst. Seufzend und erschauernd lehne ich mich an ihn.

„Aber zuerst führe ich dich zum Essen aus.“

Ich mache ein skeptisches Gesicht, denn es war weit und breit nichts zu sehen. „Wohin denn?“

„Das lass mal meine Sorge sein.“

Er dreht mich in seinen Armen zu sich um und schaut mich an, als wolle er sich jeden Millimeter meiner Haut einprägen. Ich lasse ihn, denn das mache ich auch mit ihm. Er wirkt zufrieden und entspannt, so habe ich ihn noch nicht oft erlebt.

„Heute Nacht vergessen wir alles und sind einfach nur zusammen.“ Er küsst mich zärtlich und teilt meine Lippen.

Ich entspanne mich ebenfalls und gebe mich glücklich dem Kuss hin. Nur, was wird nach dieser Nacht? Was geschieht dann?

Jake zeigt mir ein riesiges Schlafzimmer mit hoher Decke und kunstvollen Gesimsen. Über dem Bett hängt ein Kronleuchter, und die Wände sind mit geprägten Tapeten in einem warmen Braunton tapeziert. Es gibt einen offenen Kamin, in dem Holzscheite aufgeschichtet sind. Es ist luxuriös, aber nicht zu sehr, sondern gemütlich und einladend. Jedenfalls ganz anders als seine minimalistische Fabriketagenwohnung.

Nachdem er mich allein gelassen hat, um irgendwas zu regeln, begebe ich mich in das angrenzende Badezimmer, wo ich eine vertraute Tasche vorfinde. Darin sind Sachen von mir sowie Toilettenartikel. Ich muss lächeln. Wie hat er …?

Ich betrachte mich im Spiegel und werde nachdenklich. Nur ich und Jake, in diesem großen Landhaus umgeben von vielen Hektar Land. Ich lächle wieder, doch das Lächeln verschwindet, als mir einfällt, dass ich Heather gar nicht darüber informiert habe, wo ich bin. Sie wird sich Sorgen machen. Mein Handy ist ausgeschaltet, und ich weiß, dass sie versuchen wird, mich anzurufen.

„Mist!" Ich gehe zurück ins Schlafzimmer, mein Telefon liegt auf dem Bett. Kaum habe ich es eingeschaltet, sehe ich auch schon die Liste der entgangenen Anrufe von Heather. Ich ignoriere die von meinem Vater und rufe stattdessen meine beste Freundin an.

Sie meldet sich sofort. „Cami, es gibt ein Foto von dir und Jake in den Magazinen!", berichtet sie aufgeregt.

Das ist keine Neuigkeit für mich. Ich bin ein wenig überrascht, da Heather sonst über den neuesten Klatsch in London auf dem Laufenden ist. „Das weiß ich."

„Echt?"

„Ja, mein Vater weiß es auch."

„Oh Shit!"

„Kann man wohl sagen. Er ist nicht begeistert." Ich erzähle ihr, was ihr schon bekannt ist, allerdings ausführlicher, und ergänze es um etwas, was sie mit Sicherheit noch nicht weiß. „Er hat Sebastian dafür bezahlt, Anzeige gegen Jake zu erstatten."

„Was?" Ihre Lautstärke lässt mich zusammenzucken. „Warum sollte er das tun?"

„Weil er Jake loswerden will", antworte ich. „Ich aber nicht."

„Dann hast du dich also nicht in deinen Bodyguard verliebt?"

„Pustige Lussy."

„Oh ja." Sie seufzt. „Wo steckst du?"

Ich sehe mich um, entdecke ein Fenster und gehe hin, um auf die Felder hinauszuschauen. „Ich habe keine Ahnung."

„Wie meinst du das?"

„Ich bin bei Jake. Die Polizei sucht nach ihm, deshalb haben wir London verlassen, bis er weiß, wie es weitergeht."

„Ihr seid also auf der Flucht?"

Ich lache. „Sieht wohl so aus." Nur bin ich mir nicht sicher, vor wem ich auf der Flucht bin.

„Oh verdammt, Cami. Warum muss dein Dad ein solcher Idiot sein?"

„Ich weiß es nicht." Ich seufze und presse die Fingerspitzen an meine Stirn. „Pass auf – falls irgendwer fragt, dann hast du nicht mit mir gesprochen, klar? Vor allem, falls mein Dad fragt."

„Selbstverständlich!" Sie hört sich beleidigt an, weil ich das überhaupt erwähnt habe.

„Danke. Ich rufe dich morgen an."

„Ja, mach das."

Ich lege auf, schalte mein Telefon wieder aus und werfe es zurück aufs Bett. Dann laufe ich schnell ins Badezimmer, um mich fertig zu machen und Jake zu suchen. In den vergangenen Stunden haben wir uns praktisch ständig berührt, und es fühlt sich schon falsch an, wenn auch nur mehr als ein Meter zwischen uns liegt.

Ich weiß nicht, was ich anziehen soll. Er führt mich aus. Wohin? Gab es auf dem Weg hierher ein versteckt liegendes Restaurant, das ich übersehen habe? Ich gehe die Holztreppe hinunter – die schwarzen Riemchenpumps baumeln von meinen Fingern – und horche, ob ich Jake irgendwo höre. Ich trage ein graues Ballonkleid mit dünnen Trägern und schnörkeligem Saum. Ich könnte darin chic oder weniger chic aussehen, je nachdem, wohin er mich ausführt.

„Jake“, rufe ich auf dem Weg in die Landhausküche. Aber dort finde ich ihn nicht. Ich gehe ins Wohnzimmer, das ebenfalls leer ist. „Wo bist du?“, frage ich einfach so und kehre in den Flur zurück. Ich bleibe für einen Moment stehen und überlege, wo ich noch suchen könnte. Vielleicht ist er vor dem Haus oder wartet im Wagen auf mich.

An der Tür hängt ein Stück Papier. Neugierig lese ich die erste Zeile.

Nimm diesen Zettel, und folge den Anweisungen.

Lächelnd zupfe ich das Blatt vom Holz ab und lese weiter.

Geh über die Auffahrt und zwischen den beiden Eichen hindurch. Folge dem Pfad, bis du den mächtigen Stamm eines umgestürzten Baumes erreichst. Dort erwartet dich die nächste Instruktion.
Jake x

Ein Schauer der Vorfreude durchrieselt mich angesichts dieser Schatzsuche, denn der Schatz ist Jake.

Ich lasse meine Schuhe fallen und schlüpfe in die Ballerinas neben der Tür. Im Nu bin ich draußen. Ich sehe die beiden Eichen am Ende der Auffahrt, genau wie es auf dem Zettel stand.

Ich renne grinsend los. Sobald ich zwischen den Eichen hindurch bin, finde ich mich in einem zugewachsenen Waldstück wieder. Allerdings ist ein Pfad erkennbar. Den eile ich entlang, wobei ich darauf achte, vereinzelt herumliegenden Ästen auszuweichen.

Ich komme mir vor wie im Märchen. Das Blätterdach über mir lässt nur einen silbrigen Schein der tief stehenden Sonne durch, während ich weitereile, bis ich auf eine Lichtung gelange, in deren Mitte ein massiver Baumstamm liegt, dessen Rinde abblättert. Er sieht aus, als läge er schon hundert Jahre dort. Ein Stück Papier ist daran befestigt.

Meine Aufregung nimmt zu, denn ich komme Jake näher. Hastig reiße ich es ab.

Eines Tages werde ich dich auf diesem alten Baumstamm lieben.
Sieh nach rechts. Dort findest du eine Weißbirke. Geh daran vorbei, und folge dem neuen Pfad, bis du an einen Busch roter Rosen gelangst. Dort findest du die nächsten Instruktionen. Pass auf die Dornen auf.
Jake x.

Ich hebe das Papier an den Mund und beiße hinein, um dem Impuls zu widerstehen, einfach loszurennen zu der Weißbirke, die ich längst entdeckt habe. Wenn ich hierbleibe, hat er vielleicht bald die Nase voll vom Warten und kommt zu mir. Dann wird „eines Tages" heute sein, und er wird mich auf diesem alten Baumstamm nehmen.

Langsam drehe ich mich um mich selbst und schaue mich um. Wie schön hier alles ist! Ein verborgenes Wäldchen voller hoher Bäume, von denen manche sicher über hundert Jahre alt sind. Ruhig und friedlich ist es hier. Die einzigen Geräusche sind die der unberührten Natur um mich herum. Keine Autos, keine Gebäude, keine Luftverschmutzung. Ich könnte für immer hier sein. Warum können wir das nicht? Heiraten, Kinder bekommen und sie in dieser friedvollen Idylle großziehen, fernab der Großstadt und der übrigen Welt. Ich beiße mir auf die Lippe, denn ich habe das Gefühl, dass es gerade ganz schön mit mir durchgeht. Oder nicht?

Ich laufe schnell zur Birke und daran vorbei. Die knackenden Zweige unter meinen Schuhen auf diesem neuen Pfad nehme ich kaum wahr. Ich sehne mich wie verrückt nach ihm, sehne mich danach, mich in seine Arme zu werfen und dort alles zu vergessen, bis es nichts mehr gibt außer Jake. Nur ihn. Seine Kraft, seine Leidenschaft, alles von ihm.

Ich entdecke den Rosenbusch vor mir, das helle Rot zieht mich magisch an. Er ist riesig, ein Bild englischer Schönheit inmitten des zugewucherten Waldstücks. Langsamer werdend sehe ich ein weißes Stück Papier zwischen den Dornen und Blüten, das auf mich wartet. Ich bleibe stehen und überlege einen Moment, wie wohl diese Nachricht lautet. Die reifen roten Blüten verströmen einen betörenden Duft, der den unwiderstehlichen Wunsch weckt, eine zu berühren und an meine Nase zu halten. Ich atme tief ein und wieder aus, schließe die Augen. Ich fühle Wärme und Ruhe in mir. Dann lasse ich die Rose los und greife nach dem Zettel, wobei ich auf die Dornen achte. Das Papier bleibt an einigen hängen, als ich es vorsichtig aus dem Busch herausziehe, bis ich die Worte lesen kann.

Dieser Ort ist mein sicherer Hafen. Jetzt auch deiner.
Alles, was ich habe, ist dein.
Ich liebe dich. Mehr, als ich je geglaubt habe, jemanden lieben zu können.
Nimm eine Rose, und steck sie dir ins Haar. Dann folge dem Pfad, bis du den wunderschönen roten Ahornbaum siehst.
Jake x

Ich halte mir das Stück Papier unter die Nase und hole tief Luft, als könnte ich die Worte auf diese Weise einatmen. Er liebt mich. Alles, was er hat, ist mein, doch das Einzige, was ich wirklich will und brauche, ist sein Herz. Seinen Frieden.

Behutsam pflücke ich die größte Rosenblüte, die ich finden kann. Sie löst sich leicht vom Stiel, als wollte sie mir helfen. Ich stecke ein paar lose Haarsträhnen an meinem Zopf fest und schiebe die üppige rote Blüte hinter eins meiner Ohren.

Dann schaue ich mich um, entdecke den Pfad und folge ihm. Ein Lächeln liegt den ganzen Weg über auf meinem Gesicht. Ich bewege mich zwischen den Bäumen hindurch, folge jedoch den Anweisungen und bleibe überwiegend auf dem Pfad. Der riesige rote Ahorn ist atemberaubend, seine Blätter leuchten wie die Blüte hinter meinem Ohr. Am Stamm ist eine weitere Nachricht befestigt, und zum ersten Mal frage ich mich, wie viele es wohl gibt. Langsam werde ich ungeduldig. Ich laufe schnell hin und löse das Papier ab.

Was immer du auch angezogen haben magst, zieh es aus.
Zieh alles aus.

Ganz kurz halte ich den Atem an, ein sinnliches Prickeln überläuft mich.

Hinter diesem Ahorn ist ein Durchgang, der dich zu mir führt. Beeil dich.
Jake x

Ich schlucke und lasse meine Tasche fallen, das Papier auch. Dann schaue ich mich um, während ich meine Schuhe wegkicke und nach dem Saum meines Kleides greife. Es ist ziemlich verrückt, aber hier ist ja niemand. Niemand kann mich sehen. Das macht Jakes Aufforderung jedoch nicht weniger sündig. Es ist warm, die Abendsonne steht jenseits der Bäume tief und klar am Himmel, und die Kühle der kommenden Nacht liegt noch nicht in der Luft.

Dennoch werden meine Brustwarzen hart, als ich mir das Kleid ausziehe. Ich lasse es zu Boden fallen und beiße mir auf die Unterlippe, während ich den Slip abstreife. Erneut schaue ich mich um, als könnte mich jemand beobachten. Ich muss lachen. Ich wette, die Eichhörnchen und die Vögel fragen sich, was hier eigentlich los ist. Wer ist dieser Mensch, der sich in unserem Wald auszieht?

Ich steige aus dem Slip, lasse ihn zu meinen Füßen liegen und halte Ausschau nach dem Durchgang im dichten Buschwerk hinter dem Ahornbaum. Ich entdecke ihn tatsächlich, stecke die Rose hinter meinem Ohr noch einmal fest und gehe auf die Lichtung zu. Meine Atmung beschleunigt sich mit jedem Schritt.

Vorsichtig begebe ich mich durch die Lücke, die Blätter und Zweige drohen meine nackte Haut zu streifen, so eng ist der Durchgang. Ich zwänge mich hindurch, bis ich Sonnenlicht sehe, es ist nicht mehr gebrochen, sondern hell und klar. Ich werde schneller, und dann trete ich gebannt aus dem Waldstück hinaus, das mich schon zu lange gefangen gehalten hat, und stehe auf einer Lichtung.

„Du lieber Himmel“, flüstere ich. Eigentlich befinde ich mich nach wie vor im Wald, nur dass er hier weniger dicht ist. Die Baumstämme sind dünner, glatt und wachsen in ordentlichen Reihen. Der Boden vor mir ist ein Meer aus Blauglöckchen. Es ist ein faszinierender, wunderschöner Anblick, den ich begeistert in mich aufnehme.

Hinter mir bewegt sich etwas, und ich drehe mich erschrocken um. Für einen Moment vergesse ich, weshalb ich hier bin. Ich lege eine Hand auf meine Brust und gebe ein leises Stöhnen von mir, als ich Jake entdecke.

Er steht vor mir, und auch er ist nackt. Auf seinem attraktiven Gesicht liegt ein Lächeln.

25. Kapitel

Jake

Sie kommt mir vor wie ein Trugbild, eine Fata Morgana. Wie etwas, was einem nur in den kühnsten Träumen erscheint. Ich fühle mich, als hätte ich Ewigkeiten auf sie gewartet, es fiel mir äußerst schwer, der Versuchung zu widerstehen, sie schon vorher aufzuspüren. Dies hier habe ich mir den ganzen Nachmittag ausgemalt, von dem Moment an, seit wir zusammen den langen Weg zu meinem stillen Zufluchtsort gefahren sind. Dieser Teil meines Grundstücks ist wie aus dem Bilderbuch, und er passt perfekt zu meinem Engel. Auf einmal scheint der Wald zum Leben zu erwachen, als hätte auch er auf ihre Ankunft gewartet.

Eine sanfte Brise bewegt die Blätter der Bäume. An dieser Stelle des Waldstücks hinter meinem Haus dringt die Sonne stärker durch. Der Teppich aus Blauglöckchen leuchtet hell und intensiv wie Camilles Augen, die voller Staunen sind. Ihre schlanke Gestalt steht reglos, aber lebendig da.

Ich gehe einen Schritt auf sie zu und lege den Kopf schief. Meine Muskeln schmerzen bereits vor Anspannung, die ich gar nicht verstehe. Camille ist hier sicher. Sie kann sich auf meinem Land frei bewegen, ohne dass ich die ganze Zeit zehn Schritte hinter ihr bin. Dennoch hat dieses Wissen mir das Warten auf sie nicht erleichtert. Ich hatte Angst um sie, und dieses Gefühl ging tiefer als pure Sorge um ihr Wohlbefinden.

Solange sie außer Sichtweite ist, wird diese Qual nie aufhören. Aus völlig selbstsüchtigen Gründen muss ich sie immer in meiner Nähe haben. Denn ich fühle mich nicht komplett, wenn wir getrennt sind.

Ihre makellose Haut scheint zu leuchten, die Rundungen ihrer Brüste locken mich. Sie hat sich eine einzelne Rosenblüte hinter das Ohr gesteckt, genau wie ich es von ihr erbeten habe. Sie ist eine Erscheinung reinster, exquisiter Schönheit.

Ich gehe zu ihr und liebe es zu sehen, wie ihre Brust sich mit jedem Atemzug schneller hebt und senkt, je näher ich komme. Wir unterbrechen keine Sekunde den Blickkontakt. Nie zuvor habe ich mich so lebendig gefühlt. Nie hat mein Herz derart gepocht. Nie zuvor hat mein Schwanz sich so nach Erlösung gesehnt. Sie gehört mir, die ganze Nacht, deshalb sind all meine Ängste vorerst vergessen. Bis morgen. Morgen werde ich alles in Ordnung bringen. Nicht nur das mit ihrem Vater, sondern auch das mit mir. Und ich hoffe, dass Camille nach dieser Nacht genau weiß, was ich für sie empfinde. Falls sie es nicht jetzt schon tut. Und natürlich bete ich, dass sie mir verzeihen wird, was ich ihr bisher vorenthalten habe.

Sie steht still vor mir, während ich ihr Gesicht betrachte und jede kleinste Nuance ihres Anblicks in mich aufnehme. „Du hast mich gefunden“, sage ich heiser, lege ihr eine Hand auf die Hüfte und lasse sie nach hinten auf ihren Po gleiten.

„Ich werde dich immer finden.“ Ihre Stimme ist ähnlich rau wie meine. Sie legt mir eine Hand auf mein Herz, das vor Glück singt. „Dieser Ort ist wundervoll.“

„Es ist deiner. Alles gehört dir.“ Ich küsse sie, drücke sie an mich. Ich schließe meine Augen nicht, weil ich das strahlende Blau in ihren weiterhin sehen will. Sanft knabbere ich an ihren Lippen, ehe ich mit der Zunge tief in ihren Mund vordringe und ihr Stöhnen genieße. Mein Schwanz zuckt und verlangt danach, endlich zu bekommen, was er will. Doch er wird warten müssen. Ich habe andere Pläne, und dazu gehört nicht, sie sofort zu nehmen.

Langsam beende ich den Kuss und löse mich sanft von ihr. Camille legt mir eine Hand an den Hinterkopf und versucht, mich wieder an sich zu ziehen, weshalb ich letztlich ein wenig mehr Kraft aufwende. „Geduld, Engel", murmele ich und grinse, als sie mürrisch einen Laut von sich gibt.

„Du wartest hier nackt auf mich und bittest mich um Geduld?" Sie klingt aufgebracht auf eine Weise, die ich an ihr liebe.

„Ich will mir Zeit lassen." Ich streichle ihre Wange und deute über ihre Schulter zu der Stelle, auf die ich eine Decke gelegt habe.

Neugierig lächelnd dreht sie sich um und sieht, was ich meine. Leise schnappt sie nach Luft.

„Ein Picknick?", haucht sie und wirbelt wieder zu mir herum, sodass ihr die Haare ins Gesicht fallen.

Aus unerfindlichen Gründen glühen meine Wangen. Erröte ich etwa? „Ja, ein Picknick." Ich hebe sie auf die Arme, und sie stößt überrascht einen Schrei aus. „Ich werde dich füttern, dich spüren, jeden Zentimeter deiner Haut mit meiner Zunge erkunden und dich anschließend wild und wundervoll lieben."

Sie hält sich an meinen Schultern fest. „Wirst du etwa rot, Jake Sharp?"

„Ich werde nicht rot." Klären wir das besser gleich. „Aber du wirst bald erröten."

Ich knie mich hin, halte sie weiterhin auf den Armen und finde einen guten Platz neben dem Korb, der gefüllt ist mit Champagner, Erdbeeren und kaltem Braten. Ein Picknick. In meinem Blauglöckchenwald? Verdammt, wer hätte das gedacht?

Ich musste sie wegbringen, in eine entlegene Gegend, wo nichts und niemand uns stört. Und ich muss ihr zeigen, wie viel sie mir bedeutet.

Ich lege sie vorsichtig auf die Decke und hebe ihre Arme über ihren Kopf, wobei ich ausgiebig ihren wundervollen Körper betrachte. Dies könnte schwieriger sein, als ich es mir vorgestellt habe. Sie ist so verlockend, dass ich mich beherrschen muss, um ihr zu widerstehen und mich zu konzentrieren. Dabei versucht sie gar nicht, es mir schwer zu machen. Sie liegt einfach nur da und sieht zu mir auf, und ich kämpfe dagegen an, mich ihren Brüsten zu widmen, statt den Champagner zu holen. Ich gehe in die Hocke und ziehe die Folie ab, wobei ich Camille beobachte, um zu sehen, wohin sie schaut. Wie vermutet gleitet ihr Blick hungrig über meinen Körper, während sie auf ihrer Unterlippe kaut.

„Ich habe keine Gläser gesehen", bemerkt sie, als ich den Korken knallen lasse und den Daumen in den Flaschenhals stecke, damit nicht zu viel heraussprudelt.

„Wir brauchen keine Gläser." Ich neige die Flasche und lasse Champagner auf ihren Bauch plätschern. Sie schnappt nach Luft und krümmt sich erschrocken. Ihre Brustwarzen richten sich steil auf. Ich lege mich neben sie und beginne, den Champagner abzulecken, der an ihr herunterläuft.

„Oh Shit!" Sie schlägt auf die Decke und biegt den Oberkörper durch.

„Fühlt sich das gut an, Engel?", frage ich und lasse meine Zunge um ihren Bauchnabel kreisen.

„Ja!"

Ja, es fühlt sich wunderbar an. Die Wärme ihrer Haut und der kühle Champagner erzeugen eine Mischung aus heiß und kalt in meinem Mund. Ich neige die Flasche erneut, diesmal vorsichtiger, und lasse Champagner auf ihre Brüste tropfen, auf ihren Bauch und zwischen ihre Beine. Camille beginnt zu zittern und murmelt unverständliche Worte hinauf zu den Baumkronen.

Dabei habe ich noch gar nicht richtig angefangen. Ich nehme einen Schluck und behalte ihn im Mund. Dann stelle ich die Flasche zur Seite, setze mich rittlings auf Camille und stütze mich mit den Armen ab. Ich warte darauf, dass sie mich ansieht. Meine Erektion ragt auf und streift ihre Rippen. Ich kann sie nicht auffordern, die Augen aufzumachen, deshalb neige ich das Becken und drücke meine Erektion gegen ihren Bauch. Das funktioniert sofort. Einen leisen verzweifelten Laut ausstoßend, öffnet sie die Augen und schaut mich an. Ich lasse ein wenig Champagner aus meinem Mund auf ihre Lippen tröpfeln. Ihr Blick verrät wissendes Entzücken, und sie hebt eine Hand. Aber ich schüttele den Kopf. Sie zieht einen Schmollmund, was hinreißend aussieht. Fast hätte ich den restlichen Champagner ausgespuckt und mich auf sie gestürzt.

Reiß dich zusammen, Jake!

Verdammt. Sie leckt sich die Lippen. Langsam und mit voller Absicht. Dieses kleine Biest. Ich lasse ein paar Tropfen fallen, nur dass sie diesmal den Mund öffnet und den Champagner auffängt. Sie schluckt ihn und fährt sich auf die gleiche provozierende Weise mit der Zunge über ihre Oberlippe. Das Bild brennt sich in mein Gedächtnis. Mein Herzschlag beschleunigt sich, mein Schwanz bettelt um Erlösung. Ich bin ein Narr. Ich habe keine Ahnung, wieso ich geglaubt habe, dass es länger dauern könnte. Sie zu reizen und sie ein bisschen zappeln zu lassen. Der Schuss geht jedenfalls nach hinten los. Ich schlucke den restlichen Champagner in meinem Mund herunter und schüttele über mich selbst den Kopf, im Stillen bin ich verblüfft von der Fähigkeit dieser Frau, meine Selbstdisziplin hinwegzufegen.

„Schmeckt's?" Sie presst ihr Becken an meinen Unterleib.

Ich senke den Kopf und mache in einem lächerlichen Versuch, ihr zu entkommen, einen Buckel. „Hör auf, Engel", warne ich sie und kneife die Augen zu.

„Halte mich doch auf", kontert sie.

„Verdammt." Ich gebe dieser Anziehung nach und beuge mich hinunter, bis ich sie Haut an Haut spüre. Ich lege meine Arme auf ihre, die über ihrem Kopf ruhen, lasse die Hüften kreisen und dringe ein klein wenig in sie ein. Allein das genügt schon, um mir den Atem zu rauben.

Sie stöhnt und drängt sich mir provozierend entgegen. „Jake."

Ich bin nur ein Stückchen in ihr, doch ihre Muskeln schließen sich fest um mich. Ich ringe nach Luft, und mir bricht der Schweiß aus.

„Ganz", bringt sie hervor und wehrt sich gegen meine Arme, mit denen ich sie unten halte. „Jake, bitte!"

Ihr Flehen untergräbt meinen Widerstand, und ich gebe dem Verlangen nach, indem ich hart in sie vorstoße. „Oh wow." Ich keuche und lege meine Stirn auf ihre. „Camille …" Mein Körper vibriert förmlich vor Begierde, die so intensiv ist, dass ich nicht weiß, wohin damit.

„Du zitterst ja", meint sie schwer atmend und sieht mir in die Augen.

So tief, dass ich sicher bin, sie hat meine dunkle Seele gefunden.

Ich schlucke, denn mein Hals ist wie zugeschnürt, und stoße sanft zu, bewege mich geschmeidig und langsam, befeuert vom konstanten Stöhnen und den lustvollen Lauten, die sie ausstößt. Die sind das stärkste Aphrodisiakum und steigern meine Begierde zusätzlich. Dennoch bemühe ich mich, einen gleichmäßigen, kontrollierten Rhythmus beizubehalten.

„Ich …“ Ich bringe die Worte nicht heraus, bin zu überwältigt, mehr denn je. Vielleicht liegt es an diesem friedlichen Ort. Oder vielleicht auch daran, dass ich akzeptiert habe, was ich tun muss. Was ich schon lange tun wollte, wofür ich mir die nötige Kraft jedoch nicht zugetraut habe. Ich zweifelte an mir. Cami aber hat mir diese Kraft gegeben. Hat mir Klarheit gegeben. Da ist so vieles, was ich in Ordnung bringen muss.

„Ja?“, fragt sie, ihre Stimme ist kaum ein Flüstern, während sie sich meinem Tempo anpasst und ihr Becken an meins presst.

„Ich liebe dich so sehr.“ Ich verstehe es selbst nicht. Ich kann die Intensität meiner Gefühle für sie nicht fassen. Meine Emotionen überwältigen mich, ich spüre sie als Schmerz in meinem Herzen. Ich lasse ihre Arme los und umfasse ihr Gesicht. Camille schlingt die Beine um meine Taille und umklammert mich.

„Wow.“ Sie streicht mit den Fingern durch mein Haar und zerrt ein wenig daran.

Mittlerweile erkenne ich bei ihr alle Anzeichen eines bevorstehenden Orgasmus. In ihren Augen liegt ein beinah rasender Ausdruck. Sie nickt, als läse sie meine Gedanken, und gibt mir damit zu verstehen, dass sie gleich kommt.

Zu sehen, wie sie durch meinen Rhythmus langsam zum Höhepunkt gelangt, übertrifft alles, was ich bisher erlebt habe. Und zu wissen, dass ich dieses Lustempfinden bei ihr entfache, macht es noch befriedigender. Auch ich nicke und schaue ihr dabei fest in die Augen, denn ich will den Moment nicht verpassen, in dem sie so weit ist. Ich steigere das Tempo und suche instinktiv die Erlösung, die wir dringend brauchen und die nur ich für uns finden kann.

Es ist fast so weit, jeder Muskel ist angespannt, meine Züge straffen sich. Das Blut pocht in meiner harten Erektion und treibt mich an.

Camille drückt die Schenkel wie in Panik fest um mich. „Nimm die Beine herunter“, befehle ich, weil ich weiß, dass das für uns beide der Auslöser sein wird.

Sie stößt einen Schrei aus, lässt die Beine von meinem Rücken sinken und beißt die Zähne zusammen. Ich stöhne, denn unsere neue Position raubt mir die Fähigkeit zu atmen. „Verdammt.“ Gleich ist es so weit. Cami schließt die Augen und beraubt mich dieses Anblicks. „Mach sie wieder auf“, fordere ich harsch.

Sie murrt, gehorcht aber.

„Ich muss dich sehen.“

Sie stöhnt und seufzt, in fieberhafter Eile gleiten ihre Hände über meinen Kopf und hinunter auf meinen Rücken. „Ich sehe dich“, flüstert sie, ehe sie sich anspannt und die Kontrolle verliert.

Diese Worte, diese Reaktion. Das ist zu viel. Heftig zucke ich in ihr, wieder und wieder, und ich gebe ihr alles, bis ich kraftlos auf sie sinke und mich an ihre wundervollen Kurven schmiege. Mein Kopf ist völlig leer, und ich bin außer Atem. Ich fühle mich hilflos und zugleich stark wie noch nie. Überwältigt von einer Kraft, die zu groß ist, um sie zurückzuhalten.

Camille erschlafft, und es gelingt mir, mich ein wenig anzuheben, bis ihr Gesicht in meinem Blickfeld ist. Ihre Augen sind geschlossen, sie ist erschöpft und umklammert mich nicht mehr, sondern hat Arme und Beine von sich gestreckt. Die einzigen Lebenszeichen sind ihr Herzschlag, den ich an meiner Brust spüre, sowie die Kontraktionen ihrer Muskeln, die mich vollständig auspumpen. Ich betrachte sie für einige Momente und werde verdammt emotional. Sie macht mich regelrecht gefühlsduselig. Dafür hasse ich sie. Vor allem aber liebe ich sie dafür.

Sie lässt mich empfinden, was mir eine Heidenangst einjagt, denn wieder zu fühlen bedeutet auch, ich bin verletzbar.

Ebenso zufrieden wie beunruhigt seufze ich und schmiege mein Gesicht an ihren Hals. Ich werde sie nicht gehen lassen. Zumindest vorerst nicht. Doch was ist mit morgen? Was geschieht, wenn ich meine Geister befreie?

26. Kapitel

Cami

Mich zu bewegen kommt nicht infrage. Sprechen auch nicht. Alles, was ich tun kann, ist fühlen, und trotz meiner grenzenlosen Erschöpfung genieße ich das. Ich weiß nicht, wie lange ich praktisch nur halb bei Bewusstsein war. Es spielt keine Rolle, denn Jake liegt auf mir, sein Atem streicht über meinen Hals.

Ich bin mir nicht sicher, was gerade geschehen ist. Alle üblichen intensiven Gefühle und die Lust waren da, aber diesmal spürte ich noch etwas anderes. Ich kann es nur nicht benennen. Jake wirkte cool und beherrscht, doch dann änderte sich das plötzlich. Mit seiner Verzweiflung riss er mich mit in diesen Strudel der Emotionen. Er liebte mich, als würde er nie wieder die Gelegenheit bekommen.

„Warst du genauso überwältigt wie ich?“, fragt er leise und ohne sich auf mir zu bewegen. „Hattest du das Gefühl, es verschlingt dich und gibt dich nie mehr frei?“

Er stützt sich auf die Ellbogen, langsam, bis er auf mich herunterschaut, beinah verwirrt. Sein attraktives Gesicht ist klar, seine wundervollen Augen funkeln.

„Sag mir, dass du das Gleiche empfindest. Sag mir, dass ich damit nicht allein bin.“

Wenn er die Worte hören muss, dann werde ich sie aussprechen. Und wenn es das ist, was er täglich braucht, dann werde ich sie so oft wiederholen, bis er es irgendwann weiß, ohne dass ich es sagen muss. Ich schiebe meine Arme unter meinen Kopf und benutze sie als Kissen, sodass ich etwas höher liege. „Du bist nicht allein", versichere ich ihm und beobachte seine Reaktion. Er zeigt nicht die leiseste Verblüffung, aber immerhin lächelt er ein wenig. „Können wir hierbleiben?", frage ich.

„Im Blauglöckchenwald?"

„In deinem Haus", korrigiere ich ihn. Zu gern würde ich genau hier an dieser Stelle bleiben, doch das ist ein alberner Traum. Meine tatsächliche Bitte dagegen ist nicht albern. Es gibt keinen Grund, weshalb wir uns nicht für immer hier verstecken sollten, nur er und ich.

Er schaut in die Ferne, als überdenke er meine Frage. „Da sind ein paar Dinge, um die wir uns kümmern müssen."

Er spricht mehr zu sich selbst als zu mir, trotzdem antworte ich ihm: „Nein, müssen wir nicht." Das klingt überzeugt aus meinem Mund, doch Jakes kurzer mitleidiger Blick sagt mir, dass ich mir da lieber nicht so sicher sein sollte. Er scheint allerdings hin- und hergerissen zu sein. „Niemand weiß, dass wir hier sind. Das müssen sie auch nicht."

„Du willst mit unerledigten Dingen leben, die dich irgendwann einzuholen drohen?"

„Es ist alles erledigt", erwidere ich bissiger als beabsichtigt. Wenn ich meinen Vater nie mehr wiedersehe, wäre das noch zu früh. Und ich kann mir sehr gut vorstellen, wie Heather und ich unsere Entwürfe an Jakes riesigem Küchentisch ausarbeiten. Oder wir machen aus einem der Nebengebäude ein Studio. Das wäre perfekt. London ist nur zwei Stunden entfernt. Ja, es wäre machbar.

Jake seufzt schwer und mutlos. „Die Polizei sucht uns, Cami. Ich will nicht, dass uns irgendetwas beeinträchtigt. Ich will, dass der Weg für uns frei ist, Engel. Und ich will, dass du deine Karriere weiterverfolgst. Ich will, dass wir zusammen sind. Ich will, dass wir glücklich sind. Nichts soll uns davon abhalten können."

„Und was, wenn der Weg für uns nie frei sein wird?" Mein Vater ist ein gemeiner Mistkerl. Ich kenne ihn. Er kann nicht verlieren.

„Das wird er."

Jake klingt unerschütterlich, nur nimmt mir das nicht meine Angst. Vielleicht ist mein Vorschlag die feigste Option, aber sie ist auch die einfachste.

„Es wird alles gut."

Diesmal wirkt Jake schon nicht mehr ganz so überzeugend, dieser Eindruck verstärkt sich noch dadurch, dass er meinen Blick meidet.

Hier fühle ich mich unglaublich beschützt, doch diese seltenen Anzeichen von Unsicherheit bei ihm, diese inneren Kämpfe, die er auszufechten scheint, lassen Zweifel bei mir aufkommen. In diesen Momenten fühle ich mich sehr *ungeschützt*. Ich werde nachdenklich. Sicher, die Situation mit meinem Vater ist kein Grund für uns, vor Freude an der Decke zu tanzen, aber wieso glaube ich, dass da noch mehr ist?

Sofort kommt mir dieser silberne Bilderrahmen mit dem Foto in den Sinn, auf dem ein glücklicher Jake neben einer Frau zu sehen ist. „Wer ist sie?"

Er fragt gar nicht erst, wovon um alles in der Welt ich spreche. Ich fange an, nervös auf meiner Unterlippe zu kauen.

Seiner Miene ist nichts anzumerken, dennoch spüre ich seine Anspannung, weil er auf mir liegt. Seine Augen verdunkeln sich. Er schüttelt den Kopf.

„Jake, wer ist sie?", wiederhole ich meine Frage, alle Signale ignorierend, die mir raten, das Thema lieber fallen zu lassen.

Im nächsten Moment ist er herunter von mir und lässt mich fröstelnd auf dem Waldboden zurück.

„Die Dinge sind nicht immer das, was sie zu sein scheinen", sagt er und beißt die Zähne zusammen. „Glaub nicht alles, was du siehst." Er geht zu seinem Kleiderhaufen, steigt in seine Jeans und zieht sie wütend hoch.

Ich setze mich auf, schlinge die Arme um die Beine, fühle mich klein und dumm. Ich beobachte, wie er beim Versuch, die Hose zuzumachen, an den Knöpfen im Schritt zerrt. Seine Hände zittern. „Dann verrate mir, was man glauben kann", bitte ich ihn zögernd.

Er atmet tief ein und dreht sich zu mir um. „Ich bin noch nicht bereit, dir diesen Teil von mir zu offenbaren."

Schmerz durchzuckt mich, und ich senke den Blick, denn er soll es nicht sehen. Da gibt es also etwas zu offenbaren, aber er will mir nicht erzählen, was es ist? Er weiß alles von mir. Das scheint mir nicht fair zu sein. Er weiß, was Sebastian mir angetan hat. Ich habe es ihm anvertraut, obwohl ich mit Ausnahme von Heather niemandem sonst von den Gewaltausbrüchen meines Exfreundes erzählt habe. Niemand sollte wissen, dass ich derart schwach gewesen bin. Niemals.

Ich könnte jetzt aufstehen und weggehen. Ich könnte von ihm fordern, es mir zu erzählen, und nicht eher Ruhe geben, bis er es getan hat.

Könnte ich.

Aber das werde ich nicht.

Möglicherweise will ich es im Grunde gar nicht wissen. Es ist schmerzlich für ihn, also muss es einige Bedeutung haben. Jemand, der ihn derartig verletzt hat, verletzt auch mich. Nicht nur, weil Jake den Schmerz empfindet, sondern weil es jemanden gab, der die Macht hatte, ihm wehzutun. Eine andere Frau hatte diese Wirkung auf ihn und hat sie noch.

„Engel?“

Jetzt schaue ich ihn doch an. Mir laufen keine Tränen übers Gesicht, und ich sehe wohl auch nicht gekränkt oder beleidigt aus. Einfach nur wie ich selbst. „Ich verstehe“, sage ich, obwohl das natürlich nicht stimmt.

Meine Gründe, weshalb ich es nicht wissen will, gehen weit über das hinaus, was Jake nachvollziehen könnte. Ich will nicht glauben, dass er überhaupt existiert hat, ehe ich ihm begegnet bin – dass er Soldat war oder, vor allem, dass er mit einer anderen zusammen war. Ich will mir einreden, er sei nur ein Schatten gewesen. Oder dass er schon immer mein war.

Ich liege zusammengekauert auf dem Boden und fühle mich ein wenig verloren mit all diesen Gedanken, als Jake zu mir kommt und mich hochzieht.

„Wir haben noch gar nichts gegessen“, sagt er und lenkt uns damit auf weitaus trivialere Dinge, noch dazu angenehmere, eigentlich, denn mein Appetit ist verschwunden.

Das verschweige ich ihm aber. Sonst ahnt er nur mein Unbehagen, das mir zu schaffen macht und das ich krampfhaft zu ignorieren versuche. „Dann lass uns essen.“ Ich zwinge mich zu einem Lächeln und freue mich über seins, das ich zurückbekomme.

„Setz dich.“ Er zieht mich hinunter auf die Decke und fängt an, im Korb zu wühlen, bis er einen Teller mit kaltem Braten und Brötchen findet.

„Woher kommen all diese Sachen?“

„Ich habe jemanden, der sich um die Vorräte kümmert. Ein Farmer aus der Gegend, er lebt ungefähr dreißig Meilen von hier in der Richtung.“

Er deutet es mit einem Kopfnicken an, aber ich sehe nicht hin. Ich würde eine dreißig Meilen entfernte Farm ohnehin nicht sehen, selbst wenn ich nicht von Bäumen umgeben wäre.

„Er hat einen kleinen Laden."

„Und er beliefert dich aus dreißig Meilen Entfernung?"

„Für mich macht er das, ja." Jake bietet mir grinsend einen Teller und eine Gabel an. „Das Fleisch ist dreißig Tage lang abgehangen. Es ist göttlich."

Ich bediene mich. „Kennt er dich?"

Er sieht mich an, während er sich etwas auf seinen Teller lädt. „Er kennt mich und kennt mich natürlich *nicht*."

Na, damit sind wir ja schon zwei. Wir essen in relativer Stille. Das stört mich nicht, denn es bietet mir die Gelegenheit, Jake verstohlen zu beobachten. Diesen Ort, das Haus und das Land hätte ich nicht mit ihm in Verbindung gebracht. Es passt nicht zu ihm, andererseits in eigenartiger Weise aber doch. Es ist einsam hier, und das ist er auch. Er strahlt jedoch Ruhe aus, Sanftheit beinah. Und je länger ich ihn betrachte, desto entspannter und gelassener wirkt er.

Ich zwinge mich, das zu essen, was ich mir auf meinen Teller getan habe. Es gibt offenbar kein Gemüse oder Salat, und ich frage mich, ob er das bewusst so ausgewählt hat. Es sollte mich nicht weiter stören, ich habe erst nächsten Freitag wieder ein Fotoshooting. Reichlich Zeit, sich um Kohlenhydratvermeidung zu kümmern. Ich verzichte schon so lange darauf, dass ich nach einem winzigen Brötchen pappsatt bin.

Ich schiebe meinen Teller zur Seite, lasse mich rückwärts auf die Decke sinken und schaue zum Himmel hinauf. „Ich liebe es hier", verkünde ich den Wolken und höre Jakes Lachen, während er meinen Teller leert.

„Ich auch."

Er erscheint hoch aufragend über meinem nackten Körper. Mit einer Waffe.

Die schwarze Pistole ruht lässig in seiner Hand, der Lauf zeigt auf den Boden.

„Ist die geladen?“ Ich stütze mich auf die Ellbogen.

„Die ist immer geladen.“ Er hebt sie an, und auf einen kurzen Druck rutscht eine Kammer aus dem Griff unten heraus in seine Hand. „Willst du es mal probieren?“

„Mit einer Waffe zu schießen?“, frage ich verblüfft.

„Ja.“ Er grinst verwegen. „Das gibt einen echten Kick.“

„Okay!“ Ich springe auf und bin seltsam erregt bei dieser Aussicht. „Was muss ich tun?“

Er freut sich über meine Begeisterung. „Das hier ist das Magazin.“ Er hält das schwarze rechteckige Ding hoch.

Ich runzle die Stirn. „Magazin?“

„Nicht deine Art von Magazin.“ Er verdreht die Augen. „Da sind die Kugeln drin.“ Er schiebt es unten in den Griff, bis es mit einem elektrisierenden metallischen Klicken einrastet.

Das Geräusch ist nicht das einzige Aufregende. Jake sieht verdammt heiß aus, wie er, nur mit einer Jeans bekleidet, mit der Waffe hantiert. Prompt kriege ich einen trockenen Mund und muss schlucken.

„Hier.“ Er reicht mir die Pistole mit dem Griff voran, und ich nehme sie unsicher und zögernd. Es fühlt sich an, als würde ich etwas sehr Verbotenes tun.

„Sie ist schwer.“ Ich schließe die Finger um den Griff.

„Dabei ist es eine der leichtesten Handfeuerwaffen auf dem Markt.“ Er stellt sich dicht hinter mich, sodass ich ihn spüre. „Du bist vielleicht ein Anblick, splitternackt mit meiner Waffe in der Hand.“

Er presst seinen Unterleib gegen meinen Po, und ein Schauer überläuft mich. Die Hand, in der ich die Waffe halte, fängt an zu zittern, und ich strecke unwillkürlich die Brüste vor. „Das solltest du lieber nicht tun, wenn ich eine geladene Waffe in der Hand halte.“

„Ganz ruhig.“ Er lacht und umfasst stützend mein Handgelenk. „Ziele auf den Baum dort hinten.“

„Ich kann doch nicht auf einen Baum schießen!“, protestiere ich entsetzt. „Es sind lebende, atmende Pflanzen!“

„Na, in dem Fall haben sie vorhin die Show ihres Lebens geboten bekommen.“

Er lacht wieder, und es klingt so wunderbar, dass ich mich über seinen Kommentar gar nicht ärgere.

„Der ist schon tot, Engel.“ Jake lässt mich los und zeigt auf die Äste. Jetzt erkenne ich auch die Löcher im Stamm. „Seit Jahren.“

„Oh.“ Ich zucke mit den Schultern und hebe die Waffe, ziele mitten auf den Stamm, wobei ich ein Auge zukneife. Ich presse vor Konzentration die Lippen fest aufeinander und bin entschlossen, mein Ziel zu treffen. „Soll ich einfach nur abdrücken?“

„Nicht so schnell, Engel.“ Er legt mir die Hände auf die Schultern. „Halte die Schultern gerade, die Arme locker und die Daumen weg vom Schlitten hinten, sonst klemmst du dich höllisch.“

Ich nicke, obwohl das viele Anweisungen auf einmal sind. Ich achte auf meine Daumen, straffe die Schultern und zwinge mich, die Arme locker zu lassen. „Okay.“

„Der Rückstoß wird dich anfangs erschrecken, sei also vorbereitet.“

„Okay“, wiederhole ich und stelle mich etwas breitbeiniger hin.

Jake ist dicht an meiner Seite und zeigt auf den hinteren Teil der Pistole. „Zieh den Schlitten zurück.“

Er deutet auf die Oberseite, und ich tue, was er verlangt, indem ich den Schlitten zurückziehe und dabei gleichzeitig einatme.

„Das rote Lämpchen hier verrät dir, dass die Waffe nun entsichert ist und du schießen kannst."

Ich schaue auf das rote Lämpchen. „Dann bin ich also bereit? Und jetzt einfach abdrücken?"

„Einfach abdrücken."

Ich beiße die Zähne zusammen und drücke ab.

Bang!

„Verdammt!" Es fühlt sich an, als würde ich vom Boden gehoben. Der Rückstoß wirft mich fast um. Jake hält mich fest und nimmt sie mir ab, offensichtlich hat er damit gerechnet.

„Du hast meilenweit danebengeschossen", erklärt er belustigt und deutet auf mein Ziel.

„Nicht meilenweit!", protestiere ich. „Woher weißt du das überhaupt? Diese Kugeln fliegen superschnell."

„Wow, jetzt will mein Engel es wissen, ja?"

Ich schnaube. „Gib mir die Waffe!" Immerhin bin ich vernünftig genug, sie ihm nicht wegzureißen, sondern halte nur eine Hand hin und sehe ihn erwartungsvoll an.

Er genießt es. Tja, ich kann es nicht leugnen, ich auch. Er legt die Waffe in meine Hand und deutet zu dem Baum. Ganz weltmännisch. Arroganter Arsch.

Ich halte sie fest, ziele erneut und befolge dabei Jakes Anweisungen. Das anerkennende Brummen, das er von sich gibt, entgeht mir nicht. Diesmal werde ich treffen. *Pass gut auf.* Diesmal kneife ich die Augen nicht zu, als ich abdrücke.

Bang!

Meine Arme halten einigermaßen die Position, es gelingt mir, auf meinem Platz stehen zu bleiben. Deshalb weiß ich auch sofort, dass die Kugel weit am Stamm vorbeigeflogen ist. Zwar nicht meilenweit, aber trotzdem. „Wie lade ich nach?", frage ich, den Blick auf den Baumstamm gerichtet.

„Die ist halb automatisch.“

Ich seufze. „Und das bedeutet was?“

„Das bedeutet, dass sie jedes Mal, nachdem eine Kugel abgefeuert wurde, von selbst nachlädt. Einmal abdrücken, ein Schuss. Sobald du den Abzugshahn durchziehst, ist sie wieder bereit.“

„Aha. Ich feuere einfach weiter?“

„Genau, schieß einfach weiter“, bestätigt er.

Ich drücke erneut ab und verfehle den Baum wie schon zuvor. „Mist!“ Ich drücke noch mal ab und schieße wieder weit daneben. Wütend ziele ich.

Bang!

Bang!

Beide daneben. „Shit!“ Ich feuere weiter, verfehle jedes Mal mein Ziel, bis der Schlitten nicht mehr zurückfährt und ich keinen Schuss mehr habe.

„Du hast keine Kugeln mehr, Engel.“ Jake klingt selbstzufrieden.

„Dieses Spiel gefällt mir nicht“, murmele ich und lasse die Waffe sinken. Sie schlägt gegen meine Seite, und ich stelle fest, dass sie viel härter ist, als sie aussieht.

Jake nimmt sie mir aus der Hand. „Übung macht den Meister“, sagt er wie ein Schlaumeier und lässt das Magazin-Ding aus dem Griff gleiten.

Er klemmt sich die Waffe unter den Arm, geht zu seiner Tasche, um ein paar Kugeln herauszuholen, und füttert das Magazin damit. „Wollen wir mal sehen?“

„Du schießt perfekt, oder?“ Er war Scharfschütze, natürlich ist er vollkommen.

Er zieht eine Augenbraue hoch und schiebt das Magazin zurück in die Waffe. „Auf was soll ich zielen?“

Oh, das werde ich ihm so schwer wie möglich machen. Ich

schaue zum Baum und suche nach einer markanten Stelle. Sie muss klein, aber deutlich erkennbar sein. Ah, da ist etwas. „Ungefähr zwei Meter vom Boden, ein Stück nach rechts. Da ist eine schwarze runde Stelle."

Jake entdeckt sie. Ich weiß, wann er sie findet, denn in dem Moment erscheint das sexy Lächeln auf seinem Gesicht.

„Das da?"

„Ganz genau."

„Was immer mein Engel sich wünscht." Er zieht den Schlitten zurück, hebt den Arm, zielt und schießt keine Sekunde später.

Totes Holz fliegt splitternd in alle Richtungen. „Nicht zu fassen!" Ich renne zu dem Baum, bleibe vor dem Stamm stehen und untersuche die Stelle, auf die ich gezeigt habe. Tatsächlich, da ist der Einschuss. Aus nächster Nähe hätte er auch nicht besser treffen können. „Du meine Güte, Jake!" Ich wirbele herum, und er steht direkt hinter mir und schaut ebenfalls zum Baum hinauf.

„Tja, ich schätze, das war ein Treffer." Er zuckt gelassen mit den Schultern.

Ich boxe gegen seine harten Bauchmuskeln, was ihn nur amüsiert. „Das gibt's doch gar nicht."

Grinsend hebt er den Lauf an und pustet sanft darüber. Diese spielerische Geste erzeugt ein Prickeln und ein sinnliches Kribbeln auf meiner nackten Haut. Verdammt, er sieht unfassbar toll aus mit entblößtem Oberkörper und der Waffe. Ich beiße mir auf die Unterlippe und richte den Blick von seinem sexy Mund auf seine dunklen funkelnden Augen. Mein Zustand ist offensichtlich. Und dass Jake ihn bemerkt, das verrät sein verwegenes, wissendes Lächeln.

„Alles klar, Engel?", flüstert er, legt die Waffe auf den Boden und richtet sich wieder zur vollen Größe auf. Dann streicht er mit einer Fingerspitze von meiner Schulter hinunter zu meiner Brust.

Ich erschauere, weiche zurück an den Baumstamm und versuche zu sprechen, die Fassung zu wahren, doch vergebens. Ich bin viel zu erregt. Lächelnd kommt er noch näher, gestattet mir keine Flucht. Er wiederholt, was er getan hat, und bewegt einen Finger von meiner Schulter bis hinunter zu meinen Brüsten. Sein Blick folgt dieser Bewegung. Diesmal umkreist er meine Brustwarzen, und ich lehne den Kopf gegen den Stamm, schließe die Augen und stöhne leise.

„Böses Mädchen", flüstert er.

Seine Hand gleitet über meinen Bauch langsam abwärts in Richtung meiner Mitte, wo sich meine Begierde zu konzentrieren scheint. Ich bin superfeucht.

„Jake", sage ich keuchend und kralle die Fingernägel in das raue Holz hinter mir.

Er summt nur und schiebt seine Hand zwischen meine Oberschenkel. Ich bin so feucht, dass seine Finger mühelos in mich gleiten. Ich biege mich ihm entgegen und höre, wie er scharf ausatmet. Plötzlich ist seine Hand verschwunden, und Jake presst sich an mich, seine Brust an meiner Brust. Ich öffne die Augen, und im nächsten Moment küsst er mich hart und greift nach meinen Haaren. Erneut dringt er mit seinen Fingern in mich ein und reibt mich, streicht spielerisch um meinen geschwollenen Kitzler. Ich klammere mich an Jake und erwidere den Kuss mit der gleichen Wildheit, wobei er einen animalischen Laut ausstößt und mir mit geschickten Handbewegungen das gibt, was ich brauche. Ich fange an zu zittern und zu schwitzen, und der Druck entlädt sich explosionsartig ohne jede Vorwarnung. Prompt geben meine Knie nach, und ich sinke zitternd gegen Jake. Er sorgt dafür, dass unsere Lippen verbunden bleiben, und ich stöhne in seinen Mund, während seine Fingerbewegungen langsamer werden. Er wartet geduldig, bis ich mich erhole, hält mich, sein Atem streicht über mein Ohr.

„Zeit für ein Bad, Engel“, flüstert er und hebt mich hoch.

Es ist unverkennbar, dass er sehr zufrieden ist mit sich, triumphierend sogar, als er mich aus diesem verzauberten Wäldchen hinausträgt.

27. Kapitel

Jake

Ich habe das Wasser in die Badewanne einlaufen lassen, die Temperatur getestet, dafür gesorgt, dass genügend Schaum entstanden ist. Dann habe ich Cami ins Wasser gesetzt und ihr zufriedenes Seufzen genossen, als sie unter die Schaumdecke glitt. Dieser Moment steht jetzt oben auf meiner Liste der schönsten Momente mit ihr. Das war nicht geplant, aber irgendwie gelang es mir, die Wassertiefe genau richtig hinzubekommen, sodass ihre Brustwarzen nur so gerade aus dem Wasser ragten. Ich hätte die ganze Nacht dableiben und den Schwamm auf ihren Schultern ausdrücken können, während sie mit geschlossenen Augen glücklich vor sich hin summte.

Aber das Wasser wurde kalt, und ich sah sie frösteln. Nachdem ich sie aus dem nur noch lauwarmen Badewasser gelockt hatte, wickelte ich sie in ein Handtuch und brachte sie ins Bett. Hier, in meinem sicheren Hafen, hätte ich eigentlich kein Problem damit haben dürfen, mich an sie zu schmiegen und die ganze Nacht tief und fest zu schlafen.

Nur fand ich keinen Schlaf. Trotzdem legte ich mich zu ihr und drückte mich an sie. Ihr Körper schmiegte sich perfekt an meinen. Mein Verstand war zu aufgedreht, er ließ sich nicht abstellen. Bis jetzt nicht.

Als Camille eingeschlafen war, löste ich mich vorsichtig von ihr und setzte mich auf die Bettkante. Die ganze verdammte Nacht lang saß ich da. Die Gedanken waren derart laut in meinem Kopf, dass ich überzeugt war, sie würde davon aufwachen.

Ich hasse mich dafür, wie ich reagierte, als Cami schon wieder von dem Foto anfing. Das wäre die perfekte Gelegenheit gewesen, ihr alles zu erzählen. Aber es ist noch zu früh. Es gibt Dinge, die ich vorher erledigen muss. Heute ist der Tag, an dem ich alles in Ordnung bringe. Ich werde mit Abbie reden und die Dunkelheit in mir beenden. Danach werde ich Cami alles gestehen. Ich werde ihr sämtliche fehlenden Puzzleteile geben. Heute werde ich wissen, ob ich ein Leben mit Cami haben kann oder ob ich in das schwarze Loch hineinstürze, an dessen Rand ich schon so lange balanciere.

Ich stehe vom Bett auf, ziehe mir Boxershorts an und gehe in die Küche. Cami lasse ich weiterschlafen. Ich werde ihr ein Frühstück zubereiten. Etwas Gehaltvolles und Sättigendes.

Ich gebe Speck in die Pfanne und verrühre ein paar Eier, dann schiebe ich Brot in den Toaster. Bald erfüllen angenehme Dämpfe die Küche, und ich bin auch nicht extra leise. Cami soll das Geklapper ruhig hören und den Duft schnuppern, der sie hoffentlich aus ihren Träumen weckt. Ich wende den Speck und schaue über die Schulter, als mein Telefon auf der Ablage hinter mir klingelt. Ich kann von hier aus sehen, wer es ist. Ich hatte vor, ihn anzurufen, sobald ich mich um seine Tochter gekümmert habe. Er war schneller.

„Logan“, sage ich, lehne mich an die Arbeitsfläche und behalte die Tür im Auge, in Erwartung irgendwelcher Anzeichen von Cami.

„Wir müssen reden.“

„Was Sie nicht sagen“, entgegne ich trocken; damit baue ich nicht unbedingt Vertrauen auf. „Sorgen Sie dafür, dass

Sebastian Peters die Anzeige zurückzieht, dann rede ich mit Ihnen."

„Wie?"

Wie? Hat er das gerade wirklich gefragt? „Wie Sie alles andere machen, Logan. Rücksichtslos. Bezahlen Sie ihn. Bestechen Sie die Cops, die Sie ja ohnehin in der Tasche haben. Es ist mir egal. Tun Sie es einfach." Ich gehe zurück an die Pfanne und stochere im brutzelnden Speck herum.

„Was ist mit meinem Mädchen?"

Diesen Mistkerl meinen Engel sein Mädchen nennen zu hören, lässt mein Blut brodeln. „Cami hält momentan nicht gerade viel von Ihnen."

„Weil Sie sie einer Gehirnwäsche unterzogen haben! Sie haben sie in Ihr Bett gelockt und sie ausgenutzt. Ich kann dafür sorgen, dass Sie nie mehr Arbeit finden!"

„Es ist mir verdammt noch mal egal, ob ich jemals wieder arbeite. Glauben Sie bloß nicht, ich bräuchte das Geld. Ich brauche eine Aufgabe, das ist alles. Und die stellt Ihre Tochter im Augenblick dar." Eigentlich hatte ich nicht die Absicht, mich auf dieses Niveau zu begeben.

„Sie krankes Schwein!"

„Nennen Sie mich nicht krank, solange Sie bereit sind, mit der Sicherheit Ihrer Tochter russisches Roulette zu spielen." Ich drücke mit dem Bratenwender so fest zu, dass er abzubrechen droht. Stünde Logan jetzt vor mir, würde ich ihm das Ding um seinen fetten Schädel hauen.

„Meine Tochter ist absolut sicher."

„Ja, wenn sie mit mir zusammen ist. Ich habe ein paar Nachforschungen angestellt, Logan. Das haben Sie wahrscheinlich schon vermutet. Ich weiß, dass es einen E-Mail-Ordner gibt, den Sie mir vorenthalten, und ich nehme an, der ist einer Gründe, weshalb Sie mich loswerden wollen."

Sein Schweigen spricht Bände.

„Sorgen Sie dafür, dass die Anzeige zurückgezogen wird." Ich lege auf, werfe Telefon sowie Bratenwender auf die Arbeitsfläche, stütze mich mit beiden Händen darauf ab und atme mehrmals tief ein und aus gegen meine Wut.

Ich befinde mich im Krieg mit dem Vater der Frau, die ich liebe. Schlimmer ist, dass ich bereit bin, ihn aus dem Weg zu räumen, falls es nötig sein sollte. Fast muss ich über diese Ironie lachen. Logan hat mich engagiert, um Cami vor einem unbekannten Feind zu schützen. Ich wette, er hat nie und nimmer damit gerechnet, dass sich das einmal gegen ihn kehren wird. Mich hatte er nicht auf der Rechnung. Ich schließe die Augen und warte, bis meine angespannten Muskeln sich lockern.

Ich kann keine Zeit mehr vertrödeln. Ich nehme mein Handy und tue, was ich schon vor einer Ewigkeit hätte tun sollen. Ich wähle die Nummer, die mich seit Jahren verfolgt. Es ist Zeit, einige Geister zu vertreiben. Es ist an der Zeit, einiges wiedergutzumachen.

Mit jedem Klingeln schlägt mein Herz schneller, bis sich meine Atmung ebenfalls beschleunigt hat.

„Hallo?"

Abbies Stimme lässt mein Herz stillstehen, einfach so. Ich öffne den Mund, doch ich kann nicht sprechen.

„Hallo?", wiederholt sie.

Da ist Luft, die darauf wartet, zusammen mit ein paar Wörtern ausgestoßen zu werden, aber sie formen sich nicht. Ich bringe nichts heraus. Die Stille dehnt sich, während ich meine Fähigkeit, zu sprechen, wiederzufinden versuche, um irgendetwas zu sagen, um Abbie zu sagen, dass ich es bin. Doch beim Klang ihrer Stimme war es vorbei mit meiner Entschlossenheit. Erinnerungen steigen unaufhaltsam auf. Ihr Gesicht. Ihr wunderschönes engelsgleiches Gesicht.

Ich schaffe es nicht.

Ich will die Verbindung unterbrechen.

„Jake? Jake, bist du das?“

Ich erstarre. Woher weiß sie das?

„Ja, ich bin's.“ Ich spucke die Worte aus, ehe ich es mir anders überlegen kann, und warte auf ihre Reaktion.

Die kommt prompt: „Ach du meine Güte ...“, haucht sie, in ihrer Stimme schwingen Tränen mit. „Jake, sprich mit mir.“

Wieder suche ich verzweifelt nach den richtigen Worten, aber sie wollen nicht kommen.

„Jake, bitte.“

Jetzt fängt sie tatsächlich an zu weinen, ihre Verzweiflung trifft mich tief. Ich richte den Blick zur Decke, fühle mich hilflos und so beschissen schuldig.

„Ich bin da“, sage ich und reiße mich zusammen, um dem Impuls nicht nachzugeben, einfach aufzulegen.

„Wo bist du?“, fragt sie voller Panik.

Ich schlucke. „Ich muss dich sehen.“

Das folgende Schweigen ist angefüllt mit unausgesprochenen Worten. „Ich muss dich sehen“, habe ich gesagt. *Muss*, nicht *will*.

„Okay“, sagt sie. „Wann?“

„Ich weiß nicht. Morgen vielleicht.“

„Ich werde da sein.“ Das kommt ohne Zögern.

„Gut.“

„Wie ist es dir ergangen?“

Sie will mich am Telefon behalten, um abschätzen zu können, was sie erwartet. Nur kann ich ihre Neugier nicht stillen. Zumindest jetzt nicht. „Ich rufe dich morgen an.“ Ich lege auf und schleudere mein Handy zitternd wie ein Weichei quer über die Arbeitsfläche.

Wie kann ein erwachsener Mann solche Angst vor einer Frau haben? Wie schafft sie das? Genau aus diesem Grund habe ich mich von ihr ferngehalten. Genau deshalb habe ich mich nie gemeldet. Ich versuche, wieder ruhig zu atmen, und sinke auf einen Stuhl. Es ist geschafft. Kein Zurück. Es gibt keine Zukunft für mich, wenn ich meine Vergangenheit nicht endlich hinter mir lasse. Bevor ich Camille kennenlernte, wollte ich auch gar keine Zukunft. Es reichte mir vollkommen, in meiner Vorhölle zu schmoren und mich Tag um Tag selbst zu quälen.

„Hey, ist alles in Ordnung mit dir?"

Erschrocken schaue ich zur Tür. Cami trägt ein weißes T-Shirt, das ich liebe und auf dem steht: ICH LASSE MICH NICHT IGNORIEREN.

Mir war nicht klar, wie passend der Spruch ist. Ihr Haar ist zerwühlt, die Augen sehen verschlafen aus, sind aber hell und strahlend. Und ihre Beine – es sind die perfektesten Beine, die ich je gesehen habe. Ihr Gesicht, ihr Auftreten, ihre Stimme. Das alles hilft mir, die Fassung wiederzugewinnen. Ich stehe auf, gehe zu ihr und packe sie. Ihr kleiner Aufschrei ist herrlich. Ich kann das. Für Cami kann ich alles tun.

„Ich bin verdammt noch mal fast vollkommen." Ich knurre, während ich ihren Hals mit Küssen bedecke.

Sie grinst und hält sich an mir fest, als ich ihren Rücken durchbiege und richtig loslege, mir alles von ihr hole, was ich kriege. Ich brauche es.

„Jake!"

„Wie hast du geschlafen?" Ich bringe sie in die Vertikale und richte sie übertrieben wieder her. Das muss ich natürlich nicht, denn sie ist makellos.

Sie sieht mich ein wenig verwirrt an. „Gut. Und du?"

„Perfekt", lüge ich, nehme sie bei der Hand und führe sie zum Tisch, wo ich sie auf einen Stuhl drücke. Anschließend gehe ich an die Herdplatte. „Ich habe dir Frühstück gemacht."

„Wirklich?"

„Ja, Eier und Speck." Ich gebe die Eier in eine saubere Pfanne und nehme Teller aus dem Schrank.

„Aber ich bin …"

Ich drohe ihr mit dem Holzlöffel, bevor sie mir erklären kann, dass sie außer Spinat nichts isst zum Frühstück. „Du wirst den Tisch erst verlassen, wenn du aufgegessen hast."

Sie weicht perplex zurück und legt amüsiert den Kopf schief. „Als wäre ich ein Kind?"

„Nein", widerspreche ich und rühre die Eier. „Als wärst du eine Frau mit gesunden Ernährungsgewohnheiten."

„Na klar", sagt sie hinter mir.

Ich stelle mir ihr Gesicht dabei vor. Sie sieht beleidigt aus. Aber sie kann diskutieren, so viel sie will, sie wird dieses Frühstück essen.

Ich rühre weiter die Eier und nehme den Toast aus dem Toaster. „Und weißt du was?"

„Was?"

Ich drehe mich um, werfe den Toast auf den Hackblock und greife nach einem Messer. Sie schaut mir interessiert zu. „Du kriegst richtige Butter." Ich halte das Stück pures Fett hoch und grinse wie ein Idiot.

„Ich bevorzuge trockenen Toast." Sie steht auf, geht zum Geschirrschrank und holt einen Becher heraus, wobei sie mir verächtliche Blicke zuwirft.

„Nein, tust du nicht. Deine Agentin bevorzugt trockenen Toast." Ich schaufele eine große Portion aus der Packung und halte sie hoch. Camille kneift die Augen zusammen, und ich grinse noch mehr. „Lecker." Ich lecke mir die Lippen, haue den Butterklecks auf den Toast und verstreiche ihn demonstrativ.

„Das gehört zu meinem Job, Jake." Seufzend geht sie zum Wasserkessel. „Ich nehme ja auch nicht die Kugeln aus deiner Waffe."

Ich denke über ihre Worte nach ... eine Sekunde lang. „Es gehört zu meinem Job, dafür zu sorgen, dass du vernünftig isst."

„Das ist nicht vernünftig, sondern ein Herzinfarkt auf einem Teller."

„Ab und zu schadet solches Essen nicht." Ich stelle ihre Portion auf den Tisch. Dann setze ich mich und warte, bis sie mit der Zubereitung des Tees fertig ist.

Ich bin hungrig. Ich könnte mich auf mein Frühstück stürzen. Doch es ist viel befriedigender, ihr dabei zuzusehen, wie sie in meiner Küche hantiert. Ich lehne mich bequem zurück und verfolge jede ihrer Bewegungen. Sie stellt sich auf die Zehenspitzen, um die Teekanne aus dem obersten Regal zu holen. Dabei rutscht ihr T-Shirt hoch und gibt den Blick auf ihren sexy Hintern frei. Ich lächle, als sie zu summen anfängt und die Schultern schüttelt, während sie hin und her geht, ohne sich der Beobachtung durch mich bewusst zu sein. Sie öffnet den Kühlschrank und beugt sich hinunter, um die Milch herauszunehmen. Dann lehnt sie sich über die Arbeitsfläche, um die Schublade zu öffnen und sich einen Löffel zu holen.

Sie ist wandelnder Sex, dabei legt sie es nicht mal darauf an. Ich verschränke die Arme vor der Brust und rutsche in meiner entspannten Haltung ein wenig vom Stuhl. Das Grinsen will nicht aus meinem Gesicht verschwinden. Es wird für immer da sein, falls ich dieses Vergnügen jeden Tag geboten bekomme. Da ich sie unbedingt anfassen muss, stehe ich auf und gehe leise zu ihr an den Herd, wo sie darauf wartet, dass das Wasser kocht. Ihre Hände ruhen auf der Küchenarbeitsfläche.

Plötzliche Entschlossenheit keimt in mir auf wie ein greller Lichtblitz. Alles fügt sich perfekt zusammen.

Ich bin ihr mittlerweile so nah, wie es möglich ist, ohne sie tatsächlich zu berühren. „Engel", flüstere ich dicht an ihrem Nacken.

Sie hört auf zu summen.

„Dreh dich um."

Sie verharrt einige Sekunden regungslos. Vor ihr blubbert der Wasserkocher.

In dem Moment, in dem der Kocher mit einem Klick ausgeht, dreht sie sich langsam zu mir um. Mit großen Augen sieht sie mich unsicher an. Sie hält sich so lange an der Arbeitsfläche fest, wie es die Körperdrehung erlaubt, schließlich lässt sie los und steht vor mir.

Sie schaut auf mich herunter.

Auf mich herunter?

Ich bin einen Meter dreiundneunzig groß. Wie kann sie da auf mich herunterschauen?

Dann begreife ich.

Ich knie vor ihr.

Ihre Brust ragt markant über mir auf, und sie hält sich eine Hand vor den Mund.

„Heirate mich." Ich habe keine Ahnung, woher das kommt, und Camis Miene nach zu urteilen, ist sie genauso überrascht.

„Jake?"

Sie spricht meinen Namen fragend aus, als könnte ich jemand anderes sein, der sich verkleidet hat.

„Heirate mich." Der Antrag kommt mir tatsächlich ein zweites Mal über die Lippen, und ich nehme dabei ihre Hand in meine. Tief im Innern weiß ich, dass ich das nicht tun sollte. Ich sollte sie nicht bitten, sich an einen Mann zu binden, der sie täuscht. Sie im Dunkeln lässt. Nur kann ich das jetzt schlecht zurücknehmen, mal abgesehen davon, dass ich das gar nicht will. Ich bin ein verzweifelter Mann, der bereit ist, alles zu tun, um zu unterstreichen, wie viel sie mir bedeutet. Wenn ich ihr den Horror meiner Vergangenheit anvertraue, habe ich wohl die besten Chancen, sie zu behalten. Mir ist schon klar, dass das ziemlich taktische Überlegungen sind, aber meine Hingabe an sie ist alles, was ich habe. Es ist die einzige Waffe, die ich besitze und mit der ich diese Schlacht gewinnen kann.

Cami sieht aus, als könnte sie jeden Moment in Tränen ausbrechen. Und dann tut sie es wirklich, ohne Vorwarnung und ohne irgendein Zeichen dafür, ob es sich um Freuden- oder Kummertränen handelt.

„Wovon redest du eigentlich?"

„Von dir und mir." Ich bin ein wenig erschrocken über ihre Reaktion und ziehe sie zu mir herunter, bis sie mit mir zusammen kniet. Ich bleibe beharrlich. „Ich will, dass du mein bist, Camille. Ganz und gar. Ich weiß nicht, wie ich das anders ausdrücken soll."

Sie senkt den Blick, aber die Unsicherheit darin entgeht mir trotzdem nicht. Würde mir jemand in diesem Moment ein Messer ins Herz stechen, ich würde es nicht spüren. Will sie mich nicht? War das alles bloß ein aufregendes Spiel, um sich ihrem Vater zu widersetzen? Alle möglichen dummen Gedanken plagen mich, während ich darauf warte, dass sie etwas sagt. Ich zweifle an meinem Gespür. Ich bin es doch nicht allein, oder? Das kann nicht sein.

„Ja."

Ich höre das Wort kaum, weil das Durcheinander in meinem Kopf so laut ist. „Was hast du gesagt?"

Sie sieht mich an. Jetzt wirkt sie klar und sicher.

„Ich sagte *Ja*."

„Ja?“ Ich brauche Gewissheit. Ich muss wissen, dass ich das wirklich gehört habe.

„Ja“, bestätigt sie und nickt dazu. „Ja.“ Tränen rinnen ihr in kleinen Bächen über die Wangen. „Ja. Ich weiß nicht, wie ich es sonst sagen soll.“

Sie sinkt auf ihre Fersen, als wäre sie erschöpft von dieser emotionalen Episode. Ihr schwaches Lächeln und ihr Schulterzucken sind süß.

„Ja, ich werde dich heiraten. Gleich sofort, wenn ich könnte. Ich kann mir ein Leben ohne dich nicht vorstellen.“

Ich sehe, dass dieser Gedanke sie genauso schmerzt wie mich.

„Ich brauche niemanden sonst“, fährt sie fort. „Nur dich. Also ja, ich heirate dich.“

Meine Organe werden alle zu Mus, und als ich meine Dankbarkeit auszudrücken versuche, kommt bloß ein kläglicher Laut heraus. Auch ich sinke auf die Fersen und schlucke mehrmals, weil ich einen Kloß im Hals habe. Ich bin aufgewühlt und frage mich, wie zum Geier sie das anstellt.

„Du hast alles Männliche in mir pulverisiert.“ Das ist natürlich dumm, da mir jedoch nichts anderes einfällt, brabbele ich weiter. „Als Lucinda mir die Details zu diesem Job mailte, habe ich rundweg abgelehnt. Ich habe mir dein Foto am Laptop angesehen und gelacht.“ Ich plappere, und sie grinst wissend. „Ich bin stolz darauf, unzugänglich zu sein. Ich kann mich nicht besonders gut leiden, Cami, doch diese Eigenschaft gefiel mir ganz gut. Niemand konnte mir zu nahe kommen. Ich ließ es einfach nicht zu. Aber du …“ Ich atme schwer aus. „Du hast alles verändert.“ Ich sehe ihr wieder in die Augen und bin immer noch ziemlich ratlos. „Du beruhigst mich, auch wenn du mein Leben gerade sehr chaotisch gemacht hast. Du hast mich gefunden, obwohl ich gar nicht gefunden werden wollte." Ich nehme ihre Hände und drücke sie, um zu unterstreichen, welch tiefe Wirkung sie auf mich hat. Sie sieht verblüfft aus, jedoch gefasst. „Du bist das fehlende Puzzleteil, nach dem ich gar nicht gesucht habe, Engel. Und jetzt habe ich Angst, mich wieder unvollständig zu fühlen. Ich habe solche Angst, ohne dich zu sein."

Sie sackt in sich zusammen, ihre Lippen beben. „Ich habe doch Ja gesagt." Ihre Halsmuskeln pulsieren, weil sie schlucken muss. „In gewisser Weise habe ich das alles gewusst." Sie verstummt und senkt den Blick, als schäme sie sich ihrer Tränen.

Das sollte sie nicht. Ich bin selbst reichlich durcheinander.

Ich umfasse ihre Schultern und ziehe Camille an mich, klammere mich an sie, als hinge mein Leben davon ab. Beängstigenderweise begreife ich, dass das wirklich so ist. Keine Cami, kein *Ich*.

Ich halte sie einfach in den Armen, wiege sie, streichle ihr den Kopf, während sie an meiner Brust schluchzt, wir beide auf dem Küchenfußboden. „Nein, dich kann man nicht ignorieren, Miss Logan", flüstere ich und küsse ihren Hinterkopf.

„Mein Dad", bringt sie krächzend hervor, unternimmt jedoch keinen Versuch, sich von mir zu lösen.

„Es wird alles gut." Sie zweifelt dieses Versprechen nicht an, denn sie ist in dieser Hinsicht von mir abhängig. Sie hat tiefes Vertrauen zu mir, deshalb kann ich sie nicht enttäuschen. Gleichzeitig ist mir klar, dass sie nicht nur vor ihrem Vater Angst haben muss. „Ich habe keinen Ring", sage ich mit einer gewissen Belustigung, die wahrscheinlich ein wenig fehl am Platz ist.

„Das ist mir egal." Sie löst sich aus meiner Umarmung. „Mal mir einen."

Sie sollte mich nicht auf Ideen bringen. Auf der Arbeitsfläche entdecke ich einen Kugelschreiber, den ich gerade so erreiche, ohne aufstehen zu müssen. Mit den Zähnen ziehe ich die Kappe ab und nehme Camilles linke Hand.

Sie lässt es geschehen, und ich male eine feine Linie um ihren Ringfinger. Ich gebe mir Mühe, sauber zu zeichnen, aber das ist leichter gesagt als getan, wenn man vor Glück zittert. Sie hält still wie eine Statue, während ich ihr mit Kugelschreiber einen Verlobungsring an den Finger male. Das Ganze versehe ich mit einem Kreis oben, der einen riesigen Diamanten darstellen soll. „Bitte sehr", verkünde ich und betrachte mein Werk. „Ich garantiere dir, so einen gibt es kein zweites Mal."

Sie zieht die Hand zurück und betrachtet sie von allen Seiten, wobei sie den Kopf mal nach rechts, mal nach links neigt. „Der ist wunderschön." Sie grinst, macht eine Faust, hebt sie an den Mund und pustet den gemalten Ring trocken. „Den werde ich nie mehr abnehmen."

Ich lache, so verdammt glücklich, und werfe den Stift auf den Tisch. „Komm her, Frau."

Sie wirft sich in meine Arme, drückt mich und bedeckt meinen Hals mit Küssen, ganz außer sich, jedoch wundervoll.

„Ich liebe dich, Jake Sharp."

„Wow", flüstere ich grinsend.

Das ist das sprichwörtliche „Du kannst mich mal" für ihren Vater. Er wird es als taktischen Zug betrachten. Möglicherweise ist es das sogar ein bisschen. Vor allem aber ist es das ultimative Zeichen meiner Hingabe. Ich habe aus einem Impuls heraus gehandelt, jedoch aus einem natürlichen Impuls heraus. Denn ich liebe Camille mit einer Kraft, die aus dem tiefsten Teil meines Inneren kommt – von dessen Existenz ich bis eben gar nichts wusste. Mir war auch nicht klar, dass ich derartig besitzergreifend sein kann. Sie wird nie begreifen, wie sehr sie mir geholfen hat. Sie hat mir den verdammten Kopf geradegerückt. Ich werde alles tun, was nötig ist, um sie zu behalten. Falls das bedeutet, dass ich mich endlich meiner Vergangenheit stellen muss, dann werde ich das eben tun. Sollte es bedeuten, dass ich ihren Vater aus dem Weg räumen muss, dann werde ich auch das tun. Meine Entschlossenheit ist gnadenlos.

„Ist das dein Telefon?"

Cami bewegt sich in meinen Armen und weckt mich damit aus meinen Gedanken. Tatsächlich höre ich das leise Summen meines Handys und stehe auf, wobei ich sie mit hochziehe.

„Bereite dir deinen Tee zu", befehle ich, gebe ihr einen sanften Kuss auf die Schläfe und gehe zum Wasserkocher, um ihn erneut einzuschalten.

Ich schnappe mir mein Handy und lese erstaunt Lucindas Namen auf dem Display. Eigentlich habe ich Logan erwartet. Wie dem auch sei, es wird sicher keine Unterhaltung, die Cami mithören soll. Ich melde mich und verlasse die Küche. „Was gibt es?"

„Logans Frau hat die Scheidung eingereicht."

Ich stolpere, noch ehe ich aus der Küche bin. Ein kurzer Blick über die Schulter verrät mir, dass Camille gerade kochendes Wasser in die Teekanne gießt. Ich setze meinen Weg fort, um außer Hörweite zu gelangen. „Weiß er es schon?" Ich begebe mich in mein Arbeitszimmer und mache die Tür hinter mir zu.

„Nein. Die Papiere wurden gestern aufgesetzt. Ich schätze, er wird sie früh genug erhalten."

„Da wäre ich gern eine Fliege an der Wand. Irgendetwas sagt mir, er wird einen neuen Scheidungsanwalt brauchen."

Lucinda lacht laut. „Oh, das wird er. Du weißt, dass Logan auf deine Dienste offiziell verzichtet hat, ja?"

„Ich bleibe aber", erwidere ich. „Er hat der Agentur nichts von mir und Camille erzählt?"

„Noch nicht."

„Das wird er auch nicht." Ich bin mir dessen ganz sicher.

„Woher willst du das wissen?"

„Weil er weiß, dass ich weiß, dass er etwas verheimlicht. Und das ist etwas, was ihm größeren Schaden zufügen kann als meine Beziehung zu seiner Tochter." Ich lasse mich in den Bürosessel fallen und versuche, meine Gedanken zu ordnen. „Ich habe vor, ihn morgen zu treffen, und ich habe *nicht* vor, sein Büro zu verlassen, bevor er mir verraten hat, was da eigentlich läuft." Falls nötig, werde ich ihm die Pistole an den Kopf halten.

„Was ist mit der Polizei, die dich sucht?"

„Er wird dieses kleine Problem beseitigen."

„Und das andere kleine Problem? Beziehungsweise das massive Problem für Logan? Nämlich die Tatsache, dass du seine kostbare Tochter liebst?"

Ich muss lachen. „Nicht zu vergessen die Tatsache, dass ich sie gebeten habe, mich zu heiraten."

„Du hast was getan?"

„Du hast richtig gehört."

„Und wie steht's mit …?"

Obwohl sie es nicht ausspricht, höre ich sie klar und deutlich, die Worte. Ohrenbetäubend laut.

„Ich arbeite daran. Ich habe Abbie schon angerufen."

„Leck mich, Jake."

„Danke, aber du warst nie mein Typ."

„Fick dich."

Ich grinse. „Wie originell."

„Ich mag es halt simpel und auf den Punkt gebracht." Sie zieht die Nase hoch.

„Da gibt es etwas, was du für mich tun musst."

„Was denn?"

„Du musst auf Cami aufpassen, wenn wir in der Stadt sind. Ich habe ein paar Dinge zu erledigen."

„Ich bin kein Babysitter, Jake. Das ist dein Job, schon vergessen?"

„Du bist der einzige Mensch, dem ich vertraue, Luce. Zick also nicht herum."

„Na schön!", gibt sie genervt nach.

Wahrscheinlich schickt sie mir böse Blicke durchs Telefon.

„Danke. Ich rufe dich später wieder an." Ich lege auf, lasse das Handy an meiner Wange hinuntergleiten und kaue in Gedanken an einer Ecke.

Es vibriert und klingelt an meinen Lippen und kündigt den Eingang einer Nachricht an. Ich schaue hinein und finde eine Sprachnachricht von Logan. Neugierig spiele ich sie ab und höre eine Unterhaltung zwischen Logan und einem jüngeren Mann, den ich als Sebastian identifiziere. Das Gespräch ist kurz und freundlich. Logan bietet ihm Geld an. Sebastian akzeptiert es und ist einverstanden damit, die Anzeige gegen mich sofort fallen zu lassen. Der Junge dürfte Logan inzwischen ein kleines Vermögen gekostet haben.

Das genügt. Er ist schnell, das muss ich ihm zugestehen. Jeder würde ihn für einen verzweifelten Mann halten.

Es wird Zeit, diesen ganzen Mist zu klären.

28. Kapitel

Cami

Die Furcht, die mich am nächsten Morgen auf der Fahrt über die Edgeware Road in die Stadt begleitet, ist beinah lähmend. Dauernd starre ich hinunter auf meinen aufgemalten Verlobungsring und sage mir, dass alles gut wird. Jake hat mir das versichert, und ich klammere mich verzweifelt an seine Worte.

Ich will einfach, dass all diese schlechten Gefühle aufhören. Ich will, dass alle sich verstehen und glücklich sind. Das ist die große Hoffnung.

Jake ist schon die gesamte Fahrt über still und angespannt. Ich merke es an der Art, wie er mich jedes Mal beruhigend anlächelt, sobald er mich dabei ertappt, dass ich ihn beobachte. Aber ich bringe es nicht übers Herz, ihm zu sagen, dass es nicht funktioniert, seine Anspannung vor mir zu verbergen.

„Wohin fahren wir?“ Ich versuche, beiläufig zu klingen, obwohl ich innerlich bettle, er möge mich zurück in den Blauglöckchenwald bringen.

„Zu dir.“

Er sagt das mit einer Selbstverständlichkeit, die meine Besorgnis wahrscheinlich zerstreuen soll. Tut sie aber nicht.

„Zu mir?“

„Es sei denn, du willst lieber zu mir?“ Er sieht mich an.

Ich weiß es nicht. Wohin will ich? „Zu mir", antworte ich, ohne viel nachzudenken.

„Dann fahre ich dich zu deiner Wohnung." Jake nimmt meine Hand und verschränkt seine Finger mit meinen. „Ruf Heather an. Sie soll dir Gesellschaft leisten."

Ich kann meine aufsteigende Panik nicht verbergen. „Warum? Wo wirst du denn sein?"

„Ich muss ein paar Dinge klären."

Ich sacke in meinem Sitz zusammen. „Dad."

Er wirft mir einen Blick aus dem Augenwinkel zu, und sein Adamsapfel hüpft, weil er schlucken muss. Er wirkt auf einmal nervös, das wiederum macht mich nervös. Sehr.

„Ja, dein Dad", bestätigt er.

„Was ist mit der Anzeige?"

„Dein Vater hat Vernunft angenommen."

Ich starre ihn verblüfft an. Mein Vater hat Vernunft angenommen? Das ist das Lächerlichste, was ich je gehört habe. „Er hat dafür gesorgt, dass die Anzeige zurückgezogen wird?"

„Ganz genau."

„Das hat er dir erzählt?"

„Ja."

„Und du glaubst ihm?"

„Ich habe dir versprochen, dass das geklärt wird, Engel. Das meinte ich ernst."

Er sieht mich an, in seinen Augen liegt ein beruhigender Ausdruck, mit dem ich leider momentan gar nichts anfangen kann. „Vertrau mir."

Er hat mehr Vertrauen in mein eigen Fleisch und Blut als ich, doch was bleibt mir übrig? Ich muss ihm vertrauen. Und das tue ich ja auch. Aber meinem Vater? Ich verspüre nur den Anflug eines Schuldgefühls, weil ich dem auf keinen Fall vertraue. Meinem eigenen Vater.

Nachdem Jake meine Tasche in mein Zimmer gebracht hat, kommt er zurück ins Wohnzimmer und geht ins Gästezimmer. Ich muss ein bisschen darüber lächeln, dass ich automatisch *sein Zimmer* denke. Ich folge ihm und finde ihn am Fußende des Bettes sitzend, wo er Patronen in ein Pistolenmagazin füllt.

Ich bin geschockt, doch Jake macht unbeeindruckt weiter. Er trifft sich mit meinem Vater und lädt vorher seine Waffe? Ich deute auf seine Hände, finde jedoch nicht die richtigen Worte.

„Nur eine Vorsichtsmaßnahme", versichert er mir, steht auf und schiebt das Magazin in die Waffe, bevor er sie hinten in seine Jeans steckt. „Keine Panik. Die trage ich immer bei mir."

„Verzeih mir", sage ich spöttisch. „Für einen Moment dachte ich, du hättest vor, meinen Dad umzubringen."

Jake lacht nicht. Er reagiert auch sonst nicht auf meine Bemerkung, sondern geht einfach an mir vorbei, ohne mich eines weiteren Blickes zu würdigen. Ich schaue ihm hinterher. Noch immer keine Reaktion.

„Hey!" Ich gehe ihm nach, meine Panik hält an. Ich greife ihn am Arm, damit er stehen bleibt. Allerdings habe ich nicht die Kraft, ihn umzudrehen, deshalb stelle ich mich vor ihn und sehe ihn so ernst an, wie es mir überhaupt möglich ist. „Sag mir, dass du meinen Vater nicht erschießen wirst", verlange ich und lege ihm eine Hand auf die Brust, damit er weiß, dass ich ihn nicht loslasse, ehe er meiner Forderung nachgekommen ist.

Seine Miene wird ein wenig sanfter, und er schließt kurz die Augen. Offenbar ringt er um Geduld. Oder Kraft?

„Ich werde deinen Vater nicht erschießen, Engel."

Ich senke den Blick und fühle mich verloren. „Ich will doch nur bei dir sein." Ich sehe ihm wieder ins Gesicht – und erkenne Hoffnungslosigkeit darin. „Warum all der Hass und der Ärger?"

Er lächelt traurig, legt einen Arm um mich und zieht mich an sich. Das brauche ich.

„Weil dein Vater glaubt, ich sei nicht der Richtige für dich." Er drückt mir einen Kuss aufs Haar und atmet tief ein. „Ich muss ihn davon überzeugen, dass ich das doch bin."

„Indem du ihm eine Waffe an den Kopf hältst?" Allerdings frage ich mich, ob das nicht vielleicht die einzige aussichtsreiche Methode ist.

Jake lässt mich los und schaut mir in die Augen. Mit dem Daumen streicht er über eine meiner Brauen und meine Wange. „Ich bin nicht bereit, dich aufzugeben, Cami. Daran muss dein Vater sich einfach gewöhnen." Er sieht mich fragend an und wartet auf meine Zustimmung.

Widerstrebend nicke ich, denn auch wenn das alles extrem und dramatisch ist, weiß ich, dass er recht hat. „Okay."

„Außerdem", fährt er fort, da er offenbar merkt, dass ich weitere Beruhigung brauche, „habe ich bei jeder Begegnung mit deinem Vater eine geladene Waffe bei mir gehabt. Und bis jetzt habe ich es geschafft, nicht auf ihn zu schießen."

„Das ist nicht witzig", sage ich finster. Er grinst nur und gibt mir einen Kuss auf die Stirn. „Bitte erzähl ihm nichts davon." Ich wedle mit den Fingern und zeige ihm den mit Kugelschreibertinte aufgemalten Ring. Einen Schritt nach dem anderen.

Jake nimmt meine Hand und fährt mit dem Daumen zärtlich darüber. „Ein Grund mehr für ihn, dagegen zu sein. Wir müssen das in Ordnung bringen."

Da hat er recht. Ich hänge an diesem improvisierten Ring, einfach, weil er von Jake ist. Mein Dad hingegen würde es als Beleidigung empfinden. Wow, der wird nicht begeistert sein.

Über nichts von alldem, weder über Jakes Heiratsantrag noch über den aufgemalten Ring. Es bricht mir das Herz. „Wir werden ihm das sagen, sobald sich die Lage ein wenig beruhigt hat."

„Was immer du willst, Engel." Er küsst meinen Ringfinger, dann richtet er sich entschlossen auf. „Wann wird Heather hier sein?"

„Gegen ..." Wie aufs Stichwort ertönt lautes Klopfen. „Jetzt." Ich schaue zur Tür, um sicherzugehen, dass es sie nicht aus den Angeln gehoben hat. „Darf ich Heather von unserer Verlobung erzählen?"

„Kann sie den Mund halten?"

Ich überlege einen Moment. Vermutlich dürfte ganz London den Schrei hören, den sie vor Aufregung ausstoßen wird, wenn ich es ihr verrate. „Ja", sage ich, denn mit irgendwem muss ich darüber sprechen. Notfalls werde ich sie knebeln.

Jake dreht mich zu sich um und streicht mir das Haar aus dem Gesicht. „Entspann dich. Such im Internet nach einem Ring. Überleg dir, wo und wann wir heiraten wollen und wen du dabeihaben willst. Viel Spaß, Engel."

Er gibt mir einen zärtlichen Kuss auf die Nase und geht zur Tür. Die Aussicht darauf, meine Hochzeit zu planen, sollte aufregend sein. Aber ich kann keine Begeisterung aufbringen, bevor ich nicht weiß, was als Nächstes passiert. Ich kann mir nicht helfen, doch ich habe den Eindruck, dass er nur versucht hat, mich zu beruhigen.

Jake sieht durch den Spion – instinktiv, nehme ich an –, dann öffnet er schwungvoll die Tür, sodass Heather praktisch hereinstolpert, mit wehenden kastanienbraunen Haaren, eine Flasche Champagner in der Hand. Sie mustert Jake von oben bis unten.

„Hey, großer Mann."

„Tag auch."

Er marschiert an meiner besten Freundin vorbei und verschwindet um eine Ecke im Gang. Ich sammle meine Kräfte, denn die werde ich brauchen.

„Ich liebe es, wie er mit solcher Leichtigkeit den finsteren Burschen raushängen lässt", scherzt Heather, schließt die Tür und wedelt mit der Flasche. „Ich hab was mitgebracht. Und ich will alles erfahren."

Sie deutet aufs Sofa, und ich füge mich, während sie Gläser aus der Küche holt.

Heather ist total aufgekratzt von dem Chaos, in das sich mein Leben verwandelt hat. Staunend hat sie ihre Drinks hinuntergekippt und aufmerksam gelauscht. Ehrlich, ich war nicht besonders scharf darauf, ihr jedes kleinste Detail zu schildern, aber man kann sich großartig die Zeit damit vertreiben. Jetzt ist Jake schon eine Stunde weg. Ich erwarte jede Minute seinen Anruf, in dem er mir mitteilt, dass alles geklärt ist und mein Dad großzügig eingeräumt hat, er habe sich geirrt und empfängt Jake mit offenen Armen, und wir können von nun an alle glücklich bis ans Ende unserer Tage leben. Sofort lande ich wieder in der Realität, denn ich erinnere mich daran, wer mein Dad ist.

„Ohne respektlos sein zu wollen, aber dein Dad ist ein Arsch", verkündet Heather und trinkt den Rest ihres Champagners. „Ich bitte dich! Er hat Ehefrau Nummer drei! Was maßt der sich eigentlich an, darüber zu urteilen, was Liebe ist? Außerdem, wenn er nicht dermaßen viele Leute ständig gegen sich aufgebracht hätte, gäbe es keine Drohung gegen dich – und er hätte Jake gar nicht engagieren müssen, um dich beschützen zu lassen." Sie grinst ein bisschen. „Die Ironie dieser Geschichte ist natürlich wunderbar."

Ich nicke zustimmend und schaue zur Uhr.

„Hey, was ist das da an deinem Finger?"

Prompt schnappt sie sich meine Hand, doch ich ziehe sie schnell weg. Vermutlich sehe ich dabei genauso schuldig aus, wie ich mich fühle. Es gibt eine Sache, die ich ihr noch nicht erzählt habe, hauptsächlich, weil das, was ich ihr bisher anvertraut habe, ziemlich viel auf einmal ist.

„Camille?"

Ich weiche ihrem fragenden Blick aus.

„Ist das da etwa ein aufgemalter Verlobungsring?"

„Es war nur ein Scherz." Ich habe keine Ahnung, warum ich mich benehme, als schämte ich mich. Vielleicht ist die Absurdität des Ganzen allmählich in meinen überforderten Verstand eingesickert. Ich habe den Heiratsantrag eines Mannes angenommen, den ich erst seit Kurzem kenne. Mag ja sein, nur habe ich das Gefühl, ihn zu kennen wie keinen anderen Menschen. Ich widme mich meinem Glas Champagner und komme mir langsam vor wie bei einem Verhör.

„Cami, hat er dir einen Heiratsantrag gemacht?"

„Ja!", platze ich heraus und wedele mit dem Glas, sodass Heather erschrocken zurückweicht. „Ich weiß, es klingt verrückt. Das musst du mir nicht erst sagen."

Sie schürzt die Lippen, was sie aussehen lässt wie eine Ente, und ich warte auf den geschockten Ausruf, mit dem ich gerechnet habe. Es vergehen lange Sekunden, ehe mir klar wird, dass der nicht kommt. Ich sehe sie erwartungsvoll an.

Sie zuckt mit den Schultern, und ich runzle die Stirn.

„Willst du denn nichts dazu sagen?", frage ich.

„Abgesehen davon, dass er dir einen echten Ring hätte kaufen sollen?"

Ich werfe ihr einen finsteren Blick zu. „Ja."

Heather schaut in ihr Glas, während sie über meine Frage nachdenkt. Sie nimmt mich auf den Arm. Kein Kommentar?

Endlich sieht sie mich an, und da erkenne ich es. Der Aufschrei arbeitet sich von ihren Zehen an aufwärts. Ich beiße mir auf die Lippen und weiche in Erwartung der Energie, die mich vermutlich umhauen wird, zurück.

„Ach du Schande!“ Ihr Gesicht läuft vor Anstrengung rot an. „Oh mein Gott, Cami!“ Sie stellt ihr Glas ab und wirft sich mir quer über die Couch in die Arme. „Sag mir, dass ich deine Brautjungfer werde. Sag mir, dass es ein kolossales Budget geben wird. Sag mir, dass wir den Junggesellinnenabschied in Saint-Tropez feiern!“

All das kreischt sie mir ins Ohr, dass mir der Kopf klingelt.

„Darüber habe ich noch nicht nachgedacht“, gestehe ich und reibe mir das Ohr, sobald Heather mich loslässt. „Ich kann im Augenblick kaum an etwas anderes denken, als dass Dad und Jake sich gegenseitig an die Gurgel gehen.“

Heather lacht unbekümmert und tätschelt zum Zeichen ihres Mitgefühls meinen Arm. „Ich finde es toll, wie Jake deinem Dad die Stirn bietet.“

Da muss ich ihr recht geben. Nur macht es die Situation nicht weniger extrem. Ich schaue erneut zur Uhr. Weitere fünfzehn Minuten sind vergangen. Ab welchem Punkt rufe ich ihn an, um herauszufinden, ob alle noch am Leben sind? Das ist wirklich quälend.

„Lass uns Kleider anschauen“, schlage ich vor; eine drastische Maßnahme, um mich abzulenken.

„Ja!“ Heather ist sofort begeistert. „Hol den Laptop. Du meine Güte, Vera Wang hat ein paar Schönheiten in dieser Saison!“

Ich nehme meinen Laptop, starte die Google-Suche und versuche, Heathers Begeisterung zu teilen. Ich komme nicht einmal dazu, die erste Seite zu laden, da klingelt mein Handy. Ich springe auf und werfe Heather praktisch den Computer zu, um ans Telefon zu gehen.

Als ich Dads Nummer sehe, erstarre ich und frage mich, ob das ein gutes Zeichen ist oder nicht. Er lebt also noch. Das ist wohl gut. Ich melde mich. „Dad?“

„Mein kleiner Star!“

Er singt förmlich, und ich fühle mich sofort viel besser. Die Anspannung weicht aus meinem Körper wie die Luft aus einem Reifen.

„Darling, das Letzte, was ich wollte, war, dir wehzutun.“

Ich könnte heulen vor Erleichterung. „Ich liebe ihn, Dad.“ Ich komme gleich zur Sache, da ich das Bedürfnis verspüre, das zu bekräftigen. „Ich weiß, es ist ein Schock für dich, aber er ist ein guter Mann.“ Ich habe das Gefühl, als wäre mir das Gewicht der Welt von meinen müden Schultern genommen worden.

„Camille, ich muss dir etwas verständlich machen.“

Jetzt klingt er schon weniger fröhlich, sondern ernst. Das kann man auch erwarten von einem Mann, der sich noch nie bei irgendwem entschuldigt hat. Dies ist ein großer Schritt für ihn. „Es ist in Ordnung, Dad“, versichere ich ihm. Ich weiß, er wollte mir nicht in dem Maße wehtun, wie er es getan hat. Es mag mir nicht gefallen, wie er sich verhalten hat, doch kann ich es verstehen. Nur muss er langsam mal loslassen und akzeptieren, dass ich eine erwachsene Frau bin mit einem eigenen Willen und der Fähigkeit, eigene Entscheidungen zu treffen.

„Es ist nicht in Ordnung.“ Er seufzt. „Es ist überhaupt nicht in Ordnung. Ich habe dich im Stich gelassen.“

„Nein, Dad, du …“

„Er hat eine Frau, Camille.“

Der Raum beginnt sich zu drehen, und ich muss mich an einer Sessellehne festhalten. „Was?“, flüstere ich mit plötzlich trockenem Mund.

„Liebes, er ist verheiratet“, wiederholt er und treibt damit einen Eiszapfen in den Riss in meinem Herzen, der sich gerade auftut. „Der Bastard hat dich die ganze Zeit belogen.“

Hör auf, das zu sagen!

Benommen sinke ich in den Sessel und starre vor mich hin. Die Frau auf dem Foto. Jakes glückliches Gesicht. So ungern ich es zugebe, was mein Vater da sagt, passt ins Bild. Jake wich mir aus, als ich ihn danach fragte. Natürlich. Aber verheiratet? Das scheint mir unmöglich zu sein.

„Camille?“

Dads besorgter Ton dringt durch meine Benommenheit.

„Woher weißt du das?“, frage ich, denn ich brauche Einzelheiten, um den Schock verarbeiten zu können. „Wo ist Jake jetzt? Er wollte dich treffen, um die Dinge zu klären.“

„Nun, das ist nicht mehr nötig“, sagt er voller Abscheu. „Ich werde ihn zerstören dafür, dass er dir wehgetan hat.“

Ich schüttele frustriert und verletzt den Kopf. „Verrate mir, woher du das alles so sicher weißt.“

„Grant hat ihn beschattet. Er begab sich zum Haus einer Frau. Seiner Frau. Grant rief eben an, um es mir zu bestätigen.“

Ich springe aus dem Sessel. „Ist er jetzt da?“ Ich bin schon unterwegs zur Tür, noch ehe er antworten kann. „Wo, Dad? Wo ist er?“

„Liebes, ich lasse dich bestimmt nicht allein dorthin gehen.“

Ich bleibe stehen. „Du lügst“, provoziere ich ihn, denn ich weiß, dass er es beweisen wird, falls es wahr ist.

„18 A First Street.“

Er nennt mir sofort die Adresse. Also blufft er nicht. Mein Herz zieht sich zusammen.

„Warte auf mich, Liebes. Ich muss mich noch um etwas kümmern, dann hole ich dich ab."

„Okay", lüge ich und lege auf.

Ich warte auf niemanden, sondern schnappe mir meine Tasche und öffne die Tür. Heather, die sich wahrscheinlich fragt, was zur Hölle eigentlich los ist, habe ich ganz vergessen.

„Cami!", ruft sie völlig perplex.

Auf halbem Weg durch den Treppenhausgang bleibe ich stehen, aber nicht, weil Heather mir hinterherläuft, sondern weil jemand mir den Weg versperrt.

„Und was glauben Sie, wohin Sie gehen?" Lucinda sieht aus wie eine strenge Schuldirektorin, sie hat die Arme vor der Brust verschränkt und klopft mit dem Fuß auf den Teppich.

„Er hat Sie beauftragt, mich zu bewachen?", frage ich, irgendwo zwischen ungläubig und belustigt.

„Macht mir keinen Spaß", erwidert sie pikiert und schaut an mir vorbei zu Heather.

Ich muss mich nicht erst umdrehen, um zu wissen, dass meine Freundin ein verblüfftes Gesicht macht, weil sie mittlerweile gar nichts mehr versteht. Wow, das ist einfach brillant.

„Darf ich annehmen, dass Ihre Aufgabe darin besteht, mich davon abzuhalten, meine Wohnung zu verlassen?" Meine Frustration wandelt sich in brodelnden Zorn.

„Sie haben es erfasst."

Lucinda zwinkert mir zu, sodass ich ihr am liebsten eine kleben würde.

„Warum?", will ich wissen. „Die Drohungen haben sich erledigt. Mein Vater hat mir versichert, es sei alles geklärt."

Sie verzieht keine Miene. Das verrät mir zu viel und doch nicht genug.

„Jake hat nur eine Vorsichtsmaßnahme getroffen."

Ich nicke, statt ihr zu widersprechen oder gar ihren Argwohn zu wecken. Vorsichtsmaßnahme? Ja klar. Er lässt mich bewachen und besucht seine Frau. Ich mache auf dem Absatz kehrt und gehe zurück in meine Wohnung. Heather starrt mich konfus an, aber ich winke ab, um ihr zu signalisieren, dass sie jetzt bloß nicht fragen soll. Was sollte ich ihr denn auch sagen? Sie will Hochzeitskleider aussuchen, während ich gerade erfahren habe, dass mein Verlobter eine Ehefrau hat.

Beim Betreten meines Apartments werfe ich einen Blick über die Schulter und sehe, dass Lucinda sich nicht von der Stelle gerührt hat und nicht den Eindruck macht, als würde sie das in allernächster Zeit. Miststück!

Ich schließe die Tür hinter mir und drücke mein Gesicht an das Holz, um durch den Spion zu schauen. Sie wirkt winzig. Ich wende mich ab und lasse den Blick auf der Suche nach einer Fluchtmöglichkeit durch mein Apartment schweifen. Ich laufe zum Fenster und sehe hinaus. Zu hoch. „Verdammt", murmele ich und mustere wieder die Tür. Der Notausgang befindet sich auf der anderen Seite des Ganges, doch an Lucinda komme ich nicht vorbei.

„Was ist denn los?", fragt Heather hinter mir, und ich drehe mich zu ihr um.

Ich muss gegen die Emotionen ankämpfen, die meinen Verstand zu beeinträchtigen drohen.

Sie weicht einen Schritt zurück und mustert mich misstrauisch. „Dieses Gesicht gefällt mir nicht."

Es sollte ihr auch nicht gefallen, denn es ist mein entschlossenes Gesicht.

Ich renne in die Küche und schnappe mir das Einzige, was funktionieren könnte. Dann laufe ich ins Wohnzimmer.

„Was um alles in der Welt hast du mit der Bratpfanne vor?“, will Heather wissen, als ich an ihr vorbeieile. „Cami, sprich mit mir!“

Rasch werfe ich einen weiteren Blick durch den Spion. Lucinda hält nach wie vor Wache. Ich kann nicht glauben, was ich hier vorhabe! Ich wende mich an meine verwirrte Freundin. „Du musst etwas für mich tun.“

Sie sieht mich an, als wäre ich übergeschnappt. Könnte gut sein.

„Was?“

„Die Frau da draußen arbeitet mit Jake zusammen.“

„Warum ist sie hier?“

„Um mich daran zu hindern, wegzugehen. Jake hat ihr aufgetragen, mich zu bewachen.“

„Wieso sollte er das tun?“

Ihre Frage bringt mich aus dem Tritt, und mir wird klar, dass ich mit vagen Andeutungen nicht durchkommen werde, wenn ich sie zu meiner Komplizin machen will. Ich schließe die Augen, atme tief ein und bereite mich darauf vor, es laut auszusprechen. „Dad hat mir erzählt, dass er eine Ehefrau hat.“

„Was!“

Die Dezibel dieses Aufschreis hauen mich fast um.

„Schsch“, warne ich sie und halte ihr schnell den Mund zu.

Ihre Augen weiten sich, und sie murmelt etwas gegen meine Hand. Ich habe keine Ahnung, was sie mir sagen will, deshalb lasse ich sie los und lege den Zeigefinger an meine Lippen, zum Zeichen, dass sie leise reden soll.

„Glaubst du ihm?“, fragt sie.

Ich überwinde meinen Stolz und gestehe ihr meine Gedanken: „Es ergibt durchaus Sinn. Ich habe ein Foto gesehen von ihm und einer Frau. Als ich ihn danach fragte, wollte er nicht darüber sprechen.“

„Das könnte doch ebenso gut nur ein weiterer Versuch deines Vaters sein, euch auseinanderzubringen, Cami."

„Er ist nicht dumm. So etwas würde er sich nicht einfach ausdenken. Es sei denn, diese Behauptung ließe sich untermauern. Aber ich bezweifle, dass er so weit gehen würde, eine Frau dafür zu bezahlen, sich als Jakes Ehefrau auszugeben." Um ein Haar hätte ich hysterisch losgelacht. Ja, *das* ginge wirklich zu weit. Es passt jedoch alles genau zusammen, und es bricht mir das Herz.

„Oh, Mist, Cami." Heathers Mitgefühl ist fast zu viel. „Das tut mir leid."

Ich lächle, ohne zu wissen, warum, denn innerlich sterbe ich. „Ich muss herausfinden, was eigentlich los ist."

„Natürlich." Sie versteht mich, aber dann fällt ihr Blick auf die Bratpfanne, die ich schon fast vergessen habe. „Was wirst du damit tun?"

„Meinen Ersatz-Bodyguard außer Gefecht setzen." Ich beschönige nichts mehr, die Zeit habe ich nicht.

„Ich hatte so eine Ahnung, dass du das sagen würdest." Heather schüttelt verzweifelt den Kopf. „Ich will deine Euphorie ja nicht dämpfen, aber ich glaube nicht, dass die kleine Kampfmaschine da draußen dich mit einer Pfanne bewaffnet nah genug an sich herankommen lassen wird, dass du sie ihr über den Schädel hauen kannst. Und in deinem Slip kannst du das Ding wohl kaum verstecken."

„Da kommst du ins Spiel." Ich nehme sie an die Hand und zerre sie zur Tür. Sie lässt es nur widerstrebend geschehen.

„Dass du das sagen würdest, habe ich auch geahnt." Sie seufzt.

„Wie gut sind deine schauspielerischen Fähigkeiten?" Ich spähe erneut durch den Spion. Lucinda hält unbeirrt ihren Posten.

„Das letzte Mal habe ich bei der Schulpantomime geschauspielert."

Ich muss grinsen, obwohl das unserer Situation nicht angemessen ist, aber ich erinnere mich daran, wie Heather Cinderella gespielt hat. „Also, du machst die Tür auf und stürzt dich auf den Gang. Mach ein panisches Gesicht."

„Das krieg ich hin."

„Sag ihr, ich sei aus dem Fenster geklettert."

„Auch das kriege ich hin." Sie rollt mit den Schultern, macht sich bereit und deutet auf die Pfanne. „Und sobald sie hereingestürmt kommt, um dich aufzuhalten …"

Grinsend halte ich die Pfanne hoch. „… gebe ich ihr eins über die Rübe."

„Fabelhaft." Heather legt eine Hand auf den Türknauf. „Dabei bin ich bloß auf einen Wein und ein bisschen Geplauder vorbeigekommen." Sie reißt die Tür auf und kreischt los wie eine Irre.

29. Kapitel

Jake

Ich sitze jetzt im Wagen auf der anderen Straßenseite seit … ich weiß nicht, wie lange. Die Zeit vergeht im Schneckentempo. Mein Herzschlag ist nicht viel schneller. All meine Zielstrebigkeit ist verpufft, seit ich Cami in ihrem Apartment zurückgelassen habe. Seit dem Moment, in dem ich *sie* verlassen habe. Die Versuchung war groß, erst zum *Logan Tower* zu fahren, um *das* Problem zu lösen. Aber Camille ist in Sicherheit unter Lucindas Bewachung, während ich mich um diese Sache hier kümmere. Was immer Logan gegen mich auffahren wird, zuerst muss ich diesen Schritt erledigen, um alles ins Reine zu bringen. Ich kann mit dieser Schlinge um den Hals nicht weitermachen. Ich muss mich meinen Dämonen stellen und Vergebung finden. Vielleicht kann Cami mir dann verzeihen, dass ich sie getäuscht habe. Cami. Ich schließe die Augen und sehe ihr Gesicht vor mir, ihr Lächeln, ihre Augen. Sie verkörpert die Klarheit, die ich in all den Jahren gebraucht habe. Sie ist der Auslöser, den ich brauchte, um mich endlich zusammenzureißen und das zu tun, was ich lange hinausgezögert habe.

Ich steige aus dem Wagen und schließe die Tür leise. Langsamen Schrittes überquere ich die Straße, werde jedoch schneller und entschlossener, je näher ich dem vertrauten Haus komme. Es sieht noch genauso aus, wie ich es im Gedächtnis hatte. Mein Herz schlägt heftiger, Erinnerungen werden wach.

Ich gehe den Weg entlang, obwohl meine Beine umdrehen und wegrennen wollen.

Ich bekomme keine Gelegenheit anzuklopfen. Die Tür schwingt auf, und ich erstarre.

Tränen laufen über Abbies Wangen, kaum hat sie mich erblickt, und sie kommt auf mich zu. Ich weiche zurück. Keine Berührung. Ich darf nicht zulassen, dass sie mich anfasst.

Ich schaue zu Boden, um nicht in ihre verzweifelten, tränenerfüllten Augen sehen zu müssen. Wegen der vielen schlechten Erinnerungen, die in mir hochsteigen, kann ich nicht sprechen. Ich kann sie nicht ansehen. Ich habe nicht geplant, was ich ihr sagen werde, bin also völlig unvorbereitet.

„Komm rein, bitte", fordert sie mich auf, und ich beobachte, wie ihre Füße sich wegbewegen, als sie mir den Weg frei macht.

Dieses Haus zu betreten könnte mir den Rest geben. Doch in Gedanken an Cami trete ich über die Schwelle und befinde mich an dem Ort, der der Hölle am nächsten kommt. An den Flurwänden hängen Fotos, endlose Reihen auf beiden Seiten, zwischen denen ich mich plötzlich eingezwängt fühle. Ich schaue mir kein einziges davon an, sondern starre auf den Boden, geplagt von klaustrophobischen Gefühlen, bei denen sich jeder Muskel anspannt.

„Komm durch." Abbie schiebt sich in dem engen Flur an mir vorbei.

Ich drücke mich an die Wand, um zu vermeiden, dass sie mich womöglich aus Versehen streift. Den Blick weiterhin auf meine Füße gerichtet, folge ich ihr in die Küche im hinteren Teil des Hauses.

„Bitte setz dich doch." Sie zeigt auf einen der Stühle am Tisch. „Tee?"

Ich widerstehe dem Impuls, mich zu erkundigen, ob sie vielleicht Jack Daniel's dahat, und setze mich. Sie macht sich an die Zubereitung des Tees, sodass schreckliches Schweigen entsteht.

„Wie ist es dir ergangen?" Sie kommt mit einem Tablett an den Tisch, stellt es ab und setzt sich.

„Lebe noch", murmele ich, da mir nichts Besseres einfällt.

„Das sehe ich."

Über ihr Gesicht huscht der Anflug eines Lächelns, das ich, sosehr ich es auch versuche, nicht erwidern kann.

„Warum bist du hier, Jake? Jetzt, nach all den Jahren?"

„Ich habe jemanden kennengelernt." Das Geständnis kommt mir einfach so über die Lippen, und sie sieht mich baff an. Das war verdammt herzlos, aber ich bin eben ziemlich aufgewühlt. Ich habe keine verdammte Ahnung, was ich sonst sagen soll.

„Ich schätze, das war nur eine Frage der Zeit", erwidert sie stumpf und rührt in ihrer leeren Tasse. „Kann es dir nicht verdenken."

„Es war nicht geplant." Ich frage mich, warum zum Geier ich mich rechtfertige. Dazu besteht kein Grund, trotzdem kann ich es anscheinend nicht lassen. „Es hat mich völlig überrascht, glaub mir. Ich war jedenfalls nicht auf der Suche nach jemandem."

„Bist du hergekommen, um mir das zu sagen?" Sie sieht mich an. „Die ganze Zeit warte ich darauf, dass du Kontakt zu mir aufnimmst und mich wenigstens wissen lässt, dass du noch lebst. Aber nichts, Jake. Du bist mir nicht gleichgültig geworden."

„Ich kann nicht so weitermachen mit dieser Reue, die mir im Nacken sitzt." Ich stoße die Worte zwischen zusammengebissenen Zähnen aus. Sie soll mich zumindest ein bisschen verstehen. „Ich liebe diese Frau. Ich muss ihr alles erzählen, was es über mich zu wissen gibt. Ohne das kann es für mich kein gemeinsames Leben mit ihr geben. Es wäre eine Lüge."

„Oh."

Sie lacht boshaft und nimmt mir damit jede Hoffnung auf ihr Verständnis.

„Hauptsache, *dir* geht es gut. Hauptsache, *du* hast deinen Frieden und kannst mit *deinem* Leben weitermachen."

„Ich habe vier Jahre lang kein richtiges Leben geführt, Abbie!" Ich schlage mit der Faust auf den Tisch. Sie zuckt zusammen, und sofort fühle ich mich schlecht deswegen. Ihre Unterlippe zittert. Ich stütze mich auf die Ellbogen und verberge mein Gesicht in den Händen.

Erneut tritt Stille ein, meine Gedanken dagegen sind laut; sie brüllen mich an, ich solle meine Waffe ziehen und mir das Hirn rauspusten. Mich von diesem Elend erlösen – und alle anderen auch, die damit zu tun haben.

„Du bist nicht der Einzige gewesen, der kein richtiges Leben mehr führen konnte, Jake", flüstert sie. „Ich habe deine Tochter allein großgezogen."

Alles in mir stirbt einen langsamen, schmerzhaften Tod. Ich kralle die Finger in mein Gesicht. „Ich werde es wiedergutmachen." Ich meine es zutiefst aufrichtig. Durch Cami ist mir vieles klar geworden. Nur weiß ich nicht, wo und wie anfangen.

„Daddy?"

Die süße Stimme lässt mich hochfahren. Geschockt sehe ich zu Abbie. „Du hast gesagt, sie würde nicht hier sein." Sie war einverstanden gewesen. Ein Schritt nach dem anderen!

Ich kann nicht glauben, dass sie mir das antut! Das ist emotionale Erpressung übelster Art. Ich werfe einen kurzen Blick auf das kleine Mädchen und bereue es sofort. Sie ist ihrer Mutter wie aus dem Gesicht geschnitten. Ihrer Mutter. Diesem verlogenen, manipulativen Miststück. Abbie eilt zu dem Mädchen und kniet vor ihm, bekommt jedoch nicht dessen Aufmerksamkeit. Die neugierigen Augen des Kindes sind fest auf mich gerichtet, ihr Urteil scheint festzustehen. Ich wende den Blick ab, weil ich es nicht ertragen kann.

„Charlotte, Liebes, ich habe dir doch gesagt, du sollst in deinem Zimmer bleiben und spielen."

„Er sieht aus wie mein Daddy."

Ich starre die Wand an, meine Sicht verschwimmt hinter Tränen, die ich nicht länger zurückhalten kann.

„Warum bist du heruntergekommen? Möchtest du etwas zu trinken?"

„Nein. Da ist eine Frau an der Tür."

Erschrocken drehe ich mich um. Es liegt nicht nur an Charlottes Worten. Ich kann ihre Nähe spüren. Cami steht im Türrahmen, das Gesicht tränenüberströmt. Es bricht mir das Herz. „Cami." Vorsichtig gehe ich auf sie zu.

Sie dreht sich um und rennt weg.

„Cami!" Ich stürze aus der Küche, durch den Flur und sehe sie aus dem Haus stürmen. „Cami!"

„Geh weg!", schreit sie, läuft zu ihrem Wagen und springt hinein.

„Nein!" Auch ich renne, meine Beine fühlen sich taub an, weil ich ihnen alle Kraft abverlange. „Cami, bitte!"

Der Motor ihres Wagens heult auf, und schlitternd rast sie davon. Sie wird sich noch umbringen! „Verdammt!" Ich laufe zu meinem Auto und nehme mit durchdrehenden Reifen die Verfolgung auf. Sie hat einen Vorsprung, doch ich sehe sie. Am Ende der Straße biegt sie links ab, wobei sie kaum auf entgegenkommende Fahrzeuge achtet. „Verdammt noch mal,

Engel!“ Ich trete das Gaspedal durch, bereit, notfalls andere Autos aus dem Weg zu drängen. Ich reiße das Lenkrad herum, sodass das Heck meines Wagens ausbricht, aber es gelingt mir, wieder in die Spur zu kommen. Nur knapp verfehle ich ein schwarzes Taxi.

Ich verliere den Überblick darüber, wie oft ich bei dieser Verfolgung abgebogen bin. Camille befindet sich etwa fünf Wagen vor mir. Ihr Versuch, mir zu entkommen, äußert sich in einem unberechenbaren, unsicheren Fahrstil. Ich werde sie jedoch nicht entkommen lassen. Ich werde dafür sorgen, dass sie alles versteht.

Meine Hoffnung, sie zu erwischen, steigt, als ich Charing Cross Road vor uns erkenne. Egal, welche Richtung sie einschlägt, ob links oder rechts, der Verkehr wird dicht sein. Also wird sie keine andere Wahl haben, als zu stoppen.

Sie entscheidet sich für links. Ich wische mir den Schweiß von der Stirn und halte das Lenkrad mit beiden Händen fest, während ich versuche, noch bei Grün über die Kreuzung zu gelangen. „Shit!“ Sie springt schon auf Gelb um, und am Gehsteig stehen ungefähr eine Million Fußgänger, die gleich auf die Straße stürmen werden. Ich schaffe es nicht. Ich trete auf die Bremse und komme dicht vor einer Gruppe Touristen zum Stehen, die Arme aufs Lenkrad gestemmt und schwer atmend. Die Touristen sind geschockt in der Mitte der Straße stehen geblieben, starren mich an und halten ihre Kameras in den Händen.

Erleichtert atme ich auf. „Mann!“ Ich springe aus dem Wagen, renne zur Kreuzung und hoffe zum ersten Mal auf einen Verkehrsstau.

Ich sehe sie. Ihr roter Mercedes steht in einiger Entfernung, er wird vom Verkehr aufgehalten. Ich sprinte los, in der Mitte der Fahrbahn. Autofahrer rufen und hupen. Die andere Seite der Straße ist frei, und ich erkenne, dass die Front ihres Wagens ausschert. Sie will wenden. Ich renne noch schneller, und dann geht ihre Wagentür auf. Cami steigt aus und schaut in meine Richtung. „Lauf nicht weg!“, schreie ich.

„Stopp!“, schreit sie zurück, und als hätte sie einen Knopf gedrückt, bleibe ich tatsächlich unvermittelt stehen. „Komm nicht näher, Jake!“

Ich hebe kapitulierend und außer Atem die Hände. „Lass es mich nur erklären“, rufe ich; mir gefallen die fünfzig Meter Entfernung zwischen uns nicht. Ich muss sie berühren, sie halten, während ich es ihr erzähle.

„Du bist verheiratet!“ Ihre Stimme bricht. „Du hast eine Tochter! Du hast mich angelogen!“

„Nein!“ Ich schüttele den Kopf, mache einen Schritt auf sie zu, bleibe jedoch gleich wieder stehen, als sie zurückweicht. „Ich *war* verheiratet, Cami. Ich bin es nicht mehr.“

„Du lügst!“

„Nein, ich lüge nicht!“ Ich balle die Hände zu Fäusten und weiß, ich muss es aussprechen, bevor ich sie für immer verliere. „Sie ist tot, Camille. Meine Frau ist tot.“

Sie starrt mich an, deshalb rede ich weiter: „Diese Frau ist die Schwester meiner Frau. Ich kam von einem Auslandseinsatz zurück und fand meine Frau im Bett mit meinem besten Freund!“

„Was?“

Bei der Erinnerung daran überkommt mich das Verlangen, mir eine Wand zu suchen und mit dem Kopf dagegenzuhämmern. Aber ich muss durchhalten. Ich muss weitermachen.

„Wir hatten ein Baby. Es kam zur Welt, als ich im Einsatz war. Ich kam heim, um Vater und Ehemann zu sein. Ich kehrte eine Woche früher als geplant zurück, wollte sie damit überraschen. Da fand ich sie im Bett mit meinem besten Freund.“

Ich schlage mir mit der Faust an die Stirn. „Die zwei hatten eine Affäre, während ich gegen die verdammten Bösen kämpfte!“ Ich sehe sie an und zittere vor neu erwachtem Zorn und nackter Angst. „Ich redete mir ein, das Kind sei nicht von mir.“

Cami sieht geschockt aus. Das kann ich nachvollziehen. Meine Welt brach an jenem Tag zusammen. Vier lange Jahre starb ich und bin gerade erst wieder zum Leben erwacht.

„Ich fand sie zusammen im Bett und ging einfach weg.“ Ich zwinge mich, weiterzuerzählen. „Meine Frau folgte mir. Stieg in ihr Auto und fuhr mir hinterher. Sie übersteuerte.“ Ich schließe die Augen und hebe das Gesicht zum Himmel. Sie ist irgendwo dort oben. Wahrscheinlich schaut sie auf mich herunter und denkt, dass ich das bekomme, was ich verdient habe. „Ein Bus rammte ihren Wagen. Sie wurde noch an der Unfallstelle für tot erklärt.“

Das ganze grauenhafte Ereignis, das ich wie in Zeitlupe in meinem Rückspiegel beobachten konnte, spult sich erneut in meinen Gedanken ab. Klar und deutlich. Und wieder stirbt etwas in mir.

„Um Himmels willen.“

Ich lese die Worte von ihren Lippen ab, bevor sie sich die Hand vor den Mund schlägt.

„Ich ging zurück in den Krieg.“ Ich kämpfe mich durch die Qual, die es mir bereitet, jede Sekunde dieser Vergangenheit erneut zu durchleben. „Ich hatte das Gefühl, das wäre alles, was mir geblieben war. Mir war meine eigene Sicherheit egal und die der anderen auch. Ich wollte nicht mehr da sein. Lebendig. Aber nachdem ich bei der medizinischen Untersuchung als psychisch labil eingestuft worden war, wurde ich entlassen. Noch am Leben zu sein wurde zu einer fortdauernden Tortur.“ Ich gebe dem Würgen im Hals nach und lasse die

Tränen laufen. Meine Stimme bricht. „Dann lernte ich dich kennen."

Cami hält sich am Heck ihres Autos fest. Inzwischen hat wildes Hupen um uns eingesetzt, laut und durchdringend. Der Verkehr rollt langsam an Camis Wagen, der die Straße blockiert, vorbei.

„Warum hast du mir das nicht erzählt?", fragt sie, das Chaos um sie herum gar nicht wahrnehmend.

Ich antworte aufrichtig: „Ich war zu verbittert und zu vermurkst, um mich dem zu stellen. Meine Frau hatte mich betrogen. Das konnte ich ihr nicht einmal nach ihrem Tod verzeihen. Ich ging fort. Machte zu. Ich habe mich in einen hasserfüllten, verbitterten Bastard verwandelt, Camille. Meine Tochter war ohne mich besser dran. Ich wollte ihr Leben nicht mit meiner Dunkelheit vergiften."

Sie wischt sich die Augen und schaut sich um, als könnten die Menschen um sie herum ihr einen Rat geben, was sie nun tun sollte.

„Cami, ich liebe dich!", rufe ich und wedele mit den Armen. Sie sieht mich an, die Tränen strömen. „Nichts von unserer Zeit zusammen war eine Lüge. Keine einzige Sekunde."

„Du hättest es mir erzählen müssen."

„Das wollte ich auch. Ich musste mir nur über einiges klar werden, ehe ich dich damit konfrontiere. Zuerst musste ich meine Tochter sehen und einiges in Ordnung bringen. Durch dich habe ich begriffen, dass ich dazu in der Lage bin."

Sie senkt den Blick. Meine Hoffnung bekommt neue Nahrung, als sie einen Schritt macht. Sie kommt zu mir. Im Stillen treibe ich sie an. Nie war mein Bedürfnis größer, sie in den Armen zu halten. Ich gehe ihr entgegen, denn ich kann den Trost, den wir beide dringend benötigen, nicht länger erwarten.

Ich ignoriere das laute Hupen und bin nur noch darauf konzentriert, sie zurückzubekommen, dorthin, wohin sie gehört – in meine Arme. Sie wischt sich erneut die Augen, in denen ich jetzt Erleichterung und Hoffnung sehe.

Das Quietschen von Reifen dringt an meine Ohren, das lenkt mich ab von Cami. Ich halte Ausschau nach der Quelle.

Der Rest geschieht wie in Zeitlupe.

Ein Van.

Ein weißer Van. Derselbe weiße Van, der schnell weggefahren ist, als ich mich ihm vor dem Büro von Camilles Managerin näherte. Ich laufe auf Cami zu, die gerade registriert, wie nah ihr der Wagen gekommen ist. Ich renne, was das Zeug hält, und sehe, wie sie erstarrt. Der Van stoppt mit quietschenden Reifen neben ihr, und die Seitentür gleitet auf.

„Nein!", brülle ich, mein Schrei hallt in den Straßen Londons wider. Ein Paar Arme tauchen auf, in schwarzen Stoff gehüllt, packen Cami und zerren sie in den Van. Erneut quietschen Reifen, der Geruch verbrannten Gummis dringt mir in die Nase. Der Van hält direkt auf mich zu, sodass ich mich nur durch einen Sprung zur Seite in Sicherheit bringen kann. Ich lande hart auf dem Asphalt, rolle mich ab und springe gleich wieder auf. Außer Atem beobachte ich, wie der Van in Camilles Mercedes kracht und ihn mit ohrenbetäubendem Lärm gegen eine Mauer schiebt. Ich renne erneut los und versuche, den Van zu erreichen, der zurücksetzt. „Nein!", brülle ich noch einmal, doch der Wagen rast um die nächste Kurve davon. Die Schiebetür schließt sich während der Fahrt. Ich verliere ihn aus den Augen, und meine Schritte verlangsamen sich, bis ich stehen bleibe.

Betäubt.

Ich bin wie betäubt … wie tot.

Das Leben um mich herum geht weiter – Menschen starren mich an, machen einen großen Bogen um mich, Autos fahren vorbei. Ich habe das Gefühl, die Leute sehen mich an, als wäre ich irgendwo ausgebrochen. Niemand fragt, ob mit mir alles in Ordnung ist. Niemand kommt auf mich zu und erkundigt sich, ob er helfen kann.

Mir kann auch niemand helfen. Ich schaue mich um, das übliche Chaos Londons aus Farben und Lärm verschwimmt. Sie ist fort. Ich werfe den Kopf in den Nacken und schreie ihren Namen gen Himmel.

30. Kapitel

Cami

Ich habe keine Ahnung, wo ich mich befinde. Ich habe nichts mehr gesehen, seit ich in die dunklen Augen hinter der Skimütze geblickt habe. Ich habe geschrien und mit ihm gerungen, bis ich nicht mehr konnte. Mein Verstand hat aufgehört zu arbeiten. Mein Körper hat aufgegeben. Die Schwärze ist nun konstant, meine Augen sind bedeckt, und schreien kann ich nicht wegen des groben Knebels. Geredet wurde nicht. Ich weiß nicht, wie viele es sind. Mir ist kalt. Seltsamerweise weine ich nicht mehr. Ich habe Angst, aber ich weine nicht. Besäße ich noch die Fähigkeit zu denken, würde ich mich nach dem Grund fragen.

Doch das tue ich nicht.

Ich liege still und regungslos auf dem harten Boden und bete.

31. Kapitel

Jake

Mein Körper, meine Augen, mein Herz schmerzen.

Sie wird Angst haben. Sie wird nach mir rufen.

Ich renne zurück zu meinem Wagen und wähle unterwegs Lucinda an. „Hallo?"

Das ist nicht Lucindas Stimme. „Heather?"

„Oh …"

Meine Miene verfinstert sich. „Wo ist Lucinda?"

„Äh, die wacht gerade auf."

Ziemlich schnell wird mir alles klar. Lucinda hätte Cami nie aus der Wohnung gelassen. Was bedeutet, sie konnte sie nicht aufhalten. „Was habt ihr zwei getan?"

„Was haben *Sie* getan, Sie Arschloch!", kontert sie, und ich ringe um Geduld. „Camilles Vater hat ihr erzählt, dass Sie verheiratet sind!"

„Halten Sie den Mund, Heather", zische ich und fluche wegen Camilles Entschlossenheit. Sie wusste nichts von Charlotte. Heather hat diesen entscheidenden Punkt nicht erwähnt, weil auch sie es nicht weiß, das konnte ich in Camilles geschocktem Blick sehen. Logan hat nur das mit Monica herausgefunden und nicht weitergeforscht. Ihm reichte diese Information, um seine Tochter gegen mich aufzubringen. „Cami wurde entführt."

„Was?"

„Sie wurde verdammt noch mal entführt! Geben Sie mir Lucinda!“ Ich springe in meinen Wagen und vergeude keine Zeit mit dem Warten vor der roten Ampel. Ich hupe, damit die Fußgänger Platz machen, die gerade die Straße überqueren. „Weg da!“

„Jake?“

Lucinda klingt müde, und ich frage mich erneut, was Cami mit ihr gemacht hat. Nur habe ich keine Zeit, das zu erörtern.

„Cami wurde entführt.“ Ich biege scharf rechts ab und weiß genau, wohin ich will. Das Blut fließt wie Gift durch meine Adern. Ich bin kurz davor, einen Punkt zu erreichen, von dem es kein Zurück mehr gibt.

„Wo bist du?“, will Lucinda besorgt wissen.

„Ich werde mir ihren Vater vorknöpfen.“

„Jake, bitte tu nichts Unbedachtes.“

„Zu spät.“

Ich parke meinen Wagen im Halteverbot vor dem *Logan Tower*, renne auf das Gebäude zu und stoße heftig die Doppeltür auf. Das Glas prallt krachend von der Wand ab. Alle in der Lobby verstummen und starren den hereinstürmenden blutrünstigen Kerl an.

Ich halte den Blick nach vorn gerichtet, fixiere die Scanner und den alten Mann, der dafür zuständig ist. Er sieht mich erschrocken näher kommen und erhebt sich von seinem Hocker. Ich gebe ihm nicht mal die Chance, mich aufzuhalten, sondern ziehe meine Waffe und richte sie auf ihn, während ich an ihm vorbeimarschiere. Eine Warnung an ihn auszusprechen erübrigt sich.

Kluger Mann.

Er weicht mit erhobenen Händen zurück. Die Augen treten ihm beinah aus dem Kopf. „He, Freundchen! Schön friedlich bleiben."

Ich knurre ihn an, passiere den Scanner und gehe weiter. Hinter mir jault der Alarm los. Mit dem Pistolenlauf drücke ich den Fahrstuhlknopf, die Türen gleiten sofort auf. Äußerlich ruhig betrete ich die Kabine, doch in meinem Innern tobt das Chaos.

Nie war ich gefühlt so lange in einer Fahrstuhlkabine. Als ich das oberste Stockwerk des *Logan Tower* erreiche, habe ich Lust, mir den Weg aus diesem Metallkasten, in dem ich gefangen bin und der meine Suche nach Camille behindert, freizuschießen.

Ich marschiere am Empfangstresen vorbei, an dem eine Horde Frauen plappert, und den Flur zu Logans Büro entlang. Die hohen Stimmen der Frauen verstummen nach und nach, dann setzt panisches Geflüster ein. Doch niemand hält mich auf. Das angenehme Gewicht meiner Waffe in der Hand verrät mir den Grund.

Als ich die Tür erreiche, drehe ich den Türknauf, aber es ist abgeschlossen. Ich lache boshaft, mache einen Schritt zurück, hebe das rechte Knie bis an die Brust und lasse meinen Fuß gegen das Holz prallen. Das Krachen dringt gar nicht durch meinen Zorn hindurch.

Logan schreckt in seinem Bürosessel hoch, den Telefonhörer noch am Ohr. Einer seiner Lakaien taumelt vor Schreck rückwärts.

„Schon gut", sagt Logan ins Telefon, das soll offenbar denjenigen am anderen Ende der Leitung beruhigen, der ihn gerade über den Irren im Anmarsch informiert. „Es ist alles in Ordnung." Langsam legt er den Hörer auf, sehr auf der Hut.

In Ordnung? Von wegen. Ich hebe meinen Arm und ziele

auf Logans Kopf. „Sie haben zehn Sekunden, um mir zu verraten, was Sie vor mir verbergen, sonst blase ich Ihnen Ihr verdammtes Gehirn raus.“ Das sollte er mir besser glauben. Ich ziehe den Schlitten meiner Waffe durch.

„Wovon reden Sie eigentlich?“, fragt er und weicht mit seinem Sessel zurück, ganz der Feigling, der er ist.

„Sie verschwenden nur Ihre Zeit, Logan.“ Ich spüre meinen Puls hämmern. „Noch sieben Sekunden.“

„Wo ist Cami? Was haben Sie mit ihr gemacht?“

„Sie wurde entführt!“ Ich stürme auf ihn zu und gebe Pete mit dem Ellbogen einen Kopfstoß, als er mich aufzuhalten versucht. Er plumpst stöhnend und geräuschvoll zu Boden.

Ich umrunde den Schreibtisch und halte Logan den Lauf meiner Waffe an die Schläfe, wobei ich so fest zudrücke, wie ich kann. Er wimmert, und ich spüre sein Zittern, das sich durch die Waffe hindurch in meine Hand fortsetzt. Möge der Himmel ihm beistehen, denn mein Abzugsfinger ist ohnehin schon nervös. „Reden Sie!“

„Okay, okay!“ Er kauert sich mit zugekniffenen Augen zusammen. „Die erpressen mich seit Wochen! Sie wollen Geld. Drohen damit, mich bloßzustellen, wenn ich nicht zahle.“

Da haben wir es also. Ihn bloßstellen. Er hat etwas zu verbergen. „Inwiefern bloßstellen?“

Sein ängstlicher Blick fliegt von mir zu Pete, der sich vom Boden aufrappelt und sich das Kinn reibt.

„Lass uns allein“, befiehlt Logan leise und ernst.

Pete stellt keine Fragen. Er reagiert auch nicht auf die Tatsache, dass ich seinem Boss eine geladene Pistole an die Schläfe halte. Er geht einfach hinaus, ohne sich noch einmal umzudrehen.

Die Tür schließt sich, und ich wedele mit der Waffe, zum

Zeichen dafür, dass er sich beeilen soll, sonst puste ich ihm den Kopf weg.

„Die haben Fotos", murmelt er atemlos. Er ist vollkommen nervös.

„Von?", dränge ich weiter.

„Mir."

Ich packe ihn vorn am Kragen. „Und?"

„Mit einer Frau." Er schluckt. „Oder einem Mädchen."

Ich bin angewidert, einerseits. Andererseits bin ich froh, dass ich jetzt anscheinend endlich vorankomme. „Wie alt?"

Er sackt in sich zusammen. „Fünfzehn."

Ich lasse ihn los, als wäre er Dreck, was er tatsächlich ist, und nehme die Waffe herunter. Voller Abscheu mustere ich ihn.

„Das wusste ich nicht!" Logan windet sich in seinem riesigen Bürosessel und kann mir nicht in die Augen sehen. „Sie sah aus wie mindestens zwanzig. Groß. Blond. Gut gebaut."

„Sie Schwein."

„Das darf auf keinen Fall herauskommen!" Er wirkt panisch. „Ich bin Botschafter einer Wohltätigkeitsorganisation für Kinder! Mein Ruf …" Er sieht mich an, in seinem Gesicht lese ich nackte Angst. „Meine Frau."

Es bereitet mir unbändiges Vergnügen, ihm zu eröffnen: „Ihre Frau verlässt Sie, Logan. Sie hat gestern die Scheidung eingereicht."

„Was? Wovon reden Sie?"

„Sie hat eine Affäre mit Ihrem Scheidungsanwalt." Ich lache in mich hinein. „Sie ist schwanger von ihm."

„Sie wissen ja nicht, was Sie da sagen! Sie würde mich nicht verlassen!"

„Glauben Sie, das interessiert mich?" Wütend drücke ich

ihm den Pistolenlauf an die Stirn. „Sie haben Camis Schutz abgezogen, obwohl Sie wussten, dass ihre Sicherheit gefährdet ist! Was haben Sie sich dabei gedacht?“

„Sie haben nachgeforscht!“ Er wirft sich mit vor Schreck geweiteten Augen in seinem Sessel zurück. „Als ich die erste Drohung erhielt, forderten sie Geld und nannten mir eine Bankverbindung. Sie meinten, wenn ich nicht bezahle, würden sie die Fotos an die Zeitungen schicken. Ich erklärte ihnen, sie sollten sich zum Teufel scheren. Ich hatte nicht die Absicht, mich deren Willen zu beugen. Außerdem pflege ich enge Kontakte zu allen Zeitungsherausgebern. Die hätten alle ganz sicher nicht von dem Skandal und meinem Ruin profitiert, glauben Sie mir.“

Ich sehe diesen unmoralischen Dreckskerl nur mitleidig an, er weicht meinem Blick aus.

„Die Fotos landeten auf dem Schreibtisch des Herausgebers des *Mirror*“, fährt er mit leiser Stimme fort. „Der rief mich an, und ich sorgte dafür, dass es sich für ihn lohnte, die Bilder aus der Zeitung herauszuhalten.“

„Wie viel?“

„Eine Million sowie eine sehr interessante Story über ein Parlamentsmitglied.“

Ich knurre. Der Mann ist noch skrupelloser, als ich dachte. „Wie hoch war die Forderung der Erpresser?“

„Zwei Millionen.“

Logan beobachtet mich misstrauisch, da meine Nasenflügel vor Zorn beben.

„Und die Drohung gegen Camille?“

„Die kam, nachdem sie gemerkt hatten, dass die Bilder ihnen nicht das Geld einbrachten, das sie wollten. Ich dachte, ich könnte mich selbst darum kümmern. Ich konnte Ihnen nicht den echten Drohbrief gegen Camille zeigen, denn darin ging es um die Fotos. Der Brief, den ich Ihnen gezeigt habe, stammt aus meinem Drucker. Ich musste Camille beschützen, und Sie sind der Beste! Ich wusste, dass sie bei Ihnen sicher sein würde. Aber dann fingen Sie an, Nachforschungen anzustellen. Es war also nur eine Frage der Zeit, bis Sie auf etwas stoßen würden. Sie waren zu neugierig!"

„Weil ich Ihre Tochter liebe! Sie und Ihr Ruf sind mir scheißegal. Mir war nur Camilles Sicherheit wichtig, was man von Ihnen nicht behaupten kann. Ihrem eigenen Vater!"

„Das wissen Sie doch gar nicht", stößt er hervor und lehnt sich nach vorn, flehend, aber nach wie vor um sein verdammtes öffentliches Ansehen besorgt. „Es geht mir nicht nur um mein Unternehmen und meinen Ruf. Ich will nicht, dass meine Tochter mich hasst!"

Ich gebe einen verächtlichen Laut von mir. „Dafür ist es wohl ein bisschen zu spät, Logan." Ich drücke ihm erneut den Lauf meiner Waffe an die Schläfe, sodass er sich wieder in den Sessel zurücksinken lässt. Schweiß steht ihm auf der Stirn, und er hat die fetten Patschhände erhoben, als böte ihm das auf irgendeine Weise Schutz. Vor mir könnte ihn im Augenblick jedenfalls nichts schützen.

„Sie haben eine Frau", brabbelt er erbärmlich.

„Die ist tot!"

„Trotzdem haben Sie meine Tochter belogen! Sie haben ihr vorgegaukelt, jemand zu sein, der Sie nicht sind."

„Bringen Sie mich nicht dazu, Sie umzubringen, bevor ich sämtliche Informationen habe, die ich brauche, um Camille zu finden." Ich beuge mich noch weiter zu ihm hinunter und drücke ihm den Lauf hart gegen den Kopf, als wollte ich ihn damit durchbohren und mir auf diese Weise ersparen, ihn zu erschießen. „Ihre Gedanken über mich und Ihre Tochter spielen momentan keine Rolle."

Er kneift ein Auge zu und versucht vergeblich, vor der Pistole zurückzuweichen. „Bitte helfen Sie mir, sie zu finden", bettelt er.

Ich nehme die Heckler von seiner Schläfe und begebe mich auf die andere Seite des Schreibtisches. Er beobachtet mich genau. Ich ziele. Er reißt die Augen auf, hebt die Hände, und ich schieße.

Das Geräusch splitternden Glases hallt durch das Büro, und Logan krümmt sich in seinem Sessel zusammen, in dem Versuch, sich so klein wie möglich zu machen. „Ich plane bereits, Ihnen die Beine zu brechen für das, was Sie Camille durchmachen lassen. Aber ich schwöre, Logan." Ich fülle meine Lunge mit Luft, die ich mit meinem tödlichen Versprechen wieder ausstoße. „Wenn sie auch nur einen einzigen Kratzer hat, nachdem ich sie von ihren Kidnappern – wer immer das ist – befreit habe, ziele ich beim nächsten Mal nicht vorbei."

Zitternd und schwitzend richtet er sich auf.

„Nicken Sie!", schreie ich ihn an. „Geben Sie mir ein Zeichen, dass Sie verstanden haben, was ich Ihnen gesagt habe!"

Sofort nickt er heftig und schluchzt, ganz das kleine rückgratlose Arschloch.

Ich versuche, innerlich Ruhe zu finden, die brauche ich, um voll zu funktionieren. Ich setze mich in den Besuchersessel ihm gegenüber und lege meine Waffe auf den Schreibtisch, während Logan nervös darauf wartet, dass ich etwas sage.

Er kann warten, bis ich ruhiger bin. Er ist ein verzweifelter Mann. Und ziemlich dumm, weil er gedacht hat, er könnte diese Sache allein in den Griff bekommen. Das Einzige, was ich ihm zugutehalte, ist, dass er mich für Camilles Schutz engagiert hat. Danach hat er alles vermasselt.

Ich tröste mich mit dem Gedanken, dass Kidnapper selten ihre Opfer mit der Absicht entführen, ihnen wehzutun. Es geht nur darum, Geld zu erpressen.

„Wer könnte wissen, was Sie in Ihrer Freizeit treiben?" Ich sehe ihn durchdringend an. „Wer hätte diese Fotos von Ihnen und der Minderjährigen machen können?"

„Ich weiß es nicht!", schreit er und wedelt mit den Händen. „Ich bin sämtliche Möglichkeiten durchgegangen, habe aber nichts gefunden. Ich kann ja schlecht meine IT-Abteilung bitten, meine E-Mails zu überprüfen. Die kann ich niemandem zeigen!"

„Zeigen Sie sie mir", fordere ich ihn auf.

„Ich habe sie gelöscht."

Ich beuge mich vor und lege die Hand auf die Waffe. „Zwingen Sie mich nicht, Logan."

Er zieht einen Schlüssel aus der Tasche und zeigt auf die gegenüberliegende Wand des Büros. „Sie liegen im Safe."

„Holen Sie sie."

Er erhebt sich aus seinem Bürosessel, schwerfällig wie ein alter Mann, und geht nach hinten. Sein Blick huscht unruhig zwischen mir und der Waffe hin und her. Mit zitternden Fingern dreht er die Wählscheibe, links und rechts, dann noch einmal links, ehe er den Schlüssel ins Schloss steckt und eine Weile damit herumkämpft.

Er klappt regelrecht in sich zusammen, als er hineingreift und einen blauen Aktendeckel herausholt. Er bringt ihn mir, und ich reiße ihn ihm aus der Hand. Ich behandle die Seiten beim Durchblättern nicht mit Vorsicht. Mir springt der Anblick seines nackten haarigen Hinterns entgegen und das begeisterte Gesicht eines jungen Mädchens. Angewidert blättere ich weiter, um mir das Material anzusehen, das meine Welt auf den Kopf gestellt hat. Ich zwinge mich, tief einzuatmen, dann nehme ich meine Waffe, sehr zur Freude meines juckenden Abzugsfingers.

Logan steht vor mir, während ich mir alles ansehe. Ich finde eine E-Mail von vor zwei Tagen mit belastenden Fotos sowie Fotos von Cami.

„Ich habe versucht, über die Bankdaten etwas herauszubekommen“, erklärt Logan.

Er braucht nicht weiterzureden. Ich weiß, was die Bankdaten besagen. Es handelt sich um eine Schweizer Bank. Da erreicht man mit gewöhnlichen Suchmaschinen nichts.

Ich zücke mein Handy, tippe die Zahlen in eine Nachricht, doch bevor ich sie abschicken kann, klingelt es. Ich melde mich sofort. „Luce?“

„Geh online, und sieh dir die *London by Night*-Website an.“

Der Name kommt mir bekannt vor. „Du meinst das Magazin?“ Ich habe diese Hochglanzwochenzeitschrift ein paar Mal gelesen, seit ich Cami beschatte.

„Ja. Tu es.“

Sie klingt so dringend, daher diskutiere ich nicht.

Ich ziehe mir Logans iMac heran und halte das Handy an mein Ohr, während ich tippe. „Hab ich“, sage ich und sehe nichts als Werbung und unwichtige Fotos verschiedener Promis.

„Die Suchleiste oben. Gib Camilles Namen ein.“

Ich tue es und drücke auf „suchen“. Sofort werden mir endlos viele Aufnahmen von Cami präsentiert. Das aktuellste zeigt sie und mich vor diesem Café nach ihrem Fotoshooting. Über den Tisch hinweg halte ich ihre Hand.

„Das erste Foto. Von dir und Cami“, sagt Lucinda.

„Was ist damit?“

„Sieh mal in die obere linke Bildecke.“

Tatsächlich entdecke ich dort, was Lucinda meint. „Verdammt“, flüstere ich. Auf dem Bild ist hinter mir ein Schaufenster, in dem sich klar und deutlich der weiße Van spiegelt, verborgen in der gegenüberliegenden Nebenstraße. Durch die Frontscheibe ist ein Gesicht zu sehen, schemenhaft und unscharf zwar, aber mit der richtigen Technik müsste das hinzukriegen sein. „Überprüf das Gesicht.“

„Hab ich bereits getan und das Foto auf dein Handy geschickt. Sein Name ist Michael Scott, sechsunddreißig. Saß im Gefängnis wegen Drogenhandels, bewaffnetem Überfall und …“

Sie macht eine Pause, und ich schwöre, ich höre sie schlucken.

„Und was, Luce?“ Mein Handy gibt einen Signalton von sich, und ich öffne die Nachricht. Da ist das Bild des Mannes, den ich aufspüren und in Stücke reißen werde. Ich atme tief ein und halte mir das Telefon wieder ans Ohr.

„Jake, es ist …“

Lucinda verstummt, und mein Körper spannt sich an.

„Was?“

„Vergewaltigung.“

Mir gefriert das Blut in den Adern, und ich schaue über den Schreibtisch hinweg zu Logan, der fragend zurückblickt. Mein Herz hämmert wie verrückt in meiner Brust.

„Jake?“

Ich kann nicht sprechen. Nicht denken.

„Jake, der Van wurde letzte Woche gestohlen. Die Nummernschilder wurden ausgetauscht.“ Sie liest das falsche Kennzeichen vor. „Ich habe Scotts Adresse überprüft. Angeblich lebt er in Bethnal Green in einem Resozialisierungszentrum.“

Lucinda nennt mir die genaue Adresse, und ich präge sie

mir ein, zusammen mit dem falschen Kennzeichen des weißen Vans.

„Irgendwer muss ihn für die Entführung bezahlt haben, aber ich kann keine Handynummer zu dessen Namen zurückverfolgen. Wahrscheinlich benutzt er ein Wegwerf-Handy. Mehr Informationen habe ich nicht. Tut mir leid."

Ich stehe auf, hole tief Luft und stütze mich auf der Schreibtischplatte ab. „Bankverbindung in die Schweiz." Ich blättere in den Papieren, die Logan mir gegeben hat, bis ich finde, wonach ich suche.

Ich lese die Bankdaten vor und berichte ihr alles, was ich gerade von Logan erfahren habe – das Mädchen, das Foto von Logans haarigem Hintern, alles; dabei höre ich Lucinda geschockt Luft holen und sehe, wie Logan sich auf der anderen Seite des Schreibtisches windet. „Sieh dir mal dieses Bankkonto an."

„Mach ich", verspricht sie.

In ihrer Stimme liegt Mitgefühl, womit ich momentan nicht umgehen kann.

Ich will das Gespräch schon beenden, doch sie ruft meinen Namen, deshalb hebe ich das Handy wieder ans Ohr, fühle mich vor Verzweiflung jedoch wie betäubt. Ich gebe nicht zu erkennen, ob sie meine Aufmerksamkeit hat.

„Sei vorsichtig", sagt sie sanft. Sie zeigt nur selten, dass sie besorgt ist. „Bitte."

Ich lege auf, nehme langsam die Waffe vom Schreibtisch und schiebe sie mir hinten in den Hosenbund.

„Was ist denn?", fragt Logan. „Wer war das?"

Ich sehe ihn an, seine ängstliche, entsetzte Miene lässt mich kalt. „Kennen Sie diesen Mann?" Ich zeige ihm das Handyfoto.

Er betrachtet es mit gerunzelter Stirn. „Nein, den habe ich noch nie gesehen. Wer ist das?"

„Er ist der Mann, den jemand angeheuert hat, um Ihre Tochter zu entführen. Beten Sie, dass sie unversehrt ist, Logan. Beten Sie intensiv."

Dann renne ich mordlüstern aus seinem Büro.

32. Kapitel

Cami

Ich stelle mich tot. Das ist leicht, wenn man sich schon halb tot fühlt. Ich wurde von zwei Männern aus dem Van irgendwo anders hingetragen. Ich weiß, dass es sich um zwei Männer handelte. Sie haben darauf geachtet, nicht zu reden, doch ich habe zwei Paar Hände gefühlt, die mich festhielten. Ich male mir aus, was Jake mit ihnen anstellen wird, falls er sie findet. Aber wird er sie finden? Kann ich gefunden werden?

Ich habe keine Ahnung, wohin sie mich gebracht haben. Es riecht feucht und schmutzig, und es ist kühl. Der Boden ist hart und kalt, und ich sehe nach wie vor nichts. Die Augenbinde ist zu fest gebunden. Der Knebel ist trocken. Mein Mund ist trocken. Selbst wenn ich wollte, könnte ich nicht schreien.

Nachdem sie mir die Hände auf den Rücken gefesselt und mich gegen eine Ziegelwand gesetzt haben, sind sie lautlos verschwunden. Es ist merkwürdig. Wenn ich mir vorgestellt hätte, je in eine solche Lage zu geraten, hätte ich angenommen, dass ich weine und vor Angst außer mir bin.

Die ersten zehn Minuten erging es mir tatsächlich exakt so. Danach, wie lange das auch immer nun sein mag, war ich benommen und teilnahmslos.

Ich bin mir nicht sicher, warum ich mich dafür entschieden habe. Um Energie zu sparen? Alles, woran ich mich klammere, ist Hoffnung. Hoffnung darauf, dass er mich findet, wenn ich nur fest genug an ihn denke.

33. Kapitel

Jake

Ich bin ein ausgebildeter Killer. Damit habe ich mir im Krieg gegen den Terror einen beachtlichen Ruf erworben. Die Gegner fürchteten mich, die unbekannte, ungesehene Bedrohung. Es hat mich stets kaltgelassen. Nie ließ ich den Schmerz an mich heran. Lange Zeit ist es mir gelungen, meine inneren Kämpfe aus meinen Einsätzen herauszuhalten. Ich vermisste meine Frau und den Anblick ihres Babybauchs, verpasste die Tritte des Babys darin und die ersten Lebensmonate meines Kindes. Doch all diese privaten Dinge beeinträchtigten meine Missionen nicht. Weder meine Einstellung noch meine Zielfähigkeit litt darunter.

Bis vor vier Jahren. Da änderte sich alles. Mein Leben geriet aus den Fugen. Meine Frau vermisste mich nicht. Sie bedauerte meine Abwesenheit nicht. Sie fand anderswo Trost. Ich hatte kein Ziel mehr.

Mein Lebensinhalt bestand nicht nur darin, zu atmen und den eigenen Herzschlag zu fühlen, sondern Menschen zu haben, für die ich lebe. Der andere Daseinszweck, befeuert durch den Tod meiner Eltern bei der Lockerbie-Katastrophe, endete und schien keine Rolle mehr zu spielen, nachdem das mit meiner Frau passiert war. Ich konnte weder vernünftig denken noch handeln.

Alles wurde mir egal. Ich wurde skrupellos, eine Gefahr für

mich selbst. Doch was schlimmer war – ich wurde zu einer Bedrohung für die Menschen um mich herum. Ich schaffte es nicht, das zu ändern. Erst als ich in einem Meer aus Jack Daniel's ertrunken bin, zu viele Monate vom Alkohol benebelt und wie in einem schwarzen Loch verbracht hatte, klammerte ich mich an das Einzige, was mir Halt zu geben vermochte. Ich konnte mein Leben nicht zurückbekommen, aber ich konnte andere beschützen.

Alle meine Schutzpersonen waren ein Job. Eine Pflicht. Eine Möglichkeit, mein selbstsüchtiges Ziel zu verfolgen. Ich musste alles vergessen aus meinem vorherigen Leben. Meine Schutzpersonen waren etwas, worauf ich mich konzentrieren konnte.

Camille Logan hat dieses System auf den Kopf gestellt. Sie gab mir einen Grund, mich meinen Dämonen zu stellen. Sie brachte mich dazu, wieder zu lieben und zu fühlen. Ich hatte alles in Gedanken vorbereitet, war bereit, der harten Wahrheit ins Auge zu sehen, nur erträglich wegen der Hoffnung, die sie mir gab.

Am Ende habe ich alles falsch gemacht, und nun könnte ich Camille für immer verloren haben.

Ihr Gesicht. Der Schmerz darin, als sie in Abbies Küche stand. Und dann das Verstehen, nachdem ich ihr auf der Straße alles erklärt hatte – da nahm die Hoffnung bei mir mit jeder Sekunde wieder zu.

Schließlich die Entführung.

Mein Telefon schreckt mich auf, es vibriert in meiner Hand, und ich melde mich schnell, wobei ich im Stillen bete, es möge Neuigkeiten geben. Irgendwelche. „Luce?"

„Wo steckst du?"

„Vor Scotts Wohnblock." Ich schaue zum Parkplatz, der vermüllt ist mit verlassenen Wagen und Abfall. Kids, die eigentlich in der Schule sein sollten, klettern durch die scheibenlosen Fenster in die Autos und wieder hinaus. Manche springen von einem Autodach zum anderen. Am düsteren hohen Wohnblock gibt es mehr mit Brettern vernagelte Fenster als intakte, hinter denen schmierige Gardinen hängen. Diese Monstrosität von einem Bauwerk ragt in den Himmel und wirft einen Schatten so dunkel wie das Mauerwerk davor. Richtig übel.

„Irgendwas Neues?“, erkundigt sich Lucinda.

„Nichts. Nichts zu sehen vom weißen Van, und die Wohnung ist leer.“ Ich blicke hoch zum dazugehörigen Fenster und muss mit Schaudern an das Elend denken, das ich vorfand, als ich die Tür eintrat. Und an den Gestank. Den habe ich immer noch in der Nase.

„Könnte sein, dass ich was habe.“

Ich richte mich auf und bin in Alarmbereitschaft. „Was denn?“

„Scott hat seine letzte Strafe in Borstal abgesessen. Vor acht Wochen kam er auf Bewährung raus, eine der Auflagen ist, sich einmal wöchentlich bei seinem Bewährungshelfer in Shoreditch zu melden. Jake, heute ist Meldetag. Falls er sich an seine Bewährungsauflagen hält, müsste er jetzt dort sein. Ich schicke dir die Adresse des Büros.“

Ich lasse den Wagen an und rase vom Parkplatz, eine Staubwolke hinter mir lassend sowie eine Horde johlender Schmuddelkinder. „Der hält sich ja vorbildlich aus Ärger heraus“, stoße ich hervor und brettere über die Kreuzung, ohne anzuhalten. Ein alter Escort kann gerade noch ausweichen. „Ich glaube, irgendwer hat Scott angeheuert, um Camille zu entführen. Behalte Logans E-Mail-Verkehr im Auge. Ich erwarte, dass wir bald von dem Unbekannten hören werden, wer auch immer das ist.“ Ich werfe mein Handy auf den Beifahrersitz und rase wie der Teufel nach Shoreditch.

Auf der Hauptstraße herrscht dichter Verkehr, sodass ich die Geschwindigkeit mindern muss. Daher kann ich mir jedes Gesicht ansehen, an dem ich vorbeikomme. Ich fahre die Straßen um das Bewährungsbüro mindestens zehnmal rauf und runter, und mein Puls wird mit jeder Minute ruhiger. Kein weißer Van. Sie wird verängstigt sein. Eine weitere Woche wird vergehen, bis Scott sich wieder bei seinem Bewährungshelfer melden muss. Es könnte eine Woche dauern, bis ich auf einen Hinweis stoße, der mich zu ihr führt.

„Komm schon!“ Ich biege links ab, dann rechts und halte vor einem Zebrastreifen, weil die Straße von Kindergartenkindern überflutet wird, die über den Asphalt marschieren wie Ameisen. Alle lachend und sich paarweise an den Händen haltend. Sie tragen Warnwesten, damit sie nicht zu übersehen sind. Wie alt mögen sie sein? Vier vielleicht? Charlottes Alter.

Sie ist meine Tochter. Das kleine Mädchen ist meine Tochter. Das zu verdrängen war einfach. Vor meinem Elend zu flüchten war leicht. Es war leichter, mir einzureden, sie sei nicht von mir, als mich mit ihr zu befassen. Ich kannte sie ja nicht einmal. Und sie kannte mich nicht. Ich konnte kein Vater sein. Wusste doch gar nicht, wie das geht. Abbie sollte sich um sie kümmern, sie großziehen und eine anständige junge Dame aus ihr machen, die nie mit der dunklen Seite meines Lebens konfrontiert werden würde. Das wäre das Beste. Für alle.

Ich schaue den Kindern hinterher, bis sie im Park verschwinden, sorgfältig beaufsichtigt von ihren Erziehern, damit niemand sie wegschnappen kann.

Hinter mir hupt jemand ungeduldig und holt mich in meine düstere Realität zurück. „Shit“, murmele ich und reiße mich zusammen. Ich muss an einem geparkten Wagen vorbei und deshalb auf die Gegenfahrbahn wechseln.

Da entdecke ich ihn.

Den weißen Van.

Ich sehe gerade noch das Heck, bevor der Wagen abbiegt, vielleicht dreihundert Meter vor mir. Mein Herz hämmert in meiner Brust, und ich trete das Gaspedal durch. Mit halsbrecherischer Geschwindigkeit fliege ich über die Straße, mit einem Auge nach Fußgängern Ausschau haltend, die mir jederzeit in die Quere kommen könnten, das andere auf die Ecke gerichtet, hinter der der Van verschwunden ist.

„Mach schon." Ich hole alles aus meinem Range Rover heraus und zucke zusammen, als ich mit quietschenden Reifen um die Kurve rase.

Zieh um Himmels willen keine Aufmerksamkeit auf dich. Bleib zurück.

Scott hat Cami beobachtet, er wird mein Auto also kennen. Er wird *mich* kennen. Ich halte ein paar Wagenlängen Abstand, hellwach. Vor uns taucht ein Verkehrskreisel auf, und obwohl die Fahrbahn hier zweispurig wird, bleibe ich auf meiner Seite, versteckt hinter den Wagen, die sich zwischen mir und dem Van befinden. Als der Van in den Kreisel einbiegt, bekomme ich meine Chance. Ich beuge mich zum Handschuhfach herunter, nehme mein Fernglas heraus und hole das Kennzeichen damit heran. Die Luftmenge, die dabei meiner Lunge entströmt, könnte die Scheiben beschlagen.

Er ist es.

Ich wähle Lucindas Nummer, ohne den Van aus den Augen zu lassen. Der Wagen nimmt die dritte Ausfahrt in die City Road. „Ich habe ihn", sage ich, sobald sie sich meldet. „Gab es irgendwelche E-Mails? Lösegeldforderungen?"

„Nichts. Ich beobachte das", informiert sie mich. „Jake, sei vorsichtig."

Ich nicke und lege auf. Leider kann ich ihre Besorgnis nicht zerstreuen. Dann packe ich das Lenkrad mit beiden Händen und konzentriere mich. Das hier ist die längste Fahrt meines Lebens.

Unterwegs hält er zweimal an. Einmal an einer Tankstelle, wo er Wasser und ein lausiges Sandwich kauft, und einige Meilen weiter in einem Gewerbegebiet, wo er einen dürren ungepflegten Mann mit schmierigen Haaren und einem hakenartigen Kinn abholt.

„Führt mich zu meiner Freundin", flüstere ich, mich langsam wieder einfädelnd und ihnen folgend. Zahllose Abbiegungen, Stopps und viele Herzaussetzer später rumpeln sie eine verlassene Straße entlang auf eine Fabrikruine zu.

Ich fahre an die Seite und halte zwischen traurig aussehenden Bäumen, deren Äste tot sind, aber noch genug Sichtschutz bieten. Den restlichen Weg renne ich geduckt und sehe den Van hinter dem Gebäude verschwinden. Ich erreiche die bröckelnde Außenmauer und warte, um zu Atem zu kommen. Gleichmäßig atmend nehme ich mein Handy aus der Tasche und stelle die Lautlos-Funktion ein, um nichts dem Zufall zu überlassen. Dann stecke ich es wieder ein und ziehe stattdessen die Heckler, die ich durchlade.

Bis zu diesem Punkt musste ich mich im Zaum halten, obwohl ich Scott am liebsten von der Straße gerammt und ihn gefoltert hätte, um Camis Aufenthaltsort aus ihm herauszubekommen. Es fiel mir unfassbar schwer, nicht vorzupreschen. Aber vielleicht ist sie nicht mal hier, deshalb reiße ich mich weiterhin zusammen, betrete leise das heruntergekommene Fabrikgebäude und dränge mich dicht an die bröckelnde Ziegelmauer. Ich lausche angestrengt und höre das Zuschlagen der Türen des Vans, dann einen der Mistkerle lachen und das Schlurfen ihrer Stiefel.

Das Echo von Metall, das auf Metall trifft, hallt herüber, und ich schleiche vorsichtig um die Ecke. Vor mir befindet sich eine riesige Eisentür. Ich wische mir ein paar Schweißperlen von der Stirn und blinzle, um klare Sicht zu behalten.

Ungesehen und unerkannt bleiben, das habe ich zutiefst verinnerlicht. Ich darf nicht zulassen, dass meine Verzweiflung und meine persönliche Bindung mich beeinflussen. Nicht noch einmal. Ich schleiche zur Tür, lege eine Hand auf die Klinke und ziehe sanft. Das Eisen schrammt über den rostigen Rahmen, und ich zucke zusammen. Feuchter Modergeruch schlägt mir entgegen – ein Schwall kühler Luft und das Echo von Geräuschen.

Nachdem ich die Tür leise hinter mir habe zufallen lassen, folge ich den Lauten, die aus jenen Kehlen kommen, die ich durchzuschneiden beabsichtige. Um mich herum stehen stillgelegte Maschinen, die uralt sind und eher Foltergeräten ähneln als Industrieanlagen. Ich höre die Männer in der Ferne; die staubige Luft in dem alten verfallenen Gebäude trägt ihre Stimmen zu mir. Ich passiere Raum für Raum, meine Waffe ist bereit, und ich beobachte alles genau.

Dann unterlassen sie das Reden, und ich bleibe stehen. Rasch verstecke ich mich hinter einer gigantischen Maschine und halte den Atem an. Das Geräusch von Eisen, das auf Eisen bewegt wird, ist zu hören, gefolgt vom angestrengten Atmen eines der Männer.

Von *einem* der beiden.

„Was zum Henker!“

Ich wirbele herum und entdecke den dürren Kerl, den Scott unterwegs aufgelesen hat. Er zielt mit einer alten Pistole auf mich. Interessiert mich einen Dreck. Instinktiv feuere ich, bevor sein Finger überhaupt den Abzug findet. Die Lautstärke ist ohrenbetäubend. Der Knall hallt von den Metallmaschinen wider, und ich sehe, dass der Mann zu Boden fällt wie ein Stein.

Er liegt nicht mal richtig, da renne ich schon los durch das Fabrikgebäude, wobei ich versuche, mit meinen Stiefeln so wenig Lärm wie möglich auf dem Beton zu machen. Das ist jedoch leichter gesagt als getan, wenn man wild entschlossen ist und kaum noch klar denken kann. Erneut wische ich mir den Schweiß von der Stirn, damit er mir nicht in die Augen rinnt und meine Sicht beeinträchtigt. Ich umrunde eine Maschine nach der anderen und lausche. Dann höre ich etwas und bleibe stehen. Trotz des Durcheinanders in meinem Kopf nehme ich das ferne Schaben von Metall auf Metall wahr. Ich weiche zurück, presse mich mit dem Rücken an eine rostige Blechwand. Langsam hebe ich die Waffe und bewege mich um die Ecke.

Als ich es sehe, weiß ich genau, wo sie Cami versteckt halten. Die Tür steht halb offen, und dahinter sind schwache Geräusche eines Handgemenges auszumachen. Leise gehe ich darauf zu und öffne die Tür ein wenig mehr. Nur ein Stückchen, genug jedoch, um hineinzusehen.

Die Szene, die sich vor mir abspielt, ist zu viel. Mit der Schulter stoße ich die Tür ganz auf, trete in den Türrahmen, die Beine leicht gespreizt, die Waffe bereit.

Ich erkenne Scott von seinem Foto. Er hält Cami mit dem Rücken an sich gepresst und drückt ihr ein Messer an den Hals. Seine Finger zittern, Schweißperlen stehen ihm auf der Stirn. Er ist in Panik, das macht ihn noch gefährlicher.

Cami ist still, ihr Hinterkopf liegt fest auf Scotts Schulter und seinem dreckigen Hemd. Ihr anmutiger schöner Hals ist entblößt, das Gesicht ist zur Decke gerichtet. Ihre Hände sind gefesselt, im Mund hat sie einen Knebel. Ihre Augen sind mit einem Lumpenfetzen verbunden. Dass ich ihre Augen nicht sehe, ist mein einziger Trost. Sähe ich ihre Angst darin, würde ich durchdrehen. Ich muss jedoch beherrscht sein. Mehr denn je muss ich kontrolliert handeln.

„Ich schneide ihr die Kehle durch!“, schreit Scott und weicht zurück, wobei er Cami mitschleift. Ihre Füße stolpern und rutschen über den staubigen Boden. „Glauben Sie ja nicht, ich würde es nicht tun!“

Ich zwinge mich, ihm in die Augen zu sehen. Die Augen verraten einem am meisten über einen Menschen. In Scotts Blick lauert pure Bösartigkeit. Ich habe keinen Zweifel daran, dass dieser Mann tatsächlich all der Verbrechen schuldig ist, die man ihm je vorgeworfen hat.

Vergewaltigung.

Ich muss blinzeln wegen dieser Horrorvorstellung. Falls dieser Gedanke ihn auch nur gestreift hat, werde ich …

Ich zwinge mich wieder zur Konzentration. „Für wen arbeiten Sie?“, frage ich ruhig und halte meine Waffe unten, aber bereit. Der Typ ist nur ein ungebildetes Stück Dreck. Der hat keine Ahnung, wie man eine Entführung plant.

„Ich sage Ihnen gar nichts.“

„Wie kommuniziert ihr?“

„Leck mich.“ Er weicht weiter zurück, das Gesicht nah an Camis, sodass er sie anatmet. Sie zuckt zusammen, als Spucketropfen sie treffen, und erneut leidet meine Konzentration. Sie ist gute fünf Meter von mir entfernt, und ich komme nicht an sie heran. Die Klinge, die in ihr Fleisch drückt und sich mit ihren Atemzügen hebt und senkt, ist schmutzig, rostig und verbogen. Dieses Messer schneidet nicht, es sägt.

Mein Griff um die Waffe wird fester. „Jedenfalls haben Sie einen dummen Fehler gemacht, indem Sie diesen Job annahmen“, sage ich in einem bedrohlichen Ton, den er nicht unterschätzen sollte. Ich lege den Kopf schief und verdränge

Camis Anblick, soweit das möglich ist. Meine Wangenmuskeln zucken, weil ich die Zähne zusammenbeiße. „Wirklich dumm“, füge ich hinzu.

Sein Verständnis dafür, dass ich es ernst meine, äußert sich in einer ruckartigen Bewegung, mit der er Cami die Messerklinge noch fester an die Kehle drückt. Sie gibt einen erstickten Laut von sich, ein Blutstropfen erscheint, der ihr den Hals hinunterläuft.

Heiße glutrote Wut steigt in mir auf.

Unwillkürlich mache ich einen Schritt nach vorn.

Bleib cool.

Ich. Muss. Cool. Bleiben.

Das ist schwer, da ich in Gedanken den wichtigsten Schuss meines Lebens vorbereite.

„Gehen Sie zurück!“, schreit Scott in Panik.

„Goodbye.“ Ich kneife ein Auge zu, hebe meine Hand und drückte den Abzug. *Bang!* Ich sehe die Kugel. Ich beobachte, wie sie mit beängstigender Präzision auf ihr Ziel zufliegt und in die Stirn des Mistkerls eindringt. Er fällt wie Blei zu Boden, Blut spritzt in Camis Gesicht.

34. Kapitel

Cami

Meine Gebete und meine Gedanken an ihn haben geholfen. Es gab keine einzige Sekunde unserer gemeinsamen Zeit, die ich mir nicht noch einmal ins Gedächtnis gerufen habe. Das war die perfekte Ablenkung von der kalten brutalen Wirklichkeit, mit der ich konfrontiert war. Als der Schuss abgefeuert wurde, wusste ich, dass er mich gefunden hat. Jemand riss mich panisch vom Boden hoch, dann hörte ich auch schon Jakes Stimme.

Den Druck des verschwitzten Körpers meines Entführers zu spüren war unerträglich. Ich spürte sein Zittern und versuchte es zu verdrängen. Ich zwang mich zu vollkommener Reglosigkeit und atmete kaum noch. Dazu musste ich den letzten Rest meiner Energie aufbringen.

Das war nötig, weil mir klar war, was Jake tun würde. Ich konnte seine Absicht hören. Ich sah das Holz des toten Baumes in dem Wäldchen bersten. Ohne den geringsten Zweifel wusste ich, dass mein Kidnapper binnen Sekunden tot sein würde.

Das Klingeln in meinen Ohren ist schmerzhaft und die warme Flüssigkeit auf meinem Gesicht kaum auszuhalten, nur kann ich sie nicht wegwischen. Da mein Kidnapper mich nicht mehr hält, geben meine Knie nach, und ich falle auf den Zementboden. Der Atem, den ich angehalten habe, entweicht, und der Knebel verhindert, dass ich anschließend richtig Luft holen kann.

Ich weiß, dass sich nur noch Jake und ich in diesem Raum befinden, lebendig, und doch erschrecke ich wie ein verängstigtes Tier, als er mich an sich zieht und meine Handgelenke aus den Fesseln befreit. Meine Knochen knacken dankbar, und meine Muskulatur erwacht krampfend wieder zum Leben. Ich strecke mich vorsichtig, und Schmerz schießt mir die Arme hoch. Jake nimmt mir die Augenbinde ab. Schnell schließe ich die Augen – das Licht, obwohl trüb, ist zu viel nach den Stunden in Dunkelheit.

„Oh, Liebes, Cami“, flüstert er und streichelt mein Gesicht, berührt es mit raschen, verzweifelten Bewegungen. „Sieh mich an, Engel.“

Er befreit mich vom Knebel, und ich atme Luft tief ein.

Ein kleines bisschen öffne ich die Lider, ich muss ihn sehen; das Licht ertrage ich allerdings immer noch nicht. Seine muskulösen Schenkel unter meinen Schultern sind der einzige Trost, den ich momentan habe, denn meine Arme kann ich nicht heben, meine Augen tun weh, und mein Mund ist trocken.

Dennoch macht sich ein nie gekanntes Gefühl von Frieden in mir breit. Ich fühle mich sicher und voller Hoffnung. Und ich fühle Entschlossenheit. Nach dem, was wir beide gerade durchgemacht haben, hält uns nichts mehr davon ab, zusammen zu sein. Weder Jakes innere Dämonen noch die Feinde meines Vaters – und schon gar nicht seine Erwartungen an mich. Nichts.

Ich blinzle vorsichtig. Jake ist nur ein dunkler Umriss über mir, der Schemen des Mannes, den ich liebe.

Ein Schatten.

Sofort macht es mich wütend, dass ich ihn nicht besser sehen kann. Mit unsicheren Bewegungen hebe ich die Hände und reibe mir die Augen. Dann probiere ich es erneut und mache sie wieder auf.

Allmählich wird alles deutlicher, und Jake bekommt Konturen. Sein Gesicht, klar und vollkommen. Es ist das Wunderbarste, was ich je gesehen habe. Ich schlucke und will etwas sagen, doch meine Lippen kleben aufeinander, was mich noch mehr frustriert. Da ist so vieles, was er wissen soll. Er muss unbedingt erfahren, dass ich ihn annehme, wie er ist. Mitsamt seinen Geheimnissen, seinen Fehlern, seinem Bedauern. Er muss erfahren, dass ich ihm helfen werde, alles wieder in Ordnung zu bringen. Die Worte wollen jedoch nicht heraus, und als er mir einen Finger auf den Mund legt, gebe ich den Versuch auf.

„Ich weiß", sagt er leise und streichelt meine Wangen. „Ich weiß, mein Engel."

Ich nicke nur schwach und kläglich, mehr schaffe ich nicht, und als er lächelt – ein trauriges, aber erleichtertes Lächeln –, habe ich die Gewissheit, dass er versteht.

„Ich bringe dich nach Hause." Er verlagert mein Gewicht in seiner Umarmung. „Kannst du dich festhalten?"

Es kostet mich alle Kraft, doch ich strenge mich an, ihm die Arme um den Nacken zu schlingen und mich an ihn zu klammern, während er sich aufrichtet.

„Sieh nicht hin", warnt er mich und dreht sich mit mir weg.

Ich erhasche einen kurzen Blick auf die Leiche, die auf dem Boden liegt, die Gliedmaßen ausgestreckt. Der grausige Anblick der Blutlache um den Kopf des Mannes schreckt mich nicht. Ich betrachte sein Gesicht. Die Augen sind weit aufgerissen, der Mund ist schlaff.

„Ich kenne ihn nicht." Anscheinend habe ich meine Stimme wiedergefunden.

Jake hält mich mit einem Arm, während er mit der anderen Hand meinen Kopf sanft an seine Brust drückt.

„Schsch“, beruhigt er mich und trägt mich weg von dort.

Ich schaue hoch zu seinem stoppeligen Hals und lausche dem gleichmäßigen Schlagen seines Herzens an meinem Ohr. Seine Energie ist vorwärtsgerichtet, seine Miene zwar unbewegt, doch Anspannung zeichnet sich darauf ab.

Als wir nach draußen kommen, verberge ich mein Gesicht an seiner Brust wegen des grellen Lichts. Ich atme tief seinen Duft sowie frische Luft ein. Der Weg bis zu seinem Wagen ist lang, aber er wird nicht müde, mich zu tragen. Sein Griff lockert sich nicht, sein Tempo lässt nicht nach. Er ist zielstrebig wie eine Maschine.

Behutsam setzt er mich auf den Beifahrersitz und gibt mir die Zeit, die mein Körper braucht, um sich an die neue Position zu gewöhnen. Alles tut plötzlich weh. Er öffnet das Handschuhfach, nimmt ein Taschentuch heraus und beginnt, mir das Gesicht abzuwischen. Mit akribischer Sorgfalt reinigt er es von Blut und Schmutz. Er hebt mein Kinn ein Stückchen mit dem Zeigefinger an, um sich meinem Hals zu widmen. Unwillkürlich hebe ich eine Hand, doch er hält mich davon ab, darüberzustreichen.

„Nicht berühren.“ Er drückt meine Finger auf meinen Schoß, dann schnallt er mich an. Dabei gibt er mir einen Kuss auf die Stirn und wirft schließlich die Tür zu.

Im nächsten Moment sitzt er neben mir, startet den Motor, zieht das Handy aus der Tasche und wählt eine Nummer.

„Ich hab sie“, verkündet er vermutlich Lucinda. „In der alten Warston-Fabrik an der A505 liegen zwei Leichen.“ Er biegt auf die holprige Straße ein und wendet rasch. „Unterrichte Logan, dass sie in Sicherheit ist.“ Dann verfällt er in Schweigen, hört aufmerksam zu und sieht kurz zu mir herüber. „Ich habe eins ihrer Telefone.“

Ich versuche, aus dem Gespräch schlau zu werden, aber es ist zu lückenhaft.

„Wer auch immer es ist, er müsste bald anrufen“, sagt Jake.

Ich bin verwirrt. Wer immer es ist? Hat er denjenigen denn nicht gerade getötet?

„Wir sehen uns dort.“ Er legt auf und sieht mich an. „Alles in Ordnung?“

„Welches Telefon? Wer wird anrufen?“ Die Erleichterung über meine Befreiung weicht neuer Besorgnis.

„Das weiß ich nicht“, gesteht Jake. „Dein Dad war uns gegenüber nicht ehrlich.“ Er sagt das zögernd, als wollte er es mir lieber nicht erzählen. „Er zog es vor, gewisse Dinge für sich zu behalten.“

„Zum Beispiel?“

„Zum Beispiel über die Drohungen, die er erhielt – Informationen, die uns geholfen hätten, den Absender ausfindig zu machen.“

„Warum hätte er das tun sollen?“, frage ich perplex. „Er hat dich aus seinen Diensten entlassen und gesagt, er habe sich um die Angelegenheit gekümmert. Warum hätte er das tun sollen, wenn er wusste, dass ich noch in Gefahr bin?“ Das ergibt keinen Sinn. Selbst sein beharrlicher Glaube, Jake sei nicht gut genug für mich, reicht da als Grund nicht aus. Es wäre doch verrückt von ihm, sich so leichtsinnig zu verhalten.

Jakes Wangenmuskel zuckt heftig, er sieht auf einmal beängstigend wütend aus. Das deutet darauf hin, dass er in etwa das Gleiche denkt wie ich.

„Er befand sich in einer verzweifelten Lage“, erklärt er schließlich.

Ich seufze, denn mir leuchtet absolut nicht ein, weshalb Dad einen derartigen Aufwand betreiben sollte, um Jake von mir fernzuhalten, statt ihn zu akzeptieren und gleichzeitig zu wissen, dass ich von ihm beschützt werde. Jetzt habe ich den

Eindruck, als habe er mit meinem Leben gespielt. Wie konnte er? Mein eigener Vater!

„Wie hast du mich gefunden?"

Ein zögerliches Lächeln erscheint auf Jakes Gesicht. Er hält den Blick auf die Straße gerichtet. „Das habe ich dir schon gesagt, Engel." Er nimmt meine Hand und drückt sie sanft. „Ich werde dich überall finden."

Ich lächle, lehne mich im Sitz zurück und erwidere den Händedruck. Mein Leben lang habe ich für Unabhängigkeit gekämpft. Ich habe alle Versuche, sie mir zu nehmen, abgewehrt. Doch jetzt würde ich das alles für Jake aufgeben, ohne zu zögern. Wenn ich wählen müsste, würde ich mich für ihn entscheiden. Aber ich weiß, das wird nicht nötig sein, und dafür liebe ich ihn umso mehr. Ich habe jemanden gefunden, der mich so sieht, wie ich bin. Jemand, der mich ermutigt. Jemand, von dem ich weiß, dass er immer bei mir sein wird, egal was kommt, ohne über mich zu urteilen. Bedingungslos. Für ihn gibt es nichts zu gewinnen außer meiner Liebe. Und die gehört ihm. Ebenso bedingungslos.

„Wohin fahren wir?", frage ich.

„Nach Hause."

„Wo ist unser Zuhause?"

„Wo möchtest du es haben?" Er schaut mich an und wartet auf meine Antwort.

„Du bist jetzt mein Zuhause", erkläre ich. „Wo immer du bist, da ist mein Zuhause." Es ist mir egal, wo das sein wird.

Er nickt und richtet seine Aufmerksamkeit wieder auf die Straße. Ich lasse den Kopf zur Seite sinken und betrachte die ganze Fahrt über Jakes Profil. Er sieht aus, als wäre er durch die Hölle gegangen, das Haar ist verstrubbelt, sein stoppelbärtiges Gesicht ist verschwitzt, die Augen sind müde.

„Ich liebe dich", sage ich, denn ich finde, er wirkt, als täte es ihm gut, das jetzt zu hören. „Was immer du tun musst, um alles wieder in Ordnung zu bringen, ich werde für dich da sein."

Er sieht mich erneut an, schweigt jedoch und lächelt nur ein wenig.

Mir ist nicht klar, wo wir sind, bis Jake anhält und den Motor ausstellt. Erst da höre ich auf, sein Profil zu betrachten.

„Dads Büro?", frage ich verwirrt. „Du sagtest, du würdest mich nach Hause bringen." Ich weiß, ich habe gesagt, mein Zuhause sei bei Jake, aber doch nicht hier …

„Nur ein kleiner Umweg. Ich bin nicht besonders glücklich darüber, dich hierher mitzunehmen, aber ich will dich nicht aus den Augen lassen."

Er steigt aus und kommt um den Wagen herum. Ich fange an zu zittern. Ich bin nicht darauf vorbereitet. Mir fehlt die Kraft, meinem Vater gegenüberzutreten.

Jake hilft mir beim Aussteigen. „Warum müssen wir das jetzt machen?" Ich schaue an dem Gebäude hoch. „Ich kann nicht …"

„Hey." Er legt mir den Zeigefinger auf die Lippen. „Es wird weder Streit noch den Versuch geben, dich von mir wegzubringen."

Woher weiß er das? Wir reden hier über meinen Vater. Hat Jake denn nichts begriffen? „Ich glaube nicht …"

Er berührt sanft meinen Mund. „Vertrau mir, Engel."

Ihm vertrauen. Völlig egal, was kommt, ich würde nie einen Grund finden, ihm nicht zu vertrauen. Er hat mich die ganze Zeit über beschützt. Vor meinem Vater, vor meinem Ex … vor seinen eigenen dunklen Geheimnissen.

Also nicke ich, schaue zu den Glastüren und stelle mich innerlich darauf ein, dem Mann gegenüberzutreten, dem ich auf der Welt im Augenblick am allerwenigsten begegnen möchte. Alles, was passiert ist, geht auf ihn zurück. Auf seinen Egoismus, seine Machtbesessenheit und seinen skrupellosen Siegeswillen.

Diesmal aber hat er verloren. Er hat den größten Verlust seines Lebens zu verkraften, denn er hat mich verloren.

„Komm."

Jake bleibt eng an meiner Seite. Ich mache langsame Schritte, und er lässt mir alle Zeit, die ich brauche, doch ich möchte es so schnell wie möglich hinter mich bringen.

Eigenartigerweise hebt der Security-Mann nicht mal den Blick, als Jake an den Scannern vorbeigeht und mich direkt zu den Fahrstühlen führt. Barbara, Dads langjährig leidende Sekretärin, fragt nicht nach dem Grund meines unerwarteten Besuchs oder will wissen, wer der Mann an meiner Seite ist, als wir an ihrem Arbeitsplatz vorbeikommen. Und Jake klopft nicht mal an Dads Bürotür, sondern marschiert einfach hinein. Sein Griff um meine Schultern wird ein wenig fester. Erstaunt registriere ich den zersplitterten Türrahmen.

Mein Vater sitzt nicht an seinem Schreibtisch und hält Hof. Stattdessen geht er auf und ab, er sieht zerrauft aus. So habe ich ihn noch nie erlebt. Als er mich entdeckt, bemerke ich geschockt sein tränenüberströmtes Gesicht.

„Dem Himmel sei Dank!"

Er eilt zu mir, bleibt jedoch abrupt stehen, statt mich in die Arme zu schließen. Verwundert beobachte ich, wie er um Erlaubnis bittend Jake ansieht. Was ist hier los? Im Stillen verfluche ich Jake dafür, dass er mich loslässt und mich den korrupten Klauen meines Vaters preisgibt.

Prompt umarmt der mich, wie er es noch nie zuvor getan hat. Ich erwidere die Umarmung nicht. Wie könnte ich, wo ich alles andere als erfreut bin, ihn zu sehen? Er hat mich belogen. Er hat alles versucht, um mich davon zu überzeugen, dass Jake schlecht für mich ist. Und als er mit diesen Bemühungen scheiterte, manipulierte er die Wahrheit und erzählte mir, Jake habe eine Frau. Dabei vergaß er bloß zu erwähnen, dass sie tot ist. Zur Krönung all dessen bezahlte er auch noch Sebastian, damit der Anzeige gegen Jake erstattet, sodass Dad ihn auf diese Weise von mir wegbekommt. Ich wusste ja schon immer, dass mein Vater skrupellos ist, aber das? Das alles werde ich nie verstehen. Ich will ihn nie wieder sehen.

„Camille, es tut mir so leid."

Ich tausche einen Blick mit Jake und spüre, wie sehr es ihn drängt, mich an sich zu ziehen. Ich sehne mich danach, dass er es tut. Ich bin sein. „Ich möchte nach Hause", sage ich, denn Dads Schuldgefühle und seine übertriebene Aufmerksamkeit sind mir unangenehm.

Dad löst sich von mir und betrachtet mich schluckend von Kopf bis Fuß. Ich stehe ganz still und lasse es geschehen. Immerhin ist er verantwortlich für meinen Zustand.

„Ich bin so erleichtert, dass du in Sicherheit bist", sagt er.

„Das habe ich nicht dir zu verdanken", erwiderte ich mechanisch und schotte mich komplett ab. Ich muss hier weg. Er soll keine Chance bekommen zu irgendwelchen Rechtfertigungen seines Verhaltens. Es würde nichts ungeschehen machen. Gar nichts.

Dad zuckt gekränkt zurück, aber ich habe kein Mitleid mit ihm. Ich habe mich in eine kaltherzige Kuh verwandelt.

„Mein kleiner Star, bitte …"

„Lass es!", schreie ich und bin selbst über die Lautstärke meiner Stimme erstaunt. Jake hält mich, drückt mein Gesicht an seine Brust und streicht mir über das Haar. Er murmelt beruhigende Worte. „Bring mich heim", flehe ich. „Bitte."

„Camille, bitte, ich muss es dir erklären."

Ich sehe meinen Vater voller Verachtung an, doch bevor ich sie äußern kann, kommt Lucinda hereingestürmt. Ihre Miene ist ernst. Dann sieht sie mich, mustert mich von oben bis unten und schenkt mir ein kleines Lächeln. Ich erwidere es, habe jedoch ein unheimlich schlechtes Gewissen, weil ich ihr eins über den Schädel gegeben habe und geflohen bin.

Sie wendet sich an Jake: „Ich habe da vielleicht was."

Sofort spüre ich Jakes Anspannung.

„Was?"

Lucinda schaut zwischen uns hin und her. Ich weiß, warum. Es ist heikel. Möglicherweise nichts für meine Ohren. Aber schlimmer könnte ich wohl kaum leiden, als durch das, was ich bereits hinter mir habe.

„Rede", drängt Jake sie.

Als ich ihn ansehe, merke ich, dass sein Blick auf meinen Vater gerichtet ist … der reuevoll aussieht? Dad wirkt tatsächlich nervös und unbehaglich.

„Ja, reden Sie", flüstert er, geht zu seinem Schreibtisch und lässt sich schwer in den Sessel fallen. „Es ist ohnehin zu spät jetzt."

Lucinda tritt ebenfalls an den Schreibtisch und packt ihren Laptop aus. „Ich habe Kontakt zu jemandem, der behauptet, Scott habe im Gefängnis eine ungewöhnliche Freundschaft geschlossen."

Sie redet wirres Zeug, ich habe keine Ahnung, worauf sie hinauswill.

„*Ungewöhnlich* heißt *wichtig*", meint Jake und dreht sich mit mir zusammen zum Schreibtisch meines Dads um, der in seinem Bürosessel gebrochen wirkt. Er hat gar keine Ähnlichkeit mehr mit dem Mann, den ich zu kennen glaubte.

„Er hat sich die Zelle mit Vladimir Sochinsky geteilt."

Der Name sagt mir absolut nichts. Zumindest in den ersten Sekunden, nachdem ich ihn gehört habe.

Dads Augen hingegen weiten sich. „Sochinsky?“, wiederholt er. „Das ist der Mädchenname von TJs Mutter. Vladimir ist ihr ältester Bruder.“

Und als wäre Dad ein Omen oder so was, stürmt genau in diesem Moment TJ ins Büro.

„Oh Mann, du bist in Sicherheit!“ Er stürzt sich auf mich zu und wirft mich fast um mit seiner Umarmung. „Mensch, Cami, ich habe mir solche Sorgen gemacht.“

Eben noch befand ich mich in den Armen meines Bruders, gleich darauf nicht mehr. Jake zieht mich an sich und wirft TJ einen tödlichen Blick zu.

„Wo haben Sie gesteckt? Woher wussten Sie, dass Cami entführt worden war?“, will Jake misstrauisch von ihm wissen.

„Dad rief mich an.“

TJ stutzt. Offenbar bemerkt er erst jetzt, wer sich alles im Büro befindet. Ich weiß, was Jake durch den Kopf geht, doch da muss ich ihm einfach den Wind aus den Segeln nehmen. Nie und nimmer. TJ liebt mich!

„Nein, Jake“, warne ich ihn und mache mich von ihm los.

„Wagen Sie es ja nicht, derartige Verdächtigungen auszusprechen!“, poltert Dad hinter mir los, und ich sehe ihn an. „TJ ist durch und durch loyal.“

„Verzeihen Sie“, presst Jake hervor, sein Zorn ist mit Macht zurückgekehrt. „Aber ich habe nur geringes Vertrauen in die Integrität Ihrer Familie.“

Dad gibt sofort klein bei und wirft mir einen Blick zu. „TJ würde so etwas nicht tun“, flüstert er. „Er ist mein Sohn. Camilles Bruder!“

„Was?“ TJ ist aufgebracht. „Will hier irgendwer andeuten, ich hätte meine eigene Schwester entführt, um Lösegeld von meinem Vater zu erpressen? Warum um alles in der Welt sollte jemand auf so was Dummes kommen?"

Es gefällt mir nicht, dass der Verdacht sich nun gegen meinen Bruder richtet. Das ist verrückt!

„Weil …", meldet Lucinda sich zu Wort und behält TJ dabei misstrauisch im Auge. „Weil der Mann, der Camille entführt hat und der jetzt dank Jake mit einer Kugel im Kopf in einer alten Fabrik liegt, sich in Borstal eine Gefängniszelle mit *Ihrem* Onkel geteilt hat."

TJ starrt fassungslos. „Mein Onkel?", wiederholt er leise und sieht mich an.

Er wirkt verloren. Ein bisschen verwirrt. Er hat seine Mutter seit ihrer Scheidung von unserem Vater, bei der dieser die Sorgerechtsschlacht um TJ gewann, nicht mehr gesehen. Damals kehrte sie nach Russland zurück.

„Vladimir Sochinsky, der älteste Bruder Ihrer Mutter", fährt Lucinda fort und beobachtet TJs Reaktion. „Er hat Ihren Vater erpresst."

„Sie hat versucht, Kontakt zu mir aufzunehmen." TJ legt eine Hand auf seine Brust. „Ich habe ihr erklärt, dass ich sie nicht brauche." Er schaut zu Dad, seinem großen Vorbild, und atmet aus. „Ich habe ihr gesagt, Dad und ich kämen zurecht und bräuchten sie nicht. Seitdem habe ich nichts mehr von ihr gehört."

„Wann war das?", fragt Jake.

TJ schüttelt verwirrt den Kopf. „Das weiß ich nicht … vor drei Monaten vielleicht."

„Wann erhielten Sie die erste Drohung?", wendet Jake sich an meinen Dad.

„Vor zwei Monaten", antwortet der. „Ihr Bruder hat mich immer gehasst. Aber ich habe keine Ahnung, wie sie diese Fotos gemacht haben."

„Offenbar sind sie Ihnen gefolgt, Logan. Sie haben nach etwas gesucht, was gegen Sie verwendbar ist. Wahrscheinlich haben die Ihnen sogar eine Falle gestellt." Jake schaut meinen Vater vorwurfsvoll an. „Und Sie haben denen gegeben, was sie wollten."

Was sie wollten? Was war das?

TJ sieht mich kummervoll an. „Das ist alles meine Schuld."

Dad springt auf, läuft zu seinem Sohn und drückt ihn an sich. Das ist ein seltsamer Anblick. Ich habe noch nie gesehen, dass mein Vater meinen Bruder umarmt. Das war stets eine harte Liebe. Hart statt herzlich.

„Es ist nicht deine Schuld, mein Sohn. Es ist allein meine. Meine falschen Entscheidungen, meine Fehler. Ich habe einige schreckliche Fehler begangen."

Ich könnte ohnmächtig werden, so geschockt bin ich. Mein Dad hat gerade Fehler eingeräumt? „Welche Fehler, Dad?", frage ich. „Womit hast du dich erpressbar gemacht?"

Er hört auf, meinen Bruder zu trösten, küsst ihn auf den Kopf und wendet sich an Jake: „Sie haben es ihr nicht erzählt?"

„Ich werde sie nicht gegen Sie aufbringen. Das haben Sie selbst schon getan", erwidert Jake ruhig.

„Was?", dränge ich.

„Ich habe eine Dummheit gemacht, die ihnen Munition gegen mich geliefert hat", räumt mein Dad geknickt ein.

„Eine Dummheit?", wiederhole ich und sehe Jake an, der sich dicht neben mich stellt. Wieso habe ich das Gefühl, dass er das tut, weil ich möglicherweise gleich seine Unterstützung brauchen werde?

„Es gibt da Fotos." Dad seufzt und windet sich vor Unbehagen. „Kompromittierende Fotos."

„Wovon?", will ich wissen und sehe die anderen an. Jake

steht das Unbehagen ebenso ins Gesicht geschrieben wie Lucinda. TJ sieht völlig konfus aus.

„Von mir. Und einer Frau."

Er redet drum herum, das beweist der Schweiß auf seiner Stirn und die Tatsache, dass er meinem Blick ausweicht.

„Welche Frau?" Ich lasse nicht locker. Langsam steigt Wut in mir hoch, auch ohne dass ich die ganze Wahrheit kenne.

„Eine junge Frau."

„Erzähl es mir einfach!", schreie ich ihn an und schubse Jake weg, als er mich zu beruhigen versucht. „Hör auf mit dem Herumdrucksen, und erzähl es mir!"

„Sie war fünfzehn", flüstert er verschämt. „Ich wusste es nicht!"

TJ schnappt nach Luft und sieht seinen Helden voller Abscheu an. Und ich klappe zusammen.

„Ich wurde erpresst. Es wuchs mir über den Kopf. Ich dachte, ich kriege das allein hin. Ich engagierte Sharp zu deinem Schutz. Das ist alles, was zählt, mein kleiner Star. Deine Sicherheit. Aber er stellte Nachforschungen an und kam der Wahrheit nahe. Ich wollte nicht, dass irgendwer davon weiß."

Da haben wir es. Meine Sicherheit war alles, was zählte? Warum hat er Jake dann abgezogen? Das ist ein schlechter Witz! Ihn interessieren nur sein Ruf, sein Unternehmen und sein Geld.

„Ich muss hier weg." Ich schaue zu Jake, damit er meine Verzweiflung einschätzen kann. Ich habe genug gehört. „Bitte", flehe ich. Er wusste es. Jake wusste es, und doch kann ich nicht wütend auf ihn sein. Ich werfe ihm nicht vor, dass er mich im Dunkeln ließ. Er hat mich beschützt. Selbst jetzt, nach allem, was mein Vater uns zugemutet hat, will er mich mit dessen Schandtaten nicht belasten.

Jake nickt, wird jedoch abgelenkt, da ein Telefon klingelt. Stirnrunzelnd wühlt er in seinen Taschen und zieht ein billiges Handy heraus.

„Unbekannte Nummer“, verkündet er und wendet sich dabei an Lucinda.

„Nicht mehr lange.“ Sie nimmt das Telefon und den Anruf entgegen, sagt aber nichts, sondern signalisiert mit erhobenem Zeigefinger, dass alle anderen still sein sollen. Sie lauscht. Und lauscht. Schließlich grinst sie und formt mit den Lippen lautlos die Worte *‚russischer Akzent‘*. Rasch stöpselt sie das Handy an ihrem Laptop an und hält weiter Ruhe gebietend die Hand hoch.

Jake scheucht alle aus dem Büro, damit Lucinda allein ist. Sobald er die Tür von außen zugemacht hat, nimmt er mich auf die Arme, woraufhin ich ihm die Beine um die Taille schlinge. Dann geht er an meinem Vater vorbei den Flur entlang auf den Fahrstuhl zu. Er wird nicht langsamer, als mein Dad plötzlich neben uns ist und mich von ihm wegzuziehen versucht. Es gelingt ihm nicht. Ich halte Jake so fest wie er mich. Er schüttelt meinen Dad mit Leichtigkeit und Entschlossenheit ab, während ich mich an ihn klammere, als wäre er alles, was ich noch habe. Denn genauso empfinde ich es.

Er ist stark.

Verlässlich.

Mein Beschützer.

35. Kapitel

Jake

Es war zu spät, um Logan zu retten. Ich wollte nicht, dass Cami das ganze Ausmaß seines Verrats erfährt, doch letztlich konnte ich es nicht verhindern. Er war zu weit gegangen. Ich wollte sie vor Schmerz schützen, aber ebenso vor ihm.

Logan war nicht mehr zu helfen. Der mächtige Mann war plötzlich machtlos und am Ende. Diese Fotos dürften ihn ewig verfolgen, mochte er auch noch so viel Geld und Kontakte haben. Es würde ihm nichts nützen.

Lucinda verfolgte den Anruf von dem Wegwerf-Handy zurück, das ich Scotts Leiche abgenommen hatte, zu einer Stadtwohnung im Norden Londons. Dort fand man Vladimir Sochinsky und Logans erste Frau, TJs Mum, außerdem einen Haufen Beweise, die beide für lange Zeit hinter Gitter bringen würden. Des Weiteren wurde eine Verbindung zu dem Schweizer Konto entdeckt, das in den Drohbriefen erwähnt worden war. Logans erste Frau war pleite. Logan musste ihr bei der Scheidung nicht viel zahlen, und die Bitterkeit, der Verlust des Sohnes sowie Logans mittlerweile obszöner Reichtum veranlassten diese labile Person, einen verlockend wirkenden Plan zu entwickeln. Sie fühlte sich ungerecht behandelt, da sie offenbar gerade gut genug gewesen war, um ihm einen Erben zu schenken, mehr nicht. Logan hatte es kommen sehen.

Ich trug Camille buchstäblich ins Krankenhaus, um sie untersuchen zu lassen, obwohl sie protestierte. Das Messer. Jedes Mal, wenn ich daran denke, erschauere ich und sehe, wie die schmutzige Klinge ins Fleisch meiner Freundin schneidet. Sie schmollte, aber sie versuchte nicht, mich aufzuhalten. Nicht mal, als die Polizei auftauchte.

Mitzuerleben, wie mein Engel jeden einzelnen Moment ihrer Gefangenschaft noch einmal durchlebte, gehört zu den schlimmsten Erfahrungen meines Lebens. Ihre Stärke und ihre Überzeugung beeindrucken mich tief. Sie ist eine Kämpferin. Meine kleine Kämpferin.

Ihre Mutter tauchte auf, dominant wie eh und je, und rief dem Personal nach allen Seiten Befehle zu. Ihre Mutter. Oh, ihre Mutter. Lieb, aber anstrengend. Sie bildet sich etwas darauf ein, dass sie die Einzige von Logans Exfrauen ist, die nicht über ihn hergefallen ist. Dabei ist es lächerlich, deswegen stolz zu sein, da ich ja genau weiß, dass sie ihm am liebsten in die Eier treten und ihn endlich los sein würde. Die Tatsache, dass ihr Unterhalt dann wegfiele, scheint unwichtig zu sein. Sie hätte lieber Logans Kopf auf dem Silbertablett anstelle seines Geldes.

Die Aktienkurse von Logans Unternehmen stürzten ins Bodenlose, nachdem sämtliche Zeitungen die Fotos von ihm und dem Mädchen veröffentlichten. Was für unmoralische Beziehungen er zur Presse auch gehabt haben mochte, damit war es vorbei. Er wurde verhaftet wegen Sex mit einer Minderjährigen. Seine dritte Frau verließ ihn, schwanger von einem anderen Mann, während seine erste Frau Geld von ihm zu erpressen versuchte.

Er ist ruiniert.

TJ ist immer noch geschockt. Seine Integrität wurde infrage gestellt. Dabei hat er nicht die leiseste Ahnung gehabt, was eigentlich los war. Er hatte seine Mutter seit seinem dritten Lebensjahr nicht mehr gesehen und wusste nichts von ihren Machenschaften. Der arme Kerl ist völlig neben der Spur und fühlt sich schuldig, obwohl er dazu gar keinen Grund hat. Es war alles das Werk seines Vaters, und nun hat dieser größenwahnsinnige Mann alles verloren.

Die Medien stürzten sich wie die Geier auf die Story und schmückten sie hier und dort noch aus. Sie bauschten etwas auf, was längst sensationell genug war.

Cami vergoss keine Träne deswegen. Sie blieb würdevoll, indem sie nicht mit der Presse sprach und keine Meinung über ihren Vater äußerte. Sie war gekidnappt worden, deshalb wollte natürlich jeder etwas von ihr, nur bekam niemand etwas.

Ich bin unendlich froh darüber, dass sie seelisch keinen Schaden an der Geschichte genommen hat, und jedes Mal, wenn ich sie ansehe, wird mir wieder mit voller Wucht bewusst, wieso ich sie liebe. Sie ist so verdammt stark. Ich profitiere von ihrer Stärke. Sie treibt mich an und weckt bei mir den Wunsch, der Mann zu sein, der ich schon immer hätte sein sollen. Ihr allein habe ich es zu verdanken, dass ich an diesem Punkt angekommen bin. Dafür werde ich mich nie in vollem Umfang revanchieren können. Doch ich werde es versuchen.

Zwei Tage nach dem Showdown in Logans Büro war Camis Agentin am Telefon, um sie über ein Treffen am nächsten Tag mit einem potenziellen Investor für ihre und Heathers Kleiderkollektion zu informieren. Ich hielt es vielleicht noch für zu früh, aber ich behielt diese Einschätzung für mich. Cami war zu aufgeregt, und ich wollte ihre Freude nicht dämpfen. Der nächste Tag kam, und ich war wenig überrascht, dass sie frühzeitig auf und bereit war, zum Büro ihrer Agentin zu fahren, bewaffnet mit Unterlagen, Design-Skizzen und Stoffmustern. Ihre beste Freundin und Partnerin würde sie begleiten. Ich bot den beiden an, sie zu chauffieren. Camille lehnte mit wissendem Lächeln ab. Nachdem ich so lange auf sie aufgepasst habe, fällt es mir schwer, sie gehen zu lassen. Ich muss mich ständig daran erinnern, dass sie nicht mehr in Gefahr schwebt.

Während sie fort war, trampelte ich in ihrem Apartment einen Pfad in den Teppich. Kaum war sie zu Hause, sah ich am Funkeln in ihren Augen, sie hatte es geschafft. Nicht dass ich groß Zweifel deswegen gehabt hätte. Die Investoren hatten einen fantastischen Deal für Camis und Heathers Kollektion angeboten. Cami berichtete mir haarklein, wie es gelaufen war. Sie und ihre Freundin brauchten überhaupt keine Kompromisse zu machen. Sie bekamen alles, was sie sich erhofft und wofür sie so hart gearbeitet hatten. Ich bin stolz auf sie. Auf beide.

Abbie und Charlotte habe ich noch nicht wiedergesehen. Wir haben telefoniert. Abbie war über die verrückten Ereignisse auf dem Laufenden gehalten worden und sehr verständnisvoll. Sie ist eine gute Frau. Das wusste ich immer, und darauf hätte ich vertrauen sollen. Sie ist nicht wie ihre Schwester. Meine tote Frau. Abbie ist mitfühlend und belastbar. Ich bin ihr dankbar. Jede andere Frau hätte mich vermutlich längst abgeschrieben.

Ich kann es kaum erwarten, es mit Charlotte hinzubekommen, zumindest, es zu versuchen. Für sie da zu sein, ein Dad zu sein. Aber ich muss es auf die richtige Weise angehen. Darüber denke ich nach, seit ich Logans Büro mit Cami auf dem Arm verlassen habe. Es könnte sein, dass es zu viel Mist für Charlotte ist, den sie nicht versteht. Ich bete jedoch dafür, dass sie es tut. Ich bete, dass sie mir die Chance gibt, meine lange Abwesenheit zu erklären. Ich bete dafür, dass ihr vierjähriger Verstand das alles erfassen kann.

Es ist eine Woche nach den Ereignissen, und ich sitze auf der Couch in Camis Wohnzimmer. Ich lausche ihrem Geplauder mit ihrer Mum am Telefon, wobei ihr Kopf auf meinem Schoß ruht und ich mich innerlich auf den vor mir liegenden Nachmittag einzustellen versuche. Abbie und ich haben alles sorgfältig besprochen und arrangiert. Cami weiß, wieso ich still und besorgt bin, aber sie macht keine große Sache daraus. Sie hat mir nur gesagt, sie sei bereit, wenn ich es sei.

Und jetzt bin ich es.

Ich warte geduldig darauf, dass sie ihr Telefonat mit ihrer Mutter beendet, und betrachte unterdessen ihren Körper. Sie trägt das T-Shirt, das ich so an ihr liebe, und ich streiche ihr sanft durch das Haar. Sie schaut zu mir auf, in ihren Augen leuchtet das Glück.

„Was?", frage ich, denn sie versucht, ein Grinsen zu verbergen. Ich spüre ihr Schulterzucken auf meinen Schenkeln.

„Nichts."

„Nach nichts sieht das von hier aus aber nicht aus."

Sie verliert den Kampf gegen ihr Grinsen. „Mum will wissen, wann wir zusammen essen gehen."

Das ist alles? „Du kannst mit ihr ausgehen, wann immer du willst." Das klingt lockerer, als ich bin – sie allein zu lassen ist eine ständige Herausforderung, die ich unterschätzt habe. Mir zu sagen, dass sie sicher ist, fällt mir leichter, als das auch tatsächlich zu glauben.

Ihr Grinsen wird breiter. „Sie meint uns alle."

Oh. Unter Leute gehen? „Alle?" Ich wickle mir eine ihrer Haarsträhnen um meine Faust. „Ich weiß nicht, ob das mein Ding ist."

„Was ist denn dein *Ding*?"

„Du." Das ist leicht. „Du bist mein Ding."

„Wirst du wenigstens darüber nachdenken?"

In ihren topasblauen Augen sehe ich Hoffnung. Wie könnte ich ihr das verweigern? Ich war so lange allein, da weiß ich nicht, wie man sich in Gesellschaft benimmt. Wie man ganz normale Konversation macht. „Ja“, sage ich und stupse sie an, während ich mich aufsetze. Für sie tue ich alles. „Hoch mit dir.“

„Warum? Wohin willst du?“

Ich stehe auf und schaue auf sie hinunter. Sie liegt zusammengekauert auf der Couch. „Wir sind heute Nachmittag unterwegs.“

„Sind wir?“

„Ja, sind wir.“ Ich nehme ihre Hand und ziehe Cami hoch an meine Brust. Ihr Atem streift meinen Hals, und ich bekomme weiche Knie. Ein Leben lang solche Momente – dafür haben sich all die Schrecken, die ich durchgemacht habe, seit ich Camille Logan kenne, gelohnt.

„Zieh dich an.“ Ich küsse sie, schiebe sie aber gleichzeitig von mir, denn sollte mein Becken jetzt ihres berühren, werde ich schwach. Und wir dürfen uns nicht verspäten.

Widerstrebend löst sie sich von mir. „Ich weiß nicht, wohin wir fahren. Was soll ich anziehen?“

„Etwas Hübsches. Mädchen-Zeug.“ Ich wedele mit einer Hand. „Und mach dir einen seitlichen Zopf.“ Ich meine es so fordernd, wie es klingt. Ich liebe es, wenn sie ihr Haar auf diese Weise trägt. Ein bisschen wirr und süß.

„Make-up?“, fragt sie, obwohl sie sehr wohl weiß, wie die Antwort auf diese unsinnige Frage lautet.

„Willst du mich ärgern?“

„Ja. Ich mag es, wenn du mich herumkommandierst.“

Sie wirft mir eine Kusshand zu und marschiert Richtung Schlafzimmer davon, wobei sie ihren Hintern taktisch schwingen lässt. Dieses T-Shirt. Schlicht und sexy. Camille Logan kann man nicht ignorieren. Und ich habe auch nicht vor, das jemals zu tun. Ich muss herausfinden, woher sie es hat. Sie braucht noch mindestens sieben Stück von diesen Dingern.

Sie mag es, wenn ich sie herumkommandiere? Mir ist die Bedeutung ihres Geständnisses vollkommen klar. Cami Logan, starrköpfig und unabhängig, liebt es, wenn ich sie herumkommandiere. Aber das spielt gar keine Rolle, weil sich daran ohnehin nichts ändern wird. Sie wird nie ihre Streitlust verlieren, zumindest hoffe ich das. Ab und zu ist die nämlich ganz amüsant.

Lächelnd mache ich mich auf den Weg unter die Dusche.

Ich warte darauf, dass sich das verräterische Zittern bemerkbar macht. Ich bin aus dem Wagen gestiegen, die Straße entlanggegangen und stehe seit mindestens zwei Minuten am Ende des Weges, der zum Haus führt. Zwei stille Minuten mit Cami an meinem Arm. Ich bin viel zu ruhig für einen so bedeutungsvollen Moment. Was ist los mit mir?

„Okay?"

Cami sieht mich an. Sie hat ihren Arm unter meinen geschoben. Meine Hand steckt in der Tasche meiner Jeans.

„Ja", antworte ich, denn es stimmt. Ich bin ruhig, ausgeglichen und entschlossen. Es ist die Frau an meiner Seite, die mir dabei hilft. Ich zehre von ihrer Zielstrebigkeit. „Ich hätte nie gedacht, dass ich das könnte."

Sie stellt sich auf Zehenspitzen und küsst mich auf die Wange. „Du kannst alles."

Ich schließe die Augen, nehme den Kuss an und lege einen Arm um ihre schmale Taille. „Nur weil du da bist", sage ich und führe sie.

Abbie erwartet uns, deshalb bin ich nicht überrascht, als die Tür aufgeht, noch ehe wir dort angekommen sind. Jetzt wirkt sie nervöser als an jenem schrecklichen Tag, an dem alles gründlich schieflief. Sie lächelt und winkt uns herein, und als wir an ihr vorbeigehen, reibt sie Cami beruhigend den Arm. Diese Geste bleibt nicht unbemerkt von meinem Engel. Sie schluckt, und Tränen steigen ihr in die Augen. Tapfer, wie sie ist, kämpft sie dagegen an.

„Wir sind im Garten", sagt Abbie und zeigt Richtung Esszimmer. „Es ist ein wunderschöner Tag, da dachte ich, das sollten wir ausnutzen."

Ich nicke, und Cami lässt meinen Arm los, sodass ich mich tatsächlich für einen Moment unsicher fühle. Ich werfe ihr einen Blick zu, doch sie deutet nur zur Tür, die in das Esszimmer führt. Das ist ihre Art, mir zu sagen, dass ich das schon schaffen werde.

Ja, das werde ich. Ich hole tief Luft, räuspere mich und gehe den Flur entlang. Diesmal bin ich in der Lage, die Fotos an den Wänden anzusehen. Mein Mädchen. Sie ist überall – posierend, spielend, tanzend. Noch nie habe ich ein so vollkommenes kleines Ding gesehen.

Als ich an einem Foto meiner toten Frau vorbeikomme, zögere ich. Sie strahlt und sieht glücklich aus auf dem Bild. Wieder warte ich auf das Zittern, aber es bleibt aus.

All der Hass und die Bitterkeit der vergangenen Jahre sind verschwunden. Als wären diese Gefühle nie da gewesen. Ich sehe in die Augen der Frau, die mich zerstört hat, und ich empfinde nichts außer Trauer und Kummer. Wir haben beide Fehler gemacht. Wir beide haben unsere kleine Tochter im Stich gelassen. Nur bin ich jetzt der Einzige, der alles wiedergutmachen kann. Zumindest so gut wie möglich. Ich schicke ihr eine stumme Botschaft und schaue dabei in ihre dunklen Augen.

Es tut mir leid, Monica.

Ich habe keine Ahnung, ob es ankommt. Falls es überhaupt eine Bedeutung hätte. Aber es tut mir wirklich leid. Ich bereue, meine kleine Tochter verlassen zu haben. Ich atme tief durch und reiße mich vom Anblick meiner Frau los. Fröhliches Kindergeschrei ist zu hören, und ich spähe ins Esszimmer und sehe die offenen Terrassentüren. Mir ist bewusst, dass Cami und Abbie sich absichtlich zurückhalten und mich wahrscheinlich im Stillen anspornen. Zögernd betrete ich den Raum und kann nun einen Teil des Gartens sehen. Charlotte sehe ich nicht, aber ich höre sie. Sie plappert gut gelaunt, und ich drehe mich um, weil ich wissen will, mit wem sie da draußen ist.

Abbie lacht. „Sie trinkt Tee mit ihren Teddybären."

„Oh." Ich nicke, als verstünde ich vollkommen, obwohl ich in Wahrheit denke: Wie – sie redet mit ihren Teddybären, trinkt Tee mit ihnen?

Aber was weiß ich schon? Ich habe nicht die leiseste Ahnung, wie man Kinder unterhält, schon gar nicht ein kleines Mädchen, das mit seinen Spielzeugen spricht. Plötzlich werde ich nervös, doch ich zwinge mich weiterzugehen, bevor ich noch den Mut verliere und die Flucht ergreife.

Als ich um die Ecke komme, stutze ich. Es handelt sich nämlich nicht einfach nur um ein Teetrinken, sondern um ein regelrechtes Bankett. Der Gartentisch ist gedeckt mit Obst- und Kekstellern in der Mitte. Ein paar Flaschen Wasser stehen darauf, und auf zwei der sechs Stühle sitzen Teddybären. Charlotte trägt ein hübsches gelbes Sommerkleid aus Baumwolle, ihr dunkles Haar ist zu einem Pferdeschwanz zusammengebunden. Sie verteilt Weintrauben auf die Teller der Bären.

„Eine oder zwei, Mr. Piggles?", erkundigt sie sich ernst und hält einen Löffel mit zwei roten Weintrauben hoch. „Zwei?", fragt sie, und ich sehe wie ein Idiot zum Bären, denn ich warte auf seine Antwort. „Gierig!“ Sie grinst und kippt die Trauben auf den Teller. Prompt rollt eine hinunter. Charlotte gibt einen missbilligenden Laut von sich, schnappt sich die Traube und legt sie wieder auf den Teller. „Nein, du darfst noch nicht aufstehen.“ Sie wedelt mit dem Löffel vor dem Gesicht des Bären herum. „Erst wenn du aufgegessen hast.“

Ich bin sprachlos. Ein wenig ratlos und verloren sehe ich mich zu Cami um. Ich weiß nicht, was ich tun soll, aber sie weiß es. Doch statt zu mir zu kommen und mir zu helfen, lächelt sie nur aufmunternd und richtet den Blick auf Charlotte. Dann sieht sie Abbie an und nickt ihr zu. Die beiden kehren ins Haus zurück.

Ich schaue ihnen ein bisschen fassungslos hinterher, weil sie mich mit dieser Sache alleinlassen.

Sie werfen mich den verdammten Wölfen zum Fraß vor! Sie gehen einfach und drehen sich nicht mal zu mir um. Ich werde noch nervöser als ohnehin schon, und Schweiß tritt mir auf die Stirn. Mit diesem Szenario habe ich nicht gerechnet.

„Hallo.“

Beim Klang der süßen Kinderstimme drehe ich mich hastiger um als beabsichtigt. Wahrscheinlich steht mir der Schrecken ins Gesicht geschrieben. Charlotte schaut zu mir auf, das Kinn hocherhoben. Ich komme mir vor wie ein Riese. Das kleine Ding kann mir nichts tun. Ich räuspere mich und verfluche mich im Stillen dafür, dass ich ein solcher Feigling bin. „Hallo“, erwidere ich – das ist kurz, freundlich und schlicht. Ich überlasse ihr die Initiative und hoffe, sie warnt mich irgendwie rechtzeitig vor, in welche Richtung sich das Gespräch bewegen wird.

Dummerweise sagt sie nichts. Schaut mich nur an, was mich nervös macht und dazu führt, dass ich ihren dunklen

Augen ausweiche. Sie mustert mich, und ich frage mich unwillkürlich, zu welchem Ergebnis ihr kleiner Verstand kommt. Langsam wird die Stille unangenehm. Für mich zumindest. Charlotte scheint ganz zufrieden damit zu sein, mich zu mustern.

Ich räuspere mich ein weiteres Mal und biete ihr meine Hand an, ohne mir im Klaren darüber zu sein, was ich da eigentlich tue. „Ich bin Jake." Ich spreche mit leiser Stimme und so sanft, wie ich kann. Ich will sie auf keinen Fall einschüchtern. Ich habe schon genug Angst für uns beide.

Sie sieht belustigt aus, ein Grinsen erscheint auf ihren rosigen Lippen.

„Ich weiß, wer du bist."

Fast kichert sie, verkneift es sich jedoch, als wäre ihr klar, dass ich mir sonst blöd vorkommen würde.

„Ach ja?" Ich ziehe meine Hand zurück und lege den Kopf schief.

„Ja, du bist mein Daddy." Sie sagt das ganz unaufgeregt, ohne Vorwurf oder Unzufriedenheit.

Verdammt, ich bin verwirrt. Einfach so? Mein Herz zieht sich zusammen, schmerzhaft, bis ich meine Faust in den Bauch drücke, damit es irgendwie besser wird.

Sie legt ihre kleine Hand in meine, und es sieht aus, als hielte ich einen winzigen zarten Vogel. Das Bild verschwimmt vor meinen Augen, schuld daran sind die Tränen, gegen die ich jetzt anblinzeln muss. Erstaunt betrachte ich sie. Sie lächelt. Es ist der schönste Anblick, den ich je gesehen habe.

„Freut mich, dich zu sehen, Daddy. Ich heiße Charlotte und bin deine Tochter."

Mir zerspringt das Herz in der Brust zu tausend Scherben, alle schwer beladen mit Schuld, Reue, Kummer. „Freut mich auch“, erwidere ich mit brüchiger Stimme und nervösem Lächeln.

Ich verdiene es, gehängt zu werden. Nach allem, was ich getan habe, sollte man mich in Stücke schneiden und den Geiern zum Fraß vorwerfen. Wie konnte ich dieses kleine Mädchen im Stich lassen und mich in meinem Elend wälzen? Jetzt ist mir klar, dass Charlotte mir geholfen hätte. Wir hätten uns schon irgendwie durchgeschlagen. Sie hätte Licht in das Dunkel gebracht und mir die Entschlossenheit gegeben, meinen Weg zu finden. Dieses kleine Wesen, so lebendig und unerschütterlich, beschämt mich.

Ich schließe meine große Hand um ihre winzige und drücke sie sanft, in der Hoffnung, dass sie es so deutet, wie es gemeint ist. Mir fehlen schlicht und einfach die Worte.

Lachend nimmt sie meine Hand und führt mich zum Tisch. „Wir trinken gerade Tee.“

Erst jetzt fällt mir wieder ein, was sie gespielt hat, als ich nach draußen kam. Oh Mann, sie wird doch nicht von mir verlangen, dass ich auch mit ihren Stofftieren spreche, oder?

„Sieht lustig aus“, bemerke ich, immer noch gegen die überwältigenden Gefühle ankämpfend, die Charlotte bei mir ausgelöst hat. Das ist nicht gut, denn es schnürt mir weiter die Kehle zu.

„Setz dich.“ Sie lässt meine Hand los und deutet dorthin, wo sie mich haben will.

Ich gehorche umgehend und warte auf die nächsten Anweisungen.

Sie scheint begeistert zu sein von meiner Bereitschaft, und ich verspüre tatsächlich Stolz darüber, ihr eine Freude gemacht zu haben.

„Ich habe auch einen Tisch und Stühle.“ Sie zeigt zum Ende des Gartens, wo ein winziger Tisch mit winzigen Stühlen steht. Mein Fuß ist größer als die Stühle zusammen. „Tante Abbie meint, du bist wohl zu groß dafür und würdest sie zerbrechen."

Dem Himmel sei Dank für Tante Abbie. Ich habe schon genug Angst davor, aus Versehen dieses kleine Mädchen zu zerbrechen. Ich will auf keinen Fall riskieren, ihre Spielsachen kaputt zu machen. „Ich glaube, Tante Abbie hat recht."

Charlotte zieht sich auf einen der Stühle und wirkt noch kleiner, als sie nach vorn rutscht, um den Tisch zu erreichen. Ihr dunkler Pferdeschwanz wippt auf ihren Schultern. Sie nimmt eine kleine Teekanne und gießt ein wenig Wasser in einen Fingerhut von einer Teetasse.

„Hier bitte, Tee für dich."

Sie gibt mir die Tasse, und ich halte sie unbeholfen zwischen Daumen und Zeigefinger. Ich versuche, dabei nicht allzu blöde auszusehen. „Danke." Ich stelle meine Teetasse wieder ab und greife in meine Innentasche. „Darf ich dir etwas zeigen?"

Sie ist sofort begeistert. „Was denn?"

„Ich würde dir gern ein Foto von deiner Mum zeigen, wenn du möchtest."

„Ich hab schon viele Fotos von meiner Mum gesehen."

Ich stutze. Natürlich hat sie. Der Flur hängt voll davon. Aber keins ist wie dieses. Es ist das einzige Bild, auf dem Monica und ich gemeinsam zu sehen sind. „Das hier ist ein bisschen anders."

Sie runzelt die Stirn. „Warum?"

Meine Finger berühren das Foto in der Innentasche, doch ich frage mich, ob es richtig ist, das zu tun. „Na ja, weil ich auch auf dem Foto zu sehen bin", platze ich nervös heraus und ziehe es aus der Tasche, bevor ich es mir anders überlegen kann. „Hier." Ich gebe es ihr und versuche, nicht selbst einen Blick darauf zu werfen.

Ich habe keine Ahnung, warum ich es die ganze Zeit behalten habe. Vielleicht, um mich damit zu quälen? Könnte eine nachvollziehbare Erklärung sein. Vor ein paar Jahren war ich noch wie besessen davon. Aber vielleicht war mir trotz all der Bitterkeit damals schon unbewusst klar, dass ich eines Tages zur Vernunft kommen und mein kleines Mädchen bei mir würde haben wollen. Diese Erklärung bevorzuge ich.

Fasziniert beobachte ich, dass ihre Augen wie Diamanten funkeln, als sie Mum und Dad zum ersten Mal zusammen sieht. Sie betrachtet das Bild lange und sehr genau.

„Kanntest du meine Mami?", fragt sie schließlich.

„Ja." Ich zeige auf das Foto, doch sie schaut nicht mehr darauf, sondern hält ihren neugierigen Blick auf mich gerichtet.

„Wie war sie?"

Wie war sie? Ich weiß, dass Abbie ihr alles Mögliche über ihre Mutter erzählt hat. Dinge, die sie im bestmöglichen Licht erscheinen lassen. Das ist auch richtig so. „Tante Abbie hat dir doch schon alles erzählt."

„Aber ich will, dass *du* es mir erzählst." Sie legt das Bild aus der Hand und sieht mich wartend an.

Was soll ich sagen? Monica hat mich gebrochen. Hat mich dazu gebracht, dass ich ständig den Drang hatte, jemanden umzubringen. Ich bin aus dem Leben meiner kleinen Tochter verschwunden, weil Monica mich zu einem hasserfüllten, selbstsüchtigen Bastard gemacht hat, vor dem ich mein Kind schützen wollte.

„Sie war wundervoll und schön wie du." Meine Antwort findet ihren Weg mit Leichtigkeit vorbei an dem ganzen Mist, denn ich zwinge mich, mich an die guten Zeiten zu erinnern. Wie unser Kennenlernen zum Beispiel. Und wie schnell wir uns ineinander verliebt haben. Es ist das erste Mal seit Jahren, dass ich mir gestatte, gedanklich so weit in die Vergangenheit zurückzukehren – in die Zeit vor dem Mist, dem Ärger und dem Zorn. Diese Erinnerungen waren tief vergraben, schwer zu finden. Doch nun kommt es mir leicht vor, sie mir ins Gedächtnis zu rufen.

Charlotte kichert, ihre langen Wimpern flattern. „Musst du jetzt nicht mehr gegen die bösen Männer kämpfen, Daddy?"

Diese Frage erwischt mich unerwartet. „Wie?"

„Tante Abbie hat gesagt, eines Tages würdest du nach Hause kommen, nämlich wenn du fertig bist mit dem Kämpfen gegen die Bösen." Sie legt fragend den Kopf schief. „Musst du jetzt nicht mehr gegen die bösen Männer kämpfen?"

Ihre Fragen hauen mich einfach um, und ich muss aufpassen, dass ich nicht losflenne. „Ja", antworte ich heiser und stecke das Foto wieder ein. „Die bösen Männer sind alle fort."

Das stimmt natürlich nicht. Es wird nie so sein. Aus meinem Leben sind sie jedoch verschwunden, und nur das zählt. Ich bringe es nicht übers Herz, das auszusprechen. Ich will, dass sie ihre Unschuld behält.

„Bedeutet das, du kannst jetzt anfangen, mein Daddy zu sein?"

Das war's. Ich kann die Tränen nicht länger zurückhalten. Es sind zu viele, sie laufen mir die Wangen hinunter. Ich wische sie weg und schniefe wie ein Idiot. Ich nicke, denn reden kann ich nicht, weil es mir die Kehle zuschnürt.

„Warum weinst du, Daddy?" Meine Tochter legt eine Hand auf meine.

„Ich weine, weil ich glücklich bin", erkläre ich. „Ich bin wirklich glücklich, dass ich jetzt dein Daddy sein kann."

Allerdings habe ich keine verdammte Ahnung, ob das funktionieren wird. Das Gefühl, dass wir zusammengehören, nimmt mit jeder Sekunde, die ich hier sitze, zu. Ich habe mich in sie verliebt. Schrecklich. Dieses kluge, süße, lebhafte kleine Mädchen gehört zu mir. Mir ist klar, dass wir das langsam angehen müssen. Einander kennenlernen. Eine Beziehung aufbauen. Ich habe kein Anrecht oder Anspruch auf sie, aber wenn ich in diese lebendigen, großen braunen Augen schaue, dann erkenne ich …

… dass sie bereits Anspruch auf mich erhoben hat.

36. Kapitel

Cami

Ihn dabei zu beobachten, wie er mit dem temperamentvollen kleinen Mädchen umgeht, schnürt mir die Kehle zu. Er sah anfangs so ängstlich aus. Ihn mit dieser Situation allein zu lassen fiel mir unendlich schwer. Doch ich habe allergrößtes Vertrauen in ihn. Er muss das tun, diesen letzten Schritt in seine Vergangenheit machen und alles wieder in Ordnung bringen.

Die zurückliegende Woche haben wir sehr ruhig verbracht. Ich habe mich mit dem Verrat meines Vaters abgefunden, während Jake sich gedanklich auf seine Zukunft vorbereitete. Eine Zukunft mit mir und hoffentlich mit dem kleinen Mädchen, das ihn gerade mit seinen Teddys bekannt macht. Ich muss lächeln, als ich sehe, wie er die Stofftierpfoten schüttelt. Der arme Kerl wirkt starr vor Schreck wegen des Mädchens und seinen Teddybären.

„Er kommt zurecht." Abbie taucht neben mir am Küchenfenster auf. „Sie ist eine starke Persönlichkeit. Geradlinig und sachlich."

Ich lache leise bei dem Gedanken an jemanden mit ganz ähnlichen Eigenschaften. „Sie ist hinreißend."

„Ja, das ist sie."

„Wie haben Sie das alles bewältigt?"

„Man macht es einfach, wissen Sie? Ich hatte immer die

Hoffnung, Jake würde eines Tages zurückkommen. Sie weiß, dass ihre Mami im Himmel ist, und sie glaubt, Daddy habe gegen die Bösen gekämpft."

Sie lacht, und ich stimme ein.

„Das stimmt in gewisser Hinsicht ja auch."

„Ja", pflichtet Abbie mir bei. „Ich kannte Jake damals zwar noch nicht lange, aber ich erkenne einen guten Mann, wenn ich einen sehe. Es ist eine Schande, dass meine Schwester das aufs Spiel gesetzt hat."

„Wie war sie?", frage ich und fühle mich behaglich. Ich bin keine halbe Stunde mit Abbie zusammen und doch entspannt. Sie strahlt etwas Beruhigendes aus, dem man sich kaum entziehen kann.

Sie verschränkt die Arme vor der Brust. Ihr dunkles Haar ist locker hochgebunden, und sie trägt ein gefärbtes T-Shirt, dazu Jeans mit Farbflecken auf den Taschen.

„Wir waren sehr verschieden", sagt sie mit Wehmut in der Stimme und schaut hinaus in den Garten. „Monica war frech, überspannt und riskierte gern etwas. Ich habe mich oft gefragt, wie es möglich ist, dass wir von denselben Eltern abstammen."

„Mein Bruder und ich sind auch verschieden, aber wir haben unterschiedliche Mütter."

Sie sieht mich an und lächelt. „Ich weiß."

Ich merke, wie ich rot werde. Natürlich weiß sie das. Jeder in London weiß es.

„Monicas und Jakes Liebe war ein bisschen stürmisch", fährt sie fort.

Ihre Worte überraschen mich. Ich hatte nicht die Absicht, sie nach diesem Teil von Jakes Leben zu fragen. So verrückt es klingen mag, und obwohl alles ganz tragisch endete, ich kann eine gewisse Eifersucht bei mir nicht verhindern. Außerdem sind da noch Abscheu und eine Spur Dankbarkeit. Das ist ein ziemlich eigenartiger Mix an Gefühlen im Zusammenhang mit einer Frau, die tot ist. Ich verabscheue sie dafür, dass sie Jake wehgetan hat. Zugleich bin ich dankbar, dass ihre Entscheidungen dazu geführt haben, dass ich ihm eines Tages begegnen konnte. Eifersüchtig bin ich auf die Wirkung, die sie auf ihn hatte.

„Sie lernten sich bei Jakes Heimaturlaub kennen", erzählt Abbie weiter und holt mich damit aus meinen Grübeleien. Dann lacht sie. „Sie waren verheiratet, bevor er nach Afghanistan zurückmusste. Kurz danach stellte sie fest, dass sie schwanger war, und das war es." Abbie seufzt und trinkt einen Schluck aus ihrem Becher. „Ich wusste gleich, dass sie einen Fehler begeht. Monica war eine sehr fordernde Frau, die ständig Aufmerksamkeit brauchte. Und die konnte Jake ihr aus dem Mittleren Osten schlecht geben."

Auftritt sein bester Freund, denke ich und nehme mir ebenfalls etwas Tee.

„Ich habe meine Schwester geliebt, aber sie war ein selbstsüchtiger Mensch." Sie sieht mich traurig lächelnd an. „Sie war derart beherrscht von ihrer Begierde, dass es ihr überhaupt nicht in den Sinn kam, Ehefrau und Mutter allein zu Hause zu sein."

Ich weiß nicht, was ich dazu sagen soll, also beschränke ich mich auf das Einzige, was mir einfällt: „Danke."

Abbie sieht mich interessiert an. „Wofür?"

Ich komme mir ein bisschen albern vor und frage mich, ob es richtig ist, das auszusprechen. Aber ich habe einfach das Gefühl, ich sollte es tun. „Dafür, dass Sie sich um Charlotte gekümmert haben. Das ist Ihr Verdienst." Diese Frau hat sich diese Aufgabe nicht ausgesucht. Sie ist eingesprungen und hat Jake als Vater für das Mädchen am Leben gehalten. Ja, sie ist eine aufrichtige, gute Frau. Jake wird ihr nie zurückzahlen können, was sie für ihn getan hat.

„Ich habe Charlotte sehr lieb."

Ihre Stimme bebt, und um sie zu trösten, lege ich meine Hand auf ihren Arm. Sie lacht und verscheucht die aufwallenden Emotionen.

„Ich bin dumm. Dabei habe ich ihr ganzes Leben lang auf diesen Tag gehofft. Jetzt, wo es so weit ist, bin ich ein wenig überwältigt. Ich wollte, dass er sieht, was für ein erstaunliches kleines Mädchen sie ist. Ich wusste, er würde dahinschmelzen, wenn sie sich endlich begegnen."

Die Loyalität und das Mitgefühl dieser Frau sind unglaublich. Ich schaue erneut aus dem Fenster und entdecke Jake, der mittlerweile einen Teddybären auf dem Schoß hat und ihn mit einer Erdbeere füttert. Charlotte zeigt ihm, wie man das richtig macht. Ich genieße den Anblick der friedlichen, wundervollen Szene. Jake lächelt, seine Augen strahlen glücklich, und auf seinem Gesicht liegt ein Ausdruck puren Staunens, als könnte er nicht fassen, wie das kleine Mädchen ihn dazu gebracht hat, etwas so Unmännliches zu tun.

„Ich glaube, er ist ihr schon verfallen", sage ich.

„Das war doch klar." Abbie stellt ihren Becher ab. „Oh, sie kommen herein. Soll ich ihm was Stärkeres als Tee machen?"

„Ja!" Ich lache, und genau in dem Augenblick marschiert Charlotte in die Küche, Jake hinter sich herziehend. Er sieht viel entspannter aus inzwischen.

Charlotte baut sich vor mir auf, wobei sie Jakes Hand weiter festhält. „Mein Daddy hat gesagt, du bist sein Engel."

Ich werfe Jake verblüfft einen Blick zu, doch er zuckt nur mit den Schultern. Wow. Das habe ich nicht erwartet. „Äh, ich …"

„Wie meine Mummy?“, fragt sie mit einer Unschuld, bei der ich dahinschmelze. „Bist du ein Engel wie meine Mummy?“

„Nun ... ich bin ...“ Ich suche nach den richtigen Worten, um es ihr verständlich zu erklären. Leider bin ich viel zu nervös.

„Nicht ganz wie deine Mummy“, springt Abbie mir bei, der mein Stocken natürlich sofort auffällt. „Mummy ist ein Engel, weil sie im Himmel ist. Cami ist ein Engel, weil sie Daddys Retterin ist.“

Ich ziehe scharf die Luft ein und sehe Jake an. Auch er wirkt ein wenig geschockt.

„Was ist eine Retterin?“, will Charlotte wissen.

Abbie, die von unseren perplexen Mienen nichts bemerkt, beugt sich zu dem Mädchen hinunter, die Hände auf die Knie gestützt, und erklärt ganz ruhig: „Ein Retter ist jemand, der einen Menschen glücklich macht, wenn der vorher traurig war.“

Es klingt, als hätte sie diese schlichte Erklärung eingeübt, aber wahrscheinlich liegt es daran, dass sie es gewohnt ist, solche Kinderfragen zu beantworten. Jake und ich wären dem nicht gewachsen gewesen. Du meine Güte, ich werde mit jeder Minute nervöser. Wie soll das bloß funktionieren? Wir haben uns noch gar nicht über die praktischen Aspekte unterhalten oder wie es weitergehen soll.

„Warum war Daddy traurig?“, fragt Charlotte und klingt angesichts dieser Vorstellung selbst plötzlich ganz traurig.

„Weil er hier bei dir sein wollte, es aber nicht konnte“, erklärt Abbie sanft.

Erneut schaue ich zu Jake, dessen Blick jedoch fest auf das kleine Mädchen gerichtet ist. Es ist ihm deutlich anzusehen, welche Gefühle ihn gerade bewegen. Ich weiß nicht, wie lange ich noch durchhalte.

Charlotte scheint einigermaßen zufrieden zu sein mit der Antwort, denn sie wendet sich von ihrer Tante ab und mir zu.

„Danke, dass du meinen Daddy glücklich gemacht hast!“, singt sie und strahlt mich an. „Jetzt kann ich dir ja dabei helfen, ihn glücklich zu machen. Weil ... er hat doch alle Bösen bekämpft, und jetzt kann er mein Daddy sein.“

Ach du Schande. Ich muss schlucken und zwinge mich zu einem Lächeln, ehe ich Jake einen Blick zuwerfe, um einzuschätzen, was ihm durch den Kopf geht. Seine Miene lässt sich nicht deuten. Er scheint zwischen Staunen und Verwirrung zu schwanken. „Gern geschehen“, flüstere ich.

„Daddy möchte, dass ich ihm bei etwas helfe“, verkündet sie stolz.

„Ach ja?“, sage ich einigermaßen erstaunt.

Sie nickt und hängt sich mit beiden Händen an seinen Arm. „Du musst mit in den Garten kommen.“

Ich werfe Jake einen fragenden Blick zu.

„Ich denke, wir sollten in den Garten gehen“, meint er, räuspert sich und bedeutet mir, vorzugehen.

Ich schaue zu Abbie, die lediglich mit den Schultern zuckt, ein Lächeln auf den Lippen.

„In den Garten“, bestätigt sie und legt mir eine Hand auf den Rücken, um mich zu ermutigen.

Da mir wohl gar nichts anderes übrig bleibt, folge ich Charlotte in den üppigen grünen Garten hinaus, in dem es ein Gemüsebeet sowie eine Hütte gibt, deren Holzbretter in unterschiedlichen Farben gestrichen sind. Dieser Farbenmix lässt darauf schließen, dass Charlotte mitgeholfen hat.

„Möchtest du dich vielleicht setzen?“, fragt Jake und deutet auf einen Gartenstuhl.

„Ich weiß nicht. Sollte ich?“

„Ja!“ Charlotte quietscht aufgeregt und schiebt mich mit erstaunlicher Kraft zu dem Stuhl. Ich lasse mich draufsinken, und sie begutachtet meine Position. Dann wendet sie sich an Jake: „Du bist groß, Daddy. Du musst dich hinknien, sonst kannst du sie nicht küssen.“

Ich richte mich im Sitzen auf, und Jake lacht. Er hebt den Zeigefinger an die Lippen. „Schsch.“

Charlotte reißt die Augen auf und schlägt sich erschrocken eine Hand vor den Mund. „Ups!“

„Was ist denn los?“, will ich wissen; ich mag es weder, im Dunkeln zu tappen, noch, im Mittelpunkt zu stehen.

Jakes glückliches Lächeln wirkt etwas schüchtern, als Charlotte ihn näher zu mir schiebt. Ich sehe ihn an und begreife erst nicht, dass sich sein Gesicht meinem nähert.

Und zwar deshalb, weil er vor mir auf die Knie sinkt.

Ich lehne mich erwartungsvoll zurück. Du meine Güte, was hat er vor?

Er nimmt meine Hand und zieht mich nach vorn. Ich mache es ihm so schwer wie möglich. Er legt den Kopf schief, und ich beuge mich mit einem Ruck nach vorn.

„Als ich Charlotte sagte, dass wir heiraten werden“, beginnt er, „wollte sie wissen, wie ich dich gefragt habe.“ Er schaut zu seiner grinsenden Tochter, lacht ein bisschen und streicht sich nervös durchs Haar. „Sie war nicht sehr beeindruckt.“

War sie nicht? Aber es war doch perfekt. Das sage ich nicht, denn Charlotte nickt zustimmend. Hinter mir lacht Abbie.

„Sie meint, es war nicht wie im Märchen“, fährt Jake fort, seine Stimme wird brüchig, er hält jedoch durch und holt tief Luft.

„Warum nicht?“ Ich schaue zu Charlotte, die ungeduldig die Augen verdreht.

„Weil er dir keinen Ring gegeben hat!“, kräht sie. „Alle Prinzen haben einen Ring für ihre Prinzessin!“

„Oh.“ Ich erzähle ihr lieber nicht, dass ich doch einen Ring habe. Bis zur nächsten Dusche.

„Jetzt hat er einen Ring!“ Sie bebt regelrecht vor Aufregung. „Gib ihn ihr, Daddy!“

Er hat einen?

Ich beiße mir auf die Unterlippe und fühle, wie Jakes Finger sich um meine schließen.

„Hast du was dagegen, wenn wir das noch mal machen?“, fragt er ein wenig verlegen.

Ich könnte weinen. Ich will ihm sagen, dass das nicht nötig ist, aber da klettert Charlotte auf meinen Stuhl und steckt mir etwas in die Haare.

„Nun bist du eine echte Prinzessin“, erklärt sie und steigt wieder hinunter.

Ich hebe die Hand und ertaste eine Plastikkrone auf meinem Kopf.

„Das war Cinderellas“, sagt Charlotte.

Nervös lache ich. „Danke.“ Sie ist so stolz.

Jake schaut seine Tochter an und wartet auf ihr Einverständnis, damit er fortfahren kann, und sie nickt ihm zu. Er holt einen Ring aus der Tasche – einen schlichten wunderschönen Diamantring.

„Camille Logan“, sagt er, und ich muss mich zusammenreißen, um vor Rührung nicht in Tränen auszubrechen. Das würde Charlotte nämlich bestimmt nicht gefallen. Cinderella hat nicht geweint. Jake strahlt glücklich und stellt in diesem Moment jeden Märchenprinzen in den Schatten.

Er drückt meine Hand. „Wirst du mich immer lieben?“

„So geht das nicht“, protestiert Charlotte.

„Okay!“ Jake lacht und sieht mich entschuldigend an. Er

holt tief Luft. „Willst du mir bitte die Ehre erweisen, meine Frau zu werden, Camille Logan?“ Er lächelt beinah schüchtern. „Ich kann mir ein Leben ohne dich nicht vorstellen. Ich will für den Rest unserer Zeit auf dieser Erde an deiner Seite sein. Ich will dein wunderschönes Lächeln sehen, deine Stimme hören, dir bei der Arbeit zusehen. Und ich möchte mein Glück mit dir teilen. Jeden Tag, für den Rest unseres Lebens.“ Er streichelt zärtlich meine Wange. „Wirst du mich heiraten?“

Ich schlucke und presse die Lippen fest aufeinander, damit die Emotionen nicht heraussprudeln. Dann nicke ich langsam.

„Du musst Ja sagen!“, sagt Charlotte in einem Singsang.

Ich stimme in Abbies und Jakes Lachen ein, während die Kleine darauf wartet, dass ich endlich ihre Anweisungen befolge. Ich erwähne nicht, dass wir das alles schon hinter uns haben. Es zählt nicht für sie, da Jake es in ihren Augen vermasselt hat.

„Ja.“ Ich bin überwältigt von meinen Gefühlen. „Ja.“ Jake steckt mir den Ring auf den Finger. „Du bist jetzt mein Zuhause.“ Das ist zu viel, Tränen laufen mir die Wangen hinunter. *Pfeif auf Cinderella.* Die muss ja hart gewesen sein. „Du bist mein Ein und Alles, Jake Sharp.“

„Hurra!“, ruft Charlotte und dreht eine Pirouette.

Ich lache unter Tränen.

Seufzend reibt Jake mit dem Daumen über den Edelstein. „Danke“, meint er leise.

„Jetzt musst du sie küssen!“ Charlotte hüpft neben uns auf und ab und klatscht dabei in die Hände.

Ich verschwende keine Zeit. Keiner wird mich jemals zweimal auffordern müssen, Jake zu küssen. Ich werfe mich in seine Arme und presse die Lippen auf seine, so stürmisch, dass er rückwärts ins Gras sinkt. Ich verliere alle Hemmungen vor Glück, Optimismus und unsterblicher Liebe. Charlotte tanzt um uns herum, jubelt und klatscht.

Als sie uns auffordert, damit aufzuhören, beenden wir den Kuss. Sie hockt neben ihrem Daddy, die kleinen Hände im Schoß. Sie sieht mich an, während Jake sie ansieht.

„Daddy hat mir auch einen Ring geschenkt", verkündet sie stolz und hält mir ihre Hand hin. „Er hat gesagt, der ist etwas ganz Besonderes."

Ich sehe, dass er ihr den gleichen Ring aufgemalt hat wie mir in seinem Haus auf dem Land. Grinsend schaue ich zu Jake.

„Du hast Glück", sagt er. „Sie wollte nämlich lieber *den.*" Er deutet auf meinen Ringfinger, an dem der Diamant perfekt sitzt.

Mir kommt plötzlich ein Gedanke, den ich noch nie gedacht habe. Mir geht auf, wie gern ich Jake teilen würde, und zwar mit diesem bezaubernden kleinen Mädchen, mit seiner Tochter. Alles, was er hat, ist auch mein. Also gilt das ebenso für Charlotte.

Ich atme die frische Luft ein, genieße die überwältigende Liebe, die mich umgibt, schließe die Augen und schmiege mich an Jakes Brust. „Und was passiert jetzt?", frage ich.

„Was soll denn passieren?"

„Ich möchte in deinem verwunschenen Land leben, glücklich bis ans Ende unserer Tage."

Ich fühle sein Lächeln an meinem Nacken. „Alles, was du willst."

Charlotte quietscht vor Vergnügen, und wir schauen zu ihr.

„Ich will auch in einem verwunschenen Land leben! Kann ich, Daddy? Ja? Kann ich?"

Sie sieht fast panisch aus, als könnte ihr dieser Wunsch verwehrt werden. Unwillkürlich frage ich mich, wie Jake in Zukunft mir ihr umgehen wird. Ich mache mir nichts vor – wir werden Charlotte nicht gleich mitnehmen in unser verwunschenes Haus weit draußen auf dem Land. Für diese Sache braucht es Zeit und gründliche Vorbereitung.

Jake betrachtet das hoffnungsvolle Gesicht seiner Tochter und überlegt vermutlich, wie er diese Sache angehen soll, ohne Charlotte zu verstören. Und, noch wichtiger, ohne Abbie auf die Zehen zu treten. Immerhin hat sie vier Jahre lang seine Tochter großgezogen. Darauf gilt es Rücksicht zu nehmen.

Abbie tritt vor und geht vor Charlotte in die Hocke. „Vielleicht kannst du die beiden erst mal an den Wochenenden besuchen. Nur bis Daddy und Camille alles für dich vorbereitet haben. Die zwei haben bestimmt viel zu tun, um alles für dich herzurichten."

Ihr Lächeln wirkt angespannt, und ihre Stimme schwankt.

Jake setzt sich mit mir zusammen auf und drückt Abbies Hand. „Danke", sagt er leise.

Abbie schluckt und schüttelt den Kopf. „Die müssen ja auch noch ein Zimmer für mich einrichten, damit ich dich besuchen kann."

„Ich werde eine Prinzessin sein in Daddys verwunschenem Land!" Charlotte springt aufgeregt auf und ab, dann wirft sie sich Jake in die Arme, sodass er erneut rückwärts ins Gras sinkt. Er lacht und lässt sie rittlings auf seiner Brust sitzen.

Ihr Gesicht wird ernst. „Ich bin froh, dass du zu Hause bist, Daddy."

Seine Wangenmuskeln zucken, als er sanft ihre Wange streichelt. „Ich auch, Schätzchen. Ich auch. Und ich werde dich nie wieder verlassen."

Charlotte sinkt auf ihn herunter und schlingt die Ärmchen um seine breite Brust. „Du kannst mein König sein, Daddy."

Jakes Gesicht verschwindet am Hals des Mädchens, und er drückt es fest an sich. Er verbirgt seine Tränen des Glücks, während ich meine einfach laufen lasse, genauso glücklich wie er und erfüllt von dem inneren Frieden, der sich auch in ihm ausbreitet.

Wir werden uns nicht mehr aus den Augen lassen.

– ENDE –